No mundo da Luna

CARINA
NO MUNDO DA LUNA
RISSI

13ª edição ampliada

Rio de Janeiro-RJ / Campinas-SP, 2022

VERUS
EDITORA

Editora
Raïssa Castro

Coordenadora editorial
Ana Paula Gomes

Copidesque
Anna Carolina G. de Souza

Revisão
Cleide Salme

Capa e projeto gráfico
André S. Tavares da Silva

Ilustrações da capa
alitdesign / Shutterstock

ISBN: 978-85-7686-737-1

Verus Editora Ltda.
Rua Benedicto Aristides Ribeiro, 41, Jd. Santa Genebra II, Campinas/SP, 13084-753
Fone/Fax: (19) 3249-0001 | www.veruseditora.com.br

CIP-BRASIL. CATALOGAÇÃO NA FONTE
SINDICATO NACIONAL DOS EDITORES DE LIVROS, RJ

R483n
13. ed.

Rissi, Carina
No mundo da Luna / Carina Rissi. - 13. ed., ampl. - Campinas, SP : Verus, 2022.
23 cm.

ISBN 978-85-7686-737-1

1. Romance brasileiro. I. Título.

18-52544 CDD: 869.3
CDU: 82-31(81)

Leandra Felix da Cruz - Bibliotecária - CRB-7/6135

Revisado conforme o novo acordo ortográfico.

Para Adri e Lalá

Não se pode ir reto quando a estrada é curva.

— Provérbio cigano

1

Eu odeio meu trabalho! Eu odeio meu chefe! Eu odeio minha vida! Ah, eu também odeio segundas-feiras.

Existem pessoas que têm sorte e conseguem trabalhar naquilo que gostam. E existem pessoas como eu, que chegaram perto, mas tão perto, que quase tocaram o sonho, só para vê-lo evaporar feito fumaça.

Onde é que eu estava com a cabeça quando pensei que trabalhar na revista *Fatos&Furos* fosse a melhor coisa do mundo? Tudo bem que eu tinha acabado de sair da faculdade e o *grande* redator-chefe Dante Montini era um deus entre os estudantes de jornalismo — e isso me incluía —, de modo que trabalhar com ele era uma espécie de sonho coletivo. Se ao menos eles soubessem quem é o verdadeiro Dante...

Soltei o ar com força, equilibrando o celular entre o ombro e a orelha enquanto ligava o computador arcaico sobre a minha mesa, posicionada na entrada da revista, em frente a um painel repleto de capas antigas da *Fatos&Furos*. As instalações ali não eram grandes. A antessala — onde eu fora exilada — contava apenas com uma mesa, uma cadeira rosa e o imenso painel. O coração da revista funcionava numa sala espaçosa dominada por diversas mesas. A copa era minúscula e só comportava uma pessoa de cada vez. E havia ainda a sala do Dante, o único que tinha um pouco de privacidade, apesar da janela alta com visão total da redação.

Eu sabia que estava de mau humor, mas quem poderia me culpar?

Qual é a probabilidade de você encontrar o cara que te traiu durante meses com a vizinha em uma cidade com quase dez milhões de habitantes? Uma em um zilhão?

Claro que, com a sorte que eu tinha, eu toparia com ele. E é evidente que o Igor estaria lindo e radiante, os cabelos claros ligeiramente ondulados bem-comportados, os olhos azuis com carisma de sapato novo, e eu obviamente não estaria em um dos meus melhores dias — estava chovendo, e meus cabelos cacheados se revoltavam ao menor sinal de umidade. E era por isso que eu evitava a todo custo chorar em público.

"Me dá mais uma chance, Luna. Eu mudei!", ele implorara um pouco mais cedo, em frente ao prédio de fachada cinzenta no centro da cidade, onde eu trabalhava. Era mais fácil acreditar que palestinos e israelenses dariam as mãos e dançariam nus em volta da fogueira de Beltane, na Escócia, do que em qualquer coisa que aquele canalha dissesse. De modo que soltei um sonoro e altivo "Me esquece, porra!" e o deixei falando sozinho.

Eu ficara tão zangada que podia matar qualquer um que se atrevesse a me olhar por mais de dois segundos, então passei a mão no celular e liguei para minha amiga antes que pudesse voar sobre um dos engravatados que trabalhavam no andar debaixo do da revista, em um escritório de advocacia, e que me lançavam sorrisinhos idiotas enquanto entrávamos juntos no elevador.

Sabrina atendeu no segundo toque e eu fui contando tudo aos trancos ao seguir rumo ao oitavo andar.

— Eu não acredito que o Igor teve a cara de pau de te procurar de novo, Luna — minha amiga comentou, indignada. — Quando esse cara vai cair na real e perceber que você tá muito melhor sem ele? Qual foi a mentira que ele contou dessa vez?

— As mentiras de sempre. Disse que não foi culpa dele, que quando se deu conta a mão já estava no decote da Samara, que foi um acidente e que não passou de uma única vez.

— Você não caiu nessa, né?

— Era só o que me faltava, Sá! — reclamei ao celular. — Não acredito no que o Igor diz faz tempo.

— Ah, graças a Deus! Fiquei com medo de que você tivesse uma recaída e me obrigasse a te manter em cárcere privado para não fazer nenhuma bobagem.

Eu ri. A Sabrina era a melhor amiga do mundo, e também minha colega de quarto, por assim dizer. Dividíamos o apartamento havia cinco anos. Nós nos conhecemos quando moramos na mesma república, eu cursava jornalismo e ela, arquitetura. Ela era engraçada, sempre me entendia e era a única pessoa que, vez ou outra, usava palavras como "inócuo", "acurado", "loquaz", "incólume" e esse tipo de coisa que ninguém nunca usa sem parecer idiota. Eu me apaixonei por ela imediatamente.

Minha amiga estava se dando bem na vida, conseguira uma vaga na renomada Oliver Design como estagiária anos antes e acabou sendo efetivada, além de se tornar assistente do figurão. Sabrina planejava em breve assumir alguns projetos sozinha. Enquanto isso, eu seguia em meu emprego medíocre.

— Escuta só essa — eu continuei, girando de um lado para o outro na cadeira rosa. — O Igor disse que esses últimos três meses foram horríveis e que sente muito a minha falta. E que ele acha que a gente pode superar isso tudo.

— Talvez ele possa mesmo — concordou Sabrina —, mas você não.

— Não levo muito jeito pra mulher de malandro. Eu queria tanto bater nele quando ele disse que ainda me amava que a minha mão chegou a coçar.

Tá legal, parte de mim — aquela parte idiota e romântica que acredita em finais felizes e que chocolate diet não engorda — quis acreditar nele. A gente foi feliz junto... Isso é, antes de ele começar a me trair com a vizinha e tal... Além do mais, dois anos de relacionamento tinham que ter significado alguma coisa. Antes de eu flagrá-lo se enroscando com a Samara, a vizinha balzaquiana de pernas longas e peitos gigantescos (e olha que não é despeito não, eu uso sutiã tamanho 44, então dá para ter uma ideia da enormidade da comissão de frente da Samara), eu chegava a me perguntar se daríamos o próximo passo em breve, talvez morar juntos por um tempo. Mas eu não conhecia o verdadeiro Igor. O fato de ele ter tido uma amante por mais de seis meses e eu nunca ter desconfiado de nada era prova disso.

— Ele é um grande idiota, simples assim — Sabrina resmungou ao telefone.

— É, é sim, e eu... — A porta dupla de vidro se abriu e bateu com uma pancada surda. — Ai, droga, o demônio nerd chegou. Preciso desligar! Tchau, Sá!

Meu chefe, também conhecido como demônio nerd, cão chupando manga e babaca sem noção — e isso tudo nos dias bons —, entrou na redação e lançou seu tradicional:

— Bom dia, Clara.

Eu cheguei a pensar que fosse explodir como uma lata de refrigerante quente sacudida ao vê-lo passar em frente à minha mesa.

Na recepção.

Eu era a porcaria da *secretária* da redação. Condenada a anotar recados havia cinco meses. Eu, jornalista por formação, era uma reles menina de recados.

Eu odiava a minha vida. Odiava ainda mais meu chefe idiota que nem sabia meu nome.

Dante *Eu-Sou-Foda* Montini, um homem totalmente desprovido de simpatia e de senso de moda, achava que o mundo devia obedecê-lo sem questionar. Ninguém jamais ousava contrariar uma de suas decisões — às vezes o Murilo contestava, mas enfim... —, nem quando ele estava errado. E, bem, o grande

Dante Montini nem sempre estava certo, como ficou evidente na última edição da *Fatos&Furos*, quando na reunião de pauta ele sugeriu, na tentativa — segundo ele — de tornar a revista mais *ousada*, que a Michele, a repórter responsável pela coluna de comportamento sexual, escrevesse um artigo sobre sexo sado na terceira idade. Ele só se deu conta de que a matéria não seria bem recebida depois que a ruiva tomou guarda-chuvadas de uma vovó na portaria da revista.

Eu teria dito a ele que a ideia era ruim se tivesse tido a chance, mas, depois da embaraçosa entrevista de emprego, eu nunca mais lhe disse nada além de "bom dia, Dante", ao que ele respondia "bom dia, Clara". O que era totalmente compreensível. Eu era apenas a garota da recepção, afinal, e ele, o redator-chefe. Quem se importaria com o nome da telefonista? O fato de eu odiá-lo com todas as minhas células não poderia mudar, ainda que ele acertasse meu nome.

Dante era alto, ombros do tamanho certo, apesar de parecer um pouco magro demais sob as camisetas estranhas, e tinha um rosto forte e marcante. Se ele não fosse quem era — o chefe idiota que nunca acertava meu nome —, eu até o acharia bonito. Mas tinha os óculos. Eu odiava aqueles óculos! Eram grandes, pretos e fora de moda havia pelo menos uns dez anos. Isso sem mencionar que, para um redator-chefe renomado, ele parecia um indigente. Quando não estava vestindo uma camiseta com estampas esdrúxulas, esculhambava nas gravatas ridículas — a que tinha um teclado de computador estampado era a melhorzinha. O que nunca variava eram os jeans. Todos iguais, cortes tradicionais combinados com tênis de lona preto. Eu nunca tinha visto seus cabelos penteados desde que começara a trabalhar ali. Eles apontavam para todas as direções de um jeito estranho, como se ele acordasse e simplesmente os deixasse daquele jeito.

— Bom dia, Dante — respondi, para não quebrar o roteiro.

— Quero todo mundo na sala de reuniões em vinte minutos — anunciou ele, com o tom grave e autoritário de sempre.

— Certo, mas nem todo mundo chegou ain...

— Eu disse vinte minutos.

Se um meteoro atingisse a Terra, me peguei pensando, *será que haveria alguma possibilidade de cair, digamos, bem na cabeça do meu chefe?*

Vinte e cinco minutos e sete telefonemas histéricos depois, consegui acomodar toda a equipe da *Fatos&Furos* na sala de reuniões fria e impessoal, porém bem iluminada graças à imensa vidraça que ia de uma parede a outra. As paredes nuas e brancas contrastavam com as cadeiras negras, a longa mesa de madeira cor de mel dominava todo o espaço, e, no canto, um quadro branco se equilibrava sobre um tripé metálico, no qual se lia, em tinta azul, a pauta da semana.

A equipe de jornalistas encolhera recentemente. Naquela quarta-feira — e devo ressaltar que Dante havia mudado o roteiro, porque as reuniões sempre aconteciam às segundas e quintas-feiras —, o quadro de repórteres se resumia a Murilo Velasques, o queridinho do chefe; Adriele Pacheco, que conseguia flagrantes de celebridades com a mesma rapidez que conseguia processos judiciais; Júlia Lisboa, a garota por trás da coluna de cultura e estilo de vida; Michele Britto, que escrevia sobre sexo e tudo o que se relacionasse ao tema; Karen Pestana, que sempre descolava uns produtos de beleza bem bacanas com os anunciantes de sua coluna de moda e beleza; e Elton Reis, o designer gráfico caladão que passava o dia com a cara enfiada na tela do computador ou nos panfletos que Michele recebia de algum sex shop.

Eu estava organizando os copos de água mineral sobre a mesa quando Dante entrou, batendo a porta branca atrás de si.

— Muito bem, vamos resolver essa merda de uma vez.

Assustada, derrubei um dos copos ao som de seu rugido — ainda bem que estava lacrado. Infelizmente apenas o copo permanecia assim, mas lacrar a boca do Dante era um sonho que eu acalentava com carinho durante os últimos cinco meses.

Eu pretendia sumir dali rapidinho, como sempre, mas, quando me movi rumo à saída, dei de cara com o Dante. Ele me lançou um olhar frio por sobre os óculos, de modo que achei melhor ficar no fundo da sala, colada à parede.

Tá legal, eu não era a pessoa mais corajosa do mundo.

— Convoquei essa reunião de emergência para deixá-los a par das mudanças ocorridas de ontem para hoje. — E falou sobre a perda de dois grandes profissionais devido aos recursos financeiros escassos de que a revista dispunha.

Soraia, a menina do horóscopo, aceitara a proposta de um grande jornal de circulação nacional, e Cleber, o fotógrafo-faz-tudo, tinha debandado para a principal concorrente da *Fatos&Furos*, a revista *Na Mira*. E Dante estava furioso com isso.

— Eles receberam propostas que não pude cobrir — ele continuou, fitando cada rosto. Exceto o meu, claro. — Se alguém aqui está pensando em seguir os mesmos passos, que fale agora mesmo.

Ninguém abriu a boca.

— Sempre fui honesto com vocês e pretendo continuar assim. Estamos sem caixa. O número de assinaturas estagnou. As vendas nas bancas subiram apenas três por cento no último trimestre. Esta revista estava prestes a fechar as portas quando assumi o cargo de redator-chefe, e com muito esforço conseguimos tirar a *Fatos&Furos* do buraco. Só que ainda *não chegamos* lá! Alguns anunciantes estão passando por dificuldades e não renovaram os contratos. Vamos ter que batalhar por novos patrocinadores. As próximas edições serão cruciais para nós. Não haverá novas contratações.

— Como assim? — Adriele perguntou, retorcendo com o indicador uma mecha do cabelo liso e castanho.

Os lábios de Dante se transformaram numa linha pálida.

— Pensei que tivesse sido claro, Adriele. A equipe se resume aos que estão nesta sala.

Por um momento, cheguei a pensar que ele estava me incluindo. Mas não. Ele nem sequer notava minha presença ali no fundo, de pé.

— De agora em diante — ele prosseguiu —, cada um de nós desempenhará mais que a própria função. Vamos nos adaptar e tentar sobreviver até que os investidores renovem os contratos e as vendas melhorem. Não vou mentir. Nosso rabo está na reta.

Murilo, o cara mais fera no que se relaciona a cenário político, resmungou:

— É só uma crise, vai passar.

— Sim, é o que todo mundo diz. A população está cortando gastos supérfluos, e isso inclui assinaturas de revistas. Com a internet trazendo notícias em tempo real, eu duvido que ainda tenhamos meios de comunicação impressos em trinta ou quarenta anos. — Seus olhos focavam cada rosto naquela sala enquanto ele falava. Menos o meu, claro. Não sei nem por que eu ainda me dava o trabalho de notar essas coisas. — Estou trabalhando para modernizar a *Fatos&Furos*, e em breve lançaremos a revista digital, mas, até que isso aconteça, temos um problema mais imediato a sanar do que a extinção de revistas e jornais. A extinção do nosso emprego.

Engraçado como ele sempre incluía a equipe toda nos problemas. Era sempre "nós" isso, "nós" aquilo, nunca "eu".

Uma bagunça generalizada se instalou. Todos falavam juntos.

— Não posso fazer as entrevistas e as fotos ao mesmo tempo. — Murilo coçou a cabeleira loira.

— Já contratei um freelance, Murilo — explicou Dante. — É tudo o que podemos pagar no momento. Ele deve aparecer por aqui amanhã e vocês se acertam. Júlia, sua coluna tem recebido boas críticas. Tenho certeza que você pode melhorar ainda mais.

— Parece que o meu melhor nunca é o bastante — ela resmungou e soltou um suspiro.

— Exato! — confirmou Dante. — Agora um de vocês terá que assumir o horóscopo.

— Ah, cara, tô fora — Murilo avisou. — Não vou escrever aquela merda.

— Nem eu. De jeito nenhum. — Adriele cruzou os braços.

Todos os repórteres começaram a se esquivar, alegando compromissos, falta de tempo, de conhecimento e blá-blá-blá, até que o Dante perdeu a calma.

— Fiquem quietos! Um de vocês vai assumir a porra do horóscopo!

— Por que você mesmo não faz isso? — Murilo sugeriu, com um sorriso sádico.

Ele era o único que se atrevia a enfrentar o Dante, pois era o bem mais precioso da revista e sabia disso. Murilo fazia o tipo quarentão bonito e paquerador e era o dono da banca de apostas da redação. Não que o Dante soubesse qualquer coisa a respeito das apostas. Murilo fora o grande trunfo contra a falência da revista. Dante insistira que precisávamos de uma coluna sobre política, que mulheres inteligentes acompanhavam os acontecimentos importantes do cenário político, e não apenas as novas tendências de moda da estação. Era esse o nosso diferencial em relação a outras revistas femininas. De fato, as vendas começaram a subir.

— Você também é jornalista, Dante. E dos bons! — Murilo acrescentou.

O olhar que Dante lhe lançou me fez encolher os ombros, mas Murilo permaneceu impassível.

— Alguém tem que acalmar os anunciantes que ainda temos, fazer com que não caiam fora, arranjar novos investidores. E isso me toma muito tempo, Murilo.

— A Luna é jornalista — falou Júlia, me fazendo ficar em posição de alerta no mesmo instante. — Recém-formada, mas é. Por que você não dá uma chance para a menina? Ela é esperta. — E a garota minúscula de cabelos ao estilo joãozinho e rosto de fada me lançou um sorriso meio torto. Eu adorava a Júlia. — Ela pode se sair bem.

— De quem você tá falando? Quem é Luna? — perguntou Dante, fitando-a como se ela tivesse falado japonês.

Tá legal, Deus, se você fizer com que aquele meteoro caia na cabeça do Dante neste minuto, eu prometo não comer chocolate durante... um mês. Inteirinho!

Eu esperei e, como Deus não fez a parte dele, usei a imaginação para atingir a cabeça despenteada do meu chefe com pedras de tamanhos variados.

— Cara, é a garota ali na parede te olhando com cara de assassina — Murilo sussurrou e riu ao mesmo tempo, apontando para mim com o indicador.

Dante se virou e me avaliou da cabeça aos pés, como se só então percebesse a minha existência.

— Não, essa é a Clara.

Maravilha! Duplamente humilhada na frente de todos.

— Humm... Não... — falei devagar. — Eu sou a Luna.

Sua testa vincou. Ele olhou ao redor em busca de confirmação. Quando Murilo assentiu, as bochechas do chefe assumiram um tom rosado.

Ele estava corando? Eu nem sabia que ele era capaz disso. De sentir vergonha, quero dizer.

— E por que você me deixou continuar te chamando pelo nome errado? — perguntou, irritado.

— Porque quero uma chance na revista. Se preferir, pode continuar me chamando de Clara, desde que me dê alguma coisa além de recados para escrever.

Sua testa se franziu de leve.

— Você sabe alguma coisa de horóscopo?

— Mais ou menos...

— É o suficiente. Você fica com o horóscopo. — E, se voltando para o Murilo, acrescentou: — Quero uma matéria de primeira linha até o fechamento da edição. Faça jus ao salário astronômico que te pagamos.

Murilo respondeu alguma coisa, mas eu já não ouvia mais nada.

Eu tinha uma coluna.

Eu tinha uma coluna!

Tá legal, não era lá grande coisa criar o horóscopo, mas era um começo. O fato de eu não saber, entender ou acreditar em nada referente a astrologia era totalmente irrelevante. Eu iria escrever e não seriam recados. Eu teria meus textos publicados!

Ai, meu Deus!

2

A reunião terminou sem que eu me desse conta. Só percebi que tinha acabado quando todos se levantaram, exceto Dante, que voltou a atenção para a papelada diante de si. Eu aproveitei para sair rapidinho dali, com medo de que ele mudasse de ideia a respeito da minha nova coluna e me aprisionasse ao telefone outra vez.

Feliz da vida com a minha promoção, esvaziei a mesa na entrada do oitavo andar e me dirigi para a antiga mesa da Soraia, no coração da revista. Por ali, encontrei uma infinidade de artigos místicos em uma das gavetas e dei uma espiada neles, tentando aprender e entender alguma coisa, mas isso só serviu para me desanimar. Aquilo parecia complicado demais. Eu teria que pedir a ajuda de alguém. Minha avó entendia dessas coisas, até tentou me ensinar vez ou outra, mas naquela época eu estava ocupada demais resolvendo palavras cruzadas.

Acabei me distraindo desse pormenor no meio da tarde, quando Alexia Aremberg adentrou a redação. Os óculos escuros estavam no topo da cabeça, o rosto sério e compenetrado. Era como se ela ainda estivesse na passarela. Alexia era modelo, linda, riquíssima, e eu queria ser ela.

Ah, ela também era a mulher do Dante. A razão de um cara como ele conseguir uma top internacional me escapava.

Como de costume, Alexia não se importou em falar com ninguém, nem esperou ser anunciada para entrar no escritório do Dante. Estava acostumada a tratamento VIP, não seria diferente ali.

Pouco antes do fim do expediente — porque notícias não dão aviso-prévio —, a redação virou um pandemônio. Os telefones não paravam de tocar. Um roqueiro havia entrado em coma devido a uma diabete nunca antes divulgada, e a Adriele quase teve um orgasmo de alegria. Murilo recebeu um telefonema antes de sair desarvorado porta afora, pois, segundo uma de suas fontes, o prefeito fora visto com a amante entrando em um hotel.

Soltei um suspiro observando-os tomarem seus rumos até as histórias fantásticas que ficariam na boca do povo por dias, enquanto eu permanecia ali, olhando para uma pilha cheia de números, rabiscos e desenhos de planetas.

Definitivamente eu odeio a minha vida.

Alexia por fim saiu do escritório do chefe. Dante a acompanhou até o elevador, e eu tentei não olhar quando os dois trocaram um beijo rápido. Não que qualquer tipo de contato físico mais íntimo fosse permitido na *Fatos&Furos*. Mas, ei, o cara era o chefe! Ele podia fazer o que bem entendesse.

— Algum problema, *Luna*? — ele perguntou depois que a mulher foi embora, enfatizando meu nome, se plantando em frente à minha mesa e observando a pilha de mapas astrológicos.

— Ah, não. Tudo bem, tudo... ótimo! Só estou me familiarizando com o material.

Ele assentiu, olhou discretamente para os lados e voltou a me encarar.

— Escuta... sobre o seu nome... — Ele colocou as mãos nos bolsos do jeans. — Eu... tinha certeza que seu nome era Clara.

— Não é — falei, encarando o Homer Simpson que corria atrás de uma rosquinha na sua gravata.

Ele inclinou a cabeça para o lado, os olhos atrás dos óculos horrorosos me fitavam com seriedade.

— Agora eu sei disso.

Aquilo era um pedido de desculpas? Não, claro que não. O Dante não se daria esse trabalho a menos que estivesse chapado de vodca ou de algum medicamento que mexesse com a sua sanidade. E eu tinha quase certeza de que ele não tinha feito uso de nenhuma das duas coisas.

— Está tendo dificuldades? — E apontou para o mapa astrológico.

Sim!

— Não! Esse material é... muito bom. Excelente mesmo!

— Que bom, porque preciso que você me entregue o horóscopo até quinta.

— Mas isso é amanhã!

— Bem-vinda à *Fatos&Furos* — e me deu uma piscadela, sorrindo meio torto. O que me pegou completamente de surpresa, pois eu não sabia que o Dante era capaz de sorrir, ainda que fosse apenas uma insinuação de sorriso. Se bem que, pensando melhor, ele havia sorrido uma ou duas vezes quando me entrevistou para a vaga de secretária.

Em seguida, ele se trancou em sua sala e eu gemi, apoiando os cotovelos na mesa e afundando a cabeça nas mãos. Eu tinha um prazo a cumprir e nenhuma ideia de como executar a tarefa. Em outras palavras: eu estava totalmente lascada.

Recorri ao oráculo dos oráculos em busca de ajuda e, numa rápida pesquisa no Google, encontrei diversos artigos sobre numerologia, astrologia, mas nada sobre leitura de signos. Acabei me deparando com um link e descobri uma loja que vendia tudo para magia, de A a Z — seja lá o que isso significasse —, e ficava a apenas três quadras da revista. Anotei o endereço e desliguei o computador às pressas. Dante fechou seu escritório ao mesmo tempo em que puxei minha bolsa no encosto da cadeira. Só restávamos nós dois na redação.

— Está de saída? — ele quis saber.

— Sim, a menos que você tenha algum trabalho pra mim — tentei a sorte.

— Você já tem um trabalho.

Estou falando de um de verdade!, eu quis acrescentar, mas achei que não era o momento de exigir outra promoção. Ainda.

Caminhamos lado a lado até o elevador. Ele afrouxou a gravata, um suspiro lhe escapou dos lábios. Ousei espiar meu chefe pelo canto do olho. Ele parecia... não tão Dante.

— Tá... tudo bem? — me atrevi a perguntar.

— Eu estou esfolando a minha equipe — ele disse, conforme as portas se abriam e entrávamos no elevador. — Estou sobrecarregando o pessoal com tarefas que não cabem a eles, perdi dois bons funcionários esta semana, a verba deste mês é menor que as despesas, um idiota acabou com a frente do carro da minha namorada. Ah, e a namorada em questão não está feliz comigo porque não vou poder acompanhá-la ao fashion sabe-se lá o quê. Está tudo ótimo, como você pode ver — ele forçou um sorriso, irônico.

Dois sorrisos no mesmo dia, eu devia estar com muita sorte.

Surpresa ao constatar que, no fundo, bem escondido, havia um ser humano dentro daquele redator-chefe pragmático, me peguei dizendo:

— Eu gostei da minha nova função. Eu odiava aquele telefone.

— Que bom, fico feliz. — Ele se recostou na parede metálica. — Eu tinha uma vida tão tranquila quando era repórter. Sabe, Luna, em dias como hoje eu me pergunto se isso tudo vale mesmo a pena. E a conclusão a que chego é que não, não vale.

Bom, eu ainda não gostava dele, mas saber que Dante estava passando por um período ruim fez minha aversão por ele diminuir. De qualquer maneira, eu ainda odiava o meu chefe.

— Olha — eu disse —, não tenho muita experiência, mas de uma coisa eu sei. Você não foi contratado para salvar a *Fatos&Furos* à toa. E, quando você assumiu a chefia daquele jornalzinho de bairro e o transformou em um dos maiores da cidade, deve ter se sentido bem.

Ele apenas deu de ombros.

— Você chegou ao topo, Dante — prossegui. — Muita gente ainda luta para escalar o primeiro degrau. Você não devia ficar se lamentando, por mais difícil que o dia tenha sido.

Ele me encarou com algo diferente nos olhos. Parecia diversão. Ou podia ser constipação intestinal, era difícil interpretar o meu chefe.

Então ele desviou o olhar para as portas que se abriam. Caminhamos pelo saguão revestido de mármore escuro, e eu já ia seguindo meu caminho para o estacionamento quando ele me deteve, dizendo:

— Eu gostei do seu entusiasmo. — E sorriu.

Sorriu mesmo, para valer dessa vez. Um sorriso preguiçoso, cheio de dentes, que atingiu seus olhos e fez seus traços graves se suavizarem, deixando-o muito mais jovem. Não que ele fosse velho. Devia ter trinta e poucos ou algo assim.

— Bom... até amanhã, *Luna*. — Ele passou a alça da mochila pelo ombro.

— Tchau, Dante.

Entrei no carro parado no estacionamento e dei uma olhada no espelho retrovisor. Meus cabelos ameaçavam fugir do controle e o volume fazia meus olhos verdes parecerem maiores. Minha pele marrom como âmbar estava corada, então retoquei o batom para diminuir o contraste.

Segui direto para a loja esotérica e, apesar de não ser longe, demorei mais de uma hora por culpa do engarrafamento do fim de tarde.

Uma enorme lua brilhante chamava atenção no letreiro da loja, e a fachada tinha tantas cores que era difícil entender os muitos símbolos desenhados ali. Assim que empurrei a porta para entrar, sinos de vento anunciaram minha presença, e o aroma agudo de incenso acabou me deixando meio zonza.

Entre as prateleiras abarrotadas de coisas coloridas e perfumadas, havia uma mulher baixinha, com pouco mais de um metro e meio, os cabelos longos mesclados de branco e preto e muitas pulseiras nos pulsos finos.

— Olá, raio de sol! — ela sorriu.

— Oi. Eu preciso de alguma coisa pra criar horóscopo. Se tiver algum programa de computador que faça isso, melhor.

Ela meneou a cabeça.

— Meu bem, a magia é algo precioso, e apenas as mãos e o coração podem manejá-la.

— Tá legal... — falei devagar. — Você tem o quê, então?

— Deixe-me ver... — Ela puxou duas caixas de uma prateleira e começou a revirá-las. — Não. Não. Esse também não. Ah! O que acha disso aqui?

Dei uma olhada no mapa astrológico e sacudi a cabeça.

— Tem cinco iguais a esse na minha mesa. Preciso de alguma coisa mais... autossuficiente. — A mulher arqueou a sobrancelha, então tive que explicar. — Olha só, minha vida toda tá errada. Meu namorado me traiu, meu emprego é uma droga e meu carro vive me deixando na mão. E agora tenho a chance de fazer algo que eu gosto... bom, não exatamente, mas a ideia é que seja temporário. Preciso fazer essa coisa de horóscopo bem feita, se quiser me destacar, entendeu? Preciso que pelo menos isso dê certo!

Eu me interrompi para tomar fôlego. Por que raios eu estava despejando toda a minha vida sobre aquela mulher? Só podia ser por causa da pressão de um prazo apertado a cumprir.

— Pelo que eu entendi — ela ficou séria —, você acha que é capaz de lidar com a magia. — Ela fez um gesto amplo, como se dançasse balé.

Achei que seria mais fácil e muito mais rápido se eu entrasse na dela. Não a contrariei.

— Não foi por acaso que essa coluna caiu no meu colo — sussurrei.

— Ah, sim! Nada é por acaso — ela sorriu, radiante. — Os astros nos guiam sempre. Basta saber interpretá-los.

— É justamente disso que eu preciso! Algo que interprete os astros. Você tem?

— O que você precisa está ali nos fundos. Volto já.

Comecei a perambular ansiosa pela pequena loja entulhada de cacarecos. Budas, elefantes, gnomos e imagens de santos se misturavam de forma caótica nas prateleiras. Alguns minutos depois, a mulher estava de volta com uma pequena caixa, pouco maior que um celular.

— Isso deve ajudar. — Ela abriu lentamente a tampa.

— Um baralho cigano — murmurei e soltei um gemido agastado. Por mais que eu tentasse ignorar, algo cigano sempre se colocava no meu caminho. Devia ser alguma mandinga da vovó para me fazer "ver a luz".

— O baralho cigano — frisou a mulher vesga. — Reza a lenda que foi da cigana Madalena, duzentos anos atrás.

Ao ver o estado das cartas, acreditei que fosse bem possível mesmo.

— A cigana Madalena — prosseguiu ela —, e não confunda com Sandra Rosa Madalena, foi uma das mais importantes de seu clã. Dizem que quem se consultava com ela resolvia imediatamente todos os problemas. Ela era a guia de sua caravana e jamais errou uma única leitura em toda a vida. Graças a seu baralho poderoso. — E ergueu a caixinha.

— Legal! Mas eu não vou ler a sorte — expliquei pacientemente. — Só quero algo que me ajude a fazer um horóscopo.

— Pois então! Você pode criar um usando o baralho. Em vez de consultar os astros, consulte as cartas.

— E funciona?

— É claro! Há muitas maneiras de prever o futuro.

Ah, sim, mas é claro. Como se isso fosse possível. Nem a previsão do tempo dava certo, imagine saber o que ainda nem aconteceu. Concordo que, tendo em vista a minha árvore genealógica, eu deveria ser mais crente e tudo o mais, mas simplesmente não conseguia acreditar que alguém fosse capaz de adivinhar o futuro olhando para um baralho.

Embora eu tenha que admitir que a vó Cecília acertava às vezes.

Quase sempre.

Tudo bem, ela nunca tinha errado comigo, mas isso não provava nada.

— Isso é o melhor que você tem? — perguntei, desanimada.

— Não faça essa cara, meu bem. Você tem algo muito poderoso nas mãos. Com esse baralho, você poderá manipular o destino. Imagine as possibilidades!

Suspirei. Eu não fazia ideia de como usar um baralho cigano, mas parecia mais fácil que os mapas astrais. Além disso, eu tinha certa experiência com cartas. Era muito boa no pôquer, e talvez isso servisse para alguma coisa.

Ou eu poderia parar de inventar histórias e pedir ajuda a quem realmente entendia do assunto.

— Tudo bem, eu fico com ele. Quanto custa? — Peguei a carteira.

— Cem reais.

— Por esse baralho sujo e velho? De jeito nenhum.

— Oitenta e cinco.

— Por oitenta e cinco consigo comprar uma cigana inteira, não apenas o baralho. — Fiz menção de colocar a carteira de volta na bolsa.

— Cinquenta. Fechamos por cinquenta! — Ela ergueu as mãos na altura dos ombros, se rendendo.

— É mais razoável. — Eu lhe entreguei o dinheiro.

Inesperadamente, a mulher minúscula, com suas roupas coloridas e esvoaçantes, agarrou minha mão, fechando os olhos e inspirando fundo. Quando voltou a abri-los, ela sorriu.

— Sua magia é forte. Use-a com sabedoria e nunca em benefício próprio. As cartas não permitem — alertou com a voz baixa e séria. Seus olhos não se fixavam em nada por mais de dois segundos, como se ela não estivesse ali.

Eu quase dei risada. Magia em mim? Que ridículo! Nunca houve nada mágico em mim. Nem com os homens. Como eu não queria ser mal-educada com a única pessoa que se dispôs a me ajudar naquele momento, respondi:

— Claro, claro. Vou tomar cuidado.

— Que assim seja — ela assentiu e, num piscar de olhos, voltou a seu estado esfuziante, de modo que, depois de ela me entregar o baralho, me mandei dali rapidinho. Quando alcancei a calçada, enchi os pulmões, sentindo certo alívio por me afastar do cheiro adocicado e enjoativo dos incensos.

Peguei o carro e dirigi para a periferia da cidade, seguindo em frente até chegar à zona rural, para tomar uma pequena estrada de terra batida e pular feito pipoca no interior do meu Twingo. Parei a poucos metros da casa amarela. A tenda de tecidos ali perto contrastava com a habitação grande e moderna de dois andares, mas eu já tinha me acostumado. Fora ali que meu irmão e eu vivemos por quase cinco anos.

A figura esguia e colorida surgiu no horizonte. A longa saia laranja dançava com a brisa, os cabelos negros e compridos escondidos sob o lenço roxo. Suas pulseiras douradas capturavam e refletiam os últimos raios de sol. A cesta de palha que trazia numa das mãos estava cheia de ervas.

A velha cigana olhou para mim, e seus olhos cansados e cheios de rugas sorriram.

Sorri de volta, acenando.

— Oi, vó.

3

Segui vó Cecília para dentro do sobrado amarelo, depois de beijar sua mão e pedir sua bênção. Minha *mamí* adorava cores vibrantes. E flores. E espelhos. Na verdade, ela adorava tudo que brilhava. Por isso a casa toda parecia feita de purpurina, e era quase impossível encontrar um espaço onde não houvesse um enfeite.

— Como está seu pai? — ela me perguntou indo para a cozinha.

Eu quase ri. A vovó gostava tanto do meu pai quanto eu do Dante. A questão era que a minha mãe não deveria ter se apaixonado pelo meu pai. Para vovó, a mamãe deveria ter se casado com alguém do clã ao qual pertencia, não com um *gadje*, um não cigano. O fato de a minha mãe ter morrido durante o meu parto não contribuiu muito para a vovó e o papai se entenderem. E meu irmão e eu termos crescido fora da cultura cigana também não ajudou em nada.

Raul era meu irmão mais velho — ao menos cronologicamente, porque mentalmente eu ainda tinha minhas dúvidas. Ele e eu vivemos com o nosso pai até os meus quinze anos. Então papai decidiu retomar sua pesquisa sobre pombos na Patagônia, e nós ficamos com a vovó.

Raul e eu sempre tivemos nossas diferenças. Meu irmão ainda me tratava como a irmãzinha caçula nos momentos mais impróprios. Seu esporte preferido era me causar problemas, como quando soube que o Igor me traíra com a Samara. Ele ficara furioso e tive que implorar que não batesse no Igor. Meu irmão acabou cedendo. Mas ele não mencionara nada sobre não detonar o carro do meu ex. Depois disso, comecei a prestar mais atenção no que o Raul me prometia.

— Papai estava bem da última vez que me ligou. Ele gostou do presente que a senhora mandou no Natal — menti.

Papai, que vivia na Argentina havia quase dez anos, ficou chocado ao abrir a caixa de presente e encontrar uma das poções da cigana Safira — era esse um dos nomes da minha avó. Todo cigano recebia três nomes ao nascer. Um secreto, sussurrado no ouvido pela mãe logo depois do nascimento, outro conhecido apenas pelos ciganos do clã e outro para o resto do mundo. Raul recebera os três, embora nem ele nem ninguém soubesse que nome a mamãe tinha escolhido para ser o secreto. Tarim seria seu nome para o resto do mundo, mas ele só usava Raul, o que deixava a vovó muito irritada. Minha mãe não teve tempo de escolher os meus três nomes. O papai só sabia que ela queria que eu me chamasse Luna. E, mais uma vez, as coisas entre ele e a vó Cecília esquentaram. Ele não permitiu que minha avó me desse mais nomes. Meu pai se ressentia do fato de minha mãe ter sido expulsa do clã por ter se apaixonado por ele e fez tudo o que pôde para nos manter afastados da cultura cigana.

Mas vovó Cecília não desistiu, e, quando ele precisou retomar suas pesquisas, os dois acabaram se entendendo, ou se entendendo o suficiente. Minha avó não perdia a oportunidade de alfinetar meu pai, como fez com a garrafa que enviara a ele no Natal. Lia-se no rótulo: "Garrafada para curar impotência".

"O que aquela bruxa velha quis dizer com isso?", ele dissera, revoltado, encarando a garrafa, a mim e, por fim, sua mulher.

Dois anos mais jovem que eu.

Prefiro não falar sobre isso agora.

— Ele me pediu pra agradecer — retomei o assunto.

Ela sorriu com malícia, colocando a cesta de ervas sobre a mesa coberta por uma toalha amarelo-gema.

— Tenho certeza que sim. Está com fome, filha?

— Não, obrigada.

Ela assentiu.

— Então vou preparar um lanchinho rápido pra você.

Eu revirei os olhos. Minha avó sofria de surdez seletiva. Sobretudo quando tinha a ver com comida. Ninguém deixava sua casa sem antes ser empanturrado.

— Eu não estou mesmo com fome agora, vó. Escuta, eu...

— Claro que está. Você acabou de sair do trabalho, não é mesmo?

— Sim, mas eu comi uma barra de chocolate e...

— Chocolate não é comida. Você não devia ter cortado o cabelo — ela murmurou de costas para mim, colocando água na chaleira. — Estava bonito longo.

— É mais prático assim. E ainda tá comprido! — Toquei as pontas que me caíam pouco acima do busto.

— Não, não está. Como se não bastasse usar calças e exibir as pernas naquelas roupas indecentes, você ainda tinha que cortar o cabelo? — Ela sacudiu a cabeça.

— Ah, não, vó. De novo, não.

— Eu sabia que aquele homem ia destruir a vida da sua mãe. Eu vi nas cartas.

— Meu pai não destruiu nada — objetei. — Ele amou a mamãe. Depois que ela morreu, ele ficou sozinho por muitos anos, e a senhora sabe disso. Mas, já que mencionou as cartas, eu queria sua ajuda para aprender a ler a sorte.

Ela girou sobre os calcanhares e congelou, as pálpebras piscando eram a única coisa em movimento. A chaleira apitou.

— Finalmente, filha! Cheguei a pensar que a sabedoria se perderia! — E veio ao meu encontro, me abraçando com força. Eu adorava o cheiro da minha avó. Uma mistura de jasmim, lavanda e sal.

— Então podemos começar? — eu quis logo saber. — Preciso aprender tudo até... amanhã.

Um silêncio pesado se instaurou. Vovó me soltou, recuando. A longa saia rodada chiou no assoalho.

— Amanhã — repetiu ela, austera.

Fiz uma careta.

— É, mas eu explico. Eu consegui uma coluna no trabalho, só que é a do horóscopo. Eu não quis perder a chance, vó. A senhora sabe que eu sonho em escrever um artigo há tempos. Esse é meu primeiro passo nessa direção. Não precisa me ensinar *tudo* até amanhã. Só o basiquinho serve. Por favor, vó, me ajuda.

Ela ficou apenas me observando, como se eu fosse um inseto que acabara de pousar em seu pão fresco.

— Sinto muito, Luna, mas eu não posso ajudá-la. — Sua voz soou tão fria quanto sua expressão.

— Por que não? A senhora estava disposta a me ajudar até trinta segundos atrás.

— Trinta segundos antes, eu estava achando que você tinha a intenção de levar a vida cigana a sério. A magia não pode ser ensinada dessa forma. Os costumes e as crenças são sagrados, não os trate com leviandade.

— Mas eu preciso criar o horóscopo até amanhã! E não entendo porcaria nenhuma de astrologia, a senhora sabe disso. Eu fui a uma loja esotérica e comprei um baralho bem velho. Então pensei que a senhora poderia me ensinar a usá-lo. Já te vi fazendo isso e... bom, como a senhora sempre quis me ensinar as coisas ciganas, achei que gostaria de me ajudar. A gente se divertiu tanto quando me ensinou a dançar...

Ela sacudiu a cabeça, e as correntes presas aos cabelos tilintaram.

— Ler cartas não é como dançar. E coisas ciganas, Luna? *Coisas?* — ela perguntou, ofendida.

— Ai, vó, é só jeito de falar! — eu resmunguei, batendo o pé. — A senhora sabe o que eu quis dizer.

— Sinto muito. Muito mais do que você pode imaginar. — E, pelo tom de sua voz, eu soube que ela estava colocando um ponto-final no assunto.

— Eu também — me levantei, pendurando a bolsa no ombro. — Porque, se a senhora não me ajudar, tudo o que vai me restar é o Google, e ele não sabe tanto assim.

— Quem?

— *Mamí*, a senhora por acaso não tem um pouco de... Ei, Luna!

— Oi, tio Vlad. — O homem alto e magricela, de cabelos pretos presos em um rabo de cavalo, não era meu tio de verdade. Os ciganos se tratam como uma grande família, ainda que não tenham o mesmo sangue.

E eu gostava do tio Vlad. Exceto quando ele cismava de querer me arranjar um noivo. O que ocorria mais ou menos a cada duas semanas.

— Meu Deus, como você está bonita! — Ele me apertou contra o peito ossudo. — E como está parecida com a sua mãe!

— Sim, em muitos aspectos — acrescentou a vovó, com desgosto.

— Você vai ficar aqui esta noite? — tio Vlad perguntou. — Pode nos ajudar com os preparativos do casamento de sua prima Sara.

— Ah, eu adoraria, tio, mas não posso. Ainda tenho que trabalhar. — Eu me afastei dele e dei uma espiada na minha avó. — Bom... vou indo então.

Beijei a bochecha do tio Vlad e em seguida as mãos da minha avó.

— Sua bênção, vovó.

— Que Deus a abençoe — ela fez uma cruz com o polegar na minha testa.

Saí da cozinha às pressas, mas ainda pude ouvi-la perguntar:

— Vladmir, você sabe quem é esse tal cigano Google?

Ao chegar em casa, subi correndo as escadas até o último andar. Meu prédio era antigo, apenas três andares, sem elevador e com largas escadarias. Sabrina achava o lugar charmoso, exceto quando voltávamos do mercado com os braços repletos de sacolas pesadas.

Minha amiga estava me esperando com um imenso pote de sorvete de chocolate e o DVD de *Kill Bill* sobre a mesa da sala, pronta para me animar no que fosse preciso. Mas ela percebeu que o caso não era tão grave assim quando viu meu rosto tenso, porém extasiado.

— Consegui uma coluna! — gritei, jogando a bolsa no nosso sofá de segunda mão. A maioria dos nossos móveis tinha sido comprada em lojas de usados.

Nosso apartamento não era luxuoso, mas era confortável e bem decorado, graças a Sabrina. O prédio devia ter uns trinta anos, por isso os cômodos eram amplos e com o pé-direito alto. O sofá estampado em tons de branco, vermelho e preto trazia um ar moderno às peças antigas, como a cristaleira que fizemos de estante de livros. Apenas a cozinha não era tão espaçosa, mas não passávamos muito tempo ali, de todo jeito.

— Aaaaah! — Sabrina pulou do sofá e me abraçou. — Eu sabia! Eu sabia! Eu sabia! — cantarolou. — Sabia que mais dia menos dia isso ia acontecer.

— Não é lá grande coisa — falei e soprei a mecha de cabelo loiro da Sabrina que entrou na minha boca, me livrando em seguida de seu abraço de urso. — Agora sou responsável pelo horóscopo. A revista tá cortando despesas, e eu vou tapar buraco. Mas isso me tira da terrível mesa do telefone e me coloca *literalmente* dentro da redação. Ah, e agora meu chefe sabe meu nome!

— Você disse a ele? — ela arregalou os imensos olhos azuis.

Sabrina era tão bonita que às vezes eu a via como uma Barbie gigante. Não que ela fosse tão alta, mas, comparados aos meus 1,67 metro, seus dez centímetros a mais me faziam parecer baixinha.

— Não exatamente — sorri. — Mas agora ele sabe... Dá só uma olhada nisso! — Peguei a bolsa e mostrei o baralho a ela.

— Nossa, que coisa velha! Você nunca me disse que sabia ler tarô — ela pegou o baralho, abrindo as cartas em leque.

— E não sei. Mas também não sabia da existência de um perfume chamado Vulva, e com o aroma dessa parte, até ler aquele artigo da Michele, então... — dei de ombros. — Eu preciso entregar o texto até amanhã às dez da manhã! Eu tenho um deadline! Eu sempre quis ter um, mas agora tô morrendo de medo de não conseguir cumprir o prazo.

— E agora? — ela perguntou, compadecida.

— Agora eu faço o que tenho que fazer, ou posso dar adeus à coluna nova.

— Ai, Luna, não quero te desanimar, mas parece meio complexo, para não dizer sério, criar horóscopos. O que será que esse barco significa? — ela inclinou a cabeça, tentando, assim como eu, entender alguma coisa naquele monte de desenhos e símbolos gravados nas cartas.

— Não faço a menor ideia, mas não pode ser tão difícil assim.

Duas horas depois, eu estava deitada na cama sem ter escrito nem uma linha sequer. Tentei deixar o lado cigano, que a vovó vivia dizendo que eu tinha, interpretar os significados das cartas, mas foi inútil, e, quando dei por mim, estava rabiscando triângulos de vários tamanhos no bloco de notas à minha frente.

— Nada ainda? — Sabrina perguntou pela décima sexta vez, entrando no quarto e colocando uma caneca de café com leite fumegante na minha mesa de cabeceira branca.

— Obrigada — respondi, pegando a xícara. — É mais complicado do que eu pensava.

— Eu logo desconfiei. — Ela se sentou na beirada da cama.

— Sá... — Eu mantive os olhos na caneca com uma carinha feliz amarela estampada. — Eu estava aqui pensando se... Você acha que o Igor teve outras mulheres o tempo todo, ou a Samara foi um caso isolado?

— Você quer mesmo que eu responda?

Boa pergunta.

— Acho que... quero.

Ela tomou fôlego, seu olhar ficou triste.

— Sim, eu acho que ele teve vários casos. Eu sinto muito, Luna — ela soltou o ar com força e acariciou minha canela. — Mas vamos olhar pelo lado bom! Você se livrou dele antes que as coisas fossem além. Já imaginou se aquele traste tivesse te pedido em casamento?

— É mais fácil tentar imaginar um rinoceronte num tutu cor-de-rosa dançando balé do que o Igor me pedindo em casamento. Eu nunca teria aceitado. No fundo, eu sempre soube que ele não era o meu cara. Mas devia ter percebido a falta de comprometimento dele.

— É por isso que você não está conseguindo criar nada! — Ela deu um tapinha na minha perna e ficou de pé. — Você precisa esquecer esse infeliz. E sabe como? Com uma boa noite de sexo casual. Vamos sair, encher sua cara de álcool e descolar um homem muito lindo pra te deixar fora de órbita. Além de elevar sua autoestima.

Acabei rindo.

— Você sabe muito bem que eu não faço sexo casual. E, mesmo que fizesse, tenho que escrever o artigo, não posso sair.

— Tudo tem uma primeira vez, Luna — ela piscou um dos olhos. — Mas tudo bem, a gente faz isso no fim de semana. Vou para o meu quarto pra não te atrapalhar. Se precisar de alguma coisa, é só chamar.

— Valeu, Sá.

Ela sorriu e apertou meu ombro, me encorajando.

— Você vai conseguir. Sei que vai!

Tomei mais um gole da bebida e voltei a olhar as cartas. Eu tinha que fazer aquilo, mesmo que fosse para escrever idiotices nas quais ninguém acreditaria. *Vai demorar muito para eu me tornar uma jornalista de verdade?*, me peguei pensando. Por quanto tempo o Dante me deixaria no horóscopo?

A menos que eu entregasse a coluna na manhã seguinte, podia jurar que não seria pouco, não.

Endireitei-me no colchão, afastando a colcha roxa com os pés. Determinada a transformar meu sonho em realidade, avancei sobre o notebook, abrindo a página do Google. Encontrei alguns textos sobre o assunto, só que eram longos demais e já passava da meia-noite. Eu não tinha tempo para aprender tudo aquilo... Mas era bastante criativa. Decidi então fazer uma leitura dinâmica, absorvendo apenas o essencial.

Abri o baralho e observei as cartas, tentando conectar umas às outras. Era como tentar decifrar um enigma. Comecei a digitar, indo de signo em signo, até que em algum momento da madrugada terminei. Acabei apagando ali mesmo, de atravessado na cama, os tornozelos suspensos, a cara pressionando as teclas do computador.

4

Eu me remexia na cadeira enquanto esperava o Dante chegar à revista. Eu estava insegura, era o meu primeiro texto, e eu não estava certa se seria capaz de aguentar ouvir o chefe dizer o que achara dele na frente dos jornalistas de verdade. Por isso decidi mostrar meu trabalho em sua sala. Então imprimi o que eu esperava ser o horóscopo da semana e rezei para que Dante o aprovasse e não me demitisse.

Assim que entrou, ele saudou o pessoal com seu jeito meio seco de sempre e se enfiou na sua sala.

Respirei fundo, atravessei o emaranhado de mesas e bati à porta, embora ele pudesse me ver perfeitamente através da janela de vidro que ocupava meia parede.

— Entra — ele ordenou, e eu obedeci um tanto receosa. — Bom dia, Clar... Luna.

Eu não pisava naquela sala desde a entrevista de emprego. Tudo ali me intimidava, das paredes brancas com lambris de madeira escura às prateleiras repletas de aviões de brinquedo.

— Bom dia. Terminei o texto para a coluna. — E estiquei o papel para ele.

Uma sobrancelha se arqueou por trás dos óculos apavorantes enquanto ele me examinava com certo divertimento.

— Você acabou com a graça. Eu estava pronto para te pressionar — ele revelou, pegando o artigo. — Te achei um pouco perdida ontem.

— Eu estava mesmo. Mas acabei me encontrando.

— Que bom. — E começou a ler em voz alta. — "Áries. Suas emoções podem estar um pouco confusas no momento, mas não esquente com isso. O cigano apareceu para você. Relaxe e use camisi..." o quê?! — ele engasgou. — Isso aqui é a sua leitura astrológica?

— Na verdade, é a minha leitura das *cartas ciganas* sobre cada signo. — Tentei parecer segura na minha argumentação. Mas era praticamente uma batalha perdida.

— Tudo bem. — Ele correu a mão pelos cabelos já bagunçados, fitando o papel. — Você pode... Como... humm... Relaxe e use camisinha? — Ele coçou a nuca, visivelmente surpreso.

Mordi o lábio, sem saber como explicar. Então respirei fundo e deixei as coisas saírem.

— Ontem na reunião você disse que precisávamos vender mais.

— Sim, eu disse.

— Dei uma olhada na internet, nos horóscopos das outras revistas, e reparei que são todos muito iguais. Pensei em fazer algo diferente.

— Estou vendo. *Relaxe e use camisinha...* — Ele estudou meu texto por um tempo, antes de erguer a cabeça para me encarar com uma expressão espantada. — Como você chegou a essa conclusão? Apenas por curiosidade.

— Humm... bom... — Eu juntei as mãos e comecei a retorcê-las. — Há todo um estudo sobre o assunto, mas, resumindo, tirei as cartas e apareceu a do cigano, que significa sexo. Quer dizer, é um homem, o que mais pode significar além de sexo?

Ele pensou por um instante antes de responder:

— Boa observação. — Ele leu mais um pouco até finalmente baixar o papel. — Não era bem o que eu tinha em mente, mas serve. Ninguém dá a mínima para essa porcaria mesmo.

Se, em algum momento recente, eu havia tido certa empatia pelo Dante, ela tinha acabado de morrer.

— Eu varei a noite criando essa *porcaria* — falei, ofendida.

Ele se endireitou, assumindo uma postura grave e um tanto constrangida.

— Ah... Não foi bem o que eu quis dizer, Luna. Eu... estou preocupado com um monte de coisas e... — ele sacudiu a cabeça, soltando o ar com força. — O que eu quis dizer é que não é a sua coluna... muito original, aliás, você fez um bom trabalho... Mas não será ela que fará a revista desaparecer das bancas. Pode enviar o arquivo para o meu e-mail. Você fez um... — pigarreou, me olhando de relance — bom trabalho.

Assenti, embora tivesse certeza de que ele não estava sendo sincero, e saí da sala, pois, se permanecesse mais um segundo ao lado dele, acabaria perdendo a cabeça. E o emprego.

Voltei para a minha mesa furiosa, querendo desesperadamente quebrar alguma coisa — de preferência os óculos e, com um pouco de sorte, o nariz do meu chefe — quando o mundo de repente desacelerou.

Ele entrou gingando na redação, como se fosse o dono do pedaço. Alto, tranças longas pendendo pelas costas, a pele marrom perfeita sobre as salientes maçãs do rosto quadrado, tudo isso acompanhado de um corpo esguio com músculos proeminentes nos lugares certos.

E caminhava em minha direção.

Fiz um tremendo esforço para desgrudar os olhos daquele deus, mas foi impossível. Então decidi sorrir e tentar agir normalmente.

— Tô procurando o Dante Montini — ele disse numa voz que era puro mel e veludo. — Sou fotógrafo. Ele me ligou ontem. — E exibiu um sorriso mole, cheio de malícia e promessas perturbadoras. — Você sabe onde ele está?

— Sei. — E ri como uma adolescente estúpida.

Tá legal, eu sempre fui um zero à esquerda no quesito sedução. Nunca consegui fazer aquelas caras e bocas, muito menos embarcar em joguinhos e flertes. Eu daria tudo para ser como a Sabrina naquele instante. Ou a Michele.

O rapaz esperou por alguns momentos, até que desistiu.

— Então... você sabe onde ele está?

Pisquei, sacudindo a cabeça. *O Dante. Ele quer ver o Dante. Abre essa boca e diz onde seu chefe está. Agora!*

— E-ele está na sala dele. É ali. — E apontei para a porta com a placa "Redator-chefe".

— Obrigado, gata — ele sorriu e piscou. — Eu me amarrei no seu cabelo. Adoro morenas.

Foi aí que perdi o contato com a realidade que me cercava e me deixei ser levada pelas águas do faz de conta. E meu celular tocou bem no instante em que aquele deus me beijava sob uma chuva de fogos de artifício.

— E aí, deu certo? Seu chefe gostou da coluna? — Sabrina soltou, num fôlego só.

— Sá, acabei de conhecer o cara mais lindo do planeta. Acho que é o tal fotógrafo freelance que o Dante mencionou ontem na reunião. Ai, tomara que seja!

— Até que enfim! Já tava na hora de você voltar a se interessar pelo sexo oposto. Esse luto pelo Igor já estava dando nos nervos. E então, esse cara é bonito mesmo?

— Pensa no Lenny Kravitz, só que ainda mais gato, mais gostoso e mais novo...

— Uau!

— Eu sei! — Eu me larguei na cadeira. — Minhas pernas estão bambas.

— Sabe se ele é solteiro?

— Não, mas ele me chamou de gata, disse que meu cabelo é lindo e que adora morenas. Tudo bem que usou o plural, mas quem liga pra isso agora?

— Olha aí a sua oportunidade de sexo casual! Se eu tivesse cabelo preto, até tentaria a sorte — ela suspirou ao telefone.

— Você sabe que eu não faço essa coisa *casual*.

— E eu já disse que tudo tem uma primeira vez. Mas e aí? Como foi com o mala do seu chefe?

Soltei um longo gemido.

— Ele ridicularizou a coluna e disse que não era exatamente o que ele esperava. Depois elogiou minha escrita.

— Afff. Babaca! Mas elogiar seu texto já é alguma coisa.

— Acho que sim.

— Você nasceu para brilhar, Luna. Só esse seu chefe de baixo intelecto não percebeu ainda.

Desligamos logo em seguida, e eu não consegui tirar os olhos da porta pela qual o fotógrafo acabara de passar. Eu e o restante da população feminina da redação, devo acrescentar. Adriele preferiu pintar os lábios de carmim ali mesmo em vez de ir até o banheiro, enquanto a Michele escovava apressada os cabelos vermelhos. Dei uma conferida na maquiagem e nos meus cachos, que — obrigada, Deus! — estavam em um bom dia. Decidi abrir mais um botão da minha camisa branca simples e tentei parecer sexy. Então lembrei que tinha acabado de ser promovida a jornalista — bom, não exatamente, mas deixa pra lá — e não queria parecer uma periguete. Voltei a fechá-lo.

Meia hora depois, o Dante saiu com o rapaz na sua cola, procurando pelo Murilo. Tentei parecer ocupada, voltando a atenção para o computador, mas mantendo os dois no meu radar pelo canto do olho.

— O Murilo ainda não voltou da rua? — Dante me perguntou.

Ergui os olhos e sorri para eles. O rapaz retribuiu. O Dante não. Que novidade.

— Não sei — respondi, toda profissional. — Eu estava concentrada numa pesquisa e...

Como a praga que era, Dante enfiou a cara no meu monitor.

— No Facebook? — Uma sobrancelha saltou por trás dos óculos.

— É... Para saber o que a galera anda curtindo, os assuntos da semana — corei.

Ele apenas deu de ombros.

— Que seja. Anote todos os contatos do Vinícius e repasse aos repórteres. Se precisarem de fotógrafo, é para ele que devem ligar. E peça para o Murilo me procurar assim que voltar. — E me deu as costas.

— Eu não sou mais a garota dos recados — murmurei, fuzilando-o com os olhos enquanto ele desaparecia dentro da sua sala outra vez.

— Ele é estressado, né? — falou o gostosão. Vinícius.

— Espero que ele enfarte antes dos quarenta.

O fotógrafo riu e me estendeu a mão.

— Vinícius Camargo, mas pode me chamar de Viny.

— Luna Braga. — *Mas pode me chamar de meu amor.*

Ele me exibiu mais um daquele sorriso de amolecer as pernas.

— Luna — ele experimentou. E meu nome nunca pareceu tão sexy. — Combina. Nada é tão bonito, misterioso ou inspirador quanto a lua. Só me faz pensar em paixão desenfreada.

Ah, minha nossa! Ele tá me azarando?!

— Luna, você pode vir aqui um instante? — meu chefe gritou da porta da sua sala. A impaciência estampada em cada traço do rosto.

— Sim, claro — concordei a contragosto, me levantando. — Desculpa, Vinícius, preciso ir.

— Viny — ele me corrigiu. — Tudo bem. A gente conversa depois.

Assim que ele se afastou, marchei para a sala do chefe, amaldiçoando-o durante todo o trajeto. Isso era meio irônico, pois, quando abandonei o estágio num jornalzinho de bairro para trabalhar na *Fatos&Furos*, eu praticamente idolatrava aquele homem. E levou menos de dois dias para que a idolatria se transformasse em aversão. Aconteceu no meu segundo dia ali, quando o Dante esbarrou em mim, me fazendo derramar café no meu sapato de camurça novinho, e nem ao menos se deu o trabalho de pedir desculpas.

— Sua coluna já foi incluída no layout — ele avisou assim que fechei a porta.
— Tudo ok.

— Que bom.

Ele me avaliou da sua mesa, os cotovelos apoiados nos braços da cadeira, as mãos unidas sobre o estômago, ocultando o Pac-Man amarelo na gravata preta.

— Você sabe que estamos com um número reduzido de funcionários — ele começou, com aquele seu tom entediado.

— Sim.

— E também sabe que só vai precisar preparar seu próximo texto na semana que vem.

Merda. Eu sabia aonde ele queria chegar com aquela conversa. Como o Dante conseguia acabar com os meus dias daquele jeito? Alguém devia prender o cara.

— Você vai me mandar de volta para a recepção, não vai? — perguntei sem rodeios.

Ele balançou a cabeça uma vez, concordando.

— Só por uns dias. Até eu encontrar outra pessoa para ficar no seu lugar.

— Eu sabia que era bom demais pra ser verdade — murmurei.

Infelizmente, ele ouviu.

— São tempos difíceis, Luna. Todos nós precisamos nos sacrificar. Também vou precisar que cuide do layout dos anúncios. Você sabe usar o Photoshop? Acha que consegue cuidar disso?

Eu quis perguntar o que é que ele estava sacrificando, mas achei melhor ficar na minha. Não é legal confrontar o chefe quando se pretende subir mais alguns degraus. E não era nada legal confrontar o Dante, meu chefe descabelado de temperamento instável.

— Sei o básico — respondi.

— Ótimo! Basta seguir o modelo que já usamos. Outra coisa...

Alguém bateu à porta e entrou sem esperar, interrompendo seja lá o que mais ele pretendia dizer.

Alexia, linda, de regata branca e jeans escuro, sorriu para ele sem parecer se dar conta de que eu também estava ali. Era tão injusto que mulheres como ela ficassem deslumbrantes em qualquer coisa que vestissem. Imaginei que ela ainda teria um ar descolado e ultrassexy mesmo usando um saco de farinha. Por mais que um dia eu me produzisse e investisse em roupas de marca — partindo da premissa de que um dia meu salário seria bom o suficiente para isso —, eu jamais teria aquele glamour todo.

— Oi, bebê — ela falou para o Dante, e eu lutei para não cair na risada. — Eu estava aqui perto e resolvi dar uma passada.

Ele ficou de pé, parecendo sem graça.

— Não me chame assim, Alexia. Não aqui. — E a beijou de leve na bochecha.

Desviei os olhos e cruzei os braços nas costas, sem saber bem o que fazer.

— Eu estava por aqui. Fiz umas fotos e bateu uma saudade... — ela se derreteu, dengosa. — Não suporto ficar longe de você por muito tempo. Por isso eu queria *tanto* que você me acompanhasse ao Fashion Week. Por favor, por favor, por favor, Danteeeeee!

Ele se afastou dela, coçando a cabeça.

— Eu já disse que não posso, Alexia. Tenho uma reunião com investidores na data.

Como eu não existia para ninguém ali, resolvi que não notariam minha saída. Entretanto, quando alcancei a maçaneta, o Dante me chamou:

— Espera, Luna.

Alexia finalmente me viu e sorriu educada, antes de se sentar na cadeira atrás da mesa e me avaliar dos pés à cabeça.

— Entendeu tudo o que eu quero de você? — ele quis saber.

— Sim.

— Ótimo! Envie para o meu e-mail o layout de anúncios assim que ficar pronto. Quero dar uma olhada nisso. Agora pode ir.

— Tudo bem — assenti e saí da sala, mas ainda pude ouvir a Alexia perguntar:

— Quem é mesmo essa mulher?

E em seguida a resposta desdenhosa do Dante:

— Ah, é só a menina da recepção.

Todo o meu contentamento por ter conseguido a coluna desapareceu. Meu chefe não me via como jornalista. Eu nem tinha certeza se devia receber esse título por cuidar do horóscopo, já que sempre eram redigidos por astrólogos, mas ainda assim. E menina? Vinte e quatro anos não eram suficientes para ser classificada como mulher?

É só a menina da recepção.

Eu me arrastei até a minha mesa e me joguei na cadeira. Não vi o Viny em lugar nenhum, mas também não podia esperar muita coisa, não é? Um cara bonito como ele não ia dar a mínima para *a menina da recepção.*

O telefone tocou e atendi cuspindo fogo, fazendo meu papel de telefonista outra vez enquanto tinha pensamentos homicidas com o Dante. Eu nunca conseguiria nada na *Fatos&Furos* enquanto aquele estúpido estivesse no comando. Ele sempre me veria como *só a menina da recepção.* E me dei conta de que jamais me tornaria a jornalista que eu sonhava ser se permanecesse ali.

Com isso em mente, desliguei o telefone e abri um arquivo de texto, digitando meus dados de contato.

Eu provaria para aquele redatorzinho, que nem ao menos penteava os cabelos, que eu podia ser muito mais que *só a menina da recepção.*

Horóscopo semanal por meio das cartas com a Cigana Clara

♈ **Áries** (21/03 a 20/04)
Suas emoções podem estar um pouco confusas no momento, mas não esquente com isso. O cigano apareceu para você. Relaxe e use camisinha.

♉ **Touro** (21/04 a 20/05)
Saia da zona de conforto e se jogue no desconhecido. Reinvente-se, e você notará a mudança ao redor. Excelente semana para cuidar do cabelo, da pele e pôr a depilação em dia.

♊ **Gêmeos** (21/05 a 20/06)
Cuidado com a TPM, ou você vai acabar magoando quem mais ama. Chocolates e sucos podem ajudar, mas não deixe de correr para a academia. Coisas boas podem acontecer por lá, além de afinar sua cintura.

♋ **Câncer** (21/06 a 21/07)
Um cara maravilhoso vai pintar no seu caminho, do tipo que faz o mundo girar. Não estrague tudo olhando para os lados. Preste atenção, gata. Foco!

♌ **Leão** (22/07 a 22/08)
Semana boa para nutrir laços afetivos. Aproveite e compre aquela maquiagem que a sua amiga está namorando há décadas. Ela vai te amar para sempre.

♍ **Virgem** (23/08 a 22/09)
Você precisa abrir o olho. E logo! Falsas amizades estão te transformando num caranguejo: sempre dura e nunca anda para frente.

♎ **Libra** (23/09 a 22/10)
Dê mais valor para o que você deseja. Seja a sua prioridade. Bom momento para terminar aquele projeto e investir na progressiva.

♏ **Escorpião** (23/10 a 21/11)
Fique atenta. Parece que o seu coração maltratado vai ganhar vida. A ligação pode ser sutil, mas, se prestar atenção, vai saber bem do que estou falando.

♐ **Sagitário (22/11 a 21/12)**

Parece que está tudo bem (obrigada!) na sua vida profissional. É hora de sair um pouco por aí e perder a cabeça. Aproveite e leve aquele vestido novo para passear.

♑ **Capricórnio (22/12 a 20/01)**

Tudo lindo para você nesta semana. Amor, família, saúde, emprego... Se eu fosse você, tiraria uns dias de folga e curtiria o momento.

♒ **Aquário (21/01 a 19/02)**

Seu sucesso atrai energias ruins de pessoas invejosas. É uma boa ideia comprar um batom vermelho para combater a zica.

♓ **Peixes (20/02 a 20/03)**

Evite tomar decisões importantes quando está de cabeça quente. Saia com as amigas e, mais tarde, avalie a situação com calma.

5

— Cigana Clara? — Sabrina arqueou a sobrancelha perfeitamente delineada ao examinar a última edição da *Fatos&Furos*, enquanto tomávamos o café da manhã na cozinha, na segunda-feira. — Você assinou o horóscopo como Cigana Clara?

— Acho que Luna Braga não é muito cósmico... — dei de ombros, abrindo meu iogurte e lambendo a tampa.

Ela revirou os olhos.

— E você acha que usar um pseudônimo vai te ajudar a chegar aonde quer?

— Não. Justamente por isso usei o pseudônimo. Não cursei jornalismo pra ficar brincando de vidente, Sá. Eu quero ser uma jornalista de verdade. Já nem me importo com a área. Posso até fazer cobertura esportiva, e eu entendo tanto de esportes quanto de signos.

Sabrina fez uma careta.

— Mas, Luna, você disse que mandou seu currículo para várias revistas e jornais... Não incluiu sua experiência na *Fatos&Furos* nele?

— Não, nem mencionei. Não quero que pensem que sou astróloga. Minha área é outra. Ou será, um dia.

— Tudo bem. É você quem sabe. — Ela voltou os olhos para a página e sorriu. — Bem que eu queria que você estivesse certa. Encontrar um cara bacana que ficasse de quatro por mim... — ela reclamou, esfregando o dedo em uma ranhura da mesa azul-clara. — Mas ficou muito bom, Luna. Nem parece que a Cigana Clara não é uma astróloga de verdade.

— E é exatamente nisso que os leitores devem acreditar, ou vão pedir minha cabeça numa bandeja, como vivem fazendo com a Adriele.

— Relaxa, ficou ótimo. Me deixa no metrô? Não vou para o escritório, tenho uma reunião com um ricaço na cobertura que ele acabou de comprar. Pode ser minha primeira conta, não posso me atrasar.

— E não vai! — Terminei o iogurte às pressas e coloquei o potinho sobre a pia.

Eu estava trancando a porta quando a Bia saiu do apartamento em frente ao nosso. Minha vizinha e seu namorado tinham se mudado para lá havia alguns meses. Viviam se pegando no corredor e onde mais lhes desse na telha, sem se importar com os olhares reprovadores dos outros moradores. E eu não poderia culpá-la por isso. O Fernando era pra lá de gato. A Bia trabalhava na Bolsa de Valores e vivia estressada. Do tipo dominadora, era difícil entabular uma conversa inteira com ela. O Nando tentava ganhar a vida vendendo suas esculturas de materiais recicláveis. Ele saíra de Portugal para conhecer o mundo, mas interrompeu a turnê quando conheceu a Beatriz. Meio porra-louca e um amor de pessoa, vivia me usando como cobaia em suas aventuras culinárias. Eles combinavam tanto quanto água e óleo, e talvez por isso funcionassem tão bem juntos.

— Ah, oi, meninas — Bia pareceu apressada, a cabeleira marrom presa em um coque firme na nuca. — Não acredito que tô tão atrasada. O Nando esqueceu de colocar o celular pra carregar e eu fiquei sem despertador. E ontem ele esqueceu onde estacionou o carro e voltou de táxi pra casa. Vamos sair mais tarde pra procurar. — Ela revirou os olhos. — Como se eu já não tivesse um milhão de coisas para pensar. Ainda bem que vou tirar férias logo, viu?

Seguimos juntas pelas largas escadarias. O salto da Bia repicava no antigo piso branco e preto quadriculado.

— Vocês vão viajar? — perguntei a ela.

— Eu ainda não sei. O Nando quer visitar os pais em Lisboa, mas tá tudo meio enrolado. A irmã dele está para ganhar o bebê, então ele queria esperar um pouco mais, pra ir e já conhecer o sobrinho. Mas aí sou eu quem não vai poder. E ainda tenho que pensar no que fazer com a Madona. Não suporto a ideia de deixar minha princesinha em um hotel. Minha mãe não suporta cachorros. Meu irmão adora, mas a megera que vive com ele não, então...

— Ah, a gente pode cuidar da sua cachorrinha, se você quiser — eu ofereci quando chegávamos à calçada.

— Sério? — ela exibiu um sorriso largo. — Ai, Luna, obrigada. Eu estava mesmo rezando pra você me dizer isso, ou eu teria que pedir para o meu irmão, e a mulherzinha dele com certeza ia fazer uma cena. Ela sempre faz...

Bia morria de ciúmes do irmão. Eu não o conhecia pessoalmente, mas sabia que Beatriz e a cunhada viviam se estranhando. Por conta disso, ela e o irmão só se falavam pelo telefone nos últimos tempos.

— A Madona pode ficar lá em casa e você curte sua viagem sossegada. Vou cuidar bem dela, prometo.

Ela lançou os braços sobre os meus ombros e me deu um beijo estalado na bochecha.

— Tá vendo? É por isso que eu te amei desde a primeira vez que te vi! Meu irmão bem que podia ter arranjado alguém como você, e não aquela bruxa. Ai, meu Deus, eu preciso ir! Faturar para garantir as férias. A gente se fala depois! — E saiu correndo em direção ao ponto de táxi na esquina.

Sabrina e eu ficamos ali paradas observando a mulher alta e cheia de curvas em um terninho preto correr elegantemente sobre os escarpins vermelhos.

— Eu não sei como ela aguenta. Ela é totalmente...

— Pilhada — minha amiga completou.

— Vinte e sete horas por dia, como diz o Nando. Vamos embora, Sá, ou você vai se atrasar.

Deixei a Sabrina na estação de metrô mais próxima e segui para a revista. Estacionei ao lado de uma moto esportiva vermelha quase do tamanho do meu carro.

— Bom dia, seu Josemar — cumprimentei ao passar pela imensa porta da recepção do prédio.

— Bom dia, Luna. E o carro? Parou de fazer barulho?

— Que nada. Mas meu irmão deu um jeito no fim de semana. Acho que vai dar pra rodar por mais um tempinho.

— Eu já te falei, se quiser vender esse carrinho um dia... — e abriu um sorriso animado. Seu Josemar era tão magro que chegava a ser curvado. Estava quase careca, mas mantinha um bigode imenso na cara encovada. Era pura simpatia.

— O senhor será o primeiro a saber — confirmei, sorrindo de volta.

Entrei no elevador e segui para o oitavo andar. Quando cheguei, me larguei mais uma vez na odiosa cadeira rosa. Liguei o computador da recepção e esperei a máquina ganhar vida. Assim que abri o programa de e-mails, o Dante surgiu na minha frente.

— Bom dia. Chegou mais cedo hoje — ele falou, colocando as mãos nos bolsos da calça jeans.

— Precisa de alguma coisa?

— Não, só queria dizer que gostei do seu trabalho. No layout e no horóscopo. Não tenho certeza se deixei isso claro na semana passada.

Eu apenas olhei para ele. *Não, não deixou!*, eu quis gritar. Na reunião de fechamento da edição, minha primeira como parte da equipe, o Dante nem chegou a mencionar minha coluna. E, ainda pior, fiquei me retorcendo na cadeira, pois o Murilo não parava de encarar meu decote, que nem era tão profundo assim.

Dante se largou na cadeira da recepção e esfregou o rosto, parecendo cansado.

— Então agora você é a Cigana Clara...

— Pensei em não dificultar as coisas pra você aparecendo com outro no... — mordi a língua.

Ele franziu a testa. Eu esperei pelo olhar frio e severo; em vez disso ele pareceu se divertir.

— Não tenho sido muito bacana com você, não é?

— Você é o chefe. É sua função não ser baca... — *Ai, droga, cala a boca!*

Ele riu. Riu mesmo, não um ruído artificial nem nada, o que me assustou um pouco. Dante não sorria, muito menos ria assim.

— Acho que você tem razão — cruzou as pernas de maneira desleixada. — Eu também tive chefes linha-dura, sabia? E, graças a eles, cheguei onde cheguei.

— Quem sabe um dia eu chego lá também.

— E por que não? Você é muito nova. Tem muita coisa para aprender. — Ele se levantou. — Mas eu sinto falta dos meus dias na rua, correndo atrás de notícias, sempre no limite do prazo, com a gastrite atacada... Eram bons tempos. A sua hora vai chegar. Só precisa ter paciência e aguentar tudo o que o mala do seu chefe mandar você fazer.

Eu sorri, e o mais preocupante é que foi espontâneo. Ele me fez sorrir, e não foi por causa de suas gravatas ridículas nem do seu cabelo. O que é que estava acontecendo com o mundo?

— Obrigada pela dica — falei meio sem graça.

— Disponha — ele assentiu e me deixou sozinha.

Fiquei imaginando a razão de o Dante ter se dado o trabalho de falar comigo e cheguei à conclusão de que ele não queria que eu criasse caso quando me desse conta de que não haveria uma nova recepcionista coisa nenhuma. Voltei a atenção para os e-mails e tive uma surpresa... Havia vários para a Cigana Clara.

Querida Clara, você acertou tudo! Não acredito nisso! Nunca li nada que tivesse tanto a ver comigo. Tudo que você previu aconteceu mesmo. TU-DOO!

Oi, Clara! Nossa! Acertou legal a previsão. Não saio mais de casa sem ler meu horóscopo.

Cigana Clara, você é uma gênia! Eu estava arrasada porque meu namorado terminou comigo e li seu horóscopo desacreditada. Mas, na mesma noite, meu melhor amigo se declarou pra mim. Como é que eu nunca tinha prestado atenção nele antes? Tivemos uma noite mágica. Eu prestei atenção, viu? Você ganhou uma fã!

P.S: Eu sou escorpião ;)

Grande coisa, pensei com os meus botões. Eu também era de escorpião, e nada espetacular tinha acontecido comigo no fim de semana.

Perto das três da tarde, enquanto eu vasculhava edições antigas da revista, procurando para a Júlia uma matéria sobre um músico que tentara se suicidar usando o carregador de celular, alguém se debruçou sobre o grande arquivo de aço esverdeado ao lado dos banheiros.

— Olá, bela Luna — Viny sorriu.

— Oi! — Meu estômago deu um salto. *Aja normalmente. Não banque a idiota de novo. Abra a boca e diga alguma coisa útil. Anda logo! Ele está esperando!* — Que-que bom te ver de novo.

— É, pintou trabalho. Você sabe se o Dante tá aí?

— Tá sim. Vou avisar que você chegou.

— Ei, não precisa ter tanta pressa — ele se adiantou quando eu fechei a gaveta. — Quero falar com você antes. Qual a sua função por aqui?

Reprimi um gemido.

— Sinceramente, nem eu sei mais. Acabei de ganhar uma coluna, ajudo no layout de anúncios, mas continuo na recepção até o Dante contratar alguém.

— Legal. Assim tenho mais chances de te ver. — Ele abriu um sorriso perturbador cheio de dentes que fez meu pulso acelerar. — Qual é a sua coluna?

— Ah... é a de... horóscopo semanal — sussurrei, na esperança de que ele não ouvisse.

Mas ele ouviu.

— Maneiro! Eu me amarro nesses lances esotéricos.

Eu pisquei.

— Mesmo? — *Obrigada, Deus!*

— Acredito que forças poderosas regem nosso destino. Você não?

— Acredito. Claro que sim! — *Em tudo o que você quiser!*

— Por exemplo... — Ele descansou o queixo nos antebraços cruzados sobre o arquivo. — Eu acredito que foi o destino que me trouxe até esta revista.

— Ah, é?

— Com toda certeza. — Ele arqueou apenas uma sobrancelha e me mediu de cima a baixo.

Ai, meu Deus! Ele estava dando uma conferida em mim!

Eu corei e tentei pensar em algo descolado, e de preferência sexy, para dizer, mas não deu tempo.

— Posso te convidar pra jantar nesse fim de semana, ou estou sendo precipitado?

Um misto de alegria e pavor me dominou. O último cara que me levou para jantar no primeiro encontro tinha sido o Igor, e isso já fazia muito tempo, mas eu ainda me lembrava da sensação agonizante que precedera o evento. Mãos suando, frio na barriga, a loucura de escolher a roupa certa, o medo de comer e acabar com um bife inteiro entre os dentes...

Sinceramente, as pessoas só deviam sair para jantar com um possível novo amor depois de já terem certa intimidade.

É claro que eu não pretendia dizer isso ao Viny, mas, mesmo que eu quisesse, não teria tido a chance...

— Viny, cara! Que bom te encontrar. Trouxe o equipamento? — Murilo, que saía do banheiro arrumando os cabelos, parou ao lado do fotógrafo, cumprimentando-o com um soco no braço.

— Tá tudo aqui — Viny garantiu, se endireitando e dando um tapinha na bolsa pendurada no ombro.

— Ótimo! Tenho boas notícias. Vamos cobrir um evento literário no Sul. Já falei com o Dante sobre as despesas e tá tudo acertado.

— Quando? — Viny quis saber.

— Embarcamos amanhã e voltamos no domingo. Algum problema?

— Não. Nenhum. Só preciso reagendar um compromisso. Acho que consigo remarcar para a próxima sexta? — E me encarou.

Sorri para ele e concordei uma vez com a cabeça. Isso me daria tempo para me preparar psicologicamente para o jantar, sem falar que eu precisava marcar depilação, manicure e uma hora no salão para dar um jeito no cabelo.

— Tá rolando alguma coisa entre vocês dois? — perguntou Murilo, meio desconfiado. O jornalista entrou em ação e seus olhos passavam com interesse do Viny para mim.

— De jeito nenhum — respondi, encarando o chão.

— Não, nada — garantiu Viny.

— Que bom. O Dante não gosta que os funcionários se envolvam. Vamos lá. Vem me mostrar do que você é capaz, garoto. — E arrastou o fotógrafo até a sua mesa.

Ai, meu Deus! Eu teria um encontro com o Viny em duas semanas! Será que havia alguma chance de por acaso o Igor aparecer no mesmo restaurante que a gente? Eu adoraria esfregar o delicioso, sexy e descolado Viny na cara daquele contador idiota.

Percebi que o Viny não mencionara onde jantaríamos, mas não tinha importância. Eu não pretendia comer de jeito nenhum.

Voltei para a pesquisa e encontrei o artigo de que a Júlia precisava. Segui até a mesa dela, sempre de olho no Viny, do outro lado da sala. Às vezes nossos olhares se encontravam e ele me lançava uma piscadela, me fazendo suspirar.

Eu não quis bancar a enxerida e ouvir o que a Júlia estava falando ao telefone, mas era impossível não escutar os gritos dela.

— Sua mãe. Sua mãe. Sua mãe! Será que um dia você vai se importar com mais alguém além dela? Pra mim chega. Ou você me coloca em primeiro lugar ou eu tô fora! — E bateu o telefone com tanta força que eu acho que uma das teclas caiu. — Porco egoísta!

— Namorado? — perguntei sem jeito.

— Nem sei mais. Sabe aquele cara de trinta e cinco anos que vive na barra da saia da mãe? No começo achei bonitinho, o cara protetor e família, mas depois percebi que não era nada disso. Ele não tem coragem de enfrentar a mãe. E ela me detesta, faz de tudo para que ele fique o mais longe possível de mim. Inventa doenças, infestação de baratas na casa ou outra maluquice qualquer que mantenha o Renato preso a ela. Não aguento isso. Eu mereço um cara que me coloque em primeiro lugar, não mereço?

— É claro que merece!

— Poxa, eu ralo pra caramba pra dar uma vida legal para a Bibi, já que o pai dela mal paga a pensão. Eu tenho o dedo podre para homens, Luna. O pai da minha filha é um canalha que só quer saber de curtir a vida. O Renato é um filhinho de mamãe. Onde é que estão os homens de verdade?

— Talvez tenham sido abduzidos — sugeri, entregando a ela o antigo exemplar.

— Ah, você encontrou o que eu precisava, obrigada! Você é uma estrela!

— Se precisar de mais alguma coisa, é só falar.

— Valeu. Ei, eu adorei sua coluna. Parabéns! Foi a primeira vez que me diverti lendo o horóscopo. Bem que eu queria que acontecesse mesmo tudo o que estava previsto para o meu signo. Uma noitada daquelas... — ela suspirou. — Mas o máximo que vou conseguir é ouvir o Renato resmungando sobre a mãe, então é melhor eu focar no sucesso profissional.

Voltei para minha mesa e fiquei impaciente depois que o Viny e o Murilo entraram na sala do chefe. Por que justo hoje o Dante resolveu baixar as persianas da janela? Fiquei esticando o pescoço e quase caí duas vezes da cadeira, na expectativa de que saíssem logo de lá. Levou quase uma hora para isso acontecer, mas o Dante os acompanhou, então o Viny não veio falar comigo, apesar do sorriso discreto que me lançou ao deixar a redação.

Tentei me concentrar em responder aos e-mails de reclamações e sugestões pelo restante da tarde. Quando meu turno acabou, juntei minhas coisas e desci até a portaria. O porteiro estava à minha espera.

— Eu tenho algo pra você. — Seu Josemar me estendeu um pedaço de papel. — Foi aquele moço das trancinhas que deixou isso aí. Eu não li, juro.

— Eu sei que não. Obrigada, seu Josemar.

Impaciente, corri para o estacionamento com o coração aos pulos. Abri o pedaço de papel. Gargalhei ao me deparar com o desenho de um sapinho muito fofo, com coraçõezinhos no lugar dos olhos, admirando uma lua muito sexy de lábios carnudos. Sob o desenho, um número de telefone.

6

Quanto tempo se deve esperar para telefonar para alguém que te convidou para sair? Talvez eu devesse deixar o Viny um pouco ansioso e esperar uns dois ou três dias. Não queria dar a impressão de que estava tão interessada assim. Mulheres desesperadas não são nada atraentes e assustam os homens. Ligar para ele naquele momento era uma opção completamente descartada. De jeito nenhum eu lhe daria a chance de pensar que eu estava tão na dele assim. *Eu ligo na quarta,* decidi. *Depois de redigir a coluna.* Sorri, orgulhosa de mim mesma por ter tanto autocontrole.

Entrei no carro e joguei a bolsa no banco do carona, mas estava aberta, então seu conteúdo foi parar no assoalho. Meu celular ficou no topo da pilha de coisas. Encarei o aparelho por alguns segundos antes de pegá-lo e apertar alguns botões

— Viny falando.

Tá legal, isso não tinha nada a ver com autocontrole e tudo a ver com... estar sozinha, carente, devorando uma barra de chocolate — nada diet — a cada dois dias.

— Oi, é a Luna.

Ouvi um suspiro satisfeito.

— Que bom que você ligou. Pensei que fosse me fazer suar por uns dias.

— Talvez eu devesse mesmo — murmurei, deslizando o indicador pelo volante.

— Seria totalmente desnecessário. Eu já suo em bicas quando estou perto de você. Não precisa me deixar no suspense — confessou.

— É mesmo? — Um sorriso largo esticou meus lábios.

— Pode ter certeza. Olha, eu viajo amanhã e só volto no domingo, mas eu queria muito te levar pra jantar na semana que vem. Isto é, se você estiver a fim e não tiver compromisso.

— Eu adoraria, Viny.

— Ótimo. Eu te ligo assim que voltar de viagem pra gente combinar. Algum lugar em especial que você gostaria de ir?

— Não, nenhum. Não foi bem a comida que me deixou interessada, mas... a companhia.

— Cara, eu queria muito estar do seu lado agora para ver seus olhos. Nunca vi nada tão lindo. Parecem joias, duas esmeraldas. É uma janela escancarada para a sua alma. Consigo ver tudo dentro deles.

— Tu-tudo? — perguntei, entrando em pânico.

— Bom... não tudo. É por isso que eu queria estar aí. Para aprender mais sobre você. Aprender tudo sobre você e... — Alguém gritou o nome dele. — Humm... Preciso desligar. Tô tentando fazer umas fotos de uma modelo russa que veio ao país escondida.

— Tudo bem. A gente se vê na semana que vem.

— Já estou contando os dias. — E desligou.

Com um sorriso de orelha a orelha, dei partida no carro. O motor gemeu querendo ganhar vida, mas logo morreu com um gorgolejo sofrido.

— Ah, não, por favor. Vamos lá. Pega! — Tentei de novo, e o carro continuou se recusando a ligar. Tentei mais três vezes e, na última, consegui fazer o motor ronronar. — Isso!

Repassei a conversa toda com o Viny — umas doze vezes — enquanto dirigia para casa e depois quando subia até o terceiro andar.

Sabrina estava me esperando na porta do apartamento, uma revista nas mãos e um sorriso no rosto.

— Funcionou! — ela disse, segurando a página do horóscopo aberta. — O que você escreveu sobre o meu signo. Deu certo!

— Deu?!

— Ãrrã. Bom, não tenho certeza ainda, mas eu fui à tal reunião com o ricaço que quer reformar a cobertura, e adivinha?

— Você ficou com a conta? — tentei.

— Fiquei, mas não é isso. O Lúcio me convidou para jantar, para discutirmos a reforma. Eu não só consegui a conta como ele parece interessado em mim. E é *muito* gato, mesmo sendo ruivo! — ela soltou um suspiro e revirou os olhos.

— Sem querer cortar o seu barato, não foi isso que eu escrevi para câncer.

— Foi sim. Tá bem aqui, ó! — Ela fixou o olhar na revista e começou a ler: — "Um cara maravilhoso vai pintar no seu caminho, do tipo que faz o mundo girar. Não estrague tudo olhando para os lados. Preste atenção, gata. Foco!" Você não vê?

Não, eu não via. Esse era o problema da minha amiga, ela via cores onde não existiam.

— Tem *certeza* que o cara parecia interessado em você, Sá?

— Tenho! Ele me comeu com os olhos, e às vezes sorria de um jeito meio... Ai, Luna, ele é tão... charmoso e educado! Vou encontrá-lo daqui a pouco, preciso da sua ajuda. O que devo vestir?

— E se você e ele tiverem expectativas diferentes sobre esse jantar... — comentei preocupada, mas ela me cortou.

— Mas não temos. — Ela me puxou para dentro de casa. — E, se por acaso eu tiver entendido tudo errado, vou seguir seu conselho e partir pra cima.

— Eu nunca disse isso! — objetei consternada, fechando a porta.

— Disse sim! Tá aqui, preto no branco. "Não estrague tudo olhando para os lados. Preste atenção, gata. Foco!" — Ela deu um tapa na revista, depois a atirou sobre a mesinha de centro e me arrastou pela mão até o seu quarto.

Ao contrário do meu (simples e sem muita frescura, se não contar a colcha roxa sobre a qual não pude fazer nada, já que foi presente da minha avó), o quarto da Sabrina era uma mistura de gêneros e culturas que inacreditavelmente funcionava. Havia máscaras tribais nas paredes magenta, bem ao lado da penteadeira estilo anos 20.

— Você precisa me ajudar a ficar sexy sem ser vulgar — ela suplicou.

— Sá, escuta. — Eu estava apreensiva. Quando a Sabrina encasquetava com algo, era difícil persuadi-la do contrário, mas eu não queria que ela se magoasse outra vez. No ano passado ela se apaixonara por um cara do escritório, lindo de morrer, superatencioso e completamente gay. Levou meses até ela entender que não rolaria nada entre eles. — Não leva a sério as coisas que eu escrevi, tá? Você sabe que eu não sou astróloga de verdade, nem taróloga. Eu sou uma fraude.

— Uma fraude muito boa — ela apontou, revirando o guarda-roupa.

Gemi.

— Você vai acabar se dando mal que nem da última vez!

— Vou correr o risco. O Lúcio não parece gay. Aliás, o jeito como ele olhou para as minhas pernas deixou claro que ele é tudo, menos gay. O que acha deste aqui? — Ela tirou um vestido verde-claro com uma única alça de dentro do armário perfeitamente arrumado.

— Muito festa.

— E este?

— Muito balada.

— Que tal este...? — perguntou esperançosa, sacudindo o cabide com um tubinho azul elegante.

— É lindo e perfeito para um encontro, mas, para um jantar profissional, eu não sei se...

— Então vai ser este mesmo. Eu ia ligar para pedir uma pizza pra você, já que fiquei de trazer o jantar e esqueci completamente. Mas a Beatriz me encontrou no corredor e convidou a gente para jantar com ela e o Fernando. Ele vai cozinhar de novo.

Revirei os olhos.

— Que maravilha! — Eu me joguei na cama grande. — O que vai ser hoje? Cozinha marroquina ou neozelandesa?

— Acho que grega. Moussaká ou alguma coisa assim. A Bia falou que ele adorava comer esse treco quando morou em Atenas.

— Mas ele sabe cozinhar isso ou só comer? — Eu me apoiei nos cotovelos enquanto assistia a Sabrina começar a saga do tira-e-põe sapatos até encontrar o par perfeito.

— Tomara que saiba cozinhar, ou amanhã você vai vomitar até as tripas outra vez.

— Ai, vai com essa! — falei, admirando a sandália coral de tiras finas e salto alto que ela encaixara no pé direito. — É perfeita!

Em meia hora ela estava pronta, exalando ansiedade e Armani Code. Os cabelos claros estavam presos em um rabo de cavalo alto, e o rosto, casual e levemente maquiado. Como sempre, ela estava linda.

Sabrina conferia o dinheiro na bolsa quando joguei a chave do meu carro para ela.

— Ah, não, Luna. Você sabe que o seu carro é temperamental e só funciona, bem mais ou menos, com você.

— Ei, é um ótimo carro! — contestei.

— É... quando quer. Não quero ficar na rua esperando o guincho.

— Para sua informação, faz mais de dois meses que eu não piso numa oficina mecânica.

— Por falta de grana, não de problemas no carro — assinalou. — Eu agradeço, mas prefiro ir de táxi. Nem sou tão boa motorista assim e não quero arranhar a lataria do seu Twingo.

Eu teria acreditado naquilo se ela não tivesse desviado os olhos para o chão e corado como uma adolescente. Ah, não, Sabrina...

— Você espera que o tal ricaço te traga em casa. — Não foi uma pergunta.

— E se for isso?

— Não quero que você se magoe, Sá. Toma cuidado, tá? Presta atenção nas expressões corporais dele. E, se precisar, me liga que eu busco você.

— Nem todo homem é igual ao você-sabe-quem — ela sussurrou, constrangida.

— Eu sei, Sá. Só toma cuidado.

Assim que ela saiu, atravessei o corredor e toquei a campainha do apartamento em frente. O moreno de cabelos encaracolados e olhos azuis abriu a porta com um guardanapo no ombro e um risco branco na bochecha — podia ser farinha, amido de milho ou, em se tratando do Fernando, talco ou soda cáustica.

— Eu pensei que irias demorar um pouco mais. A moussaká ainda não está pronta, mas podes acompanhar-me num Porto — ele foi dizendo conforme se afastava para me dar passagem.

— Eu não sabia o que trazer, então escolhi a sobremesa. — Entreguei a ele o pote de sorvete. A única sobremesa que eu conseguia "preparar" sozinha.

— Muito gentil de tua parte. — Ele fechou a porta com cuidado. — Beatriz está a tomar banho. Podes ajudar-me com o forno?

— Claro.

O apartamento da Bia era uma graça. A decoração feminina destoava tanto da crueza das esculturas do Nando que o efeito era estonteante. Uma bolinha branca de pouco mais de vinte centímetros de altura se apressou na minha direção fazendo muito barulho.

— E aí, Madona? — Eu agachei e acariciei sua cabecinha. Ela pareceu contente, mas, fêmea que era, aquela atenção não foi suficiente e ela só parou de latir quando eu a peguei no colo.

Segui o Fernando até a cozinha com a Madona se contorcendo nos meus braços, tentando lamber meu rosto.

— Você tem que segurar o botão por uns segundos ou não vai ligar — expliquei ao Fernando. — É um tipo de trava de segurança para não ter vazamento de gás.

— Pois eu bem que tentei, mas o raio do gás teima em apagar-se. Por que gostam de complicar tudo hoje em dia?

— Eu não sei.

— Olha para isso. — Ele enfiou a travessa na minha cara.

Madona se esticou toda ao sentir o cheiro da comida e tentou abocanhar um pouco. Eu a coloquei de volta no chão.

— Parece... — *qualquer coisa menos algo comestível* — bom. Onde você aprendeu a fazer?

— No Google. Eu adorava comer moussaká em Atenas. É delicioso.

Tomara!

Ele colocou a travessa no forno e ajustou o timer. Pegou uma garrafa de vinho do Porto, serviu dois cálices e me ofereceu um.

— À vida. — Nando bateu seu cálice no meu e mandou o vinho goela abaixo.

— À vida. — E fiz o mesmo.

Ouvimos a voz da Beatriz, e Madona saltitou no piso de madeira clara em direção à dona.

— Eu sei, mas não posso fazer nada — dizia ela. — A mamãe sabia que eu pretendia viajar. Não posso cancelar só porque ela decidiu dar uma festa.

Ela entrou na sala, com a cadelinha esfregando a cabeça no seu tornozelo. Eu sempre me surpreendia ao ver a Beatriz com roupas informais. Era como, sei lá, ver o Ronald McDonald de terno. Parecia errado.

— Não, eu entendo — ela continuou —, mas ela também vai ter que entender. Desculpa, Dadá, mas você vai ter que encarar essa sozinho. Não, já arrumei. Uma amiga vai cuidar da Madona. Imaginei que a sua mulher não fosse gostar muito da ideia. Ela não é bem uma amante dos animais... ou dos seres humanos. Ah, nem vem. Você é a única pessoa neste planeta com quem ela parece se importar. E eu disse *parece*! Não estou convencida disso ainda.

— Ela realmente odeia a cunhada — Fernando cochichou no meu ouvido.

— Dá pra ver.

— Tá, tudo bem — Beatriz falou ao telefone. — Eu te aviso assim que comprar a passagem. Beijos. — Ela desligou e fez uma careta. — Dá pra acreditar numa coisa dessas? Minha mãe resolve dar uma festa bem quando eu decido tirar férias. Ela faz de propósito, só pode!

— A tua mãe adora dar uma boa festa — Fernando zombou, servindo um cálice para ela.

— Ela não consegue me ver feliz. Meu irmão está furioso, porque vai ter que encarar aquela gente esnobe sozinho, enquanto eu estarei em Lisboa, sã e salva, com meu português delicioso, curtindo as minhas primeiras férias em seis anos. É melhor comprarmos logo as passagens.

Fernando assentiu e a Bia bebericou seu Porto, antes de me pegar pelo braço e me olhar com expectativa.

— Obrigada por ficar com a Madona. Não quero deixá-la num hotel para animais e muito menos com a megera da minha cunhada.

— Vai ser divertido. Eu e a Sabrina vamos adorar ter mais uma garota em casa.

Aproveitando que o namorado tinha voltado para a cozinha, ela sussurrou:

— Você viu o que o Nando preparou? Parece comida dessa vez?

— Hã... bom... não parece tão ruim quanto o puchero que ele tentou fazer da última vez. Mas eu nunca vi um moussaká... Ou é *uma* moussaká?

— Não faço ideia! Tudo o que sei é que é feito com carneiro. E eu não gosto de carneiro! — revelou, em pânico.

— E por que você não disse isso pra ele? — franzi a testa.

— Porque ele cozinha para me agradar. Ele nunca acerta, e é melhor nem lembrar aquele ensopado caribenho que levou a gente para o hospital, mas eu acho tão fofo quando ele tenta cozinhar. Seria maravilhoso se um dia ele finalmente conseguisse...

— É, especialmente porque você sempre me convida — eu ri, mas aquilo de alguma forma me deixou para baixo. E nem era pela mais nova tortura culinária do Fernando. O Igor nunca cozinhou para mim. Nem mesmo pipoca de micro-ondas, ou uma sopinha quando eu ficava resfriada.

Eu esperei a comida ficar pronta como alguém que espera uma catástrofe iminente. O Fernando não decepcionou. A moussaká lembrava vagamente uma lasanha, só que feita de carne e algo mole meio gosmento. E estava doce.

— Humm... que gostoso — Beatriz falou depois de engolir uma garfada com dificuldade.

— Preparo sempre que quiseres. — Animado, Nando completou nossa taça de vinho. — Não é tão difícil.

Olhei para a Beatriz em pânico. Eu ainda lutava para comer o meu pedaço.

— Não, não! — ela se apressou. — É muito delicioso para ser preparado assim, num dia qualquer. Talvez você devesse fazer só em ocasiões especiais.

— Aquelas muito especiais mesmo! — acrescentei, tomando um bom gole de vinho para ajudar a gororoba a descer.

Nando sorriu e acariciou o rosto da namorada com as costas da mão. Desviei os olhos para o meu prato e aproveitei a distração do cozinheiro para pegar um pouco de moussaká e oferecer a Madona. Ela comeu sem reclamar e lambeu meus dedos até que não restasse nem um pedacinho de comida. Os cachorros são, sem dúvida, os melhores e mais leais amigos do homem.

Fernando pegou seu garfo e finalmente experimentou sua iguaria.

— Porra, Beatriz! Isso está horrível! — Ele cuspiu o pedaço que tinha na boca e virou o conteúdo de sua taça goela abaixo. — Por que não me disseste que isso estava tão ruim?

— Ah, meu amor... — Ela esticou a mão e afagou seu antebraço. — Não está tão ruim assim.

Ele bufou e me lançou um olhar reprovador.

— E tu, rapariga? Podias ter me dito que voltei a enganar-me.

— Desculpa, Nando, mas eu não tinha como saber — me justifiquei, corando. — Nunca comi moussaká antes.

Ele revirou os olhos e se recostou na cadeira, mas agora sorria.

— Vocês, as duas, são as criaturas mais graciosas que já pisaram esta terra. Fico muito agradecido pela indulgência. Quem sabe acerto na próxima vez — acrescentou ele, sonhador. E então nós todos começamos a rir.

Acabamos pedindo uma pizza e nos divertimos pelo resto da noite. Fernando era um ótimo contador de histórias, especialmente sobre suas aventuras culinárias, e me fez dar boas risadas. Depois do sorvete, voltei para casa e caí na cama. A Sabrina ainda não tinha voltado, e eu me perguntei como ela estaria se saindo. Decidi esperar acordada, e meus pensamentos acabaram tomando um rumo que ultimamente eu evitava a qualquer custo. Eu não queria admitir nem a mim mesma, mas a verdade é que eu ainda pensava no Igor. E, ao ver o casal feliz e apaixonado que o Nando e a Bia formavam, percebi que nós nunca chegamos nem perto disso. *Ele* nunca chegou perto disso. Senti como se os dois últimos anos da minha vida não tivessem sido nada além de uma grande mentira que contei a mim mesma.

7

— Credo, Luna! Você está um horror! — Michele exclamou quando me viu entrar correndo na redação na manhã seguinte. Ela largou os brinquedinhos eróticos que vez ou outra ganhava de sex shops em troca de citar o nome e o endereço das lojas na sua coluna. De vez em quando, ela fazia bingos na sua mesa (sem que o Dante soubesse, claro) valendo alguns daqueles acessórios. Os melhores ela levava para casa, obviamente.

Eu estava meia hora atrasada. Meu carro tinha simplesmente morrido no caminho de casa para o trabalho. Depois de vinte minutos tentando convencê-lo de que ele não podia ter um ataque àquela hora da manhã, meu Twingo pareceu se apiedar e voltou a funcionar, ainda que aos solavancos e soltando muita fumaça. Eu teria que levá-lo à oficina assim que o pagamento saísse e torcer para que o seu Nicolau não encontrasse nenhum problema que ficasse muito caro.

— Não dormi bem. Tive pesadelo essa noite — contei para Michele, me largando na antiga cadeira da Soraia. — Tinha um cara me perseguindo...

— Ah, esse é o meu pesadelo número dois — ela falou, enrolando uma molinha de cabelo laranja no indicador. — O número um é que estou discursando nua para uma multidão.

— Nunca tive esse.

— É ótimo! Prefiro isso a ser perseguida — ela brincou, então olhou para os lados de maneira conspiratória e abaixou a voz. — Já ficou sabendo do Dante?

— Não. O que tem ele?

— Ele e a Alexia terminaram. Bom, não sei qual dos dois colocou o ponto-final, mas ele apareceu de mala e cuia hoje de manhã, cuspindo fogo e batendo as portas.

— Ele sempre faz isso, Michele — assinalei, fazendo uma careta.

— Não do jeito que ele fez hoje. Estão dizendo que ela tem outro e parece que o Dante flagrou os dois. Na cama deles! Eu não duvido.

Adriele, a mulher por trás das fofocas dos famosos na *Fatos&Furos*, passava por perto e ouviu os sussurros da Michele.

— Eu ouvi dizer que foi ela quem largou o Dante, mas por outro motivo. — Adriele se debruçou sobre a minha mesa. O cabelo castanho e liso lhe caiu como uma cortina sobre o ombro. — Parece que ele é um baita pão-duro e não liberava grana para a Alexia comprar seus amados antirrugas importados.

— Sei não — falei, ligando o computador. — Não faz sentido. Ela deve ter muito mais grana que ele.

— Concordo com a Luna — Júlia se aproximou. — Além do mais, ele está furioso demais. A Alexia deve ter aprontado alguma.

— Vocês estão falando do Dante? — Karen esticou o pescoço sobre o ombro da Adriele. — Estão sabendo que a Alexia fugiu com um antigo namorado de escola? Não se fala de outra coisa no mundo da moda hoje!

Não sei bem como, mas de repente todas as mulheres da redação estavam em volta da minha mesa, cada uma com uma teoria sobre o fim do relacionamento do chefe. Eu me senti um pouco mal — não muito, já que o Dante não merecia consideração — pela fofoca às suas costas. Fosse qual fosse o motivo, terminar um relacionamento é doloroso, às vezes humilhante, e no meu caso tinha sido as duas coisas.

As suposições foram debatidas como uma final de campeonato, e de repente alguém sugeriu fazer um bolão. "Dante levou um pé na bunda" *versus* "Alexia arrumou outro". Não havia as opções "Dante terminou com Alexia" ou "Dante aprontou alguma".

— Aposto no pé na bunda — Karen falou, animada.

— O Murilo vai encrencar se souber que fizeram um bolão sem ele — avisei.

— A gente inclui ele depois — respondeu Adriele, anotando as apostas.

— Certeza que a Alexia tem outro cara. Aposto nisso — disse Michele.

— Levar um pé na bunda e ser traído são quase sinônimos — resmunguei, irritada. — Sou a única aqui que percebeu isso?

— Fica quieta, Luna — Adriele me censurou, recolhendo as notas que surgiam por todos os lados.

— Se estou te incomodando, Adriele, por que você não vai pra sua mesa e sai de cima da minha? — retruquei.

Ela me ignorou.

— Vamos lá — falou animada. — Três por um no par de chifres. Que tal subirmos um pouco esses números?

— Que tal eu cancelar o bônus de Natal de quem não estiver trabalhando em trinta segundos? — uma voz masculina esbravejou.

— Dante! — ofeguei, me agarrando à beirada da mesa e olhando apavorada para a Júlia, que, milagrosamente, já se acomodava em sua cadeira a oito metros e meio de onde eu estava. E assim tinham feito todas as outras mulheres, de modo que a única ao alcance do chefe mal-humorado era eu.

Ele ficou lá, plantado na minha frente, observando a redação com os olhos estreitos e sem mover um único músculo. Então baixou o olhar zangado sobre mim.

Engoli em seco.

— Na minha sala — ele avisou, frio e cortante. — *Agora*.

— Tá. — Merda! Eu fui a única a manter a boca fechada e até tinha tentado defendê-lo... de certa forma. Por que tinha que sobrar justo para mim?

Eu o segui arrastando os pés e implorando ajuda a qualquer uma das minhas colegas, mas parece que todas tinham algo super-ultra-mega-importante na tela do computador. Só me restou seguir meu carrasco quatro olhos até a sala de execuções. Fechei a porta assim que entramos. Engoli em seco quando o Dante baixou a persiana da imensa janela.

Esperei que ele se acomodasse na cadeira.

— Dante, eu...

Ele ergueu a mão, um sinal para que eu me calasse. Parecia focado e profissional como em qualquer outro dia, remexendo alguns papéis espalhados sobre a mesa.

— Amanhã algumas candidatas à vaga de recepcionista virão para uma entrevista. Traga-as aqui.

Sério? Ah, meu Deus! Ele não mentiu! De repente, o Dante me pareceu muito mais simpático.

— Certo — sorri.

— E, se o Murilo telefonar, peça a ele que envie qualquer material da feira literária para incluirmos ao menos uma prévia do que virá na edição da semana que vem.

— Tudo bem. — Como ele ficou em silêncio, me forcei a perguntar: — Algo mais?

Ele levantou os olhos e me encarou pela primeira vez desde que entramos na sala. Seu olhar era ríspido.

— Sim. — Ele sacou a carteira do bolso e me passou duas notas de cinquenta. — Aposta tudo no "pé na bunda".

Eu pisquei atônita, antes de pegar o dinheiro e por fim compreender o que tinha acontecido entre ele e sua mulher.

— Não fui eu quem começou o bolão — falei num fiapo de voz. — Nem a falação sobre a sua vida particular. Todo mundo se empoleirou na minha mesa e eu não pude fazer nada.

— Quem começou então? — Uma sobrancelha grossa e bem desenhada saltou por trás dos óculos feios.

— Não lembro. — Pressionei os lábios e tentei parecer convincente. De jeito nenhum eu deduraria alguém para o chefe.

— Claro que não lembra. Mas faz uma fezinha pra mim. Se vão levar uma grana comigo, então eu quero uma parte. Não deixe ninguém saber que sou eu quem está apostando. Finge que o dinheiro é seu.

— Tá certo. Dante, eu... eu sinto muito — murmurei, olhando para o chão. Tá legal, eu não gostava do cara, mas sabia como um pé na bunda podia machucar.

— Não sinta. Será a primeira vez que vou ganhar, e não perder dinheiro com a Alexia.

Suspirei ao ouvir seu tom amargurado.

— Eu sei que essas coisas doem, e é normal você se sentir...

— Eu não tenho tempo para sentir, Luna — ele me cortou, com um olhar gelado. — Esta revista está a ponto de fechar as portas, e eu não vou deixar isso acontecer. Isso é tudo. — Mas o que ele queria mesmo dizer era "me deixa em paz".

Entendendo o recado, assenti uma vez e saí da sala. Adriele me interceptou antes que eu pudesse dar dois passos.

— E aí? Ele te deu um esporro? Te demitiu?

— Não, ele só queria que eu desse um recado para o Murilo.

— Ah — e pareceu decepcionada. — Como ele está? Arrasado, lamuriento, olhos marejados, murmúrios de dor incontidos? — Sacou um bloco de notas, a caneta a postos.

Meu queixo caiu e levei um minuto inteiro para conseguir falar alguma coisa.

— Você só pode estar brincando, Adriele.

— Por que eu estaria? Alexia é notícia.

— Sim, mas é a mulher do nosso chefe! Você não pode estar pensando em escrever sobre o assunto.

— Ela não é mais a mulher dele. E, de uma forma ou de outra, vão publicar a história toda. Só estou tentando sair na frente. Você acha mesmo que a Alexia vai ficar calada curtindo uma fossa? Se liga, Luna! Ela adora um escândalo. — Seus lábios se curvaram de um jeito cínico. — Então, como é que o Dante está? Fala a verdade.

Soltei um longo suspiro. Por mais que eu odiasse admitir, a Adriele tinha razão. Alexia era notícia, mas não seria eu a relatar algo a ela.

— Parece o mesmo de sempre — dei de ombros. — Mergulhado no trabalho. Acho mais fácil tentar descobrir alguma coisa com a Alexia. O Dante é muito fechado, ninguém vai tirar nada dele.

— Isso é uma revista, Luna! Desvendar pormenores é a função de pelo menos cinco pessoas aqui. E eu sou a melhor na área dos barracos VIPs. Me dá dois dias. — Ela me deu uma piscadela, o que fez meu estômago revirar.

Eu amava a profissão que tinha escolhido. Levar todo tipo de conhecimento às pessoas. Mas eu sempre odiei a invasão de privacidade que às vezes isso implicava.

Parei para me colocar na posição do Dante e da Alexia, pensei em como eu me sentiria se um dia acordasse com o coração partido e visse minha vida esmiuçada nas páginas de uma revista ou de um jornal, fazendo pouco caso dos meus sentimentos. Odiei a Adriele naquele momento.

Antes de voltar para a minha mesa, me encostei discretamente na da Júlia. Enfiei a mão no bolso, alcançando mais uma nota e juntando as duas que o Dante me dera. Escorreguei o dinheiro pelo tampo.

— Eu não tive tempo de apostar. Coloca tudo no "pé na bunda" — sussurrei para ela.

Júlia examinou o dinheiro e arregalou os olhos.

— Uau! Cento e cinquenta? É muita grana!

— Se é para apostar, que seja tudo ou nada — dei de ombros.

— Sábias palavras. — Ela pegou o caderno no qual a Adriele anotara as apostas. A coluna do "pé na bunda" tinha só o meu nome e o da Júlia; todos os demais apostaram que a Alexia tinha um amante.

O dia seguiu como de costume, cheio de telefonemas urgentes para qualquer um que não fosse eu. Furos de reportagem pipocavam por todos os lados empolgando os jornalistas, enquanto eu me mantinha ocupada jogando paciência. Honestamente, eu não conseguia me concentrar em muita coisa. Ser espectadora do pé na bunda alheio me fez pensar no fim do meu próprio relacionamento, e eu não queria lembrar. Queria esquecer.

Meu coração se contorceu quando vi o Dante fechando sua sala perto das seis da tarde, arrastando uma mala monstruosa pelo piso gasto. Ele não olhou para os lados durante o trajeto até o elevador, e ninguém se atreveu a se mover ou a respirar naquele instante.

Quando o elevador chegou, ele acomodou a bagagem lá dentro e apertou o botão para descer, mas, pouco antes de as portas se fecharem, eu pude ver a dimensão do estrago feito por Alexia. Dante retirou os óculos e esfregou o rosto, parecendo exausto, perdido e indefeso. Ele se recostou na parede de metal, deixando a cabeça tombar para trás, e soltou um suspiro que era mais um lamento que qualquer outra coisa. Fui incapaz de desviar o olhar conforme a máscara que ele usara o dia todo se desmantelava. Senti um nó na garganta ao reconhecer tão intimamente a agonia que ele sentia.

Inesperadamente, ele olhou para frente, e, por um segundo efêmero — tão rápido que não tenho nem certeza se de fato aconteceu ou se só imaginei tudo —, aqueles olhos castanhos, que até então eu não notara por causa dos óculos, se prenderam aos meus. Uma cumplicidade muda e bastante esquisita se instalou entre nós.

Então as portas do elevador se fecharam.

8

Eu estava concentrada no início do outono. Tentava pensar nos ventos cortantes do começo da estação, no fim das chuvas, nas noites um pouco mais frias. Tudo bem, eu já estava mais do que focada em touro.

Esperando estar fazendo aquilo direito, mentalizei a pergunta "O que as pessoas de touro podem esperar para esta semana?". Puxei três cartas e as espalhei sobre o colchão. Um ramo de flores. Um cavaleiro. Uma cobra. Essa era fácil.

Peguei o notebook e comecei a digitar.

Touro (21/04 a 20/05): Você vai conhecer alguém que vai parecer especial, mas que na verdade é um traste. Você merece coisa melhor! Fique longe de tipos com carinha de anjo.

Tá legal, agora gêmeos. Humm... Maio, mês das flores, das mães, das noivas, do aniversário de três anos de relacionamento com o meu carro... O que vai acontecer esta semana para quem nasceu em maio?

Um chicote, um peixe e um barco.

Franzi a testa. Então... gêmeos ia pescar usando chicote esta semana?

Meu celular tocou. Meu coração deu um pulo. Tinha que ser o Viny. Ele ainda não tinha me ligado. Não que ele precisasse nem nada. Quer dizer, ele *devia*, se estivesse mesmo interessado, mas não tinha obrigação nenhuma. Seria, sei lá, uma forma legal de demonstrar interesse ou saudade. Na verdade, só tesão já servia.

Olhei para os números na tela. Não era ele.

— Oi, vó.

— Como você está, filha? — ela quis saber.

— Humm... bom...

Vovó suspirou pesadamente do outro lado da linha.

— Eu sabia. As cartas nunca mentem. O que tá acontecendo, Luna?

— A senhora jogou as cartas pra mim de novo? — resmunguei, empurrando o computador para o lado e fazendo uma careta.

— Você sabe que eu sempre olho a sua sorte.

— E o que a senhora viu dessa vez? — perguntei, pouco à vontade.

Ainda que eu não acreditasse no que as cartas — os horóscopos, a previsão do tempo e o Murilo — diziam, minha avó acreditava, e dava aquilo praticamente como fato consumado. Era um inferno quando ela cismava que algo aconteceria e ficava me ligando de hora em hora para saber se o "destino" já tinha agido.

— Nada muito claro — ela respondeu. — Mas a carta do barco me deixou preocupada.

— Barco? — mordi o lábio, olhando para as três lâminas dispostas em linha reta à minha frente. Vó Cecília poderia ser de grande ajuda. Eu só tinha que arrancar a informação dela sem que ela percebesse. — E por que o barco seria ruim?

— Não seria, se ele tivesse aparecido em outra mão. Mas, ao lado da foice... me deixou apreensiva.

Até eu, que não entendia nada do assunto, sabia que a foice não era lá boa coisa.

— Ah, é? Então digamos que saísse... o chicote, o peixe e o barco. O que a senhora diria? — arrisquei.

— Que suas finanças não estão nada bem.

— Sério? — apoiei o telefone entre o ombro e a orelha para digitar o que ela dizia. — Por quê?

— O barco sugere mudança, e a carta do peixe representa os bens materiais. Nesse caso, o chicote é uma influência externa negativa. Você está com problemas financeiros, filha? Eu posso ajudá-la.

— Ah, não. Tá tudo na mesma por aqui. — No vermelho, como sempre. — Era só curiosidade mesmo. É bem legal essa coisa de ler a sorte.

Ela bufou.

— Eu li o horóscopo da sua revista. Você não devia brincar com isso, Luna.

— Não é brincadeira, vó. É trabalho.

— A cartomancia é assunto sério, você não conhece os riscos, os perigos. As regras que devemos seguir. Há períodos em que não podemos ler a sorte por não ser seguro. Você não devia brincar com o que não compreende.

— Perigos? De que tipo? — Não que eu realmente acreditasse naquilo. Não que desse a menor importância.

— Você não vai querer saber. Pare agora com isso e evite se meter em problemas com os quais não vai saber lidar. Além disso, o baralho não deve ser usado para a leitura dos signos. Para isso temos o mapa.

— Ah, eu sei, mas não consigo usar o mapa. As cartas são mais simples.

Minha justificativa a irritou.

— Luna, você não tem ideia do que está fazendo! Eu gostaria que respeitasse a magia cigana, seus ancestrais, a cultura do *seu* povo. — As farpas gélidas de sua voz me fizeram estremecer.

— Vó, eu juro que não estou desrespeitando nada, mas eu precisava sair da recepção, e essa foi a única opção que me deram. Não pretendo ficar bancando a charlatã por muito tempo. É só até conseguir uma coluna de verdade.

— Luna, Luna... Espero que saiba bem que tudo o que fazemos tem consequências.

— Eu sei. — Mas o que poderia acontecer de tão grave?

— Que bom. Não quer me contar o que anda te afligindo? Sua cabeça está confusa.

Eu podia ser uma fraude como cartomante, mas a minha vó não era. Eu tinha que admitir, ela nunca errava comigo. Ou sempre acertava por me conhecer melhor do que ninguém.

— Coração partido, eu acho — confessei. — Mas vai passar.

Ela soltou um longo e pesaroso suspiro.

— Eu disse que aquele rapaz não era bom pra você. Você devia ter me escutando.

— Agora eu sei disso. Na época ele parecia legal.

— Quando você vem pra casa? O casamento da sua prima Sara está chegando. Você não vai ajudar a família com os preparativos?

— Eu queria, mas tô meio enrolada e... será que não posso só aparecer para a cerimônia?

Ela suspirou outra vez.

— Você pode fazer o que quiser. Não posso obrigá-la a fazer parte da família se você não quer. — Não passou despercebido o tom de mágoa na sua voz. — Boa noite, Luna. Que Deus a abençoe.

— Vó, eu... — Mas ela já tinha desligado. — Droga!

Eu não permitiria que a culpa me engolisse. Não, de jeito nenhum. Por que raios minha avó insistia em preparar o casamento ela mesma? Por que não podia agir como uma pessoa normal e contratar uma agência de festas para organizar tudo?

Voltei para o meu texto.

Gêmeos (21/05 a 20/06): Sua grana vai evaporar se você não tomar uma providência. Nada de investimentos esta semana.

Puxa, eu odiaria ser de gêmeos. Que mensagem mais deprimente...

Nada de grandes investimentos nesta semana. Que bom que sapatos são considerados pequenos investimentos.

Bem melhor assim. Ao menos passava uma mensagem de esperança.

Alguém bateu à porta.

— E aí? Terminou? — Sabrina perguntou, enfiando a cabeça para dentro do meu quarto.

— Acabei de começar. Mas acho que tô pegando o jeito e não vou levar a madrugada inteira como da outra vez.

Ela riu. Então entrou e se aproximou da cama, se sentando ao meu lado e olhando como quem não quer nada para a tela do computador.

Fechei a cara.

— Você não vai sossegar enquanto não ler o seu signo, né? Mesmo sabendo que eu não passo de uma fraude.

Ela mordeu o lábio inferior.

— Só pensei em dar uma olhadinha pra... você sabe, ver o que posso esperar.

Sabrina voltara do encontro de carona com o tal Lúcio, como havia planejado. E, pelo sorriso que ela exibira ao entrar em casa, as bochechas afogueadas, o cabelo ligeiramente despenteado, não precisou me contar que ele a beijara. E telefonara na manhã seguinte, antes de ela ir para o trabalho, e depois à noite, quando conversaram por horas. Ao que parecia, ele estava tão encantado por ela quanto ela por ele. Fiquei mais tranquila.

— Que mal tem? — ela indagou, fazendo biquinho, o olhar suplicante.

Eu revirei os olhos e gemi.

— Tá legal. Mas promete que não vai acreditar no que eu escrever, porque, sinceramente, eu acho que não sei o que estou fazendo. Na verdade, tenho quase certeza que não sei o que estou fazendo — corrigi.

— Tá, tá. Só faz logo a sua mágica — ela me apressou, se endireitando na cama e correndo a mão pelos cabelos longos e lisos.

Câncer. Pensei em tardes quentes, caminhadas no parque, cheiro de flores...

— Quer que eu corte o baralho? — Sabrina ofereceu.

Olhei feio para ela.

— Não, porque não estou lendo sua sorte, estou fazendo um mapa astral do seu signo — falei sabiamente.

Fechei os olhos de novo e voltei para as flores, para o lago e o parque cheio de vida. Abri as cartas. Um livro, uma carta e o sol.

Câncer (21/06 a 21/07): Você vai brilhar como o sol no seu trabalho ou nos estudos. Mergulhe de cabeça que o sucesso está bem próximo.

Virei o notebook para ela. Sabrina leu, franzindo o nariz e a testa.

— Só isso?

— Só — confirmei.

— Mas... nada de assuntos do coração essa semana?

— Não. Só cartas ligadas ao trabalho e aos estudos. — Recolhi as lâminas e as embaralhei de novo.

— Que droga, Luna!

— Eu disse pra você não levar isso a sério.

— Bom... Tudo bem. Quem sabe na semana que vem tem algo mais interessante. Vou deixar você terminar. — Ela me deu um beijo na testa ao se levantar. — Que tal um filminho depois?

— Combinado.

Assim que ela saiu, voltei para o meu trabalho. Quando cheguei ao signo de escorpião, minhas mãos começaram a suar. Olhei incrédula para as cartas destinadas ao meu signo. O barco, a foice e o homem. Vovó viu duas delas para mim. Será que ela também viu o homem? O que foi mesmo que ela disse? Ah, sim, que eu estava confusa, e o barco podia significar confusão ao lado da foice. E tinha o homem... "Confusão" e "homem" eram praticamente sinônimos.

Tentando mentalizar algo positivo, digitei:

Escorpião (23/10 a 21/11): Vai pintar alguém que deixará seu mundo de cabeça para baixo.

Fiquei encarando a tela por alguns minutos. Uma frase curta que eu não queria elaborar. Igor deixara meu mundo em ruínas meses antes. Sem que eu percebesse, meus pensamentos mudaram de rumo e me flagrei pensando no Dante, que acabara de ter seu próprio mundo revirado e o coração destroçado. Torci para que ele estivesse se embebedando em algum lugar cercado de amigos. Os amigos são o muro de arrimo na reconstrução de um coração estilhaçado.

Sacudi a cabeça, deixando meus devaneios de lado, e voltei a embaralhar as cartas.

Horóscopo semanal por meio das cartas com a Cigana Clara

♈ **Áries (21/03 a 20/04)**

Esta semana promete! Tanto na vida profissional quanto na pessoal. Aproveite para recuperar o tempo perdido.

♉ **Touro** (21/04 a 20/05)
Você vai conhecer alguém que vai parecer especial, mas que na verdade é um traste. Você merece coisa melhor! Fique longe de tipos com carinha de anjo.

♊ **Gêmeos** (21/05 a 20/06)
Sua grana vai evaporar se não tomar uma providência. Nada de grandes investimentos nesta semana. Que bom que sapatos são considerados pequenos investimentos.

♋ **Câncer** (21/06 a 21/07)
Você vai brilhar como o sol no seu trabalho ou nos estudos. Mergulhe de cabeça que o sucesso está bem próximo.

♌ **Leão** (22/07 a 22/08)
Parece que você não conhece bem as pessoas ao seu redor. Amigas falsas e invejosas atrapalham seu crescimento. Deixe de ser boba e bote as cobras para correr.

♍ **Virgem** (23/08 a 22/09)
Se você ainda está solteira, saiba que esse status pode mudar logo. Talvez a pessoa certa esteja mais próxima do que você imagina.

♎ **Libra** (23/09 a 22/10)
Esta é a sua semana, garota! As estrelas brilham sobre você. Aproveite para dar uma passada no salão e deixar seu cabelo ainda mais deslumbrante.

♏ **Escorpião** (23/10 a 21/11)
Vai pintar alguém que deixará seu mundo de cabeça para baixo.

♐ **Sagitário** (22/11 a 21/12)
Pode ser que você precise de ajuda no trabalho. Não custa nada confiar um pouco mais nas pessoas.

♑ **Capricórnio** (22/12 a 20/01)
Gente folgada só existe porque as deixamos se aproximar. Está na hora de repensar antigas amizades e abrir seu coração para novas.

♒ Aquário (21/01 a 19/02)

Crise emocional, parada dura. Mas anime-se. Todo mundo passa por isso, e, se você se apoiar nas pessoas certas, sairá dessa mais depressa.

♓ Peixes (20/02 a 20/03)

Suas emoções estão à flor da pele. Esta é uma semana incrível para você contar como se sente para aquele gato que ainda não sabe que você existe.

9

Marchei um pouco frustrada para a reunião de pauta na segunda-feira. A coluna de horóscopo tinha sido bem-aceita. Prova disso era a quantidade de e-mails que entupiam minha caixa de entrada. A maioria de mulheres dizendo como a Cigana Clara era boa, que acertara a previsão, que uma amiga disse que lia meu horóscopo semanal antes de tomar qualquer decisão, para ter certeza de que estava fazendo a coisa certa. Aquilo me deixou um pouco assustada e muito irritada. Eu não queria que as pessoas dessem ouvidos ao que eu escrevia, mas o que é que eu podia fazer? Alguns simplesmente escolhem acreditar! E, se a coluna continuasse recebendo tantos elogios, o Dante nunca mais me tiraria daquela porcaria.

E, para ser sincera, essa não era a única razão do mau humor. Meu fim de semana tinha sido... normal. Fui ao shopping com a Sabrina, depois ao cinema. Almoçamos com a Bia e o Nando e à tarde demos uma geral na casa. Tudo igual, sem telefonemas do Viny nem nada.

Por isso, quando vi o Murilo entrar na redação naquela manhã, me enchi de expectativa. Mas não durou muito. Ele me informou que o Viny ficaria no Sul por mais alguns dias, cobrindo um evento de moda, e que não sabia quando ele voltaria.

— Muito bem. Vamos ver em que pé estamos — falou Dante com seu tom pragmático, depois que nos acomodamos nos nossos respectivos lugares.

Ele parecia o mesmo de sempre, focado, sempre pendurado ao telefone com algum patrocinador importante, comandando a revista de forma impecável. No entanto, algumas vezes eu o observei e pude notar certa amargura, abandono em seus olhos. O fato de a Adriele ter conseguido fotos da Alexia em uma balada no fim de semana, cercada de homens lindos, não devia ter ajudado a superar a perda. Pior, depois das fotos, todos deduziram que o fim se dera por causa de um daqueles caras, e eu perdi meus cinquenta paus.

— O número de reclamações caiu sete por cento na última semana se comparada às anteriores — Dante anunciou, analisando uma planilha. — Não houve nenhuma ameaça contra repórter dessa vez. Muito bom, Adriele.

— Aleluia! — ela riu. — Já tá ficando chato ameaçarem me explodir.

— Vendemos três por cento de exemplares a mais. — Dante arqueou a sobrancelha e um meio-sorriso despontou em seu lábio.

— Isso é ótimo! — Michele exclamou.

— Mas não é o bastante — ele a corrigiu, voltando para sua fachada objetiva — A gente precisa fazer os números crescerem ainda mais. Muito mais! O que temos para esta semana?

O silêncio absoluto se abateu sobre a sala. Dava para ouvir a Adriele roendo as unhas. Ela tomou coragem e se ajeitou na cadeira.

— Pensei em tentar uma exclusiva com a Alexia Aremberg — ela soltou.

Eu prendi a respiração.

— Isso está fora de questão. — Dante nem piscou para responder.

— Ela é notícia — Adriele argumentou. — As concorrentes vão publicar alguma coisa, quer você queira ou não. Parece que a *Na Mira* já está tentando uma exclusiva...

Dante olhou para as próprias mãos, entrelaçadas sobre a mesa, o maxilar trincado ao ouvir o nome da concorrente, e inspirou profundamente.

— Essa revistinha já está começando a me irritar. Tudo bem, Adriele — ele cedeu. — Consiga a matéria. Quero fotos novas. Chame o Vinícius para te acompanhar.

Dante agia como um verdadeiro profissional, se distanciando da vida particular em prol da carreira. Eu jamais conseguiria uma proeza dessas. Talvez por isso ele fosse o redator-chefe, e eu, a garota do horóscopo. Mas, apesar da postura profissional, seu desconforto era visível. Eu quis fazer algo por ele, fazê-lo se sentir melhor. Talvez, sei lá, lhe dar uma barra de chocolate e mentir que era diet.

— O cara ainda tá no Sul, acho — Adriele explicou.

— Até você conseguir agendar a entrevista com a Alexia, ele já vai estar de volta. Caso contrário, chame outro fotógrafo. — Ele soou indiferente e, sem tomar fôlego, mudou de assunto e se virou para me encarar. — Nunca recebemos tantas mensagens elogiosas. Luna, seu horóscopo é um sucesso. Muito bem. — E depois se dirigiu para Murilo, exigindo saber mais sobre a matéria da semana.

Eu pisquei, atordoada com a súbita mudança de tópico, mas um sorriso crescente se espalhou pelo meu rosto. Tá legal, eu sabia que não era nada que mudaria o mundo, que abalaria as estruturas da sociedade, mas meu chefe me fez um elogio — o primeiro! — e acertou o meu nome. E tudo de uma só vez!

— Isso é tudo, pessoal — disse ele por fim e nos dispensou.

Deixei a sala com os outros e me dirigi para a recepção. Meu celular tocou. Relanceei a tela. Não era o Viny.

— Alô?

— Oi, meu nome é Jéssica Bulhões. Você me enviou seu currículo e um pequeno texto. Tá lembrada? Achei muito interessante...

Meu coração quase saiu pela garganta. Ah, meu Deus! Seria a minha grande chance ligando? Eu só não lembrava quem era essa Jéssica. Enviei meu currículo para tanta gente...

— Eu gostei muito da maneira como você escreve. Não posso tê-la em nossa revista de forma permanente, por enquanto, mas gostaria de fazer uma oferta.

Tudo bem. Não era a minha grande chance ligando. Ainda. Mas talvez aquilo me aproximasse mais dela. Sorri.

— Sou toda ouvidos.

— Pensamos em criar uma seção voltada para solteiros. O que você quiser escrever, desde que não fuja do tema. Ela será mensal. Vamos testá-la e ver como os leitores reagem.

— Um trabalho freelance. — E uma forma de conseguir uma coluna de verdade. Ter um artigo publicado com meu nome verdadeiro! — Tudo bem, eu topo — me apressei em dizer.

— Que bom! Anote meu e-mail e telefone. Sinta-se à vontade para perguntar o que quiser. E seja bem-vinda à revista *Na Mira*, querida.

Minha boca se escancarou e, por um minuto inteiro, eu só consegui piscar.

— *Na Mira*? — Ai, não!

— Isso. Assim que tiver o primeiro texto, me envie e eu te explicarei algumas cláusulas do nosso contrato.

— Eu... — Ai, meu Deus, e agora? O Dante me mataria se soubesse que eu estava trabalhando para a rival. Eu não podia perder meu emprego fixo. — Eu... posso pensar um pouquinho sobre o assunto?

Isso a pegou de surpresa.

— Eu pensei que você quisesse a coluna, que tivesse aceitado.

— É que... eu não tinha me dado conta da enormidade da... — Eu olhei para os lados e abaixei a voz, com medo de que alguém me ouvisse. — Sua revista. Acho que estou um pouco insegura.

— Ah, isso é normal. Pensa um pouquinho no assunto, então. Não poderei contar com você se acha que não será capaz de aguentar a pressão. — E desligou.

Ah, Deus, por quê? Por que tudo tinha que ser complicado na minha vida? Por que não podia ser qualquer outra revista? Por que tinha que ser justo a concorrente da *Fatos&Furos*? O Dante me colocaria no olho da rua se soubesse, e, pelo que eu ouvia falar, a grana de freelas era boa, mas não daria para cobrir as despesas do mês. Eu precisava do emprego fixo, do salário caindo na minha conta todo dia 6.

Passei a mão pelos cabelos e inspirei profundamente. O que eu faria agora? Tentaria agir por debaixo dos panos? E se o Dante descobrisse?

Meu celular tocou outra vez. Eu estava tão atordoada que nem me dei o trabalho de olhar quem era. E dessa vez era o Viny.

— Oi, gata. Nosso encontro de sexta ainda tá de pé?

— Ah, oi. Eu não sabia se você iria voltar a tempo, então estava esperando você me ligar pra confirmar.

— Pintou um trampo bacana aqui no Sul, mas eu só aceitei porque sabia que estaria livre na sexta. Termino hoje e volto pra casa amanhã. O que significa que sou todo seu na sexta. Se você ainda me quiser, é claro — ele adicionou, e eu quase senti o sorriso em sua voz.

Reprimi um suspiro. Viny era um poço de sensualidade, e até por telefone ele conseguia me fazer arrepiar dos pés à cabeça.

— Eu quero. Quer dizer... O encontro. Ainda está de pé, lógico.

— Ótimo. Você ia partir meu coração se cancelasse. Te ligo na sexta se a gente não se trombar por aí.

— Tá bom. Até sexta.

Eu precisava decidir logo o que vestiria para aquele encontro. A Sabrina tinha um vestido lindo que talvez pudesse me emprestar.

— Oi, meu nome é Natacha. Vim para a entrevista de emprego — disse uma garota de pouco mais de um metro e meio. Ela tinha o cabelo loiro em estilo moicano cheio de pontas roxas e rosa. A camiseta fora picotada e o top lilás cintilava sobre a pele clara. A saia preta de tule tipo bailarina sobre a legging fazia a figura minúscula parecer um tipo de fada sombria.

Pedi que Natacha me seguisse até a sala do Dante. Bati à porta e avisei a ele sobre a candidata à vaga de recepcionista.

Ela entrou, parecendo muito à vontade, coisa incomum para quem enfrenta uma entrevista de emprego. Em menos de dez minutos, o Dante me ligou.

— Luna, mostre à Natacha o que ela deve fazer. Depois venha até a minha sala.

Então a garota apareceu na minha frente, no rosto a mesma máscara entediada de antes. Ela não parecia feliz por ficar com a vaga. Mas eu, sim. Eu estava radiante. Adeus, serviço telefônico, e-mails e cafezinhos.

— Bom, aqui está a agenda com todos os telefones de que você vai precisar... — Expliquei a ela todo o serviço e lhe apresentei alguns dos jornalistas que estavam na redação.

— Legal — ela falou, daquele jeito desinteressado.

Gostei dela. E seria maravilhoso ter alguém que não surtasse assim que o chefe começasse a berrar.

Eu me dirigi à sala do redator-chefe logo em seguida.

— Feliz? — ele indagou assim que eu entrei.

Eu já ia responder que sim, que eu estava muito feliz, especialmente por ele se dar o trabalho de me perguntar, quando notei o celular colado a sua orelha.

— Tudo bem — ele disse ao telefone. — Podemos resolver tudo de forma amigável *se* você der a exclusiva para a Adriele. Ãrrã. Combinado. — E desligou.

Pelo tom deprimido, eu soube que era a Alexia do outro lado da linha. Ele pareceu perdido em pensamentos, encarando o telefone mudo. Fiquei sem saber o que fazer. Eu devia esperar que ele se lembrasse da minha existência, ou deveria sair de fininho? Escolhi a segunda opção, e já estava a meio caminho da porta quando ele falou, sem levantar os olhos:

— Odeio isso.

É, a primeira conversa depois do fim do relacionamento não é nada agradável, ainda que seja por telefone. E foi por isso que eu disse:

— Sinto muito. — E sentia memo.

— Que bom pra você, porque eu ainda não sei como me sinto.

— Leva um tempo.

— Pelo menos nós teremos a exclusiva. — Ele jogou o telefone na mesa e alcançou uma caneta barata no porta-lápis.

— Você não precisava ter feito isso — eu murmurei, penalizada. — A Adriele ia dar um jeito.

— Talvez, mas nos últimos tempos a *Na Mira* tem feito a *Fatos&Furos* parecer medíocre. Não posso arriscar o futuro da revista por ter me envolvido com alguém que é notícia. Se o que os leitores desejam é saber da vida pessoal da Alexia, eu, como profissional, devo e *vou* mostrá-la.

Eu não sabia o que dizer, ainda mais pela menção à concorrente, para a qual eu supostamente faria trabalhos esporádicos. Então fiquei calada, olhando para um aviãozinho vermelho de brinquedo na prateleira atrás da mesa dele, mordendo o lábio até sangrar.

— A Natacha entendeu o serviço? — ele quis saber, mais recomposto, voltando a ser o Dante com o qual eu estava habituada.

— Não tem muito o que entender, mas ela parece bem à vontade. E... posso perguntar uma coisa?

Ele me encarou, inclinando a cabeça. Tomei aquilo como um sim.

— Achei que você ia entrevistar mais alguns candidatos antes de decidir quem ficaria com a vaga. — Pois fora assim comigo.

Ele me mostrou um meio-sorriso cínico.

— A Natacha não deu a mínima quando eu disse que havia uma grande possibilidade de ela perder o emprego nos próximos dois ou três meses, porque a revista está à beira da falência.

— Ah. Certo.

Então, no fim das contas, eu não estaria traindo a *Fatos&Furos* se aceitasse a proposta da Jéssica, não é mesmo? Estaria apenas garantindo meu futuro, caso a revista fechasse. Eu não tinha nenhuma razão para me sentir mal quanto a isso. É, e talvez chovesse jujubas um dia desses...

— Provavelmente, depois que a matéria da Adriele for para as prensas — ele começou —, o bolão vai chegar ao fim.

— Ah, não, já acabou — eu o interrompi. — A gente perdeu.

— A gente? — suas sobrancelhas se uniram.

Nunca desejei tanto que o chão se abrisse e me engolisse como naquele momento.

— É que... bom — clareei a garganta. — Eu achei que fosse seguro apostar no mesmo que você, mas a gente perdeu.

— Como é que é?!

— A A-Adriele conseguiu umas fotos da Alexia e... ela estava com... hã... uns amigos, eu acho... O pessoal de-deduziu que um deles foi... hum... a causa do... humm... fim do relacionamento... dela — acrescentei, mortificada.

— Mas não foi! — Dante então se levantou e contornou a mesa. — Vou falar com esses idiotas. Eles pensam que vão se dar bem à minha custa, mas não vão, não!

— Não, Dante! — gritei, segurando-o pelo braço quando ele passou por mim.

Ele lançou um olhar furioso para a minha mão em seu pulso. Eu o soltei e me distanciei dele.

— Você não pode fazer isso — murmurei.

— Claro que eu posso. É o *meu* dinheiro!

— E o meu também! Mas, se você falar com eles, vão saber que eu sabia o resultado o tempo todo. Aliás, vão saber que eu apostei por você e vão pensar que sou uma puxa-saco na qual não se pode confiar.

— E você acha que eu me importo com o que acontece com você?

Recuei um passo, engolindo em seco. Humilhação não era bem a palavra para o que eu estava sentindo.

Dante me examinou e sua expressão mudou. Ele fechou os olhos, sacudindo a cabeça.

— Droga! Desculpa, Luna. Não foi isso que eu quis dizer.

— Não precisa se desculpar. — Tentei empregar o máximo de compostura que pude manejar. — Você só está fazendo o seu papel.

— De chefe babaca — ele disse, bufando de um jeito esquisito.

Eu fixei meus olhos nos dele.

— Que bom que todo mundo aqui sabe bem a sua função. — Que se dane! Ele era meu chefe, mas nem por isso tinha o direito de falar comigo daquele jeito.

— Sinto muito — ele sussurrou, parecendo mortificado. — Não tenho sido boa companhia pra ninguém nesses últimos dias.

— Precisa de mais alguma coisa?

Passando a mão pelos cabelos desgrenhados, ele inspirou profundamente antes de dizer:

— Que você esqueça que falou comigo hoje...?

— Como quiser.

Senti meus olhos pinicarem, mas não permiti que nenhuma lágrima caísse. Saí da sala dele e fui direto para o banheiro. Em vez de abrir o berreiro, peguei o celular, digitei o número, me certificando de que estava sozinha, e aguardei. A ligação foi atendida no terceiro toque.

— Jéssica? Oi, é a Luna Braga. Eu já pensei. Se a oferta ainda estiver de pé, eu topo. Eu quero a coluna.

10

Quarenta e oito horas nunca me pareceram tão longas. Mas ali estava ela, a linda e fresca noite de sexta-feira. E, além do céu limpo e do calorzinho agradável, ela trouxe também a perspectiva de um fim de noite maravilhoso ao lado de um homem pra lá de gostoso.

Viny me ligou no finalzinho da tarde, confirmando o encontro. Ele escolhera um restaurante bastante badalado, o que achei muito animador. Eu estava pronta no meu vestido preferido do guarda-roupa da Sabrina — um tomara-que-caia roxo com um cinto largo do mesmo tecido —, que combinei com as sandálias pretas que ela me dera para dar sorte na entrevista de emprego na *Fatos&Furos*. Pulseiras prateadas cobriam meus pulsos e argolas pendiam das orelhas.

Sabrina já tinha saído com Lúcio. Eles haviam se encontrado apenas três vezes, ainda que se falassem diariamente por telefone. Eu estava louca para conhecê-lo, mas era cedo demais para apresentar a amiga. A Sá estava nas nuvens, ainda mais depois que a reforma milionária de um shopping de alto padrão caiu na sua mesa. Ela já fazia planos de comprar suas tão sonhadas poltronas Swan, para colocar na sala do seu primeiro apê, com a porcentagem que ganharia. Não sei bem por que a Sabrina era tão fascinada por aquelas poltronas. Para mim eram só poltronas caras demais e de aparência pouco confortável, mas o fato é que eram a menina dos olhos da minha amiga, seu Everest, desde que saíra da faculdade.

Peguei a bolsa e, colocando um sorriso no rosto, saí de casa.

— Nossa, que produção! — Beatriz, que estava chegando àquela hora, me avaliou dos pés à cabeça.

— Conheci um cara legal — contei logo, animada.

— Tô vendo. E aí, tá ansiosa?

— Muito!

— Camisinha? — perguntou, arqueando uma sobrancelha.

— Eu não transo na primeira noite, Bia.

Ela revirou os olhos.

— Camisinha? — insistiu.

— Na bolsa — murmurei, corando. — E você, já terminou de arrumar as malas para a viagem?

— As minhas já. O Fernando ainda nem começou.

Eu ri. Aquilo era a cara dele.

— A que horas é o voo mesmo?

Com medo de que os pais conseguissem convencê-la a ficar para a tal festa, Bia antecipara as férias. Ela e o Nando embarcariam no dia seguinte.

— Às nove da noite — ela disse. — Vamos sair mais cedo, lá pelas seis, para evitar problemas. Você sabe como é, esse trânsito é maluco...

— Então eu venho me despedir um pouco antes e pego a Madona.

— Me parte o coração ter que deixar a minha princesa — ela gemeu, se recostando na parede azul-clara.

— Vou cuidar bem dela, Bia — prometi.

— Eu sei — ela sorriu de leve. — Agora vai logo para o seu encontro que o trânsito tá infernal hoje.

Peguei o carro em frente ao prédio e segui, com as mãos suando, para a zona sul. O restaurante bacanérrimo ficava no térreo de um dos hotéis mais chiques da cidade. Viny se dera o trabalho. Eu não conseguia parar de sorrir, ainda que o meu estômago estivesse brincando de elevador, num sobe e desce dos infernos.

O manobrista deu uma olhada para o meu Twingo com algo parecido com horror nos olhos quando encostei na entrada do hotel. Acho que ele não estava acostumado a ver carros populares por ali.

— Tem que pisar duas vezes na embreagem pra engatar a ré. — Passei-lhe as chaves. — E o freio de mão não tá lá essas coisas, então é melhor deixar engatado.

Ele continuou olhando para o carro por mais um minuto antes de piscar e sacudir a cabeça uma vez.

— Sim, madame. — E entrou no Twingo, levando-o aos trancos para o estacionamento subterrâneo.

Dei uma conferida no visual, alisando o vestido para secar as mãos úmidas. Endireitei os ombros e subi os oito degraus que levavam ao restaurante. O lugar era lindo. Uma tela imensa de um pintor famoso cobria uma das paredes, lustres modernos pendiam do teto, arranjos delicados decoravam as mesas. Dei uma olhada no salão, mas o Viny ainda não tinha chegado. Em vez de seguir até a hostess e ir para a mesa reservada, decidi que era melhor esperar por ele no bar, logo ali na entrada.

Pedi uma taça de vinho branco e chequei mais uma vez minha aparência no espelho atrás do balcão. Alguns fios começavam a arrepiar por causa da umidade. Tentei domá-los, mas acabei desistindo. Viny não se importaria com alguns fios rebeldes, certo?

Onde diabos ele estava? Meia hora havia se passado e nada do Viny aparecer. A minha ansiedade só crescia. Quanto mais eu deveria esperar antes de ir embora? E, o mais importante, quanto custava o vinho que eu estava tomando? Talvez eu não devesse ter pedido a segunda taça sem antes dar uma olhada no preço...

Meu telefone tocou. Olhei para o visor e toda a minha empolgação começou a se dissipar.

— Mil desculpas, gata — a voz macia do Viny ecoou no meu ouvido. — Mas você não vai acreditar no que acabou de acontecer! Parece que houve uma explosão na cozinha do palácio do governo.

— Meu Deus! Alguém se machucou?

— Ninguém importante, pelo que eu soube. Estão suspeitando de um atentado.

Confesso que a frieza com que ele falou aquilo me chocou um pouco, mas, ei, quantos desastres ele já não devia ter visto?

— Eu sinto muito — ele prosseguiu. — Muito mais do que posso dizer agora, mas estou correndo pra lá. Vou tentar fazer umas fotos. Me perdoa, Luna.

Toda aquela produção, todo o trabalho de maquiagem, depilação e o suplício que fora entrar no vestido da Sabrina, toda a minha ansiedade e o nervosismo para nada. Ele não viria.

— Eu entendo — me forcei a dizer. — É o seu trabalho.

— Tudo bem remarcarmos para outro dia?

— A gente combina depois. — E desliguei.

Tomei o restante do meu vinho e já me preparava para criar coragem e pedir a conta, para deixar ali parte considerável do meu salário, quando alguém me chamou.

— Luna!

Ali estava. Meu desejo realizado. Eu teria rido se não fosse trágico.

Igor sorria timidamente para mim. Pelo olhar de cobiça, eu soube que a minha aparência era das melhores naquela noite. Tudo bem que faltou o fotógrafo gostoso para eu poder esfregar na cara dele. Mas é isso aí, não dá para ter tudo na vida.

— Nossa, você tá... linda! — ele exclamou. — Tá esperando alguém?

— É... eu tô esperando alguém. Um cara. Um... médico. Muito gato. Ele malha.

Seu sorriso vacilou. Igor detestava malhar. Dizia que só idiotas perderiam tempo em cima de uma esteira. Ele fazia o tipo magro e alto, os cabelos claros e ondulados lhe caíam sobre a testa, os pálidos olhos azuis fitavam os meus.

— Como andam as coisas na revista? — ele quis saber.

— Eu consegui uma coluna faz algumas semanas.

— Sério? Cara, você merece. Eu sei o quanto você deu duro para conseguir um emprego legal. Você devia ter me ligado para contar a novidade. — Ele me examinou mais uma vez e umedeceu os lábios. — Você realmente está... Uau!

Uma mulher escultural de cabelos lisos e franja sobre as sobrancelhas se empoleirou no ombro dele. Meu ex desviou os olhos do meu decote e olhou para a moça, meio sem graça, passando o braço na cintura dela.

— Tati, quero te apresentar a Luna, uma amiga. Luna, essa é a Tatiana, minha... humm...

— Noiva — ela completou, fuzilando-o com os olhos.

Eu simplesmente paralisei, encarando-o fixamente.

— Noiva?

Ele desviou o olhar.

— É. Eu... achei que era hora de sossegar.

— Engraçado. A menos que eu tenha entendido tudo errado, algumas semanas atrás você parecia bem solteiro quando me procurou e fez uma cena em frente ao meu trabalho.

— A gente se conheceu faz um mês — Tatiana encarou o noivo. Então acariciou o queixo dele com as unhas pintadas de vermelho.

— Decidimos nos casar no fim de semana passado — ele contou.

— Parabéns — cumprimentei. — Tomara que dessa vez você consiga ser fiel.

Um silêncio constrangedor se abateu sobre nós, até que o Igor finalmente se tocou e decidiu pôr fim à agonia.

— Bom, foi ótimo rever você, Luna. Quem sabe não jantamos todos juntos um dia desses. Eu e a Tati, você e o médico... Isto é, se as coisas entre vocês dois ficarem sérias mesmo. — Não pude deixar de notar seu tom duvidoso.

— Ah, é sério sim — afirmei. — Muito sério. Eu até deixo ele pegar comida do meu prato.

Igor nunca entendera a minha relação com a comida. Eu não dividia. Nunca! Nem mesmo com ele. A Sabrina vivia me enchendo o saco por isso, dizendo que uma mulher jamais briga por comida. Para ela era fácil falar. Ela não passou a vida toda sendo assaltada pelo irmão. Até hoje eu não entendo como o Raul pode comer tanto. Desde que eu era pequena ele roubava os meus lanches. Nos domingos de Páscoa, eu abria meu ovo de chocolate, comia só uma lasquinha para que ele durasse a semana toda e então escondia em um lugar ultrassecreto, que afinal não era tão secreto assim, já que o Raul sempre o encontrava, devorava tudo e colocava jornal amassado no lugar do chocolate. Depois de anos, resolvi não dar bobeira e comer tudo na hora, até que não restasse uma única migalha. Acabei me acostumando com isso. Se alguém se atrevesse a aproximar o garfo do meu prato, eu era capaz de rosnar (e morder!) como um cachorro raivoso.

E o Igor sabia disso, por isso o choque tão evidente em seu rosto.

— É tão sério assim? — ele perguntou, parecendo magoado.

— Outro dia eu até deixei que ele comesse o último pedaço de pizza sem discutir. Acredita nisso? — menti, desferindo o golpe final. Pizza era minha comida favorita.

— Uau! Ele deve ser muito especial pra você.

— Ah, ele é perfeito! — Sobretudo por se tratar de um homem imaginário.

— A gente precisa ir agora — Tatiana falou, meio irritada. — Até qualquer dia. — E arrastou meu ex-namorado relutante para fora do restaurante.

Eu me larguei no banco, atônita, magoada e irritada por não ter um namorado com quem dividir minha comida.

Igor ia se casar. Como ele podia se casar com uma mulher que conhecia havia um mês? Nós ficamos juntos por dois anos. Dois. Anos. E em momento nenhum, por mais fugaz que tenha sido, ele mencionara casamento. Não que eu fosse aceitar, mas ainda assim.

— Uma vodca dupla, por favor — pedi ao barman, ainda zonza com tudo aquilo. Que se dane que custasse quase o preço de uma garrafa no mercado. Eu não conseguia me levantar dali para ir ao mercado. É para isso que o dinheiro existe. Para realizar os seus desejos. E o meu desejo era vodca. E ali estava ela, como mágica, bem na minha frente.

Virei a bebida, cujo gosto lembrava lava fumegante, e xinguei mentalmente enquanto o álcool incinerava minhas entranhas. Foi bom. Ao menos eu soube que ainda tinha um corpo capaz de sentir outra coisa além de raiva. Pedi outra dose. E mais uma depois dessa.

— Dia difícil? — Como a praga que era, Dante apareceu do nada, escorregando no banco ao meu lado.

Eu ri, desanimada.

— Já não estava bom antes de ver você, imagina agora. — Beberiquei mais um pouco da minha vodca. Incrível como um líquido como aquele pode dar coragem aos covardes. — Acabei de tomar um bolo e encontrar meu ex com a futura esposa.

— Uau. Que merda. Mas, se isso te anima, meu dia também foi ótimo. Fui expulso da minha própria casa na semana passada e, quando tentei pegar meu cachorro hoje à tarde, a maluca da minha ex-namorada chamou a polícia. Tive de explicar ao delegado que não estava ameaçando ninguém e que eu só queria levar o meu cachorro.

— E conseguiu pegar ele de volta?

— Não. Quero dois desse aqui — ele pediu ao barman, apontando para o meu copo. Então se virou para mim: — Mas consegui ser fichado.

— Sério?

Ele assentiu, dois copos foram colocados à sua frente no balcão. Ele tomou um deles num trago só.

— Estou hospedado aqui. A Alexia se recusa a me deixar entrar na *minha* casa. Eu paguei por tudo que está lá dentro e ela não me deixa entrar.

— Dante, relaxa. As coisas vão se acertar com o tempo.

Apoiando o cotovelo no balcão, ele me mostrou um sorriso irônico.

— Como você disse que estava se sentindo mesmo? — uma sobrancelha apareceu atrás dos óculos ridículos.

— Quer saber, você merece que a Alexia te expulse de casa. Merece que te escorracem por ser tão grosseiro com todo mundo. — Fiquei de pé.

Senti uma pequena vertigem e cambaleei. Dante se antecipou e me segurou pelos ombros.

— Opa! Segura aí, menina.

— Tá tudo bem. Pode me soltar — ordenei, me equilibrando e me afastando de suas mãos.

— Eu não tive a intenção de ser grosseiro — ele falou num fiapo de voz. — Desculpa. Não vai embora. Bebe comigo.

— Você não merece companhia. Nem a sua própria.

Ele assentiu com entusiasmo.

— Você tem razão. Toda razão, mas, por favor, fique aqui. Eu não ando agindo bem ultimamente, e parece que você está sempre por perto quando eu me comporto feito uma mula, mas não vá embora. Eu não tenho ninguém com quem conversar de verdade. Todo mundo fica me dizendo que a Alexia só está passando por um período ruim e que tudo vai voltar ao normal. Você é a única que não me disse isso ainda, que, como eu, não acredita que tudo vai voltar ao que era. Você meio que me entende, não é?

Desafiando meu bom senso, assenti uma vez.

— Então fica — ele pediu. — Só... fica e me escuta. E me manda calar a boca quando eu for rude.

— Isso significa que você *vai* ser rude? — Eu estreitei os olhos para ele.

— *Se* eu for rude — ele corrigiu e sorriu de leve.

Hesitei por um instante. Era uma droga tomar um pé na bunda, mas ainda pior era não ter ninguém para ouvir suas lamúrias.

— Se você for grosso outra vez, eu vou embora — avisei, encarando-o fixamente.

Ele aquiesceu e exibiu um sorriso tímido.

— Eu não vou ser. Não de propósito. E você devia me perdoar mesmo se eu for, já que você é um anjo.

— Sou um o quê?

— Você tem asas. — Ele apontou para os meus pés. Olhei para baixo, para as asas que saíam das tiras da minha sandália plástica Vivienne Westwood. Dante prosseguiu. — Viu só, eu podia ter dito que você era um morcego, um pelicano, um papagaio. Isso prova que eu não sou um idiota o tempo todo, certo?

Sentei-me ao seu lado, contendo o riso.

— Não tenho tanta certeza, mas vamos lá.

— Você estava usando essa sandália no dia da entrevista de emprego.

— Sim, estava — respondi, surpresa. — Ah, cara, não acredito que você lembra da minha sandália, mas não conseguia acertar meu nome.

Ele coçou a cabeça, envergonhado.

— Pois é. Lembro delas porque... bem... são interessantes.

Soltei um longo suspiro.

— Tudo bem, desembucha, Dante. E é você quem paga a conta.

— Não sabia que ia ter de pagar por companhia — ele apontou, achando graça.

— Não pela companhia, pela bebida. Agora fala.

— Mais dois — ele pediu ao garçom antes de começar. — Eu nem sei o que pensar. Seis anos de relacionamento. Seis anos, Luna! E assim — ele estalou os dedos —, do nada, a Alexia decidiu que queria um tempo, que não tinha certeza do que queria da vida. Ou, em outras palavras, que não tinha certeza se ainda me queria na vida dela.

— Sem querer dizer o que todo mundo já te disse, mas talvez seja mesmo só uma fase. Talvez ela mude de ideia.

— Não tenho certeza se quero que ela mude de ideia. Esse tempo para pensar não é propriedade dela, como ela acredita que é a minha casa. Eu também tenho pensado muito. Reavaliei tudo e descobri que simplesmente me acomodei. Não sei se quero voltar a viver com ela.

Eu assenti para ele.

— Entendo. Você vai ter que descobrir o que quer da vida.

— E até lá eu faço o quê? — ele bufou. — Espero sentado como um cachorrinho?

— Não. Espera bebendo vodca. — Ergui o copo num brinde e o esvaziei.

Dante fez o mesmo. E, depois desses, esvaziamos muitos outros. À medida que o álcool entrava em mim, meu humor melhorava consideravelmente, e o Dante se tornava uma ótima companhia. Eu nunca tinha ido com a cara dele, mas, naquela noite, eu gostava um bocado do Dante. Ele era tão engraçado! Sobretudo quando tentava secar os olhos sem tirar os óculos depois de rir feito doido e eles ficavam tortos na cara dele por uns cinco minutos, antes de ele notar.

— *Zi* ela *qué* um tempo é porque *num* me ama mais. Talvez nunca me *amô* de verdade — ele refletiu.

— Por que ele vai *zi* casar *coela*? Por que nunca quis *zi* casar comigo?

— Ela deve *zer* um espetááááculo na cama!

Eu girei no banco, me segurando no balcão ao quase perder o equilíbrio.

— Ué! *Vozê* nunca dormiu *ca* Alexia?

— Tô falando da noiva do *zeu* Igor.

Pensei um pouco no que ele falava e achei que fazia sentido. Dante era muito sensato. Especialmente naquela noite.

— E o que *izzo qué dizê*? Que eu num *zou* boa, por *izzo qui* ele nunca quis casar comigo?

Ele deu de ombros e soluçou ao mesmo tempo.

— *Comé qui* eu vou *zaber*? Os caras ficam doidos a ponto de pedir em casamento as mulheres que *enloquezzem* eles na cama.

— *Vozê* pediu a Alexia em casamento?

— Não. — Ele franziu a testa, os óculos escorregaram para a ponta do nariz. — *Zerá* que devia ter pedido?

— Num *zei*. Por que nunca *quiz* casar com ela? — Estiquei o braço e empurrei sua armação com o polegar. Ficou torta. — Ela *num* era boa de cama, não?

— Era.

— Então...?

— *Num zei*, Luna. — Ele tentou endireitar os óculos, mas não deu certo. — Acho que *num* parei pra *penzar nizzo*.

— Em *zeis* anos *vozê num pensô nizzo* nenhuma vez?

— Eu acho que não. *Num* lembro. Tô meio confuso agora. *Zerá* que foi por *izzo qui* ela *mi largô*? Porque queria casar?

— Acho que ela foi *zinzera*. Ela te largou porque tinha dúvida do que queria. Por *izzo* e porque os homens *zão* grandes filhos da puta comandados pelo próprio pau.

— *Zim, zenhora.* — Ele ergueu o copo num brinde.

— E desprezíveis. — Mas brindei também.

— É, mas é *azzim* que *funziona*.

— Ei! — reclamei, depois de tomar um gole. — Quem foi que colocou tequila no meu copo?

— Ué! Foi ele. — E apontou para um dos caras atrás do balcão.

— Qual deles? — forcei os olhos.

— Eu *zei* lá. Eu tinha *zerteza* que tinha um *zó* aqui, mas vai *zaber*.

— Tem uns *zinco*.

Eu estreitei os olhos, tentando focá-los em um dos rapazes atrás do balcão, mas eles não paravam quietos. Eu me virei para o Dante.

— Eles *num* param de *ze* mexer.

— Puta que pariu! — gritou ele, me assustando ao aproximar o rosto do meu e examiná-lo com muita atenção. Ou atenção suficiente, dado o seu estado. — *Zeus* olhos *zão* verdes que nem azeitona.

— *Zão*. Os dois — concordei orgulhosa.

Ele riu.

— *Zão* lindos! Os dois. *Vozê é engrazada.* — Ele ajeitou os óculos de novo. E ficaram ainda mais inclinados.

— É porque *vozê* tá bêbado.

Ele assentiu.

— Tô. Eu gosto de *vozê* quando *vozê* tá bêbada.

— Eu também gosto de *vozê* quando eu tô bêbada.

Um dos atendentes nos avisou que estavam fechando, não sem antes ouvir nossos protestos. Não adiantaram nada.

— Que horas *zão*? — perguntei ao Dante.

— Não *fazzo* ideia. *Vozê qué* continuar *converzando* em outro lugar? Tem um frigobar cheio de garrafinhas no quarto.

Não sei por quê, mas achei graça naquilo. E o fato é que eu gargalhei tanto que perdi o equilíbrio, e teria caído do banco alto se o Dante não tivesse sido rápido e me segurado. Só que ele também estava meio sem equilíbrio e acabou me empurrando de encontro ao balcão, se encaixando entre as minhas coxas. Seus óculos caíram entre nós dois e acabaram se prendendo no meu decote.

— Bela pegada — Dante elogiou, os olhos fixos nos meus seios.

Ele ergueu a cabeça e me encarou. Caramba! Sem os óculos, o Dante era simplesmente... simplesmente...

— E aí, Luna, vai pra casa?

11

Minha cabeça latejava contra o lençol macio. Inspirei profundamente e não reconheci o cheiro das roupas de cama. Eu me forcei a abrir os olhos e... Cacete! De onde vinha toda aquela luz?

Enterrei a cabeça no travesseiro, cobrindo a vista com o braço enquanto algo cutucava meu cérebro. Tentei de novo, olhando ao redor para me situar.

Onde diabos eu estava?

O quarto decorado em tons de marrom e creme não me era familiar. Então, me virei devagar e dei de cara com uma muralha. Por um momento, me perdi na tatuagem negra naquelas costas largas; um par de asas abertas cobria quase toda a parte superior, de um ombro a outro. Era linda, mas, Deus, quem era aquele homem?

Tentei me apoiar nos cotovelos para dar uma espiada no seu rosto, mas minha cabeça parecia estar cheia de água, pesada e sacolejante, a ponto de estourar à mínima pressão.

Desabei no colchão, a boca seca, o estômago revirando como uma centrífuga. As estocadas na cabeça me faziam querer vomitar, e eu tinha certeza de que havia algo errado com os meus ouvidos. Era como se um amplificador de duzentos mil watts estivesse conectado ao tímpano.

O homem ao meu lado inspirou profundamente e se mexeu, ficando de barriga para cima e me dando assim a chance de visualizar seu perfil.

Minha boca se escancarou.

Meu. Deus. O que foi que eu fiz?

Ele abriu os olhos, me viu e sorriu sonolento. Eu fiquei paralisada de horror, tentando acordar daquele pesadelo ou desejando ser outra pessoa.

Ele se arrastou sob os lençóis, se aconchegando em mim como um gato manhoso. Eu ainda não conseguia me mover, apenas respirava e piscava — e fiquei realmente impressionada por meu cérebro ainda conseguir enviar comandos tão precisos para o corpo. Por um instante, cheguei a pensar que ele tivesse se desconectado do restante de mim, já que eu não era capaz nem de fechar a boca.

Um braço forte e torneado se enroscou em minha cintura. Não havia nada entre sua pele quente e a minha. A ponta de algo rijo, grande, roliço e suave como veludo cutucou meu quadril. Foi aí que eu pulei da cama.

— O que foi? — Dante perguntou, erguendo o tronco e se apoiando em um cotovelo. Ele me examinou com atenção, os olhos escorregaram por meu corpo nu.

— Não olha pra mim! — Puxei os lençóis da cama, sentindo todo o sangue subir para o rosto. Eu me embrulhei no tecido, meio desajeitada por causa do embaraço e da pressa.

Contudo, ao me cobrir, acabei expondo o Dante.

Puta merda!

Eu não conseguia desgrudar os olhos dele por mais que tentasse e... Ah, como eu estava tentando. Mas como eu poderia desviar o olhar depois de observar, completamente embasbacada — e muito, muito revoltada —, aquele corpo nu sobre a cama. *Como* ele escondia aquilo tudo? Tá legal, o Dante não era feio, e as camisas lhe caíam bem, mas apenas sugeriam um bom físico, ainda que eu o achasse meio magro. Mas o corpo ali na minha frente não era nada magro e definitivamente era muito mais que um bom físico. Ombros largos e bem torneados, peitoral esculpido, o abdome chapado e definido à perfeição, e, descendo mais um pouco, me deparei com o... Uau!

Ele teve a decência, ainda que um tanto atrasado, de cobrir com o travesseiro aquilo que tanto chamara minha atenção. Finalmente eu tinha entendido o que a Alexia vira nele.

— O que foi que a gente fez? — perguntei num fiapo de voz, prendendo o lençol ainda mais ao redor do corpo, me transformando em um charuto.

Ele coçou a cabeça e me lançou um olhar espantado.

— Humm... Parece meio óbvio, Luna.

Ao menos dessa vez ele acertou o meu nome, me consolei.

— Não! A gente não pode ter feito... *isso*!

— Por que não? — Ele ainda me fitava daquele jeito esquisito.

— Porque... porque... Porque a gente trabalha junto! Você acabou de sair de um relacionamento e eu tô interessada num cara e... Você é meu chefe, pelo amor de Deus! Além disso, eu lembraria se a gente tivesse... se tivéssemos feito *aquilo*. E eu não lembro!

— De nada? — Suas sobrancelhas se ergueram.

A falta dos óculos horrorosos me era inquietante. Por que ele não colocava logo aquela máscara na cara para que eu pudesse me sentir segura outra vez? Dante era muito mais bonito do que eu havia me dado conta. Era como se existissem dois dele. Um normal e irritante, e outro gostoso pra caramba. Como o Médico e o Monstro. Ou o Super-Homem e o Clark Kent. Humm... engraçado, sempre preferi o repórter ao super-herói.

Sacudi a cabeça na tentativa de desembaralhar os pensamentos.

— Lembro de algumas coisas, mas não disso. — Apontei para o corpo dele e então para o meu.

— Do que você lembra?

Ele sentou na cama, mas manteve o travesseiro sobre o quadril. Fechei os olhos para não me distrair com aquele caminho estreito de pelos na barriga cheia de gomos.

— Humm... Nós viemos pra cá depois que você pagou a conta no bar — comecei.

— Certo.

— E a gente bebeu mais um pouco aqui. Aí começamos a dançar. Mas acho que nem tinha música.

— Não tinha mesmo.

— Depois alguém sugeriu que a gente devia dançar pelado...

— *Você* sugeriu — ele salientou.

Abri os olhos. Ele estava sorrindo. Ai, meu Deus! Era um sorriso inteiro, com dentes e olhos e que fez desaparecer aquele V quase perpétuo entre as suas sobrancelhas e surgir duas adoráveis meias-luas em suas bochechas.

— Que seja — cedi. — *Eu* sugeri que a gente dançasse pelado. Começamos a tirar as roupas equilibrando a garrafinha de tequila na testa. Eca, eu nem gosto de tequila! — fiz careta.

— Ah, sim, eu lembro disso também. Foi engraçado — ele riu de leve, mas parou assim que viu minha cara. — Talvez não tenha tido tanta graça assim.

— Depois disso... — soltei os ombros, derrotada. — Mais nada.

Ele franziu a testa, parecendo se concentrar.

— Acho que pulamos na cama como duas crianças, só de roupas íntimas... — contou.

— Ah, é... — Fui me lembrando vagamente do que ele dizia. Graças a Deus, ainda havia esperanças! — Então foi isso! — falei, me agarrando à única tábua de salvação que encontrei. — Vai ver ficamos exaustos depois de tanto dançar e pular e apagamos na cama sem que nada mais tenha acontecido. Porque, fala sério, Dante, a gente estava bêbado demais para ter feito qualquer outra coisa além de desmaiar.

Pode ser que...

— Não aconteceu nada entre nós — decidi, interrompendo-o e me deixando cair no colchão, exalando pesadamente, ainda que não entendesse muito bem como minha lingerie tinha sumido do corpo. — Teria sido terrível se tivéssemos... humm... Já pensou como seria constrangedor? Sexo casual, por definição, acontece com alguém que você não vai ver de novo, não com quem trabalha com você. Ainda mais se ele for seu chefe.

— Que bom que nada aconteceu — ele concordou, um pouco constrangido. — É um alívio!

Ainda embrulhada no lençol, comecei a recolher minhas roupas que estavam espalhadas pelo quarto todo. Meu sutiã jazia como uma bandeira na maçaneta do que eu esperava ser o banheiro.

E era. Então me tranquei ali dentro e me apressei em ficar decente.

Droga! Cadê a minha calcinha?

Enfiei o vestido pela cabeça e amarrei o cinto de qualquer jeito. Apoiei as mãos na pia e respirei fundo algumas vezes, tentando acalmar minha pulsação. Lavei o rosto e aproveitei para engolir um bom tanto de água, doida para me livrar da sensação desértica na minha boca. Sequei o rosto na toalha macia e encarei o espelho, esperando encontrar um protótipo de zumbi verde com enormes olheiras roxas. Não errei por muito. Meu cabelo estava um caos, e eu tentei desembaraçar os cachos com os dedos, mas estavam cheios de nós e, quanto mais eu mexia, pior ficavam. Puxei os fios para trás na intenção de prendê-los, mas logo me detive, atônita. Uma marca quase redonda e semicerrada, bem na junção do pescoço com a clavícula, parecia brilhar em neon no espelho.

— Ah, não!

De repente, uma imagem, um flash de algo que eu não queria lembrar, preencheu minha cabeça latejante.

Dante dizia algo em meu pescoço, eu ri e ele me provocou, mordendo de forma deliciosa a base lateral do meu pescoço, pressionando ainda mais o corpo contra o meu, indo mais fundo, me fazendo gemer e puxar seu traseiro nu com mais força de encontro ao meu quadril, querendo receber tudo que ele...

— Merda! — murmurei, soltando os cabelos e escondendo a mordida com eles.

Saí do banheiro sem ter ideia de como dizer ao Dante que não só tínhamos transado como, aparentemente, tínhamos gostado um bocado daquilo.

Ele estava agachado ao lado da cama, sua bunda bem feita e pequena dentro do jeans virada para mim.

— Dante...

Ele se endireitou em um átimo, imediatamente levando a mão esquerda ao bolso da calça, mas, antes que pudesse escondê-la, eu pude ver a pequena embalagem negra com o dragão dourado estampado, rasgada bem ao centro. Ele já sabia.

— O que foi? — perguntou, parecendo preocupado. Os óculos estavam de volta. Reprimi um suspiro de alívio.

— É que... eu... O que você encontrou aí? — Seria mais fácil se ele começasse. Não, não seria mais fácil. Seria menos constrangedor.

— Nada importante — ele respondeu. — Só um papel de recado que caiu do meu bolso ontem enquanto a gente... dançava.

Fiquei olhando para ele pelo que me pareceu um século inteiro. Ele pretendia fingir que nós não tínhamos transado? Ela sabia o que a gente tinha feito e não ia me contar nada? Ainda que eu já soubesse, ele não sabia disso. Como aquele canalha podia não me contar uma coisa dessas? Como ele se atrevia?!

— Tem certeza que era uma anotação qualquer? — pressionei.

— É o telefone de um possível patrocinador.

Ah, sim. Talvez a Olla se interessasse em colocar um anúncio em uma revista feminina...

Endireitando os ombros e disposta a não continuar sendo humilhada por ele, falei:

— Preciso ir.

— Não quer comer nada antes? — ele ofereceu, bastante sem graça, mas parecendo querer bancar o amante gentil. Como se isso fosse possível... O cara transou comigo e não teve a decência de me contar! — Posso pedir para trazerem o café aqui.

— Não precisa. — Eu me abaixei e peguei minha bolsa, que estava dentro da gaveta aberta da mesinha de cabeceira. — Então, só para deixar bem claro, essa noite nunca existiu.

— Nunca existiu. — E assentiu brevemente, me encarando.

Esperei que ele mudasse de ideia e assumisse o que tinha acontecido entre nós, mas o safado permaneceu calado, as mãos enfiadas nos bolsos do jeans.

Furiosa, marchei em direção à porta e saí dali, sem batê-la depois de passar. Já bastava dar a ele motivos para zombar de mim. Seria um inferno ter que olhar para a cara dele na segunda, mas eu sobreviveria. Quem sabe ele não acabasse tendo uma indigestão com o café daquela porcaria de hotel e precisasse ficar hospitalizado por um ou dois anos?

É, e quem sabe eu não encontrasse o Papai Noel na calçada distribuindo ovos de Páscoa.

12

Bati a porta com força quando entrei em casa. Eu estava com tanta raiva que seria capaz de atear fogo nos meus próprios sapatos — comigo dentro! — se isso fizesse o Dante sofrer de alguma forma. Joguei a bolsa no sofá e desabei sobre ele. A Sabrina apareceu envolvida na toalha, os cabelos ainda pingando e a boca coberta de espuma branca.

— Alguém se deu bem ontem à noite... — ela resmungou, parando de escovar os dentes por um segundo.

— Você não faz ideia do que aconteceu! — Inquieta, fiquei de pé e segui direto para a minúscula cozinha. Abri a geladeira azul antiga e peguei uma lata de refrigerante na tentativa de me livrar do enjoo por causa da ressaca.

Sabrina me seguiu, cuspindo a espuma branca na pia da cozinha e enxaguando a boca ali mesmo.

— Não foi bom?

— Bom? — Tomei um gole do refrigerante antes de responder. O gás fez meus olhos lacrimejarem e meu estômago revirar. — Foi horrível! Meu chefe não quer que eu saiba que eu transei com ele.

Ela franziu o cenho.

— Por que seu chefe teria algum interesse na sua vida pessoal? O Viny é freelance, não é funcionário da revista. Isso não diz respeito ao Dante.

— Sabrina — eu a encarei. — Meu chefe não quer que eu saiba que eu transei com *ele*!

— Eu já ouvi. E é no mínimo cômico! Como ele pode querer que você não saiba que transou com o Viny? Esse é o tipo de coisa que uma garota sempre sabe...

— Nem sempre. Mas você ainda não entendeu. Eu não transei com o Viny, Sá. Foi com o Dante! — expliquei, gemendo. — Meu chefe não quer que eu saiba que eu transei com ele, o meu chefe, o Dante Montini.

Ela arregalou os olhos.

— Como é que é?

— Eu sei!

Voltei para a sala e me joguei no sofá outra vez. A Coca respingou no vestido, mas nem eu nem Sabrina nos importamos com isso.

— Éééé... olha só — ela se sentou ao meu lado. — Eu não tô entendendo nada, mas é meio ridículo o Dante não querer que você saiba que transou com ele. Você estava lá, não estava?

— É, mas eu estava muito bêbada e não lembrava de muita coisa quando acordei. Aí aquele filho da mãe se aproveitou disso.

— Da sua bebedeira? — ela quis saber, horrorizada.

— Ah, não. Ele estava bêbado também, acho que até mais do que eu. Ele se aproveitou de meu lapso de memória por causa da ressaca. Depois me lembrei de tudo. De quase tudo. Da parte que importa, pelo menos.

— Certo, respira e começa de novo. — Ela apertou meu ombro e me sacudiu de leve. — Você foi se encontrar com o *Viny*.

— Fui, mas ele teve um imprevisto. A cozinha do palácio do governo explodiu e ele precisou correr pra lá.

— Tá, ele te deu um bolo. E como o Dante entrou nessa história?

— O Dante por acaso está hospedado no hotel onde eu ia jantar com o Viny. Ele me encontrou meio fula da vida no bar, porque o idiota do Igor apareceu por lá com a *noiva* — frisei bem.

— O Igor vai casar?!

— Vai. A mulher deve ter uns dois metros de pernas. Ela contou que eles se conheceram no mês passado. Mês passado, Sá! Ele me procurou nesse período. Ele é um babaca!

— Eu nunca pensei que ele fosse outra coisa — ela sacudiu a cabeça. — Mas, voltando para a história, o Igor apareceu lá com a noiva e...

— E aí eu fiquei mal, e pouco depois o Dante apareceu, e ele também tá curtindo uma fossa, porque a mulher botou ele pra fora de casa. A gente começou a beber vodca...

— Dois corações partidos e vodca. — Ela estalou a língua. — Péssima combinação!

— É. Eu acordei hoje de manhã no quarto dele. Nós dois sem roupa. E então o canalha fingiu que não transou comigo!

— Talvez ele não lembre — ela tentou me consolar. — Você disse que ele estava muito bêbado e você mesma não lembrou de imediato.

Sacudi a cabeça, e não foi boa ideia. Meu cérebro parecia ter a consistência de mingau.

— Ele encontrou a embalagem do preservativo — eu disse a ela. — Ah, ele lembra. Ele *sabe*!

— Que babaca!

— É o que eu tô dizendo! Não acredito que transei com ele. Ele é meu chefe, droga! — E me lancei contra o encosto do sofá, cobrindo o rosto com o antebraço.

— Parada dura. Mas e aí? Como ele é?

Eu bufei.

— Ai, Sabrina, eu é que sei?

— Então foi ruim. Se tivesse sido bom, você ia lembrar.

Deixei o braço cair no colo e olhei para ela.

— Não tenho certeza disso. Eu estava doidona. E sabe o que é pior? — Eu me ajeitei um pouco, ficando de frente para ela. — Ele é uma tremenda fraude! Uma farsa completa! Você olha pra ele e o que vê é um par de óculos de nerd, cabelos despenteados e gravatas ridículas. Mas é *tudo* fa-cha-da! De repente o cara tira a roupa e os óculos e se transforma, tem um corpaço e a tattoo mais bacana que eu já vi.

— Ah, é? — Ela se remexeu no sofá, segurando a toalha enrolada ao corpo, a curiosidade estampada em cada traço de seu rosto delicado. — E o que mais?

— Ele tem tanquinho! De verdade, daqueles cheios de gomos, tipo um amontoado de minipães de hambúrguer que dá vontade de lamber. Como que o Dante, *o Dante!*, tem um tanquinho desses?

Isso era o que mais me deixava furiosa. O Dante era um geek completo e nem tentava disfarçar. Nerds, geeks ou qualquer outra espécie do gênero não tinham tanquinho. Tampouco tatuagens. Era completamente contra as regras. Era o mesmo que começar a passar manteiga nos sapatos e calçar pães. Inimaginável. Inconcebível. Revoltante!

— Ele deve malhar — minha amiga argumentou. — Com certeza, deve passar horas na academia puxando ferro.

— E a bunda? Você precisava ver as covinhas que... *Argh*! — Afundei a cabeça nas mãos. — Olha só pra mim! É da bunda do meu chefe que eu tô falando, droga! Eu odeio o Dante ainda mais por me fazer ficar pensando na bunda dele.

Sabrina riu.

— Pra falar a verdade, eu sempre achei o Dante bem gostoso.

Revirei os olhos.

— Ele é o maior cretino que já pisou neste planeta.

— Um cretino bem gostoso — ela insistiu.

— Um cretino que não quer que eu saiba que ele transou comigo!

— De novo, você percebe o quanto isso soa ridículo, né?

— Toda essa situação é ridícula! — admiti. — Mas, se ele quer fingir que nada aconteceu, então tudo bem. Eu vou fazer a mesma coisa. Na verdade, eu gostaria de realizar o desejo dele de verdade e não saber que fui pra cama com ele.

— E o Viny?

Gemi de novo, erguendo a cabeça.

— Ele vai me achar a maior vagaba quando souber o que eu fiz — resmunguei.

Sabrina me abraçou.

— E que direito ele tem de achar qualquer coisa? Ele não é seu namorado nem seu ficante. Você não deve satisfações a ele. E, de qualquer forma, ele te deu um bolo.

— Ele tinha que cobrir uma matéria!

— Bolo! — ela insistiu, séria.

— Tá bom! — Eu revirei os olhos. — Ele me deu um bolo. Satisfeita agora?

— Na verdade, não. Eu queria que você estivesse feliz. Ou que ao menos tivesse se divertido. — Ela estalou a língua, fazendo uma careta. — Eu sabia que não podia te deixar sair sozinha. Você sempre faz tudo errado! Sexo casual é pra ser divertido e louco, não devia causar mais aporrinhação. Você não vai mais sair sozinha para beber. Quem sabe o que você pode fazer na próxima vez? Se casar com um maluco?

— Não duvido. E aí, o que vai fazer hoje?

Ela se levantou, ajeitando a toalha no corpo.

— Eu vou dar um pulo até o shopping pra ver como está indo a obra. Eu ainda não posso acreditar que consegui essa conta! É uma puta obra, e eles confiaram no meu trabalho. Você é muito boa mesmo em ler a sorte.

— É horóscopo — corrigi. — E não sou boa coisa nenhuma. Você é uma profissional fantástica. Foi mérito, não magia.

— Pode até ser, mas você acertou de novo.

Fui para o banho, depois tomei duas aspirinas, mas não me senti melhor. Estava inquieta e irritada demais. Não ajudou muito o fato de lembranças da noite anterior começarem a se tornar mais nítidas. Eu me perguntava o que teria acontecido com o meu bom senso quando aceitei ir até o quarto do Dante. De todos os homens do planeta, ele era o último com quem eu imaginaria dividir uma noite de loucura.

Acabei cochilando no sofá quase a tarde toda e, perto das seis horas, cruzei o corredor para me despedir do Fernando e da Beatriz. O apartamento estava todo organizado, e o Nando, escondido sob uma pilha de malas.

— Quanto tempo vocês vão ficar em Portugal? Dez anos? — perguntei no mesmo instante em que a Madona pulou na minha perna. Eu acariciei sua cabeça e ela rolou, ficando de barriga para cima.

— Eu disse a ela — Fernando riu. — Mas a Beatriz não acredita que há lojas de roupas em Lisboa.

Bia revirou os olhos.

— Nunca se sabe do que vou precisar, tenho que estar preparada. — E, se voltando para mim, disse: — Eu já estava indo até o seu apartamento. Houve uma mudança de planos. Não vou precisar te incomodar... muito — acrescentou ela, apreensiva. Logo entendi o motivo. — O meu irmão e a mulher brigaram. Ele vai ficar um tempo aqui em casa e se ofereceu para cuidar da Madona. Mas eu queria te pedir um favor. O Dadá é fechadão, sabe? Não é muito de dividir o que está sentindo. Ele parecia bem, jurou que estava bem, mas eu não sei. Estou preocupada com ele. Seria abusar muito se eu te pedisse para dar uma espiadinha nele de vez em quando?

— Acho que ele não vai gostar muito de ser vigiado, Bia.

— Eu sei, por isso pensei em usar a Madona como desculpa. Você pode vir ver se ela está bem e tal. Pode fazer isso, Luna? Ele sabe que não confio nele a ponto de deixar a Madona sem supervisão. Eu avisei que você ia aparecer por aqui para ter certeza de que ele não vai matar a minha princesa de sede.

Eu não tinha a menor intenção de bancar a babá de ninguém, mas sabia bem como era ter um irmão que não é de muita conversa. Um que nunca diz o que sente de verdade.

Ainda que um bocado relutante, acabei aceitando a missão.

— Tá bom. Eu apareço de vez em quando para ver como ele e a Madona estão se virando.

— Perfeito! Meu irmão vai encontrar a gente no aeroporto pra pegar as chaves e depois vai arrumar as coisas para vir pra cá amanhã. A Madona pode dormir lá com você só hoje, né?

— É claro, Bia.

— Ah, Luna, você é o máximo! E, sabe, vou confessar que, apesar de estar preocupada, estou um pouco aliviada com o rompimento do Dadá. Parece que finalmente ele vai ter uma chance de ser feliz.

— Ele deve estar arrasado, Bia — eu a censurei.

— Não parece, mas esse é o problema com o meu irmão. Ele nunca demonstra o que sente. Falei com ele quase agora. Ele caiu na farra ontem e acordou com a maior ressaca. Parece que saiu com um amigo e chutou o pau da barraca. Você vai gostar dele. O Dadá é divertido e gente finíssima. Pensando bem... — Ela me analisou dos pés à cabeça, sorrindo de um jeito malicioso que eu não gostei nadinha. — Vocês dois têm tudo a ver. Você ainda está solteira, né? O encontro de ontem foi só... um encontro qualquer?

— Eu tomei um bolo — dei de ombros.

— Maravilha! – Ela bateu palmas.

— Bia! — Fernando a recriminou, acomodando as alças das malas de forma que pudesse carregar todas elas.

— Ai, desculpa, Luna — ela se apressou. — Mas é que você acabou de tomar um chute, não foi?

— Na verdade, eu é que chutei o...

— Tanto faz — ela me cortou, empolgada. — O importante é que meu irmão também terminou uma história e...

— E em dois corações partidos pode florescer a chama do amor — Fernando gracejou.

— Isso! — ela concordou. — Espera só até você conhecer o Dadá. Você vai amar meu irmão assim que botar os olhos nele.

13

Sabrina ainda estava dormindo quando alguém tocou a campainha. Madona pulou sobre mim, latindo histericamente, depois saltou da cama e continuou com seu acesso de fúria matinal para a porta fechada do meu quarto. Eu a compreendia. Quem bate à porta de alguém antes do meio-dia em um domingo?

Provavelmente era o Dadá que viera pegar a cachorrinha. Eu saí da cama resmungando, joguei por cima do pijama o roupão de banho amarelo-ovo com listras pretas nas mangas que meu irmão me dera no mês passado — o Raul descolou alguns desse na academia onde trabalhava — e abri a porta do quarto. Madona disparou para a sala, e seu latido era tão agudo que ecoava pelo apartamento todo. Não ajudava muito que o irmão da Bia continuasse tocando a campainha.

— Tô indo! — berrei mal-humorada, mesmo assim a pessoa continuou apertando o botão, fazendo a Madona ter um chilique digno de uma pop star. — Já vai, caramba! Eu já ouvi!

Abri a porta com raiva. Meus olhos se arregalaram.

— Eu não tô apertando, acho que o botão tá enrosca...

Bati a porta com força. Madona continuava latindo e a porcaria da campainha berrando.

— Fica quieta — supliquei à cachorrinha, enquanto tentava respirar devagar. O que o Dante estava fazendo ali?

— Luna? — veio a voz abafada.

Meeeeeeeeerda!

Passei as mãos nos cabelos tentando domá-los, esfreguei os olhos e amarrei o cinto do roupão. Não era assim que eu queria que ele me visse depois do que tinha acontecido. Não que eu ligasse para o que ele pensaria de mim... então não importava. Tudo o que eu queria saber era o que diabos ele fazia ali.

— Dante. — Exibi um sorriso frio quando voltei a abrir a porta.

— Eu achei que fosse você — ele ergueu os óculos com o indicador, parecendo constrangido. — Tudo bem?

— Depende. O que você tá fazendo aqui? — Dei alguns soquinhos no interruptor da campainha. Com um gemido estranho, a gritaria cessou. A Madona continuou seu show.

— Vou morar aqui por uns tempos. — Ele apontou para a porta aberta do apê da Beatriz.

— Você é o irmão da Bia! — Não era uma pergunta. Era uma sentença de morte anunciada. A minha

— E você é a vizinha que vai me vigiar — brincou ele.

— Pois é.

Eu me curvei para pegar a Madona e tentar fazê-la parar de latir. Funcionou por uns oito segundos.

Ao passo que o Dante analisava a cadelinha, seus olhos foram ficando cada vez maiores atrás das lentes.

— Pelo amor de Deus, me diz que *isso* não é a Madona.

— Não. Isso não. *Esta* é a Madona. Fala oi para o tio Dadá — zombei, pegando a patinha da cadelinha e sacudindo de leve.

As bochechas do Dante enrubesceram ao ouvir o apelido.

— Eu vou matar a Beatriz — ele resmungou. — E não vou cuidar disso aí!

— Ah, vai sim. Você prometeu para a sua irmã. Ela me deixou encarregada de fiscalizar se a Madona está sendo bem tratada. Vou ter que te dedurar se não cuidar bem dela.

— Mas é um maltês! Como é que eu vou sair na rua com isso aí?

— Do mesmo jeito que sairia com o seu cachorro. Ela só é peludinha, Dante.

— É um maltês! — repetiu, como se isso explicasse tudo.

— Tenho quase certeza que ainda não dá pra fazer troca de raças em laboratório. Acho melhor se conformar logo que ela é um maltês.

Isso o fez rir, e aquelas meias-luas minúsculas surgiram em suas bochechas.

— Então você não é engraçada só quando está bêbada. — Ele enfiou as mãos nos bolsos do jeans.

Eu corei. A noite de sexta era a última coisa que eu esperava que ele mencionasse. Baixei os olhos para o seu peitoral, encarando a camiseta com a estampa de um fantasma gordo entalado num símbolo de proibido vermelho.

— Acho que não — murmurei, passando Madona para ele.

Ele a segurou com apenas uma das mãos e a colocou embaixo do braço, como se fosse um pacote de cartas.

— Quer dizer que seremos vizinhos — ele comentou.

Eu tinha certeza de que tinha sido uma pessoa ruim, muito, muito ruim em outra vida. Só assim eu seria capaz de aceitar que o Dante, meu chefe arrogante, grosseiro, descabelado, que me levou para a cama e não me contou, ia morar no apartamento em frente ao meu

— É o que parece.

— Bom... a gente se vê por aí.

— A gente se vê.

Fechei a porta e então me recostei nela. Canalha desprezível! Nem uma única palavra sobre o que acontecera na sexta. *Os homens realmente não valem nada.* E isso incluía o Viny, que tinha me dado um bolo. A culpa do que acontecera entre mim e o Dante era toda dele.

— Que escândalo foi esse? — Sabrina apareceu bocejando, o cabelo loiro eriçado em diversas direções.

— O irmão da Bia veio pegar a Madona.

— E por que você tá com essa cara? Você pode ver a Madona sempre que quiser. — Ela seguiu para a cozinha para preparar o café.

— Porque o irmão da Bia, o tal Dadá, é o Dante — eu expliquei enquanto a seguia.

— Qual Dante?

— Sabrina! Quantos Dantes eu conheço?

— Meu Deus do céu! — Ela derrubou a colher cheia de pó escuro sobre a pia. — O que foi que você fez em outra vida, Luna?

— Eu estava me perguntando a mesma coisa. Eu não quero ter que ver o Dante todo dia depois do expediente. Não quero vê-lo nem durante o expediente!

— Como é que você nunca soube que o Dante era o irmão da Bia?

— Sei lá. Ela sempre diz meu irmão isso, o Dadá aquilo... — Peguei a esponja sobre a pia e comecei a limpar a sujeira. — O cara nunca apareceu por aqui. E ela nunca mencionou que o irmão trabalhava numa revista.

— E ela sabe que você trabalha em uma revista?

— Não tenho certeza. Mencionei uma ou duas vezes, mas não tenho certeza se ela realmente ouviu. A Beatriz é uma pessoa maravilhosa, mas ela e o Fernando combinam muito mais do que parece. Quando ela tá com a cabeça na Bolsa de Valores, não costuma ouvir muito o que a gente diz.

— Então eu chamaria isso de infeliz coincidência — Sabrina riu.

— E eu chamaria de carma.

Preparei umas torradas para acalmar meu estômago, insaciado por culpa da ressaca monstro do dia anterior, enquanto a Sabrina me contava sobre seu lance com o Lúcio. Eu escutei uma parte, mas acabei me distraindo com os latidos agudos do outro lado do corredor. Por um momento, odiei a Alexia, por ter chutado o Dante e com isso me obrigado a vê-lo mais do que a minha sanidade permitia.

Sacudi a cabeça e voltei à atenção para a minha amiga. Ela estava um pouco amuada naquela manhã. O Lúcio, também conhecido como príncipe encantado, não ia poder vê-la no domingo. Fiquei um pouco surpresa ao constatar que ela já tinha aquele tipo de expectativa com alguém que conhecia havia duas semanas.

— Vou visitar minha avó mais tarde — contei a ela. — Se quiser, pode vir comigo.

— Você acaba de salvar meu domingo! — Ela me abraçou com força. — Sabe que eu adoro visitar a sua avó.

— Mas vai ter que prometer que não vai pedir pra ela ler a sua sorte.

— Prometo. Mas, se ela quiser ler, eu não posso dizer não, né? Seria uma baita falta de educação recusar.

Revirei os olhos. Minha avó sempre dava um jeito de ler a sorte de todo mundo. Ela não resistia em dar uma olhada no destino dos outros. Gostava de saber o que as cartas, a borra de café ou a palma da mão de alguém tinham a dizer. Era tipo um Facebook cósmico para ela.

Depois de Sabrina e eu darmos uma arrumada na casa, pegamos a estrada e, em pouco menos de uma hora, eu já estacionava no sítio da minha avó. Como era domingo, todos os meus tios, tias e primos estavam lá.

Levou pelo menos vinte minutos para que eu conseguisse entrar na casa de vó Cecília, pois foi necessário beijar e abraçar cada um dos meus parentes, e não eram poucos. Encontrei a vovó na cozinha, com mais meia dúzia de tias e primas, terminando de preparar o almoço.

— Você está atrasada — ela disse, sem se virar para me olhar. — Teria sido útil ter mais mãos para ajudar a preparar a comida.

— Sua bênção, vó. E eu não disse que vinha — objetei.

— Deus te abençoe, filha. Eu sabia que você viria. Olá, Sabrina.

— Bom dia, vó Cecília. Quer ajuda? — minha amiga perguntou.

— Ajuda é sempre bem-vinda. Pode dar uma mãozinha para a Sara e levar os pratos, querida?

— É claro.

— E você, Luna, venha me ajudar com as travessas. — Não foi um pedido.

Eu ajudei vovó a levar a comida até o quintal. Duas longas mesas de madeira já haviam sido postas. Sabrina parecia muito à vontade entre os meus parentes ciganos. Muito mais do que eu me sentia, na verdade. Não que eu não gostasse das minhas raízes, eu só não entendia nem concordava com algumas coisas. Casamento arranjado, nada de calças nem de cabelos curtos para as mulheres, separar um casal caso não concebessem um filho logo. Tudo muito arcaico para mim.

Assim que a comida foi servida, todo mundo se organizou em volta das mesas. Os homens ocuparam a mais longa. Todas as mulheres se amontoaram em volta da outra. Não me pergunte por quê. Toda vez que eu questionava vovó a respeito do motivo de homens e mulheres nunca se sentarem juntos à mesa, ela revirava os olhos e dizia: "É por isso que eu odeio seu pai!"

A comida da vó Cecília era bem condimentada e deliciosa, e eu acabei repetindo o arroz com carneiro e nozes. Depois a vovó achou justo que eu lavasse os pratos, já que não estava presente para preparar o almoço. E eram muitos! Mas tudo bem. Fui lavar sem reclamar, porque ultimamente a vovó e eu não conseguíamos conversar sem discutir.

No entanto, enquanto eu lavava e a Sabrina secava a louça, vovó se recostou no batente da porta, cruzando os braços, o que fez suas pulseiras tilintarem como sinos.

— Você está diferente — ela disse.

— Estou? Diferente como?

— Está tensa.

Às vezes minha avó parecia mesmo saber das coisas.

Ela permaneceu ali, me observando calada até eu terminar o serviço. Quando me livrei do avental, ela me tomou pela mão.

— Ah, vó, não. Não quero que faça isso. — Mas era tarde demais. Ela analisava minha palma com o cenho franzido. Seu dedo fino percorreu uma das linhas.

— Ele chegou — ela anunciou, ainda olhando para a minha mão.

— Ele quem?

— O seu homem. Aquele que vai te fazer feliz. Você já o conhece.

— É mesmo? — Não que eu acreditasse que a minha palma soubesse o que aconteceria no meu futuro. Mas de uma coisa eu tinha certeza: a vovó sempre tinha razão. Fosse por magia, instinto ou qualquer outra coisa, ela sempre acertava nas previsões.

— Sim, e você pode pôr tudo a perder — acrescentou.

— Que novidade! — Sabrina gemeu.

Minha *mamí* ergueu os olhos rapidamente e me encarou. Naquele instante, não era mais a vó Cecília falando. Era a cigana Safira.

— Você devia parar de fazer o que está fazendo. É perigoso, Luna.

Engoli em seco. Eu sabia do que ela estava falando.

— Consegui um trabalho freelance — me ouvi dizendo num fiapo de voz. — Talvez eu pare logo.

— É bom — ela assentiu e então contemplou a Sabrina, que sorria ansiosa, como uma filha mais nova ávida pela atenção da mãe.

Vovó tomou a mão dela e foi concisa:

— Você conheceu o homem certo no momento errado.

— Ai, meu Deus! Por que é o momento errado? — a angústia estampou seu lindo rosto.

— Não sei, querida, mas você logo vai descobrir.

Minha amiga ficou arrasada depois disso e, mesmo quando tentei animá-la dizendo para não acreditar em tudo que minha avó dizia, ela não me deu ouvidos.

— Sua avó é a vidente mais poderosa que eu conheço. Se ela diz que é o momento errado, então é o momento errado — ela apontou quando a vovó nos deixou sozinhas.

— E, se você der ouvidos a isso, vai acabar fazendo alguma idiotice e transformar o que ela falou em realidade. É assim que funciona essa coisa de "prever o futuro", Sá.

— Não acredito que você tá dizendo que sua avó é uma charlatã!

— Não é isso. Mas fala sério! Agora você vai ficar encucada que algo vai dar errado com o Lúcio, e vai fazer de tudo para isso não acontecer, certo?

— É óbvio! — ela respondeu como se estivesse falando com uma criança.

— Então você vai ficar tão obcecada com o que a minha avó disse que vai esquecer de aproveitar o que tá acontecendo agora, vai acabar mudando e melando tudo com o cara que você gosta.

— Mas a sua avó disse que não é o momento certo! — ela teimou.

— Isso é você quem vai decidir, não a minha avó ou a palma da sua mão.

— Você não acredita que já conheceu o homem da sua vida?

Eu hesitei.

— Acho que tem uma boa chance de o Viny ser alguém especial, mas daí a ser o homem da minha vida tem uma grande diferença. Eu mal o conheço. Apesar de me sentir muito atraída por ele, não posso dizer se ele é ou não a tampa da minha panela.

— Então não está preocupada com o que a vó Cecília disse? Sobre você estragar tudo?

— Nem um pouco.

Sabrina estava certa em um ponto: mesmo se o Viny descobrisse que eu tinha ido para a cama com o Dante, ele não poderia dizer nada, porque a gente não tinha saído ainda. Eu tinha tudo sob controle.

É isso aí, daria tudo certo.

14

Na segunda-feira, acordei mal-humorada, atrasada e com o cabelo em um dia ruim. A Sabrina saiu na frente, para conferir o serviço de carpintaria na cobertura antes de ir para o escritório, então o Lúcio veio apanhá-la. E, como eu ainda estava no chuveiro, não consegui conhecê-lo.

Ao sair para o trabalho, quase não reconheci o homem de cabelos perfeitamente penteados do outro lado do corredor, Acho que foi a primeira vez que vi o Dante tão arrumado.

— Bom dia, Luna — saudou ele, animado. Muito diferente do cara na revista.

— Oi. — Pressionei os lábios com força para não rir da gravata preta com blocos coloridos, do tipo Tetris, caindo e se encaixando na ponta.

Nem tão arrumado assim.

— Você não está um pouco atrasada? — Ele conferiu as horas, acomodando um capacete preto no braço.

Meu sorriso desapareceu. O Dante podia ser o meu chefe na redação, mas ali era só o meu vizinho. Eu não precisava ser gentil com ele. Ainda mais porque ele tinha transado comigo e não tinha me contado.

— Acho que o que eu faço fora da revista não é da sua conta.

Ele quase sorriu ao concordar com a cabeça.

Descemos os três lances de escadas lado a lado, imersos em um silêncio constrangedor. Cheguei à calçada aliviada por finalmente me separar dele. No entanto, ele resolveu me seguir até o carro. Eu olhava para ele de canto de olho, tentando adivinhar se ele seria cara de pau a ponto de me pedir carona. Mas, em vez disso, ele disse, de um jeito muito gentil:

— Se quiser, posso te dar carona e você chega na revista em sete minutos.

— Não, obrigada. Vou de carro.

— Ah. — Ele deu de ombros. — Então a gente se vê no trabalho.

Infelizmente.

Peguei a chave na bolsa e abri a porta do carro. Dante parou para me observar. Ele arqueou uma sobrancelha conforme analisava meu Twingo.

— Isso aí é o seu carro?

Endireitei os ombros.

— *Este* é o meu carro — rebati da forma mais fria que pude. — Você precisa parar com essa mania de tratar tudo como objetos sem importância.

Ele cruzou os braços sobre o peito, que, agora eu sabia, era largo, rígido e indecentemente definido.

— Você sabe que está usando a palavra "carro" com certa liberdade, né?

— O que tem de errado com o meu *carro*?

— Bom, eu não usaria a palavra "carro" para classificar esse... isso... enfim. — ele apontou com desdém para o meu Twingo.

— Ei! É um belo carro!

Havia certa ferrugem e um pouco de massa na lataria, mas o veículo tinha passado por uma enchente e colidido com sabe-se lá quantos outros enquanto boiava. Meu Twingo era um sobrevivente!

O Dante desatou a rir. Foi por muito pouco que não soquei o punho nas narinas dele.

— Ah, Luna, pelo amor de Deus! Já vi carrinhos de brinquedo mais bonitos que isso aí. Até carrinho de rolimã.

— Para de chamar meu carro de *isso aí*! Ele é lindo e muito bom!

Claro que era irrelevante que ele soubesse que o meu Twingo passava mais tempo na oficina do que comigo. Na verdade, a culpa era minha, não do carro, pois eu nunca tinha dinheiro para fazer as manutenções necessárias.

— É, eu imagino como deve ser bom — Dante comentou, com um sorriso irônico. — O motor tem o quê, dois cavalos? A potência de um cortador de grama. E essa cor? Azul-calcinha, Luna?

— É azul oceanic! — protestei, irritada.

— Ou seja, azul-calcinha. — O sorriso cínico cresceu na mesma proporção que a minha irritação.

— Qual é o seu problema? — Bati a porta do carro e me juntei a ele na calçada, erguendo o queixo para encará-lo. — O carro é meu! Você não precisa gostar. Não precisa nem olhar. Deixa o meu carro em paz!

— Carro... — Ele sacudiu a cabeça, rindo. Então se recompôs com alguma dificuldade e me encarou. — Mas, já que tocamos no assunto. — Ele puxou a mochila das costas, tirou um saco de papel pardo de dentro e me entregou.

Abri o embrulho, curiosa, e dei uma espiada no montinho de renda preta ali dentro.

Meu rosto pegou fogo.

— Eu nunca mencionei calcinhas na nossa conversa — falei, mortificada.

— Bom, mas acho que eu mencionei. — Ele coçou a nuca. — De qualquer forma, achei isso no quarto do hotel e pensei que você fosse querer de volta. Não lavei porque não queria estragar. Também não fiz nada pervertido com ela... — ele se apressou ao ver minha expressão. — Só joguei na mala quando vim pra cá.

— É muita gentileza sua devolver a calcinha da mulher que você nem levou pra cama.

— É... bom... — Ele olhou para os lados, como se procurasse uma rota de fuga. — É melhor você ir andando, ou não vai chegar antes do almoço na revista.

E acomodou a mochila de volta no lugar, encaixando o capacete na cabeça. Atrás do meu carro havia uma moto vermelha gigantesca, igual à que eu vira tantas vezes no estacionamento da revista. Uma Ducati que provavelmente valia dez vezes mais que meu Twingo azul oceanic. Ele subiu na moto, e eu o odiei por ficar tão bem sobre ela.

Entrei no carro, joguei o saco de pão e minha bolsa no banco de trás e dei uma olhada no retrovisor. Cogitei a hipótese de passar por cima do Dante e da sua moto estúpida, mas fiquei com medo de estragar alguma parte vital do meu Twingo e ter de mandá-lo para a oficina antes do pagamento. Girei a chave e liguei o som, tentando esquecer que o Dante existia. O que não foi nada fácil, já que arrancamos ao mesmo tempo e, por uns cinco quarteirões, ele me acompanhou como se fosse um batedor da polícia.

Parei no semáforo, assim como ele. Apoiando um pé no chão, Dante levantou a viseira do capacete e virou a cabeça na minha direção. Ele parecia sorrir.

Eu não queria que ele sorrisse. Queria esfregar aquela cabeça no asfalto. Sem capacete!

Pisei fundo no acelerador. Dante acelerou também, e o grito da Ducati era tão alto que me fez encolher no assento. Fiquei esperando o semáforo abrir, pronta para deixá-lo para trás. Eu pisei fundo quando a luz verde brilhou sobre a minha cabeça e sorri ao ver que tinha aberto certa distância dele.

— Quem é que dirige um cortador de grama agora? — cantarolei. Mas, assim que abri a boca, o trânsito parou, me prendendo entre dois táxis.

Dante passou por mim calmamente, buzinou e me cumprimentou, tocando dois dedos no alto do capacete. E então, se espremendo entre os carros, desapareceu.

— Idiota! — Bati no volante, irritada.

Levei quarenta e cinco minutos para chegar ao prédio da *Fatos&Furos*. E, quando cheguei, aquela moto estúpida já estava lá. Bati a porta com força ao sair do carro, para descontar a raiva e não acabar atacando a Ducati e quebrando alguma coisa — nela, não em mim — e ter que pagar o conserto.

Entrei no elevador rezando para que o Dante caísse da cadeira e quebrasse o braço quando fosse atender o telefone. *E bem que podia ser o dono da revista querendo demiti-lo,* pensei, sonhadora. Constatar que havia pouquíssimas chances de isso acontecer — o Dante ser demitido... não tinha certeza quanto ao tombo —, porque ele era um redator-chefe dedicado e competente, só me enervou ainda mais. Ele podia ao menos dar uma topada, arrebentar o dedão do pé e perder a unha. Ou então começar a ficar careca, já que ele não se importava muito com os cabelos. Se bem que o cabelo dele estava arrumadinho naquele dia.

Só quando vi a Natacha atrás da mesa lembrei que havia me livrado do pesadelo chamado telefone. Meu humor melhorou um pouco com isso.

— Oi, Natacha — saudei mais animada.

— Oi, Luna. Repassei pra você os e-mails para Clara. Sua caixa deve estar cheia.

— Obrigada, vou dar uma olhada. Tá conseguindo se virar?

Ela deu de ombros, pegando o telefone e o levando até a orelha.

— *Fatos&Furos*, a revista da mulher inteligente. Bom dia. Como posso ajudar? — E colocou o telefone no gancho. — Me saí bem?

Eu dei risada.

— Você foi perfeita! Se precisar de ajuda, me chama.

— Beleza. Ah, chegou um pacote pra você. Tá na sua mesa.

— Tá bom, obrigada.

Quando cheguei lá, encontrei uma caixa branca um pouco maior que um livro. Um pequeno envelope vermelho estava preso à tampa.

Me perdoa pelo vacilo. Você não faz ideia de como estou mal por não ter tido o prazer da sua companhia. Quero que você me dê outra chance. Não sei onde você mora, então desculpa te incomodar na revista. Não queria te deixar constrangida, por isso não mandei flores.

Viny

Sorri antes de abrir a caixa e me deparar com as trufas mais apetitosas que já tinha visto. Sentei e reli o cartãozinho umas cem vezes. O Igor nunca me dera chocolates. Nem fizera menção a me dar flores, e ele nem sabia da minha alergia a pólen. Era por coisas assim que eu tinha tantas expectativas quanto ao Viny. Ele era especial, eu podia sentir isso. Era um cara bacana, e o vacilo de sexta não fora exatamente dele, mas meu. Ele não me deixara plantada no restaurante de propósito. Eu, em contrapartida, tinha ido para a cama com um homem que eu detestava, sem motivo algum além da insanidade crônica causada pelo abuso de álcool. Com que cara eu olharia para ele quando a gente se encontrasse outra vez?

De repente as trufas já não pareciam tão apetitosas assim. Guardei o chocolate na gaveta, arquivando o problema.

Decidi checar meus e-mails e deixar de lado os problemas sentimentais por algumas horas. Eu tinha trezentos e dois e-mails novos. Na verdade, a Clara tinha.

Querida Clara,
Você mudou minha vida. Eu estava prestes a cometer o maior erro do mundo. Se não tivesse lido o horóscopo ontem, hoje eu provavelmente seria a mais infeliz das criaturas. Meu namorado me pediu em casamento e eu estava prestes a aceitar. Mas aí segui seu conselho e pedi um tempo para pensar. Pois não é que descobri que o calhorda tem uma amante? Ainda vou acertar minhas contas com ele, mas antes disso precisava te agradecer por me salvar daquele traste.

Ai, meu Deus! O que é que essa garota tinha na cabeça para dar ouvidos ao horóscopo, ainda que tivesse se safado de uma bela enrascada?

Senti um arrepio percorrer a coluna ao ler o próximo.

Clara, você não faz ideia de como estou feliz por nunca fazer nada antes de ler o horóscopo, em especial o seu, que sempre funciona comigo. A história é a seguinte: eu ia comprar um carro, meu primeiro. Mas você disse que não era hora de investir em nada grande. Foi o que eu fiz, graças a Deus, porque meu irmão sofreu um acidente e usei o dinheiro para pagar a cirurgia dele. Obrigada, querida. Você salvou a vida do meu irmão.

Engraçado como a garota não notara que em seu signo devia aparecer algo como "podem pintar problemas familiares", ou "segura a onda porque vem chumbo grosso", ou qualquer coisa do gênero. As pessoas só veem aquilo que querem ver.

Li mais e-mails. Clara, ao que parecia, acertara as previsões de todas aquelas pessoas. Mas, em meio a tantas mensagens de agradecimento, havia uma destinada a Luna Braga. Era da Jéssica.

Olhei para os lados, temendo que alguém me flagrasse abrindo um e-mail do concorrente. Ela me enviara o contrato, solicitando que eu imprimisse, assinasse e devolvesse com a minha primeira coluna, e me dava boas-vindas à *Na Mira*.

Inspirei fundo e fiquei observando o teto alto com suas luminárias antigas. O que é que eu estava fazendo, trabalhando para duas revistas concorrentes? Eu não queria ser essa pessoa, mas era tarde demais para voltar atrás. Dei minha palavra, e, como dizia minha avó, a palavra vale mais que qualquer pedaço de papel. Além disso, eu não tinha certeza se conseguiria alcançar meus objetivos na *Fatos&Furos*. Era errado ter um pouco de ambição?

Senti um calor repentino percorrer meu corpo. Endireitei-me na cadeira e encontrei duas íris castanhas fixas em mim. Dante estava na porta da copa, um copo de café em uma das mãos, na outra os óculos horrorosos, os cabelos numa completa bagunça. Vê-lo daquele jeito me trouxe lembranças da noite de sexta, e, naquele instante, com meus olhos travados nos dele, o que havíamos feito não me pareceu tão errado.

Dante sustentou o olhar por mais um ou dois segundos e então colocou os óculos, quebrando o encanto.

15

Eu estava no sofá da sala, concentrada no artigo que estava escrevendo para a *Na Mira*, quando a Sabrina saiu do quarto numa euforia total, me obrigando a tirar os olhos da tela. Ela estava linda no tubinho preto com sandálias vermelhas.

— O que acha? — Ela abriu os braços.

— Você está linda. Vai sair com o Lúcio em plena segunda-feira?

— Ele acabou de chegar de viagem e quer me ver. Disse que não pode esperar mais. — O sorriso dela era imenso. E eu temi que aquilo pudesse lhe causar algum dano permanente no rosto.

— Ele parece louco por você — comentei, contente.

— Espero que sim, mas ainda tô um pouco cismada com o que a sua vó disse.

— Esquece aquilo. E aí, como andam as reformas?

Ela revirou os olhos e se deixou cair na poltrona à minha frente.

— Nada bem. Tive problemas com as vigas do shopping. Vai ser preciso reforçá-las se eu quiser instalar um...

Enquanto ela falava, eu assentia educadamente, atenta a cada palavra. Quando a Sabrina começava a falar de seus projetos e palavras como "vigas", "baldrames", "platibanda" entravam na parada, eu me perdia. Mas gostava da animação em sua voz, então sempre escutava tudo — o que não adiantava nada; mas, ei, o que vale é a intenção — e balançava a cabeça. Vez ou outra, eu dizia "Caramba!", uma palavra segura, que serve para demonstrar tanto admiração quanto indignação.

— ... e ainda estou tendo problemas com o pórtico. Eu preciso de um policarbonato na espessura exata da estrutura da claraboia, mas tudo que encontro é fora de medida.

— Caramba!

— Eu sei! — ela suspirou. — Vou acabar enlouquecendo ou matando o engenheiro. Ele tá me deixando maluca!

— Você sabe como fico orgulhosa por te ver se saindo tão bem nesse universo praticamente masculino, né?

— Não tão bem assim. — Ela deu de ombros. — Mas vou dar um jeito em tudo.

— Eu sei que vai. Você sempre dá.

Então o interfone tocou e ela correu para atender. Seu sorriso cresceu ainda mais.

— Ele chegou. Te vejo depois! — Sabrina me deu um beijo na bochecha e voou pela porta, quase atropelando alguém que estava prestes a bater.

— Opa! Cuidado aí — disse esse alguém. E infelizmente eu reconheci a voz. Nos últimos meses, eu a ouvira todo santo dia.

— Foi mal, Dante — Sabrina se desculpou. — É que tô com um pouco de pressa.

— A Luna... — Ele botou a cabeça para dentro e me viu. — Oi.

— Oi. — Mas o que é que ele queria agora? Zombar mais um pouco do meu carro? Discutir sobre as minhas calcinhas?

— Bom, entra. Preciso correr — Sabrina falou, antes de desaparecer.

Dante ficou ali na porta por um momento sem saber o que fazer, com a Madona no colo. Desviei os olhos para a tela do computador e me dei conta de que meu chefe estava bem ali na porta, prestes a me pegar no flagra. Fechei o notebook com força e pulei do sofá.

— Ocupada?

— Só dando uma espiada nas notícias.

Ele sacudiu a cabeça, entrando na sala.

— É por isso que a nossa revista anda mal das pernas. Até os nossos jornalistas leem notícias online.

— Então a gente devia fazer a revista online logo de uma vez — falei, vibrando por ele ter me incluído no time dos "nossos jornalistas".

— É uma ideia que venho amadurecendo há algum tempo, mas é difícil convencer os investidores e o Veiga. A revista é dele, fico de mãos atadas.

— E se tentasse convencê-lo com números? Para mostrar que estamos perdendo terreno. Além disso, você podia argumentar que, se o leitor tiver um bom motivo pra continuar comprando a revista impressa, o nascimento da versão online não vai subtrair assinantes, mas somar.

— E esse motivo seria...? — Ele arqueou as sobrancelhas.

— Não sei Você é o redator-chefe. É você quem tem que ter ideias. Eu só cuido do horóscopo.

Isso o fez rir.

— É justo.

— Mas, se quer minha opinião — continuei —, acho que algumas seções deviam ser atualizadas. É tudo muito igual a outras revistas. Precisamos de um diferencial. Alguém que fale mais diretamente com o leitor, sabe? Como se a melhor amiga contasse a história...

— Amiga? — ele perguntou, e uma sobrancelha escura saltou por cima da armação.

— Toda mulher adora conversar com a amiga — justifiquei. — Às vezes eu acho as colunas imparciais e frias demais, meio engessadas. Tenho que sentir a empolgação que o jornalista sentiu para dar atenção ao que ele escreveu.

— É uma coisa a se pensar... — Ele coçou a cabeça como se não tivesse tanta certeza disso, despenteando ainda mais os cabelos bagunçados.

— Bom, mas você não veio até aqui pra discutir comigo o futuro da *Fatos&Furos*, veio?

— Não. Vim pedir um favor.

Cruzei os braços.

— Não vai me dizer que você quer meu carro emprestado...

— Deus do céu, não! — Ele estremeceu. — Eu queria pegar você emprestada.

Eu fiquei olhando para ele, sem entender.

— A Madona precisa passear, ou vai fazer uma sujeira danada na casa da minha irmã.

— E...?

— E eu não posso sair com isso aqui na rua. — Ele afagou a cabeça da Madona. — Vão rir de mim.

— E por que você acha que eu me importo com o que acontece com você? — declarei friamente.

Ele franziu a testa, surpreso.

— Você disse que ia esquecer meu comportamento idiota.

— É, bom. não esqueci.

Ele soltou um longo suspiro.

— Luna, olha... Você tem toda razão de estar chateada, mas naquele dia você me pegou num momento ruim e acabei descontando injustamente em você. Desculpa. Pode não parecer, mas eu não sou aquele cara grosso o tempo todo... só quando as coisas vão mal.

— É difícil acreditar.

— Eu sei. Também não gosto daquele cara. — Ele baixou os olhos, parecendo sincero.

Não sou rancorosa, mas não tinha certeza se podia esquecer a forma como Dante agira comigo. Não era imperdoável, eu sabia disso. Mas me deixava triste saber que ele me tinha em tão baixa conta.

— Bom — prosseguiu. — Espero que, apesar de ter sido estúpido e indelicado, você possa me perdoar e me ajudar agora. Não posso sair na rua com isso aqui.

— Tá legal, se você se referir a Madona como *isso* mais uma vez, vou ligar pra Beatriz e dizer que vi você dando cerveja pra cachorra.

— Você não faria isso. — Seus olhos castanhos se estreitaram.

Aceitei o desafio.

— Faria sim.

Ele me estudou por um momento e pareceu convencido, já que seus ombros desabaram, derrotados.

— Por favor, Luna, me ajuda!

Que motivos eu tinha para ajudar o Dante em qualquer coisa que fosse? Puxar saco de chefe nunca tinha sido meu forte, então ele que se danasse. Mas aí olhei para a Madona, e as duas bolinhas pretas que eram seus olhos suplicavam ajuda.

— Tá bom — cedi, soltando um suspiro agastado. — Eu vou com vocês.

Guardei o celular no bolso da calça e me aproximei da porta.

— Como assim, vai com a gente? — Dante me perguntou, confuso, mas me seguiu.

— Ué? Não era isso que você queria? Que eu fosse junto pra você não pagar o mico de desfilar com uma cachorrinha de madame?

— Eu tinha pensado em pedir pra você levar a Madona para passear. Não pretendia ir junto. — Ele fez uma careta e coçou a cabeça de novo. — Pensei que assim poderia proteger minha masculinidade.

— Você é muito cara de pau... — Acabei rindo e estragando minha tentativa de ofendê-lo.

— Não custava tentar a sorte. — Ele endireitou os ombros, sorrindo descaradamente. Parecia um garoto pego no flagra ao aprontar uma travessura e orgulhoso disso.

Acabei gargalhando e ele me acompanhou. Era esquisito ver o Dante rindo, e mais estranho ainda era me sentir satisfeita com isso.

— Se você quiser, eu posso ir junto. Mas é você quem vai recolher a sujeira.

Ele abriu a boca, pronto para argumentar, mas desistiu. Provavelmente se tocou de que aquela seria a melhor oferta que poderia obter.

— Tudo bem — concordou, bem-humorado. — Mas me conta uma coisa. Você gosta de me torturar, ou só se diverte em me ver fazendo um papel ridículo?

— Acho que as duas coisas — confessei, passando a chave na porta.

— Eu não gosto de você quando está sóbria.

Eu ri de novo.

— Eu também não gosto de você quando estou sóbria. De qualquer modo, não sou eu quem precisa de ajuda para sair com uma cachorrinha maltês linda por ter medo de alguém me achar meio gay.

— Nem eu! — replicou. — Não é isso que me incomoda. Não me importo se as pessoas acharem que sou gay. É que... a Madona não é exatamente um cachorro — ele murmurou, cobrindo as orelhas dela com a mão grande.

Ai, droga! Ele não devia me fazer rir daquele jeito.

— Não é? — Eu me esforcei muito para aparentar seriedade.

— Tenho quase certeza que não. Ela é uma dessas coisinhas peludas e barulhentas que as pessoas tratam como bebês. E eu gosto de cachorros grandes, como o Magaiver. Ele não fica enchendo o saco o tempo todo, pedindo atenção e pulando na minha perna.

— Ela é pequena, só isso. Gosta de atenção, como toda fêmea.

— Ela é irritante! Eu não fazia ideia de que uma coisa tão pequena podia causar tanto alvoroço. Ela começou a latir quando cheguei em casa e não parou até eu pegar a coleira.

Descemos a larga escadaria a certa distância um do outro. Nossos passos estavam sincronizados, mas, como eu não queria nem andar no mesmo ritmo que o Dante, pulei um degrau e segui na frente.

— A Bia sempre leva a Madona para uma caminhada à noite — contei. — Às vezes o Fernando também. Ele não se importa de sair com a Madona na rua, sabia?

— É claro que não. Ele tá pegando a minha irmã. É o mínimo que aquele português deve fazer.

Mesmo sem querer — porque a última coisa que eu queria era que ele pensasse que sua companhia era agradável —, acabei rindo de novo.

— Você não conhece o Nando. Acho que não existe nada nesse mundo que o deixe irritado.

— Só assim mesmo para suportar a Beatriz. Ela não é fácil. — Ele se adiantou e segurou a porta do hall para que eu passasse.

— Obrigada.

— Disponha. — E colocou a Madona sobre as patas.

A noite estava fresca e úmida, como uma típica noite de verão. Uma brisa leve brincava com os meus cabelos e os pelos da Madona. Ela saltitava feliz, se enroscando na guia a cada dois metros.

Caminhamos em silêncio por um tempo, até que a Madona encontrou uma calçada de seu agrado. No entanto, ela começou a pular enlouquecida em vez de fazer o que tinha que fazer.

— Que diabos ela quer? — Dante quis saber, olhando para ela com perplexidade.

— Hummm... Ela não gosta que fiquem olhando enquanto ela... você sabe.

Ele me fitou horrorizado.

— Você tá brincando, não tá?

— Não. Ela é uma dama, Dante. O Nando acha bonitinho.

Revirando os olhos, ele ficou de costas. Eu fiz o mesmo e, meio minuto depois, a cadelinha se aquietou.

— Vou matar a Beatriz quando ela voltar. Eu não sabia que era isso o que me esperava.

Dei risada outra vez. Ele me olhou de canto de olho.

— O que foi?

— Nada. Pensei que só eu e meu irmão implicássemos um com o outro.

— Ah, não. Vocês não são os únicos, pode acreditar.

— Acho engraçado vocês dois — confessei. — Por causa do escritor. Dante e Beatriz. É muita coincidência.

— Não é coincidência. — Ele empurrou os óculos para cima com o indicador. — Meu pai é fanático pela obra do sr. Alighieri. Quando éramos crianças, ele fazia a gente ler *A divina comédia* para ele todas as noites.

— Sério?

Ele assentiu com a cabeça uma vez.

— Imagine a cena: um moleque de oito anos, gago, lendo os cantos complicados de Dante Alighieri...

E eu imaginei. O menino com os óculos grandes demais parado diante do pai, tropeçando nas palavras e tornando o texto incompreensível.

— Gostaria de ter visto isso — comentei. — Mas você não tem mais problemas de fala.

— Anos de fonoaudiólogo serviram para alguma coisa. — Ele deu de ombros.

— O que o seu pai faz da vida? — Eu enfiei as mãos nos bolsos de trás do jeans. Os olhos de Dante imediatamente se fixaram em meu decote. Deixei os bolsos e cruzei os braços.

— Hã... — Ele desviou o olhar, parecendo constrangido. — Fazia. Meu pai foi professor por profissão, poeta por opção. Foi dele que herdei o amor pela palavra. "Escrever é procurar entender, é procurar reproduzir o irreproduzível, é sentir até o último fim o sentimento que permaneceria apenas vago e sufocador."

— "Escrever é também abençoar uma vida que não foi abençoada" — completei, arregalando os olhos. Eu conhecia aquela citação. Era de um dos meus livros favoritos e não devia ter soado tão sensual nos lábios de Dante. Ele também pareceu surpreso, e um pequeno sorriso surgiu em seus lábios. — Uau! Nunca imaginei ouvir um cara citar Clarice Lispector. A gente não conhece uma pessoa até saber o que ela gosta de ler.

— Tenho que concordar com isso. Sempre pensei que uma pessoa é o que ela lê.

Ele inclinou a cabeça para trás, mirando o céu, e pareceu ter ido para outro lugar. Segui seu olhar e me surpreendi com a quantidade de pontos brilhantes, transformando o céu noturno em um manto de veludo negro salpicado de diamantes.

Madona, aliviada e já farta de não ser o centro das atenções, começou a latir, impaciente, trazendo Dante de volta à realidade.

— Tudo bem, mocinha — ele disse a ela. — Mais um pouco então. Você pode segurar isso aqui, por favor? — Ele me passou a guia, tirou um saco plástico do bolso e agachou para recolher a sujeira que a Madona tinha feito. Então jogou o saco na lixeira. Não foi bem o que eu esperava. Nada humilhante ou embaraçoso como eu queria. Na verdade, ele pareceu até... habituado à tarefa.

Voltamos a andar, dessa vez era eu quem conduzia a cadelinha, e o silêncio, que a princípio pensei que seria constrangedor, se tornou um alívio. Eu não sabia se queria continuar conversando com Dante. Ele me fez rir, e isso era indício de que, se o conhecesse melhor, de repente eu até acabaria gostando um pouco dele.

Ele caminhava com as mãos nos bolsos, mantendo pouca distância de mim, como se achasse confortável aquela proximidade toda. E, por mais esquisito que parecesse, era mesmo.

— Boa noite, Luna! — gritou o farmacêutico da porta da farmácia.

— Boa noite, seu João — cumprimentei.

— As pílulas de alcachofra que a Sabrina gosta já chegaram.

— Tá bom, vou avisá-la. Obrigada. — E acenei para ele.

— Esse bairro aqui é legal — Dante comentou, olhando em volta. — Parece uma cidadezinha do interior, todo mundo se conhece.

— Gosto disso também. E aqui perto tem tudo. Padaria, farmácia, mercadinho, sebo. A feira livre é no fim da rua...

— Sorveteria — ele apontou, todo animado. — Vem! — E, colocando a mão no meu cotovelo, me guiou até a sorveteria da dona Carlota.

Dante entrou e pediu para usar o banheiro. Eu fiquei parada ali na entrada, segurando a Madona e jogando conversa fora com a aposentada que gostava de falar dos vizinhos. Dante voltou e olhou por cima do balcão, para os três freezers lotados de sorvete artesanal, como se tivesse cinco anos de idade. Ele pediu duas casquinhas.

— Você é chocolate...? — tentou, me passando o sorvete.

— Sempre! Obrigada.

— Disponha. — E lambeu o dele, de morango.

Tá legal, não havia mal nenhum em usar a pazinha, havia? Quer dizer, ele não devia ficar lambendo coisas assim em público. Algumas pessoas podiam ficar imaginando outras utilidades para aquela língua. Especialmente as que envolviam pontinhas de orelha...

— Humm... que delícia. Quer uma lambida? — ele ofereceu e, por um instante, achei que ele estava se oferecendo para lamber a minha orelha.

E, é embaraçoso, eu sei, mas quase aceitei.

— Tô bem — respondi, corando. — Até mais, dona Carlota.

— Tchau, crianças. Voltem sempre.

Madona seguia saltitante, quase aos tropeços, tentando pegar as gotas de sorvete antes que caíssem na calçada.

— Sabe há quanto tempo eu não fazia isso? — Dante indagou, girando a casquinha na língua. Eu desviei os olhos depressa.

— Tomar sorvete?

— É. Acho que ainda estava na faculdade na última vez. Isso tem pelo menos oito anos. Quando foi que a minha vida ficou tão chata?

Andamos por mais alguns quarteirões, até que nosso sorvete acabou e ele disse que a Madona já tinha feito bastante exercício por uma noite.

— Será que eu posso te pegar emprestada amanhã também? — ele quis saber, o olhar esperançoso, parado em frente à porta do apartamento da Bia.

— Não tenho nenhum compromisso amanhã à noite.

— Então tá marcado. — Ele sorriu satisfeito. — Boa noite, Luna, e obrigado pela ajuda.

— Obrigada pelo sorvete. Boa noite. — Entrei em casa e fechei a porta com cuidado.

Eu estava seguindo em direção à cozinha para tomar um copo de água quando parei de repente e derrapei no piso, me dando conta do que tinha acabado de fazer.

Eu tinha marcado um encontro com o Dante?

16

Tá legal, eu não tinha um encontro com o Dante. Eu tinha um encontro com a Madona e, *por acaso*, ele também estaria lá.

Depois de me convencer disso, trabalhei com afinco o resto da noite no artigo para a *Na Mira*, e o texto da minha primeira matéria ficou exatamente como eu queria: rápido, fluido e direto.

Então, antes de sair para trabalhar na manhã seguinte, enviei o arquivo com o contrato para a Jéssica por um motoboy. Eu temia ir até a redação da *Na Mira* e ser vista em terreno inimigo.

Sabrina ainda não tinha voltado para casa. Preocupada, liguei para ela, e minha amiga atendeu ao segundo toque. Sua voz parecia sonolenta, mas com um quê de satisfação e plenitude que não dava para disfarçar.

— O Lúcio vai me levar para o trabalho. À noite a gente se fala — ela disse pausadamente, e eu entendi que o Lúcio estava por perto e que não adiantaria implorar detalhes naquele momento.

Não encontrei o Dante nas dependências do prédio ao sair para trabalhar, o que foi bom. A moto dele ainda estava estacionada atrás do meu carro, e, como eu queria evitar outra situação embaraçosa, dei partida e saí dali rapidinho.

Murilo já estava berrando ao celular na redação quando cheguei. Parece que havia um novo escândalo de lavagem de dinheiro e ele queria uma exclusiva com o senador envolvido. Não foi surpresa afinal ver o Viny entrar na revista pouco depois, a mochila no ombro, os olhos um pouco sonolentos, mas com o sorriso genuíno.

Ele caminhou em minha direção. O problema é que eu não queria falar com ele. Não depois de ter ido para a cama com Dante. Eu sabia que era tolice, que o Viny e eu não tínhamos nada ainda — e, dado o que acontecera, talvez nunca viéssemos a ter —, mas uma pequena parte de mim não acreditava nisso. Essa parte tinha certeza de que aquele fotógrafo podia ser o cara que traria cor à minha vida desbotada, e começar uma história de forma desonesta não era um bom caminho.

— A única parte prazerosa em acordar tão cedo é poder te ver assim que o dia começa. — Ele se encostou na minha mesa.

— Bom dia — murmurei, evitando contato visual. — É bom te ver também.

Eu comecei a remexer em papéis e exemplares antigos da *Fatos&Furos* que estavam sobre a minha mesa, esperando que ele fosse embora, ou que o tempo pudesse voltar para eu nunca ter ido me encontrar com ele e terminado na cama do meu chefe.

Viny inspirou profundamente.

— Desculpa — disse, envergonhado, para minha total humilhação. — Eu nunca pensei que te deixaria plantada esperando por mim.

— Ah, não. Não tem problema, juro! Eu acabei encontrando o... humm... hã... um conhecido no restaurante.

— É mesmo?

— Ãrrã. — Pressionei os lábios, ligando o computador. — E você acabou conseguindo uma boa foto no fim das contas. Eu vi no jornal de domingo.

— É, fui um dos primeiros a chegar. Consegui meia dúzia de fotos que me renderam uma boa grana. — Ele se deteve por um instante e, quando voltou a falar, sua voz era séria. — Luna, pode ser sincera comigo, ok? Se você mudou de ideia, pode falar, não precisa se esquivar assim. É só dizer e eu te deixo em paz.

— Me esquivar? — quase gritei. — Por que você acha isso?

— Porque você está evitando me olhar desde que entrei aqui.

Suspirei e me obriguei a levantar os olhos.

Ele parecia magoado, me olhando de cima. Saco.

— Eu... Viny, eu não tô te evitando. É que... têm acontecido umas coisas.. estranhas...

— Mas você ainda quer sair comigo? Mesmo com essas coisas estranhas rolando e tal?

Se eu queria? Era tudo o que eu pensava desde que coloquei os olhos naquele deus de pele marrom. Só não sabia se ainda tinha o direito de querer isso.

— Se sua resposta for sim — ele continuou —, sábado é um bom dia pra você?

— Perfeito — me ouvi dizendo.

— Me dá seu endereço. Posso te pegar às sete.

— Não! — objetei, apressada. Dante podia acabar encontrando o Viny no corredor, e eu sabia da sua baixa tolerância a relacionamentos amorosos entre funcionários. — É melhor a gente se encontrar no restaurante. Minha amiga é um pouco curiosa e ia te fazer um milhão de perguntas. A gente não ia conseguir sair pra jantar de novo.

Ele me examinou, um pouco desconfiado, mas acabou assentindo.

— Mesmo restaurante, às sete, e eu não vou dar furo dessa vez. Prometo.

— Tudo bem. E obrigada pelos chocolates. Não precisava ter se incomodado.

— Eu deixei a garota mais bonita que conheço esperando. Era o mínimo que eu podia fazer. Isso e fazer com o que o encontro no sábado seja inesquecível. — E exibiu um sorriso meio cafajeste que fez meus joelhos baterem na mesa.

Pouco depois, ele e o Murilo partiram atrás do senador corrupto — ainda que fosse notícia velha; apenas mudavam os nomes, não a prática imoral —, e eu fiquei fazendo o layout dos anúncios que coloririam as últimas páginas da *Fatos&Furos* da semana.

Dante entrou na redação distribuindo seu bom-dia pouco animado, como de costume. Quando ele me cumprimentou, o canto direito de sua boca se ergueu, quase que em um meio-sorriso, mas o gesto foi tão rápido que posso ter imaginado.

O mesmo não aconteceu com Júlia, que se largou na cadeira com os olhos inchados, o nariz vermelho, os cabelos, curtos e castanhos, numa desordem tão grande que nem mesmo o Dante seria capaz de recriar.

— O que foi? — perguntei, puxando a cadeira do Murilo e me sentando perto dela.

— Eu fiz uma tremenda burrada! — E começou a chorar.

— Ah, Júlia, não fica assim. — Eu a abracei, a apertando forte contra o peito, numa tentativa de fazê-la se sentir querida e amada. Devo ter falhado, porque ela não parou de soluçar.

— Eu sei que tenho um gênio difícil e que o pacote é pesado, porque tenho uma filha, mas ele também não é nada fácil. Quem quiser ficar com o Renato vai ter que aceitar a mãe dele também. Eu não quero um relacionamento a três.

— Ele preferiu ficar do lado da mãe?

— Ele sempre fica do lado da mãe. Mas não foi isso. Nós terminamos porque... bom... o Zé Eduardo, o pai da Bibi, foi em casa pegar a nossa filha para passar o fim de semana com ele. Acontece que... não sei bem o que aconteceu... num minuto estávamos discutindo sobre as notas da Bianca e no outro... *bum!* Eu estava na cama com aquele canalha.

— E o Renato descobriu. — Deduzi pela culpa estampada em seu rosto de fada.

— Ficou difícil explicar quando ele apareceu pela manhã e o Zé Eduardo foi abrir a porta só de cueca. Não sei o que fazer! O Renato me disse coisas horríveis. Eu sei que agi mal, mas não tenho certeza se sou mesmo a vagabunda que ele disse que sou, só porque eu estava carente por ele não me dar o suporte e o apoio que preciso.

— E você e o seu ex vão...

— Deus me livre! Não! — ela me interrompeu. — Eu não quero nem pensar no Edu. Foi só... um acidente, sabe?

Ah, eu sabia! Até poucos dias, eu diria que a Júlia tinha ficado louca, mas, depois da noite de sexta, eu a compreendia bem. Certas coisas simplesmente acontecem, ainda que você não queira.

— Tá tudo bem, Júlia. Tudo vai se ajeitar. Você vai encontrar uma solução.

— Só não sei como. Não consigo pensar! — ela gemeu. — E ainda preciso escrever uma matéria sobre um idiota que diz se alimentar de luz. A verdade é que ele não lembra de ter comido depois de fumar tanta maconha, mas não posso escrever isso. Não posso escrever nada, na verdade. Tô... bloqueada! — E enterrou a cabeça nas mãos. — Eu tô perdida, Luna! Vou ser demitida e vou ter que tirar minha filha da escola, porque não vou conseguir pagar. O Zé Eduardo vai me acusar de negligência e vai pedir a guarda da Bibi, e, se isso acontecer, pode me dar um tiro, porque já vou estar morta de todo jeito.

— Ei, calma aí! — Alisei gentilmente suas costas. — Vai devagar. Você vai conseguir, claro que vai!

Ela ergueu a cabeça, os olhos tristes e inchados estavam desolados.

— O Zé Eduardo ficou furioso com as coisas que o Renato disse, principalmente porque a Bibi acordou e presenciou boa parte da gritaria. Ele disse que não quer a filha perto de caras como o Renato. Eu acho que ele vai pedir a guarda dela de todo jeito. Eu vou morrer, Luna! Minha filha é tudo pra mim!

— Tudo bem, fica calma. Você tá muito nervosa.— Ela começou a sacudir a cabeça, seu lábio inferior tremia, e aquilo partiu meu coração. Ninguém devia ser obrigado a sair da cama em um dia como aquele. — Por que você não vai pra casa e tenta colocar os pensamentos em ordem? Vou dizer ao Dante que você não estava se sentindo bem.

— Mas e a matéria?

— Ué, você pode escrever de lá e enviar direto para o e-mail dele.

— Mas eu não vou conseguir! — ela chorou.

— Vai sim! Você vai escrever o melhor artigo da sua vida! Vai pra casa, se acalma, toma um chá ou, sei lá... um porre federal.

Ela fungou, secando o nariz.

— Você tem mais fé em mim do que eu mesma. Obrigada por me ouvir e não me condenar.

— Ninguém pode te julgar, Júlia. E quem disse que o que você fez foi um erro? A gente nunca sabe o que o destino guarda pra gente.

Ah, espera um pouco. Era eu mesma quem estava falando aquela baboseira de destino? Eu só podia ter perdido a cabeça!

— Você é um amor, Luna. — Ela pegou a bolsa e me deu um abraço demorado. Então chorou mais um pouco no meu ombro e foi pra casa, ligeiramente encurvada, como se o mundo inteiro estivesse sobre as suas costas.

Nem todos notaram que ela não estava na mesa, mas Dante, com seu olhar afiado, logo percebeu. Ele perguntou se sabiam por que a Júlia não tinha ido trabalhar, o que deixou algumas pessoas confusas, porque elas a tinham visto mais cedo. Então eu disse que a Júlia tinha ido embora, e, quando ele ameaçou pedir à Natacha que ligasse para ela e a mandasse voltar à redação naquele instante, eu lancei:

— Ela está... naqueles dias, sabe?

Isso fez meu chefe recuar imediatamente. Lutei para não revirar os olhos. Homens são destemidos por natureza, caçam o perigo como um prêmio, mas uma mulher na TPM faz até o Dalai-Lama bater em retirada e se refugiar nas montanhas.

O dia foi longo, e foi com alívio que entrei em casa aquela noite, tirando os sapatos imediatamente ao passar pela porta. Sabrina estava na cozinha, preparando algo com um aroma delicioso.

— O que é que tem aí? — perguntei, me esticando atrás dela para ver o conteúdo da panela.

— Risoto de limão siciliano. Tem salmão no forno. Tá quase pronto.

— Tá inspirada hoje, hein? — Belisquei de leve as suas costelas.

— Acho que sim — ela suspirou. — O Lúcio tem esse efeito sobre mim.

— Especialmente depois de passar a noite toda com ele.

— *Principalmente* depois de passar a noite toda com ele. — Ela exibiu um sorriso tímido, e foi isso, mais que as palavras que se seguiram, que me alertou sobre como minha amiga tinha se envolvido. — Ai, Luna, ele é tão fantástico! Tô tão feliz que tenho medo de não merecer tanta felicidade. Você já sentiu isso?

— Não. E é claro que você merece! E aí, me conta como foi.

— Foi perfeito! A gente não tinha planejado nada, mas acabamos indo pra casa dele depois do jantar e... bom... ele é delicado e gentil... e foi tão lindo! Foi como se ele soubesse no que eu estava pensando, como se tudo que fizesse fosse para me agradar. E conseguiu! Ele fez eu me sentir a mulher mais linda do mundo.

— Sabrina, você *é* uma das mulheres mais lindas do mundo — apontei.

— Ah, para de brincadeira. Você entendeu bem o que eu quis dizer. Acho que estou apaixonada.

Eu ri.

— Nossa, que bom que você *acha* isso. Porque eu não tenho dúvidas. Você precisa de ajuda com o jantar?

— Não. Já tá quase pronto.

— Tá bom, então a louça é por minha conta. Vou tomar banho. O Dante vai aparecer por aqui daqui a pouco.

Ela parou de mexer o risoto e me encarou, um tanto atônita.

— Pra quê?

— Pra levar a Madona para passear. Ele não quer ir sozinho porque ela é uma cadela de madame.

— E você vai com ele porque... — ela se deteve, me esperando apresentar uma linha lógica de raciocínio.

— Pra ver o Dante recolhendo cocô da calçada, ué. — Revirei os olhos. — Por que mais seria?

— Não sei. Porque você gosta de estar perto dele, talvez? — Uma sobrancelha delicada se arqueou.

— Deus me livre! No dia em que isso acontecer, eu me lanço em alto-mar sem colete salva-vidas.

— Cuidado com o que diz — ela riu. — Ei, e o horóscopo da semana? Já tá pronto?

— Vou fazer assim que voltar do passeio com a Madona. Mas você não vai ler.

— Luna! — ela reclamou, batendo o pé.

— Sabrina, por favor! Você anda levando essa coisa de horóscopo muito a sério. Eu não quero que você leia e fique cheia de caraminholas na cabeça.

— Mas eu só quero te ajudar, corrigir pra você — ela abandonou de vez a panela, que começava a espirrar bolotas por todo o fogão.

— Boa tentativa, mas não, obrigada. Seu lance com o Lúcio está indo muito bem, e você não precisa contar com mais nada além de si mesma para esse relacionamento dar certo.

Ela me fuzilou com os olhos.

— Eu odeio quando você faz isso! Por que não pode ser uma amiga menos coerente e me dar logo o que eu quero?

— Porque aí eu não seria sua melhor amiga.

O jantar estava tão delicioso quanto eu imaginara. A Sabrina tinha talento na cozinha. Pouco depois de eu ter terminado de lavar os pratos, o Dante apareceu. Madona parecia eufórica, pulando na minha perna como se tivesse molas de alta performance em vez de patas.

— Tô saindo, Sá! — gritei da porta.

— Tá bom, divirta-se!

— Ei, mocinha! — Acariciei a cabeça da Madona. — Parece que você está animada hoje.

— Eu diria que "animada" não é bem a palavra. Talvez "possuída pelo demônio" seja mais apropriado — corrigiu Dante com uma careta, me fazendo rir.

— Ai, Dante, não fala assim! A Madona é sempre boazinha.

— Ela comeu uma parte dos artigos da próxima edição. — E me passou a guia.

— Bom, então você não devia ter deixado os papéis ao alcance dela. Acho que ela não está acostumada a ficar sozinha. O Fernando passa boa parte do dia em casa.

— Eu sei. A Bia ligou hoje pra saber como a Madona está. Ela não quis nem saber de mim, mas, se a cachorra está tendo uma crise depressiva, ah, isso sim é de extrema importância. — Ele revirou os olhos.

Eu mordi o lábio e segui fitando o piso antigo para que ele não lesse a culpa em meu rosto conforme descíamos as escadas. A Bia me telefonara perguntado do irmão, se eu achava que ele estava deprimido. Eu me esforcei ao máximo para que ela não percebesse meu desconforto em falar dele. Contei que o Dante estava indo muito bem e que não parecia abatido, tampouco com tendências suicidas, como ela temia.

— Como é que ela tá?

— Pareceu bem — Dante contou. — Um pouco estressada por estar de folga, mas pareceu feliz.

— Sua irmã é uma figura.

— Se eu não tivesse convivido com ela na adolescência, talvez até concordasse — ele brincou, exibindo um sorriso de fazer o coração pular uma batida. Não o meu, claro. Eu era imune ao charme nerd dele. Totalmente!

— Sei como é. Me sinto da mesma maneira com relação ao meu irmão.

— Ele mora com seus pais? — perguntou, pegando de volta a guia da Madona assim que pisamos na calçada, deixando claro que entendia e obedecia as minhas regras.

— Não, o Raul mora com a namorada. Meu pai vive na Argentina com a mulher dele. Minha mãe morreu no meu parto.

— Nossa, eu sinto muito — ele disse em voz baixa.

— Valeu.

Inspirei profundamente, fechando os olhos. Eu adorava o ar noturno. A lua tingindo tudo de prata, a umidade se misturando aos cheiros da cidade grande. Aquilo era inebriante.

— Você não parece feliz com isso — Dante assinalou. — Com essa coisa da mulher do seu pai.

Eu ri, mas sem humor algum.

— Dante, o meu pai tem cinquenta e seis anos, e a Paola, vinte e dois.

— E...?

Ergui os ombros.

— Ela é jovem demais.

— Para amar? — ele perguntou, franzindo a testa.

— Eu sei, tá legal! — gemi, desamparada. Era embaraçoso admitir, mas eu não estava exatamente entusiasmada com o fato de o meu pai ter se casado com uma garota dois anos mais jovem que eu. — Mas é diferente quando é o seu pai. Não vou fingir que me sinto confortável. No Natal passado, quando fui visitá-lo e saímos pra jantar, um garçom achou que a Paola fosse filha dele também.

— Você acha que duas pessoas não podem se apaixonar se houver uma grande diferença de idade? — Ele me encarou, parecendo ansioso.

— Depende muito do caso.

— Quantos anos você tem, Luna? Vinte e cinco?

— Quase. Faço vinte e cinco em novembro.

— Bom, eu tenho trinta e dois — revelou, quase indiferente.

— Sééééio? — brinquei. — Não parece.

— Eu sei. Pareço ter muito menos — ele sorriu, animado.

— Ah, não. Pensei que você já estivesse na casa dos quarenta — menti, pressionando os lábios para não rir.

Dante me olhou feio, mas havia diversão em sua expressão.

— Você é uma mulher muito cruel.

Chegamos no ponto que a Madona escolhera para ser seu banheiro particular, e, dessa vez, o Dante se virou de pronto, assim como eu.

— Você tem razão — confessei, encarando meus próprios pés.

— Sobre você ser cruel? — Ele riu. — Eu tenho certeza disso.

— Não — sacudi a cabeça e o espiei pelo canto do olho. — Sobre eu ter ciúmes da nova mulher do meu pai.

Ele franziu a testa.

— Humm... não tenho certeza se cheguei a dizer isso.

— Mas pensou, o que dá no mesmo. Você tem razão — admiti, pela primeira vez em voz alta. — Nos últimos dez anos, meu pai e eu mal nos vimos. Assim que ele achou que o Raul e eu éramos grandes o bastante, ele retomou sua pesquisa sobre uma espécie de pombos da Patagônia. Foi lá que ele conheceu a Paola. Ele gosta dela de verdade, acho. Bom, na verdade dá pra ver que ele é louco por ela.

— E ele não tem mais tempo pra você — Dante concluiu em voz baixa.

— Não que eu precise. — Dei de ombros e fitei as pedras na calçada. — Quer dizer, sou dona do meu próprio nariz, tenho um emprego, minha casa, meu carro, sou adulta, mas não é por isso que não posso sentir falta de ter meu pai por perto, sabe?

— Eu entendo. Entendo mesmo. Não acho que alguém possa ser autossuficiente o tempo todo.

— Nem você? — perguntei, erguendo a cabeça para examiná-lo. As linhas de seu rosto estavam relaxadas, deixando sua expressão aberta e confiável.

— *Principalmente* eu — ele frisou, parecendo sincero. — Eu preciso de gente pra tudo. Preciso que os meus repórteres façam todo o trabalho pesado, preciso do suporte da minha família para não desistir do caminho que escolhi, preciso de amigos quando as coisas vão mal, preciso de alguém com quem dividir os problemas.

— E, agora que a Alexia te largou, você não tem mais sua melhor amiga — concluí, com tristeza.

Sacudindo a cabeça, ele riu como se eu tivesse contado uma piada.

— As coisas com ela não eram assim. Nunca fomos amigos desse jeito. Éramos um casal daqueles que... vão pra cama pra não ter que conversar. — Ele coçou a nuca, constrangido.

Fiquei surpresa. Quando eu o via com a Alexia, eles pareciam um casal feliz.

— Então não é de espantar que vocês tenham se separado — comentei um tempo depois. — Sexo não é tudo em um relacionamento.

— É, mas às vezes a gente se acomoda e... deixamos as coisas como estão. Dá menos trabalho assim.

Madona terminou o que tinha para fazer e o Dante outra vez recolheu a sujeira. Depois de jogar o saco plástico na lixeira, ele se voltou para mim e disse, subitamente com a voz animada:

— Mas, voltando ao que você acabou de dizer sobre ser adulta e tudo o mais, eu queria te lembrar que você não tem um carro, mas um cortador de grama.

Eu mordi o lábio inferior para não rir.

— Cara, por um momento eu esqueci que era com *você* que eu estava falando.

E o mais estranho era que eu não estava mentido. Havia muitas razões para que eu não quisesse falar com ele. Em primeiro lugar, porque ele era meu chefe, e ninguém conta nada da vida particular ao chefe. Segundo, por ele ter ido para a cama comigo e não ter dito nada. E, terceiro, não dava para contar nada da sua vida para alguém que usasse uma camiseta com a cara peluda do Chuck Norris estampada. Mas, de algum modo, as palavras foram saindo sem que eu pudesse detê-las.

— Só estou sendo honesto. Sério, Luna, você precisa trocar aquela coisa por um carro melhor. — Ele me entregou a guia da Madona e enfiou as mãos nos bolsos da calça jeans. — Desde ontem não paro de pensar no que te levou a escolher aquele carro.

Espantada por ele ter dito que tinha pensado em algo a meu respeito — ainda que de modo pejorativo —, me peguei sorrindo ao falar do Twingo.

— Eu não escolhi, foi ele que me escolheu. Ganhei numa rifa.

— Putz, que azar! — E fez uma careta.

Estreitei os olhos, desejando que a Madona comesse todas as gravatas horrorosas dele enquanto ele estivesse dormindo.

— Quer dizer... — ele pigarreou, ao notar minha expressão — *que azar* não ter passado numa revisão antes de te entregarem.

— Eu fiz algumas. Não tantas quanto deveria, mas vou levá-lo à oficina um dia desses. Ele tem um probleminha ou outro, já tem sete anos, mas é um bom carro.

Ele fixou o olhar no meu e um calor súbito percorreu minha pele.

— Sete anos não é muito — ele disse. — Sete anos podem não significar nada.

— É... — falei, um pouco insegura, pois tive a impressão de que não era exatamente sobre meu Twingo que estávamos falando.

Como no dia anterior, tomamos sorvete e andamos por mais alguns quarteirões antes de voltarmos para casa. E, assim como na noite passada, ele me convidou para acompanhá-lo no dia seguinte. E, exatamente como na noite anterior, minha resposta foi sim.

Horóscopo semanal por meio das cartas com a Cigana Clara

♈ **Áries** **(21/03 a 20/04)**
Muitas baladas na sua agenda nesta semana. Cuidado para não torrar toda a sua grana. Você poderá precisar dela mais tarde.

♉ **Touro** (21/04 a 20/05)
As coisas andam tensas com o gato. É só uma fase, tenha um pouco de paciência. Aproveite para fazer compras e levantar seu astral.

♊ **Gêmeos** (21/05 a 20/06)
Suas finanças podem sofrer um abalo considerável. Fique atenta.

♋ **Câncer** (21/06 a 21/07)
O romantismo vai marcar a sua semana. Promessa de encontros quentes!

♌ **Leão** (22/07 a 22/08)
Por que tanta idealização? Pare de sonhar e coloque a mão na massa. Seus sonhos não vão se realizar se você não der o primeiro passo.

♍ **Virgem** (23/08 a 22/09)
Sabe aquela vontade de fazer algo totalmente novo na vida profissional? Esta semana é perfeita para isso.

♎ **Libra** (23/09 a 22/10)
Cuidado para não espantar possíveis pretendentes com tanta independência. Transforme sua energia em algo prático, tipo lavar o carro.

♏ **Escorpião** (23/10 a 21/11)
Amor, ódio e paixão virão à tona e podem fazer você se sentir vulnerável. Encare tudo sem medo.

♐ **Sagitário** (22/11 a 21/12)
Na hora de fechar aquele contrato, não aceite nada menos do que você merece.

♑ **Capricórnio** (22/12 a 20/01)
Olhos abertos para parceiros que queiram apostar em você, mas fique ligada no excesso de rivalidade no ambiente de trabalho.

♒ **Aquário** (21/01 a 19/02)
O inesperado pode acontecer. Sentimentos novos, que você talvez não desejasse no momento, poderão tomar proporções imensas.

♓ **Peixes** (20/02 a 20/03)
Não se deixe perder em meio a dúvidas em momentos cruciais. Confie em si mesma.

17

O dia começou corrido, e mal tive tempo de pensar nos meus passeios com a Madona... e o Dante. A Júlia não apareceu, o que me deixou preocupada e o Dante louco de raiva. Ele pediu para a Natacha telefonar para ela três dúzias de vezes, mas ninguém atendia. Eu tentei o celular, mas só caía na caixa postal. De modo que o bom humor do chefe, quase inexistente, virou lenda e ninguém nem se atreveu a sequer falar com ele. No fim do expediente, saí às pressas da redação e fiquei aliviada ao entrar no Twingo e vê-lo funcionando como deveria.

Sabrina ligou assim que estacionei o carro em frente ao nosso prédio, avisando que jantaria com o Lúcio no apartamento dele e que eu não deveria me preocupar caso ela não dormisse em casa outra vez. Desci do carro e joguei a bolsa no ombro. No mesmo instante, reconheci o homem alto, um pouquinho acima do peso, mas que disfarçava dizendo que os quilinhos a mais eram músculos em desenvolvimento, antes mesmo de ele se virar para mim.

— O que você aprontou dessa vez, Raul?

— Nada. — Meu irmão deu de ombros. — Só estava passando por aqui e quis te ver.

Esse foi um sinal de que havia algo errado no mundo. O Raul nunca tinha vontade de me ver.

— Luna, eu... eu não sei o que... A Lorena tá grávida. — Ele abriu os braços. — O que eu faço?

Meu Deus! Meu irmão irresponsável, que não sabia cuidar de um porquinho-da-índia, seria pai? Tá certo, irresponsável era exagero. Ele estava se saindo muito bem sozinho. Tinha terminado o curso de educação física, conseguido emprego em duas academias, uma escola infantil e a noite ainda fazia uns bicos como segurança em danceterias. Ele tinha comprado à vista a casa onde morava com a Lorena, e o carro dele era novinho e brilhante, lotado de opcionais cheios de botões modernos. Assim como eu, ele se negava a aceitar qualquer ajuda do papai ou da vó Cecília. Minha avó achava graça disso, dizendo que o orgulho cigano sempre falava mais alto.

— Eu tô apavorado, Luna — Raul admitiu.

Dava para ver em cada traço do seu rosto comprido, tão parecido com o do papai, que ele estava falando sério. A única coisa que tínhamos em comum eram os cabelos cacheados escuros e a cor dos olhos. Eu passei um braço em sua cintura e comecei a andar.

— Vamos subir. Você tá com aquela cara de que vai quebrar alguma coisa, e eu preferia que fizesse isso longe do meu carro.

— Muito engraçado, maninha. — Ele me olhou torto, mas me acompanhou até o terceiro andar. E aceitou a cerveja que coloquei em sua mão, virando tudo em um gole só. — O que é que eu vou fazer? — ele perguntou, encarando a latinha, como se dentro dela fosse encontrar as respostas que procurava.

— Não sei, Raul. Você ama a Lorena? — perguntei, me sentando ao lado dele no sofá.

— Claro!

— Então... lá-lá-lá... — cantarolei.

Ele sacudiu a cabeça.

— Não posso pedir a Lorena em casamento agora. Ia parecer que só tô querendo juntar os trapos de verdade por causa do bebê.

Eu revirei os olhos.

— Se você disser "juntar os trapos de verdade" pra Lorena, tem uma boa chance de ela te dizer não.

— Eu não quero ser pai agora! Como é que isso foi acontecer? — ele explodiu, ficando em pé.

— O papai devia ter tido essa conversa com você há muito tempo. Era uma vez uma sementinha que encontrou seu lar num ovinho bem...

— Luna! — ele me censurou, aborrecido. — Quer fazer o favor de levar isso a sério?

— Eu tô levando! O que você quer que eu diga? A garota tá esperando um filho, Raul! Vocês vão ser uma família, mesmo que não se casem. Casar ou não com a Lorena não vai mudar a seriedade do que vai acontecer. Vocês estão ligados para sempre, um papel não vai fazer diferença nenhuma. Eu não acho que você deve se casar porque sua namorada tá grávida. Mas, se você ama a Lorena... então... não sei. O que você quer fazer?

Ele esfregou as mãos na barba rala que encobria seu maxilar.

— Eu não sei. Eu amo a Lorena. Ela me deixa louco às vezes, mas eu a amo.

— A ponto de querer passar a vida toda com ela?

— Como é que eu vou saber, cacete! Eu tenho que decidir isso agora? E, mesmo que eu soubesse, que tivesse certeza que quero ficar com ela para o resto da vida, se eu pedir a Lorena em casamento agora, ela vai pensar que é por causa da criança, não porque a amo.

— Ela não vai pensar isso, Raul. — Eu fiquei de pé e alisei suas costas, tentando reconfortá-lo. — Ela te conhece.

— É claro que vai! — Meu irmão se afastou do meu toque e começou a andar de um lado para o outro. — Ela vai ficar se perguntando por que não me casei com ela antes.

— E por que mesmo? — brinquei.

Ele revirou os olhos esmeralda.

— Você cresceu, mas continua a mesma pirralha de sempre!

— Só tô tentando descontrair. Você tá muito tenso e não quero que surte na minha sala. Da última vez, tive que mandar a TV para o conserto.

— Eu não tô surtando! — ele berrou, erguendo o braço com a lata para arremessá-la.

— Se quebrar alguma coisa, vai ter que pagar.

— Porra! — Ele abaixou o braço, apertou a lata com força, amassando a lateral. — A gente estava numa boa. Aí... tudo fica de cabeça pra baixo.

— Você tá exagerando, Raul. Ter um filho não é o fim do mundo.

Meu irmão ergueu o olhar furioso.

— E como você sabe disso? Que experiência você tem? Não sei por que é que eu pensei que você poderia me ajudar. Nem um namorado você consegue manter. Você dá muito trabalho.

O sangue borbulhou em minhas veias, minha visão ficou turva, meus dedos tremiam.

— Não acredito no que você acabou de dizer. Retira o que disse, Raul — avisei, trincando os dentes.

— Por quê? Tô mentindo? Você é a mulher mais irritante e chata que conheço. E pelo visto não sou o único que acha isso.

— Seu grande babaca! — Avancei sobre ele.

Eu me atraquei ao Raul como uma gata, enroscando as pernas em sua cintura e passando um braço em volta de seu pescoço largo, tentando enforcá-lo.

— Sai de cima de mim, fedelha! — ele falou, tentando me tirar de suas costas.

— Retira agora o que você disse!

— Não retiro porra nenhuma! Você não conse... Ai, Luna! Isso dói! — ele reclamou quando dei um soco em sua cabeça. — Você tá me machucando, cacete!

— Eu não tenho namorado porque vocês, homens, são um bando de babacas que só pensam em si e em satisfação imediata. Quer saber o que eu acho de verdade dessa história com a Lorena?

— Não! Quero que você saia de cima de mim e pare de me socar. — Ele tentou mais uma vez se livrar de mim, mas eu o agarrei ainda com mais força.

— Você tá apavorado com a ideia de que a Lorena possa amar mais a criança do que ama vo... Aaaaaaah! — gritei quando ele perdeu o equilíbrio, tentando me tirar de suas costas, e cambaleou pela sala até cairmos no sofá. Ele caiu com todo aquele peso sobre o meu estômago. — Ai! — gemi, antes de perder o fôlego.

— Mas que inferno, Luna! — Ele se desenroscou de mim, girando para ficar de frente e analisando minhas costelas com os dedos ágeis. — Você sempre se machuca quando a gente briga. Quando é que você vai parar de me atacar?

— Quando você deixar de ser tão idiota — retruquei, ainda sem fôlego.

— Não vai acontecer tão cedo, então tenta ser a adulta por aqui, valeu?

A porta então se abriu com um estrondo. Dante se deteve ao observar a cena. Eu, caída no sofá, arfando e gemendo, o Raul parcialmente sobre mim, tentando me acomodar em uma posição confortável que levasse ar aos meus pulmões. Um segundo depois, o Dante voava pela sala e se chocava com o Raul, como aqueles jogadores de futebol americano que pairam no ar por um segundo antes de derrubar o adversário. E começou a socar meu irmão ao mesmo tempo em que a Madona apareceu sabe-se lá de onde e se pôs a latir.

— Dante, não! — gritei, me levantando meio cambaleante, pressionando as costelas doloridas. — Para!

— Chama a polícia! — Dante gritou de volta, enquanto desferia socos. — Eu cuido dele.

— Tira as mãos de mim, caralho! — Raul então começou a revidar.

— Raul, para, não bate nele, não! Caramba, parem com isso!

Eles rolaram pela sala, com a Madona cercando os dois, mas acabaram colidindo com a mesa de centro. A bailarina de cristal da Sabrina caiu e se estilhaçou; o ruído fez a Madona fugir para a cozinha. Inferno. A Sabrina ia me matar quando visse o que restara de sua tão amada escultura francesa. Mas eu tinha dois problemas de mais de um metro e oitenta se engalfinhando na minha sala, e isso era mais urgente que qualquer crise de choro que minha amiga pudesse ter.

— Parem! — tentei de novo, mas eles não pareceram me ouvir. Tentei me aproximar para segurar um deles, qualquer um, mas um pé se chocou com meu joelho e eu caí no sofá outra vez. — Parem com isso agora!

Eles não me deram ouvidos. Pareciam perdidos demais em testosterona e selvageria para notar qualquer coisa ao redor. Não teve jeito, tive literalmente que me meter entre aqueles dois marmanjos. Eu me joguei sobre o bolo de pernas e braços e tentei puxar o que estava por cima. No entanto, Dante era muito mais forte do que eu podia imaginar e nem sentiu a força que eu impunha sobre seu corpo, tentando puxá-lo para trás.

— Dante, para! Você vai matar o meu irmão! — implorei, agarrada a seu pescoço.

— Irmão?

Inesperadamente, a cabeça dele voou para trás, batendo na minha testa, quando um golpe do Raul acertou em cheio seu queixo. Meu irmão empurrou Dante com força suficiente para jogá-lo no chão. Ele caiu sobre mim e, puta que pariu, ele não era nada leve.

— Ai!

— Luna! — Dante gritou numa voz engrolada, se colocando de pé e tentando me ajudar a fazer o mesmo.

— Sai de perto da minha irmã! — Raul tentou afastar Dante com um puxão.

— Você tá bem? — meu chefe me perguntou, preocupado, ignorando completamente o Raul.

— Não sei. Já é o segundo mamute que me esmaga hoje — gemi, meio curvada. E ele riu.

— Me perdoa, eu não quis te machucar — falou, afastando um cacho que me caía sobre o rosto. Ele deslizou um dedo sobre minha testa dolorida, fazendo careta. — Desculpa. Eu só quis ajudar. Pensei que ele estivesse te machucando.

— E como é que eu ia machucar minha própria irmã, seu idiota? — Raul perguntou, irritado. — Era ela que estava me socando. Eu não encosto um dedo na Luna desde que ela tinha quatro anos. Ela se aproveita disso, mas sempre acaba se machucando sozinha. Eu já cansei de falar pra ela parar com isso. Mas a Luna nunca escuta ninguém.

— Ei. — Lancei um olhar enviesado para meu irmão, endireitando as costas graças à ajuda de Dante e aceitando a mão que Raul me oferecia. — Eu não precisaria te socar sempre se você parasse de agir como um idiota.

Raul bufou, revirando os olhos.

— E eu já falei que isso não vai acontecer. Quando você vai acreditar em mim?

Apoiada em meu chefe e em meu irmão, cheguei até o sofá. Eles me colocaram ali com cuidado.

— Você se machucou em mais algum lugar? — Dante perguntou, preocupado, se acomodando ao meu lado e buscando meus olhos. Ele franziu o cenho ao examinar minha testa e disse em voz baixa, em um quase lamento: — Sua testa está bem vermelha. Acho que vai aparecer um galo.

— Estou bem. — Apalpei minhas costelas. Pareciam inteiras. — Não quebrei nada.

— Eu... — Dante desviou os olhos para o chão. — Não quero atrapalhar uma reunião de família... É só que... ouvi seus gritos e pensei que você estivesse em apuros.

— E veio me defender? — Tá legal, por essa eu não esperava. O Dante tinha bancado o super-herói por minha causa.

— Você é quem mesmo? — Raul perguntou, avaliando Dante da cabeça aos pés.

— Sou vizinho da sua irmã.

— Vizinho e meu chefe na *Fatos&Furos* — acrescentei, impaciente. — Esse é o Dante Montini. Eu já falei dele pra você, lembra?

Meu irmão arregalou os olhos, passando-os do Dante para mim, me esperando completar a piada. E, Deus, como eu queria que aquilo tudo fosse brincadeira. Quer dizer, o Dante ser meu chefe e tudo o mais.

— Ela tá brincando, não tá? — Raul perguntou ao Dante. — Só tá querendo fazer eu me sentir mal.

— Não, ela não está brincando. — Dante passou as costas da mão na boca, limpando um fio de sangue que escorria.

Raul me encarou.

— Eu acabei de bater no seu chefe?

— Está mais para acabou de apanhar do meu chefe... — apontei, ao notar o inchaço em seu olho. — Coloca um pouco de gelo nisso aí.

— Por que você não me disse nada? — Raul censurou.

— Eu tentei! Mas vocês dois estavam muito entretidos esmurrando a cara um do outro pra ouvir alguma coisa. Até a Madona vocês assustaram! Deviam ter vergonha disso. Dois marmanjos rolando no chão como dois pirralhos de seis anos.

Eu me levantei sob os protestos dos dois e, gemendo um pouco, fui até a cozinha apanhar um saco de batatas congeladas. Encontrei Madona assustada e escondida entre o fogão e a geladeira.

— Ah, Madona, não liga pra eles. São machos. Machos são bobos mesmo. — Eu a peguei no colo e voltei para sala, jogando o saco de batatas para o meu irmão. — Coloca no olho.

Raul pegou as batatas congeladas automaticamente, mas as abandonou sobre a mesa de centro, que a essa altura já estava quase na porta.

— Dante, cara... — ele começou, sem graça — eu não sabia que você era o chefe dela. E... fico feliz que tenha alguém por perto pronto para ajudar a minha irmã, caso ela precise.

— Eu não preciso! — protestei.

— Eu disse *caso* — meu irmão frisou, impaciente.

— Tudo bem — disse Dante. — Eu não sabia que era briga de família, ou não teria me metido.

— Bom, eu preciso ir — Raul falou. — A Lorena vai ficar preocupada com a minha demora. Eu passo outra hora, Luna.

— Tá bom. Espero que você descubra o que quer da vida. Me liga mais tarde pra contar.

Ele assentiu e se curvou, passando a mão na minha testa dolorida e fazendo uma careta.

— Passa uma pomada nisso. E... eu não estava falando sério antes. Desculpa. — Meu irmão beijou de leve o topo da minha cabeça.

— Você podia ter dito isso antes.

— É, podia. Se eu não fosse tão babaca. — E me mostrou aquele sorriso debochado, que me fez rir. Ele se virou para encarar meu chefe, bastante sem jeito. — Tchau, Dante. Desculpa pelo queixo. — Raul deu um tapinha no ombro de Dante, que permaneceu sentado.

— Sem problemas. Desculpa o olho roxo.

— É, beleza.

Raul saiu, fechando a porta suavemente depois de passar por ela. Madona já estava mais calma, então a coloquei no chão e, com um suspiro aborrecido, comecei a recolher os cacos da bailarina antes que ela os comesse.

— Foi mal — Dante resmungou, se agachando ao meu lado e me ajudando a pegar os cacos de cristal.

— É, foi mesmo, mas obrigada por tentar me ajudar. Nem todo mundo faria o que você fez.

Recolhemos os pedaços maiores e me dirigi até a área de serviço para apanhar a pá de lixo e a vassoura. Varri o chão até que nem um único ponto brilhante ficasse visível. Depois de jogar tudo na lixeira e lavar as mãos, voltei para a sala e encontrei Dante analisando atentamente os óculos. Ele tentava encaixar uma das pernas no lugar, mas não estava dando certo.

— Eu acho que não vai adiantar — me sentei na ponta do sofá. — Você vai ter que comprar outro. — *E quem sabe um bonito dessa vez,* eu quis acrescentar.

— Eu gosto desse. — E, ao que parecia, ele era o único. — Tenho uma cola muito boa pra esse tipo de plástico — ele sorriu e, quando o fez, vi seus dentes tingidos de vermelho.

— Ah, droga! — reclamei, me levantando de novo. Peguei dois copos e enchi um deles com gelo e o outro com água. Ofereci ambos a ele ao voltar para a sala. — Toma. Sua boca tá sangrando.

— Já parou.

— Confie em mim — insisti.

Ele aceitou a água e bebeu um pouco, mas não sem fazer uma careta. Depois tomou outro grande gole e bochechou antes de cuspir a água de volta no copo, tingindo tudo de vermelho.

— Pronto — ele disse, mas uma pequena poça se formou outra vez em seu lábio inferior.

— Deixa de ser teimoso. Por que homem é tão bobo quando se machuca?

— Eu não me machuquei. Provavelmente foi meu queixo que machucou a mão do seu irmão.

Revirei os olhos, pegando uma pedra de gelo e colocando-a sobre a ferida. Dante silvou alguma coisa e tentou recuar, mas não permiti, segurando a gola de sua camiseta surrada. A estampa do dia era uma caveira de óculos escuros. Sério, onde é que ele comprava aquelas coisas?

— *Ixo* dói — resmungou sob meus dedos.

— Aguenta aí. Já vai parar de sangrar.

Segurei o gelo por um minuto ou mais, até que a pele dos meus dedos começou a arder. Soltei o gelo no copo e observei seus lábios.

— Viu só? Eu disse que... que... que já ia... humm...

Não sei bem o que eu pretendia dizer, mas o fato é que naquele instante não importava mais. Nada importava.

Exceto a boca macia do Dante.

Acompanhei o desenho perfeito de seus lábios com a pontinha do indicador, sentindo algo revirar dentro do estômago enquanto meus pensamentos se embaralhavam. Um calor repentino se espalhou pelo meu corpo todo, atingindo os pontos mais remotos e me deixando com a sensação de estar viva. Muito viva. E quente!

Consegui desviar o olhar, não sem muita força de vontade, ainda que não fosse capaz de parar de tocar sua boca suculenta. Eu não devia ter feito isso, foi um grande erro, porque, quando ergui os olhos, encontrei os dele, e aquele entendimento estranho, aquela ligação que eu pensara ter visto outras vezes, me atingiu em cheio. Minha respiração acelerou, e eu não era a única com dificuldade para levar o ar para dentro. O peito de Dante subia e descia rápido, as pupilas se tornaram maiores, os lábios se entreabriram sob meus dedos.

Não sei dizer quem tomou a iniciativa, se ele ou eu, ou os dois ao mesmo tempo. Mas quem se importa? O fato é que em um minuto estávamos nos encarando, e no seguinte estávamos nos braços um do outro, grudando nossa boca e nosso corpo em um desejo desenfreado. A sensação daqueles lábios e daquelas mãos sobre mim não me era familiar, e era exatamente do que eu precisava.

Ele me puxou para cima dele, encaixando minhas coxas ao redor de seus quadris e pressionando os meus com dedos famintos. Eu me soltei de seu pescoço e me livrei bruscamente de sua camiseta, e ele não pareceu nem um pouco preocupado ao se ver livre dela. O fogo e a fome em seus olhos me fizeram explodir por dentro, e, quando ele alcançou os botões da minha camisa e foi abrindo um por um, afoito, quase rude, eu não pude me sentir mais grata. Um sussurro, quase um rugido, reverberou por sua garganta antes de ele enterrar a cabeça entre meus seios, abrindo com os dentes o fecho frontal do meu sutiã de renda branca, me deixando boquiaberta. Não por eu permitir que Dante se livrasse da peça, nem por ele se manter meio curvado, me dando livre acesso ao botão de sua calça, mas porque eu queria muito, muito mesmo, que a gente fosse mais depressa com aquilo.

Eu tentei manter a coerência, um pouco de razão, e parar de beijá-lo, afastá-lo, mas ele deslizou a mão quente por meu tórax até reivindicar um dos meus seios enquanto o outro recebia carícias de sua língua e dentes, e eu não pude mais acessar a parte lógica que eu sabia que estava escondida em algum lugar dentro de mim. Em vez disso, me dei conta da necessidade insana de ter Dante ainda mais perto. Pareceu tão certo comprimi-lo de encontro ao meu corpo, como se de alguma maneira eu pudesse colocá-lo sob minha pele.

Eu queria seus beijos. Queria seu toque. Eu o desejava por inteiro, tudo o que ele pudesse me oferecer ou tomar de mim. E, pela urgência com que sua boca me consumia, ele se sentia da mesma forma. Nós não iríamos parar até terminar o que tínhamos começado, isso era certo.

E nenhum de nós estava bêbado dessa vez.

18

Eu encarava o teto do meu quarto, o lençol esticado até o queixo, e tentava entender o que acabara de acontecer. Eu tinha ido para a cama com Dante, o meu chefe. Duas vezes em menos de uma semana.

Ele estava deitado ao meu lado e, de canto de olho, vi que também contemplava o lustre.

— Não consigo entender como isso aconteceu — falei, com os olhos ainda grudados no teto. — Não gosto de você.

— Eu sei — ele suspirou.

— Você nem faz meu tipo, sabe? Não faz sentido ficar... no estado em que fiquei por um cara como você. — Ele bufou e eu me apressei em explicar: — Não que você não seja bonito ou atraente. Você é as duas coisas, mas tô a fim de outro cara, já até te falei isso. No que eu estava pensando?

— Acho que o problema foi esse — disse, com a voz ainda rouca, e eu reprimi um tremor. — Não sei quanto a você, mas eu não estava pensando em nada.

Soltei um longo suspiro.

— Acho que eu também não, ou jamais teria permitido que uma coisa dessas acontecesse de novo.

— De novo? — ele perguntou, surpreso, depois hesitou. — Então você lembrou...?

Eu me apoiei nos cotovelos, mantendo o lençol no lugar com uma das mãos, e o encarei, irritada.

— É, lembrei sim. A marca que você deixou no meu pescoço ajudou um bocado a minha memória. Você tem ideia de como te odeio por ter transado comigo e não ter me contado?

Completamente constrangido, ele passou uma das mãos pelo rosto e soltou o ar com força. Então voltou os olhos para os meus. Havia mais do que embaraço em suas íris castanhas.

— E como eu podia contar, Luna? Você ficou... apavorada com a ideia de ter transado comigo. Já que você não lembrava, achei melhor deixar você pensar que não tinha rolado nada. Eu não quis te enganar, só tentei te poupar de uma situação embaraçosa.

— Ah, claro. Tudo para o meu próprio bem — zombei. — E você não ficou nem um pouco aliviado por não ter que inventar um zilhão de desculpas para dar no pé rapidinho depois de uma noite de sexo casual.

E, com isso, o constrangimento de Dante se foi, dando lugar a outra coisa.

— Em primeiro lugar, não costumo fazer sexo casual. Segundo, fiquei bastante revoltado por você se sentir tão mal por ter ido pra cama comigo. Eu sei que a gente não se dá muito bem, mas, caramba, Luna, eu não sou um porco desprezível aproveitador de mulheres!

— Não. Você é um porco mentiroso, arrogante *e* desprezível, que transou comigo e não me contou nada!

— Você também não me contou.

Eu pisquei.

— Como é que é?!

— Isso mesmo! — Ele também se apoiou nos cotovelos. O lençol escorregou até sua cintura, revelando o peito musculoso e o abdome cheio de gominhos, o que fez meus dedos tremerem na ânsia de acariciá-los de novo.

Tentei tirar isso da cabeça e prestar atenção no que ele dizia.

— Você também não me contou que transou comigo. Passou pela sua cabeça que talvez eu estivesse com amnésia pós-bebedeira? Que talvez eu não lembrasse nem do seu nome? Por que você não me contou, Luna? Queria se aproveitar e não ter que fingir que gostou do que fez?

Eu bufei, de um jeito nada feminino, mas estava irritada demais para me atentar a isso.

— Escuta aqui, pode parar com o teatro. Eu vi você com a embalagem de camisinha na mão. Você sabia o que a gente tinha feito! Aposto que riu muito de mim esse tempo todo.

— Eu não ri. Você sabe que não — ele disse, numa voz profunda, o olhar franco queimando o meu. Não acreditei nele nem por um segundo.

— Não sei de nada. Mas, já que estamos colocando as cartas na mesa, posso perguntar por que é que transou comigo de novo? Eu sou a garota fácil que você traça quando tá cheio de tesão, é isso?

— Ah, pelo amor de Deus! — Ele se deixou cair no travesseiro. — Corta o drama.

— Não estou sendo dramática. Estou tentando entender seus motivos.

— E eu preciso de um? — perguntou ele, irritado.

— É claro! Todo mundo sempre tem um motivo.

Dante se levantou, e eu desviei o olhar. Só... não com muita pressa. Ele era lindo sem roupa.

— Você não é uma transa fácil, Luna. — Ele vestiu a calça antes de continuar gritando comigo. — Se prestar atenção na forma como agiu quando acordou no meu quarto no hotel e como está agindo agora, você vai perceber que é tudo, menos fácil. Eu não sei explicar o que aconteceu, mas eu nunca pensei em você como uma garota qualquer, pode acreditar.

— Então por que a gente acabou de transar? Eu não gosto de você, você não gosta de mim, tem que ter alguma explicação lógica para o que aconteceu.

— Se tem, não consigo ver. Por que *você* transou comigo? Como você mesma disse, todo mundo sempre tem um motivo.

— Bom... porque eu... eu... eu bati a cabeça, ora. — Só podia ser isso!

Ele bufou, colocando as mãos nos quadris estreitos.

— Nem você acredita no que acabou de dizer. Quer tentar de novo?

— Eu não faço ideia, tá legal? — retruquei, corando muito. — Mas você deve saber.

Ele alcançou a camiseta jogada no chão, mas se deteve por um instante e me olhou como se eu fosse louca. O que talvez fosse verdade.

— E por que diabos eu saberia? — Ele abriu os braços.

— Porque você é um jornalista experiente, ué! Faz parte da sua natureza investigativa tentar descobrir todos os fatos.

— Você é inacreditável, Luna. — Ele coçou a cabeça, meio rindo, meio rosnando. — O que eu sei é que a gente estava no sofá conversando e estava tudo bem. Depois não estava mais. Não até que eu estivesse dentro de você.

Minha boca se escancarou e um som de engasgo me escapou sem que eu pudesse evitar. Senti o rubor se espalhar por meu corpo inteiro e se concentrar em minhas bochechas. Como ele se atrevia a ser tão direto? Alcancei a primeira coisa que encontrei — e infelizmente o travesseiro não era tão letal como eu gostaria — e joguei nele, acertando em cheio seu rosto surpreso.

— O quê? Não gosta de ouvir a verdade? — ele zombou, passando a mão pelos cabelos e deixando-os ainda mais eriçados. — Você queria saber meus motivos. Tá aí a verdade, sinto muito se ela não te agrada.

— Você não pode falar assim comigo, como se eu fosse uma... uma... — *mulher que você desejou loucamente...* — Argh! Eu te odeio!

— Engraçado, não era o que parecia meia hora atrás. E os vizinhos de baixo vão concordar comigo.

— Fora! — Atirei o outro travesseiro, mas ele foi rápido e o pegou. Em seguida, o arremessou de volta, acertando em cheio a minha cabeça.

— Já tô indo, mas antes quero saber o que se passou nessa sua linda cabecinha machucada para querer transar comigo. — Ele se aproximou da cama e ficou ali de pé, me encarando com algo perigoso brilhando nos olhos. — Porque não ouvi você dizendo não, Luna.

— Mas eu quis dizer não! — Puxei o lençol mais para cima, como se o tecido pudesse me proteger. — É só que... não falei nada porque... eu... eu estava sofrendo de um lapso de bom senso misturado a uma crise de... — *Desejo? Luxúria? Tesão? Droga, não!* — privação total das minhas faculdades mentais!

— Claro — ele sorriu daquele jeito cínico. — Então, na próxima vez, tente ser mais clara. Pra eu ter certeza que seus gemidos não são de prazer, e sim de protestos. Ah, e sussurrar meu nome no meu ouvido e me implorar para não parar dificulta um pouco as coisas, sabe? Me deixa confuso quanto ao que você realmente quer.

— Eu não implorei coisa nenhuma! Você está louco, imaginando coisas... — *Certo? Certo?!* — E *não vai* ter próxima vez! Agora sai da minha casa!

Ele me observou por um segundo antes de passar a camiseta pela cabeça e acomodar os óculos quebrados sobre o nariz. Ficaram tortos.

— Sinceramente, espero que não tenha mesmo. Não compensa o trabalho que dá.

Eu me encolhi ao ouvir aquilo. Fiquei tão perplexa, magoada, com o que ele havia acabado de dizer que não consegui nem abrir a boca para soltar uma resposta mal-educada. Raul tinha dito algo semelhante mais cedo, mas ouvir Dante expondo aquilo era muito pior. Ainda que eu não quisesse ter nenhum tipo de relacionamento com ele, Dante não era meu irmão, não estava falando só por falar.

Dante abriu a porta do quarto e saiu. Madona, que esperava do lado de fora, pulou nele e começou a latir, eufórica, exigindo a atenção que lhe fora negada por culpa de uma transa inconveniente. Ele a pegou no colo e sumiu no corredor. Eu fiquei na cama, imóvel, até ouvir a porta da frente bater. Então me deixei cair no colchão, cobrindo os olhos com as mãos e balbuciando todas as ofensas que não consegui dizer a ele.

Como a masoquista que era, repassei a cena de paixão tresloucada um milhão de vezes em minha cabeça, tentando encontrar uma explicação para eu ter me atirado de boa vontade sobre Dante. Quanto mais eu pensava no assunto, menos entendia.

Fiquei me revirando na cama, tentando decifrar a charada para evitar um repeteco no futuro, até que desisti e fui tomar um banho para me acalmar. Não funcionou. Coloquei uma camiseta velha cheia de furos e me larguei na cama, mas não sem antes pegar os travesseiros do chão. Bem que tentei pegar no sono, mas estava furiosa demais para conseguir dormir. Então afundei o travesseiro na cara e gritei até a garganta arder, batendo os pés no colchão como uma criança birrenta. Um aroma diferente, delicioso, uma mistura de madeira, pimenta e homem, estava impregnado na fronha. Inspirei algumas vezes e finalmente obtive o efeito calmante de que precisava. Mas a voz dele ecoava na minha cabeça, sem parar.

Não compensa o que trabalho que dá.

Atirei o travesseiro com toda a força na parede. Ele acertou a janela antes de cair sobre a minha escrivaninha, abarrotada de potes de cremes e perfumes. Vários vidros tombaram, mas, por sorte, não quebraram.

Eu já odiava o Dante por uma série de coisas que não careciam de mais explicações, então ele não precisava se esforçar tanto, me dizendo coisas horríveis, para que eu o detestasse ainda mais. Agindo assim ele só facilitava minha vida. Além do mais, quem ele pensava que era para me julgar? Eu não me comportava assim depois de ir para a cama com um homem — um que eu *queria* —, era injusto que ele me julgasse. E era lamentável que eu tivesse transado com ele de novo. E completamente inconveniente ter gostado tanto.

Passei boa parte da noite me revirando de um lado para o outro na cama, então, quando o dia clareou, eu me sentia dolorida, humilhada e ainda muito furiosa. Meu celular começou a tocar em algum canto da sala. Corri para lá e o encontrei debaixo do sofá. Provavelmente caíra do bolso do meu jeans quando...

Não! Eu nunca mais vou pensar nessa noite horrenda.

— Alô?

— Como está, filha? — falou a voz doce da minha avó.

— Não muito bem, vó. Você falou com o Raul? A namorada dele tá grávida.

— Eu sei. Eu disse que uma criança estava a caminho, mas ele não acreditou. Ele nunca acredita no que eu digo. E, por falar nisso, Luna, eu acabei de olhar sua sorte.

— É mesmo? — Desabei no sofá. — Que cartas saíram?

— O pássaro, o cavaleiro e a criança.

Merda. As mesmas que saíram para o meu signo no meu horóscopo fajuto. Por um segundo, um milésimo de segundo, me peguei pensando se a Sabrina tinha razão quando dizia que meu horóscopo funcionava, que as cartas realmente sabiam tudo. Assim que recuperei a razão, lembrei que eu não acreditava em destino, sorte, no que dizem as cartas e no homem já ter pisado na Lua.

— Você já se deu conta de quem ele é? — ela perguntou, animada.

— Ele quem?

— O homem que é seu destino. O que vai te fazer feliz.

Eu passei as mãos pelos cabelos, fechando os olhos.

— Vó, me diz exatamente o que essa combinação de cartas quer dizer.

— O pássaro representa a alegria, a felicidade, o início de algo novo, como o namoro. O cavaleiro... bem, essa carta tem vários significados, mas nesse caso é o princípio de uma grande paixão, e a criança, a pureza, a inocência. Então o que vejo é um homem que vai roubar seu coração e te amar de maneira pura e verdadeira.

— Não encontrei ninguém assim ainda.

E nem encontraria. Não na vida real.

Vovó deu risada.

— É claro que encontrou. Só não prestou atenção ainda. Ele já entrou na sua vida, filha.

19

Todo mundo já estava se acomodando na sala de reuniões para o fechamento de edição e a Júlia ainda não tinha chegado. Eu não sabia o que o Dante faria se ela aparecesse sem o artigo. Na verdade, eu não fazia nem ideia do que ele faria caso ela aparecesse. Liguei mais uma vez para o celular dela, mas caiu na caixa postal. Hesitei por um momento, olhando para sua mesa vazia e depois para a porta da sala de reuniões.

Abri um arquivo antigo — o mesmo que enviara para Jéssica com meu currículo, sobre a alienação causada pelo consumismo desenfreado —, troquei meu nome pelo de Júlia e imprimi.

Então voei para a sala de reuniões e alcancei a porta no mesmo instante em que o Dante. Fui saudada por um reprovador arquear de sobrancelhas. Eu odiava quando ele me olhava daquele jeito. Eu odiava quase todos os jeitos como ele me olhava. Como eu pude ir para a cama com esse cara? E duas vezes? *Como?!*

Eu o ignorei e entrei na sala, ocupando a última cadeira, a mais distante dele possível, evitando olhar enquanto ele se acomodava na cabeceira da mesa.

— Consegui uma exclusiva com o senador Roberto Augusto, mas não foi de muita ajuda — começou Murilo. — Ele nega qualquer envolvimento no caso de superfaturamento das obras públicas, como todo bom político. Mas acabei tropeçando em algumas provas. Isso pode levar um tempo. Talvez eu tenha tudo pronto para a edição da semana que vem.

— Ótimo, Murilo — disse Dante.

— Flagrei a tal Sandrinha Figueiredo, a socialite, dando uns amassos numa boate na noite passada — contou Adriele, abrindo um sorrisão. — E não era com o marido.

— As fotos ficaram boas? — Dante quis saber.

— Dão para o gasto.

— Dão para a capa? — ele insistiu, arqueando uma sobrancelha.

— Não tenho certeza — Adriele olhou para o designer gráfico ao seu lado.

— Talvez com muitos ajustes — Elton respondeu.

— Sem ajustes, sem retoques — Dante avisou. — Vamos colocar uma foto pequena com letras grandes na capa, Elton. Cadê a Júlia? Ela não apareceu outra vez?

— Eu não vi — Elton respondeu, com o desinteresse de sempre.

— Nem eu — Michele olhou em volta, como se só tivesse notado a ausência da colega naquele instante.

— Ela não enviou nada? — Dante perguntou em um tom frio a Natacha, que se mantinha entretida com seu tutu laranja no fundo da sala.

Quando ela deu de ombros, meus colegas recuaram, se inclinando para trás, aguardando a explosão do chefe, enquanto eu fitava a porta com o coração na boca. A Júlia já estava passando por problemas demais, não precisava que o Dante aumentasse a sua cota.

— Ela enviou pra mim! — me ouvi dizendo. Todos os rostos da sala se voltaram em minha direção. — Ela tá com um problema para... encontrar todos os... pormenores da matéria... hã... ultraexplosiva na qual está trabalhando, então... humm... teve que faltar ontem e... me mandou esse texto caso não consiga solucionar o... a... enviar o artigo a tempo do fechamento da edição da semana.

— Explosiva? — Dante quase riu.

— Fo-foi o que ela disse. — Mordi o lábio e fixei os olhos no ponto central da horrível armação preta. Eu soaria tão mais convincente se parasse de tremer...

— Você me deixou curioso, Luna. — Ele se recostou na cadeira, me observando com um meio-sorriso. — A Júlia nunca escreveu nada que não tivesse conteúdo cultural e agora está atrás de uma notícia explosiva?

— Essa é nova — Murilo resmungou, soando um pouco ressentido. — As bombas sempre são minhas. Todo mundo sabe disso.

— Deixa eu ver o que ela te enviou — Dante pediu.

Fiquei de pé e olhei meu texto por um momento. Então me dei conta do que eu estava prestes a fazer. Ele seria publicado e creditado à Júlia. O que eu tinha na cabeça para pensar que o Dante acharia aquilo que escrevi bom o bastante para ser publicado? E a Júlia me esganaria por ter colocado o nome dela naquela porcaria. Será que ainda dava tempo de fugir sem que ninguém me visse?

— Luna? — Dante chamou.

Ergui os olhos e pisquei. Não, não dava mais para fugir. Eu teria que encarar meu fracasso ali, na frente de todos, e o pior é que seria atribuído a uma jornalista fantástica e que fora a primeira a me estender a mão. Por que é que não fiquei quieta no meu canto?

Contornei demoradamente a mesa comprida, até parar ao lado do redator-chefe. Ele estendeu a mão e eu fiz o mesmo, mas não pude soltar o papel. Dante o puxou uma vez, mas eu o segurei firme, como se fosse uma tábua vagando pelo oceano no qual eu me afogava.

— Já peguei, Luna. Pode soltar.

— Humm... Sabe, talvez a Júlia devesse entregar ela mesma, então acho...

— Luna, solte o artigo da Júlia.

Mas não é da Júlia!

— É q-que talvez eu tenha entendido errado e ela não queria realmente que você...

— Luna! — E foi mais que uma ameaça.

Com um longo suspiro, deixei meus dedos afrouxarem. Minha cabeça começou a latejar, e eu me apressei o mais rápido que pude até a minha cadeira. Cruzei as mãos sobre a mesa, e mantive os olhos baixos. Havia certa conversa no ambiente, mas não consegui prestar atenção em nada. Dante estava lendo um texto meu pensando que era da Júlia. Quando ele se daria conta de que ela nunca escreveria tão mal assim? Eu podia apostar que no segundo parágrafo.

— Bom... — ele falou depois de um tempo. — É bem diferente do que ela costuma apresentar.

Prendi a respiração. Ele descobriu a fraude. Ai, meu Deus! Por que não pulei da ponte hoje de manhã?

— Mas eu gostei — completou. — Tem um toque divertido, mesmo abordando um assunto sério. Diga pra ela que pode tomar o tempo que precisar para acertar os detalhes da matéria *explosiva*. Eu gostei deste aqui. Vamos publicar.

Eu levantei os olhos, chocada.

— Go-gostou?

— Sim. A Júlia é bastante versátil e indiscutivelmente talentosa. Este artigo prova isso.

— É mesmo? — Minha voz não deveria ter saído tão alta. — Você... gostou mesmo?

— Sim, muito. Agora vamos à sua coluna, Luna. É isto aqui? — E ergueu uma cópia do horóscopo.

Balancei a cabeça, concordando.

— Vamos ver o que as cartas da Cigana Clara dizem esta semana.

— Ah, Dante, leia em voz alta, por favor. Pelo menos o de gêmeos — Adriele pediu.

Dante olhou para ela com divertimento estampado no rosto anguloso, o que era raro em uma reunião. Eu não fui a única a encará-lo com a testa franzida.

— Gosto disso — ele falou, animado. — Minha repórter entusiasmada com a coluna da colega. — Então, abandonando o protocolo, ele começou a ler o que eu tinha obtido das cartas, me fazendo encolher na cadeira. Vez ou outra surgiam alguns risinhos, mas notei que cada um se detinha para ouvir seu signo.

Dante terminou a leitura, para meu alívio, e me lançou um meio-sorriso, como se não tivesse dito coisas horríveis na noite passada, depois que saiu da minha cama. Cretino desprezível.

— Muito bom. Você consegue ser mística e divertida ao mesmo tempo. Gosto disso.

Por que tive a impressão de que ele não estava falando do meu texto?

— Tenho boas notícias — ele anunciou, olhando ao redor. — As vendas tiveram um crescimento de seis por cento nas últimas duas semanas. Ainda não dá pra comemorar, mas, se continuar assim, acho que poderemos respirar aliviados.

— Eu sabia que íamos conseguir — Murilo se gabou. — Dei um duro danado pra desencavar notícias interessantes.

— E todos nos apreciamos muito, Murilo. Todos foram fantásticos — Dante disse, com um ligeiro aceno de cabeça. — E acho que devo parabenizar a Luna também.

— Eu? — arregalei os olhos.

— O horóscopo tem recebido um grande número de e-mails. A maioria deles bastante positiva. Sua coluna está se tornando muito popular.

Ai, não! Isso não! Se a coluna se tornar popular, eu nunca vou ser uma jornalista de verdade! O Dante nunca mais vai me tirar dessa porcaria astral.

— Diga à Cigana Clara que mandei os parabéns. — Ele piscou para mim.

Que inferno! Por que eu tinha que me dar bem justo quando não queria? E desde quando o Dante piscava em uma reunião? Tá certo que ele já fez de tudo: gritou, socou a mesa, quebrou lápis, chutou cadeira, proferiu uma quantidade enorme de palavrões e xingamentos, mas piscar? Isso nunca. Algo muito errado estava acontecendo no mundo.

20

Eu estava a uns vinte minutos de casa quando meu carro começou a tremer. O volante parecia estar tendo convulsões. Aquilo não devia ser nada bom. Uma fumaça estranha começou a sair do capô. A princípio, era apenas uma linha fina, mas, em questão de segundos, uma nuvem densa se formou e eu mal podia ver a rua à minha frente.

— Droga! — liguei a seta, encostando no meio-fio. Desengatei e desliguei o motor, acionando o pisca-alerta. Continuava saindo muita fumaça.

Peguei o celular e liguei para o meu irmão, explicando detalhadamente o que tinha acontecido.

— Ih, Luna. Acho que seu carro já era.

— Não fala isso, Raul. Não posso ficar sem carro. Você não pode vir aqui dar uma olhada?

— Não dá, tô no meio de uma aula, e, se o motor do seu carro fundiu, não ia adiantar nada. Ele estava fumaciando?

— Número um, essa palavra não existe no dicionário. Número dois, eu acabei de dizer que estava saindo fumaça por tudo que era lado, lembra? — Às vezes, falar com meu irmão era como falar com a Madona.

Não, a Madona conseguia me entender, o Raul não.

— Tô falando do escapamento, Luna — cuspiu ele, impaciente.

— Ah! Por que não disse logo? Não estava... Bom, acho que não.

— Humm... Você já deu uma olhada no motor?

— Não, mas posso fazer isso agora. O que eu devo olhar?

Eu estava em uma avenida bastante movimentada. Alguns passavam buzinando, irritados por meu Twingo estar ali, atravancando o trânsito, outros só olhavam. Abri o capô pesado. Um bafo quente sapecou minha cara. Tossi e abanei o rosto para dissipar a fumaça branca, mas ela não desaparecia. Fui para a lateral do carro e tentei analisar o motor.

— Tô olhando pra ele agora — falei ao Raul.

— Você consegue ver de onde vem a fumaça?

— Consigo. Ah, merda! Acho que é do radiador.

— Ferrou então. Escuta, não liga o carro, ou vai fundir. Chama o guincho e vai pra casa.

— Ai, Raul! Não posso tentar consertar? Guinchos cobram uma fortuna! Eu ainda não recebi meu pagamento.

— Não tem jeito. Vai ter que trocar o radiador.

Meeeerda! Trocar peças era ruim. O cabeçote tinha me custado os olhos da cara.

— Me liga quando chegar em casa, pra eu saber que tá tudo bem — ele pediu.

— Tá. Beijo. — Desliguei e fiquei encarando a fumaça, que continuava subindo. Talvez, se esperasse aquela nuvem desaparecer, eu pudesse levar o carro até a oficina do seu Nicolau sem ter que pagar pela viagem.

Foi aí que uma moto barulhenta passou a centímetros de mim, me fazendo gritar e pular para o lado. O motoqueiro estacionou a pouca distância. Ele não precisava tirar o capacete para eu saber quem era. Quando Dante o pendurou no guidão da moto, eu gemi. Ele deu alguns passos largos, o rosto sério, e parou em frente ao motor.

— O cortador de grama pifou?

— Se foi pra isso que você parou, pode dar meia-volta e ir embora.

— Foi o radiador? — ele quis saber, ignorando meu comentário.

— Parece que sim.

— Você já chamou o guincho?

— Não é da sua conta.

— Sem seguro? — Ele arqueou a sobrancelha.

Eu abaixei a cabeça, traçando desenhos aleatórios na carroceria azul.

— A seguradora não quis fazer. É um carro fora de linha e não há peças de reposição no mercado. — Eu o observei de canto de olho.

Então ele alcançou o celular, procurou algo na agenda e discou. Inclinando-se sobre o motor, Dante apertou mangueiras e peças, como se soubesse o que estava fazendo. Então começou a falar ao telefone, solicitando um guincho enquanto estreitava os olhos, como se tivesse dificuldades para enxergar. E provavelmente tinha mesmo, já que não estava usando os óculos. Ele tateou os bolsos até encontrar aquela monstruosidade e a colocou na cara. A perna estava no lugar de sempre, embora desse para ver uma fina rachadura. Ver aquela marca me trouxe sensações estranhas.

— É, o radiador estourou. Tudo bem, vamos aguardar. Obrigado. — E desligou. — Em cinco minutos eles estarão aqui. Você tem preferência por algum mecânico?

— Eu costumo levar no seu Nicolau. Fica lá no bairro mesmo. Ele não cobra muito caro e sempre dá um jeito quando não encontra as peças no mercado paralelo.

Ele contornou o carro e me pediu uma caneta. Eu peguei uma na bolsa. Em seguida, ele puxou um cartão de apresentação do bolso e quis saber o endereço do mecânico. Depois colocou o cartão entre o limpador e o para-brisa e fechou o capô.

Puxando-me mais para o canto, ele ficou ali comigo, calado, o rosto impassível, esperando o socorro. Em impossíveis quatro minutos, o guincho nos encontrou. E, em poucos segundos, meu carro estava sobre a plataforma e Dante pagava ao motorista o valor cobrado pelo socorro.

— Obrigada, Dante. Pode descontar do meu salário.

— Esquece isso.

— Tudo em ordem, sr. Montini? Posso ir? — o motorista quis saber.

— Sim. Obrigado.

— Espera — pedi —, eu vou junto.

— Não vai, não — Dante interveio, me olhando com uma cara estranha. — Você vai pra casa comigo.

— O quê? Naquilo? — Apontei para a Ducati. — Nem pensar!

— Você realmente prefere ir de caminhão até a oficina do que aceitar a minha carona? — ele perguntou, ofendido.

— Eu prefiro chegar viva em casa.

Ele me olhou espantado.

— Você tem medo de andar de moto, Luna?

— Eu tenho medo de andar com *você*, é diferente.

Rindo, ele bateu na porta do caminhão com a mão espalmada.

— Pode ir. Ela vai comigo — avisou ao motorista.

— Não! — objetei. — Eu não quero ir com você a parte alguma! Não quero ficar... sozinha com você.

Isso o fez ficar sério e, coçando a cabeça, um pouco sem graça, ele falou:

— Entendo. Então vou chamar um táxi. Não quero que você fique sozinha aqui. Tá ficando tarde, essa avenida não é muito segura, e acho que você vai perder tempo indo até a oficina. A essa hora já deve estar fechada.

Táxi. Quase tão caro quanto o guincho.

— Não precisa, Dante. Vou de ônibus.

— Não seja ridícula, Luna. Nenhum ônibus vai parar no meio dessa avenida pra você subir. Estou indo para o mesmo endereço que você. Seja um pouquinho racional, ignore o que sente por mim e faça a coisa certa. — Dante deu um leve aceno de cabeça para o motorista.

O caminhão arrancou, e eu fiquei observando meu carro sacolejar na plataforma, com vontade de chorar. Eu amava aquele carro.

— Ele vai ficar bem — Dante me assegurou, colocando a mão em meu ombro. — O cortador de grama vai estar pronto pra outra em poucos dias. Radiador é coisa simples de trocar.

Eu balancei a cabeça, concordando, mais por hábito do que por acreditar nele. Nada no meu Twingo era fácil de trocar.

— Vamos? — ele perguntou. — Não acho legal a gente dar bobeira aqui. Tem muito assalto nessa área à noite.

Ele tinha razão.

— Tudo bem — concordei, desanimada.

Eu o segui até a moto, esperando um pouco apreensiva que ele subisse, mas, em vez disso, Dante pegou o capacete e o enfiou na minha cabeça.

— Pronto. Você vai ficar bem agora — ele brincou, ajustando a trava no meu queixo. Um delicioso aroma masculino misturado a especiarias envolveu meu nariz.

— Sério? — minha voz saiu abafada. Levantei a viseira. — Só essa coisinha de plástico é suficiente?

— Isso e um piloto cuidadoso. — Ele deu uma piscadela, sorrindo ao abaixar a viseira.

Então se acomodou na Ducati, erguendo o pé de apoio que a mantinha em pé. Era alta demais para mim, além de parecer pouco segura.

— Vamos, Luna, ela não morde. — E esticou a mão para que eu a segurasse.

Hesitei por um instante, mas acabei aceitando a ajuda e subi, desajeitada, na garupa. Tentei manter certa distância, mas o banco era inclinado demais e me jogava para frente, me grudando às costas de Dante.

Tateei o assento até encontrar a alça atrás dos meus quadris. Agarrei-me a ela com força.

— Firme aí? — Dante quis saber, olhando por sobre o ombro. — Pode se segurar em mim.

— Tô bem assim.

— Para casa, ou para o ponto de táxi?

— Casa, obrigada.

— Ótimo. Se segura.

Dante deu a partida e a moto roncou furiosa. Eu estremeci com ela e, quando ele acelerou, senti como se tivesse deixado meu estômago para trás.

— Devagar! Por favor, devagar! — berrei, apavorada.

— Mas eu estou devagar. Nem passei a segunda marcha ainda.

Ele acelerou um pouco mais e eu fiquei tonta. Fechei os olhos e abandonei a alça, tateando a lateral do banco até encontrar Dante e me agarrar a ele com toda a minha força, recostando minha cabeça em suas costas. Era desconfortável com o capacete, mas ao menos eu não via mais nada.

— Calma. Estou indo devagar. Tá tudo bem — ele falou com doçura, acariciando o nó que meus dedos formavam em sua cintura.

— Não solta a moto! Não solta essa coisa por nada nesse mundo! Dirige com as duas mãos!

— Relaxa, Luna. Eu sei o que estou fazendo. — Mas ainda assim ele voltou a segurar o guidão com as duas mãos, para meu alívio.

Quando ele nos espremeu entre os carros, costurando, prendi a respiração. E achei melhor fechar os olhos outra vez, assim não veria a morte se aproximar.

— Pronto, chegamos. Sãos e salvos.

— Já? — Abri os olhos, me deparando com o prédio antigo.

Ai, meu Deus, eu sobrevivi! Agora eu compreendia aquele papa que beijava o chão quando descia do avião.

Saltei da moto com as pernas bambas e me atrapalhei toda com o capacete. Dante me ajudou a retirá-lo.

— Você está pálida. Tudo bem? — ele perguntou, me examinando com atenção e deslizando o polegar pela lateral do meu rosto, bem de leve, fazendo a tontura piorar.

— Não sei — engoli em seco. — Acho que meu estômago ficou lá atrás... uns dez quilômetros atrás.

— Essa foi a sua primeira vez? — ele sorriu, tímido, e as meias-luas apareceram em suas bochechas.

Eu assenti e fiquei olhando para ele, para os cabelos espetados, como se ele tivesse levado um tremendo choque elétrico. Será que era por causa da moto, ou do capacete, que ele estava sempre descabelado?

— Fico lisonjeado por ter sido o seu primeiro. E aí, curtiu? — Ele pôs uma mecha do meu cabelo atrás da orelha com o mais gentil dos toques.

— Hã... não tenho certeza — balbuciei.

— Tudo bem, você vai ter um tempinho pra avaliar. Talvez amanhã você esteja menos assustada e aproveite mais o passeio. Eu adoro. Me sinto livre em cima dela.

— Amanhã? — indaguei, confusa.

— Duvido que seu carro fique pronto antes do fim do dia. Pensei que você pudesse precisar de uma carona.

— Humm... obrigada, mas não acho que seja uma boa ideia. Vou de ônibus.

Ele soltou um longo suspiro, aborrecido, enroscando o capacete no cotovelo.

— Luna, isso não faz o menor sentido. Eu vou para a revista e você vai para o mesmo lugar. O que é que tem de errado você ir de carona comigo? Além do mais, se aceitar a carona, vai ser mais fácil te convencer a passear comigo e com a Madona sem ter que implorar.

— Você acha que eu *ainda* vou te ajudar? — minha voz subiu algumas oitavas. — Depois do que aconteceu ontem?

— Não, e por isso mesmo pensei em te oferecer carona. Você fica me devendo uma e pode me pagar saindo com a Madona. — Ele deu de ombros.

— Você é... inacreditável!

Entrei no prédio e comecei a subir as escadas de dois em dois degraus. A raiva dissipara a tontura.

— De um jeito bom ou ruim? — ele questionou, bem ao meu lado, correndo para me acompanhar.

— O que você acha? — Eu o fuzilei com os olhos.

— Ruim. Muito ruim. Luna, espera! — Ele me pegou pelo braço, me obrigando a parar. — Desculpa. Ontem eu disse coisas que não devia ter dito.

— Não adianta, Dante. — Tentei me livrar de seu aperto, mas ele não permitiu. — Eu não vou te ajudar com a Madona.

— Não é por isso que estou pedindo desculpa. Não quero magoar você. E acho que magoei ontem. Não estou dizendo que você estava certa — acrescentou, hesitante. — Mas eu não devia ter dito certas coisas.

— Tudo bem, não tô magoada. Na verdade, estou fazendo uma força monstruosa para esquecer a noite de ontem e agradeço se não tocar mais no assunto.

— Por que é tão horrível assim ir pra cama comigo? — ele quis saber, ainda segurando meu braço, me pegando de surpresa ao parecer tão... ferido.

— Porque você é meu chefe! — Como é que ele não entendia isso?

Ele sacudiu a cabeça, pressionando os lábios até se tornarem uma linha fina e pálida.

— Não, não é por isso. Sei que tem mais. Só não consigo entender o que é. Eu fui... grosseiro ou... — Dante clareou a garganta. — Sabe, fiz alguma coisa que você não gostou?

A incerteza em seus olhos era inquietante e fazia meu peito arder. Por isso, para me livrar daquela sensação, ainda que relutante, acabei confessando a verdade.

— Você foi... ótimo, Dante. Se não fosse quem é, eu estaria sorrindo de orelha a orelha.

Um sorriso preguiçoso surgiu em seus lábios.

— É mes... — Ele se deteve, franzindo a testa. — Como assim, se eu não fosse quem sou?

— Você sabe... meu chefe, o cara de pau que eu detesto, meu vizinho abusado, essas coisas.

O sorriso voltou, ele me soltou, mas ficou ali, me olhando de cima.

— Então, mesmo que só por um instante, você se divertiu ontem. — Não foi uma pergunta.

Revirei os olhos.

— É por causa desse tipo de coisa que não consigo gostar de você. — E voltei a subir os degraus.

— Você gostou, não foi? — Ele me seguia de perto. — Porque eu gostei muito da noite de ontem. Quer dizer, até você ter um ataque e tal.

— Go-gostou? — Chocada, eu me detive e virei para encará-lo, estávamos no patamar do segundo andar.

Dante aquiesceu, seu rosto exibia uma sinceridade desconcertante.

— Não sei explicar o que foi aquele impulso que senti ontem. Foi como se aquilo me empurrasse pra você e... Eu nunca me diverti tanto, Luna. Nunca me senti tão vivo como ontem e... na sexta passada — acrescentou ele em voz baixa, e os pelos do meu braço responderam imediatamente. — Por isso não queria que você encarasse o que aconteceu entre a gente como algo errado. Você me fez sentir coisas que nunca achei que sentiria. Não queria que a experiência fosse tão desagradável pra você.

— Humm... Bom... — Pigarrei e desviei o olhar. — Também não foi assim *tão* terrível.

— Ah, não? — Subitamente havia empolgação em sua voz. — Então você se divertiu? Um pouco, pelo menos?

— Eu... preciso ir.

Sem conseguir encará-lo, retomei apressada a subida. Ele me acompanhou com facilidade.

— Sim ou não, Luna?

Apertei o passo, subindo ainda mais rápido, mas ele continuava na minna cola.

— Sim ou não? — repetiu. — Eu vou te seguir até você responder.

Assim que cheguei ao terceiro andar, girei sobre os calcanhares e fiquei de frente para ele. Ele estava a apenas dois degraus de distância. O olhar fixo em meu rosto.

— Sim, droga! Satisfeito?

O sorriso lento, aquele que fazia a meia-lua aparecer em suas bochechas e o deixava tão irresistível, esticou-lhe os lábios.

— Muito! — respondeu, com a voz tão rouca que me causou novos arrepios.

Senti o sangue esquentar quando ele deu um passo à frente. E depois mais um, e outro ainda, até me alcançar, parando a poucos centímetros de distância. Prendi a respiração e, antes que um novo desastre acontecesse, me afastei, ainda que todo o meu corpo se rebelasse contra isso.

Então corri para o meu apartamento, entrando em casa como um furacão e passando a chave na porta. Encostei a cabeça na madeira, ofegante, e não por causa da curta corrida.

— Ei, o que foi? — a Sabrina perguntou, desviando os olhos da TV. — Aconteceu alguma coisa? Você tá bem?

— Vou ficar. — Ao menos enquanto aquela porta permanecesse entre mim e Dante.

21

— Como assim aconteceu de novo sem você querer? — Sabrina quis saber, depois que lhe contei sobre mim e o Dante nas escadas... e na noite passada. Ela se interessou mais pelos eventos noturnos da quarta-feira, claro.

Nós estávamos no quarto dela e eu a ajudava a arrumar a mala.

— Não sei, Sá. Foi a coisa mais bizarra do mundo. Uma hora eu estava colocando gelo na boca do Dante e, um segundo depois, só conseguia pensar em sentir o gosto dele. Foi totalmente sem querer, juro!

— É meio difícil acreditar nisso. — Ela fez uma careta e riu enquanto dobrava uma calça e a colocava dentro da mochila.

— Tô falando sério! Foi como se... alguma coisa tivesse me puxado pra ele, sabe? Eu até tentei lutar... mas não deu. Era como se eu precisasse do toque dele.

— E depois disso ele foi o idiota de sempre — ela concluiu.

— Exatamente! Ele me disse coisas horríveis.

— E hoje te ajudou com o carro, te deu carona e se ofereceu pra te levar para o trabalho amanhã.

— Só porque ele quer que eu continue levando a Madona pra passear — esclareci, percebendo aonde ela queria chegar. — É tudo de caso pensado. Ele é ardiloso, sem escrúpulos, totalmente cruel!

— Muito cruel! Não consigo imaginar alguém mais cruel. — Ela segurou diante do corpo um vestido estampado com flores minúsculas. — Você acha esse legal pra levar?

— É perfeito. Você não acha que é meio cedo para uma viagem de fim de semana? Tipo, vocês começaram a sair faz pouco mais de duas semanas.

— E o que que tem? O Lúcio me convidou, eu aceitei. Não consigo e não quero ficar longe dele. É mais ou menos como você disse que aconteceu com o Dante. Tem uma força que me puxa pra ele.

Eu bufei, jogando vários frascos de produtos de higiene dentro da nécessaire.

— São situações muito diferentes. Pra começo de conversa, eu nem gosto do Dante. Já você tá apaixonada pelo Lúcio. Vai levar repelente?

— Não precisa. Lá deve ter — ela suspirou, dobrando o vestido. — Ele vem me pegar amanhã bem cedo. Vamos direto pra fazenda dele.

— E o seu trabalho?

— Eu disse que precisava fazer umas vistorias. Ninguém vai perceber que sumi. E aí, vai aceitar a carona do seu chefe?

— Nem a pau! No dia em que eu me colocar perto dele de livre e espontânea vontade, pode me internar. Além disso, ele dirige como um lunático! Não subo naquela coisa nunca mais.

— Acho que seria uma boa oportunidade para vocês se conhecerem melhor — ela pegou alguns sapatos, colocando-os sobre a cama.

— Mais uma razão para não aceitar a carona. Não quero conhecer o Dante melhor.

Ela riu de novo, sacudindo a cabeleira loira. Havia uma quantidade de roupas considerável ali, e seguramente daria para passar um mês fora. Mas, quando mencionei isso, a Sabrina ficou revoltada e disse que precisava estar preparada para qualquer tipo de evento. O que achei bastante ridículo, porque todo mundo sabe que, quando um casal viaja sozinho pela primeira vez, os dois passam a maior parte da viagem pelados.

Ajudei minha amiga a empacotar tudo, depois a envolvi em um abraço e lhe desejei boa viagem. Mas, antes de partir, Sabrina me fez mostrar o horóscopo da semana. Ela sorriu satisfeita quando terminou de ler.

Dante teve a decência de não bater à minha porta naquela noite me convidando para passear com a cachorra, mas pude ouvir quando os dois saíram. Dormi cedo e pulei da cama antes de o sol nascer. Como eu tinha tempo de sobra, demorei para me arrumar e caprichei no café da manhã, mantendo as orelhas em pé, atenta aos sons do outro lado do corredor. Ouvi Dante trancar a porta e seus passos pesados ecoarem no velho piso de madeira pouco depois das sete e meia. Esperei quinze minutos e desci, disposta a caminhar os três quarteirões até o ponto de ônibus.

Contudo, fui precipitada. Dante ainda estava ali, com os cabelos perfeitamente penteados, encostado na Ducati vermelha, os braços cruzados, parecendo perigoso e, droga, muito gostoso.

— Pensei que você não fosse descer nunca — ele reclamou.

— Pensei que você só controlasse meu horário na revista.

— Muito engraçado. — Ele atirou um capacete na minha direção. Um prateado, não o preto que ele sempre usava. — Sobe aí.

— Não lembro de ter aceitado sua oferta ontem — objetei, irritada.

— E eu não pensei que você fosse tão infantil assim. Sobe logo, Luna, a gente vai se atrasar.

— Não tô indo pra revista. Vou passar no mecânico. Fico até depois do expediente pra compensar o atraso.

— Eu te levo lá. Sobe — ordenou, em um tom firme. Quando não me movi, ele bufou. — Porra, Luna, você sabe pelo que passei ontem à noite? — Abri a boca para dizer que não dava a mínima, mas ele ergueu a mão. — Eu e a Madona andamos uns nove quarteirões para comprar esse capacete pra você. As pessoas riam quando olhavam para a maltês exibida que acha que é uma cadela de verdade. Por favor, em respeito à minha humilhação, sobe de uma vez!

— Você comprou pra mim?

Eu virei o capacete nas mãos. Havia alguns fios longos e brancos grudados no tecido escuro acolchoado. Puxei um deles. Aquilo era pelo de cachorro?

— Não quero você desprotegida na garupa — falou ele, de um jeito desinteressado.

— Você trouxe a Madona dentro dele na volta, não trouxe? — eu ri, erguendo um longo fio branco como prova.

Ele deu de ombros.

— Eu achei que as pessoas já tinham se divertido o bastante à minha custa. Mas fica tranquila que ela não fez nada nojento. Eu conferi. Você não tem ideia do sacrifício que foi fazer com que ela ficasse *parcialmente* aí dentro.

Eu imaginei a cena e comecei a gargalhar. Eu ri tanto que minha barriga doeu.

— Tá vendo? — ele se queixou, balançando a cabeça. — Você nem me viu ontem e está sem fôlego de tanto rir. O mínimo que pode fazer, já que foi tudo pela sua segurança, é usar o capacete.

— Você tá usando o tipo mais baixo de chantagem.

Ele sorriu, parecendo orgulhoso.

— Eu vejo mais como um plano engenhoso e bem arquitetado para dificultar que você me diga não.

E, droga, estava funcionando! Ele se dera o trabalho de sair por aí com a Madona a tiracolo pela minha segurança. E agora estava ali, me observando com expectativa, aquele sorriso na cara, as malditas pequenas meias-luas nas bochechas, fazendo meu sangue esquentar.

Com um suspiro agastado, encaixei o capacete na cabeça.

— É isso aí! — Dante comemorou e veio me ajudar com a trava que prendia a peça, antes de encaixar o seu. — Vou devagar. Prometo.

— Você disse isso ontem e eu me senti andando em cima de um trem-bala.

— Você não sabe o que é velocidade... ainda — ameaçou, subindo na Ducati. — Onde fica o mecânico mesmo?

Passei-lhe o endereço e subi na moto com sua ajuda. Eu ainda tinha medo, mas pareceu mais fácil que no dia anterior. Nem tentei usar a alça atrás do meu quadril. Passei logo os braços na cintura estreita de Dante e me grudei a ele.

— Confortável?

— Não exatamente — confessei.

— Você só precisa perder o medo. Qualquer dia desses, tenho que te levar para um passeio de verdade, pegar a estrada. Você vai se amarrar na sensação de liberdade. Segura firme.

Eu estava prestes a dizer que provavelmente aquela seria a última vez em que ele me veria sobre sua moto — ou tão perto dele daquele jeito —, mas então Dante deu a partida e estávamos em movimento. De novo me senti como se tivesse colocado a cabeça para fora da janela de um avião a doze mil pés, mas aos poucos, conforme Dante parava nos semáforos e eu me juntava mais a ele, com medo de cair, a insegurança foi cedendo. Não foi tão desagradável como da outra vez.

Eu disse isso a ele assim que estacionamos.

— Eu sabia que você ia acabar gostando — falou, animado, enroscando seu capacete no guidão da Ducati.

— Eu não disse que gostei. — Passei o meu a ele. — Disse que não foi *tão* ruim dessa vez.

A oficina, que funcionava na garagem da casa do seu Nicolau, era pequena e escura, mas ao menos não havia pôsteres de mulheres nuas nas paredes. Dona Maria nunca permitiria. Avistei meu carro em um canto do espaço. O capô estava aberto e o seu Nicolau estava com metade do corpo dentro dele. Deixei Dante na entrada e me juntei ao mecânico.

— Luna, bom dia! — seu Nicolau me saudou, endireitando as costas. Sua bochecha estava suja de graxa.

— Bom dia, seu Nicolau. Tudo bem com o senhor?

— Quase, querida. Meu ciático voltou a incomodar. Essa semana ele tá mais chato que nunca.

— O senhor tentou aquela pomada que falei? Funcionou bem com a minha vó.

— Tentei, mas não resolveu. — Ele pegou uma bolota de estopa e esfregou nela os dedos sujos. — A Maria marcou umas massagens, mas acho que não vai virar nada. A carcaça tá velha e não tem peças de reposição, igualzinho ao seu carro. Se bem que o seu carro tá um pouco pior — acrescentou, franzindo a testa.

— Ai, seu Nicolau, não fala isso!

— O radiador furou, vou ter que trocar. As velas estão muito ruins, a correia dentada tá um pouco avariada. Seria bom substituir antes de dar problema.

— Isso tudo parece muito caro. — Fiz as contas de quanto eu tinha no banco. Não dava nem para pagar a troca da luz de ré que estava queimada já fazia uns três meses.

— Barato não vai ficar — avisou o mecânico de meia-idade, se apoiando na lataria do meu Twingo.

— Faz só o mais urgente pra ele voltar a andar, seu Nicolau. Tô com o orçamento meio apertado esse mês.

— Você que manda — ele concordou com um aceno de cabeça.

— Não, peraí. — Dante se aproximou do carro. Aparentemente, ele ouvira toda a conversa. — Por que você não faz tudo e fica livre de uma vez por todas dessa dor de cabeça?

— Agora não dá — respondi.

— Eu pago pra você, se esse é o problema — ele ofereceu.

— A troco de quê? — perguntei, surpresa.

— De nada. — Ele exibiu uma expressão ofendida. — Você pode me pagar depois. Aos poucos.

E isso me ligaria a ele pelos próximos vinte ou trinta anos.

— Obrigada, Dante, mas não precisa. Faz só o que é emergência, seu Nicolau. No mês que vem eu trago o carro para trocar a correia. Quando fica pronto?

Ele coçou a cabeça grisalha.

— Bom, Luna, você sabe como são as coisas com esse seu carro. Vou ter que procurar um radiador que encaixe. Pode levar cinco minutos ou cinco dias. Eu ligo pra avisar.

Eu gemi, desamparada. Ficar sem carro era péssimo. Especialmente porque eu tinha um encontro com Viny e não queria dar a impressão de que esperava algo mais aparecendo de táxi no restaurante.

— Luna! — chamou a mulher do seu Nicolau, se aproximando com um sorriso enorme no rosto salpicado de sardas e cheio de rugas. — Que bom te ver de novo, querida! Eu fiquei tão contente quando o Nicolau me contou que o seu carro tinha quebrado outra vez! — Ela me deu um abraço carinhoso. — Como você está bonita! Esse é o seu namorado? — ela quis saber, olhando para o Dante.

— Ah, não. Ele é meu... — Achei que não pegaria bem dizer que ele era meu chefe. Sobretudo porque o Dante não parava de me olhar e sorrir. — ... vizinho. Ele me deu carona hoje.

— Dante Montini — ele estendeu a mão para ela, se apresentando.

— Maria, muito prazer. Você é bem bonito, meu rapaz — ela concluiu, depois de uma breve análise de corpo inteiro.

— E a senhora é muito gentil. — Dante lhe exibiu um sorriso meio tímido, aquele com meias-luas que fazia meu coração tropeçar uma batida e meu rosto esquentar.

— Que pena que vocês não sejam um casal. Combinam — a Dona Maria lamentou por um instante, mas logo mudou de assunto. — Acabei de assar um bolo. Como sabia que você vinha, fiz o seu preferido, Luna. Vocês não gostariam de entrar e tomar um cafezinho?

— Ah, não, dona Maria, a gente tá meio em cima da hora. Mas obrigada! — expliquei. — Fica pra próxima.

— Vocês, jovens, estão sempre correndo! — Ela sacudiu a cabeça. — Vou separar uns pedacinhos para vocês levarem, então.

Dona Maria entrou por uma porta estreita que levava à casa nos fundos da oficina.

— Você é amiga deles há muito tempo? — Dante perguntou num sussurro, quase colando a boca na minha orelha, me fazendo estremecer de leve.

— Desde que ganhei meu carro. — Dei um passo para o lado, querendo impor certa distância entre nós. — Por quê?

— Por nada. — E começou a rir.

— O que foi?

— Parece que você faz parte da família — disse ele, entre uma risada e outra.

Franzi a testa e acabei rindo também.

— Venho aqui bem mais do que gostaria. — Ou do que meu bolso podia aguentar. — Não me entenda mal. Gosto muito do seu Nicolau e da dona Maria, mas preferia passar só para visitar, ir e vir com meu carro sem que ele desse um ataque e tudo o mais.

— Troca de carro, Luna. — Ele ergueu os óculos para secar os olhos.

— Agora não.

— Você devia ao menos...

Ele se interrompeu assim que a dona Maria apareceu com um pote plástico retangular embrulhado em um pano de prato com motivos natalinos, ainda que estivéssemos longe das festas de fim de ano.

— Espero que goste de bolo de laranja com glacê de açúcar, Dante. A Luna adora.

— Ela não é boba — ele respondeu, um sorrisinho repuxando seus lábios. — Bolo de laranja sempre foi meu predileto.

— Eu devolvo isso quando voltar pra pegar o carro — falei, apontando para o pote.

Nós nos despedimos e eu acomodei o bolo dentro da bolsa com cuidado, para não acabar com os documentos melecados de glacê. Subi na garupa da moto e me agarrei às costas do meu chefe, com mais familiaridade do que gostaria. Por alguma razão obscura, essa segunda parte da viagem foi quase divertida. Eu sentia o vento batendo na pele, a camisa do Dante tremulava, me fazendo cócegas, o ronco da Ducati se tornando uma melodia contínua e quase prazerosa.

Exatamente quando eu começava a me divertir, chegamos ao prédio da revista e eu tive que descer.

Murilo estava estacionando seu sedan e viu a gente chegar. Ele arqueou uma sobrancelha ao passar por nós, e eu sorri de volta, me esforçando para parecer à vontade e deixar claro que não estava dormindo com o chefe. Porque, tecnicamente, não estava mesmo. O que acontecera foram acidentes isolados que nunca voltariam a se repetir. Jamais!

Dante tirou o capacete e seus cabelos estavam ainda mais desgrenhados. Ele correu os dedos pelos fios, em uma tentativa inútil de domá-los. Acabei sorrindo. Aquele era o mistério do penteado do Dante. E, olhando bem para seu rosto cheio de ângulos, até que ele ficava bem daquele jeito, meio selvagem.

Consegui me livrar sozinha do capacete e entreguei a ele.

— Bom, obrigada pela carona. Não que você tenha me dado chance de recusar.

— Disponha.

Achei melhor me adiantar e não ficar esperando por ele como se fôssemos, sei lá, um casal, e segui direto para a redação. Murilo estava empoleirado na mesa da recepção, onde havia pelo menos seis pessoas ao seu redor, ouvindo atentamente o que ele dizia. Ninguém notou quando eu entrei.

— Estavam juntinhos. Vocês tinham que ver como ela estava colada nele na moto. Certeza que o Dante tá pegando a Luna.

— Para de inventar, Murilo. O cara acabou de se separar. — A Júlia foi categórica.

— E daí? — Murilo contrapôs. — Você já reparou nela, Júlia? A menina é uma delícia! O Dante deve estar indo à forra depois de tanta pele e osso. Aposto cinquenta paus que eles estão transando.

Que inferno!

— Duvido — a Adriele rebateu. — Você tá inventando isso só pra arrancar dinheiro da gente.

— Sei não, hein? — a Michele ponderou. — O Dante faz aquele tipinho nerd, mas, pela minha experiência, esses são os melhores e mais atenciosos amantes.

E a Luna é sempre tão séria, deve estar sozinha há um tempão. Tô dentro. Aposto que estão transando.

— Ah, eu também tô dentro — a Karen avisou.

— Luna! — Natacha gritou, saltando do assento cor-de-rosa. Seu tutu negro enroscou na cadeira, que caiu com o movimento, levando um pedaço da saia junto. — A gente não te viu chegar.

— Percebi — resmunguei, irritada. — Nova aposta, Murilo?

— Só uma brincadeira inocente, boneca. — Ele deu de ombros, enfiando as mãos nos bolsos da calça social, calmo e abusado como sempre. — A gente só estava se divertindo.

— Fico lisonjeada que estejam especulando quem frequenta a minha cama.

Murilo teve a cara de pau de sorrir.

— É minha função descobrir a verdade. Mas não precisa se preocupar. A menos que você esteja fazendo serão na cama do chefe. — E arqueou sugestivamente uma sobrancelha.

— Vai pro inferno, Murilo — rosnei e marchei para minha mesa.

Joguei a bolsa no encosto da cadeira com raiva. O pessoal começou a voltar para os seus lugares, mas captei olhares curiosos recaindo sobre mim. E o Dante adentrar a redação assobiando, todo alegrinho, não ajudou muito a dissipar a fofoca.

— Não falei? — Murilo piscou para Adriele.

Gemendo, cruzei os braços sobre a mesa e enterrei a cabeça neles.

— Luna — Júlia chamou.

Ah, merda! Ela tinha a prova do layout da edição da semana nas mãos. Fiquei de pé imediatamente. Ela ia me matar.

— Júlia, desculpa — comecei, recuando um passo. — Eu não queria...

— Você escreveu um artigo e colocou meu nome.

— Eu não pensei direito. Eu fiquei com medo de o Dan...

— Obrigada, Luna! — Ela se pendurou no meu pescoço. — Muito obrigada, mesmo! Você me salvou. Salvou a Bibi! Nunca vou poder retribuir o que você fez por mim.

— Sério? Você não está brava comigo? — eu quis saber, assim que ela me soltou. — Eu juro que não quis te prejudicar. Mas é que você estava apavorada com a possibilidade de o Dante te pôr na rua e de perder a guarda da sua filha...

— Para com isso. O artigo é fantástico. Você tem muito talento. O Dante não sabe a joia que tem nas mãos.

Eu sorri de leve, corando. Um elogio de uma profissional como ela não era pouca coisa.

— Eu sei que você escreve de outra forma — falei —, mas eu não tinha tempo. Escrevi esse texto faz um tempo e ninguém leu, aí achei que podia quebrar o galho. O Dante achou razoável e deixou passar. Só que eu disse que você não tinha entregado o artigo ainda porque estava trabalhando numa matéria explosiva.

Ela riu alto.

— Como ele caiu nessa? Eu escrevo sobre cultura!

— Não sei, mas ele acreditou. Desculpa. — Eu me encolhi. — Acho que você vai ter que bolar alguma coisa explosiva agora.

— É, talvez eu consiga explodir o carro do Zé Eduardo. Ei! — Ela estalou os dedos, arregalando os imensos olhos castanhos. — Talvez eu exploda ele próprio!

Dei risada.

— Imagina só as manchetes: "Jornalista explode o ex-namorado para domar o chefe!"

— Adorei! Vou pensar nisso. Mas, sério, você foi maravilhosa. Você não existe, Luna!

— Esquece isso. Você tá bem? Resolveu tudo?

— Ainda não, mas vou ficar... Só não tão logo. Segundo o meu horóscopo... — Ela ergueu o layout e fez uma careta engraçada. — Vou ter uma semana emocional turbulenta e o trabalho pode não render tanto. Agora é torcer para o da semana que vem ser mais animador.

— Ai, Júlia. Isso aí é só um monte de besteira e...

— Besteira coisa nenhuma! — Michele se intrometeu, colocando um braço ao redor dos meus ombros. — Você não vai acreditar. Vou receber uma herança! Um parente deixou uma grana pra mim. Você acertou!

— Acertei?

— Sim! — A ruiva sacudiu meus ombros. — Ontem, na reunião, o Dante leu meu horóscopo, lembra? E dizia que minhas finanças sofreriam um abalo considerável. Não é nada que vá me deixar rica, mas é uma grana boa.

Tá legal! Parecia que todo mundo decidira acreditar na coluna da Cigana Clara. Comecei a ficar preocupada. As pessoas não deviam dar atenção, muito menos acreditar naquela porcaria. Se continuasse assim, o Dante jamais me tiraria do horóscopo.

— Michele, olha só... — comecei, me desvencilhando dela. — Não acho que o que escrevi tenha algo a ver com...

— Deixa de ser modesta — ela me interrompeu. — Você é a melhor vidente que existe e devia abrir um consultório! Ia ficar milionária. — Ela me observou por um instante e estreitou os olhos. — Nossa, você tá com a pele ótima.

Karen, que passava por ali, ouviu o fim da conversa e parou para analisar meu rosto.

— Caramba, a Michele tem razão. Tá reluzindo! — disse ela. — O que você usou?

— Humm... — Voltei a atenção para minha mesa, remexendo em alguns papéis. — Um creme novo...

— Eu sei qual é! — exclamou Michele. — *Dermadante!*

Michele às vezes me dava nos nervos. Ela achava que sabia tudo sobre comportamento sexual — muito embora o Murilo tenha garantido que na prática ela mandava bem. Foi depois do caso deles que o Dante proibira relacionamentos entre funcionários. Ela e o Murilo armaram o maior barraco em uma reunião na qual Veiga, o dono da *Fatos&Furos*, estava presente. Dante quase demitira os dois.

— Michele! Você não pode ter acreditado na conversa do Murilo. — Mas eu ainda evitava olhar para ela.

Ela apenas riu, antes de arrastar Júlia em direção à copa.

Adriele atravessou a redação a passos largos e me pegou pelo braço.

— Escuta, Luna, se você tá de rolo com o Dante, é melhor me contar. Estou apostando alto em você — anunciou.

— Caramba, Adriele! Eu só peguei uma carona, tá legal? Desde quando isso significa estar de caso com alguém?

— Desde que o Dante nunca deu carona pra ninguém.

— Não estou de caso com ninguém!

— Ótimo! — Ela exibiu os dentes e jogou o cabelo liso e brilhante para o lado. — Mas vou ficar de olho em vocês, só pra garantir.

Eu grunhi, resolvi ignorar toda aquela especulação descabida — imagina só, eu de caso com o Dante! — e comecei a botar os e-mails em ordem. A Cigana Clara tinha uma porção de fãs.

Eu estava lendo todos eles, espantada com pessoas que tinham tanta certeza de que sua vida mudara por causa do que escrevi, quando o Viny apareceu, com seu gingado, o sorriso debochado e os olhos sorridentes.

Tentei sorrir, embora quisesse enterrar a cabeça no chão como um avestruz. Eu não tinha mais o direito de flertar com ele. Não depois de ter ido para a cama com outro homem, ainda que sem querer. O que eu poderia dizer? Como agir numa situação dessas? Falar a verdade seria embaraçoso e poderia dar a impressão de que eu era uma daquelas garotas pegajosas que querem discutir a relação o tempo todo.

— Muito trabalho? — ele perguntou, sentando na beirada da minha mesa.

Mantive o olhar no monitor.

— Muito. Fechamento de edição. Isso aqui vira um inferno às sextas-feiras.

— Eu sei. Todo mundo pira. Você tá bem?

Bati a mão no porta-lápis, que caiu no chão, esparramando minhas canetas em todas as direções. Viny se abaixou para me ajudar a recolher.

— Tô, claro. Por que não estaria?

— Você parece... diferente. Mais distante.

Engoli um gemido de frustração. Esse cara era bastante perceptivo. Muito mais do que eu gostaria. É claro que ele perceberia que eu não estava bem. Que provavelmente a culpa piscava em neon na minha testa. Mesmo assim, não tive coragem de contar o que tinha acontecido. Como precisava dizer alguma coisa, usei minha desculpa infalível.

— Não é nada. Coisa de mulher, sabe? Estou naqueles dias.

— Ah! — Ele ficou sem graça e se pôs a juntar as canetas a uma velocidade impressionante. — Ah, sim. Eu... acabei de lembrar que preciso correr até o centro... na lavanderia!

— Mas você não veio aqui pra falar com o...

— Preciso ir! Te vejo mais tarde. — E praticamente correu para a saída jogando as canetas sobre a mesa.

Sacudi a cabeça. Homens não passam de meninos grandes.

As coisas ficaram piores muito perto da hora do almoço, pois a Alexia apareceu, linda como sempre e furiosa como eu nunca tinha visto. Ela seguiu direto para a sala do Dante e não se deu o trabalho de fechar a porta antes de começar a berrar.

— Você colocou a *minha* casa à venda, seu babaca!

— Bom dia, Alexia. Pelo visto, meu advogado já te procurou — Dante constatou, irônico.

— Você não vai vender a minha casa! — E as janelas da redação estremeceram.

Assim como eu.

Dante não precisava daquele espetáculo. Mas o que eu poderia fazer? Não dava simplesmente para me levantar e ir fechar a porta. E também me incomodava um pouco pensar neles trancados em uma sala.

— A casa é minha, Alexia.

— Não! A casa é nossa!

— Desde quando?

— Desde que eu fui morar nela! Tenho direitos! Metade dela é minha.

Adriele se esticou toda sobre a mesa com o celular na mão, tentando fotografar a cena. Alcancei um rolo de fita adesiva e acertei na cabeça dela.

— Ai! — ela reclamou, me fuzilando com os olhos.

— Para com isso! — sibilei.

— Muito bem — continuava Dante. — Fique com a sua metade. Vou vender a minha parte.

Alexia grunhiu de um jeito nada elegante, o que me surpreendeu, porque eu e metade da população do planeta a considerávamos uma deusa.

— Você sabe que eu não tenho tanto dinheiro disponível pra comprar a sua parte agora. Meus lucros estão todos investidos, preciso de tempo! — ela explodiu.

— Isso já não é problema meu — a voz de Dante soou aliviada.

— Eu não vou sair da minha casa!

— Por favor, Alexia. Estou trabalhando. É com o meu advogado que você deve conversar a partir de agora.

— Você tá me dispensando, Dante?

— Não, foi você quem me dispensou, lembra? Por favor, feche a porta quando sair...

— Você é um imbecil! — ela berrou, e as janelas voltaram a estremecer. — Não vou sair da minha casa. Você não vai vender nada, ou então pode esquecer aquele cachorro pulguento e babão. Você nunca mais vai ver o Magaiver!

— Isso nós vamos discutir na Justiça! Já entrei com uma ação para ter o Magaiver de volta. E, se você não cuidar direito dele, vou te acusar de maus-tratos, te colocar na cadeia e redigir pessoalmente uma matéria sobre as suas manias.

Eu já vira Dante furioso, mas nunca tinha ouvido sua voz soar tão ameaçadora como naquele instante.

— Você não ousaria! — Alexia cuspiu.

— Acho que esses seis anos não serviram de muita coisa. Você não me conhece nem sabe do que eu sou capaz.

— Eu devia estar louca quando pensei em casar com você!

Adriele desistira da foto, mas ligou o gravador e acompanhava tudo com a empolgação de uma criança aguardando a chegada do Papai Noel.

— Não, Alexia, você nunca esteve louca. Nem eu, graças a Deus, porque lamentaria muito se um dia tivesse cogitado a hipótese de pedir em casamento uma mulher fria e vingativa como você.

Ui, essa deve ter doído!

Alexia urrou. Foi um som esquisito, meio animalesco. Houve um estrondo, e o ruído de algo se quebrando preencheu todo o ambiente. Eu rezei para que não tivesse sido a cabeça do meu chefe.

22

O silêncio moribundo que pairou na revista estava me deixando maluca. Dante se trancara e fechara a persiana de sua sala desde que Alexia fora embora, se isolando do mundo. Eu não sabia como ele estava se sentindo. Bom, fazia ideia, e talvez ele estivesse precisando de uma amiga. E eu desconfiava, depois da noite em que nos embebedamos, de que eu era a pessoa mais próxima disso que ele tinha no momento.

Eu estava tomando coragem para me levantar e bater à porta de sua sala, mas parei quando vi o Viny se aproximando.

— Pronto — ele falou, sentando no canto da minha mesa. — Agora vai ficar tudo bem. Dizem que isso ajuda a manter os homens a salvo. — Ele me estendeu um quadrado embrulhado em papel. Outra caixa de bombons, constatei.

Sorri com tristeza. Ali estava o cara que podia ser o grande amor da minha vida. Até a vovó o vira nas cartas. E o que eu estava fazendo? Ia para a cama do meu chefe, jogando fora um futuro feliz ao lado do Viny. Supondo que um dia ele se apaixonasse por mim, claro.

— Pra que isso? — perguntei, me sentindo um lixo.

— Porque quero que você esteja de bom humor amanhã. Eu não vou dar furo dessa vez.

Eu não posso fazer isso. Não posso enganá-lo dessa maneira.

— Viny, olha só, eu...

— O metrô descarrilou! — alguém berrou. O Murilo. — Jesus Cristo, o metrô descarrilou!

Viny imediatamente se endireitou e jogou a mochila no ombro, pronto para correr ao menor comando. Murilo vestiu o casaco e gritou para que Viny o seguisse. E ele foi embora sem que eu conseguisse explicar que a gente não poderia se encontrar por conta de uma situação estranha com outro cara.

Depois de ter ido para a cama com Dante, qual era o tempo ideal para que eu pudesse sair com Viny sem que minha consciência pesasse?

Duas semanas, decidi. Catorze dias seriam suficientes para que eu pudesse ter um encontro com Viny sem me sentir uma vadia que pula de uma cama para outra. Não que eu pretendesse ir além de uns amassos com ele num futuro próximo. Eu realmente não era do tipo que se entregava à paixão e só pensava nas consequências depois. Meu único lapso tinha sido o Dante. Mas não dava para ficar me lamentando pelo resto da vida. O passado *fica* no passado.

Com isso em mente, achei melhor tomar as rédeas da situação com meu chefe, já que fugir dele não parecia a coisa certa, não naquele momento. Éramos vizinhos, poderíamos ser amigos. Ele me ajudara com o carro, certo? Eu podia retribuir o favor. Dante passava por um momento ruim e precisava de alguém para desabafar, ou só de uma companhia, apenas para que ele soubesse que podia contar com alguém. Eu podia fazer isso.

Ignorando os olhares curiosos dos meus colegas, peguei o pote de bolo na bolsa. Bati à porta do redator-chefe da *Fatos&Furos*.

— O quê? — veio a voz dura e mal-humorada.

Abri uma fresta da porta. Ele estava virado para a parede, eu só conseguia ver as costas da cadeira de couro marrom e o topo de sua cabeça.

— Posso entrar?

Ouvi um longo suspiro.

— O que você quer, Luna?

Fechei a porta atrás de mim e me aproximei da mesa dele. Ele continuou de costas.

— Queria saber como você está.

Ele riu, mas era falso, um som doloroso de ouvir.

— Você só pode estar brincando.

— Eu ouvi os gritos e... fiquei preocupada com você. Sei que você deve estar se sentindo péssimo com tudo o que está acontecendo, mas vai passar, Dante. Você vai ver.

Ele girou a cadeira, ficando de frente para mim. Os olhos estavam vidrados, furiosos, sem os óculos remendados. Eu me encolhi.

— Não, não vai passar. Acabei de descobrir que desperdicei seis anos ao lado de alguém que eu nem conheço.

— Você tá dizendo isso agora porque tá magoado, mas...

— Eu queria que fosse assim — ele me interrompeu. — Queria estar arrasado porque a Alexia me abandonou, mas não estou, Luna. Tô puto da vida porque não consigo acreditar em como fui idiota, como não enxerguei antes a mulher fria que ela é. Ela está usando o meu cachorro para conseguir o que quer. Ela sabe que eu sou apegado ao Magaiver. Que tipo de mulher faz isso?

— Uma bastante irritada...? — arrisquei.

Ele sacudiu a cabeça.

— Ela já fez isso antes, mas eu fechava os olhos, inventava desculpas, como você está fazendo agora. A Alexia não se importa com ninguém além dela. Eu não conheço essa mulher. E ela, é óbvio, não faz ideia de quem eu sou.

Fiquei calada, porque eu me sentira daquele mesmo jeito em relação ao Igor. Sabia que ninguém conseguiria convencer o Dante do contrário. Muito menos eu, por isso optei por outra linha de ação.

— Tá com fome? Eu sei que sorvete é melhor, mas só tenho bolo.

Isso o pegou de surpresa, e ele riu de leve, parecendo menos tenso.

— Luna, você já se deu conta de que eu não sou mulher, certo?

Ah, eu sabia muito bem disso. Em mais detalhes do que gostaria.

— Eu me dei conta de que a dona Maria colocou bolo demais aqui. Eu não sou muito de dividir comida, mas é um caso especial e tem pra nós dois.

— Obrigado, mas não estou com fome. Acho que preciso de uma bebida. Eu até te convidaria, mas... — Ele desviou os olhos, constrangido, para a mesa. — Da última vez não deu muito certo.

— É. — Corei. — Só... toma cuidado com quem estiver do seu lado. De repente pode ser um lutador de sumô.

Ele ergueu a cabeça e tentou se manter sério, mas falhou. Fiquei radiante por ter conseguido fazê-lo sorrir de verdade.

— Vou ficar atento. — Ele me encarou.

— A Bia deixou uma chave reserva. Pode deixar que eu levo a Madona pra passear hoje.

— Finalmente! — ele ergueu as mãos para o alto, revirando os olhos. — Se eu soubesse que pra te convencer a levar aquela coisa demoníaca pra rua era só ser humilhado pela minha ex-namorada na frente dos meus colegas de trabalho, já teria dado um jeito nisso há muito tempo.

— Ah, não. Não foi por isso que ofereci. — Entrei na dele. — Você recusou o bolo. Eu realmente odeio dividir comida.

Algo novo brilhou em seus olhos castanhos, então uma gargalhada grave lhe escapou.

Eu ainda ouvia sua risada quando dei o fora dali. A única coisa que me fez desejar não ter ido falar com Dante foi me deparar com todas as cabeças voltadas para mim quando saí da sala dele. Definitivamente o Murilo ia querer duplicar sua aposta se soubesse disso. E, como Adriele estava por perto, eu tinha certeza de que ele seria informado.

Eu tentei ignorar os olhares e sussurros, e foi um alívio ver todo mundo desligando o computador no fim da tarde, ansiosos pela noite de sexta.

— Happy hour no Tucão. A galera toda vai pra lá. Quer ir com a gente, Luna? — Karen convidou.

— Humm... não posso. Tenho compromisso.

— Que pena. Fica pra próxima então. — Ela cochichou alguma coisa para Adriele.

Dante trancou a sala parecendo cansado, mas, antes que ele me abordasse, Adriele gritou:

— Ei, Dante. Tá a fim de sair pra beber com a gente?

— Hoje não, tenho compromisso — ele respondeu por sobre o ombro.

— Claro. — Ela abriu um sorriso enorme e satisfeito antes de grudar os olhos em mim. — Claro que tem.

Droga!

— Pronta? — Dante me perguntou.

— Vou de ônibus.

— Eu te deixo em casa. Não é trabalho nenhum, se é isso que te preocupa.

Michele e Natacha se juntaram a Adriele e Karen, e o grupinho nos analisava em expectativa.

— O que me preocupa — sussurrei — é a aposta que tá rolando nessa redação e as implicações que isso terá.

— Outra aposta? — ele franziu o cenho.

— Do tipo "a Luna tá ou não transando com o chefe". — Corei.

Ele me observou, o semblante impassível.

— Como foi que esse assunto caiu nos ouvidos deles? Você... contou pra alguém?

— Não! — respondi, ofendida. — Você sabe muito bem que eu não quero que ninguém saiba. Na verdade, nem eu mesma queria saber. Mas o Murilo viu a gente chegar junto e tirou conclusões erradas.

— Qual lado está vencendo? — ele quis saber.

— Não sei. Ninguém me contou, acho que estão analisando o caso. — Apontei discretamente para as garotas reunidas em frente à copa.

Ele girou a cabeça. As garotas mudaram de posição e começaram a falar animadas, como se estivessem fazendo aquilo o tempo todo.

Dante voltou a me encarar e coçou a cabeça de um jeito que achei muito fofo. Ele parecia constrangido e orgulhoso ao mesmo tempo.

— Eu não tinha parado pra pensar no que as pessoas diriam se aparecêssemos juntos.

— Falei para a Adriele que você me deu uma carona. Alguém sabe que você tá morando no meu prédio?

— Não que eu tenha mencionado. Não gosto que assuntos pessoais distraiam a minha equipe.

— Vou contar. Não quero que pensem que estamos tendo um caso quando obviamente não estamos. Pra acabar com essa fofoca, acho melhor ir pra casa de ônibus, e você devia aceitar o convite da Adriele. A Karen me convidou, mas eu disse que tinha compromisso... Não é preciso ser um gênio pra adivinhar o que elas estão imaginando.

Ele inspirou profundamente.

— Não sou uma boa companhia hoje, Luna. Se pudesse, eu mesmo ficaria longe de mim agora.

— Não parece tão ruim assim. Já te vi pior — brinquei, mas era verdade. Ele não parecia tão arrasado quanto deveria.

— A culpa é sua — ele acusou. — Não sei o que acontece, mas, quando você está por perto, não tenho vontade de quebrar o mundo todo. Só uma ou duas coisas.

Acabei rindo.

— Engraçado, comigo acontece o oposto. Sempre que você está por perto, tenho vontade de quebrar *muitas* coisas. Na maioria das vezes é alguma parte do seu corpo, mas acho que isso é irrelevante.

Foi a vez dele de dar risada.

— Sabe, se eu tivesse certeza que não acabaria te levando pra cama, juro que ia te obrigar a me fazer companhia hoje.

E aí a atmosfera amigável e descontraída desapareceu, dando lugar a algo tenso, quente e pulsante. Dante também sentiu, ficou rígido, o rosto sério, o olhar fixo em minha boca.

— Acho melhor eu ir pra casa — murmurei, sentindo cada centímetro da pele pegar fogo.

Por que isso estava acontecendo? Não era para o Dante me causar esse tipo de sensações, não era ele quem eu queria que me fizesse arder só com um olhar.

Ele deu um passo para trás, abaixando os olhos e, graças a Deus, quebrando aquela conexão estranha.

— Porque você já tem compromisso. — Ele tentou sorrir, enfiando as mãos nos bolsos do jeans.

— É, eu tenho. — Mas não contei que meu único compromisso era com a Madona. — Aproveite a noite.

— Você também.

Fui para o elevador e apertei o botão, ficando de costas para a redação, mas ouvi Dante chamar Adriele e avisar que tinha mudado de ideia.

23

Tomei dois ônibus e uma van para chegar em casa. Aproveitei o tempo livre para tentar entender o que andava acontecendo toda vez que Dante se aproximava de mim, com aquele olhar firme e decidido. Não era como se ele fosse avesso à ideia de ficarmos juntos. Para falar a verdade, em alguns momentos eu sentia como se ele estivesse contente com a possibilidade. O que não devia me surpreender tanto — ele era homem, afinal.

Entrei em casa só para deixar a bolsa e pegar a chave do apartamento da Beatriz. Madona começou a latir assim que coloquei a chave na fechadura.

— Ei, menina! Senti sua falta também.

Eu a peguei no colo e acariciei seu pelo. Bom, pelo menos tentei acariciar o emaranhado que se tornara. Os pelos estavam um nó só, eriçados e cheios de grumos, e a presilha que normalmente prendia parte deles no topo da cabeça havia desaparecido.

— O que foi que o Dante fez com você?!

Ela estava cheirosinha, mas era tudo o que eu podia dizer sobre a Madona naquele momento. Nem parecia um maltês, e desconfiei que fosse essa a intenção. Parecia mais um travesseiro do avesso.

Dei uma olhada ao redor, me atrevendo a procurar a escova de pontas metálicas que vira Beatriz usar na cachorra vezes sem conta, quando recuei um passo.

O apartamento sempre limpo e organizado da minha vizinha havia servido de campo de batalha. Meias, camisas, calças e sapatos estavam espalhados por quase todos os lugares. Pratos sujos, latas de cerveja vazias e copos usados se misturavam a papéis dilacerados e embalagens de salgadinhos.

A Bia mataria o Dante.

Coloquei Madona no chão e, com cuidado para não pisar naquele amontoado de lixo, procurei a escovinha. Com a ponta do dedo e fazendo careta, ergui algumas peças de roupas sujas, mas não a encontrei. Em vez disso, me deparei com algo muito mais interessante sobre a mesa de jantar. Centenas de peças plásticas brancas, de tamanhos e formatos variados, estavam espalhadas metodicamente sobre a madeira clara. Peguei uma delas e a examinei. Parecia a asa de um avião de brinquedo.

Ai, meu Deus, o Dante brinca de Lego!

Mal pude conter a gargalhada. Ri tanto que me dobrei na cadeira, empurrando uma caixa de papelão para o lado. De repente eu queria muito, muito mesmo, me encontrar com ele.

Mas ele não estava ali naquele momento, então me recompus, deixando a asa sobre a mesa, e voltei a procurar a escova da Madona. Estava na área de serviço, sobre um par de botas de escalada tamanho 44.

Voltei para a sala e tentei arranjar um lugar para sentar. Tirei a caixa de papelão da cadeira da mesa de jantar e acomodei Madona no colo, começando o lento processo de desembaraçar os pelos para não machucá-la.

Levei uma hora inteira para deixá-la parecida com um maltês, e usei um dos elásticos jogados dentro da caixa para fazer a chuquinha no topo de sua cabeça. Eu a ergui pelo tronco, para examinar o trabalho, e recebi lambidas de gratidão na cara toda.

— Eu sei — falei. — Vou avisar pra ele não fazer mais isso. Agora vamos passear um pouco.

A campainha tocou no instante em que eu encaixava a guia na coleira. Decidi atender e deixar um recado para Dante.

— Viny! — gritei, surpresa, ao abrir a porta.

— Ei! — exclamou ele, confuso. — Acho que me deram o endereço errado. Eu tinha que passar na casa do Dante.

— Não, é o endereço certo. Ele mora aqui agora.

Suas sobrancelhas se encresparam.

— Mora?

— Ãrrã. — A Madona pulava na perna dele, animada com a possibilidade de sair e se exibir por aí; eu a peguei no colo para acalmá-la. Não que tenha funcionado. — O apê é da irmã dele, mas ela tá em Portugal com o namorado curtindo férias, e o Dante veio passar uma temporada aqui até resolver a separação com a mulher... namorada... com a ex dele.

— Ah, entendi. — Ele me mostrou um sorriso, mas era frio e um tanto cínico. — Ele está?

— Não, e não tenho certeza de quando volta — respondi, cautelosa. O que havia de errado com ele?

— O Murilo me mandou trazer as fotos do descarrilamento do metrô para tentar colocar na edição de amanhã, embora eu ache que tá meio em cima da hora.

— Humm... Ele tá no bar do Tucão com a galera da revista. Você sabe onde fica?

— Sei, fui lá uma ou duas vezes. Legal. Você estava indo pra lá agora?

Sacudi a cabeça.

— Não. Só vim pegar a Madona para passear. O Dante teve um dia difícil hoje e eu me ofereci para ficar com ela.

— Vocês são bem mais *amigos* do que eu pensava — ele comentou de um jeito agressivo.

— Não somos *amigos*. Somos vizinhos. Eu moro ali — apontei para a porta do 332.

Viny se virou para o meu apartamento. Ele estava sorrindo quando voltou a me encarar, agora da forma com que eu estava acostumada — sabe como é, sedutor e tal —, só que dessa vez não senti *aquele* frisson. Humm...

— Vizinhos — repetiu, parecendo saborear o vocábulo. — Eu adoro essa palavra. Você não?

— Normal...

Ah, foi isso então? Ele pensou que eu estivesse na casa do Dante por ser íntima, e não vizinha? Fiquei aliviada com sua súbita mudança de humor, pois eu gostava muito mais desse Viny risonho que do agressivo de dois minutos antes.

— Posso te acompanhar? — ele ofereceu.

— Onde?

Ele indicou Madona com a cabeça.

— Ah, claro — eu ri. — Não vamos andar muito, mas pode vir, se quiser.

— Eu quero — ele respondeu prontamente e fez uma mesura exagerada para que eu liderasse o caminho.

Fechei a porta e descemos os três lances de escadas em uma camaradagem um tanto forçada. Não era assim que eu esperava me sentir quando estivesse perto dele. Só podia ser a culpa me devorando. Sabia que isso aconteceria, cedo ou tarde.

— Como foi no metrô? — perguntei, puxando conversa.

— Um terror. Muito sangue, mas nenhuma morte. Quer ver as fotos? — Ele me estendeu o envelope pardo.

— Não. — Fiz uma careta. — Não gosto muito desse tipo de foto. Fico deprimida.

Viny começou a rir.

— Uma jornalista que fica deprimida com as notícias? Tem certeza que tá na profissão certa?

Eu me empertiguei, um pouco ofendida.

— Eu não tenho que gostar de tragédias ou de todas as áreas da profissão. Não gosto de banho de sangue.

— Você não existe! — Ele riu ainda mais.

Desviei os olhos e o deixei rir à vontade. Era isso ou chutar sua canela.

Aos poucos ele conseguiu se controlar e, percebendo minha irritação, tentou tabular uma conversa mais banal. Fez diversas perguntas sobre mim, queria saber como acabei na *Fatos&Furos*, o que eu esperava do futuro, quais os meus sonhos. Com medo de que ele risse mais quando eu dissesse que sonhava com uma coluna que falasse de comportamento humano, fui vaga e mencionei que ainda não sabia o que pretendia.

Viny começou a contar suas pretensões, que trabalhava com o pensamento voltado para o Pulitzer de fotografia, o prêmio máximo do jornalismo mundial. Perto disso, até que ter uma coluna para chamar de minha parecia um sonho bem idiota.

Caminhamos em silêncio por um tempo. Madona se recusou a expor suas intimidades a um desconhecido, de modo que pedi para Viny se afastar um pouco, e ele, apesar de achar estranho, obedeceu. Depois, muito prestativo, recolheu a sujeira com a ajuda de um saco plástico. Como eu estava cansada e não queria ficar perambulando pelo bairro àquela hora da noite, fizemos o caminho de volta.

— Tomei um susto quando te vi na casa do Dante. — ele explicou, olhando para frente. Já estávamos perto do meu prédio de novo. — Pensei que as coisas que o Murilo anda dizendo fossem verdade.

— Que eu e o Dante estamos tendo um caso — concluí, mortificada.

— O Murilo não foi tão sutil, mas, basicamente, dá no mesmo. Vocês não estão envolvidos, né? — Ele me encarou.

— Não estamos tendo um caso — afirmei, esperando que ele não se desse conta da minha escolha de palavras.

Não que fosse mentira, mas nós não estávamos mesmo tendo um caso. O que acontecera entre mim e Dante foram dois episódios isolados e não relacionados de demência seletiva e altamente contagiosa causada por alguma força maligna sobrenatural.

Ou algo assim.

Inspirei fundo. *Vamos, Luna, não seja covarde agora!*

— Mas, Viny, eu preciso ser sincera com você. Eu... eu andei... Na sexta passada, depois que você...

— Você conheceu alguém — ele falou, desanimado.

Eu assenti, pois me pareceu menos cruel.

— Não é nada importante — me apressei. — Mas achei que você devia saber.

— Não é importante, mas você precisava me contar — ressaltou, tristonho.

— Eu... Olha, minha vida tá um bocado confusa agora. Eu terminei um relacionamento de anos faz poucos meses. Eu ainda estou machucada. No fim, tudo acabou se mostrando uma grande mentira. E eu não quero isso de novo. Não quero mais fechar os olhos e fingir não ver, fazer de conta que tá tudo bem. Por isso vou ser sincera com você, mesmo que a mentira seja o caminho mais fácil. Não sei o que deu em mim na sexta, acho que foi a bebida, mas a verdade é que esse...

Ele parou, erguendo a mão.

— Não precisa explicar. Já entendi. Tem outro cara na parada.

— Desculpa.

Ele ficou me encarando por um longo momento. Ele estava chateado, claro. E bravo, mas não sei ao certo se comigo ou com ele mesmo.

— Você ainda quer me conhecer melhor? — perguntou, por fim.

Eu queria?

Sim, queria. E, com sorte, conhecer Viny mais a fundo acabaria de uma vez com aquela loucura que andava acontecendo entre mim e meu chefe.

Então assenti, meio tímida, e ele fez o impensável. Puxou-me para junto dele, enrolando os braços musculosos em minha cintura, me moldando a seu corpo rígido. Desde que eu o vira entrar na redação pela primeira vez, ansiei por estar tão perto dele daquela maneira. Estava totalmente preparada para me sentir arrebatada, embriagada, só que...

— Você é ainda melhor do que eu imaginava, Luna — ele disse e acariciou meu rosto com a ponta dos dedos. Eu esperei pelo estremecimento, pelo arrepio gostoso subindo pela coluna, mas... — Além de linda, você é honesta. Obrigado por ser sincera. Não me importa se tem outro na parada. O que importa é quem vai ficar com o prêmio. E esse cara de sorte serei eu.

Com isso, ele se inclinou para me beijar, sem me dar tempo para pensar em tudo que acabara de dizer. Eu tinha quase certeza de que não queria ser um prêmio, mas como pensar com os olhos de Viny fixos nos meus, dizimando a distância entre nós?

Eu senti o calor de seu hálito sapecar meu rosto, seu cheiro almiscarado, e fechei os olhos numa expectativa crescente. O primeiro beijo era sempre um termômetro, uma prévia do que se podia esperar. E eu ansiava que fosse tão bom quanto eu havia fantasiado tempos antes.

O ronco alto de um motor perto demais me fez gritar. Viny me empurrou para trás, numa tentativa de me livrar do atropelamento iminente. Ergui a cabeça a tempo de ver o veículo a pouco mais de cinco metros de mim. E o automóvel conseguira fazer o que Viny não tivera tempo: meu coração martelar nas costelas, a adrenalina correr desenfreada pelo meu corpo, me deixando tonta e com as pernas bambas.

Desnorteada e engolindo em seco, encarei o brilho do farol da moto. Estava tão perto que nem tentei fechar os olhos. Entretanto, em vez de seguir em frente e me transformar em um disco de pizza, ela se calou, empinando raivosa sobre a roda dianteira.

Meu peito subia e descia rápido demais, e a descarga elétrica causada pelo medo me deixou entorpecida, fixa no lugar. O motoqueiro desligou o farol, estacionou habilmente a Ducati escarlate no meio-fio e tirou o capacete, exibindo as mechas castanhas desordenadas.

Então ergueu a cabeça e fixou os olhos furiosos em mim.

— O que você pensa que está fazendo? — gritei, quando consegui recuperar minha voz.

Dante desceu da moto e, com a cara fechada, marchou decidido na direção de Viny, me ignorando propositalmente.

— Que susto, Dante! — Viny falou, secando a testa com os dedos longos. — Pensei que você fosse passar por cima da gente.

Dante exibiu um sorriso descarado e parou a dois passos do fotógrafo.

— Sinto muito. Não vi vocês — explicou, em um tom calmo que destoava da irritação em seus olhos.

— Sério? — retruquei, secando as mãos suadas na calça jeans. — De onde eu estava, tive a impressão de que você sabia muito bem o que estava fazendo.

— Estou sem óculos. — Ele arqueou uma única sobrancelha e, para provar seu argumento, retirou aquela aberração plástica do bolso da camisa e a colocou sobre o nariz.

— Você precisa andar mais na manha com isso aí, cara — Viny falou. — Pode acabar matando alguém de susto só com o ronco do motor.

— Essa é uma das razões de eu amar tanto a minha Ducati. O que foi que você fez com essa cachorra?

Eu já estava pronta para berrar um sonoro e nada educado "vai se ferrar" quando a Madona saltou na perna dele, exigindo carinho.

Ah, não era de mim que ele estava falando.

— Eu escovei — cuspi, aborrecida. — Coisa que você devia ter feito depois de dar banho nela.

Ele riu daquele jeito cínico que me matava de irritação.

. Você achou mesmo que eu ia escovar essa bola de pelos?

— Devia ter imaginado que não. Você não se dá o trabalho nem de pentear os próprios cabelos.

Ele corou e imediatamente levou a mão aos fios marrons, fazendo uma bagunça ainda maior na tentativa de domá-los.

— Que bom que voce apareceu — Viny disse a ele. — O Murilo me pediu pra trazer as fotos que fizemos hoje no metrô. Se ainda der tempo, ele pediu para incluir na próxima edição. Ele vai te passar o texto mais tarde.

— Vou ver o que eu consigo. — Dante pegou o pacote que Viny lhe oferecia, encarando o fotógrafo de cima. — Só isso?

Viny endireitou os ombros, fixando os olhos nos do chefe, em um claro desafio.

— Sim. Com você, sim.

— Certo. — Dante me lançou um olhar de reprovação, fúria e decepção. — Obrigado por cuidar dela, Luna — ele pegou a guia com cuidado para que nossos dedos não se tocassem.

— De nada.

Dante e Madona desapareceram pelas grandes portas de vidro do prédio, e eu fiquei observando os dois se afastarem, me sentindo uma menina má pega no flagra. Mas eu não estava fazendo nada de errado! Era solteira, sem compromisso, e tinha um cara muito gato ali na calçada louco para me levar para jantar e, com sorte, para me beijar. Eu queria alguém assim. Eu merecia alguém assim, e o Dante não tinha nada que se meter na minha vida.

— Ele não é muito sociável, né? — Viny comentou, chamando minha atenção.

— O Dante tá passando por um período ruim. Dá um desconto. Ele e a mulher tiveram uma briga horrível hoje na redação. Todo mundo acabou ouvindo, e ele tá arrasado.

— Ele não parecia arrasado. Parecia irritado.

— E você não estaria se a sua ex não devolvesse o seu cachorro?

— Não sou muito ligado em cachorros. — Viny deu de ombros. — Na verdade, bichos em geral. Mal durmo em casa. Não seria justo condenar o bichinho ao encarceramento porque eu não tenho tempo pra cuidar dele.

Fiquei ali ouvindo tudo com a testa franzida, pensando se não haveria algo mais nas entrelinhas.

— Bom, já azucrinei você demais por hoje. — Ele me lançou um sorriso folgado. — Melhor não arriscar e ir embora antes que o Dante volte e te proíba de falar comigo.

— Ele não é meu pai.

— Talvez você devesse lembrá-lo disso.

Eu ri, mas foi mais histeria que divertimento. Dante agira mesmo como um pai raivoso, ou o Viny e eu estávamos imaginando coisas?

— Vou indo nessa, Luna. Vou contar as horas até te ver amanhã.

— Tá bom.

— Você devia dizer: "Eu também vou contar as horas, Viny" — ele brincou, mas havia expectativa em seu semblante.

— Devia, mas isso inflaria demais o seu ego, e ele já chegou à estratosfera.

O fotógrafo exibiu os dentes brancos perfeitos.

— Adoro mulheres que me deixam no escuro. Te vejo amanhã, Luna.

Ele se aproximou e se inclinou sobre mim, cuidadoso para que nosso corpo não se tocasse. Então plantou um beijo demorado em minha bochecha antes de sorrir e seguir seu caminho assobiando, gingando pela calçada daquele jeito que, semanas antes, fizera meu coração disparar.

Soltei um suspiro trêmulo. Entrei no prédio e não fiquei surpresa ao encontrar Dante encostado ao lado da minha porta, os braços cruzados, uma carranca no lugar do rosto.

— Você não devia estar em algum lugar da cidade bebendo até cair? — questionei.

— Mudei de ideia. Então o Vinícius é o tal cara de quem você tá a fim — acusou, mal-humorado.

— Isso não é da sua conta.

— Você sabe que eu não gosto que os meus funcionários se envolvam intimamente.

Eu o encarei com raiva, pousando as mãos nos quadris.

— Ah, é? Quer dizer que só o chefe tem essa regalia?

Ele se empertigou, descruzando os braços e me afrontando como se mísseis teleguiados fossem sair de seus olhos.

— Não, e você sabe disso.

— O que eu sei é que você é um grande hipócrita, no maior estilo faça o que eu digo, mas não o que eu faço.

— Você é tão infantil, sabia? Não sei por que ainda insisto em falar com você — ele resmungou, indo para seu apartamento e liberando a entrada do meu.

— Me pergunto a mesma coisa todo santo dia!

Ele bateu a porta com força depois de entrar, e, como não queria que ele desse a última palavra, eu fiz o mesmo e tentei ignorar os pensamentos homicidas contra ele pelo resto da noite.

24

Eu observava com angústia as revistas sobre a mesinha de centro. Dois exemplares da *Fatos&Furos* estavam abertos em páginas diferentes, e um da *Na Mira*. Apoiei os cotovelos nos joelhos e sustentei o queixo na mão, examinando as matérias de cada revista. Eu havia escrito as três. Ali estava. Meu sonho concretizado. Três artigos meus impressos em revistas renomadas de circulação nacional.

Só que em nenhuma delas meu verdadeiro nome aparecia.

O horóscopo era assinado pela Cigana Clara. O artigo sobre consumismo desenfreado fora creditado à Júlia. E minha matéria de estreia na *Na Mira*, sobre como ser solteira em uma cidade grande, levava o nome de L. Lovari. Era o sobrenome de minha mãe. Optei por ele pois temi que alguém na *Fatos&Furos* visse a matéria e contasse ao Dante que eu estava trabalhando para nosso maior concorrente.

Minha visão já estava embaralhada àquela altura. Eu havia passado o dia todo encarando meu trabalho e ainda não sabia como me sentia em relação a isso. Tá legal, eu tinha escrito tudo aquilo, devia estar feliz por ter realizado meu sonho. O fato de as coisas não terem ocorrido da forma como eu imaginava não devia tirar o brilho da minha conquista.

Mas tirava.

Pedi uma pizza para me acalmar. Em menos de três horas, eu teria um encontro com Viny e não queria que ele me visse comendo feito doida.

Alguém bateu à porta dez minutos depois e eu me encolhi. Era cedo demais para ser a pizza, e a outra opção era o vizinho da frente. Não tinha visto Dante desde a noite anterior e não estava muito a fim de vê-lo agora. Não quando meu mau humor havia desaparecido. Prendi a respiração. Talvez ele fosse embora se pensasse que eu não estava em casa. A batida se repetiu, e, como não me movi um milímetro sequer, ouvi um suspiro feminino demais para ser de Dante.

Atravessei a sala e abri a porta apenas para me arrepender imediatamente.

— Oi. — Sorriu a garota com dois metros de pernas e cabelos escorridos, a franja quase lhe cobrindo os olhos. — Lembra de mim?

Como eu poderia esquecer?

— Humm... Sim. Você é a noiva do Igor.

— Isso. Tatiana. Vim te trazer isto. — Ela me entregou um grande envelope quadrado marfim. — O Igor anda muito ocupado com todos os preparativos do casamento e não vai ter tempo, então estou facilitando as coisas.

— Como você me encontrou?

— Na lista telefônica. Preciso ir, ainda tenho muitos convites para entregar. Ah, e não esquece de confirmar presença, tá? — Com uma piscadela e um sorriso desaforado, ela me deu as costas e desapareceu pelas escadas.

Eu levei um minuto inteiro para voltar a me mover. Pisquei algumas vezes, contemplando o papel em minhas mãos. Então fechei a porta e voltei para o sofá. Abri o envelope devagar e encarei o convite pelo que me pareceu uma semana inteira. De repente minha vista ficou embaçada e o apartamento, abafado demais, começou a me deixar sem ar. Soltei o convite de casamento como se tivesse queimado minhas mãos e corri porta afora.

Desci o primeiro lance de escadas de dois em dois degraus. Então desci mais um. Tremendo, desabei no patamar entre o primeiro e segundo andar. Eu me recostei na parede, respirando com dificuldade, e abracei minhas pernas, afundando a cabeça nos joelhos. Concentrei-me em minha respiração ofegante e nada mais.

— Oi — falou aquela voz rouca, que, infelizmente, eu não precisava erguer a cabeça para saber de quem era.

— Oi. — Eu me aprumei, mas mantive os olhos no piso gasto.

— O que está fazendo aí? — perguntou Dante, um tempo depois.

— Es... — Clareei a garganta. — Esperando a minha pizza.

Ouvi o som de sacola plástica chacoalhando, os passos se aproximando até parar à minha frente. Ele se agachou, e eu mantive os olhos fixos em seus tênis de lona pretos. Dedos quentes tocaram minha bochecha.

— E você está chorando porque a pizza ainda não chegou?

Apenas quando ele gentilmente espalhou as lágrimas com a ponta dos dedos, percebi que estava soluçando.

Sequei o rosto com o dorso da mão e funguei uma vez. Não resolveu, então usei a manga da blusa para me livrar da meleca.

— Isso mesmo — concordei.

— Essa pizza deve ser muito importante pra você.

— Comida sempre é muito importante pra mim. Ainda mais pizza.

— Entendo — disse ele com calma, como se falasse com uma criança. — Mas precisa esperar aqui na escada?

— Meu apartamento tá meio claustrofóbico no momento.

Encontrei um fio solto na blusa e comecei a enrolá-lo no polegar. Um minuto de silêncio se seguiu, mas Dante permaneceu ali, parado. Eu sentia seu olhar me queimando.

— Você se importa se eu te fizer companhia enquanto isso? — quis saber.

Dei de ombros, ainda brincando com a linha.

— As escadas são de todos os moradores.

Mantive o olhar abaixado, mas puder notar quando ele se encostou na parede oposta, se sentando no mesmo degrau que eu. Ele ficou de frente para mim e acomodou duas sacolas de mercado entre nós.

— O que aconteceu, Luna?

— Nada.

— O que foi que ele fez? — perguntou, num sussurro rouco.

A fúria, até então reprimida, extravasou, descontrolada. Ergui a cabeça e o encarei.

— Como você sabe que foi um *ele*? Por que você deduziria que um filho da mãe me deixou assim?

— E foi? — Ele sustentava uma expressão séria, as feições impenetráveis, e isso me irritou mais que tudo.

— Os homens são todos uns canalhas — cuspi. — Vocês reconhecem à distância a devastação causada por um de vocês. Isso é desprezível!

— Nem todos são canalhas. — Ele olhou para os próprios pés, meio sem jeito.

— Tem razão. Alguns são idiotas, outros cretinos mesmo.

Dante pigarreou e começou a brincar com o cadarço dos tênis.

— Foi o Igor?

Uma pequena parte minha se espantou por ele ter lembrado o nome do meu ex-namorado. Eu disse o nome de Igor apenas uma vez, na noite em que nos embebedamos. Já a outra parte ignorou o fato por completo e continuou irritada.

— Tecnicamente, a noiva dele — esclareci.

— Certo.

Remexendo em uma das sacolas, Dante retirou uma garrafa de vinho e a acomodou no assoalho. Então tateou os bolsos do jeans à procura de alguma coisa e se deteve quando encontrou seu chaveiro vermelho.

— Você ainda deve gostar muito desse cara, para ficar nesse estado.

— Tá maluco? — objetei, revoltada. — Não existe uma única parte minha que ainda sinta algo bom por aquele babaca. Não foi isso que me deixou arrasada, mas o fato de ele ainda querer me ferir.

— É mesmo?

É impressão minha, ou ele parece aliviado, quase contente?

Estreitei os olhos.

— Por que você tá sorrindo?

— Por nada. Eu só... — Ele abriu o chaveiro, um daqueles canivetes de escoteiro que têm de tudo, e usou a faca minúscula para rasgar calmamente o lacre da bebida. — Eu não esperava te ouvir dizendo isso.

— Ironicamente, nem eu. É a primeira vez que concordamos com alguma coisa.

— Terceira. Concordamos também que vodca é muito melhor que tequila e que só se conhece uma pessoa depois de saber o que ela gosta de ler, lembra?

Dante afundou o saca-rolha do canivete na garrafa e começou a rosquear, prendendo a garrafa entre os joelhos. Ele a abriu com facilidade. O aroma do vinho se espalhou, me fazendo salivar.

— Ah, não, são quatro — corrigiu. — Também adoro bolo de laranja com glacê de açúcar

— Que saco! — Meio que ri, meio que chorei. — Isso tem que acabar agora. Se continuar assim, daqui a pouco a gente vai acabar gostando da companhia um do outro.

Ele fingiu um tremor e fez uma careta apavorada.

— Isso seria um desastre!

Eu gargalhei pra valer dessa vez.

— Seria mesmo.

— Sei que estou quebrando várias regras de etiqueta aqui, mas não estamos seguindo regras essa noite. Primeiro as damas. — Ele se esticou para cruzar a distância entre nós, se aproximando para me oferecer a garrafa.

Eu a peguei, levando-a aos lábios, mas me detive na metade do caminho.

— Esse não é um daqueles vinhos esnobes que custam um salário mínimo, né?

— E isso importa? — Ele me olhou, perplexo.

— É claro! Não bebo nada que custe mais que os meus sapatos.

— Esse cabernet sauvignon é de uma vinícola nacional, é ótimo e de preço bem razoável.

Assenti e beberiquei um gole. Humm... Dante estava certo, o vinho era delicioso. Tomei mais um pouco e devolvi a bebida. Ele bebeu também, depois pousou a garrafa ao meu lado, em uma oferta silenciosa, e ficou quieto, os olhos fixos nos próprios pés, como se me ignorasse. Se esse era o plano dele para me fazer falar, funcionou.

— O Igor acabou de me enviar o convite do casamento dele.

Dante continuou em silêncio. Então bebi mais um pouco de vinho e tomei coragem.

— Acho que ele queria me humilhar, e é isso que está me deixando louca. Como ele se atreve? Ele matou tudo o que eu sentia por ele quando arrumou uma amante, mas agora reavivou algo que eu nem lembrava mais. Uma raiva homicida que me deixa sem fôlego.

— É difícil julgar as ações sem conhecer todo o conteúdo, Luna — ele falou com delicadeza.

— Sério, Dante? Você acredita mesmo nisso? Há alguma razão nesse mundo que explique uma traição? Por que não dá pra simplesmente ser sincero e terminar antes de sair por aí transando com quem bem entender?

— Na teoria soa muito bem, mas na prática é tudo muito complicado — ele argumentou, tranquilo.

— Você traiu a Alexia alguma vez?

— Não — respondeu, sem hesitar.

— Ela te traiu?

— Não que eu saiba.

— Bom pra vocês. Eu nunca traí o Igor, mas ele me traiu várias vezes antes de eu descobrir o canalha que ele era. Quer saber como me senti? Tem ideia de como é difícil olhar para alguém que você ama e saber que esse alguém esteve com outra pessoa? Como dói saber que você não é o bastante?

Ele pigarreou, se movendo no degrau, parecendo desconfortável.

— Eu só quis dizer que talvez ele tenha tido um motivo para fazer o que fez. Ainda que seja um motivo ruim.

— Como o quê? Ficou louco de tesão pela vizinha e não pôde se conter?

Ele se virou para me encarar no mesmo instante. Alguma coisa brilhava em seus olhos.

— Você fala como se isso não fosse possível.

Eu corei e desviei o olhar, sabendo muito bem no que ele estava pensando.

— Me responde com sinceridade, Luna — ele prosseguiu. — Se você estivesse comprometida na noite em que nos encontramos no hotel, acha que as coisas teriam sido diferentes?

— Mas é claro que sim! Pra começar, eu não teria ficado ali bebendo toda a vodca do bar. Então nunca teria ficado tão doida a ponto de ir pra cama com voce.

Ele estava sério, sem traços de brincadeira ou irritação, como das outras vezes em que tocamos no assunto, me deixando ainda mais constrangida.

— Você não estava bêbada na quarta passada — ele salientou.

— É diferente, Dante.

— Diferente como?

— Eu sou solteira! Não tenho ninguém para quem voltar depois, cheia de remorso. E você também tá solteiro. O que aconteceu entre nós foi... eu não quero falar sobre isso agora, tá legal? Acabo de ser convidada para o casamento do meu ex por uma noiva cínica que se divertiu muito com a minha cara. Já tenho coisas demais para encher minha cabeça. Por favor, Dante, me ajuda!

— Ajudo. Só me diga como. — E sua expressão era tão franca, tão gentil, como se realmente estivesse disposto a tudo para me ajudar.

— Eu quis dizer me ajuda no sentido de deixar isso pra lá — expliquei.

— Se vai te fazer se sentir melhor, então já esqueci o assunto.

— Obrigada.

O garoto da entrega surgiu ao pé da escada com a grande mochila quadrada nas costas. Tateei os bolsos procurando o dinheiro para pagar pela pizza, mas não encontrei nada.

— Merda. Deixei o dinheiro em casa. Eu já vol...

Dante tocou meu braço, me impedindo de levantar.

— Eu pago.

O garoto me entregou a pizza, e Dante lhe deu o dinheiro e uma gorjeta bastante generosa antes de voltar a se sentar ao meu lado, só que dessa vez bem mais perto. O cheiro de tomate e manjericão fez meu estômago roncar. Abri a caixa e hesitei, olhando para Dante.

— Normalmente não divido comida — falei. — Mas como foi você quem pagou, acho justo que coma também.

Ele me mostrou um sorriso daqueles que fazia meu coração idiota errar uma batida.

— Muito obrigado por abrir uma exceção. Eu estou faminto e não vou recusar. — Ele pegou um pedaço de pizza e o queijo esticou, formando uma teia fina, até se desprender. Então mordeu a ponta do triângulo saboroso e fechou os olhos.

— Margherita. Minha favorita.

Apesar da aparência desleixada, eu sabia que Dante era um homem refinado, mas ali ele não era Dante Montini, redator-chefe renomado que tentava salvar uma revista da falência. Era um cara comum, comendo pizza com a mão, ao lado de uma garota em meio a uma crise de baixa autoestima. Comecei a comer e, em minutos, me senti melhor. Comida sempre tinha esse efeito sobre mim.

— Aposto que a sua mulher ia ter uma síncope se te visse agora. — Mastiguei a borda crocante do meu terceiro pedaço. Dante já estava no quarto. — Ela tem jeito de ser bem enjoada.

— A Alexia não era minha mulher. Era minha namorada. Mas ela teria mesmo um ataque e, como sempre, acabaria com todo o meu prazer em comer. "Dante, você sabe quantas calorias tem essa azeitona?" — ele a imitou. — "Sei, Alexia, você já me falou o valor calórico de todos os alimentos encontrados na Terra mais de mil vezes."

— Sério? — Franzi o cenho. — Todos?

— Todos! — frisou, com uma expressão de causar pena. — Comidas, bebidas, até alguns remédios que contêm açúcar na fórmula. Um inferno. Digamos que, a essa altura, eu seja praticamente um nutricionista. Pode me testar.

— Quantas calorias tem um pedaço desses? — Peguei o último de dentro da caixa e já o levava a boca quando Dante disse:

— Quatrocentas e oitenta, em média.

— Cada um? — Arregalei os olhos, chocada, largando a fatia na caixa como se estivesse envenenada.

Ele concordou com a cabeça.

— Talvez um pouco mais. Essa pizza está caprichada. Você precisa me dar o telefone desse lugar.

— Talvez mais... — repeti atordoada.

Três pedaços, quatrocentas e oitenta calorias cada. Mil quatrocentas e quarenta calorias só no jantar... Meu Deus!

Peguei a garrafa e a levei aos lábios.

— O vinho, por exemplo — ele seguiu dizendo. — A garrafa tem mais ou menos mil e seiscentas calorias. O que dá umas trezentas e vinte por taça.

— O quê?! — Quase cuspi a bebida na cara dele.

— Incrível, né? E sabe o que isso tudo significa pra mim? Nada. Era uma chatice ter que ouvir valores quando tudo o que eu queria era comer em paz. — Dante lambeu os dedos e esticou o braço para pegar a garrafa, que entreguei a ele, completamente entorpecida. — A Alexia mal toca na comida. Ela vive de dieta. É um alívio poder jantar com uma garota que não dá a mínima para essas coisas, que não liga para o próprio peso. Você vai querer esse último pedaço?

Chocada, tentei fazer as contas, mas acabei desistindo ao perceber que quem tomara a maior parte do vinho tinha sido eu. E *não liga para o próprio peso*?! O que ele quis dizer com isso?

— Não. Pode ficar — resmunguei, sem emoção.

Ele não hesitou, e eu me esforcei para não grunhir ao vê-lo devorar o último pedaço da pizza. Mas que opção eu tinha? Algo muito parecido a insegurança — só que pior, bem pior — se espalhou por mim. Levei a mão à barriga, encolhendo-a para parecer mais esbelta. E de que adiantaria? Dante já tinha me visto sem roupa, e, nua, uma mulher não consegue esconder nada. E ele vivera com Alexia, provavelmente conhecia cada centímetro do corpo esbelto dela. Perto da top, eu devia parecer um elefante. Um dinossauro! Talvez por isso ele tenha trazido o assunto à tona.

Ah. Meu. Deus.

Eu precisava começar uma dieta! Uma daquelas que me fariam perder uns... quinze quilos em oito horas.

Dante lambeu os dedos quando terminou e arrematou o que sobrara do vinho.

— Esse foi, sem dúvida, o melhor jantar que tive nos últimos tempos. Na próxima vez, talvez a gente pudesse ter mais acessórios, como talheres, guardanapos e cadeiras. E velas. Seus olhos devem ficar ainda mais lindos sob a luz de velas.

Ah, por que é que ele tinha que ser tão adorável quando eu me sentia tão vulnerável? Igor nunca fora gentil como Dante. Aliás, nenhum homem jamais fora gentil assim comigo. Por que tinha que ser ele? E por que ele tinha que ser meu chefe?

Um soluço me escapou dos lábios antes que eu pudesse detê-lo. Mãos pesadas pousaram sobre meus ombros e isso foi o que bastou para que tudo aquilo que eu estava represando estourasse. Girei e afundei a cabeça no pescoço de Dante, deixando que as lágrimas molhassem sua camiseta.

— Vem cá, Luna. — Ele me puxou até me acomodar em seu colo, um braço me envolvendo protetoramente pelos ombros, a mão acariciando meus cabelos de forma tão doce que me fez chorar ainda mais.

— Por que ele tinha que me mandar aquele convite? — gemi. — Por que tinha que ser tão...

— Idiota? — Dante tentou.

— É! Por que ele não pode me deixar em paz? Que tipo de doente ele é, que gosta de perturbar as pessoas desse jeito? Droga! Eu me senti tão...

— Humilhada?

— Para de completar as minhas frases! — censurei, encostando a testa em seu pescoço. Seu cheiro era tão bom que eu poderia ficar ali para sempre. — O Igor não precisava se dar o trabalho de me mandar aquele convite para deixar claro que queria casar sim, mas não comigo. Não que eu fosse aceitar se ele me pedisse nem nada, mas ele nunca nem cogitou a hipótese! Aí aparece essa Tatiana, ele resolve casar com ela e esfrega isso na minha cara como se dissesse: "Tá vendo, o problema era você. Sempre foi você".

Arregalei os olhos ao me dar conta do que estava dizendo. Que inferno! Eu estava falando como a Sally, do Harry. Sabrina gostava tanto daquele filme que eu já perdera as contas de quantas vezes tínhamos visto aquela comédia romântica boba. Eu ia parar com aquilo e só veria filmes de ação. De preferência aqueles em que muitas coisas explodissem. Tipo ex-namorados safados.

— O problema não é você, Luna — Dante disse com doçura, enrolando um cacho meu em seu indicador.

— Claro que é! É só olhar pra mim agora. Que tipo de mulher fica chorando no colo do chefe?

Seu peito subiu e desceu quando ele soltou um suspiro.

— Luna...

— A Sabrina só volta amanhã, então desculpa, mas só tenho você pra me ouvir agora, mesmo não achando legal meu chefe se envolver na minha vida pessoal. Só que, como a gente já chutou o balde mesmo... — dei de ombros. — Ah, esqueci de contar o pior. Acabei de descobrir que preciso começar uma dieta urgente! Minha vida é mesmo uma droga!

Ele tocou meu queixo, inclinando minha cabeça para cima para que pudesse ver meu rosto. Ele estava sério, como eu nunca vira antes.

— Presta atenção, meu anjo. — Um arrepio gostoso percorreu minha coluna quando ele me chamou daquele jeito. — Não acho que o Igor saiba que a noiva te convidou para o casamento. Tenho a impressão de que ela é quem precisa se afirmar. A Sabrina não está, mas você pode falar comigo sobre o que quiser. Estamos fora da revista, e aqui eu não sou seu chefe. Somos vizinhos, amigos e... — Seu polegar deslizou pela minha bochecha, tentando apagar as lágrimas que escorriam. — Enfim. Se estiver se sentindo sozinha, pode ficar comigo hoje. Durmo no sofá. E não precisa me olhar com essa cara. Juro que jamais tocaria em você sem a sua permissão. É só atravessar o corredor, tá? Quanto a fazer dieta... — Ele inclinou a cabeça para que nossos olhos ficassem na mesma altura. — De onde tirou isso? Você é linda!

— Você disse que eu tô gorda!

— Eu? — Seus olhos se arregalaram atrás das lentes, genuinamente surpresos. — *Quando*?

— Agorinha, quando falou que eu não ligava para o meu peso. Ligo sim! Comparada às mulheres normais, acho que tô bem, mas você namorava a Alexia, que não só é uma das mulheres mais lindas do mundo como uma das mais magras também. — Funguei, secando o nariz com o dorso da mão. — Perto dela, sou um mamute, um zepelim, um rinoceronte cheio de frizz no cabelo! E o pior é que você me viu sem roupa! Entende como isso é humilhante? Você sempre vai pensar em mim como aquela...

Ele não me deixou terminar. Seus lábios me silenciaram. E capturaram os meus de forma tão desesperada, afoita, segura, que não tive escolha a não ser corresponder. O beijo tinha gosto de queijo, vinho e Dante, e me deixou faminta. Aquele tipo de fome que só ele despertava em mim. Deixei meu corpo se moldar ao dele. Dante se curvou sobre mim, como se quisesse me proteger e, ao mesmo tempo, me engolir.

Ele prendeu as mãos em minha cintura, temendo que eu me afastasse. Mas por que raios eu faria uma idiotice dessas? Enrosquei os dedos em seus cabelos e pressionei meu corpo contra o dele; por mais que eu já estivesse inteiramente colada a ele, não parecia o bastante. Ele soltou um gemido, fazendo os dedos dos meus pés se encolherem e minhas coxas enrijecerem. Fiquei indefesa. Eu estava em suas mãos, completamente entregue.

Acho que ele sentiu a mudança, pois o beijo, em vez de se tornar ainda mais lascivo e febril, se transformou em uma carícia delicada, quase pura, e ficou ainda melhor. Era como se Dante soubesse do que eu precisava e me desse o que eu queria. Ele me beijou lenta e profundamente, sugando meu lábio inferior, a língua brincando com a minha, as mãos me tocando de leve, sutis, enviando arrepios para o centro dos meus ossos e preenchendo meu estômago com uma sensação trêmula, fria, maravilhosa. Ele deslizava os dedos sobre minha pele, e, onde quer que tocasse, eu ganhava vida, me tornava radiante, desejada... linda.

Era isso que ele pretendia desde o início, não? Dizer, de um jeito que eu não pudesse discordar, que eu era desejável e linda para ele.

Inesperadamente, ele soltou meus lábios.

— É melhor você subir — sussurrou com a voz rouca e grave.

Eu estremeci em seu colo, desorientada, entre tantas outras coisas que era difícil nomear. Meus olhos encontraram os dele, e, apesar das lentes, senti o encanto, aquela mesma urgência que sentira nas outras vezes, pouco antes de ficarmos juntos.

— Vai, Luna, antes que eu não deixe você ir — ele alertou, passeando o polegar por meu lábio inferior ao mesmo tempo em que umedecia a boca carnuda. — Sobe. Agora.

Atordoada e instável, fiquei de pé cambaleando, magoada por ele não ter feito nenhum movimento para me deter. Eu estava confusa, não sabia ao certo o que queria — ou talvez soubesse, mas não queria admitir —, uma miríade de emoções e sensações me açoitava de uma vez.

O tempo todo, Dante manteve os olhos em mim, o que só dificultava minha tentativa de encontrar discernimento e dizer algo inteligente e espirituoso para quebrar a tensão violenta que pulsava entre nós. Mas fui incapaz, então apenas o fitei por um instante e lutei contra a urgência de voltar para o calor de seus braços. Obriguei meus pés a se moverem, indo para longe daquele homem que era um poço de contradições e sendo invadida por um sentimento de perda tão terrível que não sei ao certo como consegui continuar me afastando.

25

De volta ao apartamento, perambulei em frente ao guarda-roupa sem saber o que vestir. Nada parecia bom o bastante, sobretudo depois da visita da Tatiana e da situação com Dante no corredor. Eu não estava nada bem.

Fui para a cozinha preparar um suco de maracujá e lutei contra a tentação de acrescentar um pouco de vodca. Eu despejava a bebida no copo quando a porta da frente bateu.

— Sá?

— Sou eu — veio a voz da minha amiga. Larguei o copo do liquidificador sobre a mesa de fórmica azul para ir a seu encontro, mas ela foi mais rápida e surgiu sob o umbral da porta.

— Ei, pensei que só fosse voltar amanhã.

Ela entrou na cozinha, me deu um beijo rápido e se largou na cadeira, puxando uma revista.

— Surgiu um imprevisto, uma reunião de última hora com um cliente importante. O Lúcio não conseguiu cancelar.

— Que pena, mas e aí? Você se divertiu? — Abri o armário em busca do adoçante que eu sabia que tinha ali, em algum lugar.

— Demais. Foi um fim de semana perfeito. Pena que acabou mais cedo.

Encontrei o vidrinho e, com um suspiro desanimado, desenrosquei a tampa e despejei algumas gotas no suco.

— O que você tá fazendo?! — Sabrina perguntou, horrorizada, erguendo os olhos do exemplar da *Casa Vogue*. — Por que tá usando meu adoçante? Você detesta essa coisa.

— Pois é, mas... Sá, você acha que eu tô gorda?

— Você tá ótima, linda como sempre.

— Mas uma linda magra ou gorda? — insisti.

— Uma linda normal. Nem uma coisa nem outra.

— Então gorda! — gemi, me largando na cadeira e apoiando a testa no tampo da mesa. — Não acredito que não me dei conta disso antes. Quer dizer, dá uma olhada nas modelos das revistas! Você acha que elas nasceram magras assim? Acha que *comem* de verdade? Elas, no máximo... cheiram a comida!

— Do que é que você tá falando, Luna?

— Preciso emagrecer pelo menos uns... dezoito quilos! — Levantei a cabeça.

— Você ficou doida? — Ela fechou a revista e me encarou. — Se emagrecer *quatro*, vai parecer magra demais.

— E existe magra demais, Sá?

Ela franziu o cenho, meditando.

— Tem razão — cedeu, pegando o suco e dando um gole. — Mas você tá linda assim. Para de se preocupar com isso, é perda de tempo.

— Não é, não! Eu comi quase meia pizza agorinha e tomei mais da metade de uma garrafa de vinho. Vinho engorda pra caramba! Até mais que pizza!

Minha amiga riu de leve.

— Não acredito que você comeu antes de ir para um encontro. Você precisa parar com isso. E vinho não engorda nada.

— É claro que engorda — insisti. — Cada garrafa tem mais de mil e seiscentas calorias. Isso é quase o valor do que eu devia comer em um dia! E eu tomo fácil, fácil, duas garrafas.

— Você endoidou. Uma garrafa tem pouco mais de seiscentas e cinquenta calorias.

— Não! São mil e seiscentas! — teimei.

Ela revirou os olhos, bufando.

— Luna, uma taça de vinho tem um pouco mais de calorias que um iogurte.

E, pelo modo como ela falou, segura e tal, titubeei.

— Tem certeza? — Dante era perito no assunto, já que teve como mestre a deusa da magreza, também conhecida como Alexia *Pele e Osso* Aremberg. Ele não podia ter se enganado tanto assim.

— Esqueceu que fui cheinha até os quinze anos? Fiz dieta por quase dois anos para perder quinze quilos. Pode acreditar em mim, você não tá gorda e vinho não engorda.

— Mas... eu não entendo. O Dante disse que cada garrafa de vinho tem mil e seiscentas calorias. E que cada fatia de pizza tem em média quatrocentas e oitenta. Ele conhece o assunto. A mulher... ex-mulher... ex-namorada dele..

— Ele se enganou — ela me interrompeu, retomando a leitura.

— Não, ele não se enganaria. A menos que... — Tivesse algum motivo. Algum que valesse a pena. Como... como... — Aaaah, aquele cretino! — Bati a mão na mesa, fazendo o suco de maracujá com adoçante (*eca!*) sacudir e espirrar sobre o tampo. — Vou matar aquele ladrão de comida mentiroso!

— Quem? — Sabrina perguntou, me fitando confusa.

Mas, tudo bem, *eu* tinha entendido tudo, e ia acabar com o Dante. Bem lentamente.

Atravessei o corredor sem enxergar nada, ouvindo de longe algo que Sabrina começou a dizer. Parecia muito com "você não tem que se arrumar?". Sim, eu tinha, mas primeiro eu acertaria as contas com Dante.

Ergui a mão para socar a porta dele com força, mas, antes que eu pudesse fazer isso, ela se abriu, e Dante, falando agitado e com pressa ao celular, colidiu comigo. Madona estava em seu colo e ganiu com o encontrão.

— Já estou indo. Me espera, por favor! — falou ele, antes de desligar.

— Você é desprezível! — comecei. — É um mentiroso, cretino, e eu nunca mais...

— Tudo bem, sou tudo o que você disser. — Ele me entregou Madona e a mochila preta que usava todos os dias. — Coloca ela aí dentro. — E voltou para a sala caótica, pegando os capacetes sobre a mesa de centro.

— Por que eu colocaria a Madona aqui dentro? — E então olhei para a cachorrinha. O focinho e as patas dianteiras estavam pintadas de azul-royal. — Meu Deus! O que você fez ago... Aaaaah! — Ele me puxou pela mão, me arrastando, e começou a correr em direção às escadas.

— A Madona comeu minha caneta Pilot. Encontrei todas as partes do que ela foi um dia, menos a tampa. Acho que ela engoliu — ele explicou, sem diminuir o passo.

— O quê?!

— Já liguei para a veterinária do meu cachorro. Ela está indo para a clínica. Vai esperar a gente lá.

Olhei para a Madona, tão quietinha que nem parecia a cachorra que fazia um pequeno show ao menor ruído no corredor. Engoli em seco.

— Dante, ela pode... pode...

— Eu não sei — murmurou, aflito. — Ela parece estar respirando normalmente, mas não sei, Luna.

Ele corria tão rápido que me fez tropeçar várias vezes, e eu só não caí porque ele segurava minha mão com força. Assim que chegamos à calçada, ele me soltou e colocou o capacete. Eu acomodei Madona dentro da mochila, fechando o zíper e a prendendo lá dentro, deixando apenas sua cabeça de fora. Em seguida, passei as alças pelos ombros, acomodando a bolsa sobre a barriga. Madona tentou lamber meu rosto. Fiz um carinho em sua cabecinha, num gesto para assegurar a ela — e a mim — que tudo ficaria bem.

Dante se virou para me ajudar com o capacete e, assim que terminou, subiu na moto e deu a partida. Subi logo em seguida, dessa vez sem hesitar, passei um braço na cintura dele e, com a mão livre, prendi a Madona contra o peito. Dante arrancou. Tão rápido que meu cérebro não conseguiu registrar o movimento de imediato. A pizza ameaçou voltar, mas obriguei meu estômago a ignorar a náusea e meus olhos a fechar. Era assustador ver os faróis vindo ao nosso encontro.

Ele pilotou como um alucinado, mudando de faixa o tempo todo, nos espremendo entre os veículos, costurando como um camicase. Eu segurava Madona e a cintura de Dante cada vez com mais força, tentando me manter no lugar conforme ele fazia curvas muito fechadas e a moto se inclinava demais.

Vinte minutos depois, estávamos do outro lado da cidade. Ele estacionou na calçada, desceu rápido, me ajudou a saltar e retirou meu capacete. Eu estava pronta para correr quando ele tomou meu rosto nas mãos e olhou bem dentro dos meus olhos.

— Você está bem?

— Não fui eu que engoli uma tampa. Vamos logo!

Ele assentiu, liderando o caminho com passos acelerados. Foi entrando no sobrado todo iluminado e chamando por Nicole. Eu tratei de pegar a cachorrinha dentro da mochila. Uma mulher bonita, na casa dos quarenta anos, pequena, os cabelos e a pele marrom contrastando com as roupas claras e elegantes, surgiu.

— Vamos levá-la até a sala de exames — a veterinária falou.

Eu os segui, entrando em uma das saletas, onde tudo era verde. Dante pegou Madona dos meus braços com muito cuidado, como se a cachorrinha fosse a coisa mais preciosa do mundo, e a colocou sobre uma bancada de madeira branca com o tampo de inox.

Nicole calçou luvas de borracha, abriu sua maleta preta e se aproximou de Madona, que no mesmo instante se pôs a latir e rosnar. Dante tentou mantê-la quieta, mas não foi nada fácil. Por fim, ele segurou o focinho dela contra a bancada, trancando as pequenas mandíbulas, e conseguiu deitá-la de lado.

— Há quanto tempo ela pode ter engolido a tampa? — a veterinária perguntou.

— Não sei. Eu a encontrei gemendo quando cheguei em casa, aí vi que ela estava toda manchada e entrei em pânico.

A mulher assentiu e começou a examinar a cadelinha. Madona se contorceu toda, gemendo, assim que Nicole apalpou sua barriga.

— Não consigo sentir o objeto. Acho melhor levá-la ao raio x, mas vou ter que sedá-la.

Dante inspirou profundamente, como se Nicole tivesse acabado de dizer que precisaria amputar uma pata da cadelinha.

— Tudo bem — ele falou, por fim. — Faça tudo o que achar necessário para que ela fique bem.

Nicole já tinha um frasco nas mãos e uma seringa pronta para aplicar o anestésico.

— Vou fazer. Fique tranquilo.

— Vai ficar tudo bem, menina — Dante falou em voz baixa, brincando com uma das orelhas de Madona. — Você vai dormir só um pouquinho para a doutora cuidar de você. Vou estar aqui quando acordar.

Um nó se fechou em minha garganta. Dante falava com tanto carinho, com tanto... amor, que me peguei pensando na sorte que Madona tinha. Nunca nenhum homem — além do meu pai e, raras vezes, meu irmão — falara comigo daquele jeito. Tudo bem que eu nunca engoli uma tampa de caneta, mas mesmo assim, eu queria aquilo também.

Então me dei conta de que um homem tinha sim agido daquela maneira comigo, e naquela mesma noite, nas escadas. E esse homem por acaso estava bem na minha frente.

Madona relaxou segundos depois que o sedativo foi aplicado. Os ombros de Dante ficaram tensos no mesmo instante. Nicole pegou Madona, toda molenga, a língua para fora, com extrema delicadeza e profissionalismo e avisou que voltaria assim que terminasse com as radiografias.

A porta se fechou, Dante apoiou as mãos na bancada, deixando a cabeça pender para frente, parecendo desolado. Fui até ele, pousei a mão em seu ombro, querendo retribuir um pouco do conforto que ele me dera mais cedo.

— Isso não podia ter acontecido — murmurou.

— Ei, não fica assim, ela vai ficar bem. Acidentes acontecem.

Dante sacudiu a cabeça, discordando.

— Eu não devia ter deixado minha mochila no chão. A Madona adora descobrir novos brinquedos. Eu devia ter imaginado que ela ia fuçar.

— A Nicole vai cuidar dela. Fica calmo. — Deslizei a mão para cima e para baixo em suas costas, e ele pareceu relaxar um pouquinho.

— Obrigado por vir comigo. — Ele se virou e agarrou minha mão, apertando-a de encontro ao peito. Havia angústia, gratidão e algo que não consegui identificar em seu semblante.

— E como é que eu ia gritar com você por ter me enganado se não viesse junto? — brinquei, querendo distraí-lo.

Ele me observou por um momento e um brilho divertido varreu um pouco da amargura em seu rosto.

— Gritar comigo?

— Você me enganou! — acusei. — Roubou o último pedaço da minha pizza. Eu queria muito aquele pedaço, sabia?

— É mesmo? E por que não lutou por ele? — Sem parecer se dar conta, ele começou a brincar com a ponta dos meus dedos, ainda aprisionados em seu peito.

— Porque você usou golpe baixo! Veio com aquela conversinha de calorias só pra eu te deixar ficar com a pizza. Eu nunca imaginei que você pudesse ser tão... tão...

— Esperto, astuto e bonito pra cacete? — Ele arqueou uma sobrancelha.

Fiz o que pude para não rir.

— Safado, enrolador e desonesto! — contrapus. — Você me fez ficar encucada com o meu peso! É muita crueldade, Dante!

— Pensei que eu tivesse deixado claro tudo o que penso a respeito do seu peso. — Dessa vez, não havia zombaria em seu tom de voz.

— Pois não deixou. Sabe o que fiz quando cheguei em casa? Coloquei adoçante no suco. Aquilo é horrível! Eu nunca vou te perdoar por isso.

— Nem se eu te levar pra jantar numa pizzaria que serve a margherita mais deliciosa da cidade? — Ele ergueu minha mão, levou-a até a boca e mordiscou a ponta do meu polegar. Um arrepio agradável percorreu minha coluna.

— Nem assim... — respondi, sacudindo a cabeça, mas mudei de ideia. — Deliciosa do tipo absurda, ou indecente?

— Indecente — ele me assegurou, assentindo firme.

Olhei para ele desconfiada.

— Você tá me convidando pra sair, Dante?

— E se estiver? — desafiou, entrelaçando nossas mãos.

E se ele estivesse? Bom, as coisas começariam a ficar um pouquinho mais complicadas do que já estavam.

— Seria muita cara de pau da sua parte — falei —, já que eu sei que você é um exímio ladrão de pizza.

— Isso não foi um não. — Ele sorriu de leve.

— Também não foi um sim.

— Vamos, Luna. Só uma pizza entre amigos. Sábado que vem, às oito. O que me diz?

Jantar com Dante. Quem sabe beber uma garrafa ou duas de vinho. Depois voltar com ele para casa, já que morávamos no mesmo prédio. Provavelmente eu ficaria um pouco alta. Tudo bem, esquece o provavelmente. Eu *ficaria* bêbada. E talvez ele me olhasse daquele jeito que fazia coisas explodirem dentro de mim antes que eu pudesse entrar em casa, e então a pizza se transformaria em um café da manhã regado a gritos histéricos.

— Eu digo que você ficou louco — falei por fim, me desprendendo dele.

O sorriso se tornou maior.

— Isso *ainda* não é um não.

— Me dá um bom motivo pra sair com você. — Cruzei os braços.

— Me dá um bom motivo para não sair comigo. — Ele imitou minha postura.

— Tá bom. — Descruzei os braços e comecei a contar. — Número um: você é meu chefe. Número dois: a gente não dá certo junto. Número três: você me fez pensar que eu estava gorda só pra comer minha pizza. Número quatro: você gosta de me ver fazendo papel de boba...

— Você pode fazer melhor que isso. — Ele fixou os olhos intensos nos meus, me provocando. — Essas desculpinhas são fracas demais. Nem você acredita nelas. Posso sentir.

— Mas são verdadeiras! Além disso, por que você ia querer me levar pra jantar? A gente mal consegue ficar dois minutos sem começar a discutir por qualquer coisinha.

— Porque, inexplicavelmente, eu gosto de como me sinto quando estou com você.

— Irritado e mal-humorado?

— Não. — Ele deu risada e relaxou a postura, se apoiando na bancada. — Eu me sinto de muitas formas com você, mas, se fosse escolher uma única palavra para definir, eu diria que me sinto vivo. E gosto de me sentir assim. Então gosto de estar perto de você e, por consequência... gosto de você.

Engoli em seco. Além do que ele me dizia, seus olhos estavam grudados nos meus, e, mesmo com as lentes no nosso caminho, senti aquele impulso de me lançar sobre ele. Não tive tempo de falar nada — o que foi bom, já que eu não sabia o que dizer —, pois a porta se abriu e a veterinária entrou, exibindo um largo sorriso.

— Boas notícias! Não há nenhum objeto estranho dentro da sua cadelinha. Só um pouco de tinta. Vou dar um remédio para o estômago, e talvez ela queira comer um pouco de grama quando se sentir melhor. Ela vai ficar bem.

Dante e eu suspiramos, aliviados, ao mesmo tempo. Ele passou um braço em minha cintura, me puxando para perto, deixando a cabeça tombar em meu ombro.

— Graças a Deus — ele sussurrou, tão baixinho que quase não consegui ouvi-lo.

Ainda me mantendo presa a lateral de seu corpo, ele se aprumou e agradeceu à veterinária.

— Não imagina o alívio que estou sentindo agora.

— Posso imaginar — Nicole disse. — Trabalho com animais há vinte anos. Já faz um tempo que entendi o que eles significam para as pessoas. Muitas vezes, são nossa única família.

Dante assentiu, uma mão ao redor da minha cintura, a outra subindo e descendo sem pressa por meu braço. Não sei ao certo qual era sua intenção, me confortar ou se confortar por meio daquele contato. Surpreendentemente, eu não queria que ele parasse.

A veterinária sorriu para mim em expectativa.

— É um prazer finalmente conhecê-la, sra. Montini.

— N-não. Não sou a.... — corei, me desprendendo de Dante com relutância.

— Não existe uma sra. Montini — ele se apressou. — Essa é minha... amiga, Luna Braga.

— Ah, me perdoe. — Nicole exibiu um sorriso constrangido. — É que eu nunca conheci a mulher do Dante. Sempre que ele e o Magaiver aparecem, estão sozinhos.

— A Alexia não é exatamente amante dos animais — ele resmungou, fazendo uma careta e metendo as mãos nos bolsos da calça.

— Bom — Nicole pigarreou —, vou cuidar da maltês antes que passe o efeito do sedativo. Ela é bem agitada.

Dante revirou os olhos.

— Acho que a Madona está possuída por algum espírito maligno. É a única explicação para a maneira como ela se comporta.

— Cachorros de pequeno porte são mais agitados, só isso. Volto já. — Ela nos deixou sozinhos de novo, fechando a porta sem fazer barulho depois de passar por ela.

— Qual a raça do seu cachorro? — perguntei a Dante, curiosa.

— Um labrador, calmo e bonzinho, que não come os artigos da minha equipe nem meu material de trabalho, apenas ração. — Ele suspirou, e eu pude sentir toda a sua frustração, raiva e saudade.

— Lamento muito que a Alexia tenha sequestrado o Magaiver.

Ele acabou rindo.

— Bela escolha de palavras.

— Você entendeu o que eu quis dizer. Agora, voltando à Madona, que não é um labrador calmo e bonzinho, acho que você devia dar um jeito no apartamento. Deixar tudo jogado pode ser perigoso pra ela. Ela é curiosa e gosta de mastigar... coisas.

— É, eu já tinha pensado nisso. Vou dar uma geral por lá assim que voltarmos. Quer dizer, depois de levá-la a algum parque para comer um pouco de grama. Se você não se importar.

Algo nos confins da minha mente tentou emergir, mas minha cabeça estava uma confusão só. E não ajudava em nada o Dante me lançar aquele olhar profundo e cheio de expectativas, roubando meu raciocínio.

— Tudo bem. — Dei de ombros, enfiando as mãos nos bolsos traseiros do meu jeans.

Os olhos de Dante escorregaram por meu corpo no mesmo instante, se detendo na parte de cima do meu tórax. Meu sangue esquentou e cruzei os braços, querendo romper com aquela atração irritante entre nós. Não funcionou. A coisa pareceu ganhar mais vida e se tornar uma presença física na sala de exames.

Os lábios de Dante se esticaram naquele sorriso meio torto e um tanto satisfeito.

— Que foi? — perguntei. — Por que tá sorrindo assim?

— Você não vai querer saber — ele alertou, com os olhos subitamente inflamados.

Após quarenta minutos de espera, Madona estava de volta, um pouco sonolenta, mas bem, apesar das manchas azuis no focinho e nas patas dianteiras. No caminho de volta, paramos em uma pracinha parcamente iluminada, perto da clínica, e caminhamos com ela por um tempo. Como a veterinária havia alertado, Madona se fartou com folhas de grama até cansar — ou se sentir melhor —, e então a levamos para casa.

Dante foi para o seu apartamento e eu fui para o meu, para contar a Sabrina o que tinha acontecido. Como ela não estava em casa, deixei um bilhete na geladeira, prendendo-o com um ímã de pinguim, avisando onde eu estava caso ela precisasse de mim.

Atravessei o corredor e fui entrando sem bater, mas me detive assim que abri a porta. Dante estava deitado no chão — no único espaço que não tinha entulho —, e Madona pulava sobre ele. Dante a perturbava, pegando-a pelas orelhas e cobrindo seus olhinhos com elas. Ele riu de um jeito livre e despreocupado quando ela se desvencilhou de sua mão grande e o lambeu no queixo.

Eu cruzei os braços, me recostando no batente, e clareei a garganta.

— Luna, ei! — Ele se sentou apressado. — Eu estava... humm... vendo se ela... ééééé... — E coçou a cabeça.

— Estava possuída por um espírito maligno? — ajudei.

— Muito engraçado. — Ele colocou a cachorra de lado e ficou de pé, passando as mãos pelos cabelos despenteados e alisando a camiseta. — Estava vendo se os reflexos dela estão normais depois da sedação. E estão, caso queira saber. Mas parece um pouco cansa...

— Madona, não! — Eu corri até ela, já parcialmente dentro de um saco de Doritos jogado no chão, e a peguei no colo. — Você disse que ia arrumar a bagunça.

— E vou! — Ele olhou em volta com a testa franzida e coçou a nuca outra vez. — Por onde eu começo?

Revirei os olhos.

— Pelo começo. Mas acho melhor você deixar a Madona trancada em um lugar seguro. Eu te ajudo a arrumar essa zona.

— Isso seria... legal demais! — Ele exibiu um meio-sorriso.

— Disse que vou ajudar, não que vou fazer o trabalho por você — esclareci.

— Eu sei, eu sei. E é ótimo mesmo assim! Deixa só eu olhar como a lavanderia está.

Ele desapareceu na cozinha e praguejou segundos depois. Eu ri, ainda com Madona no colo, pensando se seria possível remover aquela tinta azul dos pelos brancos. Beatriz teria um ataque se a visse assim.

A barulheira vinda da lavanderia não era nada animadora, de modo que me acomodei no sofá, ainda com a cachorra nos braços, e esperei. Quinze minutos depois, Dante anunciou que estava tudo em ordem. Ele tinha colocado todos os produtos de limpeza no alto, sobre o armário de vassouras, e tudo que restara no chão eram as tigelas com ração, água fresca e a grande almofada púrpura. Eu sacudi a cabeça em aprovação e coloquei Madona sobre as próprias patas. Ela tomou um pouco de água e cheirou a almofada antes de se acomodar nela.

— Certo — Dante disse ao fechar a porta que separava a lavanderia da cozinha. — Acho que agora podemos fazer tudo com calma.

— Por onde quer começar?

— Pela sala, eu acho. É o mais crítico.

— Fico aliviada em ouvir isso.

Nós nos dividimos nas tarefas. Ele varria o chão e eu separava em sacos plásticos o que era lixo, roupa suja ou material de trabalho espalhados por todo lado. Dante tinha feito uma tremenda bagunça.

Incrivelmente, ele conseguiu deixar o chão limpo muito antes de eu terminar de recolher tudo, então avisou que seguiria para o quarto. Permaneci na sala. Por mais que eu tivesse oferecido ajuda, seria preciso muito mais que uma zona de guerra disfarçada de roupas sujas para me fazer entrar naquele quarto com Dante.

Acabei minha tarefa meia hora depois, deixando apenas um móvel coberto de entulho. Dante me encontrou ali, um saco cheio de roupas sujas nos braços.

— Achei. — E me mostrou a tampa roída da Pilot.

— O que eu faço com o Lego? — perguntei.

Ele deu risada.

— Não é Lego. É Revell.

Analisei as pecinhas com atenção.

— Pra mim parece Lego.

— Mas não é. — Ele deixou o saco de roupas sobre o sofá e seguiu até a mesa de jantar, se posicionando bem ao meu lado. — É plastimodelismo. Construir miniaturas idênticas a tanques de guerra, carros, aviões, motos originais...

— Ah, entendi! Igual Lego.

Ele bufou.

— Lego nem chega perto da precisão e da riqueza de detalhes. Olha isso aqui — Ele pegou uma peça branca que se parecia... bom, com uma pecinha de Lego. — Tá vendo os detalhes na parte da frente desse Mosquito? Aqui é o canhão. Fica no nariz da aeronave. Foi construída durante a Segunda Guerra Mundial, e, como metal era raro na época, os canadenses a construíram quase que totalmente de madeira. Mais de mil Mosquitos foram produzidos e incorporados às frotas canadense e britânica. Esse aqui é um Mosquito FB XVII. Além da metralhadora calibre trinta, contava com um canhão de cinquenta e sete milímetros, capaz de fazer um grande estrago, e um sistema, genial para a época, que o recarregava em apenas vinte segundos... Por que está me olhando com essa cara?

Pisquei, atônita demais para fazer qualquer outra coisa.

— Como você sabe tudo isso?

Ele deu de ombros.

— Jornalista, lembra? E eu gosto de coisas rápidas. E que graça teria montar um avião sem conhecer a história dele?

— Que graça teria... — repeti, pegando uma peça que se parecia muito com um microlápis.

É claro que eu sabia que Dante era culto. O que eu não fazia ideia é que ele pudesse ser tão interessante e fascinante como demonstrava cada vez que abria a boca.

— Surpresa? — Ele encostou os quadris à mesa, apoiando as mãos no tampo.

— Você acreditaria se eu dissesse que não exatamente? — Coloquei o lápis de volta no lugar.

Ele franziu a testa, as sobrancelhas unidas.

— Não fazia ideia que você gostava de brincar de Lego — expliquei. — Mas, de certa forma, se eu tivesse de pensar em um passatempo pra você, seria algo desse tipo. Que acrescenta alguma coisa além de divertir. Você é esse tipo de cara. Que faz a gente querer ser uma pessoa mais bacana e inteligente.

— A gente quem? — perguntou em voz baixa.

— Eu — me ouvi dizendo.

Suas feições suavizaram por um breve instante antes de se tornarem rígidas, mas não de um jeito ruim. Era como se determinação e desejo se misturassem e tomassem o controle. Engoli em seco quando aquele olhar predatório apareceu e grudou em meus lábios.

Ai, não!

— Você é a única pessoa com quem quero falar nos últimos tempos — ele murmurou, se aprumando e se aproximando, até meu ombro se alojar em seu peito firme. — Tudo o que sai da sua boca me fascina.

Então aconteceu de novo. Nossos lábios se encontraram e aquela força estranha que me empurrava para ele me fez agarrar seu pescoço largo como se minha vida dependesse dele. Dante parecia guiado pela mesma energia, me apertando, me engolindo com insensatez e abandono, fazendo a sala ao meu redor desaparecer. Ele se inclinou sobre mim, me fazendo encostar na mesa. Bem longe, ouvi o ruído de algo caindo no chão.

Dante pressionava o corpo contra o meu, mordiscando meu queixo. Minhas mãos agiram por vontade própria e o ajudaram a se livrar da camiseta. A pele clara reluziu sob a luz fluorescente, me deixando faminta para saborear cada centímetro dela.

Seus dedos ágeis, dentro da minha blusa, me fizeram revirar os olhos e esfregar ainda mais meu corpo contra aquelas mãos quentes. Eu gemi, e Dante mais uma vez cobriu minha boca com a sua, tornando tudo muito sério, me levando ao limiar entre o delírio e a total insanidade.

Mas, sem qualquer aviso, ele se afastou, e eu solucei algo que pareceu um lamento. Arfando e cega de desejo, lutei contra a nuvem turva da luxúria para entender o que havia acontecido e encontrei Dante a menos de um passo. O peito amplo e definido subia rápido demais, nu, em um convite descarado para que eu o tocasse. Levantei os olhos e encontrei seu rosto contorcido, em uma luta de vontades.

— O que você quer, Luna? — ele falou, com a mandíbula trincada, os olhos fixos nos meus.

Seu tom de voz conseguiu perfurar aquela névoa e alcançar minha parte racional, me fazendo entender seu distanciamento repentino. Ele não queria que eu me entregasse para depois fazer uma cena proclamando aos quatro ventos como me sentia revoltada por ter ido para a cama com ele. Ele queria uma resposta clara, que não deixasse dúvidas. Dante estava me deixando ir embora, estava me dando a chance de não cometer o mesmo erro. Só que...

— Quero ficar com você — sussurrei.

Ele estremeceu de leve, voltando para junto de mim, mas tomou cuidado para que nossos corpos não se tocassem.

— Ficar comigo de que jeito?

Empinei mais a cabeça para olhar dentro de seus profundos olhos castanhos. Pelo jeito como cerrava as mandíbulas, percebi que fazia uma força imensurável para se manter no controle. Ah, eu queria aquele homem. Tanto que chegava a doer.

— Você sabe como, Dante.

Ele enlaçou minha cintura e se inclinou para deslizar o nariz por minha clavícula, mordiscando de leve meu ombro, os dedos se arrastando vagarosos por meus braços.

— Assim? — perguntou contra a minha pele.

— É.

Virando a cabeça, ele fez o caminho de volta, beijou meu pescoço em todos os pontos sensíveis e continuou descendo até se enterrar no vale entre meus seios e inspirar profundamente, enviando milhares de impulsos elétricos que atingiram meus ossos, me fazendo estremecer em seus braços. Suas mãos me ampararam com firmeza.

Dante riu.

— Seu corpo me diz o que quer, mas sua cabeça sempre discorda. Preciso que você seja mais clara, Luna. Preciso que seja honesta comigo. — Ele pressionou o quadril contra o meu, arrancando um suspiro trêmulo de meus lábios. — Quero que me diga *exatamente* o que quer.

— Você — respondi, sem titubear, enroscando os dedos em seus cabelos encorpados e macios.

— Eu mal te ouvi, Luna. O que foi que você disse? — Ele sugou um mamilo intumescido entre os dentes. Mesmo com o tecido da blusa e do sutiã entre a gente, pude senti o calor de seu hálito em minha pele.

Agarrei seus cabelos com força, trazendo seu rosto para junto do meu.

Eu encarei seus olhos ardentes.

— Eu. Quero. *Você* — falei com a voz mais clara que pude, pontuando cada palavra para que não restassem dúvidas.

Inspirando fundo, o queixo trincado relaxou e, maravilhada, vi surgir aquele sorriso preguiçoso enquanto ele assentia uma vez, se rendendo, permitindo que a paixão o dominasse e consumisse por completo. Então voltou a me beijar.

E me deu *exatamente* o que eu queria.

26

Tá legal. Eu transei com o Dante de novo. Qualquer pessoa pode transar três vezes sem querer com alguém de quem não está a fim. Aposto que, se pesquisasse um pouco na internet, eu encontraria uma estatística sobre o assunto.

Só que dessa vez não havia nenhuma desculpa que eu pudesse apresentar, nem para mim mesma. Ele me deu a chance de escapar, me deixou ir, e o que foi que eu fiz? Eu me recusei a ficar longe dele, a fazer a coisa certa. Ali estava eu, na cama do meu chefe — tecnicamente, a cama era da Bia —, encarando o teto como se a explicação para os meus atos fosse surgir no gesso branco.

— Tudo bem, Luna. Pode começar. — Ele expirou pesadamente, imitando minha postura.

— Começar o quê?

— Seu discurso sobre o que acabamos de fazer ser errado. Dizer que foi um equívoco, como me acha desprezível e que não tem ideia do que te levou a ficar comigo outra vez.

— Ah, isso.

De canto de olho, eu o vi cobrir os olhos com o braço, como se quisesse sumir. Um tempo atrás, era exatamente isso que eu desejava, que ele desaparecesse. Por mais inexplicável que fosse, naquele momento eu não queria que ele saísse de onde estava.

— Acho que vou deixar passar dessa vez — expliquei. — Não ia fazer sentido.

Ele destapou os olhos e se apoiou nos cotovelos, me encarando.

— Não?

— Não — confirmei. — Você me ouviu dizer o que eu queria... naquele momento — adicionei, corando. — Se eu começasse a surtar agora, ia parecer uma maluca que não sabe o que quer.

— É... — ele concordou, piscando algumas vezes e parecendo atordoado. — Você tem toda razão.

Soltei um longo suspiro.

— Mas eu queria entender por que isso anda acontecendo. Não consigo me controlar com você, sabe?

— Sim, eu sei. — E exibiu uma coleção de dentes brancos perfeitos.

— Eu não sou assim, Dante. Não vou pra cama com alguém sem ter um vínculo emocional. E eu não tô apaixonada por você.

— Sexo nem sempre está ligado ao amor.

— É, eu sei disso. Mas nunca tinha acontecido comigo. — Suspirei, girando na cama até ficar de frente para ele, tomando coragem para dizer o que precisava. — Andei pensando se... Eu não sei o que está acontecendo, por que sempre acabamos... Bom, eu estava pensando se... sabe... Será que... Não que eu queira ou espere que aconteça outra vez — fui logo me apressando. — Ainda não consegui entender o que aconteceu comigo nas últimas vezes, mas, mesmo assim, eu... acho que devíamos ser mais responsáveis e... se por acaso voltar a acontecer, hipoteticamente falando, claro... Será que...

— Entendi. — Ele tocou meu rosto, afastando um cacho teimoso de minha testa suada. — Camisinha.

Assenti com o rosto em chamas.

— Tem razão — ele concordou. — Foi irresponsabilidade. Nunca fiz isso antes. Nem com a Alexia. Sexo seguro sempre foi meu lema. Desculpa ter esquecido, mas, Luna, você não é a única que perde a noção das coisas quando... aquilo acontece. — Ele deslizou a mão macia pelas minhas costas nuas. — Eu também saio de órbita.

Gemi, desamparada, fechando os olhos e encostando a testa em seu peito suado, que exalava aquele aroma só dele.

— Isso precisa parar, Dante. Nem você nem eu queremos que aconteça. Por que simplesmente continua se repetindo?

— Não sei, Luna. — Mas algo em seu tom de voz, talvez a hesitação que fez a mão que acariciava minhas costas se deter por um breve segundo, me levou a suspeitar que ele sabia mais do que revelava. Ergui a cabeça para observá-lo. Havia um pequeno V entre suas sobrancelhas. — De todo jeito, vou reabastecer meu estoque de preservativos. Para o caso de acontecer outra vez, e... sabe como é... eu ficar naquele estado descontrolado, cego de tesão por você. Hipoteticamente falando, claro.

Franzi a testa.

— Então você também acha que o que anda rolando entre nós é só tes...

— Por que não deixamos as coisas tomarem seu próprio curso? — ele me interrompeu. — Ficar analisando a situação não vai nos levar a lugar nenhum. E, de toda forma, eu não acho tão terrível assim o que acabamos de fazer.

— Nem eu — murmurei e sorri, um pouco acanhada.

Era difícil achar terrível, sobretudo quando Dante era tão cuidadoso e atencioso e me tocava nos lugares certos, como fizera pouco antes. O sexo com ele era diferente. Talvez por ele ser mais experiente que meus outros namorados. Ou talvez fosse diferente e tão maravilhoso simplesmente por ser com ele.

O sorriso largo tomou conta de sua boca, o deixando muito sexy. Desgraçado de sorriso mole!

— Eu sei — afirmou, se aproximando para me beijar.

Ah, eu já estava ali mesmo, que mal tinha em aceitar só mais um beijo?

— Queria esquecer que você é meu chefe — confessei quando seus lábios libertaram os meus.

— Ótimo! Vamos deixar essa coisa de chefe de lado e ser nós mesmos pra variar.

— É impossível, Dante.

— Não é não. Muito prazer, Dante Montini. — Ele me estendeu a mão. Eu a apertei, um tanto insegura. — Tenho esse nome por causa de um escritor. Sou solteiro, adoro esportes, comer é sagrado pra mim, amo minha moto e, se pudesse, um dia sairia sem destino sobre ela, só com uma mochila nas costas. Sou fissurado em plastimodelismo, que, ao contrário do que certas pessoas pensam, *não é* Lego. — Ele arqueou uma sobrancelha, exibindo um sorriso debochado.

— É de plástico, uma peça encaixa na outra. Lego! — Tudo bem, não era Lego, até eu via a diferença. Mas, se ele podia apelidar meu carro de cortador de grama, eu podia muito bem dar o troco na mesma moeda.

— Mulheres! — Ele revirou os olhos e se soltou sobre os travesseiros de forma teatral.

— Você esqueceu de dizer que é um nerd de carteirinha.

— Não sou nerd — objetou, ofendido.

— É sim. Sabe, eu acho essa coisa nerd muito sexy.

— Como eu estava dizendo, eu sou absoluta e completamente nerd. — Sorriu orgulhoso, me fazendo gargalhar. — Agora é sua vez.

— Humm... Tudo bem. Luna Lovari Braga. Ganhei esse nome porque minha mãe era apaixonada pela lua. Acabei de me formar em jornalismo, mas já tenho um emprego. Não sei ao certo por que meu chefe pensou que eu me chamava Clara, mas o fato é que ele me irritou bastante por não saber o meu nome.

— Que babaca!

— É. — Eu ri. — Fui criada pelo meu pai e, parte da adolescência, por minha avó. Ela é esquisita, mas eu a amo. Meu irmão e eu nunca nos demos muito bem, mas, se alguém falar mal dele pra mim, vai arrumar briga. Amo comer e, apesar do que certas pessoas pensam, me preocupo com o meu peso.

— Você é linda, perfeita. Não devia perder tempo pensando nisso. — Ele deslizou a pontinha do indicador por meu ombro, seguindo para o antebraço. Reprimi um suspiro. — Continue.

— Minha melhor amiga mora comigo e é uma arquiteta fantástica. Eu ainda não sou a jornalista que quero ser, porque o... humm... — A carícia alcançara a dobra do cotovelo, sobre a qual ele se inclinou e inalou profundamente, roubando minha capacidade de raciocinar.

— Por quê...?

— Por que o quê?

— Por que não se tornou a jornalista que pretende ser? — Ele subiu um pouco mais para mordiscar a parte interna do meu braço.

— Humm... Não consigo pensar com você fazendo essas coisas.

Dante riu e interrompeu as carícias, deitou de lado, dobrou o braço e apoiou a cabeça na mão.

— Está bem. — Ele esticou a mão livre e prendeu um dos meus cachos a seu indicador. — Me conta quais são seus sonhos.

— Não sei ao certo. Eu pretendo me tornar uma jornalista de... — Agora que eu tinha recobrado a capacidade de raciocinar, percebi o que estava prestes a fazer e me detive. — Não quero falar com você sobre esse assunto.

Dante me fitou com atenção, e não demorou muito para que ele entendesse o motivo de minha relutância.

— Nesse momento sou o Dante. Só o Dante, Luna. Você pode me contar o que quiser.

— Não é verdade. Não posso falar sobre a minha carreira, sobre as minhas aspirações, com você. Por mais que você tente separar o que acontece na revista do que se passa entre nós aqui, ainda não me sinto confortável. É como se eu estivesse me aproveitando da situação, sabe?

— Sei que não está. Não é o fim do mundo se envolver com o chefe, desde que a gente mantenha os assuntos separados.

— Talvez não fosse o fim do mundo se a situação fosse outra. Se eu fosse igual ao Murilo...

— Certamente não estaríamos na mesma cama.

Eu ri.

— Você entendeu o que eu quis dizer. Se eu fosse uma jornalista de verdade, com certa bagagem e tal, talvez não me sentisse tão desconfortável em falar com você sobre o assunto, mas eu ainda não cheguei lá, e me incomoda te dizer qualquer coisa relacionada ao trabalho. Você entende, Dante? Vamos supor que eu te conte que meu maior sonho é ser a responsável por uma coluna de moda. Vai que um dia eu consigo? Seria muito difícil acreditar que obtive isso por meu talento na escrita, e não na sua cama.

— Você é uma jornalista de verdade. E, apenas para deixar claro, não faço teste de sofá — ressaltou ele, com delicadeza.

— Nem eu! É por isso que não quero falar com você sobre os meus sonhos, porque no momento minha profissão é tudo no que posso pensar.

Ele deliberou por um momento, e então exibiu um sorriso torto, os olhos brilhavam.

— Alguém já deve ter dito que você é a pessoa mais orgulhosa e determinada do planeta.

— Algumas vezes. — Dei de ombros, e ele riu.

— Então, se não vai me contar seus sonhos, me conte um pouco sobre seus pesadelos. Você disse outro dia que ganhou seu cortador de grama numa rifa?

Revirei os olhos e bufei.

— E alguém já deve ter dito que você é um idiota — censurei.

— Uma porção de vezes — ele respondeu, cheio de si, pegando minha mão e levando-a aos lábios. — Mas me conta a história.

— Bom, eu estava no segundo ano da faculdade. O seu Almir, um dos porteiros da faculdade, comprou esse carro num leilão já fazia algum tempo. Tinha sido recuperado de uma enchente. O caso é que o seu Almir estava se aposentando e pretendia voltar para a terra natal dele, no Norte, então resolveu vender tudo o que tinha, inclusive o carro. Só que as lojas queriam pagar muito pouco pelo Twingo, e o seu Almir se recusou a vender. Ele anunciou em jornais, colocou plaquinha de vende-se, tentou de tudo, mas ninguém queria pagar o que ele achava justo. A saída foi fazer uma rifa, e eu comprei um número pra ajudar. Sabe, nunca pensei que pudesse ganhar... Eu nunca tinha ganhado nada na vida.

— E logo na primeira vez ganha aquela sucata. Isso deve ter te traumatizado — ele falou, se divertindo, distraído com meus dedos. Olhei feio para ele. Dante prosseguiu: — Desculpa, não deu pra resistir. É difícil não querer te irritar, meu anjo.

Aquele arrepio delicioso percorreu outra vez a minha coluna quando ouvi o termo carinhoso.

— Já percebi como você adora irritar todo mundo. Podia ao menos tentar disfarçar um pouco. Fico imaginando como é que você conseguiu uma namorada um dia.

— Isso nunca aconteceu antes — assegurou. Toda a diversão desaparecera. — Você é primeira mulher que me tira assim do sério.

Franzi a testa enquanto procurava sinais de zombaria em seu rosto, mas não encontrei nada além de uma franqueza desconcertante. Meu coração meio que deu uma cambalhota e meu estômago foi invadido por uma sensação trêmula e fria, depois quente e borbulhante. Eu estava com sérios problemas.

— Hã... eu... Ai, caramba, já amanheceu! Preciso ir pra casa! — Puxei a mão do casulo que as suas haviam formado e saltei da cama. Comecei a me vestir à medida que encontrava as peças de roupas.

Ele se sentou na cama, recostando-se na cabeceira, os lençóis lhe cobrindo os quadris.

— Não queria te assustar. Eu não quis dizer nada além do que disse. Fica tranquila, Luna. Não precisa sair correndo assim.

— Preciso mesmo ir embora. — Passei a camiseta pela cabeça, procurando os sapatos. Eu os encontrei na sala, perto da mesa de jantar, e os calcei a caminho da porta.

Dante me chamou antes que eu saísse. Eu me virei e dei de cara com o homem de um metro e oitenta e tantos e que, uau, vestia só um jeans, exibindo seu glorioso tórax torneado. Eu me concentrei em respirar normalmente, e, devo ressaltar, foi algo digno de mérito.

— Não vai embora assim, Luna.

— Desculpa, tenho mil coisas pra fazer. — Alcancei a maçaneta.

— E isso aqui é pra guardar de recordação, ou você pega na próxima vez?

Dante segurava meu sutiã velho, desbotado e com a renda furada (como eu podia saber que alguém além de mim veria o estado penoso daquela peça? Jurei em silêncio jogar fora todas as minhas lingeries que estivessem com furos, sem elástico, descosturadas ou desbotadas. O que me deixaria com aproximadamente três calcinhas e meio sutiã), e o girava no dedo como se fosse uma hélice.

Eu corei e, meio sem jeito, tentei recuperar a peça, mas Dante foi ágil e a tirou do meu alcance, escondendo atrás das costas.

— Para de brincadeira, Dante. Quero meu sutiã de volta.

— E o quanto você quer? Mais do que queria aquele último pedaço de pizza, suponho. — E arqueou a sobrancelha escura.

— Devolve agora.

— Se quiser de volta, vai ter que lutar por ele.

Eu tentei pegá-lo outra vez, mas Dante era rápido e muito mais alto que eu, de modo que, depois de três tentativas fracassadas, desisti.

Bom... desisti de usar a força e optei pela inteligência.

— Tá legal, pode ficar com ele. Já tá velho mesmo. — Dei de ombros.

Ele franziu o cenho ao ouvir o tom de derrota em minha voz. Aproveitei sua confusão e me aproximei, mantendo seus olhos presos aos meus.

— Tchau, Dante. — Eu me estiquei até ficar na pontinha do pé para alcançar sua boca.

Ele pareceu surpreso, mas de forma alguma avesso à ideia de beijá-lo, e até se inclinou um pouco para facilitar as coisas para mim. A princípio, apenas encostei os lábios nos dele, depois apoiei a palma das mãos em seus ombros nus. Suspirei contente e enterrei os dedos na musculatura firme, então ele me puxou para mais perto, enlaçando minha cintura com os dois braços, e por um momento achei que tinha sido pega em minha própria armadilha.

Certa de que, se permanecesse no casulo de seu abraço, por mais um segundo que fosse, perderia o controle, juntei toda a minha força de vontade, escorreguei os dedos por seu braço forte até alcançar sua mão e, por fim, minha lingerie. Assim que atingi meu objetivo, eu o empurrei para longe. Fui tão rápida que Dante não teve tempo de reagir, a não ser piscar e me olhar como quem acabara de ser traído.

— No amor e na guerra, vale tudo — apontei.

Os cantos de sua boca subiram, os olhos se enrugaram, os dedos passearam pelos cabelos despenteados — por mim, dessa vez — e aquele brilho que significava que eu teria problemas se não me mandasse dali rapidinho iluminou todo o seu rosto.

— É — ele concordou. — Só não estou certo de qual situação estamos vivendo.

Nem eu, pensei, desolada, permanecendo um segundo a mais diante dele antes de obrigar meus pés relutantes a se moverem e me levarem para um lugar seguro. Para qualquer lugar longe de Dante.

27

Sabrina se virou no sofá ao me ouvir chegar, os cabelos lisos e loiros escorregaram até suas costas, se enroscando na gola do pijama.

— Até que enfim! Achei que nunca mais fosse voltar pra casa — ela resmungou, mas com uma expressão irreverente.

— Arrumar o apartamento todo demorou mais do que imaginei. — Eu corei e o sorriso dela se alargou. Droga, não dava para esconder nada da Sabrina. — Ei, você ainda não me contou os detalhes da viagem. Como é a fazenda do Lúcio? Vocês se divertiram? — Sentei-me ao seu lado.

— A fazenda é linda e a gente se divertiu bastante, embora eu tenha sérias dúvidas se tanto quanto você. Por que tá com o sutiã na mão?

Escondi a peça atrás das costas imediatamente.

— E-eu tinha emprestado para a Beatriz. Achei no meio da bagunça.

— Engraçado, eu podia jurar que a Bia era tamanho 40, e não 44. — Ela estalou a língua. — Mais engraçado ainda é você sonhar em ter uma coluna sobre comportamento humano, Luna. Às vezes você é tão obtusa. Mas me conte cada detalhe do que aconteceu entre você e o senhor gostosão quatro olhos. Vai, desembucha.

— Tá legal. — Suspirei, abrindo os braços em sinal de derrota. — Aconteceu de novo, mas não tem nada pra contar... — Pressionei os lábios e fui para a cozinha pegar alguma coisa para beber.

Sabrina me seguiu.

— Nada pra contar? Você quer que eu acredite nisso? Como terminou na cama do Dante dessa vez?

— Eu... não sei — gemi. — A gente estava limpando a casa e, no instante seguinte, estávamos nos beijando. Desisti de tentar entender, Sá. Acho melhor você fazer o mesmo.

— E o Dante? Ele também desistiu? — ela quis saber, escorregando pela cadeira, apoiando os cotovelos na mesa, o queixo nas mãos.

— Acho que sim. Ele não parecia transtornado. — Eu me sentei em frente a ela. — Estava até contente demais para o meu gosto.

Os olhos dela brilhavam de empolgação.

— É mesmo? Então o Viny já era?

E, com isso, me lembrei do cara que tinha feito meu mundo brilhar em cores cintilantes semanas antes e de quem eu esquecera completamente até aquele momento.

Incluindo o encontro que *deveríamos* ter tido na noite passada.

— Puta que pariu, Sabrina! Esqueci dele! — Saí pela casa procurando o celular, com minha amiga à minha cola. Eu o encontrei sobre a TV da sala. — Droga! A noiva do Igor apareceu e me entregou o convite de casamento. Aí eu pirei e fiquei de papo com o Dante nas escadas e depois a Madona... — Não havia chamada perdida nem mensagens. — O que eu faço agora?

— Não sei bem... — Ela inclinou a cabeça, os olhos dardejando enquanto bolava um plano.

Eu já me sentia mal a respeito de Viny por vários motivos, não precisava adicionar mais um à lista. Além do mais, se ele fosse explodir por eu ter lhe dado o cano, era melhor fazer isso por telefone, e não na frente dos meus colegas de trabalho. Disquei seu número.

— Não faz isso! — gritou Sabrina, tentando arrancar o telefone da minha mão.

— Sabrina, para com iss... Ai — gemi quando ela beliscou minhas costelas.

— Alô — Viny atendeu friamente.

— Oi, sou eu, a Luna. — Ergui a mão para deter minha amiga, decidida a me aplicar um mata-leão. — Desculpa por ontem.

Ele ficou em silêncio por um tempo, e Sabrina, desistindo de me privar do direito de ligar para quem eu quisesse, se aproximou, colando a cabeça à minha. Afastei um pouco o celular para que ela também pudesse ouvir.

— Estava imaginando quando você ia criar coragem para me ligar.

— Sinto muito, Viny. Eu... tive um imprevisto. — Mordi o lábio e desejei que o chão se abrisse sob mim. O que é que eu esperava conseguir mentindo para ele? Uma segunda chance? Paz de espírito? Uma estrelinha dourada para colar na testa?

— Que tipo de imprevisto? — perguntou, desinteressado.

— Que tipo? Humm...

Sabrina descolou a cabeça da minha e começou a sacudir o corpo na minha frente, agitando os braços e as mãos freneticamente, e cogitei a hipótese de ter que interná-la em um hospício. Ela continuou se contorcendo e me lançando olhares aflitos. Minha amiga queria me dizer alguma coisa. Mas o quê? Ela parou ao notar minha incompreensão, bufando irritada, e pegou minha mão livre, correndo o indicador pela palma como uma cig... Ah!

— Fui visitar minha avó! Ela mora no interior.

Sabrina ergueu os polegares e esticou o braço, fazendo movimentos de vaivém com os punhos cerrados. De repente se deteve com uma careta teatral de espanto e torceu um dos punhos, resmungando um *nhem-nhem-nhem-nhem-nhem*.

— Aí meu carro quebrou! — contei a Viny, animada.

Sabrina deu pulinhos de comemoração, mas logo voltou à mímica. Levou uma mão até a orelha, polegar e mindinho esticados, e deslizou o dedo da outra pela garganta, colocando a língua para fora.

— Depois eu recebi uma ameaça de morte!

— O quê? — Viny e Sabrina perguntaram ao mesmo tempo.

Minha amiga me contemplou, levando as mãos à cabeça, sem poder acreditar. Eu abri os braços, dando de ombros, e sibilei: "Só disse o que você mandou". Ela revirou os olhos, voltando a colar a orelha nas costas do celular.

— Por que alguém te ameaçaria de morte? — Viny indagou, e eu queria muito, muito mesmo, fazer a mesma pergunta a minha amiga.

— Vai saber. Tem doido pra tudo. — Forcei uma risada. — Você tá muito aborrecido?

Ele acabou rindo.

— Bem, eu estava sim. Fiquei bastante chateado quando me dei conta de que você não ia aparecer, mas te deixei esperando uma vez, então...

— Desculpa, não fiz de propósito — murmurei, com o rosto todo quente.

— Tudo bem. Se você se deu o trabalho de inventar uma ameaça de morte, é porque se sente mal por ter me deixando plantado esperando por você.

— Bastante mal. — *E não só por ter te dado o cano*, eu quis acrescentar.

— Ótimo! A gente passa uma borracha no que passou e tenta outra vez um dia desses. — Mas sua sugestão soou como uma pergunta, a qual eu já não sabia como responder.

— Humm... Viny, escuta, eu não...

— A gente combina durante a semana. Beijos — ele se apressou, ao notar minha hesitação, e desligou.

Soltei um longo suspiro.

— Ameaça de morte, Luna? Onde é que você estava com a cabeça? — Sabrina resmungou, irritada.

— Ué. Foi você quem fez a mímica! Aliás, preciso te ensinar uns passos de dança cigana. Achei que você estava tendo um piripaque.

— Era pra você dizer que ficou sem sinal! — Ela bateu o pé, ignorando meu comentário.

— Ah! Isso faria mais sentido.

Ela revirou os olhos, bufando.

— Bem, parece que deu tudo certo no fim das contas — ela disse.

Mas então por que eu me sentia tão miserável?

— Eu não valho nada, Sá — murmurei, abaixando a cabeça. — Acabei de sair da cama do Dante e aqui estou eu, ligando para o Viny.

— Discordo, apesar de achar que você está fazendo uma tremenda burrada. Você precisa abrir esses seus olhinhos e enxergar a maravilha bem diante do seu nariz. Na verdade, no apartamento da frente.

— O Dante *não é* o cara certo pra mim — frisei, me deixando cair no sofá.

— Nem sempre a gente precisa do cara certo. — Ela pulou ao meu lado, deitando sobre a barriga, os joelhos dobrados, os pés balançando no ar. — Às vezes é o cara errado que vai virar sua vida de ponta-cabeça e fazer tudo valer a pena. Você não tá vendo as coisas com muita clareza. O Dante é o cara perfeito pra você, de um jeito errado.

— Em qual dimensão ele seria o homem perfeito pra mim, Sabrina? Porque, nessa em que vivemos, não pode ser. O Dante é o oposto de mim em quase tudo. Somos como... Gisele Bündchen e mousse de chocolate. Incompatíveis! — Por que é que ela não via isso?

— Exatamente! Ele é tudo o que você não é e vice-versa. Vocês se completam.

— Ai, pelo amor de Deus! Você andou vendo *Jerry Maguire* outra vez?

Sabrina pensava que o filme estrelado por Tom Cruise era mais que puro entretenimento. Era um oráculo de sabedoria. Se as coisas iam mal no trabalho, eu a flagrava em frente ao espelho dizendo "aceite os socos de hoje, amanhã é outro dia", ou então gritando como uma doida "me mostre o dinheiro!". E, é claro, ela procurava o tal "você me completa" em todo relacionamento. E não só nos dela.

— Só tô do lado de fora e tenho uma visão mais ampla de tudo — ela rebateu.

— Como foi a viagem? — perguntei, querendo mudar de assunto.

Funcionou.

— Ótima! O Lúcio é um príncipe. Sabe quando um cara te faz sentir como se você fosse a única mulher do planeta?

— Sei. — Embora nada no mundo me obrigaria a confessar que só o Dante me fazia sentir assim.

— Ficamos grudados o tempo todo, ele me contou um pouco sobre a família dele, depois nos entupimos de champanhe e fizemos amor uma dezena de vezes antes de sermos interrompidos por um telefonema de um dos sócios. Tivemos que encurtar a viagem por causa da porcaria de uma reunião de última hora. — Ela suspirou, o olhar perdido. — Acho que eu amo o Lúcio. Agora só falta você dizer ao Dante que está apaixonada por ele pra tudo ficar lindo.

— Sabrina, por favor! — implorei, ficando de pé e indo para o meu quarto.

Quase gritei ao acender a luz. Uma cascata escorria do teto e gotejava graciosamente sobre a minha cama.

— De novo não! — gemi, desamparada.

— Problemas na caixa-d'água do prédio num domingo? Ninguém vai subir lá pra consertar até segunda.

— Eu sei — resmunguei.

Ela sorriu.

— Você vai ter que ficar comigo, de novo.

— Ou me arrumar no sofá — tentei, esperançosa.

— Comigo, como sempre — ela enfatizou.

— É... como sempre. — O que significava que eu não dormiria um único segundo.

Sabrina parecia uma panqueca fritando sobre o colchão, se virava a noite toda. E isso nas noites boas! Nas ruins, ela me chutava e resmungava um bocado de coisas incompreensíveis. Foi por essa razão que insisti em um apartamento com dois quartos, em vez da quitinete que alugamos logo depois de terminar a faculdade.

Abrimos espaço para a goteira, apoiando o colchão no guarda-roupa e colocando um balde sobre o estrado da cama.

Quando a noite caiu, descobri que Sabrina não mudara seus hábitos noturnos desde que dividimos a cama pela última vez.

ଓ

Assim que os primeiros raios de sol se infiltraram pelas frestas da janela, me levantei e fui para a cozinha preparar o café. Eu pretendia ir direto para o banho, mas estava morta de fome e decidi preparar os pães de queijo que estavam no freezer. Enquanto eles assavam, li um pouco, bebericando uma caneca fumegante de café com leite. Vinte minutos depois, os pães de queijo estavam prontos e o cheiro fez meu estômago se contorcer de ansiedade.

Tirei a assadeira repleta de bolinhas suculentas e as deixei esfriando. Vesti o roupão sobre o pijama e desci até a portaria para falar com o síndico sobre o vazamento no meu quarto, observando a moto vermelha através da porta de vidro, parada a poucos metros dali. Dante ainda estava em casa.

É claro que estava. Era cedo demais para ir a qualquer lugar que não fosse o chuveiro. Depois de falar com o síndico, voltei para casa e lancei um olhar para a porta do apartamento em frente ao meu, sem saber bem por quê, e me peguei tentando ouvir os sons que vinham dali. Sacudi a cabeça, me censurando.

A porta atrás de mim se abriu ao mesmo tempo em que eu entrava em casa.

— Bom dia, Luna — ele saudou, com um sorriso cauteloso.

— Bom dia.

— Você... está bem? — Ele me examinava com cuidado, parecendo preocupado.

— Claro. Muito bem. Por que não estaria?

— Por nada, só... Você parece um pouco cansada. — Ele deu de ombros.

Notei que ele já estava pronto para o trabalho. A gravata de hoje era um clássico. Verde com intricadas linhas e pontos cinza, igualzinha a uma placa de computador.

— Dormi com a Sabrina — expliquei. — O que é o mesmo que dormir com um lutador de MMA.

Ele soltou um longo suspiro, parecendo aliviado. Seu humor mudou imediatamente.

— Você sabe como atiçar a imaginação de um homem. — E cruzou os braços, se recostando no batente, uma expressão debochada no rosto. — Já comeu?

— Não, vou fazer isso agora.

— Eu também. Eu te convidaria para me acompanhar, mas acho que você não vai gostar muito do meu delicioso café solúvel com gosto de água suja.

Dei risada.

— Acho que não mesmo. Boa sorte com isso. — Fechei a porta e esperei.

A porta do outro lado bateu de leve um minuto depois, o que foi precedido de um suspiro desanimado. Eu pretendia ir para o banho, mas a fome me impediu. Preparei outra caneca de café com leite e retirei os pãezinhos da assadeira, acomodando-os em uma cestinha de vime trançado que vovó tinha feito para mim.

Peguei um pão de queijo e o levei a boca, mas parei antes de mordê-lo.

— Que saco! — resmunguei irritada, pegando outra caneca e enchendo-a de café até quase transbordar.

Em um prato, coloquei meia dúzia dos pães ainda quentes, o café e cruzei a sala, rumo ao apartamento em frente. Bati uma vez. Madona latiu em algum lugar lá dentro. Vinte segundos depois, Dante abria a porta. Pareceu surpreso por me ver outra vez.

Empurrei o prato para ele, que o pegou sem se dar conta do que fazia.

— O café não tá adoçado — avisei e lhe dei as costas.

— Ei, espera aí. — Ele alcançou meu cotovelo, me detendo, me fazendo virar até ficar de frente para ele. Dante sorria meio abobalhado. — Você trouxe o café da manhã pra mim?

— Com os cumprimentos da chef. — Fiz uma mesura exagerada.

Sua testa se enrugou, as sobrancelhas quase se uniram.

— Mas você não divide comida.

— Também não precisa ficar me lembrando disso.

— Então por quê...? — ele quis saber, parecendo maravilhado, como se eu tivesse lhe dado o Pulitzer *do século*, e não pão de queijo e café.

Fixei o olhar no dele e soltei a primeira coisa em que consegui pensar.

— Ninguém merece começar a segunda-feira tomando café solúvel. Quer dizer, que tipo de expectativa se pode ter se começar a semana bebendo aquela porcaria no café da manhã?

Ele soltou meu cotovelo, mas sua mão subiu por meu braço, passeando pelos ombros, pescoço, até chegar ao meu rosto afogueado e acariciar minha bochecha com uma ternura que eu não conhecia até então.

— Obrigado, meu anjo. Fico muito... comovido por ter pensando em meu bem-estar.

— Ah... eu... — Clareei a garganta. — Não estava pensando no seu bem-estar. Estava pensando no meu. Hoje é segunda, e, como se isso já não fosse ruim o bastante, ter o chefe irritado durante a reunião de pauta porque não comeu direito me parece uma perspectiva pouco agradável.

Ele assentiu, sorrindo, parecendo não acreditar em uma única palavra do que eu dissera. Seus dedos se enterraram em meus cabelos e seu rosto se aproximou do meu. Aquele cheiro de especiarias e Dante nublou meus sentidos. Ergui a cabeça para facilitar as coisas.

Madona latiu dentro do apartamento, me fazendo dar um pulo. Quase esbarrei no prato que Dante segurava.

— Bom... — Ele deixou o braço cair, desapontado. Para ser sincera, eu também me sentia assim, embora soubesse que não deveria. — Acho melhor eu comer então e ficar de bom humor o restante da semana.

— Seria ótimo! — Recuei um passo. — Te vejo na redação.

— Não vai de carona comigo? — Ele enrugou a testa.

— A Sabrina vai ao dentista. Vamos rachar um táxi.

— Ah. Claro. — Mas, apesar do sorriso educado, ele pareceu decepcionado. — Te vejo mais tarde.

E, inevitavelmente, eu o veria. Não tinha nada que eu pudesse fazer. O problema era que eu já não sabia se não era exatamente isso que meu coração desejava.

28

— Você está sendo ridícula — resmungou Sabrina no banco traseiro do táxi, olhando pela janela. — Não pode fugir do Dante, por mais que tente. Vocês trabalham juntos!

— Vou conseguir manter certa distância se meu carro ficar pronto logo. Vou ligar para o seu Nicolau assim que chegar na revista. E, quanto a evitar o Dante durante o expediente... bom, não dá mesmo, mas não é por isso que vou deixar de tentar, né?

Ela sacudiu a cabeleira loira, rindo, e se virou para me observar.

— Aposto que sua avó previu tudo isso.

— Minha vó previu que eu conheceria um cara que me faria muito feliz. Não acredito nessas coisas, você sabe disso, mas, se acreditasse, faria todo sentido esse cara ser o Viny. Você viu como ele foi compreensivo comigo...

— Faria sentido? — Ela arqueou a sobrancelha, ajeitando a bolsa preta de verniz no colo. — Como assim?

— Eu já conhecia o Dante. Como eu poderia conhecer alguém que *já* conheço?

Ela retorceu o nariz arrebitado, vendo a lógica da coisa, mas mesmo assim insistiu no assunto.

— Você não vai conseguir ficar longe dele, Luna. E não porque são obrigados a conviver no ambiente de trabalho. Você simplesmente não *consegue.*

Mas consegui. Fiz o que pude para estar na presença dele apenas quando estritamente necessário. Durante a reunião de pauta, me coloquei no canto mais distante da sala, me escondendo atrás de Júlia (que parecia pálida e um tanto distraída) sempre que os olhos escuros por trás dos óculos horrorosos buscavam os meus. E, mesmo quando ele falou comigo, perguntando se eu já havia preparado a coluna — e eu não tinha, claro, mas menti com uma confiança impressionante —, e fui obrigada a olhar para ele, não vi o Dante que quase me beijara no corredor do meu prédio naquela manhã. Aquele homem sério e pragmático era o chefe e não deixava dúvidas quanto à sua posição, sobretudo para mim. Ou para si mesmo, eu não tinha certeza.

Depois disso foi fácil sumir de seu radar, me ocupar com o layout da seção de anunciantes, que ainda estava por minha conta, e responder aos e-mails dos leitores que acreditavam que a Cigana Clara era uma espécie de profetiza conhecedora dos segredos do universo. Dei uma paradinha para telefonar para o mecânico pouco antes do almoço.

— Só na quarta, seu Nicolau? — gemi ao telefone. — Não dá pra adiantar um pouquinho?

— Não dá, Luna. Encontrei um radiador num ferro-velho, mas ele ainda estava no carro. Vão desmontar hoje. Depois leva mais um dia pra montar e testar. Eu te ligo assim que seu carro estiver pronto.

Fiquei desanimada por um instante, mas logo meu humor mudou. Na quarta-feira eu finalmente poderia ter meu carro de volta, e então Dante não poderia mais me oferecer carona!

Vovó me ligou à tardezinha, e só então me lembrei do casamento da Sara naquele fim de semana. Liguei para Sabrina, pedindo que ela me encontrasse no shopping depois do expediente, e usei isso como desculpa quando Dante se ofereceu para me levar para casa no fim do dia. Demorei um pouquinho para me arrumar no banheiro da revista, porque todo mundo sabe que as vendedoras não são prestativas com pessoas malvestidas, despenteadas — e isso me levava a pensar no que o Dante fazia nessas ocasiões — e sem maquiagem.

Sabrina estava me esperando na praça de alimentação, e eu tentei convencê-la a comermos alguma coisa antes.

— Você sempre enrola demais pra escolher uma roupa — ela explicou, me arrastando para longe das lanchonetes. — As lojas fecham às dez, a gente pode comer depois.

— Mas tô morta de fome!

— Você sempre está morta de fome.

Eu me detive, colocando a mão sobre o estômago.

— Sá, você não acha que eu devia... tipo... comer menos e perder uns quilinhos?

— De novo isso, Luna? Por que você tá tão... — Ela examinou meu rosto atentamente, antes de arregalar os olhos e franzir a testa. — Ah! Você está querendo agradar o Dante!

— Tô nada! — rebati de imediato. — Por que você tá dizendo isso? Andou falando com ele? Ele disse alguma coisa sobre preferir mulheres esqueléticas? Ele comentou algo a respeito do meu peso?

Minha amiga riu.

— Acorda, Luna! Não é preciso ser um gênio pra saber que você está insegura. A ex dele é praticamente um esqueleto que anda.

— Eu sei! — concordei, desesperada. — Calculei meu IMC num site de dietas e estou dentro da faixa saudável, mas...

— Você. É. Linda! — ela me interrompeu. — Uma mulher linda e saudável com nenhum grama de peso extra. Se alguém devia fazer algo a respeito do peso é a Alexia. Não é natural ser tão magra. Aposto que, se ela tirar a roupa, dá pra ver os órgãos internos dela através da pele da barriga. Igual àqueles freezers de cerveja.

Eu ri, embora quisesse chorar. Eu também queria ser um freezer de cerveja.

Começamos o entra e sai de lojas sem que eu encontrasse algo adequado para o casamento de Sara. É claro que eu não usaria roupas ciganas tradicionais, como a maior parte dos convidados. Eu não era cigana. Era filha e neta de ciganas, sabia o básico da cultura, se muito, mas não a vivenciava. Parecia desrespeitoso me vestir como uma delas. Entretanto, não queria magoar a vovó aparecendo na cerimônia com um vestido curto e decotado. Não custava nada seguir os costumes ao menos uma vez.

Sabrina experimentou algumas peças e acabou escolhendo um vestido violeta na altura dos joelhos — porque a vovó jamais diria nada a ela — com uma alça só. Os cabelos claros ganharam vida em contraste com o tecido roxo, e os olhos azuis pareceram maiores e mais expressivos ainda.

A vendedora da décima segunda loja em que entramos foi superprestativa comigo e derrubou o estoque todo sobre o balcão, mas nada se encaixava nas regras ciganas. Quando eu já estava sem esperanças, ela fez surgir um vestido de verão da coleção passada. O vestido de seda estampado era lindo. Amarelo com grandes rosas azuis de caule marrom, recortes em formato de triângulos de um amarelo tão pálido que era quase branco, decorado com bolas castanhas do tamanho de moedas, se intercalavam na saia ampla, dando leveza e movimento à peça. A modelagem reta e quadrada do busto não só equilibrou a silhueta como me fez parecer mais alta e magra. A faixa larga de pedras azuis em formato de lágrimas logo abaixo me disse que aquele era o vestido certo.

— Esse é o vestido mais espetacular que já vi! — Sabrina exclamou, me rodeando e sorrindo. — Esse tom de amarelo ficou perfeito na sua pele!

Admirei-me no espelho uma última vez, alisei a saia e sorri.

— O Dante ia me encher o saco se me visse agora.

— É mesmo? — ela perguntou de forma casual. — Por quê?

— Por causa do azul das flores. Ele tem problemas com esse tom — expliquei. Havia outras cores no vestido, mas eu podia apostar que ele se apegaria ao azul.

— Não entendi. — Sabrina inclinou a cabeça para o lado.

— Deixa pra lá. — Eu ri. — Ah, por falar nisso, preciso de um sutiã novo Pega pra mim, Sá? Branco... Não, branco, não. Azul. E uma calcinha combinando.

— Tuuuudo bem. — Ela me olhou de canto de olho. — Você tá tão esquisita hoje. — E saiu para procurar a vendedora.

— Eu sei — sussurrei ao fechar o provador.

Jantamos em uma lanchonete e depois pegamos um cineminha. Sabrina não parecia prestar muita atenção na trama, pois passou o tempo todo com o celular na mão, esperando em vão que Lúcio respondesse a suas mensagens.

— Que estranho. Ele sempre responde assim que recebe — ela reclamou quando os créditos subiram na tela.

— Talvez ele esteja em reunião.

— É, pode ser. O Lúcio tem reuniões nos horários mais bizarros. Até nas noites de sábado. — Ela franziu a testa, o olhar perdido, mas sacudiu a cabeça segundos depois. — E aí, você já fez o horóscopo da semana?

— Por favor, Sabrina, não faz isso comigo. Você sabe que a Clara é uma grande farsa! — A sala estava mais vazia agora, então me levantei, pegando o saco vazio de pipoca e o copo de refrigerante.

— Só quero... me programar.

Ela me seguiu, descendo as escadas acarpetadas, iluminadas por minúsculas lâmpadas amarelas.

— Você acredita mesmo que o que eu escrever vai acontecer? Sério mesmo, Sá? Você é inteligente, pelo amor de Deus!

— Você não errou uma até agora, Luna, então é claro que acredito!

Revirei os olhos, jogando o lixo na lixeira ao lado da porta de saída.

— Se fosse mesmo verdade, eu estaria com o Viny ao meu lado, não com você roncando no meu cangote.

— Ei, eu não ronquei! — ela protestou. — Talvez não funcione com você, mas comigo tem funcionado. E com todas as mulheres do escritório também. — Ela juntou as mãos e me olhou daquele jeito suplicante, como um filhote com fome. — Por favorzinho, Luna, diz que vai me deixar ler antes de sair na revista...

— Tá legal — cedi de má vontade. — Mas você tem que me prometer que não vai fazer nada estúpido, como programar o seu fim de semana com base no que ler.

— Prometo!

Nem ela mesma acreditou no que tinha acabado de dizer.

Horóscopo semanal por meio das cartas com a Cigana Clara

♈ **Áries** (21/03 a 20/04)
Surpresa, surpresa! Alguém a quem você vai poder confiar seu coração vai pintar esta semana e, o melhor, é mais jovem que você!

♉ **Touro** (21/04 a 20/05)
Astral nas alturas a semana toda. Vêm novidades por aí. Aproveite e dê uma passadinha na manicure.

♊ **Gêmeos** (21/05 a 20/06)
Incrível como o seu astral atrai gente com más intenções. Mas não se preocupe, há quem olhe por você.

♋ **Câncer** (21/06 a 21/07)
Esta semana é propícia para dar vazão à criatividade e arriscar tanto no campo emocional como no ambiente de trabalho.

♌ **Leão** (22/07 a 22/08)
Curtição e azaração: essas são as palavras da semana. Um imprevisto pode surgir, então reserve um pouco de grana.

♍ **Virgem** (23/08 a 22/09)
Nada como tirar uma semana para colocar a cabeça no lugar e perceber que nem sempre você está certa. Pedir desculpas é um ato nobre.

♎ **Libra** (23/09 a 22/10)
Parece que a saúde da sua conta bancária não vai muito bem. Tente ficar calma. Quem sabe fazer uma fezinha não ajude?!

♏ **Escorpião** (23/10 a 21/11)
Suas emoções estão em frangalhos. E pode piorar um pouco. Uma nova montanha de sentimentos pode acabar esclarecendo algumas coisas.

♐ Sagitário (22/11 a 21/12)

Evite agir de maneira reativa em seus relacionamentos. Argumentar (e não berrar) funciona melhor.

♑ Capricórnio (22/12 a 20/01)

Seus processos comunicativos estão meio sonolentos. Péssima ideia tentar se meter em discussão.

♒ Aquário (21/01 a 19/02)

Cuide da sua saúde esta semana e se abra para aqueles que realmente se preocupam com você.

♓ Peixes (20/02 a 20/03)

Seu bom humor será essencial no trabalho, e isso pode lhe render pontos extras que deverão garantir uma promoção.

29

O dia seguinte começou esquisito. Não vi Dante, e a moto dele estava estacionada no meio-fio quando Sabrina e eu saímos e tomamos um táxi. Franzi o cenho, os olhos fixos na Ducati vermelha, enquanto o táxi arrancava. Normalmente Dante já estaria a caminho da revista àquela hora. Será que ele tinha saído na noite passada e perdido a hora? Será que tinha ido dormir muito tarde e acabou não ouvindo o despertador? Ou ele estaria acompanhado e por isso decidiu ficar na cama um pouco mais?

— O que foi? — Sabrina perguntou.

— Quê...? Nada.

— Luna, você tá com aquela cara.

— Que cara?

— Aquela! — frisou, me examinando com cuidado. — A de quando alguém... magoou você. O que foi?

Sacudi a cabeça, apressada.

— Nada. Só tô um pouco cansada. Você me chutou a noite toda. O Lúcio não reclama disso, não? — Seu Inácio tinha prometido que a bomba da caixa-d'água seria trocada naquele dia, e então eu poderia voltar para o aconchego do meu quarto.

— Não dormimos muito quando estamos juntos. — Ela sorriu, embaraçada.

Fiquei realmente angustiada quando o relógio marcou dez e meia e Dante ainda não tinha aparecido na revista. Todos os meus colegas de trabalho também estranharam, exceto Júlia, que parecia perdida em algum lugar inalcançável.

Aproveitei a hora do almoço para falar com ela. Júlia não tinha se acertado com o namorado, e o pai de sua filha queria reatar o relacionamento deles. Ela estava arrasada com a perspectiva de se apaixonar pelo cara outra vez, embora eu tenha desconfiado, pela forma como os olhos dela brilharam ao dizer o nome dele, que já fosse um pouco tarde para isso.

— Tudo bem por aqui? — perguntou Viny, parando em frente à mesa de Júlia, me fitando.

— Tudo. Só... A Júlia... estava me contando sobre um livro que ela leu.

— E o livro era tão ruim assim que a fez chorar? — Ele fez uma careta engraçada.

Júlia e eu rimos juntas.

— Um pesadelo, Viny — ela contou, secando os olhos.

Percebi que Viny estava esperando que eu me levantasse para nos afastarmos dos ouvidos curiosos, mas não pude me mover. Eu temia que ele me convidasse para sair outra vez, e eu ainda não sabia o que responder. Viny seria o namorado perfeito, eu sabia disso. Prestativo, educado, bem-intencionado, preocupado com minhas amigas. O que mais eu podia querer? Bom, aquele frio na barriga que eu sentia quando ele sorria tinha ido embora, mas isso não significava nada. Como a covarde que era, fiquei ali com a Júlia, até que o Viny precisou sair.

Minha alegria voltou quando seu Nicolau telefonou para avisar que, milagrosamente, meu carro tinha ficado pronto. Então mal pude me conter até que o relógio marcasse seis da tarde e eu pudesse ir buscá-lo. No entanto, quase caí de costas quando meu mecânico me apresentou a soma de todos os serviços e peças. O total era duas vezes o valor do meu salário. Consegui fazê-lo parcelar a dívida em seis vezes, mas mesmo assim teria de arrumar uns extras para cobrir os cheques. No fim das contas, ter aceitado a oferta de Jéssica tinha sido uma ótima ideia.

Apesar da falência iminente, saí da oficina feliz da vida, meu carro ronronava como novo — quer dizer, mais ou menos — e parecia mais macio que nunca. Estacionei o Twingo próximo à Ducati vermelha assim que cheguei na rua do meu prédio. A moto estava exatamente no mesmo lugar, e isso fez meu estômago se contorcer a ponto de eu sentir náuseas.

Mas talvez, em vez de estar na cama com alguém, como eu suspeitara mais cedo, Dante estivesse com problemas. E se ele tivesse caído no banheiro enquanto tomava banho e quebrado o pescoço? E se todos os pensamentos raivosos que tive contra ele ao longo dos meses finalmente tivessem surtido efeito e ele estava se esvaindo em sangue sem que ninguém soubesse?

Subi os três lances de escada de dois em dois degraus, com o coração martelando contra as costelas e a cabeça girando. *Por favor, faça com que ele esteja bem, por favor!*, eu murmurava enquanto batia à porta com força, e, quando ninguém respondeu, comecei a tremer. Lembrei que havia uma chave de emergência que Bia me entregara e eu guardara em algum lugar em meu quarto. Foi para lá que corri.

— Onde é o incêndio? — Sabrina perguntou assim que irrompi na sala, em uma pressa louca, jogando a bolsa sabe Deus onde e voando para meu quarto.

— Você viu o Dante quando chegou? — perguntei, revirando as gavetas. Meu quarto já estava uma zona mesmo, por causa da maldita goteira que ainda pingava.

— Não, mas topei com o cara do pet shop que a Bia costuma levar a Madona nas escadas agorinha, então tem alguém em casa. O Dante não foi trabalhar hoje?

— Não. E a moto dele não saiu do lugar... Achei! — Quase atropelei minha amiga na pressa de voltar ao corredor.

— Você vai entrar lá? — Ela arregalou os olhos. — Você perdeu o juízo, Luna?

É, acho que eu tinha perdido, sim.

— Ele pode estar ferido.

— Ou pode estar com alguém!

A figura de Alexia, com seu caminhar elegante de passarela, os cabelos esvoaçando, preencheu minha mente. Eu me detive, hesitando por um breve segundo. Sacudi a cabeça para dissipar a imagem.

— Então vou pagar o maior mico da minha vida... e provavelmente perder o emprego também, mas preciso ter certeza de que ele está bem.

Atravessei o corredor, coloquei a chave na fechadura e girei. Respirei fundo, ajeitei os cabelos e endireitei os ombros antes de abrir a porta, apenas uma fresta.

— Dante, você tá aí?

Latidos agudos foram a única resposta que obtive, e a cachorrinha quase escapou por entre minhas pernas.

— Ei, você. — Eu a peguei no colo e meu queixo caiu. Os longos e sedosos pelos brancos haviam sumido. No lugar deles, curtos tufos apontavam para todas as direções. Beatriz ia matar o irmão. Isto é, se ele estivesse vivo para isso.

— Onde ele está? — perguntei a ela, entrando na sala e fechando a porta.

Dante mantivera a casa organizada, ao menos os lugares que Madona conseguia alcançar. Coloquei a cadelinha no chão e chamei de novo. Ninguém respondeu.

Espiei na cozinha e no banheiro, onde, graças a Deus, ele não estava caído. A porta do quarto estava aberta e, mesmo na penumbra, pude avistar um pé grande largado sobre a cama.

Meus joelhos bambearam, um calafrio percorreu minha espinha e um nó fechou minha garganta. Engolindo em seco, me obriguei a seguir em frente. O quarto estava escuro, mal dava para ver seu peito. Ele estava só de cueca. E estava sozinho.

Estiquei a mão trêmula e toquei seu braço. Uma onda de alívio varreu meu corpo, me deixando mole, quase histérica, ao sentir o calor de sua pele. Mas o consolo durou pouco. Tateei no escuro até encontrar sua testa. Ele resmungou alguma coisa, sonolento. Estava quente, muito quente.

— Dante — chamei, sem obter resposta. Eu o sacudi levemente. — Por favor, acorda.

Busquei o interruptor e acendi a luz. Ele grunhiu, se virando de bruços, escondendo o rosto.

— Dante, acorda.

— Quero *dorbir* — resmungou. — Apaga isso.

— Não. Você tá com febre. O que você tá sentindo?

— *Sodo*. — Ele cobriu a cabeça com o travesseiro.

Sentei a seu lado na cama e descobri sua cabeça, tocando-lhe a bochecha escaldante. Ah, meu Deus, ele estava quente demais!

— Droga! Preciso te levar ao pronto-socorro, mas não vou conseguir fazer isso sozinha. Você consegue ficar de pé?

— *Dão* preciso ir a lugar *denhum*. Por que você *dão* quer *be* deixar *dorbir*?

Eu o ignorei, alcancei seu ombro e tentei erguê-lo, mas teria mais sucesso se tentasse elevar o teto em mais alguns centímetros.

— Por favor, *Lu-da-a-a-a-atchim*! — E espirrou algumas vezes. Ele abriu uma fresta dos olhos, me deixando ainda mais preocupada. Estavam vermelhos, brilhantes demais, caídos, como de ressaca. — Só quero ficar quieto. Você estava sendo boazinha até agora.

— Eu não estava aqui. — Eu fiquei de pé, procurando ao redor uma roupa para vestir nele. — Acho que você tá delirando.

— Lá vem você de *dovo*.

Encontrei uma camiseta pendurada na maçaneta e tentei passá-la pela cabeça dele, mas Dante não colaborou.

— Por favor, Dante, eu preciso te vestir.

— *Dão* era isso que você queria fazer agorinha. — Tentei ignorar seu comentário e o fato de sua voz sempre firme estar pastosa. — Só estou um pouco gripado. *Beu dariz* tá escorrendo, o corpo todo dói.

— Ah, minha nossa! E se for a tal gripe esquisita cheia de siglas?

— *Dão* é. Eu saberia se fosse. — Ele rolou de lado, se aconchegando no travesseiro.

— Dante, você não tá em condições de saber nada — insisti.

— Sei sim. Eu tô com *sodo*. E você *dão* devia ficar aqui. Pode ficar doente também. Eu já liguei pro *beu bédico*. Ele vai passar aqui *bais* tarde.

Eu hesitei.

— Você tá falando sério?

— Estou. Agora vai pra casa antes que você fique gripada também. — E, quase que no mesmo instante, começou a roncar.

Até parece que eu ia deixá-lo sozinho...

Impaciente demais para ficar sentada, procurei indícios na cozinha de que ele tivesse comido alguma coisa, mas não encontrei nada. Decidi preparar uma canja, mas uma rápida olhada bastou para eu descobrir que a geladeira estava completamente vazia. Fui até em casa, deixando Sabrina de sentinela na porta para o caso de o médico aparecer, e peguei todos os ingredientes que precisaria, além da minha bolsa, um termômetro, antitérmico e aspirinas.

Enquanto preparava a sopa, vez ou outra eu ia até o quarto para saber se a febre tinha baixado e voltava frustrada, pois tinha a impressão de que ele ficava cada vez mais quente. Assim que terminei o jantar, a campainha tocou. Conduzi o médico baixinho com um bigode negro enorme até o quarto. Obriguei-me a deixá-los a sós, lhes dando privacidade, e esperei na sala, os olhos grudados na porta que se fechara.

— E então? O que ele tem? — perguntei ao médico assim que ele saiu do quarto.

— Uma bela gripe. Dante tomou a vacina contra a H1N1, o que não exclui a possibilidade, mas nos dá um pouco de tranquilidade. A febre deve persistir por mais um ou dois dias. Não há nada a fazer além de aliviar os sintomas e a dor. Dê a ele bastante líquido, e vou deixar uma receita com dois antitérmicos para serem intercalados, caso a febre volte antes de seis horas. Se não baixar, coloque-o num banho morno até que pare de tremer.

Ouvi tudo com atenção e o esperei continuar, quando percebi que aquilo era tudo.

— Só isso? Ele tá largado na cama e o senhor não pode prescrever nada que o tire dessa prostração? — perguntei, frustrada.

— Sinto muito. Gripes funcionam assim. O corpo sabe o que fazer. A febre é indício de que o organismo está combatendo o vírus. Tente fazer com que ele coma um pouco. Qualquer coisa que queira, mesmo que seja chocolate. É melhor do que ficar com o estômago vazio. Ele precisa estar forte para vencer a gripe. Me telefone caso haja alguma mudança no quadro.

Ele me entregou um cartão de visitas e a receita não contendo nada mais que Tylenol, Dipirona e vitamina C.

Levei-o até a porta e voltei para o quarto. Dante estava meio sentando, meio deitado na cama, o lençol cobria-lhe os quadris e as coxas, a cabeça pendia para o lado, ele respirava com dificuldade. Abriu os olhos assim que entrei, e um carranca reprovadora tomou conta de seu rosto.

— Eu *bandei* você ir pra casa.

— Mas eu não fui. Quando foi a última vez que você tomou o antitérmico?

— Sei lá. *Ubas* duas da tarde, acho.

Olhei para o despertador ao lado da cama. Eram oito e meia. Sem dizer nada, busquei um copo de água e o obriguei a engolir o remédio. Dante não relutou, mas, assim que pousei o copo na mesinha de cabeceira, ele disse:

— Pronto, agora pode ir.

— Não vou a lugar nenhum até a sua febre baixar.

— *Bedida teibosa*!

Eu era a menina teimosa? *Eu?*

— Tá com fome? Eu fiz canja.

— *Dão*. Tô com frio. — Ele puxou o lençol até o pescoço e afundou na cama. — Pode apagar a luz, por favor?

— Eu preferia que você comesse um pouco antes de dormir.

— Depois eu *cobo*. *Probeto*.

Com um suspiro resignado, apaguei a luz, mas acendi o abajur. Ele gemeu e se virou para o outro lado, escondendo o rosto da claridade. Eu esperava impaciente que o relógio andasse logo e o antitérmico fizesse efeito. Era horrível ouvir a respiração dele, pesada e cansada, e ficar ali, impotente. De pouco em pouco, eu esticava o braço e tocava sua testa, ainda muito quente. Numa dessas vezes, ele suspirou, como se sentisse alívio ou coisa assim. Pegou minha mão e beijou a palma, antes de colocá-la sobre a bochecha corada.

Três horas se passaram e Dante esquentou ainda mais (como era possível?!). Eu lhe dei Tylenol, na esperança de que a combinação dos medicamentos finalmente fizesse efeito. Mas não fez. Ele gemia, tremia sob os lençóis e se mexia como se procurasse uma posição confortável.

Eu já estava em pânico, pronta para colocá-lo sob o chuveiro, quando meu celular tocou. Passava de uma da manhã.

— Luna, você está bem?

— Não, vovó! — eu disse, quase aos prantos. — Eu... tô com medo de que o Dante... A febre dele não cede! Ele está cada vez mais largado na cama, eu já dei os remédios, mas não adiantou nada!

— Devagar, filha. O Dante é seu namorado?

— Não, ele é... meu chefe... meu vizinho... Ele é meu amigo. Estou preocupada com ele.

— Certo. Agora, com calma, me explica o que está acontecendo?

Um tanto histérica, consegui dizer a ela o estado em que Dante se encontrava.

— Você deu a ele chá de flor de sabugueiro? — vovó perguntou depois que terminei de falar.

— E onde eu vou arrumar chá de flor de sabugueiro, vó?!

— Em qualquer farmácia — respondeu, e eu quase pude ver seu revirar de olhos. — Ou então pode fazer aquele chá de alho que sempre curou você e seu irmão.

O chá de alho da vovó Cecília! Eca, era horrível. Mas eficiente. E era isso que importava no momento.

— Me ensina a fazer, por favor? — implorei.

— Você vai precisar de alho, limão e mel. — De um fôlego só, ela me explicou como preparar e, por fim, acrescentou: — Vá cuidar do seu homem.

— Tá. Obrigada, vó.

— De nada, filha. Ligo amanhã para saber se ele está melhor.

— Vovó! — chamei antes que ela desligasse. — Como sabia que eu precisava da senhora?

— Fui ler sua sorte e as cartas avisaram sobre problemas de saúde. Fico feliz que não seja a sua saúde, embora a saúde do seu homem possa lhe causar alguma aflição.

— A senhora nem imagi... Ei, não! Ele não é meu homem, não, vó! Ele é meu chefe, meu vizinho, meu amigo. Só tô preocupada porque... ele mora sozinho e não tem ninguém pra ficar de olho, sabe... se ele vai tomar os remédios na hora certa e... ele precisa sarar para poder me pagar e... eu acho que ele precisa de alguém que cozinhe, porque ele não é muito bom no fogão. Ao menos acho que não.

— Tudo bem, filha. Não precisa dar explicações. Se você diz que ele não é seu homem, ele não é. Vá cuidar de seu amigo, então.

Desliguei o telefone e fui ao meu apartamento buscar os ingredientes para fazer o chá. Estava tudo quieto, Sabrina provavelmente já tinha dormido, por isso fiz o mínimo de barulho possível. Voltei para lá e preparei o chá na cozinha ordenada da Bia. Esperei a bebida amornar e levei uma xícara para Dante, que ainda queimava de febre.

— O que foi? — ele perguntou meio grogue, quando toquei seu braço.

— Fiz pra você e gostaria muito que tomasse tudo. — Coloquei a caneca entre suas mãos e as segurei firme.

— O que é isso?

— Chá de... limão e mel — falei.

Ninguém toma chá de alho se souber do que se trata. Eu não estava enganando Dante, estava só, sabe como é, ocultando certos ingredientes.

— Posso *tobar* depois?

— Não. A febre não está baixando e estou ficando preocupada. Por favor, beba, Dante. Por favor! — supliquei.

— Tá bem. — E, fácil assim, ele concordou, se sentando e bebericando alguns goles para logo depois fazer uma careta. — Eca, *Luda*, isso é ruim!

— Muito doce?

— Antes fosse. O que tem aqui?

— Limão e mel, nada mais! — garanti, com a cara mais inocente que pude manejar.

— *Combidação* horrível. — Mas ele continuou bebendo até esvaziar toda a xícara, decorada de flores cor-de-rosa. — Pronto. *Tobei* tudo. Agora, por favor, vá pra casa. Eu *dão* quero que você fique *bal* por *binha* causa.

— O que você ainda não entendeu é que vou me sentir péssima se não tiver notícias suas. Então, prefiro ficar e arriscar. Além disso, quase nunca fico gripada. — Toquei sua testa. Dava para fritar um ovo ali. — Você tá tão quente...

Ele me exibiu um sorriso cansado, mas cheio de significados.

— Adoro quando você diz essas coisas.

Acabei rindo.

— Seja bonzinho, Dante. Se esse chá não funcionar em uma hora, vou te colocar no banho, como o médico recomendou.

— E você só *be* diz isso agora? Se eu soubesse, *dão* tinha bebido essa coisa horrível! — ele tentou brincar, embora tenha soltado o peso e caído no travesseiro.

Ajeitei o lençol sobre ele, cobrindo-o até o ombro. Então me sentei ao seu lado e esperei. Em pouco tempo, ele estava dormindo de novo. Observei o quarto, pela primeira vez atenta aos detalhes. A decoração marrom e azul-clara não era exatamente feminina, mas tampouco combinava com o homem prostrado ali no colchão. Um grande pôster da Bia e do Nando estava pendurado sob a cabeceira, os dois riam abraçados, nariz colocado com nariz, e pareciam tão apaixonados que tive de desviar os olhos.

Para me acalmar e fazer o tempo passar, peguei o notebook na bolsa e abri um novo arquivo de texto. Se a Jéssica me pedisse mais material logo, eu estaria preparada. Isto é, se eu soubesse sobre o que queria escrever.

Um bom tempo se passou sem que eu digitasse nada. Estudei o homem adormecido ao meu lado, a luz fraca do abajur deixou seus cabelos marrons repletos de mechas douradas. A testa permanecia franzida, os lábios estavam ressecados, queimados pela alta temperatura, os cílios perfeitos descansavam acima dos ossos proeminentes das bochechas. E eu queria muito, muito mesmo, que ele ficasse bom logo. Parecia tão errado que aquele homem forte e determinado adoecesse. Olhando para ele assim, indefeso, ele não parecia o redator-chefe arrojado e muitas vezes agressivo. Era mais como um... como um...

Uma vez, quando eu anida era pequena, queria ter um gato, mas minha avó, muito sábia, me fez desistir da ideia. "Gatos não pertencem a ninguém, eles decidem ao lado de quem viver", ela dissera. É da natureza felina ser autossuficiente, prezar a liberdade.

Às vezes penso que a mesma regra se aplica aos seres humanos. Algumas pessoas não pertencem a ninguém além de si mesmas. E a beleza da coisa está aí. Elas nunca pertencerão, mas podem – e vão – escolher alguém para dividir as aventuras. A insegurança sempre nos faz querer, ter, precisar, possuir, colecionar coisas ou pessoas, mas não seria melhor, em vez de possuir alguém, ser escolhido por esse alguém e ter a escolha também? Como iguais, como os dois seres ímpares que são, mas com o mesmo desejo de se tornarem um par indivisível? Os sentimentos nascem em lugares inesperados, e essa é a forma mais pura e sincera, pois não se alardeia aos quatro cantos, se guarda no coração e apenas se sente, saboreando cada instante que o outro ofer...

— Trabalhando?

— Ahhhhhhhhhh! — gritei, quase derrubando o computador quando a voz rouca soou ao meu lado. Dante tinha os olhos na tela. Fechei a tampa num impulso, abandonando o notebook sobre a mesinha de cabeceira. — Só escrevendo bobagens. Como se sente? — Coloquei a mão em sua testa. Soltei um longo suspiro de alívio. Pequenas gotas de suor se formavam ali. Ele ainda estava quente, mas a febre finalmente começava a ceder.

— Bem *belhor*. Aquele seu chá horrível *funciodou*.

— Receita da minha avó. Você vai ter que tomar mais algumas xícaras para sarar de vez. Quer que eu pegue alguma coisa pra você?

— Eu... Seria *buito* abuso se eu pedisse algo gelado para beber?

— Não, nem um pouco! — Saltei da cama, feliz, mas me detive. — Só... não muito gelado assim, tá?

Ele assentiu, um leve sorriso satisfeito ergueu os cantos de sua boca seca.

Corri para a cozinha e abri uma caixa de suco de laranja. Na pressa, derramei o líquido sobre a pia, enquanto colocava um prato de sopa dentro do micro-ondas. Não encontrei nenhuma bandeja, então improvisei usando uma assadeira de bolo retangular. Acomodei o suco, o prato de sopa, fatias de pão e um copo de água. Acendi a luz do quarto com o cotovelo quando voltei, e dessa vez Dante não resmungou, o que achei um bom sinal. Ele se sentou, parecendo muito mais disposto, sua pele já não estava tão corada e o cabelo, mais despenteado do que nunca, começava a grudar em sua testa.

— Trouxe um pouco de canja. O médico disse que você precisa comer. Não tá muito quente.

— Tá com *uba* cara *buito* boa.

— Espero que o gosto também. Eu estava meio aflita enquanto cozinhava. Vai que usei açúcar em vez de sal...

— Assim você *be* assusta. — Ele sorria.

Coloquei a assadeira sobre suas pernas e me sentei de frente para ele.

— Vai, come. Você não vai ficar pior do que estava ainda agora.

Ele riu, e só então me dei conta de como tinha sentido falta daquele som.

Ele tomou um longo gole do suco e pegou a colher, hesitando por um instante, então levou o caldo à boca. Sua testa franziu.

— *Beu* paladar *dão* está lá essas coisas, *bas* parece *buito* boa. — Ele experimentou outra colherada. — *Buito* boa *besbo*.

— Que bom.

Ele mergulhou a colher no caldo, mas se deteve.

— Você jantou?

— Não tô doente.

— E por isso *dão* precisa *cober*? Se você *dão be* acompanhar, *dão* vou *cober bais*.

Revirando os olhos, fui até a cozinha e servi mais um prato. Voltei para junto dele e percebi que ele tinha razão. Agora que a tensão começava a ceder, me dei conta de que estava varada de fome. Comemos juntos ali na cama, em silêncio. Dante me observava com um sorrisinho besta na cara e, por duas vezes, deixei cair caldo em minha blusa. E ele comia com gosto, faminto, raspando o prato com nacos de pão.

Quando retornei ao quarto, depois de levar a louça para a cozinha, o encontrei de pé, abrindo o armário.

— O que está fazendo?

— Preciso de um banho. Estou todo suado e grudento — explicou, jogando uma peça de roupa cinza no ombro.

— Ah! Banho morno — avisei.

— Tá bem, *bãe*.

Eu congelei.

— Tô exagerando, não tô? Desculpa. É só que... você me deixou tão preocupada, Dante — confessei, constrangida.

Ele sacudiu a cabeça, o rosto iluminado por algo que não consegui identificar.

— Você é tão bobinha, *Luda*. — E beijou minha testa ao passar por mim a caminho do banheiro.

Sentei na cama. O lençol estava úmido de suor e decidi trocá-lo. Encontrei roupa de cama no guarda-roupa da Bia e a estiquei sobre o colchão, levando os lençóis usados para a lavanderia. Madona apenas ergueu a cabeça quando passei por ela antes de voltar ao quarto. Então me detive e prendi o fôlego. Dante terminara seu banho. Ele vestia um shorts cinza surrado e tinha as costas viradas para mim. Esfregava a toalha nos cabelos, que, úmidos como estavam, eram quase negros, as asas tatuadas em sua pele pareciam ter ganhado vida, como se ele estivesse prestes a alçar voo.

Ele então se virou, e a visão de seu tórax era tão deliciosa quanto a de suas costas, digna de homenagem, como uma escultura renascentista que eu pudesse ficar admirando sem me sentir tão constrangida, pois era para isso que as esculturas existiam, certo?

Ele também me examinava, e sua boca se estreitou.

— Você veio direto do trabalho pra cá? — perguntou em tom reprovador.

— Vim. Eu... estava preocupada com você.

Ele assentiu e se dirigiu ao guarda-roupa, puxando uma mochila preta de viagem e revirando-a até encontrar uma camiseta marrom — outra com a cara do Chuck Norris na frente.

— *Tobe* um banho. Você deve estar exausta.

— Não se preocupe comigo. Eu...

— Por favor, *Luda*, eu já estou *be* sentindo *péssibo* por você ter ficado acordada *cobigo* a noite toda, você *bal cobeu*, ainda está de sapatos.

Diante de sua expressão de súplica, eu cedi. Até pensei em ir em casa tomar um banho e voltar, mas não queria acordar Sabrina. Nem queria ficar longe de Dante.

Além da camiseta, ele me passou uma toalha limpa. Fui para o banheiro levando minha bolsa e me sentindo um tanto envergonhada pela invasão que impus a ele. Sobre a pia, espremidos em um cantinho, encontrei um desodorante, espuma de barbear, loção pós-barba e xampu. Era tudo de que Dante precisava.

Todos os cacarecos de Beatriz e Nando se misturavam de forma organizada em uma prateleira sob o espelho.

Tomei um banho rápido e depois vesti a camiseta do Chuck, que chegava à metade das minhas coxas, e nada mais. Esticando a camiseta para que ela cobrisse o máximo possível de meu corpo e me sentindo muito sem graça, dei uma espiada no quarto, cuja luz ainda permanecia acessa. Dante estava deitado, o lençol cobrindo parte dos quadris e uma das pernas.

Ele me olhou dos pés à cabeça e refez o caminho, se detendo em meus joelhos.

— Em todas as vezes que *ibaginei* você dentro dessa *cabiseta*, ela *dão* ficava tão comprida assim — confessou.

— Não sou tão alta quanto você imagina. E para de ficar imaginando coisas a meu respeito — hesitei, sem saber o que fazer. Então, emendei: — E eu... vou ficar ali no sofá. Se precisar de mim, é só chamar.

— *Dão.*

— Não, você não vai precisar de mim ou não, não vai me chamar? — perguntei.

— *Dão*, de jeito *denhum* você vai *dorbir* no sofá. Vai ficar aqui *cobigo.*

— Dante... não acho que...

— *Luda*, estou esgotado. *Be* sinto *buito belhor, bas dão* tão *belhor* a ponto de fazer qualquer coisa que *dão* seja *dorbir*. Eu quis que você ficasse longe de *bim* para *dão* ficar doente. Acho que é tarde pra pensar *disso* agora. *Dão* seja *teibosa.*

— Não tô sendo teimosa, só... não acho que eu devia me enfiar assim na sua cama. Já invadi a sua casa — expliquei em voz baixa, retorcendo as mãos atrás das costas.

— Estou convidando. — E ergueu o lençol.

Eu titubeei. Seria muito mais fácil monitorar a temperatura dele se eu ficasse ali. No entanto, qualquer possibilidade de sono seria banida. Não que eu não acreditasse nele. Mas como eu poderia dormir ao lado de Dante? Dormir com alguém envolve um bocado de coisas, confiança, intimidade, companheirismo. Dormir com alguém é íntimo demais. Mais até do que sexo, que se pode fazer com um desconhecido. Para poder relaxar, se desligar do mundo e cair na inconsciência, é preciso algo muito mais profundo que química. É preciso mais, e eu sabia que esse mais não existia com Dante.

Mesmo assim, acabei aceitando e apaguei a luz antes de me juntar a ele. Subi no colchão com cautela e deixei uma boa distância entre nós.

— Eu não *bordo* — ele sussurrou no escuro.

— Ah, morde sim. Fiquei com uma marca no pescoço por quase uma semana para provar isso.

Ele gargalhou, me fazendo sorrir na penumbra.

— Tudo bem, *hoje* eu não *bordo*. Vem cá, *Luda*. — Dante esticou o braço e, quando não me movi, ele se aproximou um pouco mais e, deliberadamente, me puxou até que eu ficasse grudada a ele, frente a frente, a cabeça descansando na curva de seu ombro.

Fiquei imóvel por um momento, sem saber o que fazer, onde colocar as mãos. Decidi que sua cintura era um local seguro e toquei a pele fria, na temperatura certa, afinal. Soltei um longo suspiro que o fez rir de leve.

— Pode relaxar agora. Estou bem, *beu* anjo. — Ele beijou o topo da minha cabeça, acariciou meu cabelo úmido por todo o comprimento, escolheu uma mecha e a enrolou nos dedos. — Adoro seu cabelo.

Não pude evitar curvar os lábios para cima, mas tentei disfarçar, esfregando o nariz em seu ombro, que cheirava a sabonete e Dante. Ele continuou a afagar meus fios, mas passou o outro braço em minha cintura, se apertando contra mim de uma forma já tão familiar que chegava a ser revoltante e certa ao mesmo tempo.

— Você não devia me abraçar assim — falei, fechando os olhos. — Desse jeito vou acabar gostando de você mais do que devia.

— Quem dera eu tivesse tanta sorte — ele comentou, irreverente, mas me apertou ainda mais forte contra o peito, afundando o rosto em meus cabelos.

Permanecemos assim, agarrados um ao outro por um longo tempo, até que ele adormeceu. Encostei os lábios na pele de seu pescoço para me certificar de que a febre não voltara. Ele estava bem.

Contrariando tudo em que eu acreditava, comecei a me sentir mole, zonza, mas suas palavras ficaram girando em minha cabeça por um bom tempo. *Quem dera eu tivesse tanta sorte.*

— Você tem mais sorte do que pensa — murmurei, antes de me perder na inconsciência.

30

Acordei com o barulho de água correndo. Os raios de sol atravessavam a cortina diáfana, iluminando todo o ambiente. Estiquei-me na cama, as juntas estalaram, uma bolinha peluda saltou sobre minha barriga e se pôs a lamber meu rosto.

— Tudo bem, já acordei. — Fiz um afago na cabecinha da Madona.

O ruído de água cessou. Segundos depois, Dante cruzava a porta com uma toalha branca enrolada na cintura estreita, os cabelos pingando.

Madona, como a fêmea que era, exibia orgulhosa a nova tosa e, demostrando sua euforia ao ver Dante, me deixou de lado e correu para os pés da cama, latindo e saltando, exigindo, e conseguindo, atenção. Cadelinha exibida!

— Oi — ele me disse, rodeando a cama. Dante apertou a toalha na cintura e se inclinou para beijar minha boca com ternura. Surpresa, acabei correspondendo.

— Você tá bem? — resmunguei um pouco embaraçada, a voz ainda áspera de sono, erguendo a mão para tocar sua bochecha.

— Escuta só. — Ele fungou, pigarreou e sorriu satisfeito. — Luna. Ouviu? Lu-*naaa*!

— Ah, que droga. Eu estava gostando do *Luda*.

Dante se sentou na cama e pegou minha mão, entrelaçando os dedos aos meus.

— Obrigado por cuidar de mim.

— Não me agradeça ainda. Você vai ter que tomar o chá de novo. Pelo menos hoje.

Ele fez uma careta.

— Você é uma mulher cruel. Muito cruel, sabia?

— É, você já disse uma ou duas vezes. — Joguei as pernas para fora da cama. — Vou preparar seu café da manhã, que inclui o delicioso chá de alho e dois comprimidos de vitamina C.

— De alho? — Ele me segurou pelo ombro, me impedindo de levantar. — Luna, você realmente me detesta!

— Não mais — falei com sinceridade.

Ele pareceu contente ao ouvir minha confissão e me soltou, se erguendo e me dando espaço para sair da cama.

— Acho melhor você esquecer o café. Já passa da uma — avisou, indo até o armário.

— Da tarde?! — arregalei os olhos e saltei da cama. — Inferno! Eu devia estar na revista!

— Relaxa. Você está de folga hoje.

— Estou coisa nenhuma! — E, rapidamente, juntei minhas roupas que estavam dobradas sobre os braços da poltrona. — Preciso terminar o layout dos anunciantes e mandar pra você aprovar. Ainda tenho que responder uma centena de e-mails de leitores da Clara. Preciso...

— Eu te dei folga hoje — ele me interrompeu, revirando a mochila em busca do que vestir. — Fica tranquila.

Eu empaquei, horrorizada.

— Você fez *o quê*? — Eu não tinha a intenção de gritar, não mesmo. Mas algo saiu de controle dentro de mim. E não era uma coisa muito boa.

— Eu te dei o dia de folga. Também liguei para o Murilo e o deixei no controle das coisas — contou, jogando algumas peças de roupas na poltrona, alheio a meu estado de espírito.

— Por que você fez isso? — perguntei, em completo horror, abandonando minhas coisas sobre a cama.

— Porque alguém tem que ficar no comando da revista quando não estou lá.

— Tô falando da minha folga! Por que você faria algo tão horrível?

Ele finalmente se deu conta de que havia algo errado e voltou a atenção para mim, mas, pela expressão confusa, não conseguiu captar o conteúdo.

— Não fiquei aqui com você na noite passada para ganhar uma folguinha, Dante! — explodi. — Como você pôde fazer uma coisa dessas? — Engoli em seco, cerrando os punhos e respirando rápido demais. — Com que direito você se mete assim na minha vida, no meu trabalho?

— Luna, só achei que... — Surpreso, ele tentou me alcançar, mas me esquivei de seu toque.

— Que, por ser meu chefe, você pode decidir o que fazer com a minha vida? — berrei. — Pois você não pode!

— Eu só queria que você descans...

— Sou *tão* burra! Pensei que você tinha entendido que o relacionamento que temos fora da revista é diferente, dois... amigos, e não chefe e empregada. — Continuei andando de um lado para o outro sem ver nada à minha frente.

— Amigos? Não acho que...

— É, tem razão. Não existe amizade! — Eu o cortei, avançando em sua direção até que nosso rosto ficou a um suspiro de distância. Bom, tecnicamente era o peito dele a centímetros da minha cara, já que ele era muito mais alto que eu, mas isso não importa. Ergui o queixo para encará-lo. — Como pode existir? Você é sempre o grande redator-chefe que dá as ordens, e eu, a tola que as executa sem reclamar.

— É essa a sua ideia de *sem reclamar*? — ele murmurou, franzindo a testa. — E quer parar de gritar comigo e me escutar?

— Não tenho tempo pra isso. Preciso trabalhar!

Girei sobre os calcanhares e saí pisando duro. Bom, eu pelo menos tinha a intenção, mas Dante atrapalhou minha saída tempestuosa, me segurando pelo cotovelo.

— Eu não tinha a intenção de parecer autoritário — começou, falando em voz baixa, o rosto congelado em uma máscara paciente que me irritou ainda mais. — Eu só queria que você dormisse mais um pouco.

— Você é sempre um...

Ele cobriu minha boca com a mão, me encarando com os olhos suplicantes.

— Eu queria que você descansasse. Só achei que fosse um jeito de agradecer por ter me dado, por mais estranho que isso possa parecer, uma das noites mais agradáveis da minha vida.

Sacudi a cabeça para me livrar de sua mão em meu rosto.

— E com isso você a transformou numa coisa suja! Você pagou pelos meus serviços com uma folga. Você me fez parecer uma... prostituta barata, seu... seu... redatorzinho de merda! — Eu o empurrei com força para me livrar dele e, surpreso, Dante cambaleou para trás.

— *Suja?* — ele repetiu descrente, empalidecendo, como se eu o tivesse magoado. Profundamente.

— Suja, sim! — continuei, empinando o nariz. — Fiquei aqui com você porque estava preocupada. Fiquei ao seu lado porque queria te ajudar. Eu não queria nada em troca. Nem um agradecimento. Nada! E você decide que, melhor do que um simples *obrigado*, é pagar pelos meus cuidados me subornando com um dia de folga! Que grande porcaria de amigo você é!

A postura dele mudou. Dante ficou mais alto, mais largo e determinado.

— Luna, você entendeu tudo errado... — Ele se plantou à minha frente ao perceber que eu tinha a intenção de sair dali o quanto antes.

— Sai da minha frente, Dante. Me deixa passar porque eu já tô atrasada demais e meu chefe é um grande babaca.

— Para com isso e me escuta — ele pediu, correndo uma mão pelo cabelo úmido.

— Pra você me magoar um pouco mais? Não, obrigada. — Eu o empurrei e fui passando, mas ele me puxou de volta com facilidade.

— Eu magoei você? — perguntou, apavorado.

Limitei-me a lançar um olhar para ele. Dante entendeu e ficou ainda mais perturbado.

— Não quero magoar você, meu anjo. Você não pode permitir que eu te magoe.

Ignorei o arrepiou que percorreu minha coluna ao ouvi-lo me chamar daquele jeito carinhoso.

— Tem toda razão. — Puxei o braço, me libertando. — Não vou permitir mesmo.

— Não. Espera! — ele gritou quando abri a porta, encostando-se à madeira e, mais uma vez, me prendendo ali com ele. — Não vou deixar você ir embora assim. Vamos acertar as coisas antes.

— Não temos nada para acertar. Caramba, Dante! Qual a parte do *sai da minha frente* você não entendeu ainda?

— Temos sim — rebateu, ignorando meu comentário. — Você sabe que temos. E não vou deixar você sair até a gente conversar.

— Tô pouco me lixando para o que voc... Ei! — objetei quando, sem aviso, ele me içou do chão pelo quadril, me jogando sobre o ombro. — Me solta! Me põe no chão!

— Não até a gente resolver a bagunça que eu acho que fiz.

Assim que percebi que ele estava me carregando de volta para o quarto, comecei a socar suas costas nuas.

— Se você pensa que agindo como um homem das cavernas vai conseguir acertar alguma coisa comigo, é porque aquela febre toda fritou o seu cérebro.

— Não. *Você* fritou o meu cérebro!

E de repente eu estava voando até colidir contra o colchão macio. Dante ficou ali, na minha frente, as mãos nos quadris, os olhos faiscando de raiva.

— Desde que nos conhecemos melhor, tudo o que eu faço é cometer erros, falar um monte de bobagens e ser um idiota.

— Não põe a culpa em mim por ser um idiota. Você já nasceu assim! — rebati, afastando os cabelos que me caíram no rosto.

— Você não entende! — Ele bufou. — Não sei o que fazer com você, Luna. Não sei o que fazer com o que sinto por você. Mas tenho certeza que não quero te magoar. E me apavora saber que posso fazer isso. Você sempre deixou claro que não gostava de mim, mas... as coisas mudaram pra você também, não é?

Não sei o que fazer com o que sinto por você. Um tremor reverberou por minha coluna.

— Mudaram porcaria nenhuma! — objetei, com bem menos ênfase do que pretendia.

— Mudaram, sim! Você gosta de mim agora. — E apontou um dedo acusador na minha direção. — Vamos ser honestos um com o outro, tá? Eu gosto de você. Pra cacete!

Eu pisquei, bastante surpresa com aquela confissão franca. Ele já tinha dito que gostava de mim, lá na clínica veterinária, mas tinha sido diferente. Não fora uma declaração crua e sincera, como agora.

Ele mantinha os olhos fixos em mim, a raiva cedendo aos poucos.

— Foi por gostar de você — ele continuou — que quis te dar o dia de folga. Você cuidou de mim na noite passada, eu queria cuidar de você também. Mas acabei dando a impressão errada e lamento muito.

Eu quis responder, tinha toda a intenção de continuar gritando com ele, mas como eu poderia? Ele queria cuidar de mim? Cuidar mesmo, como se... se realmente se importasse comigo?

Não sei o que fazer com o que sinto por você. Eu gosto de você. Pra cacete!

— Juro que, se a gente não trabalhasse juntos, eu teria feito a mesma coisa. Teria ligado para o seu trabalho e inventado uma desculpa qualquer só pra te deixar dormir um pouco mais. Acontece que as coisas são diferentes, e eu me aproveitei da minha posição para te beneficiar. — Dante se agachou diante de mim, esticando o braço para tocar minha mão com certa hesitação. Não recuei, e isso o fez ganhar mais confiança e apertar meus dedos de leve. — A intenção foi boa, juro!

— Que inferno, Dante! — Soquei seu peito com a mão livre e acabei me distraindo por um ou dois segundos com o contraste entre a pele suave recoberta por pelos macios e os músculos rijos sob ela. — Odeio quando você faz isso. Odeio quando tento te odiar e não consigo porque você diz a coisa certa. É um saco!

Apesar do sorriso largo, da meia-lua sexy nas bochechas, seu olhar o traía e expunha apreensão.

— Estou perdoado? — ele quis saber, em um sussurro quase infantil que me fez sorrir.

— Se eu tiver o dia de hoje descontado do meu salário.

Ele revirou os olhos, sacudindo a cabeça, mas não soltou minha mão.

— Você é insuportavelmente teimosa!

— Não misture o que acontece na revista com o que acontece fora dela — alertei, inclinando a cabeça para frente. — Nunca mais faça isso, Dante.

— Nunca mais. Aqui fora você é a Luna, minha enfermeira favorita que me faz tomar chá de alho. E também a mulher que tem me tirado o sono nos últimos tempos — concluiu com a voz baixa, porém intensa.

Não sei o que fazer com o que sinto por você.

— Dante... — minha voz saiu rouca.

— Não quero mais fingir. Sei o que anda acontecendo com a gente. Sempre soube. E, se você for honesta, vai admitir que sabe também.

Soltando minha mão, ele abriu os braços para abraçar meus quadris, me arrastando pelo colchão até me posicionar na beirada da cama. Dante se encaixou entre as minhas coxas. Em momento algum, seu olhar deixou o meu.

— Na-não sei do que você tá falando — balbuciei, presa na armadilha de seus olhos castanhos.

— Você sabe exatamente do que eu estou falando. E vou adorar te provar isso.

Ele alcançou uma mecha de cabelo em meu ombro e o empurrou para trás, se inclinando sobre mim para depositar um beijo abrasador na lateral do meu pescoço, os dentes arranharam de leve a pele sensível.

Ah, céus, eu estava tão perdida!

— Vo-você tá louco se acha que eu v-vou ficar com você outra vez — falei, ciente de como soara atordoada.

— Tenho de admitir que vou adorar estar com você de novo, meu anjo. Mas o que eu quero te mostrar está além do prazer carnal, é mais sublime e... — ele deslizou o nariz pela minha bochecha, seguindo em direção à minha orelha — profundo — sussurrou ali, me fazendo tremer da cabeça aos pés. — Me deixa provar, Luna.

Mas, em vez de lhe dar permissão ou até repelir suas táticas indecentes e enlouquecedoras de sedução, fiz tudo errado. Sem poder controlar os hormônios que borbulhavam dentro de mim, eu me enrosquei nele, tomando sua boca, abraçando-o com braços e pernas, beijando-o como se o mundo estivesse prestes a acabar e eu precisasse lhe mostrar como ele era importante para mim.

Fiquei chocada, perplexa, com a enormidade do que havia extravasado de meu coração, algo que eu não sabia como tinha entrado ali, para começo de conversa, mas que se agarrava a cada célula de meu corpo, se amalgamando a cada minúscula parte de mim.

Foi quando eu soube.

E, infelizmente, acho que o Dante também.

31

Cheguei à revista atrasada no dia seguinte. Em parte porque fiquei esperando a Ducati vermelha desaparecer da frente do prédio, em parte porque meu carro não quis pegar.

Ao chegar ao edifício onde funcionava a *Fatos&Furos*, seu Josemar me esperava com um sorriso imenso no rosto.

— Bom dia, Luna. Tem uma entrega especial aqui pra você. — Ele se abaixou para pegar algo atrás do balcão. — Olha que beleza! — Então enfiou um imenso ramalhete de flores no meu nariz.

Comecei a espirrar no mesmo instante. Meu nariz coçava e ardia, e, a cada espirro, eu sentia que meu cérebro corria o risco de sair pelas narinas. Espirrei tanto que seu Josemar deixou as flores de lado e veio me ajudar, tentando me segurar, mas minha cabeça ia para trás e voltava com violência para frente, liberando o spray úmido de um jeito bem escandaloso.

— Meu Deus, menina! O que foi que aconteceu?

— Alergia a... a... — *Espirro, espirro, espirro.* — ... a pó-pó... — *Espirro, espirro.* — ... pólen.

— Virgem santa! Você tem alergia a flor?

Tudo o que consegui fazer foi assentir antes de me lançar em outra bateria de espirros convulsivos. Meus ouvidos entupiram, os olhos lacrimejavam e meu nariz escorria sem parar.

— Quem te mandou isso com certeza não sabia desse seu probleminha — ele constatou.

— Provavelmente não. Deixaram cartão ou... — *Espirro.* — ... coisa assim?

Ele girou o ramalhete até encontrar um pequeno retângulo branco preso à fita de cetim dourada e me entregou.

Abri o envelope e, apesar de mal conseguir manter os olhos abertos para ler o que estava escrito, um sorriso crescente se apoderou dos meus lábios ao reconhecer a caligrafia que predominava no quadro branco na sala de reuniões.

Para minha enfermeira predileta, que recuperou seu cortador de grama e me deixou de castigo. Obrigado pelos momentos inesquecíveis!

D. M.

P.S.: Como você pode ver, não existem flores no seu tom de azul favorito. Apenas calcinhas e "carros".

Dei uma rápida olhada no buquê gigantesco; eram rosas, gérberas, tulipas, cachos minúsculos de hortênsias e outras flores de tamanhos e texturas variados. Todas em tons de azul. Eu ainda ria quando peguei o celular.

— Pode segurá-las para mim, seu Josemar? Quero tirar algumas fotos.

— Posso, claro. — Ele ajeitou o colarinho da camisa clara, passou a mão no rosto encovado e endireitou os ombros.

Tirei várias fotos, de diversos ângulos, e depois pedi para que ele deixasse as flores na copa da revista. Eu ainda não sabia o que faria com elas, mas jogá-las no lixo estava fora de questão.

Guardei o celular no bolso da calça, tirei um lenço da bolsa e entrei no elevador. Esfreguei o nariz da palma da mão, tentando me livrar da coceira insuportável, mas não resolveu muito. Assim que pisei na redação, segui direto para minha mesa, em busca do comprimido antialérgico que eu deixava na gaveta. Cega pela ardência e com os ouvidos entupidos, demorei para perceber que o ruído cessou assim que entrei. Levantei a cabeça, piscando para me livrar das imagens borradas, grandes lágrimas escorreram por minha bochecha.

Todo mundo estava olhando para mim.

— Que foi? — perguntei, esfregando o lenço sob os olhos com cuidado, para não borrar o que provavelmente já estava borrado.

Ninguém disse nada, apenas me observaram, e então fitaram a porta de Dante, que se abriu de repente.

— Murilo, quero o artigo sobre o banqueiro assassinado na minha... Por que tá todo mundo parado? — Franzindo a testa, ele correu os olhos por cada rosto até encontrar o meu, tão confuso quando o dele.

E, subitamente, como em um passe de mágica, a carranca de redator-chefe desapareceu, dando lugar ao rosto preocupado do homem com quem eu passara a noite. Algumas noites, no caso.

Dante não hesitou um único segundo; correu em minha direção, o semblante aflito, a boca pressionada em uma linha estreita, e não se deteve até que eu estivesse em seus braços com a cabeça enterrada em seu peito.

— Não fica assim — ele disse, beijando minha testa, segurando minha cabeça de encontro a muralha que era seu tórax, me aninhando a ele de forma tão protetora que eu desejei ficar ali para sempre. — Não chora, por favor.

— Não tô chorando — murmurei contra seu peito.

— O que foi que te deixou assim? Foi o Igor outra vez?

Engraçado ter sido justamente Dante quem me lembrou da existência do meu ex. E, mais estranho ainda, era eu não ter pensando no Igor nos últimos... últimos... Quando foi a última vez mesmo?

— Dante, não tô chorando — insisti, fungando.

Ele tocou meu queixo, elevando minha cabeça até nossos olhos se encontrarem. Então deslizou o polegar por minha bochecha, capturando as últimas lágrimas que escorriam.

— Você mente muito mal. — E me mostrou um meio-sorriso angustiado.

— É sério! Não tô chorando, eu só tive uma... ahhh... *atchim*!

— Onde mesmo tenho que pôr as flores, Luna? — perguntou seu Josemar, bem atrás de Dante, com o buquê debaixo do sovaco, como se com isso me protegesse do ataque alérgico.

— Na co-copa. — A sessão de espirros convulsivos recomeçara.

Dante afrouxou o abraço, me dando espaço, mas não me soltou. Assim que consegui me controlar outra vez e levantar a cabeça, uma nova torrente de lágrimas molhava meu rosto.

Minha maquiagem já era.

— Você gripou? — Dante indagou, com as sobrancelhas unidas.

— S-sou alérgica a pólen. — Funguei e espirrei ao mesmo tempo.

Dante piscou, incrédulo, como se eu tivesse acabado de dizer que me transformava em lobisomem na lua cheia.

— Alérgica a pólen?! — Ele sacudiu a cabeça e começou a rir, desolado. — Não consigo acertar uma com você.

— Você não tinha como saber. — Tentei consolá-lo.

— A que mais você é alérgica?

— Prata, perfume, desinfetante, quase tudo que tem cheiro forte e, ah, a gente mal-educada também.

— Ainda bem que nunca uso perfume. — Seus lábios se curvaram, os dedos longos acariciaram minha bochecha, mas ele voltou os olhos para a copa. — Não, seu Josemar, aí não. Leva isso pra longe daqui.

— Ei! As flores são minhas! — objetei, mas Dante me ignorou.

— E pra onde eu levo? — quis saber o porteiro, coçando a barriga.

— Não importa. Joga fora, leva pra sua filha, tanto faz, apenas tire isso de perto da Luna. — E, se voltando para mim:. — Mais alguma coisa? — perguntou naquela voz baixa e íntima, que me fazia derreter por dentro.

— Você não pode jogar minhas flores fora. Gostei muito delas.

— Posso e vou. Não vou deixar aquilo te fazer mal.

— Mas são tão lindas!

— E letais — ele comentou, fazendo uma careta.

— Só se eu chegar muito perto. Por isso pedi ao seu Josemar que subisse com elas pra mim, mas tirei umas fotos para admirá-las pelo resto do dia.

Ele inclinou a cabeça, pegando o lenço da minha mão e deslizando com cuidado embaixo dos meus olhos.

— Você fotografou, é? — perguntou, surpreso.

Fiz que sim com a cabeça.

— Quase nunca ganho flores. Queria lembrar delas para sempre.

E, com isso, toda aquela apreensão e desconforto em seu rosto desapareceram, dando lugar a algo que era um misto de orgulho e contentamento. Acabei sorrindo enquanto ele terminava de deixar meu rosto apresentável.

— Quer ver as fotos? — ofereci. — O seu Josemar até fez pose.

— É mesmo? — Riu de leve.

— É sério! Ele... — Peguei o celular no bolso da calça e, por um breve segundo, desviei minha atenção de Dante.

Foi aí que percebi que éramos o alvo de todos os olhares. E suspeitei que meus colegas não perderam um só segundo do momento íntimo que eu desfrutava com o chefe. Em pânico, sem saber o que fazer, busquei o olhar de Dante, mas sua expressão havia mudado. Ele recuou um passo, me soltando. E lá estava o redator-chefe outra vez, a cara amarrada e bastante irritada.

— Devo estipular o valor dos meus direitos de imagem agora ou no fechamento do mês, quando aprovar o salário de vocês? — Ele falou alto o bastante para ser ouvido dois andares abaixo.

Meus colegas pareceram despertar à menção de descontos salariais e, como se alguém tivesse apertado um botão, todos se puseram a fazer algo absolutamente importante e imprescindível, que não podia esperar nem mais um segundo. Todos, menos um.

Viny me encarava boquiaberto, um envelope pardo nas mãos, a mochila no ombro, a decepção clara como cristal em cada traço de seu rosto perfeito. Eu me senti tão insignificante naquele momento que desejei encolher até desparecer por completo.

— Quer falar comigo, Viny? — Dante perguntou, a voz fria e cortante.

O fotógrafo assentiu, sem desgrudar os olhos de mim.

— Vamos até a minha sala — sugeriu ele, já se movendo.

Viny manteve o olhar fixo em mim por mais alguns segundos, então os desviou para o chão e seguiu, visivelmente abalado, para a sala do redator-chefe. Eu não tive coragem de olhar para Dante.

Tá vendo? É por causa desse tipo de situação que não se deve ir para a cama com o chefe.

— Você e o Dante são bem amiguinhos, hein? — Adriele cantarolou da sua mesa, sorrindo maliciosa.

— Ai, Adriele, hoje não!

Tentando deixar Adriele e meus colegas de lado, aguardei Viny sair da sala, pensando no que poderia dizer a ele para minimizar o estrago, algo que pudesse ao menos demonstrar como eu sentia muito por tê-lo decepcionado.

Quando ele finalmente saiu, tentei interceptá-lo, mas Murilo chegou antes e começou a lhe passar coordenadas. Logo a seguir, Dante chamou todo mundo para a reunião de fechamento de edição. E Viny foi embora sem ao menos lançar um olhar em minha direção. Dentre todos naquela redação, ele era o único que sabia que Dante e eu éramos mais próximos do que deixávamos transparecer até então. Era também o único que eu gostaria que não soubesse disso.

Segui para a sala de reuniões sob os olhares inquisitivos de meus colegas, evitando descaradamente cada um deles, fingindo estar absorta na papelada que carregava. Porém, antes que eu pudesse entrar, Júlia me puxou para o canto, perto do bebedouro.

— Estou com bloqueio — avisou, em pânico. Os olhos escuros começaram a ficar brilhantes demais. — Não sai nada! Nem uma única linha.

— Por que não me contou antes?

— Porque você não veio trabalhar ontem. Me ajuda?

— Bom, eu não tenho muita experiência — confessei. — Mas ouvi dizer que escrever sobre algo que você detesta ajuda. Colocar a raiva pra fora e tal.

— Não. — Ela sacudiu a cabeça, inquieta. — Quero sua ajuda com o texto.

— Ah, pode contar comigo. Se quiser, depois da reunião podemos tentar algumas técnicas de relaxamento e...

— Preciso de um artigo pronto! — ela me interrompeu, desesperada. — Tem mais algum texto pra me emprestar?

Eu a contemplei por um longo minuto. Eu não queria a Júlia em maus lençóis, mas sabia que não era certo e não estaria ajudando em nada lhe dando tudo pronto. Além disso, eu não era tão boa quanto ela. Dante não descobrira na primeira vez que o texto que apresentei como dela era meu, mas ele não se deixaria enganar duas vezes, e disso eu tinha certeza.

— Júlia — comecei, cautelosa —, não sei se isso resolve al...

— Eu preciso de um texto! Preciso pra agora! O Dante não pode me demitir. Do jeito que as coisas vão, serei a primeira opção caso ele precise enxugar ainda mais os gastos. Por favor, Luna? Por favor!

Praguejei em voz baixa, sacudindo a cabeça.

— Fiz um texto sobre comportamento humano, nada sobre cultura e foge demais do seu estilo.

— Não importa. Serve! Me empresta? — implorou. Como se conteúdo intelectual pudesse ser emprestado e depois devolvido...

Mas eu não podia negar. Júlia não estava bem já havia tempos. Grandes olheiras, o rosto encovado, a pele meio acinzentada, o cabelo opaco, nada de maquiagem. Não seria eu quem aumentaria a sua aflição.

— Empresto se você prometer tentar resolver esse bloqueio.

— Tudo o que você quiser! — Ela bateu palmas, se animando, e me seguiu até a minha mesa.

Esperou impaciente enquanto eu abria o arquivo e enviava o conteúdo para a impressora. Inferno! Dante comeria nosso fígado por não estarmos em nosso lugar na hora marcada.

Três minutos depois, entreguei o texto a ela, que imediatamente disparou para a sala de reuniões.

— Não vai nem ler antes? — perguntei, logo atrás dela.

— Não dá tempo! Confio no seu talento.

Ela bateu à porta e a abriu sem esperar resposta. Dante virou a cabeça, e eu desejei morrer naquele instante. Ele estava furioso e decidiu que eu era o alvo perfeito. Ele me lançou um olhar tão colérico que fiquei enjoada.

— Nos sentimos muito honrados por vocês decidirem nos dar cinco minutos de seu tempo valioso. Espero que não fiquem entediadas — falou naquele tom gelado.

— Sinto muito, Dante. Tive problemas com a impressora — Júlia resmungou, já se sentando.

Claro, ela não estava na mira dele. Eu estava. Ele só ficou ali, me encarando com toda aquela animosidade, frieza e distanciamento, sem mover um único músculo da face, obviamente esperando uma explicação.

— Precisei ir ao banheiro — acabei dizendo.

O queixo dele se contraiu, e eu pensei que ele fosse cortar meu nariz ali mesmo, usando a caneta que apertava sem dó como bisturi.

Murilo gargalhou, o que fez Dante ficar ainda mais bravo comigo. No mesmo instante, corri para a cadeira vaga ao lado da Michele.

— Acho que já fizemos isso centenas de vezes e todos conhecem o procedimento. Júlia, você é a única que ainda não entregou o material.

— Você não veio ontem. Queria te entregar pessoalmente.

Ele assentiu, pegando a folha que ela estendia. Dante recostou-se na cadeira, girando a caneta entre os dedos. Aguardei, analisando apreensiva sua expressão, o coração dando piruetas no peito. Ele franziu a testa no meio da leitura e se endireitou na cadeira, largando a caneta sobre a mesa. Os olhos castanhos se estreitaram. *Meeeerda!*

— Isso não se parece com nada que você já tenha escrito, Júlia.

— Mudar um pouco é sempre bom — ela disse, soltando um riso nervoso. — A gente precisa se reciclar e tal.

— Concordo. Mas você realmente mudou demais. Inclusive seu foco e estilo. Nem o tema está certo. — Ele largou o papel sobre a mesa e encarou Júlia. — Mudou tanto que é como se outra pessoa tivesse escrito esse artigo.

Por favor, não olha pra mim, não olha pra mim agora!, rezei mentalmente quando vi a cabeça dele se mover em minha direção.

— É antiético, além de imoral — continuou Dante, fixando os olhos em mim. Droga! — Mas, claro, você jamais faria uma coisa dessas. Você é uma jornalista talentosa demais para plagiar alguém, ou usar o conteúdo autoral de outra pessoa, não é mesmo, Júlia? — Mas ele ainda me observava.

Nunca em toda a minha vida lutei tanto para não desviar os olhos. Se os desviasse, assinaria meu atestado de culpa — e, possivelmente, minha demissão — e deixaria Júlia em uma situação bastante complicada.

— Não sou assim tão talentosa — Júlia acabou falando meio tarde demais. — Você não gostou?

— Bem, eu preciso de um tempo para pensar.

Júlia soluçou alto, fazendo meu coração se condoer.

— Não acho que você precisa de um tempo pra saber se o texto é bom — eu me intrometi, e imediatamente me arrependi. Por um momento, pensei que Dante avançaria sobre mim, e não era para me cobrir de beijos como da última vez em que fez isso. Então lembrei que ele já estava bravo comigo e segui em frente. — O artigo é bom ou não. Se não gostou, devia dizer de uma vez por todas, e não ficar torturando a mulher desse jeito. Se gostou, diz logo e vamos seguir com a reunião.

Dante se recostou na cadeira, cruzando os braços, um sorriso de escárnio no rosto, aquele olhar desdenhoso e frio que eu odiava fixo em mim.

— Não sei se você ficou sabendo, mas não vim trabalhar nos últimos dois dias, por isso seria muito gentil da sua parte se pudesse me dizer quem foi que fez de você a chefe do lugar.

Eu me retraí. O sorriso se tornou perverso.

— Foi o que pensei — ele continuou. — Então, minha querida Luna, não se meta nos assuntos que não lhe dizem respeito. Agora posso prosseguir com a reunião, ou deseja algo mais?

Aquele tom irônico aliado ao olhar mordaz despertou algo dentro de mim. Algo não muito bom.

— Depende, Dante — rebati, furiosa. — Estou sob pena de demissão?

— Não — respondeu em voz baixa, mas consegui ouvir o aviso de cautela.

Decidi ignorar.

— Então, sim, tenho mais uma coisa para acrescentar. Você é um cretino!

Eu me levantei na intenção de sair da sala.

— Senta! — ele vociferou numa voz assustadora que fez as janelas e meus ossos tremerem. Então achei melhor obedecer. — Você e eu vamos ter uma conversa em particular. — Ele me encarou por mais um ou dois minutos, até que desviei os olhos, assentindo e corando de raiva, indignação e... medo. — Refaça o artigo, Júlia. E atenha-se ao tema até que *eu* sugira uma mudança.

— V-vou tentar.

— Ótimo! Quanto ao resto, a coluna do horóscopo continua fazendo muito sucesso, mas quero que nossa revista se sobressaia além disso...

Dante deu andamento à reunião, discutindo as matérias, escolhendo as fotos e textos da capa, falou dos exemplares impressos e o que esperava das vendas. Ao encerrar, dispensou todos com pouca cortesia, como de costume. Menos uma pessoa.

— Você fica, Luna.

E eu gemi, me soltando de volta na cadeira.

Recebi olhares solidários de Júlia e Natacha. Até Adriele teve compaixão e percebeu, assim como eu, que eu estava bastante encrencada. Engraçado é que, apesar de meu chefe ser um tanto seco e muito pragmático, nunca havia sido tão grosseiro comigo. Por que justo agora que estávamos mais... bem quando achei que a gente... por que justo agora ele decidiu ser tão babaca?

Todos saíram, a porta se fechou e eu prendi a respiração, esperando, pronta para revidar qualquer insulto sem me importar com o meu emprego. No entanto, Dante não abriu a boca, só ficou me observando daquele jeito zangado.

— Se vai ficar me olhando desse jeito, também vou cobrar direitos de imagem — avisei.

Isso fez sua expressão severa suavizar um pouco, ainda que não muito.

— Que merda você está fazendo, Luna?

— Se você está se referindo à minha intromissão na reunião, acho que você devia prestar mais atenção na sua equipe. A Júlia não tá nada bem. Não ajuda muito brincar com ela do jeito que você fez.

— Eu sou o chefe. Por definição, não sou uma pessoa legal.

— Não precisa se esforçar tanto pra demonstrar isso — assinalei, satisfeita ao vê-lo se encolher, ainda que fosse quase imperceptível.

— Não estou me referindo à sua intromissão — explicou ele, firme. — Quero saber por que o *seu* texto estava com o nome da Júlia.

— Não sei do que você tá falando — murmurei, encarando a gravata lisa simples. Azul. Humm... era a primeira vez que ele aparecia com uma daquelas.

— Ah, sabe sim. Eu reconheceria seu estilo de todo jeito, mas foi um erro de digitação que te denunciou, além de eu já ter lido parte dele enquanto você estava escrevendo. Na *minha* cama — ele enfatizou, retirando os óculos e esfregando os olhos. — O que espera ganhar com isso? Tomar o lugar da Júlia ou...

— Não! — atalhei, horrorizada. — Por que eu faria isso? Quero ganhar meu espaço, mas sem roubar o de ninguém. Só tentei ajudar. Juro! A Júlia tá com bloqueio e não consegue escrever uma única frase. Eu não queria ter que fazer isso de novo, mas ela estava devastada com a possibilidade de perder o emprego e aí me pediu e eu...

— Espera um minuto. Como assim *de novo*? — ele me interrompeu, com aquele tom perigoso, me fazendo recuar. — Isso já aconteceu outras vezes?

Inferno.

— S-só uma — gaguejei

Ele soltou o ar, meio que bufando, meio que urrando, e esfregou a testa como se estivesse com uma baita dor de cabeça.

— Tenta entender — supliquei. — A Júlia tá passando por uma crise emocional, tá bloqueada e morrendo de medo de perder o emprego. Ela me pediu o texto. Eu não ia usar pra nada mesmo... Não conta pra ela que você sabe. Por favor, sei que você é uma praga de chefe, mas tenha compaixão, Dante!

Ele apoiou o cotovelo na mesa, a mão inconscientemente esfregando a têmpora.

— Não vou demitir a Júlia porque ela está passando por um bloqueio. Todos nós temos isso em algum momento. Mas isso não vai se repetir. Não quero ver outro artigo seu com o nome dela, ou as duas estarão na rua, fui claro?

— Mas e se ela não conseg..

— Fui claro? — repetiu.

— Mas, Dante...

— Porra, Luna! — Ele deu um soco na mesa, me fazendo calar a boca. — Você não me afrontava assim algumas semanas atrás. Você anda misturando as coisas? Está com dificuldades para separar seu chefe do seu amante?

Pulei da cadeira.

— Escuta aqui, você não é meu amante! E eu não tô misturando nada. Só tô tentando apelar para a generosidade e a compreensão que eu *sei* que existem dentro de você.

— Um redator-chefe não é generoso, muito menos compreensivo. Por falar nisso, nunca mais chegue atrasada a uma reunião. Esta foi a primeira e última vez. Se quer resolver as coisas com seus casos, faça isso fora da minha revista — cuspiu furioso, remexendo em alguns papéis a sua frente.

— Meus *o quê*? — Olhei para ele, sem entender.

— Ah, corta essa, Luna. Eu vi você indo falar com o Viny — contou com desprezo.

Franzi a testa.

— E desde quando estou tendo um caso com ele?

— Não sei, nem me interessa. Você deve esperar o fim do expediente para correr atrás dele — resmungou bastante irritado, e eu ainda não conseguia entender o que ele estava dizendo. — Regra número um no jornalismo: nunca deixe sua vida pessoal interferir na profissional.

Coloquei as mãos nos quadris.

— Tá legal, ou você tá muito doido, ou fui eu quem pirou de vez, porque, francamente, não tenho a menor ideia do que você está falando.

Ele me fuzilou com os olhos.

— Há muitas coisas que abomino, Luna, mas a primeira delas é a mentira.

— E eu, claro, estou mentindo.

Ele apenas entrelaçou os dedos sobre a mesa, ainda me fitando daquele jeito agressivo.

— Eu não estou de caso com ninguém, Dante.

— Você se atrasou para a reunião de pauta por ter ido atrás do Vinícius na intenção de explicar o que ele acabou de ver na redação, aposto. Nem se dê o trabalho de negar. Vi você indo falar com ele pouco antes de eu entrar na sala.

— Você me viu *tentar* falar com ele. É diferente — apontei, firme.

O músculo em seu maxilar pulsou.

— Pra mim parece igual.

— Mas não é. — Cruzei os braços. — Eu me atrasei para a reunião porque a Júlia me pediu o texto em cima da hora e todo mundo já estava entrando aqui. Até eu conseguir imprimir o artigo, a reunião já tinha começado. O Viny foi embora muito antes disso. E eu *não falei* com ele.

Duas sobrancelhas largas e escuras apareceram por cima daquela monstruosidade plástica.

— Você não falou com ele? — ele perguntou desconfiado, porém menos irritado.

— Não. Mas vou falar, assim que tiver a chance. O Viny é um cara legal, não quero brincar com as expectativas dele. Vou contar o que andou rolando entre nós, e não me importa se você gosta disso ou não. Ele merece saber a verdade, que eu não estou mais disponível. Embora eu desconfie que, depois de hoje, ele já tenha sacado tudo. Mesmo assim, quero que o Viny ouça toda a história da minha boca.

Para minha consternação, Dante sorriu. Com aquelas meias-luas adoráveis e tudo! O cara devia ter algum distúrbio. Só podia.

— Concordo plenamente — ele disse mais animado, parecendo aliviado. — Acho que você devia falar com o Vinícius o quanto antes. Não é legal brincar com o sentimento das pessoas, você tem *toda* razão. Por que não liga pra ele agora, diz o que acabou de me dizer e acaba logo com isso? — E me estendeu seu celular, em uma oferta descarada.

— Às vezes acho que você é mesmo doido...

Mas, ao comparar sua atitude de momentos antes, a agressividade e a fúria, com a animação e o alívio de agora, compreendi tudo. Ele ficara furioso porque pensara que eu tinha algo com Viny. E, ao saber que entendera tudo errado, ficara animado e ansioso para que eu colocasse um ponto-final naquela história. Dante estava com ciúmes. O que era tão, mas tão errado, e ainda assim fez meu peito se aquecer.

— Só acho que não há motivos para prolongar essa agonia — ele explicou, ainda me estendendo o telefone.

Engoli em seco, os olhos travados nos dele.

— A sua ou a do Viny?

— A minha, principalmente — confessou num sussurro rouco.

A franqueza e a simplicidade de sua resposta colocaram um sorriso involuntário em meu rosto. Os lábios dele se esticaram de leve, daquele jeito que o deixava parecendo um menino e, ao mesmo tempo, muito sexy. Aquele que ele usava só comigo, quando estávamos na cama e erámos apenas ele e eu, sem rótulos. E não era esse o caso ali, percebi ao notar a postura séria de redator-chefe relaxando. Ele estava cruzando a barreira. Eu já havia cruzado muito antes.

— Ah, meu Deus, Dante... — Eu me deixe cair na cadeira ao seu lado, apoiei os cotovelos na mesa e afundei a cabeça nas mãos. — Estamos indo longe demais. A gente precisa parar agora, enquanto ainda dá tempo. Esse envolvimento não vai nos levar a nada.

— Tenho fortes argumentos para afirmar que esse *envolvimento* pode ser a melhor coisa que já me aconteceu.

— Não vejo como — rebati de olhos fechados. — Você acabou de se separar, está curtindo uma aventura e logo vai perceber que ainda ama a sua mulher.

Ele quebrou o silêncio que se seguiu com uma gargalhada estrondosa. Ergui a cabeça para ver o que tanto o divertia. Dante parecia outro. Não, na verdade parecia o Dante que era doce e gentil comigo. Aquele de quem eu gostava. Aquele que era... meu amante.

— Então é isso. — Ele me lançou um olhar cheio de ternura. — Seu medo, sua aversão ao que temos. Você teme que eu esteja usando você, uma muleta para seguir em frente enquanto espero a Alexia mudar de ideia.

Mirei o tampo da mesa, mas não consegui impedir a pergunta que escapou dos meus lábios.

— E está?

— Não, Luna, não estou te usando. Eu... — O telefone em sua mão vibrou. Ele deu uma olhada de relance na tela e fez uma careta, mas não atendeu a ligação. — Inferno. Não podemos continuar essa conversa aqui. Não é adequado, mas eu gostaria muito que você aceitasse falar comigo sobre o assunto em outra ocasião.

— Não tenho certeza se ainda quero falar com você. Sobre qualquer assunto.

— Eu sei. — E isso foi tudo, nada de "me desculpe", "sinto muito" ou "eu errei". Nada! Apenas a crua constatação de que ele sabia que tinha me magoado e não se arrependia disso.

Eu me levantei, decidida a sair sem dizer mais nada, mesmo porque eu não queria gritar com ele, e, no estado confuso em que me encontrava, havia uma boa chance de eu liberar minha frustação aos berros. Porém, antes que eu deixasse a sala, Dante disse algo que me deteve.

— Me escolha.

Olhei por sobre o ombro, deixando evidente que eu não o compreendera. Ele pegou o papel a sua frente — meu texto — e o ergueu.

— Não me pertença, me escolha. Me deixa ficar do seu lado.

Sacudi a cabeça.

— Quando escrevi esse texto, eu estava na sua cama, olhando você dormir. Não é sobre mim, Dante.

Ele franziu a testa, observando a página, parecendo descrente.

— Não pode ser sobre mim. A menos que você seja completamente cega.

Alcancei a maçaneta sorrindo tristemente.

— A Sabrina também vive me dizendo isso, embora ela prefira usar a palavra "obtusa". Mas a questão, Dante, é que é preciso muito mais do que um amontoado de palavras para me convencer de qualquer coisa que seja.

E fui embora antes que eu pudesse dizer algo de que me arrependeria depois.

Horóscopo semanal por meio das cartas com a Cigana Clara

♈ **Áries** (21/03 a 20/04)
Pessoas desorientadas pagam por seus erros. Melhor abusar do café e ficar ligada nos próximos dias.

♉ **Touro** (21/04 a 20/05)
Escolhas deverão ser feitas. Reflita antes de tomar uma atitude precipitada.

♊ **Gêmeos** (21/05 a 20/06)
Mudanças à vista no ambiente de trabalho. Você pode começar por seu corte de cabelo.

♋ **Câncer** (21/06 a 21/07)
Dias propícios para cuidar de si mesma. Marque uma massagem e se permita adquirir aquela bolsa que você namora há meses.

♌ **Leão** (22/07 a 22/08)
Linda semana em todos os aspectos. Aproveite para colocar em ordem a bagunça no guarda-roupa.

♍ **Virgem** (23/08 a 22/09)
Uma viagem pode surgir. Tome cuidado com a bagagem.

♎ **Libra** (23/09 a 22/10)
Melhor encarar os compromissos. Fugir não vai resolver nada, ainda mais se for ligado à saúde, família ou amigos.

♏ **Escorpião** (23/10 a 21/11)
Alguns sustos no caminho. Ainda bem que você tem quem zele por você. Aceite a mão estendida.

♐ **Sagitário** (22/11 a 21/12)
Conflitos no trabalho podem azedar seu humor. Ótima oportunidade para aprender a ficar calada e manter o emprego.

♑ **Capricórnio** (22/12 a 20/01)
Sua situação financeira pode ficar feia se fizer tudo com pressa, sem prestar atenção no que deve. Fique atenta!

♒ **Aquário** (21/01 a 19/02)
Parece que seu coração está prestes a sofrer outro baque. Espere um pouco antes de desistir. Pode ser só um mal-entendido.

♓ **Peixes** (20/02 a 20/03)
Nem todo mundo pensa como você. Fale, se expresse, se faça ser ouvida.

32

— Qual o problema, Luna? — perguntou Sabrina na manhã seguinte, quando tomávamos café da manhã e eu evitava seu olhar a todo custo.

— Nenhum.

— Você parece... triste.

— Não. Eu... — Soltei o ar com força. — Acho que você tem razão. Tô meio pra baixo.

— Por causa da briga com o Dante ontem? — Ela arqueou a sobrancelha bem delineada.

— É, mas também pelo lance com o Viny. Não sei mais o que tô fazendo, Sá.

Ou o que quero, eu quis acrescentar.

— Ah, Luna, enquanto você não parar de mentir pra si mesma, só vai conseguir acumular confusão.

— Não tô mentindo. — Beberiquei um gole de café com leite. — Só... não ando me entendendo muito ultimamente.

— Me responde uma coisa: quantas vezes você e o Dante já...? — Ela se deteve, meio que sorrindo e corando ao mesmo tempo. — Quatro?

— Não. Foram sete. — Suspirei.

— Sete?! Tem certeza? Podia jurar que você tinha dito três da última vez.

Um flash clareou a cozinha e o estrondo do trovão reverberou pelas paredes. Chovia muito lá fora.

— Foram sete... Não, peraí. Devo contar só o número de noites em que fui pra cama com ele, ou o número exato de vezes que transamos?

— Hã... acho que o número de noites...? — Ela arriscou.

Soltei outro longo suspiro, dessa vez de alívio.

— Então foram só quatro mesmo.

Ela pousou a xícara na mesa e espalmou as mãos ao lado dela.

— Tá bom, espera um pouco. Você tá me dizendo que rolou mais coisas entre vocês, numa mesma noite, "sem querer"?

Dei de ombros.

— Não foi assim *tão* sem querer como das outras vezes. Ele estava se recuperando da gripe, e a gente tava lá, sozinho, e uma coisa levou a outra... mais de uma vez.

— E como foi? — Ela quis saber, os cantos dos lábios levemente repuxados num sorriso.

Desviei os olhos para minha xícara, deslizando um dedo pela borda.

— Ah, como sempre. Intenso e absurdamente incrível. Ainda que eu odeie admitir, o Dante sabe como fazer uma garota se sentir especial e desejada e... deixá-la com a consistência de gelatina.

— Luna! Você gosta dele!

— Eu... gosto, sim — confessei, corando. — Gosto demais! E acho que tem uma boa chance de ele já saber disso. Vacilei feio anteontem, né?

— Como assim?

Revirei os olhos.

— Fiquei com ele por dois dias, até ele melhorar da gripe. Não dá pra ser mais óbvia que isso. Ele deve ter suspeitado de que gosto dele muito mais do que deixo transparecer. E, além do mais, quando a gente estava... sabe... aí eu... hã... bom, eu falei o nome dele. E acho que ele ouviu. Uma mulher só diz o nome do cara num momento desses se gosta dele de verdade. Todo mundo sabe disso. *Ele* sabe disso.

Claro que Dante sabia. E eu me dei conta disso tarde demais, depois que ele me abraçou e ficou me encarando com um sorriso bobo, distribuindo beijos por todo o meu rosto, quando tudo tinha terminado.

— Meu Deus! Você é tão obtusa! — Às vezes, ouvir a Sabrina me chamando de obtusa me fazia rir, mas naquele momento foi apenas irritante. — Você não *gosta* dele, Luna. Você está amarradona, totalmente de quatro por ele. Você se apaixonou pelo Dante!

— Como posso me apaixonar se mal acabei de sair de um relacionamento? — argumentei, bem menos indignada do que pretendia.

— E por que eu nunca mais ouvi o nome do Igor? — ela rebateu. — Por que nunca mais te peguei chorando pela casa, se entupindo de chocolate? Agora sabe que nome ouço todo santo dia, pelo menos duas dúzias de vezes? Dante! O Dante isso, o Dante aquilo, o Dante ia adorar ver esse vestido, o Dante tem problemas com azul, Dante, Dante, Dante! Ele é tudo no que você consegue pensar. Por que não admite logo de uma vez?

— Desde quando falar de alguém é indício de estar apaixonada? E, se não falo do Igor, é para manter minha saúde mental e meu orgulho ilesos — resmunguei, corando.

E eu não falo tanto assim do Dante. Ou falo?

Ela ergueu os braços e bufou.

— Presta atenção, amiga. Você adorou a atenção que ele te deu porque pensou que você estava chorando quando na verdade estava tendo uma crise alérgica.

— E que mulher não adoraria?

— Uma que supostamente não esteja apaixonada por ele. — Ela colocou a mão no meu ombro, me fitando com intensidade. — Pensa um pouco, Luna. Você não consegue tirá-lo da cabeça desde que a temporada de sexo cataclísmico começou. Você está louca por ele.

Bom, talvez. Não que eu estivesse apaixonada por ele... Ah, quem eu estava querendo enganar. Eu estava apaixonada pelo Dante. Claro que estava. Mas não muito! Só... um apaixonada normal. Tinha tudo sob controle. Isto é, quase tudo. Não era como se eu o amasse, nem nada disso. Tinha mais a ver com... humm... gostar de estar junto, querer tê-lo por perto o tempo todo, exceto quando ele agia como um idiota... Bem, na verdade eu gostava até quando ele agia como um idiota.

Tudo bem, talvez eu o amasse, no fim das contas.

— Tá legal, supondo que eu esteja louca por ele. O que é que isso muda, Sá?

— Muda tudo! — Sabrina exclamou, animada.

— Não muda nada — gemi, deixando a cabeça cair sobre o tampo da mesa. — Nunca daria certo. Eu ia acabar com o coração partido quando ele voltasse para a Alexia...

— E quem disse que ele vai voltar pra ela? — perguntou determinada, alisando minha cabeça. — Quem disse que ele não está louco de amor por você também?

— Ele não está. — Levantei a cabeça. — Pra ele é só tesão mesmo, tenho certeza.

— Desculpa, Luna, mas eu não acredito nisso. E, mesmo que fosse, acho um ótimo começo. O amor é consequência. Surge depois.

— Ou nunca.

— Com você surgiu depois — ela apontou, sorrindo, antes de se levantar e me dar um beijo na testa. — Com ele também, aposto. Você precisa parar de pensar tanto e aproveitar o momento. — E saiu da cozinha para esperar o Lúcio.

Permaneci sentada ali não sei por quanto tempo remoendo aquela conversa. Sabrina fazia tudo parecer tão simples, como nos filmes que ela adorava assistir. Mas, na vida real, as coisas não funcionavam assim, e o "felizes para sempre" não é para todo mundo. Em pouco tempo, Dante reataria com Alexia, ou então seguiria em frente, me deixando para trás. Só Sabrina para acreditar que um homem recém-separado e experiente se apaixonaria por uma garota feito eu: sem graça e ainda aprendendo a se virar no mundo adulto.

Olhei para o relógio e praguejei alto ao me dar conta de que estava atrasada. Eu me arrumei em tempo recorde, peguei a bolsa e voei para o corredor. Dante abriu a porta no mesmo instante que eu. Nós nos encaramos por um momento, então lembrei que ainda estava magoada com ele por ter sido tão babaca na tarde passada e empinei o queixo.

— Não vai me desejar bom-dia? — ele perguntou, exibindo um sorriso educado.

— Espero que você pegue uma doença bem esquisita que te transforme num babuíno. Bom dia. — Passei a chave na porta.

— Uau. Que bom humor — ele engoliu uma risada me deixando ainda mais furiosa.

Eu já estava descendo as escadas quando ele me segurou pelo cotovelo.

— Me solta — ordenei, fugindo de seus olhos castanhos.

— Só quero te dizer uma coisa.

— Eu não quero ouv...

Abruptamente, sua boca estava colada na minha, seus braços em minha cintura e meus pés fora do chão. Ele me beijou de um jeito quase rude, talvez porque mantive a boca cerrada, imóvel, sem corresponder a suas investidas. Mas, sabe como é, ele me apertou um pouco mais, e eu precisei respirar, de modo que entreabri os lábios só um pouquinho. A culpa não é minha se a língua dele entendeu aquilo como um convite e deslizou para dentro, e... bom... seria muita falta de educação não retribuir um beijo daqueles.

— Isso foi um pedido de desculpas por eu ter sido um idiota ontem. — Dante arfava minutos depois, ao interromper o beijo e me colocar de volta ao chão, mas sem me soltar. — Sinto muito.

— Eu odiei você ontem — confessei, também sem ar.

Ele abriu um sorriso enorme.

— Concordamos em mais esse tópico.

Ele voltou a me beijar, dessa vez com ternura. E o beijo foi tão doce e gentil que minha pele ficou toda arrepiada em resposta, e tudo ao meu redor se tornou um borrão sem significado. Com um gemido baixo, Dante libertou meus lábios, mas me manteve no cativeiro delicioso de seu abraço.

— Eu só fico esperando pela manhã em que você vai acordar ao meu lado e eu vou poder te beijar quanto quiser. Você acha que isso vai acontecer um dia?

— Já aconteceu. — Aquela voz rouca era minha? — Quer dizer, eu já acordei ao seu lado, lembra? Na primeira vez... no hotel, e dois dias atrás, quando você estava gripado.

— Não conta. Você estava bêbada na primeira vez. Teria dormido em cima de uma caixa de som ligada. E anteontem... Bom, você só ficou porque pensou que eu estivesse morrendo. Espero ansioso pelo dia em que você não vai sair às escondidas da minha cama.

Constrangida, e um tanto satisfeita por ele me querer por perto, desviei o olhar para o círculo verde-claro na gravata preta — nada menos que o botão ligar/desligar do Windows.

A gente se soltou quase ao mesmo tempo e desceu as escadas em silêncio. Ainda chovia, mas Dante só se deu conta disso ao chegarmos à portaria. Ele parou sob o umbral, as mãos na cintura, o capacete pendendo no cotovelo, e observou o cobertor de nuvens cinzentas com a testa franzida.

Soltei um longo suspiro, antes de cutucar de leve suas costelas.

— Anda, eu te levo hoje. Vai se molhar menos.

Ele sorriu daquele jeito zombeteiro e começou a dizer:

— Pegar carona no cort... — Mas mudou de ideia de repente, um olhar quase maquiavélico se insinuando. — Eu aceito, obrigado.

Corri até o carro com Dante na minha cola. Estiquei-me sobre o banco do carona para destrancar a porta pelo lado de dentro, já que a maçaneta estava com defeito. Ele se acomodou no assentou ao meu lado, jogando a mochila e o capacete no banco traseiro. Suas pernas eram longas e se encostavam no painel, as mãos estavam soltas de forma displicente sobre os joelhos, o sorriso permanecia grudado no rosto.

Dei a partida e engatei a ré, manobrando para sair da vaga apertada. Entrei na avenida com cautela, os limpadores de para-brisa na velocidade máxima, mas o vidro começou a embaçar. Liguei o ventilador do painel, mas ele fez um ruído estranho antes de gorgolejar e parar de funcionar. Abri minha janela uns quatro centímetros para deixar o ar circular. Gotas de chuva molhavam meu braço. Dante ria baixinho, tentando disfarçar com um pigarrear.

— Se abrir a boca pra falar mal do meu carro, vou te deixar no meio da rua, debaixo dessa chuva toda.

— Eu não pretendia dizer nada. Mas você me convenceu a vir dizendo que eu não ia me molhar. E estou ficando ensopado.

Olhei para ele, que tentava deter a goteira no alto da porta com os dedos.

— Vou mandar trocar a canaleta assim que tiver grana. E eu disse que você ia se molhar *menos*, não que não se molharia.

Sua gargalhada foi tão alta que tomei um susto e quase bati na traseira de um Audi.

— Por que você gosta tanto desse carro? — Ele quis saber. — Precisa admitir que ele tem problemas demais.

Refleti por um instante, antes de dar a resposta.

— Ele tem alguns problemas, mas isso não é uma coisa ruim. Tudo na vida é assim, né? Sei que ele me dá trabalho, mas é um carro bom, econômico, e é meu. — Liguei a seta e mudei para a faixa da esquerda. — Desistir seria aceitar o caminho mais fácil. Me livrar do problema, em vez de tentar solucioná-lo. Adoro esse carro. E nunca desisto do que gosto.

Eu senti, mais do que vi, o sorriso crescer em seus lábios.

Para quebrar aquela estranha conexão que senti se avolumar ali dentro, comecei a tagarelar. Não sei bem quando a conversa enveredou para HQs, mas Dante falava delas com entusiasmo. Ele me perguntou quais poderes eu teria se fosse uma heroína.

— Voar — respondi de pronto. — Sempre quis poder voar.

Dante me encarou com intensidade.

— Eu também. Por isso fiz a tatuagem.

— Como Ícaro.

— Só que sou mais malandro e não uso cera pra voar.

— Não — concordei, rindo. — Usa sua Ducati.

— Exatamente! — Ele riu também, mas então se calou, parecendo meditar sobre algo importante.

Claro que todo mundo ficou olhando quando entramos lado a lado na redação, e, obviamente, o Murilo me fez uma porção de perguntas — nem ele se atreveria a tocar nesse assunto com o chefe —, já que queria finalizar as apostas e dividir a grana entre os ganhadores. Minha resposta foi um sonoro "vai pro inferno, Murilo", e ele só ficou me observando, com cara de quem tinha sacado tudo.

Algumas horas depois, Viny apareceu, e sua reação à minha presença foi diferente das outras vezes. Ele não sorriu, não fez piadas, não veio até a minha mesa. Eu o magoara. E foi essa constatação que me fez criar coragem para abordá-lo antes que ele fosse embora.

Corri para o elevador.

— Viny, pode almoçar comigo hoje? — perguntei em voz baixa.

— Acho que não. Tenho um voo em duas horas. — Ele parecia irritado, apertando o botão várias vezes.

— Por favor, eu só queria me explicar. Não quero que você fique com raiva de mim.

Ele se virou, me encarando com os olhos inflamados.

— Mas nem ficar com raiva eu posso, Luna. Você não me deu a oportunidade, o direito de ficar com raiva.

Realmente irritado, concluí.

— Não foi intencional. Desculpa — supliquei. — As coisas foram acontecendo sem que eu me desse conta e acabei... me envolvendo mais do que pretendia.

— Ah, e isso explica tudo! — zombou, com desprezo. — Você podia ter sido sincera comigo, pra eu não ficar fazendo papel de otário nessa história.

— Mas fui sincera com você! Fiquei interessada de verdade, mas...

— É mesmo? — Ele me cortou, sua voz subiu algumas oitavas. — Não é comigo que você tá trepando!

Eu me encolhi com as palavras rudes, recuando um passo. Ele fechou os olhos, sacudindo a cabeça.

— Desculpa. Eu não queria ser agressivo. Mas o que você quer, Luna? Fui rejeitado! Tenho minha dignidade, porra. Me dá um tempo pra entender que você não é uma vadia que brincou esse tempo todo comigo.

— Sinto muito. De verdade — murmurei, aflita.

Ele se aproximou um passo, a raiva estampada em suas feições perfeitas. Eu me forcei a permanecer imóvel.

— Só uma curiosidade. O que foi que ele fez pra você ficar tão na dele assim? Uma promoção ou algo mais vant...? Cacete, não é isso que quero dizer. — Ele esfregou o rosto antes de fixar os olhos em mim. — O que mudou pra você?

Encarei o chão, retorcendo os dedos em um nó doloroso. Como eu podia dizer ao Viny o que havia mudado dentro de mim quando nem eu mesma entendia?

— Esquece. — Viny bufou. — Eu sei qual é a resposta. Ele estava lá, eu não. Só faça um favor a si mesma, não deixe que ele se aproveite de você. Não sei que tipo de homem ele é, mas já ouvi muitas histórias de superiores que se aproveitam da posição para iludir funcionárias inocentes.

— Ele não é assim... — Sacudi a cabeça, mortificada.

— Eles nunca são.

Fiquei observando Viny entrar no elevador, me sentindo um lixo por ter magoado um cara legal.

Não notei a Natacha se aproximando, até ela começar a falar.

— Cara, ele tá muito puto com você.

Virei a cabeça, me deparando com as mechas rosa.

— Desculpa, Luna. Tentei não ouvir, mas eu estava na minha mesa.

— Eu não queria magoar o Viny, Natacha. E queria muito poder explicar o que aconteceu, mas não consigo explicar nem pra mim mesma.

Ela tocou meu ombro em um gesto tranquilizador.

— Não tem o que explicar. Você tá apaixonada pelo Dante. A gente não escolhe por quem se apaixona.

Eu a encarei, perplexa, piscando algumas vezes, antes de encontrar minha voz.

— Todo mundo aqui sabe que tô apaixonada por ele?

Ela enrugou a testa, parecendo surpresa, como se a resposta fosse muito óbvia e eu tapada demais para entender. O que provavelmente era verdade.

— Impossível não saber, Luna. Seus olhos brilham que nem duas estrelas quando você olha pra ele — ela respondeu. E eu desejei que o chão se abrisse.

33

Já passava das seis da tarde, e naquele sábado nosso apê parecia mais um backstage de desfile de moda do que uma casa habitada por seres pensantes. Roupas, sapatos e bolsas estavam espalhados por todos os cômodos. Sabrina tentava se arrumar e, ao mesmo tempo, falar com Lúcio ao telefone. Ela estava decepcionada por ele não poder acompanhá-la ao casamento da minha prima. Parece que ele teve um imprevisto de última hora e precisou viajar.

Eu estava ocupada com meu cabelo, modelando-o com o babyliss para conseguir cachos perfeitos. Enfiei-me dentro do vestido florido, calcei sandálias de salto e comecei a me maquiar. Então, ao terminar, me olhei no espelho e vi os traços da cigana que a vovó acreditava que existia em mim. Gostei de como os cachos me caíam pelos ombros, como meus olhos pareciam mais verdes por causa da sombra escura, os lábios cheios e rosados, as pulseiras reluzindo em meu pulso. Certamente o tio Vlad tentaria me empurrar para algum rapaz à procura de esposa, mas eu estava tranquila quanto a isso. Eu não me encaixava nas exigências para uma noiva cigana, por assim dizer, ainda que o tio Vlad não soubesse disso.

Ajudei a Sabrina a fechar o vestido e a obriguei a largar o telefone.

— A gente já tá atrasada! Se quiser ver o sangue, é melhor estar pronta em cinco minutos! — avisei.

— Ah, não quero perder a parte do punhal, não! Vai ser tão... maneiro! — Ela aplicou mais um pouco de gloss a caminho da porta.

Assim que botei a cara pra fora, colidi em cheio com alguém. Desalojei a cabeça do peito duro no qual estava enterrada, mas eu nem precisava olhar para cima para saber a quem pertenciam aquele tórax ou o aroma deliciosamente masculino.

Evitar Dante na revista foi complicado. E eu tinha de evitá-lo a qualquer custo. Depois de constatar que todo mundo na redação sabia que eu estava apaixonada por ele, deduzi que ele também não tardaria a perceber, se é que já não sabia.

Foi difícil ficar longe, meu corpo se recusava a se manter distante do dele, e em alguns momentos pensei que não fosse conseguir, sobretudo porque, algumas vezes — e foram muitas —, quando olhava para a sala dele, eu o flagrara me observando através da vidraça, os óculos na mão, a boca curvada em um sorriso secreto. Ele logo desviava o olhar, mas não sem antes fazer um pequeno aceno de cabeça. Tinha sido uma verdadeira tortura.

Naquele instante porém, com ele a menos de trinta centímetros de mim, duvidei que ele fosse apenas me cumprimentar e seguir em frente.

— Uau! — Ele me analisou dos pés à cabeça, absorvendo cada detalhe. — Você está... Uau!

Um risinho embaraçoso escapou dos meus lábios.

— Você finalmente encontrou um pente? — brinquei, admirando o cabelo macio penteado de um jeito natural, ligeiramente para o lado.

— Achei que a ocasião merecia. — Os cantos de sua boca se repuxaram, deixando-o ainda mais atraente.

A camisa preta com finas listras claras deixou sua pele mais dourada, quente, e estava passada. Dante tinha se arrumado. Era óbvio que estava indo encontrar alguém. Talvez Alexia. A tristeza que me abateu naquele momento fez minhas entranhas se retorcerem.

— Bom, se divirta, então. Tchau. — Forcei um sorriso e me dirigi às escadas.

— Como assim, tchau? Você vai me dar um bolo na cara dura?

Estanquei no lugar, girando sobre os calcanhares. Minha saia rodopiou, abraçando minhas pernas.

— Bolo?

— Nosso encontro, esqueceu? — Dante enrugou a testa.

— Que encontro? — perguntei, confusa.

Ele me observou com atenção.

— O que marcamos na clínica veterinária, no sábado passado — respondeu lentamente.

— Mas eu não aceitei! Nem poderia! Eu já tinha compromisso.

Ele abriu a boca, mas não disse nada. Examinou minha amiga toda arrumada parada logo atrás de mim e, por fim, assentiu uma vez, visivelmente chateado.

— Desculpa — murmurei ao vê-lo enfiar as mãos nos bolsos e se dirigir para o apê da irmã.

— Esquece, divirta-se.

Sua tentativa fracassada em aparentar indiferença fez meu coração disparar, mas eu não podia faltar ao casamento de Sara. Minha avó arrancaria meus rins e faria patê com eles.

— Ai, tadinho! Ele ficou arrasado! — Sabrina comentou ao meu lado.

Comecei a descer os degraus.

— Você viu a decepção nos olhos dele? — ela continuou. — Eu não conseguiria dormir pensando naqueles olhos tristes É de partir o coração. E pensar que ele se deu o trabalho de pentear os cabelos só pra te impressionar... E a camisa? Normal e sem estampa! Meu Deus! Ele caprichou mesmo.

— Você não tá me ajudando, Sá — resmunguei.

— A intenção não é te ajudar. Bom, é. Mas você ainda não tem discernimento pra entender isso.

Chegamos à calçada e seguimos direto para o Twingo. Sabrina se acomodou no banco do carona e dei a partida, engatando a marcha ré. Olhei pelo retrovisor e vi a Ducati vermelha brilhando de forma acusadora. Talvez fosse por culpa do reflexo da luz de ré, mas o que importava? A expressão magoada de Dante obstruía minha visão e fazia meu coração se contrair. Ele teria uma péssima noite de sábado. Ou, pior, poderia sair por aí e se embebedar ao lado de uma mulher linda com no máximo trinta e dois quilos.

Gemi, deixando o motor morrer e encostando a testa no volante.

— Que saco! — murmurei.

— Isso aí, garota! — Sabrina se animou e bateu palmas, já sabendo quais seriam minhas próximas palavras.

— Tá legal. Já volto.

— Sem pressa.

Enrolei o tecido fino da saia entre os dedos, suspendendo-o, e subi correndo a escadaria, minhas pulseiras tilintando com o movimento. Já estava sem fôlego quando bati à porta do apartamento da Bia. Apoiei-me no batente, tentando recuperar o fôlego.

Dante pareceu surpreso ao me ver ali.

— Você quer... ir... comigo? — perguntei, ainda sem ar.

— Aonde?

— Ao casamento da... minha prima.

Sua testa se franziu.

— Imagino que toda a sua família vai estar lá.

Eu assenti, ainda ofegante. Ele me analisou por um momento, e aquele sorriso tranquilo se espalhou em seus lábios. Mas sua resposta não condizia com sua expressão.

— Ah, Luna, melhor não. É uma festa de família, não quero bancar o penetra.

— Eu tô te convidando. Você não seria penetra. A menos que não queira me acompanhar, claro.

— Eu quero. — Ele nem piscou para responder.

— Então... — Esperei sua resposta e, enquanto ele deliberava, percebi que eu estava prendendo a respiração.

— Tudo bem — respondeu por fim. — Me dê só um minuto.

Dante entrou em casa apenas para pegar um paletó preto. Assim que ele o vestiu, segui para a saída a passos largos, pois já estava atrasada demais. Eu estava na metade do segundo lance de escadas quando Dante me segurou pelo cotovelo, me fazendo girar. Eu pisquei e seus lábios estavam sobre os meus, quentes, macios, afoitos. Resisti por um segundo apenas, antes de me entregar, enroscando os dedos em sua camisa, desejando me aproximar ainda mais.

— Por que você sempre foge de mim? — ele indagou em seguida, encostando a testa na minha, a voz ligeiramente enrouquecida.

— Não fujo.

— Foge sim, e eu fico perdido. Não sei o que você quer de mim, Luna.

— Mas esse é o problema, Dante. Eu também não sei.

— Promete que me avisa quando descobrir? — Ele acariciou meu queixo com o polegar.

Eu desviei o olhar para seu peito, temendo que ele pudesse ver a verdade ali.

— Será o primeiro a saber.

— Obrigado por me convidar.

— Não se anima muito, não — alertei. — Meu irmão vai estar na festa.

— Ele não faz o meu tipo. Já você, dentro desse vestido... — E se inclinou para deslizar o nariz por meu pescoço, inspirando profundamente.

Juntando todas as minhas forças, eu o empurrei de modo gentil.

— Estamos atrasados.

Relutante, ele acabou me soltando, mas descemos as escadas de mãos dadas e foi... bom. Dante parecia feliz também, e não parava de me observar com um pequeno sorriso de apreciação nos lábios.

Sabrina ergueu os polegares e piscou ao me ver passar pela entrada do prédio com Dante a tiracolo. Ela saltou do carro apressada e foi para o banco traseiro. Imagino que, assim como eu, ela tenha desconfiado de que ele não caberia ali atrás, com toda aquela altura.

— Oi, Dante — ela o cumprimentou.

— Oi, Sabrina. Você parece animada. — Dante passou o cinto de segurança pelo ombro.

— Estou doida para ver a parte do punhal.

Ele girou o dorso para encará-la.

— Que parte do punhal?

— Vão cortar os pulsos e jurar amor eterno! Não é romântico? — Minha amiga suspirou, batendo palmas.

Horrorizado, Dante voltou os olhos para mim.

— Luna, quem vai ter os pulsos cortados?

Dei risada.

— Ninguém, relaxa. É só um casamento.

Dante assentiu, mas pareceu desconfiando. Dei a partida e engatei a marcha, mas, quando fui pisar no acelerador, meu salto enroscou na barra do vestido comprido. Desengatei, puxei o freio de mão e me apoiei no volante, subindo a saia na altura das coxas, para ter mobilidade para dirigir com segurança. Livrei-me da sandália do pé esquerdo e, em seguida, do direito e as entreguei a Dante, que observava fascinado cada movimento meu.

— Sabe, Sabrina, mesmo que haja um punhal e alguém seja esfaqueado, eu não perderia esse casamento por nada.

— Jornalistas... — resmunguei, colocando o carro em movimento.

— Não há um único traço do jornalista em mim agora, Luna. Você o fez desaparecer.

— É mesmo? E quem ele deixou no lugar? — Mordi o lábio para não rir.

— Um homem cheio de expectativas e uma imaginação muito fértil.

E, com isso, errei a marcha e deixei o motor morrer. Sabrina gargalhou descaradamente, e Dante continuou olhando para frente, parecendo presunçoso e orgulhoso.

Eu me recompus como pude e tentei prestar atenção no que fazia. Sabrina ajudou a amenizar o clima, falando do último casamento em que estivera, o da sua irmã mais velha. Eu e ela tomamos um porre federal e acordamos em um parquinho infantil com o jardineiro nos dando vassouradas.

Olhei de relance para Dante, que me mostrou todos os dentes, deixando claro que também se lembrava da noite em que me viu bêbada, mas que teve outro desfecho — embora tão embaraçoso quanto.

— Adoro quando a Luna tá de porre. Ela fica muito engraçada — Sabrina contou.

— E bem menos rabugenta — Dante completou.

— Eu não sou rabugenta.

— É sim! — Os dois disseram em uníssono.

É, tá legal. Talvez eu fosse um pouco.

Seguimos nosso caminho, e logo a imensa tenda branca iluminada apareceu no topo da colina. Estacionei perto do sobrado da vó Cecília e desliguei os faróis. Dante abriu a porta e saltou, liberando a passagem para uma animada Sabrina.

— Ai, não! Acho que já começou. — Ela ajeitou o vestido, passou a mão pelos cabelos loiros e esticou o pescoço tentando ver alguma coisa.

— Vão indo. — Havia música no ambiente, então a cerimônia de casamento ainda não tinha começado. — Sá, você conhece o sítio. Só vou calçar as sandálias e encontro vocês.

— Tudo bem, vamos Dante — ela tentou, mas ele educadamente recusou.

— Prefiro esperar a Luna, se não se importar.

— Não esperava menos de você. — Sabrina deu um soquinho no ombro dele antes de se apressar rumo à tenda.

Os gritos e as palmas eram mais altos agora. Eu tinha que me apressar, mas primeiro precisava preparar o terreno.

— Acho que preciso te avisar que a minha família é um pouco diferente. — Terminei com a sandália e desci do carro.

Dante estendeu a mão para me ajudar.

— São como seu irmão? — ele quis saber.

— Alguns. Outros são bem piores.

— Acho que consigo me virar. — Ele passou um braço em minha cintura.

— Espero que sim. — Comecei a andar, mas me detive. — Hã... não sei se cheguei a mencionar que a família da minha mãe é cigana... — Os olhos de Dante quase saltaram das órbitas. Era por reações como aquela que eu não contava para ninguém sobre a minha família. — Também não precisa ficar me olhando como se eu fosse um ET, Dante.

— Desculpa. — Ele sacudiu a cabeça, passando a mão pelos cabelos até então bem comportados e deixando os fios bagunçados do jeito que eu começava a gostar. — É que agora faz todo sentido.

— Faz?

— Todo sentido — afirmou.

Ele acariciou meu rosto com os nós dos dedos, deixando os olhos famintos vagarem pela minha boca. Gritos vindos da tenda me fizeram sair do transe.

— Vem! — Agarrei a mão dele, correndo em direção à tenda. — Já terminou o ritual de confirmação da noiva! Eles vão poder se casar.

— Ritual de confirmação?

— De virgindade. Estão festejando, então a noiva ainda é virgem e vai haver casamento.

— Você tá falando sério? — ele perguntou, rindo.

Concordei com a cabeça.

— Parece meio medieval, né? Mas é a tradição. A noiva tem que ser virgem.

— E se não for?

— Aí temos um problemão. Os ciganos são muito rígidos quanto às regras do casamento. Minha avó conta que já teve até morte quando descobriram que uma moça não era *pura*. Se a garota não é virgem, não tem casamento.

— Tem razão. É medieval. — Ele desviou de uma raiz, me acompanhando com facilidade. — Só faltou o dote.

— Ah, não faltou não. O pai da noiva paga o dote para o pai do noivo. Por isso, quem negocia a união são os pais dos dois. Os noivos têm o direito de dizer não e continuar esperando outra proposta, mas, se os pais não concordarem com a escolha, não tem casório.

— E isso funciona?

Já estávamos próximos da tenda. Dava para ouvir os gritos alegres e o tilintar das pulseiras das mulheres dando o tom à festa.

— Exceto se o casal não tiver filhos, não existe divórcio na cultura cigana, então *deve* funcionar.

Entramos na tenda. Lâmpadas minúsculas se enroscavam na estrutura metálica que sustentava o tecido branco. A bandeira cigana — dois retângulos, um azul e o outro verde, com uma roda vermelha ao centro — fora colocada no ponto mais alto. Bandeirolas coloridas tremeluziam com a brisa noturna.

Chegamos a tempo de ver os pais dos noivos simulando o acerto do casório. Moedas passaram de tio Vlad para o pai do noivo. Fui me espremendo para tentar me aproximar, levando Dante comigo.

Sara estava linda em seu vestido vermelho, destacando ainda mais a pele marrom. Os cabelos, negros como a noite, reluziam em cachos sedosos, adornados por brilhantes delicados. Ela começou a dançar e todos a acompanharam batendo palmas e gritando animados. A família do noivo a rodeou, deixando claro que agora ela pertencia àquela família, e assim abriram caminho entre os convidados, guiando-a até onde o noivo a esperava, no pequeno altar no fundo da tenda.

O resto da cerimônia era muito parecido com um casamento tradicional, com a diferença de que, em vez de juiz ou padre, quem presidia o casamento era vovó, a mais velha do clã. Houve a tradicional troca de alianças, os juramentos. No final, após a bênção, a vovó mostrou o punhal aos noivos. Sabrina, parada bem ao lado dos pais dos noivos, arregalou os olhos e esticou o pescoço em expectativa. Vovó tomou os pulsos do casal e aproximou a lâmina da pele deles.

Uma mão grande escorregou pela minha cintura, lábios quentes se encostaram na minha orelha.

— Ela não vai machucá-los, vai? — Dante sussurrou em meu ouvido.

— Não, claro que não! Mas essa é a minha parte preferida — confessei.

Vovó simulou o corte nos pulsos de Sara e Cristiano. Em seguida, fez surgir um lenço vermelho e o atou aos punhos dos noivos.

— Eles estão unidos agora, tá vendo? São um só.

Recitando as palavras sagradas do ritual, vó Cecília estendeu o punhal para que a noiva o pegasse.

— O que ela vai fazer com a adaga? — perguntou Dante, seus olhos presos à cena.

— Vai guardar pra sempre.

Ele voltou sua atenção para mim.

— Por quê? Tem algum significado especial?

— Lógico! — Deixei um sorriso malicioso esticar meus lábios. — O marido vai pensar duas vezes antes de aprontar alguma.

Ele abafou a risada, enterrando a cabeça em meus cabelos, e foi essa a razão de eu ter recebido tantos olhares reprovadores. Os ciganos raramente demonstram intimidade em público.

A cerimônia terminou com gritos eufóricos e assobios, os convidados abriram caminho para o novo par, saudando-os com palmas e a tradicional chuva de arroz. A música de um violino vibrante acompanhada do violão convidava todos para a dança.

— Ei, ninguém foi esfaqueado! — reclamou Sabrina ao se aproximar, observando a grande roda se formando no centro da tenda e lindas ciganas de todas as idades dançando e fazendo reluzir as joias em sua cabeça, pescoço, pés e mãos.

Dante parecia tão fascinado quanto eu ficava toda vez que as via bailar.

— Você disse que eles cortariam os pulsos — minha amiga insistiu.

— Não. Eu disse que antigamente se fazia isso, hoje em dia não dá mais. Só o corte simbólico.

— Acho que seria muito mais emocionante se fosse de verdade — ela reclamou, emburrada.

— E a festa terminaria no pronto-socorro — brincou Dante.

— Luna! — chamou uma voz de trovão. Eu me virei e tio Vlad já me abraçava. — Como estou feliz por vê-la hoje, querida.

Ele me soltou e examinou meu vestido. Um sorriso de aprovação surgiu em seu rosto barbado.

— Muito bonita.

— Obrigada, tio Vlad, mas é a Sara quem está linda.

— Nossa, ela está um espetáculo! — elogiou Sabrina. — O senhor deve estar muito orgulhoso.

— Não poderia estar mais. Que bom te ver também, Sabrina.

Eu estava prestes a apresentar Dante quando meu tio me pegou pela mão, me examinando como se eu fosse uma vaca premiada.

— Sabe, Luna, você devia aceitar a oferta de sua avó e passar um tempo conosco. Você poderia aprender muitas coisas. Posso conseguir um bom marido para você.

Reprimi um suspiro de desgosto. Tio Vlad não desistiria nunca.

— Tio Vlad, só vou me casar com alguém que eu amar de verdade.

— Sua mãe fez isso. Deu as costas para o seu povo, e veja como tudo acabou — rebateu, com o semblante obscurecido.

— Ela foi feliz com o meu pai — murmurei, corando. — Sei que foi. Aposto que ela faria tudo de novo se tivesse a chance.

— Não duvido. Ninguém conseguia dobrar a sua mãe. E você. Ah, que falta de educação a minha. — Ele estendeu a mão para Dante e sorriu. — Sou Vladimir, tio da Luna.

— Muito prazer, Vladimir. Sou Dante Montini.

— Dante Montini... — Repetiu tio Vlad, coçando a barba rala. — Seu nome não me é estranho.

— O Dante é jornalista — expliquei. — Talvez o senhor o conheça de alguma reportagem.

— Pode ser. Vocês trabalham juntos?

Ele passou os olhou de mim para Dante, a desconfiança se infiltrando lentamente conforme ele analisava a figura altiva e masculina sorrir de leve. Fiz uma prece silenciosa para tio Vlad não perguntar mais nada. Não sei por quê, mas tive a impressão de que Dante podia muito bem dizer ao meu tio que era meu amante nas horas vagas.

— Ei, acho que a Sara tá precisando de ajuda. — Apontei para minha prima, no centro da tenda, tentando desenroscar as muitas pulseiras do curto véu rubro.

— Ah, me deem licença. Aproveitem a festa. — Ele fez uma mesura educada e partiu em socorro da filha.

Soltei um longo suspiro de alívio. Dante ouviu, colocou a mão em minha cintura e aproximou a boca de meu ouvido mais uma vez.

— Interessante o que se ouve em uma reunião familiar. Então seu tio quer casar você com um cigano?

— Desde que eu tinha quinze anos.

A mão em minha cintura se foi. Entendi o motivo assim que Raul se colocou entre nós, empurrando Dante para trás.

— Olha só quem tá a cara da mamãe — Raul zombou, me avaliando dos pés à cabeça. — Bem cigana, maninha.

— Não enche. Cadê a Lorena?

— Ela não estava se sentindo bem. Preferiu ficar em casa com a mãe. Só dei uma passada na festa pra vó Cecília não encher meu saco pelo resto da vida. Vou embora daqui a pouco. — Ele desviou os olhos para minha amiga. — Nossa, Sabrina, tá gostosa hoje, hein?

Sabrina, já habituada à delicadeza do meu irmão, riu.

— Você também tá uma delícia, Raul.

— É tão reconfortante saber que minha irmã tem amigas inteligentes e de extremo bom gosto. — Mas, enquanto falava, ele voltou sua atenção para Dante. — E aí, cara? — Estendeu a mão para ele. — Espero não ter quebrado nenhum dente seu.

Dante respondeu com um sorriso largo e completo.

— Não. Mas fiquei preocupado com o que poderia ter acontecido com seu nariz. Desvio de septo nasal é um problema sério.

Raul estreitou os olhos.

— Você veio de penetra?

— Vim — Dante respondeu simplesmente.

Raul me lançou um olhar cortante. Um garçom passava por ali e aproveitei para pegar duas taças de vinho branco, estendendo uma para Dante.

— Preciso falar com você. A sós — Raul disse, me pegando pelo braço e me arrastando.

Ah, aquilo estava ficando cada vez melhor.

Assim que estávamos a uma distância razoável, meu irmão começou:

— Que diabos você pensa que tá fazendo? Dormindo com o chefe, Luna? Sério? E nem tenta dizer que não tá. É só reparar no jeito como o cara te olha pra saber que vocês estão se pegando.

— E o que isso tem a ver com você? — Beberiquei o vinho.

— O cara é mais velho. — Meu irmão literalmente apontou para Dante, que, apesar de estar conversando com Sabrina, mantinha a atenção em mim.

— Sete anos não é muita coisa — rebati, ecoando as palavras que Dante me dissera não muito tempo atrás. Foi isso que ele quis dizer? Que nossa diferença de idade não significava nada?

— Ele é seu chefe. Só está atrás de uma transa fácil, e você sabe disso.

— E quem disse que eu quero outra coisa, Raul? Só porque eu sou mulher não posso querer um relacionamento baseado em sexo?

— Não, você não pode simplesmente porque é minha irmã. — Ele cruzou os braços, estufando o peito, seu rosto adquirindo um tom arroxeado.

Revirei os olhos.

— Odeio quando você tenta bancar o irmão mais velho.

— Você vai se machucar — alertou ele, me olhando atravessado. — E não acha que esqueceu o Igor rápido demais, não?

— Ai, pelo amor de Deus, Raul! A gente conversa outra hora, tá bom?

— Tudo bem. Banque a teimosa. — Deu de ombros. — Só não vai me ligar depois, chorando que nem criança por causa desse cara. Eu não vou bater nele se você procurar sarna pra se coçar.

— Você não vai bater nele porque ele é mais forte que você.

Ele corou.

— O cara deu sorte e me pegou desprevenido no outro dia. Foi só isso.

Voltei para perto de Dante, que parecia fascinado com tudo e todos ao redor. Ele olhava, admirado, as meninas dançando, os meninos correndo de um lado para o outro, a comida sendo colocada nas mesas longas e largas, em cantos opostos da tenda. Avistei Sabrina dançando meio descoordenada no centro de uma roda de saias rodopiantes e coloridas. Minha amiga parecia estar se divertindo um bocado.

— Por que você nunca me contou que pertencia a uma família cigana? — Dante perguntou, sem desviar a atenção da festa.

— Mudaria alguma coisa?

— Não. — Um pequeno sorriso brotou em seu rosto. — Quer dizer, mudaria. Me faria entender melhor você e toda essa loucura que te cerca.

— Do que você tá falando?

— Desde que comecei a te notar, penso em você como uma feiticeira. Agora tudo faz sentido. — Ele continuava olhando para frente. — A resistência que sinto ao tentar me afastar, a ansiedade que me domina quando você lança esses enormes olhos verdes sobre mim, a expectativa ao te ver chegar. Só pode ser a sua magia cigana agindo, e isso me deixa completamente fascinado.

Um risinho infantil me escapou dos lábios.

— Você tá falando besteira. Não tem magia nenhuma. Nem cigana eu sou, só tenho uma parte. Minha mãe sim tinha magia. Meu pai me contou dezenas de histórias sobre ela.

— Pode me contar algumas?

— Depende. Onde está o jornalista? — brinquei.

— Longe, de ouvidos em pé, mas longe. — Dante sorriu e finalmente se virou para me encarar. — Ele sabe diferenciar vida pessoal de trabalho.

— Tudo bem, eu conto. Mas outra hora, em um lugar menos barulhento.

— Promete?

Balancei a cabeça, concordando.

— Luna! — A voz firme de minha avó soou atrás de mim.

Vovó usava suas roupas de festa, coloridas e brilhantes, com muito ouro por todo o corpo, deixando claras sua autoridade e liderança. Eu a abracei apertado e senti aquele aroma de jasmim que só a vó Cecília tinha.

— Sua bênção, vó.

— Deus te abençoe, filha. — Ela me segurou pelos ombros e me olhou de cima a baixo. Um sorriso orgulhoso dominou seu rosto. — Ora, ora, se você não criou um pouco de juízo e resolveu se vestir como a cigana que é. Falta um pouco mais de joias. Acho que vou comprar mais pulseiras para você, talvez um colar.

Ela me soltou e voltou a atenção para o homem ao meu lado. Com aquele sorriso encantador estampado na face enrugada, minha avó tomou a mão de Dante em um cumprimento casual, mas notei quando ela girou a palma dele para cima e deu uma rápida olhada antes de soltá-la.

— Você! — ela disse, tocando o rosto dele com um carinho nada discreto. — Eu estava esperando você chegar.

34

Encarei minha avó com os olhos arregalados, a boca escancarada, as mãos suando. Eu sabia bem o que ela quis dizer com aquele "eu estava esperando você chegar". Ela se referia ao homem que vira nas cartas. O *meu* homem. Aquele que me faria feliz por toda a vida. Só que esse cara não era o Dante. Não podia ser o Dante...

Tá legal, talvez pudesse. O problema era que *eu* não era a mulher de sua vida. Era fácil notar que ele se sentia atraído por mim, só que mais do que atração seria pedir demais. Ele tinha acabado de sair de um relacionamento, não havia a menor chance de se apaixonar por mim. Dante precisaria no mínimo de tempo para curar as feridas, se livrar da desilusão antes de partir para um envolvimento romântico. O que tínhamos era uma relação carnal ainda não muito bem esclarecida que nem devia existir, para começo de conversa.

— Estava? — Dante perguntou, surpreso.

— Eu liguei pra dizer que você viria — interferi, lançando um olhar suplicante a vovó.

Ela acenou com a cabeça, deixando claro que tinha entendido o recado, mas mostrou um daqueles seus sorrisos misteriosos ao Dante, antes de dizer:

— Sou Cecília. Como vai, Dante? Está se divertindo, querido?

Não me surpreendi ao ouvir vovó chamá-lo pelo nome sem lhe ter sido apresentada antes. Se eu fosse outra pessoa, digamos, alguém como a Sabrina, que acreditava naquela baboseira cósmica, teria pensado que minha avó era mesmo a maior vidente do planeta. Mas eu sabia como a vó Cecília era observadora, e, apesar da idade, sua memória era melhor que a minha. Falei de Dante quando ela me ajudou com o chá de alho.

— É uma festa muito bonita, bastante alegre — Dante comentou, olhando ao redor. — Essa alegria é contagiante.

— E olha que ainda nem começamos a comemorar de verdade — vovó se gabou, orgulhosa. — Vi o Vladimir falando com vocês.

Fiz uma careta.

— O tio Vlad estava mais uma vez tentando me convencer a casar — expliquei.

— Seu tio nunca vai deixá-la em paz até que esteja casada. Você devia pensar nisso. Quer mais um pouco de vinho, querido? — ela perguntou a Dante, indicando a taça vazia em sua mão.

— Sim, é claro. Obrigado.

— Luna, por que não pega mais uma taça para o Dante?

Nem em sonhos eu deixaria minha avó sozinha com ele.

— Daqui a pouco passa um garçom.

— Ora, mas que falta de educação, filha. Vá pegar uma bebida para seu convidado. Eu fico com ele. Precisamos conversar um pouco.

É, vó, e esse é o problema.

— Mas daqui a pouco um garçom vai...

— Seja uma boa anfitriã e busque a bebida de seu acompanhante — ela ordenou, naquele tom autoritário.

— Mas, vó...

— Agora, Luna.

Droga!

Dante parecia relaxado ao lado da velha cigana, nem um pouco incomodado. Ele deu de ombros, numa clara dispensa.

— Tá legal! — cedi a contragosto. — Eu vou, mas não esquece que o Dante é meu chefe e que eu preciso muito do emprego — lembrei.

Vovó riu, ao passo que Dante franziu a testa.

— Não seja boba, filha. Vou cuidar bem desse menino.

Resignada, assenti e fui me afastando, mas parei poucos passos depois e me virei:

— Dante, se meu irmão chegar muito perto, se liga. Ele bebeu um pouco além da conta e você feriu o orgulho dele na última vez em que se encontraram.

— Pode deixar, vou ficar de olhos bem abertos. — O tom despreocupado e divertido em sua voz não me passou despercebido.

Segui até o bar posicionado no fundo da tenda, parando para cumprimentar alguns conhecidos. Infelizmente, tia Leila, mãe de Sara, me pegou antes que eu pudesse escapar. Não me entenda mal, eu adoro a tia Leila, ela sempre foi um amor de pessoa. Ao menos enquanto mantinha a boca fechada, coisa que, segundo minha avó, não ocorria desde 1986.

— Ah, Luna, meu amorzinho! — começou ela, pousando um braço ao redor de minha cintura, a outra mão em meu ombro. — Você está tão bonita! Falei com o Vladimir sobre você ainda ontem. Agora que a Sara casou, acho que é a sua vez. Você é mais velha, meu amor. Esse coraçãozinho ainda não está ocupado, está? Vladimir andou especulando alguns candidatos. Ah, não meu bem, não precisa fazer essa cara. Ele vai escolher um marido tão bom quanto o da Sara. Você sabe que o tio Vlad te adora. Claro que você teria que abandonar o emprego. Não seria de bom tom trabalhar fora, mas você nem se acertou ainda, não é mesmo? Eu sei, querida, é preciso fazer sacrifícios. A sociedade é mesmo muito cruel com as mulheres. Veja a Sara. O Cristiano não se importou que ela trabalhasse fora, mas faz questão que ela ajude no artesanato da família dele. Ah, por falar nisso, você já viu a cama dos noivos? Vladimir e eu fizemos questão de escolher. Você precisa ver que riqueza! Há pedras nas colunas e na cabeceira! Aposto que ninguém aqui viu uma dessas antes. É claro que a Verônica vai dizer que já viu até melhor, você sabe como ela é arrogante, além de estar ressentida com o fato de o Cristiano ter escolhido a minha Sara em vez da Lia. Não que a menina tenha algum defeito, longe disso. A Lia é maravilhosamente talentosa para a dança, mas não sabe cuidar da casa, já que a própria Verônica nunca soube. Como a menina ia aprender, não é mesmo? Eu duvido que...

Meia hora depois, zonza com a rajada de palavras que saía da boca de tia Leila, aproveitei seu breve silêncio — ela não conseguia falar enquanto bebia champanhe, mesmo tendo tentado — e escapei dela. Peguei duas taças cheias no bar e, equilibrando-as para não derramar vinho no vestido, voltei para onde eu deixara Dante e minha avó. Mas eles não estavam mais lá. Estiquei o pescoço, procurando entre as centenas de cabeças, mas não os encontrei em parte alguma.

— Meu Deus, que festa é essa! — A Sabrina me encontrou e pegou uma de minhas taças de vinho, esvaziando-a rapidamente.

— Você viu o Dante? — perguntei, procurando ao redor.

— Ele tava aqui agorinha, falando com a sua avó e uma moça.

— Que moça?

— Não sei. Não conheço. Uma de cabelos pretos, bem alta.

A descrição não foi de muita ajuda, já que setenta por cento das convidadas tinham essas características.

— Uma magrinha bem alta do tipo feia? — tentei, voltando a atenção para ela no mesmo instante.

— Uma magrinha alta do tipo linda. Parecia uma fada com aquela saia longa lilás. Por que todas as ciganas são tão lindas assim?

Tomei um gole de vinho, e depois um outro um pouco mais longo.

— Você viu para onde eles foram? — tentei soar desinteressada.

— Não, mas sua avó tá ali, olha!

Sabrina apontou para o altar, agora ocupado por crianças, e vovó, com toda a paciência do mundo, tentava convencê-las a descer. Dante não estava com ela. Onde diabos ele havia se metido? E quem era a imitação barata de fada reluzente que estava com ele?

Tive que interromper meus pensamentos quando a noiva se aproximou, um sorriso pleno no rosto delicado, as enormes argolas douradas nas orelhas reluzindo como chamas.

— Sara, você está linda! — Eu a abracei. — Parabéns. Desejo que vocês sejam muito felizes.

— Obrigada, Luna. Estou um pouco tensa com o que vai acontecer agora, mas estou feliz. Gosto muito do Cristiano.

— Sara. Parabéns! — congratulou Sabrina. — Será que você poderia me mostrar o punhal? Fiquei curiosa.

— Claro.

Sara se inclinou, levantando um pouco a saia, e retirou o punhal atado à sua coxa por uma fita de cetim. O punhal dourado e todo enfeitado com pedras verdes — e eu podia apostar que eram esmeraldas de verdade, já que tio Vlad e tia Leila não poupariam nada com o casamento da única filha — tinha pouco mais de quinze centímetros, mas a lâmina parecia tão letal quanto a de uma espada.

— Sara, você viu a vovó falando com um cara de óculos? — perguntei como quem não quer nada.

— Vi sim. Eles estavam com a Dalila.

— Quem é Dalila? — Pisquei, imediatamente odiando o nome.

— Você ainda não conhece. Dalila é prima do Cristiano. Chegou da Europa há pouco tempo. É historiadora. Esteve juntando informações sobre a origem do nosso clã. Pretende escrever um livro a respeito.

Uma intelectual versão cigana. Maravilha.

— Ela acabou de chegar com um presente gigante nas mãos. Depois não a vi mais — continuou Sara. — Dalila está procurando um noivo entre a nossa comunidade, sabia? Mas é bom o seu amigo ficar atento. Não seria a primeira vez que uma cigana se interessaria por um homem de fora.

— Não mesmo — afirmei, sentindo algo apertar minha garganta. Apesar do nó, beberiquei o vinho até esvaziar a taça.

— Escuta, é sua música favorita, Luna! — Sara disse, me pegando pela mão. — Você precisa dançar no meu casamento. Todo mundo adora quando você dança.

— Vou dançar, mas não agora. Não bebi o suficiente e preciso encontrar meu amigo antes que ele se perca.

— Se ele está com a Dalila, não vai se perder.

A não ser nela, pensei furiosa.

— Prometo que mais tarde eu danço!

— Eu estou disponível — Sabrina avisou.

Sara riu.

— Então vamos!

Mas, antes de seguir minha prima até o centro da tenda, Sabrina se plantou na minha frente, me segurando pelos ombros, os olhos ligeiramente desfocados devido às inúmeras taças de vinho e champanhe.

— Não vai dar uma de escorpiana agora, Luna.

— O que você quer dizer com isso?

Sabrina revirou os olhos.

— Você sabe, ciumenta e possessiva. Vai melar tudo!

— Mas eu não sou assim!

— Claro que é! Como todo mundo do seu signo. Não vai fazer merda, tá?

Eu não era ciumenta, muito menos possessiva. Era tão ridículo achar que todo mundo de escorpião tinha as mesmas características que nem me dei o trabalho de discutir. Ela correu para junto de Sara, onde outras garotas sacudiam véus e balançavam os quadris.

Minha avó tinha desaparecido outra vez. Deixei a tenda e procurei nos arredores, mas ninguém tinha visto o Dante, minha avó ou a tal Dalila. Sem saber bem por quê, fui parar no caminho da casa de vó Cecília e, ao me aproximar, ouvi vozes lá dentro. Uma delas pertencia a Dante.

Entrei sorrateiramente pela cozinha, detestando o tom infantil na voz feminina que destoava da dele. Não era minha avó.

— ... não sei bem, imagino que sejam milhares. Coletei o máximo de informações que pude, fiz fotos incríveis, e agora só preciso catalogar isso tudo e juntar ao texto. Tenho que ter muito cuidado com o que vou escrever. A cultura cigana é mais do que importante para mim e meu povo.

— Faço ideia — respondeu Dante. — Se precisar de ajuda, posso te indicar uns amigos que trabalham em editoras e que talvez tenham interesse em lançar um livro sobre cultura cigana.

Eu me colei à parede. Não era certo ouvir a conversa dos dois, eu sabia disso, mas, em minha defesa, eu...

Ah, eu não tinha desculpa nenhuma, mas e daí? Eu não precisava de uma. Precisava era saber o que Dante estava fazendo ali sozinho com aquela mulher.

— Você vai ficar no Brasil? — ele indagou.

— Por um tempo.

— Que bom, espero que se divirta.

— Já estou me divertindo — ela disse em meio a um risinho anasalado. — Aliás, nunca pensei que poderia me divertir tanto nessa festa.

— Entendo. Também gostei da cerimônia. Muito simbólica e intensa.

— Sim, e assim é tudo na vida do cigano. Intenso! — E, para demonstrar isso, ela baixou a voz até se tornar rouca e, quem poderia imaginar, intensa. — Nada é pela metade. Nós nos entregamos de corpo e alma.

— Mesmo que a pessoa seja só em parte cigana.

Um sorriso involuntário brotou em meus lábios. Ele estava pensando em mim.

— Acho que sim — concordou Dalila, relutante. — Vó Cecília disse que você veio por causa da Luna. Eu ainda não a conheci, mas ela é filha da Pérola, não é? Aquela que fugiu com um *gadje* e abandonou seu povo. A Luna não é cigana, você sabe. Ela não vivencia a vida cigana.

Não deixei de notar o rancor na voz da mulher.

Dante riu e eu me encolhi.

— Você ficaria surpresa, Dalila — ele falou.

— Vocês dois são...

Alguém soltou um longo suspiro. Ele.

— Amigos... — a voz de Dante soou grave. — Na maior parte do tempo.

— E na menor?

— Digamos que ela e eu ainda não chegamos a um acordo.

— Entendi. Você quer que a Luna seja sua.

Houve um momento de silêncio, e eu me flagrei dura feito pedra, pressionada contra a parede, esperando a resposta. Que Dalila estava se jogando pra cima dele era óbvio, mas ele correspondia? Era difícil julgar sem ver seu rosto.

— Não — disse ele, por fim. — Não quero que ela seja minha.

Parte de mim murchou naquele instante, me deixando fria, solitária, envergonhada por sentir o oposto em relação a ele. Dante não me queria. Embora eu já desconfiasse disso, ouvi-lo dizer com todas as letras colocou uma pedra em meu coração.

— Ela é... — ele voltou a falar — preciosa demais pra mim, Dalila.

Meu Twingo era precioso, meus livros eram preciosos, até meu batom rosa era precioso, mas eu não queria passar o resto da vida com nenhum deles.

Magoada, ferida, decidi escapulir dali antes que fosse apanhada ouvindo a conversa. Contudo, antes que eu alcançasse a porta, ouvi passos na escada e a voz de minha avó perguntando:

— Terminou o café, querido?

Girei sobre os calcanhares em um átimo de segundo e, sem querer, esbarrei na fruteira ao lado do armário da cozinha. Laranjas, peras e bananas rolaram pelo chão.

— Vladimir? — chamou vovó.

— Sou eu, vó — resmunguei, fechando os olhos e praguejando baixinho.

Inspirando fundo, tomei coragem e fui para a sala amontoada de bibelôs e toalhinhas rendadas. Dante sorriu, parecendo aliviado por me ver ali.

— Filha! Você demorou tanto para pegar uma bebida para o Dante! Dalila chegou e pedi a ele que me ajudasse a trazer o presente da Sara e do Cristiano até aqui.

— Encontrei a tia Leila no caminho. — Dei de ombros.

— Isso explica tudo. — Vovó riu. — Você ainda não conhece a Dalila, não é?

— Não. Como vai? — perguntei à mulher de quase dois metros de altura e longos cabelos castanhos ondulados. Ela era ainda pior do que eu tinha imaginado. Linda, sexy, olhar inocente.

— Soube que você é jornalista.

— Ainda não, mas tô no caminho.

— Sabia que vocês iam gostar uma da outra — vovó falou, totalmente alheia aos meus sentimentos. — Agora por que não voltam para a festa, para se conhecerem melhor? Vamos, vamos, a festa não é aqui dentro. Me passa essa xícara, querido. — Ela estendeu a mão para Dante.

Eu olhei imediatamente para o que ele estava segurando. Uma xícara de café. Vazia.

— Não! — Alcancei a xícara antes que os dedos longos de minha avó tocassem a alça.

— Luna! — ela censurou.

— A senhora não pode! Ele não quer. Eu não quero. Por favor, vó!

— Não quero o quê? — Dante perguntou, confuso e assustado com meu comportamento um tanto... humm... tresloucado. — A xícara?

— Luna, nada nessa xícara será novidade para mim — vovó avisou, com aquele olhar reprovador que eu conhecia tão bem. — Já sei tudo o que preciso saber.

— Então não precisa disso. — Abracei a peça.

— Qual é o problema, Luna? — Dante quis saber. — Sua avó foi muito gentil em me oferecer um cafezinho e...

— Ah, não foi, não, Dante — contestei. — Definitivamente não foi gentil e nem foi *só um cafezinho*. Ela vai ler a sua sorte.

— Luna! — vovó gritou, me repreendendo.

— O quê? Na xícara? — Dante arregalou os olhos.

— Na borra do café — contei. — A senhora precisa parar com isso, vó. A senhora tenta ler a sorte de todo amigo que trago aqui. Deixa eles descobrirem o futuro sozinhos.

— E se eu quiser que ela dê uma olhadinha no meu futuro? — Dante anunciou.

Congelei, me agarrando à porcelana como se minha vida dependesse dela, e me virei para encará-lo.

— E por que você ia querer? — perguntei, atônita. — Você não acredita nessas coisas.

— Nem você — vovó me acusou.

Dalila arfou, levando a mão à boca.

— Minha santa Sandra Rosa! — a garota exclamou.

— Quer que eu leia sua sorte, Dante? — Vovó sorriu para ele, sedutora como uma sereia.

Ele esfregou a nuca, meio sem graça.

— Acho que sim.

— Ótimo! Me dê a xícara, Luna. — Vovó esticou a mão.

Não me movi, apenas agarrei o objeto com mais força, esmagando-o contra o peito.

— Vai, Luna. Me passe logo essa xícara — ela insistiu.

— Não!

— E por que não? — Dante quis saber, franzindo a testa.

— Porque... porque...

Como explicar sem tornar a situação ainda mais embaraçosa? Eu já estava fazendo um papel ridículo, mas não havia nada no mundo que me obrigasse a entregar aquela xícara à minha avó por livre e espontânea vontade e ainda ter que ouvir o que o futuro reservava para Dante. Ou quem não faria parte dele.

Em uma súbita inspiração, me dei por vencida e estiquei a xícara para minha avó. Só que um segundo antes de seus dedos finos e delicados tocarem a porcelana, eu a soltei, vendo a peça flutuar por um segundo antes de encontrar o piso duro e se estilhaçar em um milhão de pedaços.

— Ah, não! Como sou desastrada — lamentei. — Escorregou, vó, eu juro!

Ela estreitou os olhos, fazendo as rugas ao redor deles se aprofundarem ainda mais.

— É claro.

— Bom, acho que vou voltar pra festa agora. Foi bom te conhecer, Dalila — falei, me forçando a não retorcer os dedos freneticamente um no outro, enquanto corria para a cozinha.

— Foi um prazer, Dalila. — Ouvi Dante dizer, apressado.

Em poucas passadas, ele estava a meu lado. Atravessei o gramado sem olhá-lo, mas Dante me fez parar antes de chegarmos à tenda, me pegando pelos ombros e nos colocando atrás de uma árvore grande, fora da vista de curiosos.

— O que foi aquilo? — ele exigiu saber, me prensando delicadamente contra o tronco.

— Escorregou da minha mão. — Desviei os olhos para a gola de sua camisa escura.

— Você precisa se esforçar mais, Luna. É uma péssima mentirosa.

Ergui o olhar até encontrar o dele.

— Ah, sou, é? E como você pode julgar? Por acaso pensa que me conhece tanto assim?

— Não penso, *sei* que conheço.

Isso me deixou bastante irritada, pois ele meio que tinha razão. Ele me conhecia, porém ele ainda era uma incógnita indecifrável para mim. Mas, sabe como é, eu estava furiosa por uma série de motivos e, sempre que me encontrava naquele estado, a coerência me abandonava, de modo que as palavras foram saindo descontroladamente da minha boca:

— Você não sabe de nada! Se soubesse, não teria ido com a Dalila pra casa da minha avó.

Dante piscou uma vez.

— Você está com ciúmes, é isso?

Eu ri, mas sem humor algum.

— Em que mundo eu poderia sentir ciúmes de você, Dante?

Os lábios dele se curvaram um pouco, apenas a sugestão de um sorriso, mas os olhos o delataram. Ele estava radiante.

— No meu mundo — falou, confiante.

— Só se for no mundo dos seus sonhos — rebati.

Erguendo a mão, ele acariciou a lateral de meu rosto com os nós dos dedos. Aquele fogo silencioso que ardia em mim toda vez que ele me tocava se inflamou, me fazendo corar e desejar ser outra pessoa. Uma que não se sentisse atraída por ele daquela maneira doentia.

— E esse rubor delicioso na sua pele é indício de que está com calor, claro.

Estremeci quando seus dedos quentes escorregaram por meu pescoço e seguiram, preguiçosos, para meu ombro nu. Ele inclinou a cabeça, e seus lábios estavam quase sobre os meus.

Não. Não quero que ela seja minha, a voz dele ecoou em minha cabeça.

Guiada pela rejeição, eu o empurrei para longe, cambaleando quando meu corpo se rebelou contra minha decisão.

— Não ouse encostar em mim agora! — vociferei. — Não sou sua namorada.

— Porque não quer — ele retrucou.

— Ah, Dante, corta a encenação. Você só me quer para esquentar sua cama de vez em quando, nada mais.

— Não fala besteira, Luna.

— Besteira? Bastou uma mulher bonita piscar e você se derreteu todo! — acusei. — Já namorei um cara assim, e, se tem uma coisa que aprendi, é entender os sinais de um canalha quando vejo um.

Ele suspirou e enfiou as mãos nos bolsos, parecendo aborrecido e nada mais.

— Eu não estava dando mole pra ninguém, Luna, se é isso que está pensando.

— Ah, não? E o que você estava fazendo sozinho com a Dalila na casa da minha avó? Porque eu vi a vó Cecília ainda há pouco, na festa. E nem a Dalila nem você estavam com ela.

Incrédula, vi os lábios dele se esticando em um sorriso terno, aquele com as meias-luas.

— Você fica tão linda quando está com ciú...

— Se disser que fico linda quando estou brava, não respondo por mim!

— Muito bem, não digo, se admitir que está com ciúme. — Ele ainda sorria.

— Você é doente! — gemi, chutando a grama.

— Sou. Por você. Admita, Luna.

— Vai pro inferno! — Juntei a saia nas mãos e comecei a andar.

— Sabia que o ciúme é um bom termômetro de sentimentos, Luna? Ele indica o quanto alguém é importante pra você.

Girei sobre os calcanhares para encará-lo.

— É mesmo, Dante? Então devo supor que você me ama, já que teve um ataque fenomenal ao imaginar que eu estava falando com o Viny antes da reunião de quinta.

Ele me encarou, aquele brilho divertido nos olhos, mas não respondeu.

— O quê? Não quer mais conversar? — desafiei.

— Você é jornalista. Não precisa ouvir a resposta, pode descobri-la sozinha.

— Não sou jornalista porcaria nenhuma! — gritei. — Sou, no máximo, uma fraude!

A diversão sumiu de seu rosto.

— De onde você tirou isso? Você nunca me disse que se sente assim.

— E nem tô dizendo agora, droga! Tá vendo? É por causa de coisas como essa que eu gostaria de nunca ter ido pra cama com você. Você não faz ideia de como me arrependo. Odeio lembrar que fui pra cama com o meu chefe. Odeio você por ser meu chefe. — A mágoa se instalou em seu rosto, e aquilo me impulsionou a continuar falando. Ele me rejeitara mais cedo, eu o rejeitaria agora. Retaliação me parecia a melhor defesa. — Odeio não poder fazer nada para deter o que anda acontecendo entre nós dois. Não quero ser sua namorada, nem seu caso, nem sua amiga, nem sua vizinha, nem nada que me coloque a menos de cinco metros de você! Nunca em toda a minha vida fui pra cama com um cara ao qual eu não estivesse emocionalmente ligada. Você foi o primeiro. E ontem magoei um cara legal por isso. Acabei com a autoestima de um homem que eu queria de verdade por causa de um que...

— Você não quer — ele completou, dando um passo para trás.

Não, idiota, é justamente por te querer que acabei com o orgulho do Viny. Era o que eu pretendia dizer. Mas não disse. O tom frio e distante em sua voz soou como um alerta, varrendo aquela insanidade que momentaneamente se apossara de mim. A expressão dele era idêntica. Fria, calculada, não demonstrava nada além de indiferença e chateação. Eu ali, despejando um monte de bobagens e esperando que ele reagisse, sei lá, negasse, protestasse, discutisse, me calasse com um beijo apaixonado. Mas não, Dante não fez nada disso, simplesmente ficou quieto e impassível, ouvindo cada absurdo que saía da minha boca.

— Não sabia que você ainda sentia repulsa por ir pra cama comigo. Pensei que as coisas tivessem mudado — ele disse minutos depois, de um jeito tão indiferente que me causou arrepios. — Sinto muito por ter insistido.

— Aonde você vai? — gritei, correndo atrás dele, apavorada, quando ele se virou para ir embora.

— Pra onde você me mandou. Para qualquer lugar longe de você.

— Então é isso, Dante? Não tem mais nada pra dizer? Nem vai tentar me fazer mudar de ideia? Só vai me dar as costas e aceitar tudo o que eu disse assim, numa boa?

— Eu sinto muito por ter atrapalhado seu romance com o Viny — falou, enquanto andava. — Não vai acontecer de novo.

Estanquei no chão, enchendo minha sandália de terra. O coração batendo tão rápido que doía.

— Você... por acaso está terminando comigo? — perguntei, oscilando.

Ele se deteve, girou devagar para me encarar e riu, mas o som era assustador, gélido e fez minha pele se arrepiar de medo.

— Não dá pra terminar algo que nunca começou, Luna — sentenciou, antes de seguir seu caminho, desaparecendo na escuridão.

35

Tá legal, fica calma. Vai ficar tudo bem. Vai ficar tudo bem!, eu repetia sem parar naquela segunda-feira, enquanto desembaraçava os cabelos, me preparando para ir ao trabalho.

Eu tinha tomado a decisão certa. Quer dizer, terminar com Dante antes que a situação ficasse ainda pior, quero dizer. Acabar com seja lá o que era que rolava entre nós, antes que eu me envolvesse ainda mais e terminasse essa história com uma pilha de cacos em vez de um coração no peito.

Eu sei que, tecnicamente falando, fora ele quem colocara um ponto-final, mas esse detalhe era irrelevante.

Dante desaparecera do casamento depois da discussão. Pelo que soube, ele voltara de carona com Raul, o que só provava minha teoria de que algo estava mesmo muito errado no mundo. Eu e Sabrina ficamos para o almoço de casamento no domingo, embora eu estivesse mal-humorada e deprimida demais para me divertir. Dalila tentou falar comigo algumas vezes, mas me esquivei daquele lindo lembrete de pernas compridas como o diabo foge da cruz. Não queria falar com ela. Queria falar com a minha avó, mas ela estava muito ocupada — ou muito furiosa por eu ter quebrado a xícara — para me dar atenção.

Não consegui contar nada para a Sabrina porque sabia o que ela diria: você estragou tudo! Exatamente como vovó disse que eu faria. Droga! Às vezes a vó Cecília me assustava com suas profecias.

Então lá estava eu, me aprontando para o momento que tanto temia. Encontrar meu ex-amante na forma aterrorizante de chefe.

Cheguei um pouco atrasada, mas notei o clima tenso assim que botei os pés na redação.

— O que aconteceu? Alguma tragédia nova? — perguntei à Natacha.

Ela ergueu os olhos da tela do computador.

— Antes fosse! O Dante está... — ela hesitou por um momento, procurando a palavra certa, mas acabou sacudindo a cabeleira cor-de-rosa. — Eu nem sei dizer o que ele está. Ainda nem são nove da manhã, e ele já berrou com todo mundo, gritou ao telefone, chutou uma cadeira e mandou o Murilo calar a boca duas vezes.

— Humm... ele parece deprimido — me animei. Não que eu quisesse vê-lo sofrendo nem nada parecido.

Barulho de cacos vieram da sala do redator-chefe. Através da janela que separava seu espaço do restante de nós, mortais, vi Dante gesticulando, e ele parecia berrar com alguém ao celular.

— Acho que tá mais pra filho do demônio — contrapôs Natacha.

— A reunião de pauta vai ser ótima — Adriele resmungou ao passar.

Segui para minha mesa, olhando de vez em quando para meu chefe, que ainda discutia ao telefone.

Pendurei a bolsa no encosto da cadeira, alisei minha saia lápis antes de me sentar e cruzar as pernas sob a mesa. Enquanto esperava o computador ganhar vida, eu observava discretamente a sala dele pelo canto do olho. Dante havia desligado o telefone e encarava algo na parede do fundo, com as mãos na cintura estreita. Ele inclinou a cabeça para trás, mirando o teto, então esfregou a mão no rosto, como se tentasse se livrar de algo que o atormentava. Então ele se virou e seu olhar encontrou o meu. Estremeci diante da frieza que continha nele. Dante desviou os olhos e juntou alguns papéis, se encaminhando para a sala de reuniões.

Desviei rapidamente a atenção, tentando parecer ocupada e rezando para que ele não viesse falar comigo — embora um tiquinho de expectativa queimasse em meu íntimo.

Dante seguiu direto para a sala, passando pela porta quase aos murros, e desapareceu lá dentro. Olhei para o relógio. Ainda faltavam quinze minutos para a reunião começar.

Adriele me lançou um olhar interrogativo, Murilo olhava para Júlia sem entender, Natacha espiava a sala com os olhos arregalados. Karen e Elton abandonaram os novos brinquedinhos enviados por um sex shop. Onde estava a Michele?

— O que a gente faz agora? — Natacha sussurrou para mim.

— Eu acho que...

A porta da sala de reuniões se abriu bruscamente. Dante fuzilou a equipe com o olhar.

— Será que é pedir muito que meus jornalistas incompetentes compareçam agora à porra da reunião?

— ... a gente devia ir pra lá. Tipo, agora mesmo — terminei num muxoxo.

Em exatos vinte e três segundos, todos os repórteres se acomodavam ao redor da mesa comprida. Dante estava na cabeceira, em pé.

— Espero que entendam que sou o chefe desta merda, não o dono dela — começou ele.

Todos assentiram, com medo de abrir a boca. Até Murilo parecia receoso.

— O Veiga acabou de ligar — ele prosseguiu. — Pela segunda vez hoje. A matéria sobre o desvio de dinheiro dos cofres públicos para a conta do senador Roberto Augusto Pereira foi vetada.

— O quê?! — Murilo espalmou as mãos na mesa.

— Parece que o Veiga e o nosso senador corrupto são íntimos — Dante explicou, revirando alguns papéis à sua frente. — Ele não quer que nada relacionado ao caso apareça na revista.

— É um absurdo! Isso é esconder os fatos do povo. É censura!

— E o que você acha que eu estava fazendo até agora, berrando ao telefone, Murilo? — Dante cuspiu entredentes. — O Veiga não quer saber. A revista é dele. Nada sobre o caso vai figurar nas nossas páginas. Mas veja pelo lado positivo. Ele quer a revista repleta de trivialidades. Até sugeriu uma matéria sobre trânsito — terminou, sorrindo de forma irônica.

— Ele só pode estar louco! — Murilo resmungou, corado de raiva.

— Sim. Mas é o louco que paga seu salário, então, a menos que queira pedir demissão, como fez a Michele, faça o que ele ordenou.

— A Michele pediu demissão? — Karen perguntou, embasbacada.

— Ela recebeu uma oferta da concorrente — Dante explicou impaciente.

— Ah, não! Ela foi pra *Na Mira* também? — Adriele quis saber.

Dante apenas assentiu.

Não sei ao certo por que aquilo me incomodou tanto. Eu gostava da Michele, ela era divertida e com certeza faria falta, mas não era isso que me aporrinhava. De repente a *Na Mira* parecia quase uma presença física na *Fatos&Furos*, como um carrasco pronto para cumprir seu dever.

— Puta que pariu! — Murilo soltou, se largando na cadeira. — Todo mundo vai debandar pra essa revistinha de merda?

— Vai? — Dante questionou, apoiando as mãos na mesa e encarando fixamente seu mais renomado jornalista.

— Não, e você sabe disso — Murilo respondeu firme. — Mas você não pode estar falando sério sobre vetar a reportagem. Você sabe que é boa, tenho provas, uma exclusiva com o senador. Aposto que o Veiga tem o rabo preso.

— Não adianta, Murilo. Eu tentei, pode acreditar. Apenas prepare um artigo qualquer. Agora o próximo assunto. — Ele girou a cabeça até me encontrar. Não havia nada além de profissionalismo ali. — Luna, você se acha apta para assumir uma coluna?

Eu pisquei. Umas cinco vezes.

— O que foi?

Ele bufou, fugindo do meu olhar embasbacado.

— Acha que está pronta para assumir uma coluna?

— S-sim. — Ah, meu Deus! Aquilo estava mesmo acontecendo?

— Ótimo. Quero que assuma a coluna da Michele.

Parei de respirar.

— A da Michele? — perguntei alto demais. — Tipo... escrever sobre sexo?

— Algum problema?

Ah, nenhum. Desde que Raul, tio Vlad e vó Cecília não lessem a coluna. Talvez se eu usasse outro pseudônimo...

— O horóscopo continua recebendo ótimas críticas — ele continuou. — Você terá que ficar com as duas tarefas por um tempo, até eu encontrar substitutas para as duas.

Foi aí que entendi aonde ele queria chegar.

— E, depois que encontrar, vai me demitir — consegui dizer, sem gritar.

— Você vai saber se um dia eu tiver a intenção de demiti-la, pode estar certa disso — rebateu, evitando contato visual. — Estou planejando abrir um novo espaço, algo atual que fale sobre nada, sobre tudo, qualquer coisa de interesse dos jovens. Pelos e-mails que andei lendo, acho que você tem um canal direto com eles. Quando eu encontrar uma astróloga e alguém com pelo menos conhecimento básico de comportamento sexual, voltaremos a discutir o assunto.

Eu corei por inúmeros motivos, mas principalmente por Dante ter insinuado que eu não sabia nada a respeito do tema. Murilo nem ao menos teve a delicadeza de tentar abafar a gargalhada, como fizeram Adriele e Karen.

Dante puxou uma de suas folhas e bufou, irritado.

— Adriele, por favor, no que você estava pensando quando escreveu sobre o bigode da Carmela Dias?

— Ué, ela *tem* bigode! — Adriele retrucou, equilibrando a caneta nos lábios repuxados em um bico.

— E seis advogados também — continuou Dante. — Parabéns, você conseguiu mais um processo.

— Mas ela tem bigode! Por ela ser dondoca, devo fingir que não vejo aquela taturana? Faça-me o favor...

— Você já conhece o procedimento. Nossos advogados vão orientá-la, desde que você não jogue mais merda no ventilador. Júlia, para de chorar ou saia da sala, pelo amor de Deus! Está me dando nos nervos.

Júlia soluçou alto, cobrindo a boca com as mãos e tentou se recompor.

No fim da reunião, as pessoas se acotovelaram para sair da sala antes que Dante se lembrasse de mais algum ponto e resolvesse dar mais esporro. Fiquei no fim da fila, olhando para o homem que fazia anotações nas margens de um documento, alheio a tudo ao redor.

Adriele foi a última a passar, e eu já estava com a mão na maçaneta para fechar a porta depois de sair, mas não pude seguir em frente. Não sem antes perguntar:

— Por que você tá fazendo isso?

— Seja mais específica, Luna. Não tenho tempo para adivinhações — resmungou, sem se dar o trabalho de erguer a cabeça.

— Tô falando da coluna. Por que decidiu me dar uma justo agora?

Ele não tirou os olhos do papel para responder.

— Faz diferença?

— Pra mim faz. Parece muito estranho que justo agora você esteja disposto a me dar o que eu sempre quis. Você tá tentando... — Não tive coragem de continuar.

— Tentando o quê, Luna? — Então ele levantou a cabeça e me olhou com desprezo. — Ah! Você acha que estou querendo te paparicar por algum motivo? Não quero nada de você. Você esclareceu seu ponto de vista no sábado, e eu finalmente entendi. Estou dando a você a oportunidade de assumir a coluna da Michele porque achei aquele seu texto bom o suficiente. E, como deve imaginar, não temos caixa para contratações imediatas.

— Só isso?

Seus olhos se estreitaram atrás dos óculos.

— Você é engraçada. Quando estávamos envolvidos, não queria falar comigo sobre trabalho, porque temia levar vantagem por ser minha amante. Agora que todo aquele inferno acabou, você reclama por não precisar mais se preocupar com esse detalhe. Você *sabe* o que quer, Luna?

A tristeza que senti ao ouvir o tom ressentido em sua voz eclipsou meu orgulho.

— Eu tinha esperança de que a gente pudesse conviver em paz, continuar amigos — murmurei.

— Você não me quer como amigo. Nem como amante, namorado, vizinho ou qualquer coisa que te coloque a menos de cinco metros de mim — ele lembrou, sem nem piscar. — Feche a porta ao sair.

Minha garganta ficou apertada, como se um bloco de concreto obstruísse a passagem do ar. Eu não queria que as coisas terminassem dessa forma. No entanto, não dava para fechar os olhos. Eu não podia fingir que não o ouvi dizer a Dalila que não me queria. O que acontecia agora, aquela devastação dentro de mim, como se todos os meus pilares estivessem ruindo, era prova de que, se eu tivesse deixado nosso relacionamento se aprofundar mais, o fim dele me mataria. Era o certo a fazer, mas nem sempre fazer o certo é indolor. Ao contrário, machuca, sangra, arde.

Eu sentia falta dele. Não do homem que acabara de falar comigo naquela sala, mas do cara divertido e carinhoso de quem eu tinha aprendido a gostar e admirar. O mundo não acabaria porque ele estava saindo da minha vida, mas se tornaria frio e vazio.

Com os olhos começando a pinicar, saí às pressas da sala de reuniões, seguindo direto para o banheiro.

Entrei em um reservado e me sentei na tampa da privada, me abraçando e soluçando alto, tentando aliviar aquela ardência em meu peito, mas sem sucesso. Alcancei a papeleira metálica para pegar um pedaço de papel higiênico para assoar o nariz, mas estava vazio.

— *Droga!* — Chorei mais alto ainda.

Uma mão fina e delicada surgiu por baixo da divisória da cabine.

— Não chora, Luna.

— Ah, Júlia. — Peguei o rolo de papel que ela me ofereceu e o abracei, como se com isso eu fosse me sentir melhor.

— Ele está tratando todo mundo mal hoje. Deve ter tido um fim de semana péssimo — ela me assegurou.

Então a porta ao lado se abriu e, segundos depois, ouvi uma batida à porta do reservado em que eu estava.

Soltei a trava, ainda sentada na privada.

— Você parece... péssima — ela constatou ao abrir a porta da cabine.

Dei de ombros.

— Descobri que não dou sorte com os homens. Decidi virar lésbica.

Ela riu de leve, se recostando ao batente.

— O Dante deve significar muito pra você. Ele... voltou com a Alexia?

Sacudi a cabeça, enquanto assoava o nariz.

— Ele se engraçou com uma prima minha. Você acredita? O cara vai comigo a uma festa e se derrete em sorrisos para outra mulher! Mas isso não foi o pior. Eu ouvi o Dante dizer que não me quer. Não que tenha sido surpresa, eu já esperava, só que... no fundo, eu tinha esperanças de que... você sabe. — Ergui os ombros, desolada. — Sou uma idiota, não sou? Só eu mesma pra me apaixonar por alguém que *sei* que não vai dar em nada

— Você precisa esfriar a cabeça — Júlia falou, umedecendo uma toalha de papel na torneira. — Tomar um porre federal, lamber as feridas e seguir em frente.

— Que péssimo conselho.

— Também achei. — Ela se aproximou e passou com cuidado o papel úmido sob meus olhos, provavelmente borrados de rímel. — Mas foi você quem me disse isso, lembra? E, por mais incrível que pareça, funcionou. Estou bem melhor agora. Você também vai ficar.

De repente me senti voltando no tempo. Como se os meses não tivessem passado, todo mundo dizendo que eu ficaria bem, logo depois que flagrei o Igor entre os seios da vizinha. E, por incrível que pareça, as pessoas estavam certas. Eu fiquei bem. Não de imediato, mas depois de um tempo. Depois que o Dante invadiu minha vida. E agora ele estava indo embora e eu teria que começar tudo de novo. Só que dessa vez sozinha.

Completamente sozinha.

— Você não parecia bem na sala de reuniões — eu disse a Júlia. — A saída da Michele te abalou muito.

— Eu não estava preparada para perder mais uma amiga. Ela não me contou nada. Fui pega de surpresa.

— Eu também.

Decidida a esquecer Dante, me levantei com a ajuda da Júlia e, depois de refazer a maquiagem, mergulhei no trabalho e passei o restante do dia me mantendo ocupada. O que não devia ter sido tão difícil, já que a Cigana Clara tinha recebido mais de duas mil mensagens e eu precisava pensar no artigo sobre sexo. Mas eu não conseguia me concentrar. Rolei a lista de e-mails sem de fato ver nada por uns cinco minutos. Um quadradinho rosa na lateral esquerda da tela avisava que eu tinha que cobrir o cheque do conserto do carro naquele dia.

É, como se dinheiro brotasse na minha conta assim, do nada...

Observei o calendário com mais atenção. Duas linhas acima, o número cinco estava destacado. Ah, porcaria! O que foi que eu deixei passar?

Cliquei no número e observei a legenda.

— Ah. Meu. Deus.

Fiz e refiz as contas em um ritmo frenético. Por oito vezes! Estávamos no dia 17, ou seja, doze dias distantes do dia 5.

Doze dias.

Duas semanas inteiras.

— Não!

36

Os dias se arrastaram. As horas não passaram. Eu não queria mais viver. Suspeitei que meus colegas de trabalho pensassem que eu estava com desarranjo intestinal. Só isso explicaria as milhares de vezes em que corri ao banheiro nos últimos três dias, na esperança de encontrar algo que não dava o menor sinal de que apareceria.

Eu estava atrasada. Quinze dias. A caixinha retangular com o teste de gravidez continuava intacta dentro da minha bolsa. Não conseguia nem olhar para ela! Não contei a Sabrina sobre o atraso, já que ela não dormiu em casa nas últimas duas noites. Também não podia falar sobre isso com ninguém no trabalho por diversas razões. E eu não era capaz de me obrigar a entrar no banheiro e acabar logo com aquela incerteza por temer o resultado.

Dante se manteve em seu estado furioso, berrando e descontando suas frustrações em qualquer um que lhe dirigisse o olhar. Na reunião daquela quinta-feira, ele parecia ainda mais revoltado do que na de segunda — sobretudo depois que lhe contei que não tinha feito o horóscopo nem bolado nada para a ex-coluna da Michele, mas por sorte a ruiva deixara dois artigos para cobrir sua saída abrupta — e falar com ele sobre o que me afligia parecia uma ideia tão boa quanto cometer suicídio.

Mas era minha única alternativa. Além do mais, se eu realmente estivesse... Ai, meu Deus, eu não conseguia nem pensar nisso... Mas, se estivesse, ele também era responsável. Não era justo ter de lidar com tudo sozinha. Ele tinha o direito de saber e de decidir se faria ou não parte da vida do...

Imagens de um bebezinho gorducho brincaram em minha mente: os tufinhos finos marrons na cabeça perfeita, olhos grandes e redondos, verdes como os meus, o sorriso meio debochado — ainda banguela — igual ao do pai, os dedinhos roliços, os furinhos nas mãos fofas como bisnaguinhas...

Sacudi a cabeça, decidida a colocar um ponto-final naquela situação. Independentemente do resultado, éramos adultos para arcar com as consequências. Ao menos eu esperava que fôssemos.

Observei discretamente meus colegas. Todos pareciam ocupados. Lancei um olhar para a sala de Dante. Ele estava compenetrado em algo na tela do computador.

Mantendo os olhos nele, me levantei pegando uns papéis velhos em minha mesa e me dirigi até sua sala. Parei em frente à porta, tomando coragem. Minhas mãos tremiam de leve, e eu não tinha ideia de como entraria no assunto.

Bati.

Dante ergueu os olhos do monitor e, depois de hesitar por um instante, ordenou que eu entrasse. Fechei a porta com cuidado assim que passei por ela, abraçando a papelada que tinha nas mãos, como se elas pudessem me proteger do olhar glacial do homem atrás da mesa.

— Isso aí é o horóscopo? — perguntou ríspido, indicando as folhas em meus braços.

— Não. — Era irrelevante lhe dizer que eu nem tinha começado. Como poderia? Minha cabeça estava voltada ao meu útero e ao que poderia haver ali dentro. — Preciso falar com você, Dante.

Ele me encarou, uma sobrancelha arqueada.

— Isso eu já havia deduzido.

Olhei para trás, para a porta fechada, pensando se não cometera um erro e quais seriam as chances de escapulir dali sem que ele percebesse. As chances não eram lá muito boas. Então me aproximei da mesa e me acomodei na cadeira em frente a ele. Os olhos castanhos estavam grudados em mim, curiosos e impacientes, os dedos tamborilavam na mesa.

— E então...? — ele incitou.

— Não sei como começar... — declarei, encarando meus joelhos.

— Você não teve nenhuma dificuldade em verbalizar o que se passava na sua cabeça no sábado passado. Nada do que disser vai me surpreender.

— Está bem. Estou atrasada — soltei, minha voz falhou.

Ele apenas sorriu, irônico. Nada preocupado.

— Eu estava na reunião, Luna. Já disse que quero o horóscopo até as seis. Então acho melhor você voltar para sua mesa e começar.

— Não. — Sacudi a cabeça, apreensiva. — Não tô falando da coluna, embora ela também esteja atrasada. Quis dizer que *eu* estou atrasada, Dante. Minha... menstruação.

— Aaaaah. — E então seus olhos perderam o foco.

Parece que eu ainda era capaz de surpreendê-lo, no fim das contas.

Esperei, inquieta, por uma resposta, qualquer que fosse, mas ela não veio. Ele apenas me olhava como se não me visse. Eu me dei conta de que estava prendendo o fôlego em expectativa e soltei o ar com força. Isso o trouxe de volta de onde quer que ele estivesse.

— Quanto tempo? — quis saber.

— Quinze dias.

— Tanto assim?

Assenti.

— Você já fez o exame? — perguntou, em uma voz quase complacente.

Neguei com a cabeça.

— E por que não, Luna? — E lá se foi a complacência.

— Porque fiquei com medo.

Ele inspirou profundamente, os traços de seu rosto se abrandaram de leve.

— Não fique — ele disse em uma voz gentil. Aquela que ele usava comigo quando estávamos fora da revista. Aquela que eu não ouvira na última semana e da qual sentira tanta falta. — Você não está sozinha nessa.

Eu o encarei, bestificada. Quer dizer, eu sabia que ele era um cara de princípios e tal, mas já não estávamos juntos — ainda que nunca estivéssemos estado de fato —, e ele sabia que eu tinha feito planos com Viny no passado, então eu já estava mais do que preparada para responder, com a maior indignação, que sim, ele era o pai — isto é, no caso de eu estar realmente grávida.

— O que foi? — Dante indagou, examinando meu rosto com atenção.

— Você... não vai fazer uma cena e esbravejar que não tem nada a ver com isso, que o pai pode ser qualquer um e eu que me dane?

— Não — respondeu simplesmente, cruzando as mãos sobre a mesa.

— Por que não?

— Porque, se você estiver mesmo grávida, esse filho é meu.

— Como pode ter tanta certeza? — *Ah, cala a boca! De que lado você está?*

Ele lutou contra um sorriso, mas acabou perdendo a batalha.

— Porque eu te conheço, Luna. Porque, apesar de toda a loucura que ocorreu entre a gente, sei que fui o único homem que frequentou a sua cama nos últimos meses.

— Achei que você ia gritar comigo quando eu te contasse — confessei, passando os dedos nas beiradas das páginas em meu colo.

— Não achou não, ou não estaria aqui agora. Que tal eu comprar um daqueles testes de farmácia e acabarmos de uma vez por todas com o suspense?

Eu me encolhi no assento.

— Tenho um na bolsa. Tenho andado com aquilo pra cima e pra baixo desde que me dei conta do atraso.

— Bem... o que está esperando?

— Mas e se der positivo, Dante? E se eu estiver... grávida?

Ele me fitou por um longo momento, e eu tentei adivinhar o rumo de seus pensamentos, mas seu rosto permaneceu impassível, não devolvia nada.

— Então você e eu vamos sentar e conversar — esclareceu à meia-voz.

— E aí você vai gritar comigo? — eu quis saber, esperançosa.

Ele comprimiu os lábios, segurando um sorriso teimoso.

— Por que quer que eu grite com você?

— Não sei. Acho que por ter visto como o Raul reagiu ao saber da gravidez da Lorena.

— Jamais gritaria com você por isso. Eu já disse, você não fez nada sozinha. Sou tão responsável quanto você. Isto é — ele empurrou os óculos para cima usando o indicador —, se houver mesmo algo pelo qual se responsabilizar. E nós só vamos saber a resposta se você fizer o teste.

Tá legal. Eu podia fazer aquilo. Era só entrar no banheiro e pronto. Eu nem precisaria olhar o resultado. Dante podia fazer isso por mim.

Levantei-me apressada e me surpreendi quando ele fez o mesmo.

— Vou te acompanhar até o banheiro — avisou.

— Ah, acho melhor não. As pessoas vão estranhar.

Ele franziu o cenho.

— Tem razão. — Olhou para o relógio. — Pega suas coisas. Vamos pra casa. Está quase no fim do expediente de qualquer forma.

— Hã... sem querer ser chata, mas isso também vai fazer as pessoas estranharem.

Então Dante disse a única coisa que me faria aceitar sair mais cedo *e* ao lado dele, deixando um rastro de fofocas que só Deus saberia que consequências trariam.

— A gente vai fazer isso juntos, Luna. Não me interessa o que os outros vão pensar. Você é tudo que me importa agora.

Assenti e o deixei se aproximar, abrindo a porta e se afastando para o lado, me dando passagem. Parei na minha mesa só para desligar o computador e pegar a bolsa. Como previra, todos os olhares estavam grudados em mim, ainda mais depois que Dante me segurou pelo cotovelo com uma gentileza comovente e me guiou até o elevador. Foi um alívio quando entramos na caixa metálica e as portas se fecharam, nos exilando do bando de curiosos que, eu tinha certeza, dariam as apostas por encerradas.

Eu tremia dos pés à cabeça, absurdamente tensa com a possibilidade de o resultado ser positivo. O que eu ia fazer? Como ia enfrentar uma gravidez sozinha? Como eu poderia ter um filho de um homem que não me queria? Eu ainda nem tinha uma carreira, caramba!

Dante seguiu em direção ao meu carro.

— Fique calma. — Ele alisou meu braço com delicadeza, como se quisesse me aquecer com isso.

— É fácil falar. Não é você quem vai vomitar por nove meses e depois ter um bebê rasgando seu corpo pra sair.

Entrei no carro e destranquei a porta do passageiro. Ele sentou ao meu lado, batendo a porta com força. Dei partida e comecei a manobrar.

— Tem razão — concordou. — Mas vou estar ao seu lado para segurar seu cabelo quando estiver vomitando e, quando chegar a hora do parto, vou obrigar o médico a te entupir de drogas para dor. Depois ficarei segurando sua mão até você acordar.

Já estávamos na avenida movimentada. Eu queria que ele continuasse falando. Aquilo me acalmava.

— E como vai obrigar o médico a me dopar? — eu quis saber.

— Vou ameaçar colocar uma foto embaraçosa dele na revista, claro.

Acabei rindo.

— E você vai conseguir essa foto de que jeito?

— Invadindo a casa dele no meio da noite, enquanto ele estiver de plantão. Vou aproveitar e sequestrar o diploma dele. Para o caso de ele não ceder à chantagem apenas com a foto.

— É um bom plano, mas depois disso você seria preso, e eu e o bebê teríamos que levar cigarros pra você aos domingos.

— Que eu trocaria por segurança na prisão, para manter minha masculinidade intacta. Sabe como é. Sou um homem muito atraente — brincou.

Ah, eu sabia disso muito bem.

— Três anos mais tarde — falei —, você sairia da cadeia por bom comportamento e estaria desempregado. O bebê e eu teríamos que vender doces no farol.

— E nenhum meio de comunicação sério me daria emprego, o que me obrigaria a aceitar a oferta de algum pasquim sem credibilidade.

— Mas, como você fez muitos contatos na época em que esteve na cadeia, investigaria um caso antigo sem solução e descobriria toda a verdade.

— Que tipo de caso? — ele quis saber.

— Humm... um crime envolvendo um famoso jogador de futebol da década de cinquenta...?

— Legal! — Seus olhos brilharam. — E eu conseguiria uma boa grana pela matéria, porque a venderia para todos os veículos de comunicação e recuperaria meu bom nome. Mas não aceitaria nenhuma das propostas milionárias de emprego, porque, depois de ficar preso, desejaria ver o mundo. Então eu iria atrás de você e do bebê e os levaria para morar comigo em Indianápolis. Algum olheiro me veria andando pelas ruas da cidade na minha Ducati e me convidaria para ser piloto do MotoGP. Mas eu não ganharia uma única corrida.

— Não tenho tanta certeza disso. Você dirige feito louco. Acho que seria um bom piloto, mas eu não ia gostar muito. Ficaria preocupada que você se machucasse.

— Ficaria? — ele perguntou, parecendo surpreso.

— É claro, Dante! Você acha que eu não me descabelaria toda vez que você subisse numa daquelas coisas que voam a trezentos quilômetros por hora, protegido apenas por um capacete? Já fico aflita aqui onde, graças a Deus, existem leis de trânsito pra te impedir de passar de cento e vinte por hora.

— Você fica aflita? Por quê?

Porque é o que faz uma mulher apaixonada, desejei acrescentar.

Corei ao sentir seus olhos fixos em mim, esperando a resposta.

— Porque... eu... Não importa, Dante. — Sacudi a cabeça.

O silêncio que se seguiu foi angustiante. Tentei prestar atenção no trânsito e não piorar ainda mais a situação batendo o carro. Vinte minutos depois, eu estacionava em frente ao prédio. Girei a chave e puxei o freio de mão, mas não me movi nem um centímetro a mais. Minha vida podia estar prestes a mudar, como eu poderia sair do carro e enfrentar o que estava por vir? Ter um bebê fazia parte dos meus sonhos, mas em um momento mais oportuno. Quando eu tivesse estabilidade financeira, um emprego do qual me orgulhasse e um homem que me amasse, por exemplo.

— Vamos subir e acabar logo com isso, Luna. Você parece prestes a desmoronar, e eu não sou o cara certo pra juntar seus destroços.

Apenas naquele momento a frieza dos últimos dias se tornou perceptível em seu tom de voz. E foi uma pena, pois eu estava morta de saudades do outro Dante. Ah, meu Deus, eu separava os dois. O Dante mau e o Dante bom. Como o Médico e o Monstro. Ou Clark Kent e o Super-Homem. Se bem que os dois últimos eram bem bacanas... e muito gatos. Assim como o Dante.

Eu o segui para fora do carro, me mantendo sempre um passo atrás, até chegarmos ao apartamento da Bia. Madona nos saudou, e tomei todo o tempo do mundo para brincar com ela.

— Vamos, Luna, não seja covarde — ele provocou, apontando com a cabeça para o banheiro no fim do corredor.

— Tô com medo — sussurrei.

Ele pareceu compreender o tormento dentro de mim, pois seu semblante se tornou doce ao dizer:

— Quer que eu entre com você?

— Ai, meu Deus, Dante. É claro que não! — Mas era só o que faltava!

— Vou ficar na porta então, pronto pra te receber quando sair.

— Não. Assim eu não consigo — objetei, sem graça. — Você me espera aqui na sala. Volto quando estiver tudo pronto.

A caixinha do exame parecia um pandeiro em minhas mãos trêmulas conforme eu seguia até o banheiro. Dois minutos depois, voltei para a sala, onde Dante me esperava de pé, tentando parecer calmo e tranquilo, mas o pequeno V entre suas sobrancelhas o entregava.

— E aí?

— É preciso esperar três minutos. Não consigo olhar. — Passei-lhe o bastão. Ele o pegou, tranquilo.

Eu me afastei, ficando em frente à janela, ao lado da mesa de jantar ainda bagunçada pelas peças plásticas, contando os segundos. Quando cheguei a cento oitenta, me obriguei a encarar meu futuro, literalmente nas mãos de Dante.

— Positivo ou negativo?

Ele analisava o bastão branco por diversos ângulos, então coçou a cabeça, ajeitou os óculos com o indicador e franziu a testa.

— Humm.... Não tenho certeza. Como sei se deu positivo?

— Uma linha e eu tô lascada — expliquei. — Duas, estamos livres.

— Certo. E uma linha e meia? — Ele ergueu os olhos confusos para encontrar os meus.

— Como assim?

— Tem uma linha e meia aqui.

Cruzei a sala apressada, peguei o bastão e o analisei.

— Merda! Não funcionou.

— Tem certeza que fez direito?

Estreitei os olhos.

— Fazer xixi na porra de um bastão não tem segredo, Dante.

Ele deu de ombros.

— Deve estar com defeito. Vou comprar outro.

Eu me larguei no sofá e enterrei a cabeça nas mãos.

— Não acredito que, quando finalmente criei coragem, essa porcaria resolveu dar defeito.

— Acontece. Espera aqui. Vou até a farmácia e já volto.

Ele já estava saindo quando o chamei de volta.

— Dante... — Ele se virou, os olhos brilhantes, ansiosos. Parecia que ele esperava por algo, mas eu não tinha ideia do que podia ser. — Obrigada.

O brilho desvaneceu um pouco.

— A responsabilidade também é minha. Você não fez nada sozinha. Não vou te deixar na mão numa hora dessas.

Naquele instante, me senti orgulhosa por ter ido para a cama com o Dante. Todas as sete vezes.

Dante entrou em casa com a sacolinha no pulso e, sem dizer nada, me entregou o teste. Ah, bem... só que eu não estava com vontade de fazer xixi naquele instante.

— Luna! — censurou ele, fechando a cara.

— O que eu posso fazer? Acabei de fazer agorinha. A natureza precisa agir, né?

— Vamos dar uma ajudinha a ela.

E, com isso, me fez tomar dois grandes copos de água e uma lata de refrigerante. Cerca de meia hora depois, fui para o banheiro de novo, mas dessa vez ele veio atrás.

— Não consigo com você aqui. — Fiquei parada, meu quadril apoiado no lavatório, os braços cruzados, olhando para aquele homem enorme dentro do banheiro apertado.

— É ridículo você ter um ataque de constrangimento por causa de um xixi, levando em conta tudo o que já fizemos na cama.

Meu rosto esquentou até eu sentir todas as veias pulsando sob a pele.

— Não vou fazer xixi com você me olhando e pronto.

— Eu nunca vou te entender... — Ele sacudiu a cabeça, mas saiu. — Vou ficar aqui fora. Faz tudo direito dessa vez.

— Fiz tudo direito na primeira vez!

Mas, só por precaução, dei uma lida no folheto que vinha com o teste.

Dessa vez, quando abri a porta do banheiro, Dante estava me esperando ali e apenas esticou a mão, ciente de que eu não conseguiria olhar para o bastão capaz ou não de mudar toda a minha vida em três míseros minutos.

Impaciente demais, eu fui para a cozinha organizada da Bia, abrindo os armários em busca de algo para comer, e acabei pegando uma lata de biscoito doce. Dante me seguiu, ficou ali encostado ao batente, braços cruzados, me observando engolir um biscoito após o outro.

— Eu como quando tô nervosa — expliquei de boca cheia e ele riu de leve.

— Pode relaxar. Duas linhas — ele murmurou um minuto depois.

— Ah, meu Deus. Não tô grávida!

Afundei na cadeira creme, tonta de alívio, e deixei a cabeça pender sobre a mesa maciça. Uma pontinha de decepção se espreitou em meu coração enquanto a imagem do bebê perfeito se apagava da minha mente até desaparecer por completo.

— Isso merece uma comemoração — falei, me endireitando, mas minha voz saiu meio... desanimada.

— Claro, claro. Vamos comemorar. — Dante ainda mantinha o olhar fixo no bastão e não parecia aliviado. Parecia... desapontado também. Mas ele se recompôs depressa e sorriu, só que era um sorriso meio esquisito, não chegava aos olhos.

— Obrigada por ter sido um cara legal e ter ficado do meu lado o tempo todo — agradeci num sussurro.

— Eu não poderia agir de outra forma.

— Sei disso. Você é um cara decente, Dante.

— Sou? — A testa dele encrespou. — Tem certeza? Porque no sábado você não parecia saber disso. Aliás, no sábado você parecia acreditar que eu era tudo, menos decente.

— Olha, não vamos falar nisso agora, tá? — Fiquei de pé. — Não quero brigar com você de novo.

— Só me explique a sua lógica, Luna. Preciso entender. Como posso ser decente agora e tão canalha no sábado?

Eis uma coisa que eu também queria entender.

— Você foi um amor comigo hoje, e eu odiei esses últimos dias, o jeito como você me tratou. Por favor, será que a gente não pode esquecer um pouco o que aconteceu e continuar como estávamos um minuto antes?

Ele bloqueou o caminho com o corpo quando tentei passar por ele.

— Responda à minha pergunta.

— Não sei, tá legal? — berrei. — Não consigo te entender. Simplesmente *não entendo* você! Talvez você seja maluco, talvez bipolar. Ou talvez o problema esteja em mim. Talvez eu seja mesmo a menina imatura que você vive dizendo que sou.

— Fico contente que tenha finalmente se dado conta disso — falou, e o desafio reluziu em seu sorriso de escárnio.

Ele estava me provocando de propósito. E eu, burra, caí na dele.

— É, eu me dei conta — rugi, sentindo o sangue borbulhando nas veias. — Me dei conta de que você é um cretino prepotente e velho demais pra mim. Por que não procura uma mulher madura, alguém do seu nível? A Alexia, por exemplo. Imagino que sequestrar um cachorro com certeza encabeça a lista de atos maduros de um adulto. Ou quem sabe você prefira a Dalila. Vocês pareciam ter muito em comum no casamento da *minha* prima, uma festa na qual você era *meu* acompanhante. Você dois têm mais em comum do que me dei conta. Especialmente o gosto pela chatice!

— É o que pretendo fazer — ele retrucou, endireitando os ombros, parecendo muito satisfeito. — Mal posso esperar para ter uma conversa adulta. Coisa que não ocorre desde que você se meteu na minha vida!

— Ah, sinto muito, sr. Montini! Minhas sinceras desculpas pela minha juventude. Não posso fazer muito a respeito disso. Já quanto à questão de me meter na sua vida, posso resolver agora mesmo.

Passei por ele de cabeça erguida, fulminando-o com o olhar. Ele não devolvia nada, apenas aquela frieza que me tirava do sério. Um leve repuxar em seu maxilar denunciou que algo nele também estava prestes a transbordar. E por isso eu me detive, me dando conta de que não havia nada que eu pudesse lhe dizer, não adiantaria ofendê-lo, magoá-lo — ou lhe dar um soco para que ele deixasse de ser tão idiota. Nada daquilo me faria feliz.

— Espero sinceramente que um dia alguém consiga te fazer feliz de verdade — minha voz tremeu. — Eu sempre soube que esse alguém não seria eu.

Algo mudou em seu rosto, em sua postura. Foi como se ele tivesse tomado um soco na boca do estômago.

Passei por ele, indo até o sofá para pegar minha bolsa.

— Espera, Luna — ele pediu em um tom gentil, soando quase arrependido.

— Não. — E saí correndo antes que ele visse as lágrimas que começavam a pinicar meus olhos, me portando exatamente como a menininha imatura que ele acreditava que eu era.

37

Eu olhava para a rachadura na parede atrás da mesa da Júlia enquanto brincava com um clipe de papel. Por que sextas-feiras são sempre intermináveis? Parece que, quanto mais se aproxima do fim de semana, menos o relógio trabalha. E eu não via a hora de me livrar da sensação claustrofóbica que me dominava.

Já eram quase três da tarde, e eu ainda não tinha entregado o horóscopo. Na noite passada, eu mal havia conseguido parar de soluçar enquanto contava os últimos acontecimentos entre mim e Dante à Sabrina, que dirá fazer aquele trabalho odioso.

Cheguei a pensar que Dante me enforcaria assim que descobrisse que eu ainda não tinha enviado o horóscopo, e faltavam só duas horas para o fim do expediente, mas ele não parecia ter se dado conta disso. Nas poucas vezes em que criei coragem para espiá-lo de relance, ele me pareceu distante e distraído.

E ali estava eu, tão distraída quanto ele, olhando para o nada, um arquivo de texto aberto e ainda em branco.

Adriele saiu de sua mesa e veio se sentar na beirada da minha. Ela começou a me interrogar sobre o dia anterior.

— Eu não estava me sentindo bem — expliquei, sem ânimo. — Dante me acompanhou. A gente mora perto.

— Se você não estava bem, por que ele não te levou para um hospital? — Ela arqueou as sobrancelhas delicadas.

— Foi só um mal-estar passageiro.

— Sei.

— Adriele, se você reparar bem no jeito como o Dante me trata, vai perceber que ele me detesta.

Ela riu.

— Ai, Luna, você é tão ingênua...

Eu corei, irritada. Estava cansada de ser tratada como criança por todo mundo. Mas, antes que eu pudesse descontar minha frustração em Adriele, meu celular tocou.

— Luna, oi. É a Jéssica Bulhões. Como vai, querida?

— Ah... O-oi. — Olhei para a sala de Dante. Ele estava absorto em algo na parede. Lancei um rápido olhar para Adriele e murmurei com os lábios, tapando o bocal do telefone: — É a minha avó.

Ela ergueu uma sobrancelha, mas me deixou em paz e foi cuidar da própria vida.

— Podemos almoçar na terça-feira? — Jéssica perguntou.

Ai, meu Deus. Eu não devia ser vista com a Jéssica, ainda mais agora que a Michele passara para o lado dela. Dante ficaria sabendo do meu trabalho secreto em um microssegundo. Se bem que talvez isso não fosse ruim. Quer dizer, a Jéssica podia querer me oferecer um emprego de verdade, um que pagasse as minhas contas e me fizesse feliz.

— Recebemos um feedback muito bom do seu primeiro artigo, e isso agradou ao alto escalão — ela contou animada. — Quero te fazer uma proposta *irrecusável*! Sei que você vai ficar muito satisfeita. Eu ligo avisando em qual restaurante nos encontramos. Até mais.

Encarei meu celular como se fosse uma joia reluzente. Uma proposta. Uma que poderia finalmente me transformar na jornalista que eu sempre sonhara ser. E, levando em conta os últimos acontecimentos, não seria nada ruim ficar longe do Dante. Eu não queria estar por perto quando a Alexia voltasse a desfilar pela revista. Pior ainda, quando a Dalila aparecesse por ali, contanto para todo mundo que fora por minha causa que ela e seu amado Dante acabaram juntos.

Meu telefone tocou outra vez. Não reconheci o número.

— Alô?

— Srta. Luna Braga? — perguntou a voz masculina desconhecida.

— Sou eu.

— Aqui é o tenente Samuel Oliveira. Encontrei seu contato nos documentos do seu irmão.

— Ah, meu Deus. — Inspirei fundo. — O que foi que o Raul aprontou agora?

— Sinto muito, senhorita. Ele sofreu um acidente. Foi trazido para o hospital e...

Então tudo se tornou um zumbido sem sentido. A sala ficou desfocada, o retumbar do meu coração abafou todos os sons ao meu redor. O telefone caiu da minha mão. Alguém começou a gritar. E depois que muitas mãos tentaram me aparar, me dei conta de que tinha sido eu. Manchas coloridas dançaram nos meus olhos. O rosto do meu irmão, com seu sorriso debochado, piscava entre elas.

— Ela tá ficando cinza. Acho que vai desmaiar! — alguém disse.

— Então não fica aí parada, faz alguma coisa!

— Luna! — a voz de Dante chamava. — O que foi? Luna, você tá bem? — Acho que fui sacudida. — O que aconteceu? Alguém viu o que aconteceu?

— Não sei, Dante. Ela estava no telefone, aí começou a gritar.

— Que telefon... Alô? Quem...? Ah, meu Deus. Como ele está? Onde? Tudo bem, obrigado por avisar, tenente.

Meu irmão estava no hospital. Meu irmão tinha sofrido um acidente. Estava inconsciente em uma sala cirúrgica. Não sabiam a extensão dos ferimentos. Eu devia ficar preparada, alertara o tenente.

— Acho que ela está em choque!

— Luna, meu anjo, você consegue me ouvir? Pisque se estiver me entendendo.

Com algum esforço, pisquei.

Alguém acariciou minha bochecha.

— Não chora. Por favor, meu anjo, não fica assim. O Raul vai ficar bem. Você está me ouvindo? Seu irmão está sendo operado agora, ele vai ficar bem. Vai sair dessa... Alguém traga um pouco de água. E saiam de cima dela, cacete!

— Será que não seria melhor chamar um médico? — alguém sugeriu.

— Ouvi dizer que dar uns tabefes na cara de alguém em choque resolve.

— Adriele, cala a boca! — berrou Dante, mas sua voz se tornou doce quando, ao apertar minha mão dormente, ele disse: — Vou te levar pra casa.

Aquilo funcionou melhor do que funcionaria o tabefe de Adriele.

— N-não! — consegui murmurar, piscando contra o véu de lágrimas que me cegava. — Quero ver o Raul. Preciso ver o meu irmão. Preciso ficar com ele e... Ah, meu Deus, eu não posso perdê-lo!

— Ei! Calma. — Dante desenhava círculos em meu ombro. — Eu te levo. Aqui, beba um pouco de água. Você está muito pálida.

Extraindo forças da calma que Dante deliberadamente me oferecia, consegui envolver os dedos no copo plástico que ele segurava e tomar alguns goles. A água tinha gosto amargo.

— Não, não chora — Braços fortes me envolveram, lábios doces tocavam minha testa. — Por favor, Luna. Não perca a esperança. Seu irmão vai querer te ver bem quando se recuperar.

Ergui a cabeça e finalmente consegui ver alguma coisa. O rosto próximo ao meu estava contorcido em angústia.

— Ele vai? — murmurei em um fiapo de voz.

— É claro que vai! O Raul é jovem e forte e, se tiver metade da sua teimosia, não vai deixar que um simples acidente acabe com ele.

Assenti, os olhos presos aos dele.

— Ele é teimoso. Bastante — contei.

— Tá vendo só! — Uma carícia lenta, que começou em minha têmpora e terminou em meu queixo, afastou um pouco do frio que me fazia tremer. — Tenha fé, meu anjo.

Assenti mais uma vez, fungando e secando o rosto com o dorso das mãos. Endireitei os ombros, tentando parecer forte. Por dentro eu estava aos pedaços.

— Essa é a garota corajosa que conheço. Acha que consegue ficar de pé?

Não conseguiria, mas fiquei, graças ao Dante, que sustentou quase todo o meu peso ao passar um braço por minha cintura. Ele me levou até a garagem e me acomodou no banco do carona do meu Twingo. Dante deu partida e teve dificuldade para colocar o carro em movimento. Meio entorpecida, eu lhe expliquei as manias do veículo e me mantive quieta durante todo o trajeto.

Eu estava mais controlada quando entramos no hospital, sobretudo porque Dante voltou a me abraçar. O ambiente asséptico e branco me deixou nervosa e, quando atingimos o terceiro andar e entramos na sala de espera abarrotada, vi Lorena, a mulher linda, sempre impecavelmente arrumada, com os cabelos ruivos ondulados desgrenhados e o rosto em formato de coração inchado de tanto chorar. Então todo o meu desespero voltou e só não caí porque Dante ainda me amparava.

— Ah, Luna! — Ela chorou e me abraçou. Eu vacilei e Dante sustentou nós duas. — O Raul... Ele... Ah, meu Deus!

— O que aconteceu? — Perguntei, sendo levada para uma das poltronas. Dante me acomodou ao lado de Lorena, apertando meu ombro em um gesto consolador e esperançoso.

— O Raul estava no carro dele, esperando o semáforo abrir — ela contou, dilacerada. — Um ônibus que vinha atrás não conseguiu frear. O carro foi lançado pra frente e parou na avenida bem na hora que uma van estava cruzando. Acertou o lado do passageiro. O carro está destruído. Trouxeram o Raul pra cá desacordado, e o policial disse que tinha sangue pra todo lado! — ela gemeu, cobrindo o rosto com as mãos.

Engoli em seco.

— Ele teve fratura exposta em uma das pernas — prosseguiu. — Não sabem nada sobre danos internos. Isso é tudo o que eu sei até agora.

— Alguém tem que nos dizer alguma coisa — objetei, me levantando meio cambaleante, mas Dante me impediu.

— Eles vão dizer. — E, gentilmente, me fez sentar outra vez. — Assim que tiverem algo pra contar.

Entendi a lógica que ele usava, e fazia sentido. No fim das contas, a falta de notícias devia ser um bom sinal. Olhei para ele e assenti uma vez. Dante deixou dois dedos correrem por minha bochecha, antes de se recostar à parede ao lado da janela, cruzando os braços nas costas, já que as outras cadeiras estavam ocupadas.

A hora custou a passar. Lorena, grávida de poucas semanas, se agarrou a um terço e recitava as orações em um sussurro fervoroso, os olhos apertados, como se usasse toda a sua força para se comunicar com Deus. Dante permaneceu onde estava, me fitando, dando apoio e tentando me manter calma com sua presença.

Em dado momento, ele se dirigiu até a recepção e falou baixo com a atendente. Ela assentiu uma vez e alcançou o telefone. Uma enfermeira baixinha surgiu e foi direto falar com Dante. A mulher franziu a testa ao ouvir o que ele dizia e olhou para mim uma vez, então assentiu e desapareceu. Em vez de voltar para perto de mim, Dante apenas fez sinal com a cabeça e se dirigiu para o corredor por onde havíamos chegado. Dei um pulo da cadeira no mesmo instante, indo atrás dele.

— Não vai embora, por favor! — implorei apavorada, alcançando-o antes que ele chegasse aos elevadores, pois, naquele momento, eu não podia suportar que ele me deixasse. — Preciso de você... Não... não vai embora.

Dante analisou meu rosto com algo brilhando nos olhos castanhos.

— Vou só até o banco de sangue. Seu irmão deve ter precisado de transfusão. Os estoques nunca estão altos. Vou tentar ajudar. — Ele abriu os braços, meio sem jeito.

Fiquei olhando para ele com o coração repleto de gratidão.

— Eu vou também.

— Não vai, não! Fique aqui. Ela precisa de você. — Ele apontou para a sala onde estava a minha cunhada.

Sim, a Lorena precisava de mim, mas eu precisava dele.

— Você vai voltar? — eu quis saber. E minha voz era tão miúda que lembrava a de uma criança.

Em um sussurro que eu podia jurar ser de um homem apaixonado, ele disse:

— Eu jamais te abandonaria. — Um pequeno sorriso brincou em seus lábios.

Concordei com a cabeça e o observei partir, me agarrando à sua promessa de voltar. Retornei à sala de espera enervantemente branca e me joguei na cadeira ao lado de Lorena, esticando o braço para alcançar sua mão. Ela ergueu a cabeça, os olhos inchados, o lábio trêmulo, a angústia estampada em cada traço de seu belo rosto.

— Obrigada. — Ela soluçou.

Eu a puxei para meu ombro e a deixei chorar, tentando manter as lágrimas sob controle. A enfermeira baixinha, aquela que falara com Dante pouco antes, apareceu com uma bandeja nas mãos e alguns copos plásticos sobre ela. Meu coração bateu rápido, na expectativa do que pudesse sair da boca daquela mulher. Contudo, o que ela disse me pegou de surpresa.

— Seu namorado me contou o que está acontecendo. Tome isso, querida. — E me entregou um copo descartável, daqueles de café, contendo um comprimido branco. — Você vai se sentir melhor.

— O que é?

— Só um relaxante muscular, não se preocupe. Não posso fazer nada por você, senhora. — Ela se dirigiu a Lorena com compaixão. — Por causa da gravidez. Sinto muito. Pode ter certeza que faremos o possível para seu marido ficar bem. — E entregou um copo de água a ela.

Eu não queria tomar o tal relaxante, mas o fato de Dante ter se dado o trabalho de procurá-la na tentativa de me fazer sentir melhor de alguma maneira aqueceu meu coração. Ele queria me dopar, e isso era mais do que qualquer pessoa já tinha feito por mim. Engoli o comprimido sem reclamar.

— O que vou fazer se ele me deixar? — Lorena soluçou quando a enfermeira se afastou.

— O Raul vai ficar bem, Lorena. Sei que vai.

— Como pode ter tanta certeza? — Ela ergueu a cabeça para observar meu rosto.

— Porque o Dante disse.

— E o Dante tem algum poder sobrenatural que não conheço?

— Não. Mas ele jamais mentiria para mim sobre algo tão sério.

No momento mais inoportuno possível, a conversa entre Dalila e Dante na casa de minha avó voltou à minha mente.

"Vocês dois são...?", ela perguntara. "Amigos... na maior parte do tempo", ele respondera, pesaroso. Por que ele se sentiria triste por ser meu amigo? E por que não contou a ela que éramos mais do que amigos?

Ah, espera, ele contou! Não exatamente que éramos amantes, mas ele disse algo que deixava claro que de alguma forma eu era importante para ele.

Ela é... preciosa demais para mim.

Preciosa demais para mim.

Meus olhos se arregalaram conforme a compreensão me invadiu.

Meeeeeeerda.

O que foi que eu fiz?

38

O cirurgião, em roupas hospitalares verde-menta salpicadas de sangue, saiu pelas portas duplas arrancando a touca descartável. Dante ainda não havia voltado do banco de sangue. Lorena e eu nos levantamos, agarradas uma à outra.

Depois de se apresentar como dr. César Lobato e se assegurar de que éramos familiares de Raul, ele falou:

— A cirurgia terminou, o Raul está estável. Reconstruímos a tíbia. Ele teve três costelas fraturadas, mas não houve perfuração em nenhum órgão interno. Há uma concussão no crânio, por isso ele vai permanecer em observação. Mas ele vai ficar bem.

Quase afundei no chão com a notícia. A onda de alívio foi tão intensa que meus membros pareciam ter se desconectado um do outro. O Raul ficaria bem, exatamente como o Dante prometera. Graças a Deus!

— Podemos vê-lo? — Lorena perguntou, apertando minha mão.

— Assim que ele for para o quarto.

Lorena me soltou e, para surpresa do cirurgião, o abraçou pela cintura e começou meio que a rir e chorar ao mesmo tempo, proferindo uma seleção de agradecimentos indistintos.

Meia hora depois, Lorena e eu fomos conduzidas por uma enfermeira de meia-idade pelo corredor que dava nos quartos dos pacientes.

— Ele ainda está um pouco grogue. Procurem não deixá-lo ansioso e falem baixo. É comum ficar desorientado depois da anestesia.

Ela abriu a porta com cuidado, nos dando passagem. Lorena pegou minha mão, não sei se para me dar apoio ou se buscava suporte para si mesma, não importava. Foi bom tê-la ao meu lado naquele momento. Ali dentro havia um homem que nós duas amávamos loucamente.

Entramos juntas. As luzes fracas deixavam o ambiente desprovido de mobília um tanto sombrio, havia apenas uma poltrona de aspecto desconfortável e uma mesa metálica com duas cadeiras, além do leito hospitalar. Mas foi o rapaz deitado na cama que fez meu coração parar. Havia curativos por seu corpo inteiro: todo seu lado esquerdo estava destruído. A cabeça, o queixo, a mão e o antebraço. A perna estava descoberta, um emaranhado de hastes metálicas saía da panturrilha pintada de laranja, formando uma gaiola ao redor da carne.

Raul moveu a cabeça no travesseiro. Meias-luas roxas contornavam seus olhos verdes.

— Oi — ele disse num suspiro fraco.

— Ah, Raul. — Eu me aproximei e acariciei sua testa, desviando do curativo em sua têmpora. — Você quase me matou de susto! Nunca mais sofra um acidente. Eu te proíbo.

Os lábios secos, repletos de fissuras minúsculas, se esticaram de leve.

— Se você começar a chorar agora, vou vomitar.

Lorena soluçou alto. Ela tentava bravamente lutar contra as lágrimas, mas já estava no limite. Meu irmão inclinou a cabeça. Eu me afastei um pouco para facilitar.

— Ruivinha... — Ele suspirou. Foi quase uma prece, e aquilo me fez sorrir. Ele a admirou demoradamente, como se a absorvesse para guardá-la no coração. — Lorena, você vai casar comigo.

Ela deixou escapar uma risadinha infantil.

— Isso é um pedido ou uma ordem?

Meu irmão franziu o cenho.

— Pedido, eu acho...?

— Ah, Raul! — Ela seguiu até ele, parando ao lado da cama e se inclinando para beijá-lo com todo o cuidado do mundo.

Raul gemeu, em um misto de dor, alívio e felicidade. Apesar das recomendações da enfermeira, eu e Lorena começamos a fazer perguntas, e, um pouco confuso, ele as respondia com paciência. Lorena afagava a testa dele em um ritmo constante e cuidadoso enquanto eu mantinha os dedos ao redor de sua mão sadia. Em algum momento, ele parou o que estava dizendo e simplesmente ficou olhando para a namorada, os olhos cheios de ternura e deslumbramento. Acho que, depois do susto, Raul havia encontrado as respostas que buscava.

— Bom, vocês têm muito que conversar — falei, seguindo para a porta. — Vou procurar o Dante e voltamos daqui a pouco.

— Ele tá aqui? — meu irmão perguntou.

— Sim, foi ele quem me trouxe. Volto já.

— Tá. — Ele desviou os olhos da noiva por um segundo e sorriu para mim. Um de seus incisivos estava quebrado na ponta. — Só... não demora muito.

Fui para a sala de espera no fim do corredor e me sentei. Dez minutos depois, Dante apareceu. Eu me joguei sobre ele assim que o vi, enterrando a cabeça em seu peito, e desatei a falar sobre o estado do Raul.

— Só vim aqui te buscar. Vem! — Mas ele me segurou pelos ombros e me deteve.

— Antes eu acho que devia comer alguma coisa.

— É, você devia comer depois de ter doado sangue — concordei.

— Eu quis dizer você, Luna — explicou, em um sussurro. — Você está muito pálida. Eu ficaria mais tranquilo se você ao menos tomasse um café... com leite. Com bastante açúcar, como você gosta. — Então me soltou e enfiou as mãos nos bolsos.

Um meio-sorriso brotou em meus lábios. Eu nunca disse a Dante que gostava de café com leite bem doce. Ele soube disso me observando na copa da *Fatos&Furos*? Aquela atenção fez meu coração bater forte. Ele estava cuidando de mim, preocupado comigo. Porque eu era preciosa demais para ele.

Eu finalmente havia entendido que ele não mentira para Dalila. Ele jamais mentiria sobre algo tão sério, mesmo que em uma conversa com uma desconhecida. Ele era esse tipo de homem, de poucas palavras, mas fazia bom uso delas. Ele podia não me querer para ser sua, como deixara claro no sábado, mas se importava comigo. Era o bastante para que eu o quisesse por perto. Bem perto.

— Tá legal, vamos comer — concordei.

Sua mão gentil tocou meu cotovelo, e ele me guiou até a lanchonete no segundo andar. O local era pequeno e menos assustador, com cores sutis nas mesas e cadeiras, e uma gama de cores em embalagens de todo tipo de guloseimas na parede atrás do balcão. Dante pediu dois pães de queijo, duas águas e um pingado. Assim que nos acomodamos em uma mesa perto da janela, ele empurrou o prato em minha direção, depois adicionou três sachês de açúcar ao meu café com leite e mexeu antes de me entregar.

— Dante, obrigada. Por tudo. Por ter me trazido até aqui, por ter doado sangue, por...

— Não me agradeça, por favor. — Ele me cortou, sacudindo a cabeça. — Não fiz nada esperando gratidão.

— Mas vai receber mesmo que não queira. Nunca vou esquecer o que você fez por mim.

Ele exibiu um sorriso tímido.

— Gostaria de poder te oferecer memórias mais felizes, então. Agora, por favor, coma.

Eu comi. Os dois pãezinhos em menos de dois minutos. O celular de Dante tocou enquanto eu engolia o café com leite.

— O que foi, Ademir? Ah... cacete, eu esqueci. — Ele olhou para o relógio e esfregou a testa. — Não, eu sei. Vou ver o que dá pra fazer. Não roda nada ainda. Te ligo daqui a pouco. — E desligou.

— Problemas?

— Não... é só... um buraco na edição da semana. — Ele desviou os olhos, parecendo constrangido, e foi o que me deu a dica.

Meu horóscopo.

— Ai, droga, Dante! Esqueci completamente. — Abandonei a xícara e alcancei a bolsa no encosto da cadeira, pegando meu celular.

— Não se preocupe com isso agora, Luna. Vou dar um jeito.

— Não! Eu já devia ter entregado o horóscopo, mas é que... aconteceu tanta coisa essa semana que não tive cabeça pra escrever nada. Não que isso seja desculpa. — Revirei a bolsa até encontrar o baralho. — Mas eu faço agora, se me der dez minutos.

— O quê? Aqui? — Ele arregalou os olhos.

— Não vou sair de perto do meu irmão. Então tô meio sem opção... — Olhei em volta, como se de repente estivesse sendo observada. — Hã... não conta pra minha avó que vou fazer isso num local público. Ela me mataria se soubesse.

Ele sacudiu a cabeça, inquieto.

— Luna, é sério, não precisa f...

— Preciso sim. — Eu o interrompi. — Sou profissional. Cumpro as minhas obrigações... Às vezes com um pouco de atraso, mas ainda assim. Só vai levar uns minutos.

Embaralhei as cartas, mentalizando o signo de áries, abri o aplicativo de notas no celular e comecei a digitar. Aquele definitivamente não seria meu melhor texto, mas ao menos eu tinha algo para apresentar ao chefe. Segui embaralhando, fazendo minhas interpretações conforme os desenhos apareciam, sem me dar conta do olhar atento de Dante sobre mim. Quando terminei, ele me encarava com um brilho nos olhos.

— Cigana Clara, faria a gentileza de ler a minha sorte? — perguntou, com um sorriso tímido. — Eu tentei uns dias atrás, mas uma maluca não permitiu.

— Não brinca, Dante.

— Não estou brincando. — E, pela expressão séria, não estava mesmo. — Quero que leia minha sorte. Todo mundo diz que você é boa. Quero saber o quanto.

Eu me sentia grata demais para lhe recusar qualquer coisa naquele momento. E ele sabia disso. Fazendo uma careta, lhe passei as cartas.

— O risco é seu. Sou uma charlatã. Embaralha pensando no que quer saber.

— Sim, madame. — Ele fechou os olhos enquanto embaralhava.

— Agora corta.

Ele fez o que pedi antes de me devolver o maço de cartas. Separei três delas.

— Olha — comecei, cautelosa. — Eu nunca fiz isso antes, nem para a Sabrina, e ela já me torrou a paciência pra fazer. Então pode ser que o que fale não tenha nada a ver com a sua pergunta. A interpretação é minha, mas sua também... Acho.

— Para de enrolar. O que diz aí? — Ele se aproximou, observando atentamente a parte posterior das lâminas.

Abri as cartas um pouco receosa. Franzi o cenho ao analisar os desenhos.

— Humm... Isso é bom, acho. A montanha, as estrelas e o céu — falei, apontando para cada imagem. — A montanha representa os desafios, e as estrelas são fontes de luz, de modo que podemos supor que os desafios serão transpostos com certa facilidade. O céu é...

— Tem um cachorro na carta. — Ele apontou, o cenho encrespado.

— Eu sei. Mas é a carta do céu. Simboliza constância, fidelidade. Então sua resposta seria algo do tipo... os desafios serão vencidos com alguém muito leal ao seu lado. Faz algum sentido?

— Não é essa a leitura que a Cigana Clara faria. — Ele me exibiu aquele sorriso com as adoráveis meias-luas.

— Ah, é isso que você quer? — Pigarreei, cruzando as mãos sobre a mesa. — Perrengue à vista, mas relaxa que você vai sair dele fácil, fácil, contando com a ajudinha de alguém que é maluco por você. Tá bom assim?

Ele estava sério, os olhos fixos nos meus.

— Bem melhor. E obrigado. Espero que as cartas estejam certas. É bom poder contar com alguém em um momento ruim.

— Minha avó diz que as cartas nunca mentem, mas eu não sou uma cigana de verdade, né? Não dá pra acreditar no que eu digo. — Juntei a bagunça sobre a mesa e guardei tudo na bolsa, depois salvei a nota com o horóscopo e enviei para Dante. — Pronto. Já tá na sua caixa de e-mails. Se puder, dá uma corrigida antes de mandar pra gráfica.

— Sempre faço isso. Eu... — Ele inspirou fundo, olhando para o meu prato vazio.

— Você tem que ir — completei com tristeza.

— Mas eu volto — ele se apressou, me encarando. — Assim que tudo estiver em ordem na gráfica.

Ele se levantou e eu fiz o mesmo.

— Dante, eu...

Queria dizer tanta coisa a ele. Que eu tinha entendido, que eu *finalmente* o compreendera, mas ele não parecia muito a fim de conversar comigo sobre esse assunto. Ao menos foi o que pareceu, já que ele desviou os olhos e enfiou as mãos nos bolsos. Minha coragem desapareceu.

— Obrigada mais uma vez — acabei dizendo.

— Esquece. Preciso mesmo ir para a revista, ou não vai dar tempo de rodar a edição. Se precisar de alguma coisa, sabe onde me encontrar. Volto mais tarde. — Ele hesitou e tive a impressão de que queria se aproximar e me beijar. Mas Dante não fez nada disso. Apenas me observou por um momento e se foi. Fiquei observando suas costas até ele desaparecer de vista.

Eu queria correr atrás dele e despejar tudo o que estava em meu coração ali mesmo, num corredor de hospital. Em vez disso, como a covarde que era, peguei o celular, abri um novo e-mail, digitei apenas duas palavras e enviei a ele. Antes que pudesse mudar de ideia, apertei *enviar* e parti rumo ao terceiro andar.

Horóscopo semanal por meio das cartas com a Cigana Clara

♈ **Áries** (21/03 a 20/04)

Em tempos de crise, o melhor é se manter calma e relaxada. Aposte em massagens, comidas leves e seriados do tipo pastelão.

♉ **Touro** (21/04 a 20/05)

Problemas relacionados à saúde podem surgir. Fique atenta ao seu corpo. Ele fala.

♊ **Gêmeos** (21/05 a 20/06)

Que tal colocar a vida pessoal em ordem? Comece organizando sua escrivaninha e termine nas ligações afetivas.

♋ **Câncer** (21/06 a 21/07)

Problemas no seu "felizes para sempre". Seu príncipe pode ser sapo, afinal.

♌ **Leão** (22/07 a 22/08)

Seus problemas financeiros estão com os dias contados. Coloque as contas em dia e talvez sobre algum para comprar aquele celular novo.

♍ **Virgem** (23/08 a 22/09)

Dias não muito propensos para fechar negócios. Protelar pode ser uma boa. Aproveite para refletir sobre o assunto.

♎ **Libra** (23/09 a 22/10)

A diversão está garantida nos próximos dias. Curta a vida com sabedoria e consciência. Use camisinha e não dirija, se beber.

♏ **Escorpião** (23/10 a 21/11)

Tudo finalmente vai se encaixar, e, pela primeira vez, você vai se sentir no lugar certo.

♐ **Sagitário** (22/11 a 21/12)

Pressão é bom, mas tenha cuidado para não explodir. Cuide do mau gênio e exercite a paciência.

♑ **Capricórnio** (22/12 a 20/01)

Você poderá receber novas responsabilidades no trabalho ou nos estudos. Não desperdice sua chance por medo de errar.

♒ **Aquário** (21/01 a 19/02)

Entregue seu coração, não tenha medo. Vai valer a pena, você vai ver.

♓ **Peixes** (20/02 a 20/03)

Semana ideal para fazer novas amizades e aprofundar as antigas.

39

Sabrina me ligou apavorada, disposta a deixar Lúcio na fazenda e pegar o primeiro ônibus para casa, depois de ler a mensagem que eu enviara para ela contando sobre o acidente do Raul. Mas consegui convencê-la de que não adiantaria nada. Meu irmão estava fora de perigo, e ela podia muito bem aproveitar o fim de semana com o namorado e visitá-lo depois.

Lorena estava estranhamente empoleirada na cama para não encostar nos ferimentos do meu irmão. Raul ria de algo que ela estava dizendo. Eu observava a cena. Estranho como uma situação tão ruim como aquele acidente pudesse resultar em algo bom como o casamento deles.

— Estão rindo de quê? — perguntei, guardando o celular no bolso do jeans.

— Você não faz ideia de como fiquei aliviado quando acordei e vi essa ferragem em volta da perna. Se fosse gesso...

Ri com ele. Sabia no que ele estava pensando. Raul continuou contando a história para Lorena.

— Eu tinha uns oito anos. Acordei no hospital com o braço quebrado, e meu pai me passando um sermão daqueles por ter subido no telhado atrás de uma pipa. A Luna tinha enrolado uma toalha no braço, fingindo que era gesso. Ela ficou perturbando a enfermeira, insistindo que precisava de uma cama também. E ela só sossegou quando o médico a examinou e disse que ela estava muito mal e precisava comer chocolate pra sarar.

— E eu sarei bem rápido — concordei, rindo.

— Depois fui liberado e voltamos pra casa, e a pirralha cismou que tinha que cuidar de mim. Ela me trazia comida, me deixava escolher os canais na TV. Era irritante! Eu queria sair e brincar na rua, mas não podia por causa do gesso, e fui ficando bastante chateado. Aí, numa tarde qualquer, dormi no sofá e a Luna pegou umas canetinhas de cores bonitas... O que na definição dela eram rosa, roxo e azul...

— E eram! — objetei.

— E fez milhares de florzinhas por todo o meu gesso, para me animar — meu irmão completou.

Lorena caiu na gargalhada e sacudiu a cabeça, me fitando.

— O Raul ficou semanas sem colocar a cara pra fora de casa — contei. — E, em minha defesa, quero deixar claro que eu só tinha seis anos.

— Ela era irritante nessa idade, e ainda é hoje. E era lindinha também e tão pequena... Não que seja muito diferente agora. Ela sempre foi linda — Raul resmungou, sem jeito. — Não consegui ficar bravo com ela por mais de dois dias. Nunca consegui.

Alguém bateu à porta. Eu me levantei com o coração acelerado, mas não era Dante. Era a enfermeira com uma bandeja de medicamentos. Ela espetou a seringa na borracha do soro plugado em Raul e apagou as luzes, deixando acesas apenas as arandelas próximas à porta. Lorena puxou uma das cadeiras para perto da cama, mas meu irmão não gostou.

— Tem um filho meu aí dentro, ruivinha. Pode ir se esticar no sofá. Tô bem. Juro.

— Mas, Raul...

— Por favor, Lorena, você precisa cuidar do nosso bebê.

Um pouco contrariada, ela se acomodou no sofá, e, talvez devido à descarga de adrenalina mais cedo ou por culpa da variação de hormônios da gravidez, adormeceu em dez minutos.

Ocupei a cadeira ao lado de Raul e procurei uma posição confortável, mantendo os olhos presos na cama hospitalar, para ter certeza de que ele continuava respirando. O couro rangia sob mim, e Raul me lançou vários olhares enviesados enquanto eu tentava me ajeitar. Mudei de posição, encolhendo as pernas sob os quadris.

— Ah, pelo amor de Deus! — gemeu meu irmão, esticando o braço bom para eu me aproximar. — Chega mais perto, mas vou te lançar longe se babar em mim.

Encostei a cabeça em seu ombro sadio.

— Pra babar, eu precisaria dormir, o que não vai acontecer, já que você ronca feito um porco. — Mas não me movi, só fiquei ali, quietinha, apoiada em meu irmão.

Alguns minutos depois, ele acariciou meu cabelo.

— Obrigado por ter cuidado dela — ele murmurou. — A Lorena pira fácil.

— Não sem motivos. Você fez a coisa certa, Raul. Vocês vão ser muito felizes juntos.

— Eu sei. Amo essa mulher. E... amo você também.

Ergui a cabeça, arregalando os olhos.

— Ai, meu Deus! Vou buscar o médico. Você deve ter batido forte com a cabeça pra ficar todo meloso desse jeito.

— Não enche! — Mas ele sorria.

— Também amo você, Raul. — E me enrosquei ainda mais a ele.

Tá legal, meu irmão não era um idiota o tempo todo.

Mantive os olhos fechados e acabei sorrindo quando, instantes depois, seu ronco preencheu a sala. Tentei esperar Dante voltar, mas o cansaço me venceu e, quando abri os olhos outra vez, já era dia. Meu irmão estava meio inclinado na cama, recebendo mingau de aveia na boca.

— Finalmente, Luna — vovó disse, pegando mais uma colherada e enfiando na boca do meu irmão. — Você ainda dorme feito um bebê, não acordou nem com a gritaria do Vladimir.

— Deixa ela, vó — Raul falou de boca cheia. — A Luna dormiu mal nessa cadeira.

— Precisa parar de querer proteger sua irmã de tudo, Raul. Ela tem que aprender a caminhar sozinha.

— Não estou protegendo — objetou, fazendo uma careta que me fez rir.

Ele estava bem e, logo depois do café, foi levado para mais exames, cujos resultados foram mais que animadores. O médico garantiu que o pior já tinha passado e que podíamos respirar aliviados.

Fiquei um pouco decepcionada por Dante não ter cumprido sua promessa, mas também aliviada. Eu podia imaginar como minha avó o dissecaria.

— A senhora viu o acidente nas cartas? — perguntei a vovó durante o almoço, na lanchonete.

— Não. Lorena ligou me contando. Era madrugada. Chegamos aqui quando seu amigo estava de partida.

— O Dante? Ele voltou? — Ah, droga! E me viu babando no Raul? — Por que ele não me acordou?

— Ele disse que você precisava descansar. Ficou preocupado por te ver toda torta na cadeira, mas não quis te perturbar. O Raul também não quis. Falei um pouco com ele. É um bom rapaz esse seu Dante. — Ela mordeu seu sanduíche natural.

Chocada, engoli um pedaço do meu misto-quente com algum custo.

— Ele não é meu. Sobre o que conversaram?

— Sobre você. — Ela passou a mão delicada pela saia verde-clara, se livrando das migalhas. Suas pulseiras tilintaram como sinos.

— Sobre o que exatamente, vovó?

Ah, por favor, não sobre a história das canetinhas. Por favor!

— Ele só estava preocupado. Me contou como você ficou depois que soube do acidente, que você não tinha comido muito e me fez prometer que eu faria você comer quando acordasse. E estou cumprindo minha promessa. Coma, filha.

Hesitei, olhando para minha avó em expectativa.

— A senhora não disse nada a ele sobre o que viu nas cartas, né?

— É claro que não. — Mas não tive tanta certeza, já que um dos cantos de seus lábios se ergueu de leve.

O dia foi passando e, quando dei por mim, a noite já derramava suas sombras lá fora. Era uma bênção ouvir meu irmão reclamando que queria tomar um banho de verdade e implorar para ser levado ao banheiro. Vovó era paciente e explicava, como uma mãe zelosa, que ele não podia ficar de pé ainda e que teria de usar o urinol. Ela passaria a noite com Raul, assim como Lorena, de modo que fui dispensada.

— Mas eu não tenho o que fazer em casa — objetei.

— Tem sim. Dormir. Tá parecendo um zumbi, Luna — Raul zombou. — Essa foi por pouco. Mas é preciso mais que um ônibus e uma van pra me mandar dessa pra melhor. Vai pra casa, maninha.

— Mas não posso ir embora! Você me deixou morta de medo, e eu pensei que eu fosse te perder e...

— Não começa com frescura agora. — Mas ele sorriu. — Você tem a sua vida, e eu tô bem. A vó Cecília vai garantir que eu não saia dessa cama.

— Vou mesmo, nem que seja na marra, rapazinho! — ela falou de dentro do banheiro, onde terminava de preparar, sob os protestos indignados das enfermeiras, um cataplasma de ervas para as feridas do Raul.

— Viu? Além do mais, você tá parecendo mais avariada que eu. Essa cadeira não parece muito confortável. Você resmungou quase a noite toda.

— Não ligo pra isso, Raul.

— Mas eu ligo, e o Dante também. Ele estava preocupado com você. Sabe, andei pensando e cheguei à conclusão de que ele não é um cara ruim. Conversei um pouco com ele essa madrugada.

Ah, o sonho de toda mulher: toda a sua família falando com o cara com quem ela teve um caso enquanto ela está inconsciente.

— É bem a sua cara mesmo dizer que ele é um cara legal agora que não estamos mais juntos.

— Opa, peraí. Eu nunca disse que ele é legal. Disse que ele *não é ruim*.

Eu revirei os olhos. O Raul apertou minha mão.

— Mas eu tô falando sério, maninha. Gosto do jeito como ele se preocupa com você. Ele quer te proteger, e isso é o que todo irmão mais velho deseja.

— Sobre o que conversaram? — eu quis saber.

— Sobre o acidente, basicamente. Fica tranquila, não assustei o cara. Agora vai pra casa e me dá um pouco de sossego. Não gosto de te ver acabada desse jeito.

— Tá legal, eu vou. Mas amanhã eu volto, e é bom você melhorar ou vou trazer umas flores de plástico pra enfeitar esses pinos todos.

— Me liga assim que botar os pés em casa.

— Tá bom. — Inclinei-me sobre ele e lhe dei um beijo no rosto. — Boa noite, Raul. Fica bem.

☙

Meus músculos tensos pulsavam implorando por descanso assim que estacionei o carro em frente ao meu prédio. Arrastei-me degraus acima, sentindo as últimas gotas de adrenalina desaparecerem e a exaustão me dominar. Amaldiçoei Sabrina a cada degrau por ter escolhido um prédio sem elevador.

Liguei para o celular da Lorena dali mesmo, avisando que estava em casa, e fiquei aliviada ao ouvir, ao fundo, Raul discutindo com a vovó por um motivo qualquer. Quase chorei de alívio ao cruzar o longo e amplo corredor do terceiro andar em busca da porta 332. Minha casa nunca me pareceu mais aconchegante. Eu estava com a chave na mão quando a porta atrás de mim se abriu.

— Oi — Dante disse.

Ele estava todo arrumado — ou arrumado o bastante para ele —, de jeans e camiseta preta do *Star Wars*. Não parecia ter saído da cama. Ou estar prestes a deitar.

— Vai sair? — perguntei.

— Mais ou menos. — Ele fechou a porta atrás de si, prendendo Madona ali dentro. — Como está o Raul?

— Bem, graças a Deus. Ele fez novos exames. Deve ser liberado amanhã.

Ele assentiu, se aproximando.

— Fui ao hospital ontem, depois que saí da revista, mas já era tarde e você estava dormindo.

— Fiquei sabendo. — Abri a porta, mas não entrei.

— Pensei em ir até lá hoje ou te ligar, mas não queria me meter em assuntos de família. Como você não me ligou, imaginei que estivesse tudo bem.

— Estava mesmo.

— Que bom, fico feliz. — Mas ele não pareceu feliz, parecia... prestes a explodir por alguma razão. E, de certa maneira, explodiu. — O que você quis dizer, Luna? — perguntou, aflito.

— O que eu quis dizer com o quê? — perguntei, cautelosa.

Eu não sabia ao certo o conteúdo da conversa que ele tivera com minha avó e meu irmão. Sua pergunta podia ter mil significados.

— Com isso. — Ele retirou uma folha de papel dobrada do bolso traseiro da calça, entregando-a a mim. Era meu e-mail impresso. Aquele último. As palavras "sinto muito" saltavam da página. — O que você lamenta, Luna? Ter me conhecido? Ter me chutado? Ter brincado de gato e rato? O que você quis dizer?

Fechei os olhos e inspirei fundo.

— Dante, tenho tanta coisa pra te dizer, pra explicar, mas estou exausta, preciso de um banho, comer alguma coisa e...

— Tudo bem, eu espero.

E, com isso, me empurrou para dentro de casa. Fechando a porta, Dante pegou minha bolsa, jogou-a sobre a mesinha de centro e continuou me empurrando em direção ao banheiro.

— Você quer dizer que vai esperar *aqui*? — perguntei, horrorizada.

— Já passou da hora de termos essa conversa. Sei que seu dia foi exaustivo e... assustador, mas eu estou ficando louco, Luna. Vá tomar o seu banho, vou esperar aqui.

— Mas, Dante...

— Por favor, Luna! Por piedade, caridade, ou seja lá como quiser chamar isso, tome seu banho, coma alguma coisa, mas fale comigo. — Ele correu a mão pelos cabelos, tirou os óculos e esfregou os olhos. Frustrado. Muito Frustrado. — Sei que o momento é ruim, mas preciso entender o que está acontecendo, ou eu vou enlouquecer. Uma hora você me quer, na outra diz que não. Fala uma coisa, mas faz outra. Nunca conheci ninguém tão... incoerente. Preciso que abra o jogo comigo. Por favor!

— Eu demoro muito no banho.

— Eu espero o tempo que for preciso.

— Provavelmente a água quente vai me deixar molenga e vou acabar cochilando enquanto a gente conversa — adverti, na esperança de que ele fosse embora e tivéssemos aquele papo quando eu estivesse ciente de tudo que sairia da minha boca.

— Assumo esse risco.

Meio irritada, peguei um pijama no quarto e fui para o banheiro. Cerca de quinze minutos depois, eu estava de banho tomado, com os cabelos pingando nas costas e a pele corada pelo calor da água e me sentindo dolorida em vários pontos. Encontrei Dante no sofá, as pernas afastadas, os cotovelos nos joelhos, as mãos unidas, os dedos tamborilando, impacientes.

Ele me examinou dos pés à cabeça antes de desviar os olhos para as próprias mãos.

— Preparei algo pra você comer. — Indicou o prato sobre a mesa de centro.

Examinei a comida de aspecto duvidoso. O suco de laranja foi fácil identificar, e acho que, um dia, aqueles quadrados chamuscados cobertos por uma gosma vermelha brilhante foram fatias de pão. Fiquei emocionada. Era a primeira vez que ele cozinhava para mim.

— Obrigada, parece delicioso. — Eu me sentei e peguei uma torrada. Estava meio amarga, mas a geleia de framboesa disfarçava bem o gosto.

— Sou péssimo na cozinha. Desculpa. — Ele me lançou um sorriso triste. — Não precisa comer. Quer que eu peça uma pizza?

— Não. Eu quero as torradas. — Abocanhei mais um pedaço.

Nenhum homem jamais se dera o trabalho de me preparar uma refeição. Eu comeria o que ele me oferecia mesmo que tivesse gosto de papelão. Finalmente entendi por que Bia tolerava as experiências culinárias do Fernando com aquele sorrisão colado na cara.

— Você parece muito cansada.

— E estou. — Beberiquei alguns goles de suco sob seu olhar determinado. Parti para a segunda torrada.

Dante soltou um longo suspiro e se levantou.

— Desculpa, eu... não estava pensando direito. Acho que posso esperar mais algumas horas. A gente conversa de...

— Espera. — Limpei a boca no dorso da mão e tomei o restante do suco antes de respirar fundo, criando coragem. — Fica comigo.

A confusão e a surpresa em seu rosto me fizeram corar.

— Você quer que eu passe a noite aqui com você? — perguntou, cauteloso.

Assenti, retorcendo os dedos freneticamente.

— Não quero ficar sozinha e... você... me acalma, eu me sinto mais...

— Não precisa explicar, Luna. Eu fico.

Soltei um longo suspiro de alívio.

— Obrigada.

Depois de um embaraçoso momento, no qual o silêncio era quebrado apenas pelo som de nossa respiração, ele perguntou, indicando o prato à minha frente:

— Já terminou?

— Sim.

Ele esticou o braço.

— Então vem. Vamos pra cama.

Um tremor reverberou pelo meu corpo, mas aceitei a mão estendida. Dante me ajudou a colocar o colchão sobre a cama depois que nos certificamos de que nada mais pingava do teto. Em seguida, levou o balde para a área de serviço. Enquanto isso, troquei os lençóis. Ele retornou no momento em que eu me preparava para esticar o edredom sobre o colchão.

— Eu faço isso — ofereceu com presteza.

Ele se atrapalhou um pouco, mas esticou a peça até ficar lisa e perfeitamente posicionada sobre o colchão. Então ergueu um dos cantos para eu me deitar. Assim que me acomodei, ele me cobriu. Em seguida, Dante contornou a cama, retirou os sapatos e os óculos, colocando-os sobre a mesinha de cabeceira, apagou a luz e se deitou ao meu lado, ficando de frente para mim.

— Vem cá, Luna. — Ele me puxou mais para perto, me abraçando. Enterrei o nariz em seu pescoço, sentindo seu aroma delicioso se impregnar em mim, o calor de seu corpo aquecer minha pele fria. Dante soltou o ar com força em um misto de ternura e frustração, e isso fez meu peito doer.

— Desculpa — murmurei em seu pescoço.

— Por quê? Por ter sido honesta?

— Não fui honesta, fui imatura. Eu estava furiosa com você e acabei falando a primeira besteira que me passou pela cabeça. No sábado eu te disse coisas que não queria dizer. E sinto muito por isso. Nada do que eu disse é verdade. Não é mais, pelo menos. Eu só queria... magoar você, do mesmo jeito que você tinha me magoado.

Ele se afastou e eu pensei que me deixaria ali, mas ele apenas se esticou para alcançar e acender o abajur. Pisquei ante a claridade indesejada e levei um tempo para ajustar a visão. Quando ela voltou ao normal, encontrei o seu rosto praticamente colado ao meu. Dante parecia exausto também, mas havia aquela expectativa brilhando em suas íris castanhas.

— Como assim? — perguntou, ansioso e esperançoso.

— Não gostei de saber que você e a Dalila estavam sozinhos na casa da minha avó — confessei, envergonhada. — Não gostei nem um pouco, fiquei furiosa e... fui atrás de vocês pra saber o que estava acontecendo. Entrei na casa pela cozinha e ouvi vocês conversando a meu respeito. Ouvi tudo.

— E por "tudo" você se refere... — ele se deteve, ficando rígido ao meu lado, esperando que eu continuasse.

— Ouvi você dizer a ela que éramos apenas amigos. E, quando ela perguntou se você me queria, também ouvi você dizendo... não.

Ele me fitou, aturdido, e abriu a boca para falar, mas eu levantei a mão numa súplica e a apoiei em seu peito.

— Eu não pretendia espionar... muito. — Meu rosto queimava. Seria tão melhor se ele apagasse aquela maldita luz. — Dei meia-volta e estava indo embora quando tropecei em alguma coisa. E o resto da história você já conhece. E, tudo bem, Dante. Eu entendi. Você não tá a fim de compromisso agora, e está certo. Acabou de sair de um relacionamento, não deve pular para outro assim tão rápido. Mas você se importa comigo. E sei que gosta de estar comigo... na maior parte do tempo, pelo menos. E, sabe, a gente não precisa assumir nenhum compromisso, quer dizer, a gente pode só...

— Ei! Espera! — ele me interrompeu. — Você está indo rápido demais. Eu te magoei por ter dito que não te queria, foi isso?

Desviei o olhar para sua camiseta. Dedos quentes tocaram e ergueram meu queixo, mas mesmo assim eu não conseguia olhar para ele.

— Olha pra mim, Luna.

Não pude. Eu temia olhar em seus olhos e eles brilharem da forma como sempre acontecia quando ficávamos assim tão perto, e com isso eu perdesse o raciocínio lógico e fizesse alguma besteira. Tipo dizer que estava apaixonada por ele.

— Olha pra mim, por favor. Olha pra mim e me diz o que você vê.

Hesitante, me atrevi a fitar seu rosto por apenas dois segundos antes de encarar sua camiseta outra vez.

— Vejo um homem lindo — eu murmurei.

— É mesmo? — A surpresa em sua voz quase me fez rir. — Com óculos e tudo?

— Especialmente com eles — admiti. — Você é o único homem no planeta que consegue ficar bonito usando aquela coisa horrorosa. Bem, você e o Clark Kent, mas como ele não existe...

Ele riu, ainda segurando meu rosto.

— E o que mais você vê? — Espiei outra vez, pronta para desviar os olhos, mas ele me impediu. — Não fuja, meu anjo. Olhe pra mim

Assim que fixei os olhos nos seus, me senti incapaz de fugir. Eles eram amorosos e, ao mesmo tempo, continham algo pecaminoso, quente. Ah, porcaria, eu estava perdida.

— O que vê, Luna? — ele insistiu.

— Um homem lindo com olhos incríveis — suspirei.

— E o que vê dentro deles?

— A-acho que... ternura.

Ele me mostrou um meio-sorriso.

— O que mais?

Engoli com dificuldade.

— Tem um bom pouco de loucura também.

— Isso mesmo, meu anjo. — Ele acariciou minha bochecha com o polegar, o sorriso cresceu. — Está indo muito bem. Continua.

— P-parece que tem algo queimando dentro deles. — E, ah, minha nossa, eles enviaram faíscas direto para minhas entranhas.

— Eles queimam. Toda vez que olho pra você. Sei que já os viu assim antes.

Impotente, eu assenti.

— Então — ele continuou —, estou aqui me perguntando como você pode pensar, por apenas um minuto, que eu não quero você?

— Já te falei! Ouvi você dizendo que...

— Que eu não queria ser seu dono! — ele me interrompeu. — E não quero. Quero ser seu parceiro, seu companheiro, ser tudo pra você, mas quero que fique comigo porque escolheu. Quero que decida pertencer a mim, e não tomar posse, como se você fosse um objeto. Quero que me queira do mesmo jeito doente e louco que eu quero você. E, ah, Luna, acredite, eu *quero* você.

E com isso, ele trouxe os lábios para junto dos meus. Minhas mãos se enroscaram em seus cabelos, talvez porque fosse estranho vê-lo arrumado daquele jeito, não sei... O fato é que eu precisava segurá-lo junto a mim, trazê-lo mais para perto, e o pensamento de que eu nunca mais o deixaria se afastar foi tão intenso e determinado que me assustou, me tirou o fôlego, me deixou trêmula.

Apavorada com a ideia, tentei soltá-lo, mas meus dedos se rebelaram, e, quando ele mordiscou meu lábio inferior para em seguida deslizar a língua para dentro da minha boca, desisti e me entreguei ao beijo, a Dante, esquecendo tudo, quem eu era, onde estava, o que ele era. Tudo o que importava era que ele estava me beijando, sugando minha sanidade a cada carícia, devolvendo paixão e ternura a cada movimento.

— Não quero mais ninguém, Luna. Só você — ele murmurou em minha boca, rolando sobre mim, a mão subindo lentamente pela minha barriga.

— Ah, Dante! — suspirei sob seus lábios. — Não me diz isso. — Agarrei sua camiseta, torcendo o tecido entre os dedos para livrá-lo dela. — Por favor, não faça eu me sentir especial assim.

A risada suave contra minha pele abalou meu já frágil bom senso. Dante se separou de mim apenas para terminar o que eu havia começado, retirando a camiseta em um movimento rápido.

— Você *é* especial. Não tenho como mudar isso.

Ele voltou a me beijar, enroscando os dedos na barra da minha blusa. Ergui os braços, em uma oferta descarada, e ele aceitou sem titubear.

Já havíamos feito aquilo algumas vezes, e eu conhecia bem cada reentrância, cada elevação, cada ângulo daquele corpo perfeito. Mas nenhuma das vezes em que estivemos juntos foi daquela maneira, tão doce e tão... perturbadora. O fato de Dante não desgrudar os olhos dos meus era tanto intenso quanto delicado, e era difícil não captar o que eles me diziam.

Ele me despiu primeiro, me acariciando nos lugares certos — e nos errados também, e até esses pareceram certos —, antes de tirar o jeans. Nua, minha pele quente se colou à dele, e eu senti arrepios que começavam nos dedos dos pés e seguiam para a nuca, eriçando tudo no caminho. Quando voltou a colocar seu corpo sobre o meu, seus músculos estavam retesados, aquela sua parte investigando, procurando... Fechei os olhos, arqueando o quadril de encontro ao dele, querendo aquela união, que sempre me fazia sentir completa.

— Abra os olhos, Luna — ele sussurrou, não permitindo que eu o alcançasse.

Obedeci de imediato. Ele estava sério, concentrado e sexy como o diabo com aqueles ombros largos pairando sobre mim. Subindo o olhar, percorrendo cada traço de seu belo rosto, me perdi ao alcançar seus olhos. Então Dante se moveu de forma precisa e nos uniu.

Lenta e profundamente.

Resisti ao impulso de apertar os olhos e me perder nas sensações. Algo maior que prazer carnal estava acontecendo ali. Ele começou a se movimentar, sem jamais deixar de me encarar. O prazer físico se misturou aos sentimentos, e algo grandioso, que começou em meu peito e se espalhou por meu corpo todo em segundos, me tirou do ar. O fogo no rosto de Dante fora o estopim, dizimando qualquer traço de sanidade em mim.

Ele passou um braço por minha cintura, elevando meu quadril um pouco mais. Abraçada a seu pescoço, tentei me manter no lugar, e suas investidas se tornaram mais longas, impossivelmente mais profundas, como se ele tentasse se fundir a mim para sempre. E, de certa forma, estava conseguindo. Eu tinha a impressão de que nunca mais conseguiria tirar Dante do coração.

Estiquei um braço sobre os lençóis, procurando algo a que me agarrar, numa tentativa de me manter no planeta e naquela cama. Pois eu sentia que alçava voo, que a qualquer momento flutuaria rumo ao infinito. A mão grande e quente capturou a minha, se enroscando da mesma maneira que nosso corpo. Os dedos longos pressionaram os meus, o rosto retorcido de prazer e algo mais. Seus olhos castanhos permaneciam travados nos meus, duas brasas fulgentes e profundas que me convidavam a entrar e ver sua alma e tudo o que se passava dentro dela. O que vi ali fez a miríade de emoções em mim se avolumar até se tornar maior que eu, subjugando-me. Extravasei aquilo tudo com um grito rouco, que a boca de Dante capturou, como se ele não suportasse a ideia de que tudo aquilo se perdesse no ar. Ele estremeceu, me apertando forte, explodindo dentro de mim.

Dante deixou a cabeça tombar, enterrando-a em meu pescoço, respirando com dificuldade, seus dedos ainda enlaçados aos meus. Com a mão livre, toquei seu cabelo macio, úmido de suor, e me perguntei por que eu não poderia ficar assim, com ele em meus braços, por, digamos, o resto da vida...

Ah, sim, porque eu não tinha contado a ele como me sentia realmente.

— Dante — chamei, com a voz ainda rouca e a respiração irregular. — Acho que eu... Eu estou... Eu não queria, não planejei, mas eu... — Engoli a saliva, sem saber como terminar a frase.

— Tudo bem, meu anjo. — Beijando meu ombro, elevou o tronco e se apoiou em um cotovelo para que seu peso não me esmagasse e me encarou com os olhos em chamas. — Eu também estou. Há muito mais tempo do que havia me dado conta.

— Não, você não tá!

— Não? — Ele riu, a testa enrugada.

— Não como eu. Eu... eu perdi todo o bom senso! Não consigo pensar em mais nada, só em você e... É sério, Dante! Não sorria assim!

— Desculpa. — Ele tentou uma, duas vezes, mas foi incapaz de se conter. O sorriso enorme, satisfeito e um tanto divertido, não se desfez e pareceu aumentar. — Você parece uma menininha assustada.

— Eu tô assustada! Já me senti assim antes, mas... — sacudi a cabeça. — Não, nunca foi assim, não com essa... loucura toda. Eu... — Esfreguei o rosto com a mão livre e o observei.

Ele estava tão confuso quanto eu.

— Quer saber por que quebrei aquela porcaria de xícara na casa da minha avó? — continuei, falando depressa para não perder a coragem. — Eu não queria saber seu futuro. Pronto, foi isso. Eu não queria saber o que o destino traçou pra você. Quebrei a xícara porque eu não suportaria saber que... que eu não faria parte dele.

Eu desviei os olhos para seu pescoço largo. Sua pulsação ainda estava acelerada, o peito ainda expandido com respirações curtas.

— Luna, olha pra mim. — Relutante, obedeci. A diversão em seu rosto se fora, dando lugar à seriedade. — Se deixar, eu vou te fazer feliz. Muito. Não só porque você merece ou porque desejo isso mais do que qualquer outra coisa, mas porque *preciso* te ver feliz. É como se eu dependesse disso para respirar. — Dois dedos correram por minha bochecha. — Você não tem ideia do poder que tem sobre mim, Luna. Você pode não ser minha, mas eu já sou seu, todo seu. Eu escolhi você.

— Dante...

— Ainda não terminei. — Ele me interrompeu, uma expressão suplicante em seu rosto. — Você não sabe como me senti impotente no episódio das flores. E, antes disso, com aquele convite de casamento... Me partiu em dois te ver arrasada na escada, encolhida, como se quisesse desaparecer. E o mais doloroso, que me fez perceber como sou pequeno e inútil, foi quando você recebeu o telefonema do acidente do seu irmão. Tão assustada, tão ferida, tão sozinha... — Ele fechou os olhos, sacudindo a cabeça. — Nunca mais quero te ver daquele jeito. Nunca mais vou deixar algo te machucar assim.

— Como pode prometer isso? — perguntei, abismada com a velocidade das batidas do meu coração. — Como você pode prometer algo sobre o qual não tem controle?

— Não posso impedir que coisas ruins aconteçam. Sei que não tenho como te proteger do mundo, mas posso e *vou* estar ao seu lado para o que der e vier. Pra suportar sua dor, te ouvir se precisar, te salvar de um buquê assassino...

Acabei rindo, e ele beijou de leve meus lábios.

— Quero muito acreditar em você, mas não sei se posso — revelei. — Você acabou de sair de um relacionamento, e logo vai se dar conta de...

Ele me impediu de continuar, pousando o indicador sobre meus lábios.

— Eu já me dei conta, meu anjo. Quero *você*.

— Então você me perdoou pelas coisas que eu disse no sábado? — perguntei em meio a um suspiro.

Ele segurou meu rosto entre as mãos, se aproximando para me beijar, um sorriso esplêndido na boca perfeita.

— Eu me enfiei em sua cama sem termos acertado nada. O que você acha?

— Que você não sabe o que tá fazendo. — Bocejei.

— Sei sim. E vou te provar isso até que não reste nenhuma dúvida nessa sua linda cabecinha. Mas agora você precisa dormir. Está quase desligando. — Ele rolou para o lado e me puxou para si, até que minhas costas grudaram em seu peito.

— Nunca vou esquecer o que você fez por mim ontem. — Ergui a cabeça para que ele passasse o braço sob ela e deitei sobre seu bíceps. — Nunca vou esquecer como foi atencioso e cuidadoso comigo. Como se eu fosse...

Ele nos cobriu com o lençol, beijou meu pescoço e descansou a cabeça ali.

— Preciosa demais — completou.

— É. — Bocejei outra vez. — Você disse isso uma vez.

— E vou dizer muitas mais, já que você não ouve o que eu digo.

Não me lembro de ter me encaixado tão bem em outra pessoa como me encaixei naquele momento em Dante. Era como se ele fosse uma parte perdida, uma extensão de mim. E não só agora, depois de saciar meu corpo e minha alma, mas me encaixar de verdade, fazer parte dele e ele de mim, como se fôssemos um só.

Eu não tinha forças para mais nada, meus olhos se fecharam por vontade própria, mas um sorriso bobo teimava em curvar meus lábios. Soltei um suspiro satisfeito, e Dante riu baixinho em minha orelha.

— Adoro a forma como seu corpo se encaixa no meu. Você foi feita pra mim, Luna — ele resmungou, ecoando meus pensamentos.

Um arrepio me fez encolher os ombros e me apertar ainda mais contra seu peito quente. Eu estava exausta, a ponto de desligar, mas, antes de vagar para a inconsciência, eu tinha que dizer algo muito importante a ele.

— Acho que eu te amo, Dante — sussurrei de olhos fechados.

Os braços que me mantinham cativa se estreitaram ainda mais, lábios macios e quentes tocaram a pele delicada atrás de minha orelha, a mão grande procurou a minha, os dedos largos se travaram aos meus, formando um nó apertado.

— E eu tenho certeza disso, meu anjo — ele sussurrou no meu ouvido.

Eu tinha toda a intenção de perguntar o que ele quis dizer com aquilo. Se tinha certeza de que *eu* o amava, ou se estava certo de que *ele* me amava, mas o cansaço, físico e emocional, falou mais alto. E eu apaguei três segundos depois.

40

A primeira vez em que acordei nos braços de Dante foi... quente. Uma perna, musculosa, repousava sobre meus quadris, uma mão tocava meu seio esquerdo, o queixo descansava levemente sobre o topo de minha cabeça. "Posse", foi a palavra que me passou pela mente.

Escorreguei para fora da cama tentando não fazer barulho. Dante resmungou de leve e virou para o outro lado. Então me apressei até o banheiro, vestindo sua camiseta no caminho. Fechei a porta com cuidado e quase gritei ao ver meu reflexo no espelho. Meus cabelos pareciam um novelo de lã depois de ter passado pelas patas de um gato. Tufos pretos apontavam para todas as direções. Não havia um único cacho no lugar. Abusei da água, tentando domar a cabeleira e apliquei uma quantidade absurda de creme para pentear e amassei os fios, que começaram a tomar forma.

Eu estava terminando de escovar os dentes quando a porta se abriu de repente, e um trôpego, nu em pelo, Dante se arrastou pelo piso frio.

— Bom dia — ele resmungou, me abraçando e me beijando de leve.

— Oi — resmunguei, sorrindo. — Eu não fugi.

— Você é muito corajosa — apontou, orgulhoso. — Mas aquela cama fica muito fria sem você.

— Preciso ir ao hospital, Dante.

Ele colou a boca à minha testa, me soltando em seguida.

— Eu sei. Vou te levar. — Ele parou diante da privada, baixou a cabeça e aquele som inconfundível preencheu o ambiente. Ele estava...?

Ah, ele estava sim. Comigo ali!

Eu já me preparava para sair de fininho, mas ele falou:

— Quero te levar a um lugar hoje. Uma festa. Se seu irmão estiver bem, você concordaria em me acompanhar?

Ele terminou o que estava fazendo, acionou a descarga e foi até a pia lavar as mãos.

— Que tipo de festa? — perguntei, meio atordoada.

— Uma reunião familiar, e eu queria muito que você fosse comigo. Qual delas é a sua? — Ele apontou para o copo com as escovas de dente sobre o lavatório.

— A azul.

Ele riu.

— Nem sei por que perguntei. — E, sem cerimônia, se apossou de minha escova de dentes. Eu o olhei atônita com sua falta de modos Ou excesso de intimidade.

— O que foi? — ele indagou com a boca cheia de espuma branca.

— Nada. — Sacudi a cabeça. Eu tinha assuntos mais urgentes para pensar do que Dante se impondo daquela maneira. — Essa tal festa... seus pais vão estar lá?

— Ãrrã. — Ele cuspiu, enxaguou a boca e a secou na toalha. Alguns fiapos se prenderam na barba por fazer. — Meus pais e alguns amigos deles. É aniversário de casamento. Trinta e oito anos.

Tá legal. Tudo bem usar a privada comigo no banheiro e beleza usar minha escova de dentes como se fôssemos íntimos a esse ponto, mas conhecer os pais dele era pedir demais.

— Ah... Não sei se é uma boa ideia.

— É, sim. Além do mais, se você não for, não vou ter ninguém com menos de sessenta anos para conversar.

— Dante, seus pais vão estar lá!

— Eu achei que já tivesse esclarecido esse ponto. — Ele riu, deslizando a porta do box e ligando o chuveiro.

— Estou falando dos seus *pais*! Aquelas pessoas que provavelmente esperam te ver com a Alexia, sua mulher, não comigo.

Ele me lançou um olhar zangado.

— Pela última vez, Luna, a Alexia nunca foi minha mulher. E eu apreciaria muito se você não ficasse trazendo outra pessoa para o nosso relacionamento o tempo todo.

— Mas não posso...

— Claro que pode. — Ele se colocou diante de mim, segurando meus pulsos e os erguendo acima de minha cabeça, para em seguida retirar minha camiseta. — Se fui capaz de sobreviver a situação semelhante no casamento de sua prima, você também vai ser. A menos que não queira ir por outra razão.

— O que quer dizer com isso?

— Que você não quer aparecer comigo em público porque não tem a intenção de ter um relacionamento sério comigo. — Ele falou tudo isso em tom de brincadeira, mas a apreensão em seus olhos era real.

— Não é isso. — Eu me encolhi. — Mas é que... conhecer seus pais é... cedo demais! Você acabou de sair de um...

— Lá vem você de novo — ele bufou, entrando no chuveiro e metendo a cabeça embaixo do jato de água. — Você esquece que também acabou de sair de um relacionamento longo, e nem por isso eu fico te lembrando a toda hora, nem me escondo atrás dessa desculpa.

— É diferente, Dante. Eu e o Igor não morávamos juntos. A gente só namorava. Ninguém esperava que a gente fosse casar. Nem mesmo eu. Você e a Alexia viviam sob o mesmo teto até o mês passado.

— Já faz dois meses. E pare de mudar de assunto! Você quer ou não ir comigo nessa festa? — Ele passou a mão na massa escura de cabelos, pequenas gotas flutuavam ao seu redor. Uma cachoeira lhe escorria pelo abdome marcado, criando desenhos incríveis. Foi difícil desgrudar os olhos.

— Meu irmão pode precisar de mim — rebati, engolindo em seco e umedecendo os lábios.

— Ele tem a Lorena e sua avó. Acho que ele sobreviveria a uma noite sem você, mas tudo bem. Vamos para o hospital e então veremos isso. Agora pare de ficar me olhando desse jeito, ou vou acabar molhando o banheiro todo. Vem cá, Luna.

Dei um passo à frente, mas me detive, pousando as mãos nos quadris.

— Ei, você não é o chefe por aqui, sabia? Nem tudo se resume a um simples "vem cá, Luna".

— Bom, funciona na maior parte do tempo — brincou.

— Pois agora não tá funcionando — menti.

— Ah, não? — Ele arqueou uma sobrancelha e sorriu daquele jeito lânguido que fazia meu coração executar acrobacias no peito. Quando falou outra vez, sua voz era puro mel e veludo, como um canto de sereia. — Vem cá, meu anjo.

Ah, bom... Eu fui.

☙

Duas horas depois, Dante e eu tomamos café da manhã na padaria da rua e seguimos para o hospital. Entreguei a mala com algumas mudas de roupas e lanchinhos que eu tinha preparado para Lorena. Ela agradeceu entusiasmada. A razão de tanta euforia era a visível melhora de Raul.

Eu o encontrei já sentado na cama, rabiscando em um bloquinho. Seu rosto estava corado, os hematomas já não contrastavam tanto com sua pele. Parecia o velho Raul outra vez, só que com a perna presa em uma gaiola horrível. Ele sorriu ao me ver, exibindo o dente lascado.

— Você não devia estar deitado, gemendo e reclamando da crueldade das enfermeiras? — zombei.

Ele riu.

— Acho que sim, mas tô feliz demais para ficar amuado. — Raul olhou de relance para a porta do banheiro onde Lorena se fechara para um banho rápido. — O médico disse que vou poder ir embora hoje no fim do dia, no mais tardar amanhã. Não tem nada errado com a minha cabeça.

— Fora o de sempre, você quer dizer.

— É. E aí, cara? — Ele sorriu para Dante. — Não achei que fosse te ver por aqui de novo.

— Quis dar uma passada para ver como você está. — Dante empurrou os óculos para cima com o indicador. — Para o caso de você passar mal e eu ter que te segurar, essas coisas.

— Eu sabia que você ia se apaixonar. Foi aquele soco, não foi? Que te fez ficar caidinho por mim? — Ele apontou a cadeira para Dante se acomodar. Ele se sentou, esticando as pernas, cruzando os tornozelos.

Lorena saiu do banheiro nesse mesmo instante e olhou torto para o Raul.

— Não vai brigar com o namorado da sua irmã de novo, hein, Raul — avisou.

— Número um — começou ele —, o Dante não é namorado da Luna. Número dois, eu bati no cretino do Igor porque ele precisava que alguém o ensinasse a não fazer minha irmã chorar. Número três, sou o irmão mais velho. Não preciso de desculpa pra arrebentar qualquer cara que fizer minha irmãzinha sofrer. — E, com isso, ergueu a sobrancelha, encarando Dante em desafio.

Dante esboçou um sorriso e assentiu uma vez, como se concordasse com Raul. Revirei os olhos.

— O que você tem, Luna? — Raul perguntou.

— Eu? Nada, por quê?

Ele me analisava atentamente, franzindo a testa.

Ai, droga, por que todo mundo decidiu ficar me encarando? Já não é o bastante o Dante fazer isso?

— Tem sim. Você tá diferente. Parece... sei lá, que tá brilhando.

— É o xampu novo — falei sem piscar.

Meu irmão estreitou os olhos.

— Que te deixou assim toda alegrinha?

— Se você tivesse um cabelo como o meu, entenderia.

Lorena cobriu a boca com a mão, tentando — e falhando — ocultar a risada. Raul olhou para ela e de volta para mim, então por fim para Dante, que parecia alheio e mantinha toda a atenção em meu rosto escaldante.

Raul fechou a cara.

— Você tá pegando minha irmã de novo, seu filho da puta? — Ele cuspiu para Dante.

— Raul! — gritei, ofendida

— Eu não estou *pegando* sua irmã — Dante explicou tranquilamente, antes que Raul prosseguisse com seu ataque de irmão mais velho. — Estou tentando convencê-la a namorar comigo.

— Como é que é? — Raul arregalou os olhos, me fuzilando. — Como assim, tentando convencer? Você por acaso tá enrolando o cara, Luna? O que é que ele tem de errado, hein?

— Raul! — gemi outra vez, enrubescendo ainda mais.

E como assim enrolando o Dante? A gente mal tinha se acertado. E, em momento algum, ele tocou no assunto *namoro*. Como eu podia ter certeza se ele realmente queria isso ou se estava apenas falando o que meu irmão cabeça-dura queria ouvir?

— O cara não é ruim — Raul prosseguiu. — Acho que ele pode ser um bom namorado pra você. Não quero minha irmã de safadeza por aí. Por que raios você não quer namorar o cara quando ele tá a fim, Luna?

— Ah, também queria saber. Vocês combinam tanto! — Lorena resmungou ao meu lado. E eu a fitei, a palavra "traidora" brilhando em neon em minha testa.

— Eu não me importaria de ouvir a resposta — Dante cruzou as mãos atrás da cabeça, relaxado e satisfeito. — Eu até convidei sua irmã pra conhecer meus pais hoje, mas ela se negou, deu mil desculpas.

Eu o fuzilei com os olhos.

— Vou matar você — avisei a Dante.

— Vai nada — Raul se intrometeu. — Vai conhecer os pais do cara hoje e fim de papo. Ou vou contar ao Dante algumas histórias bem embaraçosas sobre você.

— Você não se atreveria...

— Deixa eu ver, por onde posso começar... — Meu irmão tamborilou os dedos no queixo. — Ah! Lembrei de uma boa. Escuta essa Dante. Quando a Luna tinha seis anos, ela engoliu uma das minhas bolinhas de gude. É claro que ela não contou pra ninguém na hora, até que começou a ficar toda roxa e eu tive que virar minha irmã de ponta-cabeça pra desentalar, só que ela tinha acabado de almoçar e quando apertei sua barriga...

— Tá legal! Chega! — Pulei do sofá. — Eu vou! Vou conhecer a família do meu *namorado*. Agora cala essa boca, Raul, ou vai acabar ficando no hospital por pelo menos mais uma semana!

— Ótimo! — Raul exibiu um sorriso idiota, mas voltou a atenção para Dante, que apenas me deu um aceno muito satisfeito.

Eu ia matar os dois!

— Então, quando apertei a barriga dela — continuou Raul —, a bolinha de gude voou longe, só que junto veio um jato de macarrão, que lavou o tapete da sala. Ela parecia a menina do *Exorcista*. Achei que nunca mais ia parar de sair gosma dela.

Deixei-me cair no sofá, enterrando o rosto nas mãos.

— Eu te odeio, Raul!

— Eu sei, maninha. Ah, e tem a das canetinhas também. Essa é das melhores...

O Raul continuou contando os momentos embaraçosos da minha vida, inclusive alguns que eu preferia morrer a lembrar, como quando eu estava na sexta série e fui flagrada na sala dos professores tentando descobrir as perguntas da prova de física. Sempre odiei física.

Dante riu tanto que chegou a se curvar na cadeira. Fiquei aliviada ao ver a enfermeira entrar para dar banho no Raul. Eu já ia saindo do quarto, mas ele me chamou de volta.

— Não quero que você fique aqui. A vovó deve estar chegando. Não vai adiantar nada ficar aqui — ele completou, quando tentei protestar. — Você ficou abalada ontem, e o Dante parece te fazer bem. Vai se distrair. Eu não vou a lugar nenhum. Além disso, daqui a pouco vão pedir para todos vocês irem embora mesmo. Eu estou bem vivo. Na verdade, até prefiro que você não fique muito por aqui. Há muitas bactérias e vírus no ar, você pode acabar doente.

Meu irmão podia ter todos os defeitos do mundo, mas ninguém jamais poderia acusá-lo de não ter um grande coração. Ele sempre se preocupou comigo, acho que até mais que nosso pai. Raul seria um pai maravilhoso, eu tinha certeza disso.

— Não tenho mais cinco anos, Raul — falei, emocionada. — Não fico doente à toa.

— Pra mim você sempre vai ter cinco anos. Agora some daqui. Vai se divertir, mas, se precisar de ajuda, já sabe...

— Vai ter troco, viu? — Apontei o indicador para ele. — Não vou esquecer tão cedo a humilhação de hoje.

Ele revirou os olhos.

— Humilhação? Eu te fiz um favor! Agora o Dante já sabe o pior da sua história, e, se ele ainda tá aqui, é porque gosta de você pra cacete. Ah! Não vai encher a cara e dar vexame, hein? — Ele deu uma piscadela.

— Você não odeia não ser filho único? — perguntei a Dante assim que me juntei a ele fora do quarto.

Ele deu risada.

— Só quando a Bia está por perto. Podemos ir?

Eu assenti e ele passou o braço em meu ombro, me guiando pelo corredor rumo ao elevador.

— Vamos pra casa — anunciou. — Você vai precisar pegar umas roupas.

— E então vamos trocar sua moto pelo meu carro, né?

— Claro que não. Parte da diversão está aí, meu anjo. Vou transformar seu desejo em realidade.

Eu o fitei, desconfiada.

— Não lembro de ter dito que queria morrer aos vinte e quatro anos.

— E não vai. — Ele riu e sapecou um beijo em minha boca. — Você vai voar.

41

— Não. Não mesmo! De jeito nenhum! — Eu me afastei, em choque, da beira do precipício. — Não vou saltar, Dante!

— Vai sim. Você sempre quis voar, lembra? — ele argumentou, ajustando o capacete laranja na cabeça. — Não precisa ter medo, vai ser legal.

— Você quer mesmo me matar hoje, né? Como não morri na viagem até aqui, com a sua pilotagem alucinada, você quer me jogar do penhasco.

Dante dirigira como um doido durante todos os cento e cinquenta quilômetros até a cidade onde seus pais moravam. Tudo bem que, em alguns momentos, eu cheguei a apreciar a viagem, como quando ele parou no acostamento e puxou minhas pernas para cima, passando-as em sua cintura, como se eu fosse uma mochila. Ou uma extensão de seu corpo. E foi incrivelmente bom sentir o vento batendo em meus cabelos que escapavam do capacete. Mais espantoso ainda foi a sensação de liberdade que tomou conta de mim quando atingíamos retas e Dante acelerava ainda mais. Era mesmo como se eu voasse! Claro que eu também estava paralisada de medo, mas, grudada a Dante daquele jeito, era fácil suportar.

No entanto, a situação agora era outra. Dante pretendia me atirar de um penhasco amarrada a uma pipa.

Ele gargalhou alto, me livrando do frenesi de pensamentos, e começou a conferir o equipamento de segurança em meu corpo. Tiras de náilon se prendiam às minhas coxas e joelhos, cintura, peito, braços e antebraços, como um avental esquisito. O capacete azul, igual aos de skatistas, foi bastante apertado em meu queixo, quase me sufocando, e, mesmo assim, meus dentes batiam uns contra os outros.

— É só um salto — ele falou, tranquilo, conferindo e apertando ainda mais as tiras do meu equipamento. — Já perdi as contas de quantas vezes saltei de asa-delta dessa pedra. Você vai adorar, confie em mim.

— Você tá tentando me punir?

— Não, estou tentando transformar seu desejo em realidade.

— Quando eu disse que queria voar foi hipoteticamente, caso eu tivesse superpoderes, não pendurada em uma pipa frágil. Eu sou pesada!

— Não é, não — contrapôs, rindo.

— Sou sim! Isso aí não aguenta nem um cachorro, quanto mais duas pessoas. A gente vai morrer, Dante!

Ele segurou meu rosto entre as mãos e colou a testa na minha. Os capacetes estalaram.

— Vou cuidar de você — ele prometeu, olhando no fundo dos meus olhos. — Não vamos morrer. Você vai voar, vai gostar da experiência e nunca mais vai esquecer. Confie em mim.

— Prefiro confiar em você em terra firme. — Engoli em seco. — Sabe, acho que não sou muito *voável*. Pensa comigo, se fosse pra eu sair voando por aí, teria asas. Ou turbinas. Ou hélices, quem sabe.

— Você tem asas, meu anjo. Mas só eu consigo ver. — Ele me beijou de leve, então me soltou e foi checar a imensa asa laranja e amarela.

Tudo bem, Deus. Se me tirar dessa, vou passar o próximo Carnaval fazendo caridade. Tipo distribuindo água para os foliões no bloco da Ivete em Salvador.

Dois amigos de Dante ajudavam na montagem dos equipamentos. Ele até me apresentou a eles, mas não consegui guardar os nomes. Como eu poderia? Dante estava prestes a me jogar do precipício!

Relanceei a moto alguns metros atrás de mim e subitamente tive uma ideia.

— Hã... Dante, acho que vou ficar aqui com a sua moto — comecei, retorcendo os dedos. — Alguém tem que levar a Ducati pra casa dos seus pais.

— Você não dirige moto. *Ainda*. — Eu estava em pânico, então não dei muita atenção à ameaça. — Além disso, você não sabe onde meus pais moram. O Cássio faz isso. O Juca vai pegar a gente lá embaixo com a caminhonete. — Ele sacudiu os braços. — Tudo bem, estamos prontos.

Dei um passo para trás assim que ele começou a se aproximar de mim.

— Não, por favor! — implorei. — Não quero fazer isso! Por favor!

Ele se deteve, a testa franzida.

— Você está com medo de verdade?

— Apavorada — confirmei, quase aos prantos.

Ele suspirou, resignado, e se aproximou um pouco mais.

— Tudo bem, então. Se você acha mesmo que é demais, vou sem você. Já incomodei os caras para armarem tudo isso, não seria justo fazê-los perder tanto tempo à toa. Prefiro que vá com o Juca na pick-up. O Cássio gosta de fazer umas curvas fechadas com a moto, e não quero você na garupa de ninguém.

Ele tomou meu rosto entre as mãos e me beijou, dessa vez um beijo longo.

— O cara tá caidaço pela gata.

Alguém riu, o que fez Dante me soltar.

— Te vejo lá embaixo. — E me deu uma piscadela.

— Dante, espera! — segurei seu braço. — Você armou tudo isso só por minha causa? — Indiquei a asa-delta com a cabeça.

Ele assentiu.

— Eu falei sério, Luna. Quero te dar o mundo. Acho que devia ter te perguntado antes, mas tudo bem. Quem sabe na próxima.

Ele se esforçava para soar tranquilo e desinteressado, mas era impossível não notar a decepção em sua voz, e isso fez meu estômago embrulhar. Ele estava me oferecendo algo que era importante para ele, eu podia sentir isso. E eu o recusava, exatamente como fiz no hospital.

Talvez o que ele estivesse me oferecendo ali fosse mais que um salto... para uma morte violenta e tudo o mais. Quem sabe aquele salto não significasse mais que apenas uma aventura. Ele gostava de adrenalina correndo nas veias e talvez quisesse dividir comigo o que julgava ser o melhor que tinha a oferecer. Ou talvez fosse simplesmente saltar com ele rumo ao desconhecido. E, para ser sincera, eu só conseguia pensar em uma pessoa para pular de um penhasco comigo. E ali estava eu, rechaçando seu presente, magoando-o apenas por temer algo tão banal como a morte dolorosa por queda livre.

Não, não abre a boca. Deixa ele ir e fica caladinha. Não fala nad...

— Vou com você. — *Merda!*

— O quê? Agora? — ele indagou, surpreso.

— É, né? Você já me amarrou a essa coisa. — Puxei uma das faixas do equipamento preso ao meu corpo. — Nunca vou conseguir me livrar dessas correias todas sem a sua ajuda e, de todo jeito, já tô aqui mesmo. Vamos pular logo e tentar não morrer hoje. Sua mãe vai ficar decepcionada se você não aparecer na festa.

Os lábios bem desenhados se esticaram exibindo os dentes brancos perfeitos.

— Você é simplesmente incrível, sabia?

— Tá legal, já topei pular para a morte com você, não precisa ficar me bajulando. Vamos logo com isso antes que eu perca a coragem.

Ele me abraçou pela cintura, abaixando a cabeça para que seus olhos ficassem na altura dos meus. Eles continham uma admiração indisfarçável, esperança e mais alguma coisa que não pude identificar.

— Você me escolheria para pular em direção à morte? — ele quis saber.

— Meio que já escolhi.

Ele encostou a testa na minha, fechando os olhos. Os capacetes rangeram com a suave colisão.

— Como demorei tanto pra notar você? Juro que não entendo! Não faz sentido — falou, com a voz enternecida, antes de inclinar a cabeça para me beijar.

— Ah, cara! Lá vão eles outra vez. — O moreno, que talvez se chamasse Cássio, bufou, impedindo que Dante completasse o percurso que o traria até minha boca. — Desse jeito vamos ficar aqui até o Natal!

— Cala a boca, Cássio — Dante riu. — Vem, Luna.

Eu fui, ainda que tremesse dos pés à cabeça.

— Presta atenção, princesa — começou Cássio. Dante e o loiro, Juca, se dedicavam a plugar ganchos e cabos ao meu equipamento de segurança. — O lance é o seguinte: você vai correr segurando essa barra aqui. — Ele apontou para a haste lateral que subia formando um triângulo perfeito. — Assim que sentir o chão sumir, encolha as pernas e se incline pra frente. Solte a barra e se segure no Dante.

— Correr, encolher, segurar. — De que adiantaria dizer que eu não fazia ideia do que ele estava falando?

Cássio balançou a cabeça em aprovação.

— É isso aí! — E deu um soquinho no meu capacete. — Abra bem os olhos, curta a paisagem e boa aterrissagem.

— Abrir, curtir, aterrissar. Não morrer. Entendi.

— Você vai ficar bem! — Dante me assegurou, me dando uma leve palmada na bunda. — Equipamento de segurança em ordem. O vento está bom. Estamos prontos.

— Beleza! — Juca bateu palma e se posicionou de um lado da asa. Cassio já estava a postos do outro.

Dante pegou minha mão esquerda e a posicionou no local indicado por Cássio segundos antes. Apertei a barra fininha até meus dedos protestarem, mas não aliviei a pressão. Minha outra mão ele pousou em seu ombro direito e imediatamente enrolei os dedos em sua camiseta, como se aquilo pudesse me impedir de despencar. Então ele segurou o triângulo pelo centro das barras, testando as rodinhas.

Cássio começou a contagem.

— Quatro, três, dois...

Eles começaram a correr e, sem muita alternativa, fui junto. Meu coração batia rápido contra as costelas, minha respiração estava curta, meus joelhos reclamaram do impacto contra a pedra dura e..

— Vai! — alguém gritou.

E de repente a pedra não estava mais lá. Fiquei suspensa, me sentindo uma mortadela de padaria pendurada sobre o balcão. Olhei para baixo e tudo que vi foi uma imensidão de verde a quilômetros de distância.

— AAAAAH! — Nunca pensei que pudesse gritar tão alto.

Soltei a barra depressa, apertando bem os olhos, ignorando as instruções de Cássio. Abracei Dante com os dois braços e escondi o rosto em suas costas, como fazia na garupa da moto. Tentei passar as pernas ao redor de seu corpo, mas a porcaria do equipamento de segurança não permitiu.

Eu sentia o ar gelado acariciando minha pele, a umidade se prendendo ao meu cabelo, o retumbar descompassado do meu coração se misturando ao sussurro suave do vento. Eu não sabia ao certo se estávamos planando — embora eu torcesse que sim — ou em queda livre rumo às árvores lá embaixo, mas não abri os olhos para conferir. Eu retorcia os dedos na roupa de Dante, um braço enlaçado em seu pescoço, o nariz comprimido contra suas omoplatas.

— Tudo bem aí? — Dante ergueu um pouquinho o ombro direito, meio que me cutucando, já que suas mãos estavam ocupadas. Ao menos eu esperava que estivessem. Não entendia muito do assunto, mas imaginava que alguém *devia* pilotar aquela coisa.

— N-n-n-n-n-n-n-...

— Tudo bem, meu anjo. A primeira vez é assim mesmo. Quero que respire fundo — ele pediu calmamente. — Consegue fazer isso?

Eu fiz. Umas três vezes.

— Ótimo! Agora erga a cabeça como se fosse olhar para frente. Não para baixo, apenas para frente.

— N-n-n-n-n-n-n...

— Dá sim — afirmou. — Só um pouquinho, Luna.

Tremendo, elevei a cabeça e apoiei o queixo em seu ombro.

— Perfeito! Agora é a parte mais complicada, mas sei que consegue. Abra os olhos.

— N-n-n-n-n...

— Eu sei, meu anjo. Parece assustador, mas não é. A escuridão amplifica nossos medos. Se abrir os olhos, vai ver que não é tão terrível assim. Aposto que vai se surpreender. Sei que é capaz. Você já fez o mais difícil, saltou! Agora abra os olhos.

Inspirei fundo, uma dúzia de vezes, e experimentei erguer de leve as pálpebras, apenas uma frestinha. Através da fenda estreita, visualizei algo claro, meio desfocado. Ousei abrir um pouco mais, tentando entender o que via. Como não consegui, me obriguei a abrir tudo.

— Uau! — exclamei, maravilhada. — Uau!

Uma diáfana cortina branca nos cercava. Estávamos dentro de uma nuvem!

— Eu sei! — Dante falou, animado. — Incrível, não é?

— A g-gente t-tá vo-vo-vo-vo-vo-vo-vo-vo-voando!

— E sem passar dessa para melhor — ele gracejou.

Eu ri, um pouco histérica, admito, mas nem me importei. Eu estava *mesmo* voando. A nuvem se dissipou e então a luz do sol nos saudou, banhando minha pele arrepiada. Procurei manter a vista erguida, mirando o horizonte e nada mais. Bem ao longe, uma imensa lagoa se espalhava ao redor de algumas elevações. A cidade se tornara um amontoado de cores e formas.

Dante nos fez inclinar de leve, com uma curva suave. Mantive os olhos bem abertos, não querendo perder nada daquilo. Nós planamos por um tempo, e a paz que senti ali em cima me fez esquecer o pânico de segundos antes.

— Consegue soltar meu pescoço? — ele perguntou.

Achando que eu o estava sufocando, afrouxei o aperto e me agarrei a seu ombro esquerdo, mas ele tinha outra ideia.

— Me dá sua mão.

Devagar, percorri, um pouco hesitante, o caminho do ombro até o braço forte. Ele não me apressou. Pelo contrário, foi paciente e carinhoso, murmurando incentivos e aprovação a cada centímetro transposto. Assim que minha mão tocou a sua, ele inverteu as posições e apertou minha palma contra a barra horizontal.

— Agora a outra — pediu.

Escorreguei a mão por suas costas e desci pelo braço, como da primeira vez. E, como antes, ele prendeu minha mão entre a haste e a sua. Então afrouxou o aperto. Comecei a surtar outra vez.

— O q-que você tá-tá fazendo?

— Deixando você conduzir. Mantenha o ângulo.

— O quê? N-não! Volta aqui! — Mas era tarde. Dante soltara a barra que controlava a asa-delta e prendera sua mão em minha cintura.

— Muito bom, meu anjo! Você está indo muito bem.

— Dante! Vou acabar matando a gente!

— Não vai, não. Anjos sabem voar. Preciso te perguntar uma coisa.

— Hã... p-péssimo momento. Por favor, segura isso aqui! — implorei, apertando aquela barra com tanta força que é bem provável que eu tenha quebrado um dedo.

— Em trinta segundos. Você falou sério no hospital, ou só queria se livrar do seu irmão?

— Quê...?

— Você realmente quis dizer que sou seu namorado, ou foi só um jeito de se livrar do Raul?

Ah, era tudo o que eu precisava. Uma DR a dois mil metros de altura e amarrada a uma pipa.

— Dante, eu... — A haste estremeceu e não foi culpa minha. Bom, eu achava que não. — Ai, meu Deus! Essa coisa tá tremendo! Vai desmontar!

Ele deu risada, soltando minha cintura e retomando o controle do aparelho. Voltei à nossa posição padrão no mesmo instante.

— Se segura aí, meu anjo — preveniu um tempo depois.

Começamos a nos aproximar do chão. As casas já não pareciam pecinhas de Lego.

— A gente vai pousar naquele campo lá na frente. Você precisa ficar esticadinha, como tá agora, e deixar o resto comigo.

Assenti, embora ele não pudesse ver.

Conforme o chão se aproximava, decidi que fechar os olhos era o melhor a fazer. Prendi a respiração, esperando pelo tranco que nunca veio. A aterrissagem foi suave, as rodinhas fizeram contato com o solo naturalmente e, poucos metros depois, pararam por completo.

— Ah, graças a Deus! — exalei com alívio.

— Sã e salva como prometi. — Dante se virou para soltar o cabo que me prendia ao eixo da asa. Caí de cara no chão, então rolei até deitar de costas, afrouxando o capacete e me livrando dele. O fluxo de adrenalina ainda corria livre pelo meu corpo.

Dante fitou meu rosto.

— E aí, curtiu? — ele quis saber, deitando ao meu lado e se apoiando em um cotovelo.

— Bom, se excluir a parte em que achei que fôssemos morrer... acho que gostei. Foi surreal e assustador e... A gente estava mesmo dentro de uma nuvem?

— Estava sim. — Ele retirou o capacete laranja, sorrindo animado, os cabelos já se eriçando em diversas direções.

— Eu sempre quis tocar uma nuvem. E foi bem legal ficar planando. Tudo bem que quase vomitei em você umas duas vezes, mas... eu gostei, Dante. Adorei mesmo. Obrigada. Foi o presente mais lindo que alguém já me deu.

— Um homem precisa ser criativo. Você meio que limita minhas opções. — Ele afastou uma mecha de cabelo que caía em meu rosto e a prendeu atrás da orelha. — Flores estão fora de cogitação, jantares podem terminar em banho de sangue...

— Eu falei sério.

— Eu sei, acredito em você. Aquele mané que você namorava parece não se importar com nada além d...

— Eu falei sério antes. No hospital.

Seu sorriso começou tímido, curto, mas se ampliou, tomando seu rosto por completo e transformando sua expressão em puro êxtase.

— Ótimo! Eu já estava ficando sem ideias de como convencê-la a ficar comigo pra valer. — Ele se inclinou sobre mim, me beijando com delicadeza a princípio, mas aquele era o Dante, e as coisas se tornaram mais sérias e quentes, perigosas, quase inapropriadas para um local público. — Além disso — contou, interrompendo o beijo —, agora sei como vou te apresentar para os meus pais.

Arregalei os olhos, só então me dando conta de que pular de asa-delta tinha sido apenas a premissa, um aquecimento para o grande salto que ainda estava por vir: ser apresentada à família do meu namorado recém-separado.

42

A casa dos pais de Dante ficava na beira de uma enorme represa. A gigantesca construção branca de dois andares contrastava com o verde do gramado e os pequenos arbustos que a cercavam. O imenso lago ao fundo deixava tudo com um quê de conto de fadas moderno. Já era fim de tarde quando Juca nos deixou ali. Havia uma grande movimentação para os preparativos da festa daquela noite, e Dante me arrastou para dentro logo depois de Cássio encostar a Ducati na garagem.

A sala era maior que meu apartamento, e a decoração, minuciosa e requintada, em tons de bege, que dominavam as paredes, os sofás e tapetes. As cores ficavam por conta de peças específicas. Sabrina teria caído de joelhos ao avistar o par de suas tão sonhadas poltronas Swan vermelhas. O aroma de assado que preenchia o ambiente me fez pensar em noites de Natal.

No entanto, não me senti nada à vontade ali. No fundo, eu esperava que os pais de Dante estivessem ocupados demais para me notar.

Mas eu estava completamente enganada, e isso já nem me surpreendia mais.

— Ah, querido, você chegou! — A mulher minúscula, de cabelos loiros na altura do queixo, veio em nossa direção. — Cheguei a pensar que não viria. — Ela o segurou pelos ombros.

Dante se inclinou para beijar o rosto da mulher.

— Prometi que viria, mãe.

— Você está com uma aparência ótima. — Ela o analisou com atenção. — Muito boa mesmo! Não te vejo tão bem assim há... nossa, nem consigo lembrar. Eu disse ao seu pai que não devíamos nos preocupar. Você não perdeu nada, na verdade, ganhou na loteria com o fim daquele relacionamento. Seu pai não acreditou em mim e queria passar uns tempos com você. Mas que bom que eu estava certa.

— Agradeço pela preocupação. — Dante clareou a garganta, visivelmente desconfortável. — Mas está tudo bem comigo.

— Deu pra notar. — Ela sorriu... e então me viu. — Ah, que bom! Você trouxe uma amiguinha! Como vai, querida? — ela me saudou com um abraço educado.

— Luna, essa é a minha mãe, Tereza — Dante nos apresentou. — Mãe, essa é a Luna, e ela é minha namorada.

A mulher congelou, o sorriso alegre se transformou em algo esquisito, as mãos ainda em meus ombros se contraíram.

— Namorada? Mas já?

Ele confirmou com a cabeça. A mãe de Dante engoliu em seco.

— Bom... fico feliz que tenha vindo, Luna. — Mas sua expressão desmentia suas palavras.

— Obrigada — murmurei, desviando os olhos da mulher que me analisava atentamente, e, pela cara, não estava nada contente com o que via.

Merda. Eu devia ter pegado um pente na bolsa. Meus cabelos deviam estar parecendo uma escultura renascentista depois do voo.

— Seu pai está na cozinha — ela avisou ao filho, forçando uma expressão animada. — Ajudando a equipe de garçons a colocar as bebidas no gelo.

— Vou falar com ele antes de levar nossa bagagem lá para cima.

Dante soltou a mochila sobre o sofá e me pegou pelo cotovelo.

— Sua mãe não foi com a minha cara — resmunguei, enquanto ele me arrastava para a cozinha.

— Ela só ficou surpresa.

— Você tá tentando *me* convencer disso, ou a si mesmo?

— Relaxa, Luna. Sei o que estou fazendo.

A cozinha de Tereza era um espetáculo. Toda branca e preta com armários de madeira espalhados por todas as paredes. Uma grande ilha no centro ocupava boa parte do cômodo. Havia pelo menos oito pessoas ali, entre elas um homem muito alto, com os cabelos cinzentos e ligeiramente despenteados. Foi difícil não sorrir.

— Cheguei, pai — Dante anunciou.

— Ei! — O homem abandonou as garrafas que tinha nas mãos e abraçou o filho, beijando seu rosto de leve. — Como você está?

— Inacreditavelmente bem.

Diferentemente da mãe, o pai dele me notou de imediato. Ele sorriu para mim, segurando Dante por um dos ombros.

— Não tão inacreditável assim. — Ele soltou o filho e pegou minha mão, fitando meus olhos com intensidade. — "São verdes da cor do prado, exprimem qualquer paixão, tão facilmente se inflamam, tão meigamente derramam fogo e luz do coração."

— "Mas ai de mim!" — completei.

— Você conhece Gonçalves Dias, querida? — perguntou, parecendo extasiado.

— Não muito — admiti. — Meu pai às vezes lia esse poema pra mim, antes de me colocar na cama. Era o favorito da minha mãe. Ela também tinha olhos verdes.

— Seu pai então é um homem duplamente sortudo. Sou Roberto Montini.

— Luna Braga. É um prazer conhecer o senhor.

— O prazer é todo meu, acredite. — E me mostrou um sorriso caloroso. — Seja bem-vinda à nossa casa.

— Obrigada.

— Quer ajuda, pai? — Dante indicou as garrafas espalhadas pelo chão.

— Não. Eu só estava ajudando o pessoal do bufê pra ficar longe da sua mãe. Ela vai me enlouquecer antes dessa festa começar. Sua irmã me deixou sozinho nessa.

— A Bia tem um senso de autopreservação fantástico — Dante comentou com ironia.

— Está com fome, Luna? Quer beliscar alguma coisa? — seu Roberto ofereceu.

— Não, obrigada. Meu estômago ainda está meio revirado. O Dante me levou para voar de asa-delta — expliquei, passando a mão por minha juba descontrolada, para que ele não pensasse que eu saía na rua daquele jeito.

— É mesmo? — Ele estudou o filho com algo brilhando no rosto bonito, ligeiramente marcado pelo tempo. — Curioso.

Era? Corri os olhos de um homem para outro, tentando entender, mas Dante não me deu tempo.

— Se não subirmos agora, vamos acabar nos atrasando. — E me empurrou de volta para a sala. — Te vejo depois, pai.

Tereza já não estava mais a vista. Dante pegou a mochila no sofá e, me puxando pela mão, subiu as escadas de dois em dois degraus. Foi difícil acompanhar suas passadas largas.

A decoração do segundo andar era tão sofisticada quanto à do térreo. Tapetes e pinturas deixavam o ambiente acolhedor e elegante. Dante abriu a primeira porta do corredor e me empurrou para dentro.

Prendi a respiração. Aquele quarto era definitivamente masculino, mas não pertencia a um adulto. E revelava muito sobre o antigo dono. Uma gravura enorme de uma Harley Davidson cobria quase toda a parede onde ficava a cama de casal. Miniaturas de carros, aviões, barcos e motos praticamente dominavam as superfícies; uma pilha de revistas esportivas se projetava para fora da mesa de cabeceira. A poltrona preta ao lado da janela contrastava com o suporte branco lotado de CDS, que se erguia como uma torre quase até o teto. Em molduras brancas espalhadas pelas paredes da mesma cor havia dezenas de revistas em quadrinhos de super-heróis, e uma TV não muito grande se equilibrava em uma pequena estante. Um milhão de videogames estavam plugados a ela.

— Sua mãe não redecorou o quarto depois que você saiu de casa — comentei, fazendo Dante rir.

— Acho que ela ainda tem esperança de que um dia eu volte a morar aqui.

Parei em frente à escrivaninha abarrotada de bonecos e...

— Eu sabia! Eu sabia! — Peguei um bonequinho. — Sabia que você brincava de Lego!

— Aaaah... todo menino brinca de Lego — resmungou, corando e coçando a cabeça de um jeito muito fofo que me fez querer, entre outras coisas, beijá-lo.

— Quando ganhou esse?

— Comprei.

— Quando?

Ele me encarou por um longo minuto antes de responder, hesitante e muito sem graça:

— Tem uns cinco ou seis... meses.

Gargalhei mais ainda, até minha barriga começar a doer. Apesar de constrangido, Dante acabou rindo comigo.

— Você é muito nerd, Dante.

— O que posso fazer? — Ele deu de ombros, sorrindo. — Deixa isso aí, a gente vai acabar se atrasando.

Mordi o lábio, olhando para o bonequinho meio quadrado, de cabelos escuros e óculos na cara, terno azul com a camisa entreaberta revelando o traje de Super-Homem. Para mim, o boneco não se parecia com o super-herói, mas com o Dante. E ele era muito mais incrível que qualquer super-herói, me fazendo voar mesmo sem ter superpoderes.

— Mas eu gostei do miniDante. É meu agora. — Escondi o boneco nas costas.

Ele arqueou uma sobrancelha, algo novo brilhou em seus olhos.

— É o Clark Kent. Agora solta o meu boneco e ninguém se machuca — falou com a voz empostada e ameaçadora, tentando parecer sério.

— Não! É meu! — E dei um passo para trás.

Dante saltou para frente e eu corri para a porta, mas ele me pegou pela cintura antes que eu alcançasse a saída.

— Ah, não! Nem pense nisso! — avisou, enterrando a cabeça em meu pescoço. — Solte o sr. Kent, Luna. Foi difícil encontrar esse modelo.

Eu me retorci envolvida em seu abraço, rindo e tentando manter o boneco longe dele.

— Que pena pra você, porque agora ele é meu.

De algum jeito, consegui escapar e fugir para o outro lado do quarto, mas, antes que eu pudesse me esconder atrás da poltrona, Dante me içou do chão, e eu voei por um segundo ou dois antes de aterrissar no colchão macio. Quiquei uma vez e ele se jogou sobre mim, me imobilizando.

Minha respiração estava curta e eu até que tentei me livrar dele, mas não deu.

— E agora, vai libertar o sr. Kent?

— Olha, tô ficando muito irritada por você ficar chamando meu miniDante de outro nome. — Eu me contorcia sob ele. — E a resposta é não. Se quiser o boneco de volta, vai ter que lutar por ele.

Dante sorriu, provavelmente se recordando de uma situação semelhante, na qual o objeto em questão era meu sutiã velho. Ele ficou me encarando com os olhos em chamas antes de abaixar a cabeça e me dar o troco na mesma moeda. Seus lábios passearam por meu queixo, a língua deslizou pela pele sensível, me deixando toda arrepiada. Ah, droga, eu perderia meu miniDante se não agisse rápido.

— Dante, temos que nos arrumar para a festa e...

Ele me calou com um beijo. Lento. Profundo. O mesmo tipo de beijo daquele no gramado, depois da aterrissagem. Percebi que Dante não estava come çando nada. Estava terminando o que já havíamos começado. Ele prendeu uma mão em meus cachos bagunçados, e a outra passeou ociosa por meu tronco, parando algumas vezes para acariciar partes de mim que imploravam por seu toque.

Soltei o brinquedo. Dante o empurrou para fora da cama com descaso, se acomodando melhor entre minhas coxas. Deslizei as mãos para dentro de sua camiseta, fazendo-o estremecer de leve. Ele pressionou os quadris contra os meus, gemendo baixinho em minha orelha.

Ah, que se dane o boneco!

Eu tinha o original.

Quando saí do banheiro, Dante estava me esperando, barbeado e todo arrumado em um jeans escuro, a camiseta branca lisa gola V deixava entrever os pelos macios de seu tórax, o paletó negro se moldou com perfeição aos ombros largos. Os cabelos domados à força tentavam se rebelar. Ele não usava os óculos.

— Oi — suspirei. *Você é lindo!*

— Sou? — Ele me mostrou aquele sorriso com as minúsculas meias-luas que fazia minhas entranhas se contorcerem.

Ai, droga! Eu disse isso em voz alta?

— Você sabe que é bonito. — Corei um pouco. — A Sabrina acha que você foi modelo antes de ser jornalista. E poderia ter sido, sabe? Se quisesse. Você é muito... bonito. — *Especialmente sem tanta roupa...*

— A gente pode resolver isso agora mesmo. — E me puxou mais para perto.

— Isso o quê?

— A questão da roupa. Você acabou de dizer que prefere me ver sem elas.

Arfei, arregalando os olhos.

— Não disse, não! — *Ou disse?*

— Disse com esses olhos de azeitona. — Suas mãos passearam por minha silhueta envolta em cetim preto, e um gemido de aprovação lhe escapou dos lábios.

— Você realmente sabe elogiar uma garota — brinquei, enrolando os braços em seu pescoço.

— Você está linda, mas isso não é novidade. Você é linda ao acordar, quando está alegre, furiosa, dormindo... Mas sabe quando te acho mais linda?

— Não.

— Quando fica constrangida ao receber um elogio, como agora.

Desviei o olhar, sorrindo.

— Quando fica constrangida — ele continuou — e quando está nua sob ou sobre mim, gemendo meu nome. Ah, Luna, você fica maravilhosa. Parece até uma deusa pagã.

Sacudi a cabeça, comprimindo os lábios para não rir.

— Você estava indo tão bem... — caçoei, estalando a língua.

— Não posso ser perfeito em tudo.

Eu ainda sorria enquanto descíamos as escadas de mãos dadas, mas, ao nos depararmos com uma centena de convidados nos observando — a mim, quero dizer —, subitamente a diversão sumiu. Eu tinha imaginado uma festa íntima, alguns amigos apenas, mas tinha mais gente ali do que em uma repartição pública.

— Dante! Que alegria te encontrar! — Um gorducho de meia-idade saudou, se aproximando para um aperto de mãos. — Como vão as coisas na revista?

— Não há do que reclamar, seu Hermínio.

— Que ótimo! E onde está aquela beldade da sua mulher? Queria ter uma palavrinha com ela.

Baixei o olhar, me afastando um passo, e senti meu rosto arder. Dante me puxou de volta, me segurando pela mão.

— Alexia não era minha mulher. Era minha namorada. Terminamos já tem algum tempo.

— Ah, que pena! Ela era muito... decorativa. — Hermínio lhe deu uma piscadela, sem notar que eu estava praticamente colada a Dante.

Tá legal, Dante tinha um passado, mas quem não tem? Era ridículo me sentir enciumada pela ex-namorada linda, magra e rica do meu namorado. Era a minha mão que ele segurava, não a dela.

— Já conhece a Luna, seu Hermínio? — Dante interveio. — Luna, esse é um dos amigos mais antigos do meu pai.

— Muito prazer, seu Hermínio. — Tentei sorrir.

— O prazer é todo meu. Você é amiga da Bia?

— Sou. Somos vizinhas.

— Logo imaginei. — E sorriu como quem sabia das coisas, me deixando confusa. — Onde ela está? Ainda não a vi.

— Ela está passando férias em Portugal — Dante respondeu por mim. — A Luna é amiga da minha irmã e minha *namorada* — enfatizou.

As sobrancelhas cheias do homem se arquearam.

— Nova namorada? Mas já? — E eu quis chutar alguma coisa. De preferência a canela do gorducho. — Quero dizer... Poxa vida! Desculpem. Acho que bebi um pouco além da conta. Os garçons não param de encher meu copo! Esse uísque é uma beleza. Ah, olha a Tereza ali, preciso falar com ela.

— Você devia ter deixado ele pensar que eu era só amiga da Bia — sussurrei para Dante, mirando o chão, depois que o homem se afastou.

— Desculpa, Luna — ele começou, mortificado. — Da última vez que vi essa gente toda, a Alexia tinha acabado de se mudar para minha casa. Ela veio comigo em uma dessas festas e, expansiva como é, acabou conquistando alguns fãs.

— Tudo bem. Acontece.

Só que aconteceram *muitas* vezes. Muitas mais do que meu orgulho, minha inexistente autoestima e minha sanidade podiam suportar. Todas as pessoas às quais fui apresentada mencionaram a "terrível" ausência de Alexia e lamentaram o fim do relacionamento. E pareceram surpresos — de um jeito nada lisonjeiro — quando Dante explicava que estávamos namorando. Eles simplesmente me ignoravam e continuavam falando de Alexia como se eu não estivesse ali.

"Como Alexia é linda!"

"Que senso de humor Alexia tem!"

"Que presença de espírito!"

Blá-blá-blá.

Alexia. Alexia. Alexia!

Sendo justa, Dante tentava lembrá-los o tempo todo de que era comigo que ele estava, me abraçando junto ao corpo e mudando para qualquer outro assunto, mas aquelas múmias não entendiam. Ou não quiseram entender.

Suportei aquilo tudo da melhor maneira que pude, até que uma senhora, que discursava fervorosamente sobre o excelente trabalho que Alexia fizera com crianças carentes, me estendeu sua taça e pediu que eu pegasse outra. Cercado de gente, Dante não percebeu que a mulher queria me afastar do grupo, e não fiquei zangada por isso. Eram amigos de seus pais, pessoas que ele conhecia desde sempre e deviam receber a devida atenção. Ele não devia ser indelicado com elas. Ainda que eu estivesse a um passo disso. Foi por essa razão que decidi sair de fininho, soltando sua mão.

Ele interrompeu a conversa com Sérgio, professor de história da irmã dele, se virou para mim e perguntou, apreensivo:

— O que foi?

— Preciso ir ao toalete.

— Eu te mostro onde fica.

— Não precisa, já sei onde é. — Saí dali antes que ele notasse a tristeza em meus olhos.

Tereza, próxima à entrada da casa, estava conversando com mulheres refinadas e cheias de joias que minha avó teria adorado. Ela me dirigiu um aceno de cabeça, apenas por educação, e voltou sua atenção para as amigas. Eu segui para a sala de jantar, me esquivando dos grupos espalhados por ali e acabei na cozinha. O corre-corre dos garçons era frenético. Foi complicado alcançar a porta dos fundos e driblar um bando de homens que fumava charutos lá fora.

O terreno comprido em declive, coberto de grama bem aparada, terminava nas águas escuras da represa. Havia cadeiras e mesas de jardim desocupadas, e foi numa delas que decidi passar o resto da noite. No entanto, não fiquei sozinha por muito tempo.

— Meu reino por seus pensamentos. — O pai de Dante se sentou na cadeira diante da minha. Ele estava muito elegante em um terno escuro e gravata rosa. Os cabelos porém eram uma bagunça total.

— Só vim respirar um pouco.

— É, o ar é muito puro por aqui. — E relanceou os três homens que fumavam. — O que foi, querida? Parece triste. O que meu filho desnaturado fez?

— Nada, seu Roberto. O problema sou eu.

Ficamos calados por um instante. Apenas o vozerio que vinha da casa e o tilintar de taças rompia o silêncio. O pai de Dante não me pressionou para que eu me explicasse melhor nem nada disso, mas me peguei querendo dividir o que sentia com alguém.

— É difícil estar sob a sombra da Alexia — confessei, acompanhando com o indicador os padrões entalhados na mesa.

— Dante a colocou nessa posição? — ele quis saber, um pouco hesitante.

— Não. Mas nem precisa. Não dá pra competir com ela.

— Concordo. Não há competição.

Eu me encolhi, fazendo uma careta. Ele estava certo. Não havia competição. Nunca houve. Por que Dante se interessou por mim, afinal?

— Você é infinitamente superior — seu Roberto adicionou, me fazendo erguer a cabeça.

Ele cruzou as mãos sobre a mesa. E meu coração diminuía de tamanho até quase desaparecer dentro do peito.

— O senhor é muito gentil, mas não é verdade. Ela é linda..

— Como você.

— Ninguém é linda como a Alexia, seu Roberto. — Sacudi a cabeça, exausta. — Ela é culta e refinada, socializa com facilidade e ainda por cima é magra como um cabo de vassoura.

— Luna, deixa eu te contar uma coisa sobre o meu filho — ele se inclinou para frente. — O Dante sempre foi um menino tranquilo. Mesmo na adolescência. Ele nunca me deu trabalho, ao contrário da Beatriz. Sempre foi reservado, nunca foi de dividir sentimentos e emoções com ninguém. Nem comigo, nem com a mãe.

— Nem comigo — acrescentei, desanimada.

— Não? — Ele arqueou a sobrancelha meio grisalha, um sorriso lhe brotando dos lábios. — Eu vi aquela monstruosidade que ele ama na garagem. Supus que vocês viajaram de moto.

— Sim, mas...

— O Dante nunca aceitou ninguém na traseira daquela moto. Até onde sei, nem a Alexia. Meu filho vive dizendo que é um hobby só dele.

— Ah...? — Franzi a testa.

Ele assentiu.

— Você não faz ideia de quantas vezes a Beatriz implorou que o irmão a levasse para saltar de asa-delta. E ele sempre se negou. Meu filho jamais levou alguém para praticar aquele esporte maluco. É uma coisa só dele. Entende o que quero dizer, querida?

— Não tenho certeza

O que seu Roberto queria me dizer? Que Dante partilhava comigo coisas que não dividia com mais ninguém? Mas ele tinha sido casado com a Alexia! Como aquilo podia ser verdade?

— O relacionamento que o meu filho teve com a Alexia foi... comum — acrescentou, como se desconfiasse do rumo que tomavam meus pensamentos. — Cada um em seu mundo. Alexia sempre foi egoísta demais para pensar em alguém além dela mesma, então funcionava. Cada um por si. Eles não se fundiram. Escute o conselho de um tolo que é apaixonado pela mesma mulher há quarenta anos, querida. Relacionamentos não admitem egoísmo. Individualidade e opiniões diferentes, sim. Egoísmo, jamais. A partir do momento em que um se importa mais com o próprio bem-estar do que com o do outro, a relação está com os dias contados. Foi o que aconteceu com Dante e Alexia.

Não respondi. Não sabia o que dizer. Aquela informação havia me deixado surpresa e... bastante contente por Dante ter desejado me atirar do penhasco.

— Sabe por que agora eu tenho certeza que o meu filho nunca amou a Alexia de verdade, Luna?

Apenas sacudi a cabeça, prendendo o fôlego.

— Por causa do jeito como ele te olha. Acredite, eu conheço meu filho e nunca o vi olhar para ninguém desse jeito... Bom, talvez para aquela moto — acrescentou, divertido.

— Isso é... bastante animador, seu Roberto — brinquei, subitamente mais confiante.

Dante não colocara Alexia em sua garupa, nem quisera jogá-la do precipício, mas a mim, sim. Isso devia significar alguma coisa.

— Eu sei, meu filho é assim, não se entrega fácil, não é de muitas palavras, mas ele sente, Luna. E, se ele está te introduzindo ao mundo dele do jeito que acho que está, é porque se deu conta de algo maravilhoso, algo que nunca teve ant...

— O que aconteceu, meu anjo? — Dante perguntou, surgindo do nada e parecendo preocupado. — Por que você veio pra cá? Não está se sentindo bem?

— Ah, não, eu... — Olhei para o pai dele, que sorria com lábios e dentes e olhos, como se comprovasse seus argumentos. — Só queria sair um pouco. Estava muito quente lá dentro. Acabei encontrando seu pai e ficamos de papo por aqui.

Sua expressão se tornou mais tranquila, ligeiramente divertida.

— Meu pai adora essas festas tanto quanto eu. Aproveita qualquer chance para escapar.

— E, se eu não voltar logo, a Tereza vai servir meu fígado sobre torradas. — Seu Roberto se pôs de pé. — Preciso dar o sinal para os pirotécnicos. Sua mãe está cada vez mais espalhafatosa. — Então me lançou um olhar carinhoso. — Espero poder conversar mais vezes com você, Luna.

— Eu também gostaria muito, seu Roberto.

Ele pousou uma mão sobre o ombro do filho e deu um leve apertão.

— Vejo você mais tarde, garoto. — E foi embora.

Dante esperou o pai entrar em casa para ocupar o lugar deixado por ele.

— Me perdoa. — Ele esticou a mão sobre a mesa para alcançar a minha. — Sinto muito pelo que fiz você passar. Juro que não imaginei que essa gente fosse se prender aos assuntos do passado desse jeito.

— Não faz mal. Tá tudo bem, Dante.

— Não, não está. O que posso fazer para você me perdoar?

— Não tem nada para perdoar. Você teve uma história com a Alexia. Acho que é normal as pessoas perguntarem dela.

Não tanto assim, pensei com meus botões, mas talvez eles tivessem insistido tanto no assunto por outro motivo. Dante não havia mentido a respeito da idade dos convidados. Dava para contar nos dedos quantos ali tinham menos de sessenta anos. Talvez fossem todos surdos.

— Eles só queriam material para fofocar. Metade dessa gente eu mal conheço. Sinto muito. — E puxou meu braço para beijar a palma da minha mão, depois a pressionou contra a bochecha quente. As pontinhas duras da barba que já começava a crescer fizeram cócegas. — Não vou deixar aquela gente chegar perto de você outra vez, juro.

— Eles não fizeram nada errado. Além disso, sua mãe vai ficar furiosa se você sumir da festa.

— Não vai ser a primeira vez. Ei, amigo! — gritou, chamando a atenção do garçom na entrada da casa. — Pode nos trazer uma dessas? — E apontou para a garrafa de vinho sobre a bandeja.

Prestativo e sorridente, o rapaz trouxe a garrafa e duas taças.

— Não vamos precisar das taças. Obrigado. — Dante pegou a garrafa e se levantou, em uma empolgação quase infantil. — Vem, Luna, vou te levar para o meu lugar preferido da casa.

E, com isso, me puxou da cadeira e tomou a trilha dupla de pedras que seguia terreno abaixo, rumo à represa.

— Ei, você não disse que ia me mostrar seu lugar favorito da casa? — falei confusa, tropeçando para acompanhar suas passadas largas.

— E vou. Só que não fica exatamente na casa. Você vai adorar.

— Espera, vai mais devagar! — pedi, tentando me equilibrar no salto de doze centímetros em meio às pedras arredondadas.

Ele se deteve, retirou o paletó, jogou-o sobre meus ombros. Então me passou a garrafa de vinho e se abaixou para me pegar no colo, como se eu fosse uma criança e pesasse dez quilos.

Eu gritei surpresa, mas logo desatei a rir. Era uma delícia ver Dante assim tão descontraído.

— Se segura, moça. Será um voo curto dessa vez.

— Quanto você já bebeu hoje?

— Bem pouco.

— Estranho. Você não está fazendo muito sentido.

— Nunca faço sentido quando você está por perto.

Eu ainda me divertia quando ele alcançou o deque de madeira e me colocou no chão.

— Por mais que eu te ache linda com esses sapatos, acho mais prudente nos livrarmos deles. — Dante já se agachava e retirava meus escarpins, aproveitando para acariciar minhas panturrilhas.

Estremeci ao seu toque e com a brisa fresca que vinha da represa. Passei os braços pelo paletó, vestindo-o de uma vez. Precisei arregaçar as mangas para liberar as mãos.

— Tá legal, você tá me deixando apavorada. — E me abracei à garrafa desarrolhada.

— Não precisa. — Ele se levantou e me estendeu a mão. — Damas primeiro.

— Você tá brincando, né?

Só podia estar, pois das duas uma: ou ele queria que eu pulasse na represa turva, ou que eu entrasse na pequena embarcação de aspecto duvidoso amarrada ao deque.

— Vamos logo, Luna, ou a gente vai perder o melhor da festa.

— Definitivamente você ficou doido — reclamei, mas aceitei sua mão, entregando a garrafa também. Estiquei um pé até encontrar a madeira gelada. O barco azul de bordas amarelas sacolejou e eu soltei um gritinho pouco lisonjeiro. Dante me segurou até eu me acomodar na estreita tábua, bem ao centro.

Ele subiu a bordo com elegância e familiaridade, fazendo o barco balançar de um lado para outro.

— Opa! Se segura, meu anjo — preveniu, sentando no banco e ficando de frente para mim. Então abandonou o vinho no assoalho e alcançou os remos.

— Exatamente aonde você pretende me levar? — eu quis saber, agarrada às bordas da embarcação.

— Não muito longe.

Eu pretendia fazer perguntas, mas ele começou a remar, nos afastando da margem, e acabei me distraindo com seus bíceps apertados nas mangas da camiseta. Fiquei observando, fascinada, a força e a determinação neles, os ombros largos que se moviam com graça, a barriga chata, e me flagrei desejando vê-lo de costas, remando daquele jeito, sem camiseta. Podia apostar que as asas tatuadas ganhariam vida ali. Engraçado, ele vivia me chamando de anjo, mas o anjo era ele. Um anjo caído tão cheio de boas intenções quanto de pecados...

— No que está pensando? — ele quis saber.

— Em como você me surpreende. Quando acho que te saquei, que já sei tudo sobre você, descubro que não sei nada. Você surge com um barco e começa a remar com a mesma facilidade com que dá ordens na revista.

— Passei a adolescência nesse lago. Remar era uma das coisas que eu mais curtia fazer na época. Não precisava de carteira de habilitação. Além disso, gosto da sensação de isolamento.

Dante continuou remando até que a casa se resumiu a minúsculos pontos de luzes tremulantes. Então parou, cruzou os remos sobre as bordas da embarcação e alcançou o vinho. Equilibrando-se, atravessou o barco, deixando-o instável, e a mim, muito apavorada.

— Dante, para. Vamos virar!

— Não vamos, não.

Eu me encolhi para que ele passasse ao meu lado, me agarrando à madeira áspera. O pior foi quando ele se sentou no fundo e seu peso fez o bico do barco se elevar um pouco. Depois de se acomodar, ele agiu rápido, se abraçou à minha cintura e me puxou para trás. Eu gritei, caindo em seu colo.

— Peguei você. — Beijou meu pescoço, descansando a cabeça em meu ombro. — Olha pra cima, Luna.

Ergui os olhos. Milhares de pontos prateados brilhavam no manto escuro como diamantes. A lua estava lá, grande e redonda, derramando sua luz pálida sobre tudo. Relaxei um pouco, me inclinando para trás, colando minhas costas ao peito de Dante e descansando a nuca em seu ombro. Cobri as mãos que rodeavam minha cintura com as minhas.

— Era isso que eu queria mostrar para você — ele falou, o rosto grudado ao meu.

— É lindo!

A lua parecia tão próxima que, se eu esticasse a mão, poderia tocá-la. Fechei um olho, mirando a grande bola iluminada e estendi o braço, deixando minha mão na altura exata, segurando-a em minha palma.

— Eu sempre tive uma coisa com a lua. Acho que é por causa do meu nome. Ela me fascina.

— A mim também, mas só recentemente descobri o motivo.

Soltei a lua e voltei a me enroscar em seus braços, me virando para poder ver seu rosto. A ponta do meu nariz esbarrou no queixo dele. Sob a luz pálida, seus olhos pareciam ainda mais profundos.

— E o motivo é...? — perguntei.

— Humm... Como explicar...? Ah, já sei. — Ele clareou a garganta. — "Eu vou pro mundo da Luna..." — cantarolou.

— Ah, não! — Revirei os olhos.

— "... que é feito um motel..."

— Para!

— ".... aonde os deuses e deeeusas..."

— Você canta muito mal.

— "... se abraçam e beijam no céu."

— Quanto tempo estava esperando pra usar esse trocadilho comigo?

— Acabei de inventar. Genial, não? — Ele riu de leve. — Peraí que acabei de pensar em outra. "Mais um ano se passooou. E nem sequer ouvir falar seu nome. A Luuuna e eu..."

— Tudo bem, já entendi.

— E a minha favorita. "Tendo a Luna aquela gravidade aonde o Dante flutuaaaa..."

Com essa gargalhei alto.

— Sabia que você ia gostar mais dessa — ele se animou.

— Ainda bem que decidiu ser jornalista, porque, como compositor, ia morrer de fome.

— Minhas letras são muito originais — resmungou, fingindo irritação. Dante pegou o vinho e me ofereceu.

— Há quem discorde. — Aceitei a garrafa e tomei um gole. — Melhor continuar sendo redator-chefe mesmo.

— É, mando bem como redator — zombou, pegando o vinho de volta e sorvendo um bom gole. — Qualquer dia desses a gente podia tentar usar taças, para variar.

Virei a cabeça até encontrar seu olhar.

— Preste atenção porque será a única vez que você vai me ouvir dizer isso em voz alta. Por mais que eu te odeie muitas vezes quando está nessa função, você manda *muito* bem como redator-chefe. Você foi a razão de eu ter desejado tanto entrar na *Fatos&Furos*.

Ele franziu o cenho.

— Sério?

Assenti.

— Eu queria trabalhar com o jornalista fodão que estava tirando a revista do buraco. Todo mundo na faculdade acompanhava sua carreira. Eles te achavam um verdadeiro deus por ter conseguido o cargo antes dos trinta e cinco. Você virou uma lenda.

— Você também me achava um deus? — perguntou debochado, mas vi a expectativa crescer em seu semblante.

— Em parte — admiti. — Você chegou lá. Queria ser tão boa quanto você. Não faz ideia de como tremi no dia em que te conheci, durante a entrevista.

Ele sorriu carinhoso.

— Eu lembro. Você derrubou duas vezes o celular, quatro a bolsa, uma o brinco e duas vezes meu porta-lápis.

Gemi.

— Você lembra de tudo isso, das sandálias que eu usava, mas não acertava meu nome. Inacreditável! Mas, sabe, eu tinha certeza que você não ia me dar o emprego depois da minha patetada. Saí de lá arrasada, mas aí você ligou e fiquei com a vaga de secretária. Não era o que eu queria, mas ao menos estava dentro da revista.

— Sinto muito por ter trocado seu nome por tanto tempo. — Ele me olhou nos olhos, o polegar acariciando minha bochecha. — Nunca te expliquei o motivo disso. E tem um, não muito bom, mas tem.

— Ah, é? — Ele trocava de propósito então?

— Achei você linda demais naquela entrevista — confessou.

— Humm... E você esqueceu meu nome porque me achou bonita?

— Não. Apaguei você da memória por te achar *muito* linda. Naquela época eu não podia me interessar por você. Eu estava com a Alexia — concluiu, constrangido.

— Ah!

— Quando você apareceu na revista para a entrevista eu... Caramba, você era tanta coisa ao mesmo tempo! Linda, mas parecia ignorar esse fato. Tímida, mas de olhar obstinado. Respondeu a todas as perguntas sem hesitar, embora desse pra perceber que você estava bastante assustada. Tinha um ar sério, mas usava aquelas sandálias com asas que deixa seus tornozelos tão... — Ele balançou a cabeça, rindo. — Bom, você era a melhor opção para a vaga. Tinha acabado de sair da faculdade, estava cheia de gás e tal, mas eu quase desisti de te oferecer o cargo por medo de fazer alguma idiotice. Aí me obriguei a ser profissional, analisei bem os prós e contras, e percebi que o único contra era minha atração por você, e eu não podia prejudicar a revista por isso. Te liguei e, assim que entramos em um acordo, me obriguei a apagar qualquer informação a seu respeito. Inclusive seu nome, me afastando assim da tentação.

Corei. Tá legal, ninguém nunca me chamou de tentação antes. Era muito... lisonjeiro.

— Nunca desconfiei de nada — admiti. — Pensei que você nem se desse conta de que eu estava ali.

— E não dava mesmo. Ou ao menos fazia de tudo para não prestar atenção em você. Nunca conversamos de verdade até você aceitar a coluna do horóscopo. Nunca permiti que você chegasse perto demais. Mas a Alexia me deixou, e você se aproximou oferecendo ajuda com esse seu jeitinho doce, toda preocupada e... e eu aceitei, mesmo sabendo que corria um grande risco.

Ah, Dante!

Como pude ser tão tola e duvidar da decência desse homem? Era bom demais, por mais louco que pudesse parecer, saber que ele me evitou de propósito, para preservar e respeitar seu relacionamento. Ele era fiel, leal a seus princípios, correto nas atitudes e sentimentos, e o admirei ainda mais por isso.

No entanto, ao ouvir sua confissão, me dei conta de que ele se sentira atraído por mim naquela noite no hotel. Que não fomos para a cama só porque estávamos bêbados.

— Assustei você? — perguntou à meia-voz.

Girei a cabeça para encará-lo.

— A primeira vez em que ficamos juntos... no hotel... Não foi um acidente, foi?

Ele sacudiu a cabeça depressa.

— Não foi assim, Luna. Não foi premeditado. Eu não tinha a intenção de me envolver com você nem com ninguém, minha vida já estava toda do avesso, não queria complicações. Nunca cogitei a hipótese de me aproximar de você desse jeito, ainda mais porque trabalhamos juntos. Só que... Não sei... Senti um impulso, uma necessidade de estar com você que ainda não consigo explicar.

— Também senti isso. — Franzi o cenho. — Será que foi culpa da tequila? Algum efeito colateral? Eu realmente não gosto de tequila.

Ele riu, beijando a pontinha do meu nariz.

— Você quer que seja culpa da tequila?

Dei de ombros.

— Ao menos assim a gente entenderia melhor o que aconteceu. Quer dizer, eu te achava bonito, apesar das gravatas e camisas esquisitas, mas você era tão irritante que nunca parei pra prestar muita atenção em você. Você é meu chefe e, além disso, era casado.

— Nunca fui casado — contrapôs, seco.

— Você dividia sua vida com alguém, dá no mesmo.

— É isso que você não entende. Eu dividia uma casa com alguém, não minha vida. É diferente.

Lembrei-me da conversa com o pai dele, dos detalhes que só agora ganhavam outro significado para mim. O salto, a carona na Ducati, o capacete que ele comprara para mim, as caminhadas com Madona, os sorvetes, o cuidado quando estive no hospital, a preocupação de que eu também adoecesse quando ele esteve gripado, o ombro amigo quando recebi o convite de casamento do Igor, a postura digna e carinhosa ao ficar literalmente ao meu lado no episódio do teste de gravidez.

Olhei dentro de seus olhos, duas granadas profundas, eternas, cheias de calor.

— Acho que comecei a entender — sussurrei.

Ele inspirou fundo, acariciando minha bochecha com a ponta do nariz.

— Até que enfim!

E, com isso, capturou minha boca. O beijo foi suave, calmo como as águas sobre as quais flutuávamos. Um roçar de lábios e línguas, quente, vivo, maravilhoso. Dante nunca me beijara daquela forma. Sim, fora delicado muitas vezes e, com certeza, já tentara ser doce, mas a coisa sempre descambava para o carnal, o que era extraordinário! Mas ali, naquele pequeno barco no meio do lago, isso não aconteceu. O tesão não falou mais alto dessa vez, embora estivesse muito presente. Não nos agarramos como dois alucinados, não nos atracamos como dois mortos de fome. Nós estávamos... nos completando, nos fundindo a cada movimento de lábios, a cada gemido suave. Seu coração pulsava rápido em descompasso com o meu. Sem pressa, sem afobação. O calor irradiava dele e seguia direto para o centro do meu peito, e, naquele momento, permiti que as barreiras que me faziam recuar fossem demolidas.

— Ah, Dante... — gemi sob sua boca, confiando a ele aquilo que parecia tão desejoso.

Meu coração.

Luzes brilhantes tremularam em minhas pálpebras fechadas, explosões agitavam em meu íntimo, meu corpo todo pulsava, ciente da vida que o percorria.

Os lábios delicados de Dante libertaram os meus, mas não se afastaram. Ele colou a boca na minha uma vez mais. Duas. E ainda uma terceira vez.

— Você vai perder os fogos. — Ele encostou a testa na minha, fechando os olhos.

— Não enquanto você me beijar desse jeito.

Ele sorriu, ainda de olhos fechados.

— Me referia àqueles fogos. — E apontou para o alto.

— Quais? — Elevei a cabeça e... — Uau!

Estrelas multicoloridas explodiam e caíam do céu, desaparecendo antes de nos tocar. Era como estar sob uma chuva de estrelas cadentes. As luzes refletiam na água, dando a sensação de que flutuávamos por entre estrelas e cometas, em uma galáxia mágica e colorida. Eu me sentei meio de lado, me agarrando à borda do barco. Estiquei o braço e toquei o lago. Um pequeno círculo se formou na água, manchando as estrelas conforme crescia até se dissipar, e assim se tornando um espelho perfeito outra vez.

Dedos quentes tocaram meus cabelos, colocando um dos cachos atrás da orelha, enquanto eu observava a dança cósmica. Olhei para Dante e me deparei com doçura, admiração e, se eu estivesse entendendo corretamente, paixão.

— Como você faz isso? — perguntei a ele, com os olhos marejados de emoção. — Como consegue fazer eu me sentir tão especial?

— Você *é* especial! Eu já disse isso.

Eu o agarrei pelos cabelos e o beijei, desejando que ele pudesse me ver por dentro, saber o quanto ele significava pra mim.

— Eu queria poder fazer o mesmo por você — falei meio sem fôlego, perdida em seu olhar que, ah, meu Deus, era o de um homem apaixonado! — Queria fazer você se sentir assim também, mas nem sei por onde começar. Você é muito especial pra mim, Dante. Muito precioso. E vou fazer o impossível pra não estragar tudo dessa vez!

Aquele sorriso preguiçoso, com as minúsculas meias-luas, curvou sua boca para cima.

— E você reclamando que não sabe por onde começar... — Ele tocou minha bochecha com os nós dos dedos. — Te ouvir dizer essas coisas faz eu me sentir um gigante, Luna.

Meio sorrindo e soluçando ao mesmo tempo, contei a verdade a ele.

— Eu te amo, Dante! Eu te amo de verdade.

Ele me pegou pela nuca, me trazendo para perto até nosso nariz se tocar, os olhos presos aos meus. Estrelas coloridas também explodiam dentro deles agora.

Ele não ter dito as palavras que eu esperava ouvir em resposta me fez murchar um pouco, mas então ele me beijou, e dessa vez foi daquele jeito afoito, quente e explosivo. Os fogos ainda pipocavam ao nosso redor. Todo o resto se tornou insignificante.

43

Eu estava na cozinha do meu apartamento, preparando o café, Dante estava no chuveiro, Madona brincava com a minha pantufa embaixo da mesa, o sorriso não deixava meu rosto. Mal podia acreditar que já era manhã de terça. O tempo passa mais rápido quando se está feliz, acho. Eu me peguei pensando nos acontecimentos do dia anterior e em como eu mudara de opinião a respeito das segundas-feiras. Não eram simplesmente lindas e cheias de cores? O tom cinzento do asfalto das ruas não era adorável? E o trânsito caótico logo cedo, tão animado e colorido como um desfile de Carnaval? Eu nunca tinha parado para prestar atenção em nada disso antes.

O mundo parecia diferente agora. Na verdade, *era* diferente.

Eu estava absolutamente feliz e nada conseguiria eclipsar minha alegria. Nem ter madrugado, no domingo, depois de Dante e eu termos passado quase a noite toda em claro, namorando na casa dos pais dele, conversando sobre assuntos bobos, como quem venceria uma luta entre Capitão América e Homem de Ferro. Dante apostava tudo no Homem de Ferro.

Ele até tentara me ensinar a jogar videogame — um dos muitos —, mas eram tantos botões que eu me confundia, então decidi usar só o verde e venci Dante em uma corrida de carros. Ele me olhara indignado, ofendido, deslumbrado, orgulhoso e apaixonado, antes de esquecer aquele jogo e dar início a outro bem mais interessante.

Nem mesmo Tereza, com seu olhar de mãe reprovadora, arruinara minha empolgação. Nem o medo misturado ao prazer que senti ao ser acoplada à garupa da Ducati acabara com meu bom humor. Nada poderia me deixar infeliz, simplesmente porque o Dante estava comigo.

Tá legal, ainda tinha meu irmão todo estropiado, mas até isso parecia mais leve. Sobretudo depois que Raul ligara avisando que tinha recebido alta e já estava em casa, de modo que, no fim do expediente do dia anterior, antes de Dante ir para casa ver se a Madona não tinha comido o controle remoto da TV, ele me deixara na casa do Raul.

Fora um alívio ver meu irmão em casa, ainda que aquela gaiola na perna dele me causasse náuseas. Lorena estava iluminada, acho que por conta da gravidez e do pedido de casamento, e, mesmo depois de ter vomitado tudo que tinha ingerido durante o dia, ela continuava com aquele ar esplendoroso. É claro que Raul encheu meu saco perguntando se eu tinha ganhado na loteria porque não parava de sorrir. Nem isso tirou meu bom humor. Fiquei com meu irmão até a noite cair. Deixei o jantar pronto e, quando Dante ligou avisando que estava indo me pegar, mal pude ficar parada, ansiosa demais para vê-lo de novo.

Ele me levara para casa, e, como Sabrina ainda não tinha voltado da viagem com o Lúcio, o apartamento era só nosso.

Foi uma noite inesquecível!

E eu estava relembrando aqueles momentos mágicos quando Sabrina passou pela porta feito um furacão. Demorei para notar o humor dela e fui logo dizendo:

— Ah, lembrou que tem casa...

— Como você pôde? — ela berrou.

Ergui os olhos da cafeteira bem a tempo de ver uma revista colidir com meu braço esquerdo.

— Ai, Sabrina! — resmunguei, alisando o bíceps.

— Como pôde fazer isso comigo, Luna? Pensei que você fosse minha amiga!

— Eu sou sua amiga! Como eu pude o quê?

— Acabar com a minha vida desse jeito! Você é cruel, egoísta, só pensa em você! Eu te *odeio*!

— Cruel? — repeti sem entender. — Sabrina, você bebeu?

— Acho que sim! Eu devia estar completamente fora de mim quando achei que você era minha amiga. Você não é amiga de ninguém!

Ela seguiu para o quarto e eu fui atrás dela, a raiva começando a queimar meu rosto ainda que eu não entendesse o que havia de errado com minha amiga.

— Ah, pode parar! — avisei, logo atrás dela. — Você não vai despejar esse monte de asneiras e me dar às costas. Não fiz nada pra você agir assim comigo!

— Fez sim! Você destruiu meu romance com o Lúcio! Como pôde, Luna? — Ela se virou para me encarar. Seus olhos estavam vermelhos e inchados. Ela tinha chorado, e suspeitei que não tivesse sido pouco, não.

— Como é que é? Nem conheço o cara pessoalmente, pelo amor de Deus!

— Ele tem uma noiva! — ela berrou. A vidraça sacolejou e eu congelei.

Ah. Meu. Deus.

— Esse tempo todo fui amante dele sem saber — continuou. — Ele só estava curtindo com a minha cara e você sabia disso!

— Ele... Eu o *quê*?! — Arregalei os olhos.

— Ah, não faça teatrinhos, Luna. Sei que você sabia!

— Sabrina, como eu poderia saber?!

Ela bufou e começou a andar pelo quarto sem ver nada à sua frente.

— A tal Maira apareceu na fazenda sem avisar. O Lúcio ficou apavorado e inventou uma historinha de que eu estava ali para planejar a reforma da casa. Ela ficou empolgada e deu mil sugestões para o quarto do casal! — Ela levou as mãos à cabeça.

— Ah, Sá... Sinto muito. Muito mesmo! Mas eu não sabia de nada. — Tentei abraçá-la, mas ela se esquivou. Doeu.

— Não preciso da sua piedade. Eu precisava da sua amizade, mas você me deu as costas e acabou com a minha vida! Não quero mais olhar pra sua cara. Sai agora do meu quarto!

— Eu sei que você está chateada, e com toda razão, mas não tá pensando direito. Eu não tive nada a ver com isso. Não conheço o Lúcio, nem a Maira e...

— Ah, não teve nada a ver, é? — Ela me empurrou ao passar. Foi até a cozinha e pegou a revista que a Madona já tentava estraçalhar. — Então leia aqui!

Ela esticou o braço, os olhos ejetados brilhando de raiva e lágrimas. Aquele olhar frio e hostil me feriu. Sabrina e eu quase nunca brigávamos.

Peguei a *Fatos&Furos* da semana, mas não abri.

— Leia o que escreveu sobre meu signo, Luna.

E, com isso, finalmente entendi tudo.

Ah, Sabrina...

— Você não pode acreditar que o que eu escrevo de fato...

— Não quer ler, tudo bem. — Ela me interrompeu furiosa. — Eu refresco sua memória. Você escreveu: "Problemas no seu 'felizes para sempre'. Seu príncipe pode ser sapo, afinal".

— É só um texto idiota de revista feminina!

— Que tem o poder de fazer as coisas acontecerem! Quantas vezes eu já te falei isso, porra. Tudo o que você escreve acontece. Tudo! — Ela levou as mãos à cabeça outra vez, prendendo os dedos nas mechas douradas e soluçou. Meu coração encolheu. — Incluindo essa traição. Por que fez isso, Luna? Você sabe como tô louca pelo Lúcio. Por que foi tão cruel comigo?

— Ouve só o que você tá dizendo, Sá! Você não tá raciocinando direito, caramba! Me escuta de uma vez por todas: isto aqui é só um texto! — Ergui a revista.

— Não tem nada de mágico, místico nem misterioso. É só a porcaria de um texto genérico que paga as minhas contas no fim do mês, mais nada. Não sou astróloga, taróloga, vidente ou o que seja. Sou só uma garota que precisa fazer algo que não gosta pra ganhar a vida. Foi você quem acreditou nessa merda, e eu te avisei desde o início que estava enganada!

— E eu provei que era você quem estava enganada! Por que não me avisou antes que era isso que estava no meu futuro?

— Meu Deus, Sabrina! Como eu posso saber o que está no seu futuro? *Como?!* — perguntei, aflita.

— Tá tudo bem aqui? — Dante apareceu na sala, vestindo apenas calças, os cabelos ainda pingando.

Sabrina o avaliou por um momento e seu rosto se anuviou.

— Maravilha. Você deu um jeito de arrumar sua vida amorosa enquanto ferrava com a minha. Parabéns, Luna. Espero que ele te faça sofrer tanto quanto você tá me fazendo agora. — E voltou para o quarto.

— Sabrinaaaa! Eu não fiz nada! Você só está muito magoada pra pensar com clareza e está... — A porta do quarto se fechou com um estrondo, ficando a dois centímetros da minha cara. — Descontando em mim. Droga!

— O que está acontecendo? — Dante parecia um tanto constrangido pela cena, mas muito preocupado.

— Eu sinceramente gostaria de saber. — Eu me afastei da porta do quarto dela com o coração na boca. — A Sabrina enfiou na cabeça que o que escrevo no horóscopo acontece na vida dela. No último, as coisas não eram boas, e ela *acha* que o relacionamento com o Lúcio acabou por causa disso.

— Sinto muito. — Ele me alcançou, me abraçando pela cintura e depositando um beijo leve em minha testa. — Ela deve estar muito magoada, daqui a pouco vai se dar conta e as coisas vão voltar ao normal.

— Acho bom! E ela vai ter que me pedir desculpas pelo resto do mês! — berrei para a porta fechada.

Só que não foi isso que aconteceu.

Antes de ir para o trabalho, ela saiu com uma mochila nas costas e bateu a porta. Havia um bilhete na porta da geladeira.

Tô indo pra casa da minha irmã.
Não dá pra continuar olhando pra você.
Pego minhas coisas no FDS.

Eu sinceramente esperava que ela recuperasse a razão, que entendesse que estava fazendo papel de boba e até que me pedisse desculpas pelas acusações desprezíveis que fizera. Mas sair do nosso apartamento? Ah, não, isso eu não esperava mesmo.

— Não acredito que ela rompeu comigo! — choraminguei no ombro de Dante. — Eu amo a Sabrina. Como ela pôde acreditar que eu faria alguma coisa para magoá-la?

— Pessoas feridas cometem atos impensados. — Ele acariciava meu cabelo de maneira ritmada. — Ela vai voltar pra casa, você vai ver.

Ele fez um longo discurso sobre amizade e disse que ninguém perde um amigo a troco de uma besteira como aquela, que, depois que se acalmasse, a Sabrina entenderia como estava sendo boba e me procuraria. Aquilo pareceu coerente. Como sempre, Dante conseguiu me acalmar. Então, esperançosa e ansiosa, passei a manhã de terça em estado de atenção, louca para que meu telefone tocasse.

E ele tocou perto do meio-dia, só que não era Sabrina.

— Oi, Luna, é a Jéssica. Vou me atrasar um pouquinho para o almoço. A gente se encontra no restaurante. Anota o endereço. — E foi falando.

Ai, merda! Eu tinha me esquecido completamente do almoço com aquela mulher.

— Jéssica, eu sinto muito, mas não...

— A ligação está péssima, querida Se chegar primeiro, peça as bebidas. — E desligou.

Minha vontade era de me enfiar debaixo da mesa e nunca mais sair de lá. Eu já não tinha certeza se queria ouvir a proposta de Jéssica. Sinceramente, eu não queria ouvir nada a respeito de algo que me fizesse lembrar que andei escrevendo pelas costas de Dante. Mas eu não podia deixar a mulher me esperando. Seria pouco profissional, para não dizer grosseiro. O mínimo que eu podia fazer era dizer cara a cara que não queria mais fazer os artigos.

— Que inferno! — Juntei minhas coisas e corri para o elevador.

Rezei para Dante estar ocupado demais em sua sala para me ver saindo às pressas, ou ele com certeza me faria perguntas às quais eu não queria responder, pois teria de mentir.

Tomei um táxi até o restaurante escolhido por Jéssica, ensaiando a recusa educada que pretendia dar a ela. Não tinha certeza se estava fazendo a coisa certa, se permanecer na *Fatos&Furos* era o melhor para o meu futuro, mas eu não estava brincando quando disse a Dante que o admirava. Eu queria ter a chance de aprender com um profissional tão bom quanto ele.

Cheguei primeiro ao restaurante e fui me acomodando. Em um fôlego só, pedi ao garçom duas águas sem gás. Ele trouxe as bebidas no mesmo instante em que a mulher elegante em um vestido vinho reto entrou no restaurante. Eu conhecia Jéssica por fotos, e achei que ela era mais bonita no papel do que ao vivo. Levantei-me e acenei para ela.

— Que loucura esse trânsito, hein? — Jéssica reclamou, me cumprimentando com dois beijos estalados que passaram a quilômetros de distância do meu rosto. — É um prazer finalmente te conhecer.

— Não sabia o que você queria, então pedi só água — expliquei, sem graça.

— Perfeito. Estou morta de sede. — Ela se acomodou na cadeira e eu fiz o mesmo.

Jéssica estava faminta e quis fazer o pedido antes de falarmos de trabalho. Eu tamborilava os dedos na mesa, impaciente, olhando para os lados, temendo que a qualquer momento um conhecido me visse ali e fosse correndo contar ao Dante.

Depois de pedir uma salada e um pequeno filé grelhado — e eu me perguntar se Jéssica compreendia a definição da palavra "faminta" —, ela por fim começou a falar sobre as vantagens que eu teria se aceitasse a proposta da *Na Mira*, que incluía uma coluna semanal, plano de saúde e odontológico, descontos nas mercadorias dos anunciantes e um bônus trimestral, caso a coluna obtivesse aceitação entre os leitores. Eu tinha que admitir que era muito mais do que eu tinha imaginado. Isso sem mencionar o salário que ela estava me oferecendo, duas vezes maior que meu atual, algo bastante generoso para alguém sem experiência como eu. Ela me explicava tudo com um entusiasmo esquisito, soava forçado, e, somado a outros acontecimentos relacionados àquela revista, me deixou com a pulga atrás da orelha.

— Por que você está me fazendo uma oferta tão generosa?

— Porque acredito no seu potencial, meu amor — ela sorria, mas era um sorriso pronto, daqueles educados que a gente dá para o gerente do banco. — Sei que está na *Fatos&Furos*, mas tem de admitir que a *Na Mira* tem muito mais a te oferecer. Não espero que me responda agora, pode pensar e me dar a resposta no fim da semana.

Algo dentro de mim se empertigou, cresceu e esticou o pescoço, interessado e curioso. Não sei ao certo por que me lembrei de Dante reclamando que a *Na Mira* estava roubando seus melhores profissionais, mas o fato é que, apesar de eu ainda não ser uma jornalista de verdade, tive a sensação de que Jéssica tinha mais motivos por trás daquela oferta do que deixava transparecer. Mas quais seriam?

— Ai, meu Deus, que coincidência! — Ela já estava se levantando, os olhos cravados na entrada do restaurante. — Alexia! Alexiaaaaaa! Oiiiiii!

Enrijeci na cadeira. Claro que devia ser outra Alexia. Óbvio que se tratava de outra mulher com o nome da ex-namorada de Dante. O destino não seria assim tão cruel comigo. Não justo agora que ele e eu tínhamos nos entendido e minhas neuras começavam a desaparecer.

Virei devagar. A garota linda e esbelta, comprida como um mancebo e elegante como uma bailarina sorria e vinha com passadas leves em direção à nossa mesa, os cabelos se movendo graciosamente em câmera lenta, desfilando seu charme.

Senti minha bile subir para a garganta.

— Claro — resmunguei baixinho, em desalento. — Quem mais poderia ser...

44

— Alexia, querida! Você precisa me contar o segredo. Você está cada dia mais linda! — Jéssica arrulhou, cumprimentando a modelo com dois beijos estalados.

— Imagina. Saí apressada, nem tive tempo de me produzir. Você está ótima, Jéssica! — Foi essa a resposta da ex do meu namorado, estraçalhando minha autoestima. Alexia estava linda, como em um anúncio de revista, e eu ali, com o cabelo cheio de frizz, me sentindo desajeitada e insignificante.

— Você não precisa de produção, já veio ao mundo produzida — Jéssica paparicou. — Vai almoçar? Porque eu insisto que almoce comigo. E não aceito não como resposta.

— Eu só pretendia tomar um suco, mas... — Alexia então me viu. Eu esperei que de alguma forma ela reagisse, mas tudo o que ela fez foi abrir um sorriso com seus lábios fartos. — Oi.

— Oi — murmurei de volta e tentei sorrir. Por que ela tinha que ser tão... tão... ridiculamente perfeita?

— Ah, sim, essa é a Luna, futura jornalista da *Na Mira* — disse Jéssica, que só agora se lembrava da minha existência. — Luna, essa é Alexia Aremberg.

— Muito prazer. — Alexia estendeu a mão magra, as unhas vermelhas perfeitamente pintadas.

Eu a peguei sem conseguir dizer nada, apenas sorri, ocultando minha desolação. Ela nem ao menos se lembrava de quem eu era.

— Por favor, senta aqui com a gente — insistiu Jéssica, ansiosa. — Faz tanto tempo que não nos vemos.

— Tudo bem, mas não posso ficar muito. Tenho uma sessão de fotos em uma hora.

A modelo se sentou ao meu lado. Seu perfume doce e enjoado fez meu estômago revirar.

— É mesmo? — Jéssica quis saber, animada. — Campanha nova?

— Um trabalho voluntário sobre adoção. Apoio a causa.

Mas é claro que apoiava! A perfeita Alexia Aremberg era praticamente uma entidade cósmica, não uma mulher de carne e osso cheia de defeitos, inseguranças e cabelos rebeldes.

— Você está pensando em adotar uma criança? — Os olhos de Jéssica brilhavam de curiosidade.

— Deus me livre! — Alexia gargalhou sob meu olhar perplexo, então se recompôs e clareou a garganta. — Quer dizer, não tenho nada contra crianças, mas não é o momento de entrar numa furada dessas. Estou solteira. É uma campanha para adoção de animais abandonados.

Era muito surpreendente ouvir aquilo de alguém que sequestrara o cachorro do ex-namorado por vingança.

— Ah, que ótimo! Humm... Já que tocou no assunto, eu fiquei sabendo do fim do seu relacionamento — Jéssica estendeu a mão e a colocou sobre a da modelo, o rosto cheio de compaixão fingida. — Lamento tanto! Já se recuperou do rompimento, meu bem?

— Eu não tinha nada para recuperar, Jéssica — falou Alexia, em um tom altivo. — Fui eu que terminei com o Dante.

Jéssica soltou uma risadinha ridícula.

— Sempre achei o Dante pouca areia pro seu caminhão.

Eu me endireitei na cadeira. Ninguém ia falar mal do Dante na minha frente.

— Não foi nada disso — Alexia respondeu antes que eu pudesse falar, retirando os óculos escuros presos no topo da cabeça para guardá-los na bolsa, que provavelmente valia mais que meu carro. — Foi só... — Ela hesitou, baixando o olhar, e foi aí que eu soube.

Ela ainda o amava. Ela se dera conta do erro enorme que cometera, afinal. Ela ia atrás do Dante. Engoli em seco

— Um desses impulsos que eu tenho às vezes — Alexia completou.

— Senti uma pontinha de arrependimento nisso? — cantarolou Jéssica.

— Ando muito confusa ultimamente, Jéssica.

— Mas, se o que está te atormentando é seu ex, é fácil resolver. Basta ligar para ele.

— Sei disso — Alexia disse com um sorriso tímido, e eu me peguei pensando em doze formas diferentes de arrancar os olhos dela. — Mas preciso pensar no que eu quero de verdade. Não posso ficar agindo impulsivamente a vida toda. Dessa vez, preciso pensar bem antes.

— Entendo. — Jéssica assentiu, toda compreensiva. — Você não pensou muito para deixá-lo?

— Não. Foi até... — Ela piscou os longos cílios, livres de rímel — Ai, Jéssica, você sabe como sou totalmente ligada à astrologia, né? Não assino um único contrato sem falar com meu guru antes.

— Sei sim, mas o que isso tem a ver com o fim do seu relacionamento?

— Tudo! — Alexia jogou o cabelo reluzente para o lado. — Numa manhã, abri a revista, li meu horóscopo e resolvi terminar com o Dante. Senti um... Eu não sei explicar, foi como se o que estava escrito ali tivesse tudo a ver comigo, tivesse sido feito pra mim.

Aquilo foi à gota-d'água.

— Você terminou um relacionamento por causa de um horóscopo idiota? — eu praticamente berrei.

— Eu precisava fazer aquilo ou ficaria sufocada. Senti um impulso incontrolável e o segui. Sou assim. — Ela deu de ombros.

— O que dizia o horóscopo? — Jéssica se intrometeu, percebendo que eu estava a um suspiro de voar sobre Alexia e bater a cabeça dela na mesa para abri-la como uma noz e olhar se tinha alguma coisa dentro.

— Que eu tinha me acomodado e devia viver novas aventuras. Então eu me mexi e vivi muitas aventuras. — Por que aquilo me incomodou tanto? Por que me soou tão... familiar? — Na época pareceu tão certo, mas agora... já não sei mais.

— Só você poderá responder essa pergunta, meu amor — Jéssica falou, toda maternal, piscando algumas vezes.

— Vamos ver o que as cartas ciganas dirão sobre mim esta semana.

— Você vai se consultar com uma cigana? — Jéssica inquiriu. — Isso é tão chique!

— Não. Mas acompanho o horóscopo semanal da revista do Dante. Sempre acompanhei. A Cigana Clara é muito boa. Acerta todas comigo.

Eu congelei. O cérebro aos poucos ligando uma coisa à outra e...

Não, não, não. Eu estava sendo influenciada pelas palavras frias de Sabrina. Estava me deixando levar por uma loucura dita em um momento de desespero. Não fui a culpada pelo fim do relacionamento da Sá, muito menos pelo fim do namoro do Dante. Não mesmo.

— Não é a primeira vez que ouço elogios a essa moça. — Jéssica bebericou sua água, o olhar perdido em algum ponto atrás da cabeça de Alexia. — Tentei contatá-la, mas não consegui. Ainda — acrescentou friamente.

— Ela é muito boa — concordou Alexia. — Toda as vezes em que segui os conselhos dela, me dei bem. Minha única ressalva é sobre ter terminado com o Dante. Talvez ela tenha se referido a algo menos drástico. Talvez tivesse a ver com o fato de eu não malhar.

Ah. Meu. Deus! *Não!*

— Você terminou com o Dante por causa do que leu no horóscopo da Cigana Clara da *Fatos&Furos*? — perguntei em um fiapo de voz, esperando que ela negasse tudo, que eu tivesse entendido errado, que eu fosse uma demente que precisava de internação imediata.

— Foi. Por quê? Você a conhece? — ela perguntou, surpresa.

Engoli em seco. Pisquei algumas vezes. Meus pensamentos giravam, se misturando em um vórtice indistinto que me deixou nauseada.

— Conheço — murmurei. Não sei como ela me ouviu. Mal captei o som da minha própria voz.

— Ah, meu Deus! — Alexia se virou na cadeira, animada, sem se dar conta do meu estado catatônico. — Consegue marcar uma consulta pra mim? Eu ia *amar* ter um encontro particular com a Cigana Clara. Se ela acerta só com o horóscopo, imagina o que pode fazer com uma leitura personalizada!

— Não vai dar — balbuciei, me largando na cadeira e afundando no mais profundo desespero. — Ela acabou de morrer.

Milhares de e-mails, a discussão com Sabrina, os conselhos da minha avó e cartas de baralho pipocavam em minha cabeça e explodiam mil ogivas nucleares em meu cérebro. Eu não conseguia pensar, mal conseguia respirar.

Não sei nem se cheguei a me despedir de Jéssica e Alexia. Eu só pensava que tinha interferido na vida amorosa de Dante e Sabrina, ainda que tenha sido de forma totalmente inconsciente e involuntária.

Desnorteada, perambulei pelas ruas em vez de voltar para a revista e segui direto para casa. Sabrina não tinha voltado. Fui para o meu quarto e peguei todas as revistas que tinha guardado, atirando-as com raiva sobre a cama. Então, abri todas na página do horóscopo da Cigana Clara.

Seguindo a ordem cronológica, comecei a ler as publicações para tentar adivinhar o signo de Alexia. Não fui muito longe. Ela era de touro.

Saia da zona de conforto e se jogue no desconhecido. Reinvente-se, e você notará a mudança ao redor. Excelente semana para cuidar do cabelo, da pele e pôr a depilação em dia.

— Isso é ridículo. Ela devia ter ido ao salão, não largado o namorado, porra! — gritei para a revista.

Alexia falara de um impulso, mas eu não podia ser responsável pelas loucuras daquela cabeça oca. De jeito nenhum! Era ainda mais ridículo que, ainda que por apenas um momento, eu tivesse acreditado que aquela porcaria de fato tivesse o poder de alterar o destino das pessoas, como dissera Sabrina... e duas centenas de leitoras.

Se fosse assim, eu teria me apaixonado pelo Viny como planejara. Eu lembrava de ter pensando nele quando redigi o primeiro texto e... Ah, não, eu ainda não conhecia o Viny quando redigi o primeiro horóscopo. Ele veio depois que...

As palavras sobre escorpião saltaram da página.

Fique atenta. Parece que o seu coração maltratado vai ganhar vida. A ligação pode ser sutil, mas, se prestar atenção, vai saber bem do que estou falando.

Imagens de Dante me observando de dentro do elevador, quando senti aquela estranha conexão pela primeira vez, logo depois que a Alexia terminou com ele, inundaram minha cabeça.

— Ai, não!

Peguei a edição seguinte da revista e, afoita, procurei meu signo.

Vai pintar alguém que vai deixar seu mundo de cabeça para baixo.

E lá estava Dante, bagunçando minha vida pessoal desde que transamos pela primeira vez.

Fui para a próxima.

Amor, ódio e paixão virão à tona e podem fazer você se sentir vulnerável. Encare tudo sem medo.

Eu e ele tomando sorvete depois de passear com Madona, Raul e ele rolando no chão aos socos e pontapés, culminando em mais uma noite de paixão inexplicável, seguida de outras mais. A pizza nas escadas. Os sentimentos conturbados que me confundiam.

Suas emoções estão em frangalhos. E pode piorar um pouco. Uma nova montanha de sentimentos pode acabar esclarecendo algumas coisas.

Dante gripado e largado na cama. A sensação de medo e impotência, o desespero para querer ajudá-lo e vê-lo bem. O ataque das flores, seu cuidado comigo. A cena de ciúme na sala de reuniões quando pensou que eu ainda queria o Viny. A descoberta de que eu o amava.

Alguns sustos no caminho. Ainda bem que você tem quem zele por você. Aceite a mão estendida.

O casamento, a discussão, o fim. A suposta gravidez. O acidente do meu irmão, e Dante o tempo todo ao meu lado.

Tudo finalmente vai se encaixar, e, pela primeira vez, você vai se sentir no lugar certo.

A conversa franca quando nos acertamos. O salto de asa-delta, seus pais, seu quarto abarrotado de gibis e o miniDante, que ele me dera de bom grado mais tarde, o passeio no lago sob a chuva de estrelas. O despertar em seus braços.

Tudo bem, eu precisava me acalmar e pensar com clareza. Aquilo não significava nada. Para funcionar, teria que agir nas duas pontas, e eu sabia que Dante não era de escorpião. Ele era do comecinho de fevereiro. Júlia até levou um bolo para ele na época e...

Dei uma olhada no que dizia aquário.

Seu sucesso atrai energias ruins de pessoas invejosas. É uma boa ideia comprar um batom vermelho para combater a zica. Tá vendo? Nada a ver comigo ou com o fim do namoro com Alexia.

Só que...

Crise emocional, parada dura. Mas anime-se. Todo mundo passa por isso, e, se você se apoiar nas pessoas certas, sairá dessa mais depressa.

E então...

O inesperado pode acontecer. Sentimentos novos, que você talvez não desejasse no momento, poderão tomar proporções imensas.

E...

Cuide da sua saúde esta semana e se abra para aqueles que realmente se preocupam com você.

E ainda...

Parece que seu coração está prestes a sofrer outro baque. Espere um pouco antes de desistir. Pode ser só um mal-entendido.

Por fim...

Entregue seu coração, não tenha medo. Vai valer a pena, você vai ver.

Estava tudo ali! Todos os passos do meu relacionamento incoerente com Dante, desde a primeira vez, descritos nas páginas das revistas. Tentei puxar pela memória, refazer as contas, querendo desesperadamente acreditar que tudo o que ocorrera entre mim e ele fora antes de eu criar os textos. Mas não. Tudo sempre acontecia depois.

O impulso. Dante muitas vezes falara de um impulso. E eu também senti aquela força me arrastando para ele.

Será que... a Sabrina estava certa? Eu estava manipulando o destino das pessoas, inclusive o meu, sem saber? O horóscopo funcionava de verdade?

45

— Aconteceu uma coisa muito esquisita — fui falando para a mulher meio vesga ao entrar na loja esotérica meia hora mais tarde, com uma pilha de revistas debaixo do braço. Tá legal, não era muito promissor, mas eu tinha que tentar alguma coisa! Procurar minha avó e ouvir um "te avisei" não seria de grande ajuda. — A senhora precisa me ajudar.

— Olá, raio de sol! Como posso ajudá-la nesta tarde gloriosa?

— Lembra de mim? Estive aqui faz poucas semanas procurando algo para criar um horóscopo. A senhora me vendeu um baralho cigano.

— Pode me chamar de Vanda. O baralho da Cigana Madalena, sim, lembro sim. — Assentiu uma vez. — Como se saiu?

— No começo eu achei que estava tudo bem, fiz as leituras de vários horóscopos com a ajuda do baralho. Mas aí... Não sei bem como perguntar isso, então vou ser direta. O baralho pode ter poderes... mágicos?

— Mas é claro! Ele é muito poderoso.

— Tô falando sério. Tipo... ele é capaz de mudar o destino das pessoas?

— Claro. Como eu disse, aquele baralho é o que existe de mais poderoso na magia cigana. Não é maravilhoso? — Ela bateu palmas.

— Não! — contestei em pânico. — Não é maravilhoso, é uma tragédia!

A animação de Vanda se desfez.

— É mesmo?

— Claro que é! Eu... Ah, meu Deus... Preciso sentar. — Abracei as revistas, apoiando o quadril no balcão quando minha vista escureceu.

— Ah, meu bem. — Ela contornou o balcão e me amparou. — Você não parece bem. Venha. Vamos tomar um chá de jasmim na minha sala.

Eu estava pronta para recusar, mas, àquela altura, a mulher vesga e maluca era minha única esperança. Além disso, eu estava zonza demais para discutir. Por isso a segui, trêmula, o estômago revirando, as pernas bambas. Ela me levou para uma sala colorida, com cortina de contas e incensos por todos os cantos, nos fundos da loja.

— Escuta, preciso saber a verdade, tá? — falei, assim que ela colocou uma xícara diante de mim. — Não sei o que está acontecendo, mas a Sabrina, minha amiga... Bom, ela acha que tudo o que escrevi nos horóscopos que elaborei com a ajuda do baralho aconteceu, como uma profecia...

Mostrei meus artigos a Vanda, todos eles, inclusive o que saiu na *Na Mira*, que por engano se misturou à pilha. Contei tudo a ela, sobre os e-mails, Sabrina, Dante e Alexia, eu e Dante. Ela ouviu tudo com a expressão séria, sem devolver nada. Escutou meu relato até o fim e, assim que parei para respirar, disse, numa voz lúcida que me causou arrepios:

— Eu avisei que era perigoso.

— Não lembro do seu aviso — objetei —, mas é possível, Vanda? É possível que eu tenha, de alguma forma, feito tudo isso acontecer? O envolvimento da Sabrina com o Lúcio, a separação de Dante e Alexia, e ter feito o Dante se apaixonar por mim como que, sei lá, por feitiço por meio desse horóscopo?

Ela bebericou um gole de chá e eu me remexi na cadeira, prestes a explodir.

— É perfeitamente possível — disse, por fim.

— É mesmo?! — Arfei.

— Meu bem, esse baralho pertenceu à maior vidente de todos os tempos. Como acha que ela acertava todas as previsões? — Vanda arqueou uma sobrancelha.

Levei um minuto inteiro para encontrar minha voz.

— E você não pensou em me contar isso quando me vendeu ele?

— Mas eu contei. Eu disse para usá-lo com sabedoria.

— Mas não entendi o que você quis dizer! Achei que você fosse uma doida e... eu nem acredito nessa porcaria de prever o futuro. Nem na previsão do tempo dá pra acreditar!

— Se não acredita, então por que estamos tendo esta conversa? — ela desafiou.

— Porque... porque... Parece que, de certa forma... — *Eu estou ficando louca.* Sacudi a cabeça, tentando botar os pensamentos em ordem. — Não sei, tá legal? Não quero acreditar! Não posso acreditar que fiz minha amiga sofrer, que estraguei o relacionamento do homem que amo, que o enfeiticei para que ficasse comigo. Isso sem falar naquelas centenas de pessoas que me escrevem todos os dias contando como o horóscopo mudou a vida delas. Não pode ser real!

Simplesmente não podia. Contrariava todas as leis da lógica e da razão. Como um apanhando de palavras podia ter poderes sobre o destino de alguém? Eu nem era cigana de verdade, para começo de conversa.

— O que seu coração diz? — Vanda quis saber.

Eu me soltei na cadeira, deixando a cabeça tombar para trás e encarando o teto.

— Que fiz uma grande bagunça — confessei com um suspiro.

— Então você tem sua resposta.

— Mas não pode ser, Vanda, porque, se for assim, se mudei mesmo o destino dessas pessoas todas, então... o Dante, ele... ele nunca... não de verdade e... tudo o que vivemos foi... uma grande ilusão, e não posso acreditar nisso, porque jamais me senti tão feliz, tão ligada a alguém, nunca tive tanta certeza de algo quanto tenho do que sinto por ele. Começou pequeno e foi crescendo até... Não posso acreditar que é tudo uma grande farsa. Simplesmente não posso! — E comecei a chorar.

Ela estalou a língua e esticou a mão para acariciar meu braço. As lágrimas caíram numa torrente e eu não conseguia respirar. A mulher ficou de pé e me abraçou meio desajeitada, e eu enterrei a cabeça em sua barriga, que cheirava a incenso como todo o ambiente. Ela afagou meus cabelos com os dedos longos e finos, e eu me senti tão pequena, tão vazia, tão sozinha.

— Nem tudo pode ter sido obra da magia — ela disse em voz baixa. — Talvez esse seu Dante estivesse mesmo em seu destino. O que é verdadeiro resiste à magia. Apenas o artificial perece.

O olhar apaixonado que algumas vezes vi em Dante, aquele brilho em suas íris, me trouxe um fiapo de esperança. E vó Cecília o vira chegar. Ela nunca errara comigo.

— Seria possível? — perguntei, elevando a cabeça. — Ele me amar de verdade, sem truques?

— Seria sim. — E me mostrou um sorriso doce.

Sacudi a cabeça, me desvencilhando de suas mãos.

— Mas e se ele não estiver no meu destino? E se eu tiver manipulado tudo?

— Então você vai ter que aceitar as consequências e seguir seu caminho, meu bem.

Só que eu não queria mais seguir meu caminho sozinha. Queria Dante ao meu lado. Para sempre.

— Se o baralho te trouxe tanto problema, meu conselho é que termine o que começou o mais rápido que puder, antes que o pior aconteça.

O pior? Descobrir que havia a possibilidade de Dante só ter se envolvido comigo por causa da feitiçaria não era ruim o bastante?

— O que quer dizer? — perguntei.

— Que, quando usada incorretamente, a magia retorna em forma de vingança. Você não vai querer isso, meu bem. Ouça o que estou dizendo.

O que ela não compreendia é que eu nunca quis nada daquilo. Por isso não podia sofrer consequência nenhuma, certo? Certo?!

— Como posso desfazer toda essa confusão? — Sequei o rosto e ergui a cabeça.

— Use o baralho.

— De que jeito?

— Isso é você quem deve descobrir.

Meu celular vibrou. Uma mensagem. De Dante.

Onde vc está? Aconteceu alguma coisa?

Digitei uma resposta vaga, dizendo que tive problemas com o carro e por isso não tinha voltado para a redação depois do almoço.

Ele replicou:

Hr de comprar 1 cortador de grama novo.
Te ajudo c/ isso. Bjos

— Preciso ir — disse a Vanda, juntando as revistas.

— Gostaria muito de poder fazer algo mais. — Ela me ajudou a ficar de pé. — Mas não funcionaria. Você tem que encontrar seu próprio caminho e fazer com que tudo volte ao que era antes da magia do baralho interferir. Se for isso mesmo o que você deseja... — acrescentou, indecisa.

— Como é?

— Você sabe o que quero dizer.

É, bom, eu sabia. Muita coisa seria desfeita. O que era artificial, forçado, apenas obra de magia, acabaria. Apenas o verdadeiro permaneceria intacto. Era como brincar de roleta-russa, só que usando um baralho.

Estou disposta a arriscar perder o Dante?, me perguntei, mas logo sacudi a cabeça. Aquela não era a pergunta certa.

Eu *poderia* perdê-lo? Ele fora de fato meu em algum momento, ou tudo não passou de ilusionismo?

As palavras do próprio Dante ecoaram em minha cabeça.

Não dá para terminar algo que nunca existiu.

46

O vazio deixado por Sabrina em nosso apartamento se somou a tudo o que eu estava sentindo naquele momento, chegando a ser desumano. Tentei pensar com clareza sobre tudo o que tinha acabado de descobrir, mas eu não tinha ideia de como desfazer um feitiço que nem sabia como havia sido feito.

E se eu realmente queria desfazê-lo.

Havia tanto em jogo, e arriscar perder Dante era mais do que eu podia aceitar.

Eu estava imersa naquela agitação toda quando ouvi alguém bater de leve à porta. Eu a abri e Dante ficou ali parado me observando, os braços cruzados, a cara fechada, visivelmente irritado. Só olhei para ele, dentro das profundezas de seus olhos castanhos, tentando encontrar um fiapo de esperança.

— A tarde de folga será descontada de seu salário — avisou, em uma voz autoritária.

— Não esperava outra coisa.

— Ótimo!

Sua expressão mudou. Ele sorriu com a boca, olhos e alma, de um jeito doce e, de certa forma, selvagem. Era como se os fogos de artifício de dias antes ainda se refletissem em seu rosto quando ele olhava para mim.

— Ah, Dante!

Eu me joguei sobre ele, enrolando os braços em seu pescoço, enterrando a cabeça em seu ombro e chorando como uma criança assustada.

— Ei! O que foi? — Ele tocou meu cabelo, tentando ver meu rosto, mas sacudi a cabeça, apertando-o tanto que meus braços chegaram a latejar. Assim como meu coração. — O que foi, meu anjo? Fale comigo.

— Eu só... senti muito sua falta. — Solucei.

— Você está me deixando apavorado aqui — confessou, beijando minha cabeça. — Por favor, fale comigo, Luna. Foi a Sabrina?

— Foi...

— Luna. Olha pra mim.

Relutante, olhei. Esperava que a qualquer momento ele lesse a culpa em meu corpo, entendesse o estrago que eu tinha causado em sua vida e me empurrasse para longe.

— Não gosto de te ver assim. O que posso fazer pra te ajudar?

— Me beija. Só me beij...

Lábios quentes tomaram os meus antes que eu pudesse concluir. E eu não só aceitei como fiz o possível para que nunca mais se afastassem. Era idiota de minha parte, mas eu queria que ele ficasse ali me beijando para sempre. No entanto, ele interrompeu o beijo.

— Se sente melhor? — Ele abaixou a cabeça para que seus olhos ficassem na altura dos meus e escrutinou meu rosto.

Apenas sacudi a cabeça, receosa de abrir a boca e minha voz falhar.

Ainda assim, não consegui enganá-lo. Ele soltou um longo suspiro.

— Vamos pedir uma pizza e comer no apê da Bia. Aqui você vai ficar pensando na briga com a Sabrina e vai continuar tristinha. Vem, vou cuidar de você. — E me arrastou para o apartamento ao lado.

Madona estava elétrica por lá e exigia atenção tanto de Dante quanto de mim. Brinquei um pouco com ela, mas o medo do que poderia realmente estar acontecendo naquele momento, de que toda aquela aflição e preocupação nos olhos de Dante fossem apenas ilusão, me fazia suar frio.

Ele fez de tudo para me animar, até me deixou comer o último pedaço da pizza, mas eu estava sem apetite, o que o deixou ainda mais aflito.

— Tudo bem. Vamos montar um avião. Se isso não te animar, nada mais vai. — E me levou até a mesa cheia de pecinhas plásticas e puxou a cadeira para mim.

— Não sei montar isso.

— É por isso que vou ficar com a cola. — Ele piscou, sorrindo.

Aquilo era exatamente o tipo de distração de que eu precisava. Acabei me esquecendo dos problemas por um tempo. Não era fácil encontrar as peças certas, embora Dante as encaixasse com uma habilidade impressionante. Meu progresso foi lento, mas satisfatório. Vez ou outra, eu o espiava. Ele estava tão lindo concentrado no que fazia, mordendo o lábio inferior, os óculos escorregando do nariz, os dedos largos e longos capazes de tanta precisão e delicadeza...

— Adoro isso — ele falou, sem levantar os olhos das peças que acabara de colar.

— Você já me disse.

— Não, não disse. Adoro o jeito como você me olha. — Ele ergueu a cabeça subitamente. Um fogo denso queimava nas íris cor de chocolate. — Como se eu fosse todo o seu mundo.

Engoli em seco, baixando os olhos.

— E disso eu entendo — prosseguiu —, porque você é o meu.

Voltei os olhos para ele no mesmo instante e me deparei com aquele olhar quente, meio louco e apaixonado, fixo em meu rosto. Meu corpo vibrou violentamente em resposta, e minhas mãos começaram a tremer. Mantendo os olhos sobre mim, ele abandonou as peças e se levantou devagar, contornando a mesa até parar em frente a mim, me pegando pela mão e me ajudando a ficar de pé.

— Amo você, Dante.

Os cantos de seus lábios se ergueram, e aquela explosão de luzes e cores se inflamou em seus olhos. Ele dizimou a distância entre sua boca e a minha, mergulhando faminto em mim. Eu gemi, e lágrimas inundaram minhas pálpebras fechadas.

Dante me pegou no colo como se eu fosse um bebê e me levou para o quarto. Nós fizemos amor, lenta e intensamente da primeira vez. Crua e ferozmente na segunda.

— Você só pode ter feito um feitiço. Não é normal desejar alguém da forma como desejo você — ele brincou, depois que as coisas haviam se acalmado, e enroscando os braços e as pernas ao meu redor.

Arregalei os olhos em pânico e me mantive imóvel. De todas as coisas que Dante poderia ter dito, aquela era a que feria mais.

Ele nunca tinha dito que me amava. E por que diria se havia a possibilidade de nunca ter sentido nada que brotasse realmente de seu coração? Podia muito bem ser apenas um eco confuso de um sentimento artificial, fruto de feitiçaria.

Contudo, às vezes eu me pegava pensando que sua *boca* não dissera nada, mas seus olhos sim, e muito.

Ele acabou adormecendo abraçado a mim, mas eu não pude pregar os olhos. Fiquei admirando seu rosto inconsciente, reparando na simetria perfeita, as bochechas salientes, o nariz reto, o queixo rijo, as sobrancelhas espessas e, o que era mais hipnotizante, o lábio cheio e perfeito. Será que ele fazia parte do meu destino? Rezava para que sim, porque, francamente, não sabia o que faria se ele me deixasse.

Mas havia algo pior que Dante me deixar. Eu podia repetir o erro e viver uma nova mentira. E, observando Dante dormir, me dei conta de como seria fácil me deixar levar por mais um tempo, fingir que ele me amava de verdade, que nada tinha mudado. Só que não seria justo com ele. Nem comigo. Eu sabia que a dúvida me corroeria por dentro, que a incerteza me mataria aos poucos.

E tinha Sabrina e aquelas centenas de pessoas que tiveram o destino mutilado por um erro meu.

Por mais que eu relutasse, negasse e desejasse que tudo fosse diferente, eu sabia o que tinha de fazer. Precisava desfazer o feitiço o quanto antes.

Com o coração apertado e temendo acordar Dante com meus soluços, saí da cama. Peguei a primeira peça de roupa que encontrei — a camiseta dele — e perambulei pela casa. Entrei no quarto que fazia as vezes de ateliê do Fernando, analisando a pilha de lixo reciclável acumulada em um canto e me perguntando por que eu não podia fazer o mesmo que ele. Transformar o feio em belo. Por que comigo era sempre o contrário?

Fechei a porta e segui para a sala, onde Madona dormia. Ela só ergueu a cabeça e voltou a desmaiar na almofada sob a mesa de jantar. Eu me sentei em uma cadeira perto dela. Peguei umas das peças que Dante havia montado e colado. As minhas estavam do outro lado da mesa, sem cola. Sorri de leve. Ele provavelmente não queria estragar seu avião, então me deixou brincar de um jeito que pudesse reverter depois, que pudesse soltar as peças e tudo voltaria ao que era.

Você tem que encontrar seu próprio caminho e fazer com que tudo volte ao que era antes da magia do baralho interferir. A voz de Vanda ecoou em minha cabeça

Saltei da cadeira e voei de volta para casa. Eu me joguei no sofá com o coração aos pulos. Peguei o baralho na bolsa e fiz uma prece.

Abri as cartas, e as três figuras que surgiram não foram surpresa, afinal. Liguei o computador e comecei a digitar.

47

Quinta-feira. Dia de todos os jornalistas entregarem os artigos. Dia de Dante aprová-los e enviá-los para a gráfica. Também o dia em que eu teria de enganá-lo.

As coisas não estavam boas, de todo jeito. Dante pegara carona comigo e, ao entrar no carro, se deparara com um amontoado de edições antigas da revista sobre o banco, que eu me esquecera de levar para casa ao voltar da loja esotérica no dia anterior.

Ele as recolheu, amontoando-as de forma organizada, mas franziu o cenho ao encontrar o exemplar da *Na Mira*.

— Não sabia que você gostava dessa revista — ele comentou. E eu pude notar o ressentimento em sua voz.

— Não gosto. Só comprei pra... hã... conhecer melhor o concorrente. — Continuei olhando para frente enquanto fazia uma conversão.

Ele permaneceu em silêncio, folheando a revista, e, a certa altura, pareceu compenetrado em algum artigo, dobrando a revista ao meio para segurá-la com apenas uma mão.

— Encontrou algo interessante? — quis saber, nervosa, quando parei no semáforo.

— Ãrrã. Um artigo sobre a vida de solteiro. — *Meeeerda!* — A garota é boa. O texto precisa de revisão, ela tem problemas para digitar a palavra "ainda". Saiu "anida". É comum passar despercebido.

— Ela tem? — perguntei, me virando e retirando a revista de suas mãos. Corri os olhos pelo texto. — Que droga!

— Você conhece essa tal de L. Lov...

— Não, claro que não! — Fechei a revista e a joguei no banco de trás. — Por que conheceria?

Ele me encarou. Comecei a suar.

— Você parece se importar muito com o erro dela. — Ele estava calmo, muito calmo, assustadoramente calmo, ainda me estudando. — Isso e o fato de ter o mesmo problema com a palavra "ainda".

— O que você tá sugerindo? Que eu não sei escrever uma palavra tão besta dessas, por acaso? — Colei uma expressão ofendida na cara. Não sei se o enganei.

— Não estou sugerindo nada. Só achei engraçado. — Mas não havia graça ou diversão em sua expressão.

Passei o restante do percurso falando pelos cotovelos, sobre qualquer coisa que me viesse à cabeça, na tentativa de distraí-lo. Fiquei preocupada com o rumo que os pensamentos dele pudessem tomar, mas aparentemente ele tinha muito com o que se preocupar naquele dia e pareceu o mesmo de sempre durante a reunião. Respirei aliviada. Entreguei a ele um dos horóscopos antigos que já havia sido publicado. Rezei para que ele não se lembrasse. E foi isso o que aconteceu.

Saí da sala trêmula, ciente de que o pior ainda estava por vir.

— O que você acha que aconteceu para o Dante estar de tão bom humor? — Adriele me perguntou, arqueando sugestivamente uma sobrancelha.

— Deve ser o aumento das vendas. Você o ouviu dizer que crescemos dezessete por cento no último trimestre.

— Fala a verdade, Luna. Vocês estão juntos, não estão? Qualquer um vê como ele te olha. O cara está todo sorrisos. Ele tá apaixonado!

— Não sei do que você tá falando. — Segui para a copa em busca de um copo de água para engolir um analgésico.

Eu estava uma pilha, saltava da cadeira ao menor ruído, os olhos fixos na vidraça que separava a sala do chefe. Vez ou outra, Dante me flagrava o observando e me exibia um sorriso cheio de lembranças, o que não ajudava muito, pois eu precisava me concentrar para trocar o horóscopo antigo pelo novo. Conhecia todo o procedimento: Dante aprovaria os artigos, cada um montaria seu layout, enviaria mais uma vez para a aprovação dele, e ele encaminharia tudo, assim como a capa, para a gráfica.

E era exatamente onde estava meu problema. Eu teria que trocar os arquivos no computador dele sem ninguém ver. Como diabos eu faria isso?

— Por acaso você tá tentando se matar por choque hiperglicêmico? — Júlia perguntou.

— Hã? — Levantei a cabeça, surpresa por não ter notado ela se aproximar da copa.

— É o sexto sachê de açúcar que você coloca nesse copo de água.

— Ah, eu... nem tinha percebido.

Ela me estudou com o cenho franzido.

— O que foi, Luna? Você não parece bem hoje.

— Não é nada. Só... um pouco cansada — resmunguei, olhando para meu copo descartável.

Júlia apoiou o quadril no armário da copa.

— Precisa de ajuda? — ofereceu.

— Eu...

— Porque você sabe que pode contar comigo pra qualquer coisa, né? Depois do que fez por mim, do que você precisar, e quando precisar, eu tô aqui.

— Mesmo se isso te colocar numa roubada? — Eu a encarei e mostrei um sorriso triste.

Ela me analisou boquiaberta, recuperou a compostura e pigarreou antes de responder:

— Se for o que você precisa...

Meditei sobre as chances e concluí que não conseguiria efetuar a troca sozinha. Precisava de um comparsa.

Meu Deus! No que eu estava me metendo?

— Tá legal. — Olhei para os lados para me certificar de que ninguém ouvia a conversa. — Preciso trocar meu texto sem que o Dante perceba.

— Por quê?

— Não posso contar. Mas preciso entrar na sala dele sem levantar suspeitas, antes que ele envie tudo pra gráfica. É muito importante, Júlia. Muito mesmo, ou eu não te pediria pra me ajudar com isso.

— E como pretende fazer a troca?

Expliquei meu plano a ela, nada muito elaborado, mas que precisava ser executado no tempo certo. Ela aceitou me ajudar, embora achasse que não ia dar certo. Júlia alegou que era ela quem devia rackear o computador de Dante, e eu quem devia se ocupar de distraí-lo, pois eu poderia mantê-lo ocupado por mais tempo. Só que eu não podia permitir que Júlia se arriscasse assim. Se fôssemos descobertas, ambas estaríamos na rua. Fazendo tudo do meu jeito, ninguém jamais desconfiaria dela.

E nunca um dia me pareceu tão longo. Tive que esperar até o fim da tarde para ter certeza de que Dante já aprovara tudo antes de procurá-lo. Era esse o sinal para Júlia, que imediatamente se levantou e saiu da redação.

Bati de leve à porta do redator-chefe e sorri para ele através da janela.

— Posso entrar?

Ele assentiu, fazendo um gesto para eu entrar.

— Como posso ajudá-la nesta tarde tão brilhante e quente? — brincou, fazendo meu coração se encolher.

Seria tão mais fácil deixar tudo como estava. Tão mais fácil brincar de ser feliz por mais um tempo... Porém eu queria mais. Queria a verdade, fosse qual fosse. Tá legal, não era bem assim. Eu queria que a verdade fosse que o Dante me amava, mas viver uma mentira outra vez estava além dos limites.

— Só queria saber se já enviou os arquivos para a gráfica. — Tentei parecer casual. — Fiquei pensando no que disse, sobre eu trocar as letras, e reparei que faço isso mesmo. Deixei um erro passar e queria corrigir.

— Já corrigi e enviei.

— Já? — Minha voz não devia ter soado tão alta nem tão histérica. — Mas você sempre manda no fim do dia! Na maioria das vezes só na sexta!

— Todo mundo entregou no prazo, não havia motivo para protelar. Por quê? Há algo errado? — Ele mudou de repente, parecendo mais rígido, mais alto, mais atento e totalmente desconfiado.

É, só mesmo uma pessoa com o meu intelecto para trazer à tona um assunto que eu queria que ele esquecesse.

— Luna, quer me contar alguma coisa?

— Hã... bom... eu...

— Dante, ai meu Deus! — Júlia apareceu na porta, sem fôlego, uma sacolinha na mão. — Fui até a farmácia comprar um analgésico pra enxaqueca e... Ai, meu Deus, acho que roubaram sua moto!

— Como é que é? — Ele ficou de pé e, em um segundo, estava na porta.

— Acho que vi um cara na rua com a sua Ducati e... — Júlia começou, mas ele já não a ouvia mais, pois corria para as escadas de emergência.

Eu lhe agradeci com um aceno de cabeça. A galera da redação ouviu a Júlia repetir sobre o suposto roubo e, na mesma hora, começaram as apostas. Mal esperaram Dante desaparecer para segui-lo. Júlia também os acompanhou, de modo que fiquei sozinha. Era a minha chance.

Desci a persiana, fechei a porta com cautela e voei para a mesa de Dante. Pluguei o pendrive na saída USB do computador, entrei na pasta "arquivos enviados" do e-mail dele, encontrei o que eu procurava e cliquei em encaminhar, anexando o novo arquivo.

Digitei apressada:

Ademir, o arquivo nomeado horóscopo146.pdf está errado. Envio anexo o arquivo que deve substituí-lo.

Favor confirmar.

Atenciosamente,

Dante Montini

Redator-chefe, Revista Fatos&Furos

Esperei — um olho na tela, outro na porta fechada — que Ademir lesse e respondesse logo. Ai, meu Deus! E se o tal Ademir não estivesse na sala? E se a revista já estivesse sendo rodada?

Eu clicava sem parar no botão enviar/receber do programa de e-mails. Três intermináveis minutos depois, a resposta chegou. Curta, porém satisfatória.

Ok. Já fiz a alteração.

Soltei um suspiro de alívio. Apaguei o e-mail enviado e essa última mensagem para que Dante não desconfiasse de nada. Contudo, ao fazer isso, acabei vendo sem querer o remetente de outro e-mail. Um que acabava de chegar.

A porta se abriu bruscamente.

— O que você está fazendo aí? — Dante perguntou, e eu dei um pulo da cadeira.

— Na-nada. Não sabia se devia chamar a polícia então estava te esperando.

Ele revirou os olhos e bufou, vindo para a mesa.

— Não precisa de polícia. Minha moto está no lugar de sempre. A Júlia deve ter se confundido. Ou então tomou algum remédio que causou alucinação.

Eu ri, mas de tensão. O que Alexia dizia naquele e-mail intitulado "Ironia"? E por que Dante não me contou que ainda falava com ela?

— Desculpa, Luna, sobre o que estávamos falando antes de a Júlia ter a alucinação?

— Hã... não lembro. Ei, o que acha de irmos ao cinema hoje? Tem uma comédia que tô doida para ver.

— Pode ser, se dividir sua pipoca comigo. — Provocou, com um sorriso tímido.

— Tudo bem, desde que pague por ela.

— Combinado.

Saí da sala dele assim que pude, lançando a Júlia um olhar de gratidão. Ela assentiu e corou, abaixando a cabeça.

Pronto. Era isso. Não havia mais nada a fazer agora. Só me restava esperar para ver quais seriam as consequências do que eu tinha acabado de fazer e rezar para que o destino estivesse do meu lado.

Horóscopo semanal por meio das cartas com a Cigana Clara

♈ Áries (21/03 a 20/04)
Os caminhos estão abertos para as suas próprias escolhas. Rompimento com tudo o que é místico.

♉ Touro (21/04 a 20/05)
Os caminhos estão abertos para as suas próprias escolhas. Rompimento com tudo o que é místico.

♊ Gêmeos (21/05 a 20/06)
Os caminhos estão abertos para as suas próprias escolhas. Rompimento com tudo o que é místico.

♋ Câncer (21/06 a 21/07)
Os caminhos estão abertos para as suas próprias escolhas. Rompimento com tudo o que é místico.

♌ Leão (22/07 a 22/08)
Os caminhos estão abertos para as suas próprias escolhas. Rompimento com tudo o que é místico.

♍ Virgem (23/08 a 22/09)
Os caminhos estão abertos para as suas próprias escolhas. Rompimento com tudo o que é místico.

♎ Libra (23/09 a 22/10)
Os caminhos estão abertos para as suas próprias escolhas. Rompimento com tudo o que é místico.

♏ Escorpião (23/10 a 21/11)
Os caminhos estão abertos para as suas próprias escolhas. Rompimento com tudo o que é místico.

♐ Sagitário (22/11 a 21/12)
Os caminhos estão abertos para as suas próprias escolhas. Rompimento com tudo o que é místico.

♑ Capricórnio (22/12 a 20/01)

Os caminhos estão abertos para as suas próprias escolhas. Rompimento com tudo o que é místico.

♒ Aquário (21/01 a 19/02)

Os caminhos estão abertos para as suas próprias escolhas. Rompimento com tudo o que é místico.

♓ Peixes (20/02 a 20/03)

Os caminhos estão abertos para as suas próprias escolhas. Rompimento com tudo o que é místico.

48

Eu encarava a última edição da *Fatos&Furos* com o cenho franzido. Ali estava o horóscopo que deveria acabar com toda aquela confusão. Eu não tinha sensação de vitória, alívio, êxtase, nem nada. Tudo o que eu sentia era medo, pavor, puro e simples terror. O que Dante faria quando soubesse que eu tinha trocado o horóscopo? O que diria quando percebesse que todos os zodíacos tinham a mesma mensagem?

Tentei contar a ele algumas vezes, mas eu perdia a coragem e... Bom, no fundo eu esperava que nada mudasse entre nós. Vanda dissera que o que estava traçado resistiria, e em alguns momentos eu tinha tanta certeza de que Dante fazia parte do meu destino que chegava a doer.

Como na tarde de ontem.

Eu evitara Dante ao máximo na sexta-feira, ao menos até que encontrasse uma maneira de dizer o que tinha feito e por quê. Eu devia isso a ele — e à minha consciência pesada. No fim da tarde, desabou a maior chuva do ano e ficamos sem energia elétrica, muito embora ninguém tenha arredado o pé da redação antes da seis. Alguns — Natacha, Karen e Murilo — mataram o tempo jogando cartas, outros — Adriele e Elton — lixando as unhas.

Então, quando o relógio marcou seis em ponto, corri para o elevador, doida para chegar ao carro primeiro que Dante e me livrar do exemplar da *Na Mira* antes que ele se lembrasse daquilo e voltasse ao assunto. O hall do prédio estava lotado de gente querendo ir para casa.

Nem me toquei que estava sendo seguida.

— Luna!

Girei sobre os calcanhares e procurei pelo salão. Igor acenava para mim, mergulhando no mar de cabeças.

— Ah, só pode ser brincadeira! — murmurei. Eu já tinha problemas demais para ter que lidar com meu ex bem naquele momento.

— Achei mesmo que fosse você — Igor falou, um pouco cansado do corpo a corpo pelo qual passara para tentar me alcançar.

— Bom, não é nenhuma surpresa, já que você sabe que trabalho aqui.

Ele sorriu, se desculpando. Os cabelos claros estavam grudados na testa, os olhos colados aos meus. E aquele comichão que eu sentia sempre que o via desaparecera por completo. Pela primeira vez desde... Caramba! Fazia muito tempo que eu não tremia na presença de Igor.

— O que tá fazendo aqui?

— Eu estava passando, aí a chuva me pegou. — Ele escorregou os olhos pelo meu corpo.

Engraçado, não tive aquele impulso de passar as mãos nos cabelos, que provavelmente se eriçavam por culpa da umidade.

— Você parece ótima... — ele disse, depois de um exame minucioso. — Maravilhosa, na verdade.

— Igor, o que você tá fazendo aqui de verdade? — repeti, irritada. Eu precisava me livrar daquela revista antes que o Dante descesse.

— Eu... só queria te ver. — Deu de ombros. — Pedir desculpas pela Tatiana. Eu não sabia que ela ia te convidar para o casamento.

— Foi gentil da parte dela. Manda lembranças. Agora, se me der licença... — Voltei a andar em direção à porta que levava ao estacionamento.

Antes que eu pudesse escapar, ele me segurou pelo braço, me fazendo girar até ficar de frente para ele.

— Sinto sua falta, Luna. Essa coisa que tá rolando com a Tati... Acho que me deixei levar. Eu só queria... Descobri que ela não é a garota certa pra mim. Você é. A gente combina em tudo, gostamos das mesmas coisas, pensamos do mesmo jeito...

— Não pensamos coisa nenhuma. Você acha normal trair, e eu abomino. — Tentei me livrar daquela mão, mas ele intensificou o aperto. — Me solta, Igor.

— Eu errei, Luna! Mas aprendi com meu erro. Se disser que me aceita de volta, ligo pra Tatiana agora e cancelo toda essa merda de casamento. Você só precisa dizer uma palavra e serei seu outra vez. Sempre fui seu.

Embasbacada, fiquei olhando para ele feito uma idiota. Eu sonhara em escutá-lo dizer aquilo tantas vezes que já tinha perdido a conta. Agora que a coisa finalmente era real, eu não queria mais ouvir.

Meio brusco, ele me puxou de encontro a seu peito. Era de esperar que eu sentisse algo, pelos velhos tempos pelo menos, mas tudo o que senti foi uma indignação violenta por ele me tocar daquela forma.

— Igor, tira as mãos de mim. — Eu me debati sob seu aperto, que foi ficando mais duro, mais ameaçador.

— Você ainda me ama, Luna. *Sei* que ama! — Ele ergueu o braço na tentativa de tocar meu rosto.

— A menos que você queira acabar no hospital, é melhor soltar a garota agora. — Dante surgiu do nada e o agarrou pelo pulso de um jeito que fez arrepios subirem por minha coluna.

— Tira as mãos de mim, seu maluco! — Igor reclamou, tentando livrar o pulso do aperto de Dante e me soltando. — Qual é, cara? Só tô falando com a minha namorada!

Dante me lançou um olhar inquisitivo.

— *Ex*-namorada — eu me apressei, ao perceber a tensão que exalava de cada poro de seu corpo. Dante parecia altamente perigoso.

E lindo!

Ele relaxou um pouco, soltando Igor com um safanão.

— Vou te acompanhar até o carro — Dante me disse, pegando meu cotovelo com delicadeza.

— Ei, não encosta nela! — Igor interveio, empurrando Dante. — Quem pensa que é pra...

— Sou o cara que vai quebrar a sua cara se não sair daqui agora e deixar a Luna em paz!

Igor recuou um passo, me olhando com a testa franzida.

— O médico...? — E então mediu Dante como faz um lutador de boxe.

— E se eu for? — Dante trincou os dentes e pareceu ficar mais alto e largo.

Ai, merda, por que o Igor tinha que aparecer? Por que ele não podia simplesmente ser... mudo?

— Você não faz o tipo dela. — Igor cruzou os braços.

— Você não a conhece tão bem quanto pensa — rebateu Dante.

— Ela não é a santinha que aparenta.

— Eu sei. — Dante mostrou um largo sorriso. — E agradeço a Deus todas as vezes em que estivemos juntos por isso.

Desde que flagrara Igor me traindo, eu tentara colocar aquela expressão de dor e derrota na cara dele, sem sucesso. E Dante, com meia dúzia de palavras, conseguiu. Mas agora já não fazia a menor diferença.

— Tudo bem. Pode ficar com ela — Igor cedeu com desdém. — A Luna sempre fica com quem paga mais.

Não sou uma pessoa violenta. Nunca achei que dava para resolver alguma coisa na pancadaria — exceto quando o assunto era Raul —, mas, sabe, uma garota pode mudar de ideia a qualquer momento.

Avancei sobre ele, só que, infelizmente, Dante foi mais rápido e acertou um soco no queixo de Igor. De guarda baixa, a cabeça do meu ex pendeu para trás, e ele caiu desengonçado no chão. Dante já partia para cima dele outra vez e, por mais que eu gostasse de vê-lo assim — sabe como é, perigoso, me defendendo e tudo o mais —, não queria lhe criar problemas. E por isso eu o detive, me interpondo entre os dois, e só fui capaz de mantê-lo no lugar graças a Murilo, que o pegou pelos antebraços.

— Não, Dante — implorei.

— Já chega, Dante. O cara já entendeu — Murilo falou.

Dante trincou os dentes, os olhos ejetados grudados no sujeito no chão.

— Vou acabar com esse cara, juro que...

— Tudo bem, tudo bem! — Eu lhe garanti, tentando acalmá-lo. — Não ligo para o que ele diz. Só... me leva pra casa. Por favor, Dante, me leva pra casa!

Com algum custo, ele tentou se controlar, parando de lutar para se livrar de Murilo, mas olhou para Igor de um jeito tão duro que até eu me encolhi.

— Não se aproxime dela de novo — avisou.

— Vem, Dante. Para com isso, cara. — Murilo o puxou para trás, arrastando-o pelo piso de mármore.

Dante acabou cedendo e se soltou de Murilo.

— Tudo bem, pode deixar. Não vou matar ninguém hoje — ele assegurou, e eu respirei aliviada.

Agradeci a Murilo pela ajuda, mas sabe como são os jornalistas. Sempre querem algo em troca.

— Tudo bem, boneca, mas tudo tem um preço. E você sabe bem o que eu quero saber, embora, depois de hoje, não acredito que reste alguma dúvida. Ficou tudo muito claro.

— Deixa a Luna em paz Murilo — Dante advertiu.

— E quem está pedindo isso, Dante? O chefe ou o amante? — o repórter provocou.

Dante soltou um longo suspiro, sacudiu a cabeça e, me pegando totalmente de surpresa, enlaçou a minha mão. Os olhos de Murilo não perderam um único movimento.

— É o namorado dela que está pedindo — Dante disse simplesmente.

Murilo abriu um enorme sorriso debochado e, antes que pudesse dizer alguma coisa, Dante me levou para o carro. Assim que nos acomodamos, me virei para encará-lo.

— Você está bem? — ele murmurou, parecendo preocupado.

Pensei por um instante. Eu estava bem? Com relação a Igor, sim, mas com Dante...

— Sinto muito por essa confusão. Eu não sabia que ele ia aparecer aqui de novo. E desculpa por ele achar que você era médico. A última vez em que nos encontramos foi no restaurante do seu hotel, eu tinha acabado de tomar um bolo e conhecer a noiva dele. Inventei um namorado imaginário. — Ergui os ombros, constrangida.

— Eu suspeitei. — E sorriu meio torto.

— Você não devia ter contado ao Murilo que estamos namorando.

— Devia sim. Se eu não deixar claro o que anda rolando entre a gente, vou dar abertura para outro cara se aproximar de você, como esse babaca do Igor, e eu não quero isso.

Ele fixou os olhos nos meus, com uma sinceridade tão desconcertante neles, que tudo o que consegui fazer foi ficar olhando para ele com cara de tonta.

— Por quê? — perguntei. Os vidros do carro começavam a embaçar.

— Porque... — Ele correu os dedos pelos cabelos ligeiramente úmidos pela chuva. — Minhas mãos suam quando você chega, meu peito se expande, minha boca formiga de saudades da sua, da sua pele, do seu gosto... Você já deixou claro um milhão de vezes que não queria se envolver com seu chefe, pra não mencionar que não é a favor de grandes diferenças de idade em um relacionamento, e eu sou sete anos mais velho que você. Mas a gente não pode mais esconder que estamos juntos — ele murmurou num tom rouco muito sensual. Tentei ignorar o fato de minhas entranhas estarem se retorcendo. — O que aconteceu agora deixou claro que não vou conseguir fingir que você não é importante pra mim.

Um nó se formou em minha garganta. Dante estava se abrindo para mim, me convidando a entrar, confirmando que estava me permitindo fazer parte do seu mundo. E como eu retribuía? Mentindo para ele, enganando-o, trocando o horóscopo sem explicar nada.

Abri a boca, disposta a dizer a verdade e enfrentar sua raiva.

Mas ele falou antes.

— Eu tô muito a fim de fazer isso dar certo, Luna, e espero que você também. A gente se encaixa na cama de um jeito que... Eu já estive com outras mulheres e nunca senti o que sinto com você. O que nós temos é explosivo e doce ao mesmo tempo, e eu quero ir mais fundo, quero desvendar você, cada cantinho, cada pensamento, sonho, desilusão, quero tudo.

Eu também queria. Eu desejava tudo aquilo, mas queria ainda mais, de um jeito desesperado, o que ele deixou de fora: seu amor.

E, com a constatação de que Dante não me amava, recuei, incapaz de contar a verdade a ele. Ou a mim mesma.

Então, depois de passarmos a noite juntos mais uma vez — e a culpa me devorar por dentro —, Dante saiu cedo do meu apartamento na manhã seguinte. Madona precisava caminhar um pouco, e ele aproveitaria para dar uma passada no mercado para prepararmos um jantar especial. Saí logo depois, apenas para correr até a banca da esquina e me certificar de que o horóscopo havia sido trocado.

E ali estava eu, com a cara enfiada na revista, rezando para Dante não descobrir. *É fim de semana*, pensei, esperançosa. Por que raios ele ia conferir se a revista tinha sido publicada conforme ele ordenara? Quer dizer, ele não conferia *todas* as edições, certo? Havia uma possibilidade de ele nem ficar sabendo. Isto é, se a Adriele cooperasse.

Além do mais, se ele não lesse o texto que desfazia a magia, sei lá, talvez o feitiço permanecesse, ao menos até ele começar a me amar de verdade. E então, um tempo depois, eu poderia fazê-lo ler a mensagem por acaso, para que o encanto se quebrasse — é claro que eu não estava disposta a passar a vida toda vivendo em um faz de conta —, mas aí já seria tarde demais, nem a quebra do feitiço seria capaz de destruir seus sentimentos por mim.

É, e talvez porcos botassem ovos de ouro...

Soltei um suspiro, jogando a revista no sofá e afundando a cabeça no encosto. Claro que ele descobriria. Dante era tudo, menos bobo. E, se eu quisesse seu perdão, com ou sem feitiço, sabia que tinha de lhe contar tudo. E sempre havia a possibilidade de eu estar enganada. Bastava me lembrar do jeito como ele me olhara sob a chuva de fogos de artifícios na casa de seus pais para meu coração se encher de certezas e esperanç...

A porta se abriu de repente. Dante entrou pisando duro. Dei um pulo.

— Que susto, Dante! — falei, levando a mão ao peito.

Ele não se deu o trabalho de se desculpar. Na verdade, não sei nem se chegou a me ouvir. Ele estava diferente. Um diferente ruim, muito ruim. Havia uma aura gélida e furiosa ao seu redor, e se espalhou pela sala, deixando meus pelos em pé.

Ele sabe. Droga!

— Quanto ela te ofereceu? — Dante perguntou com a voz baixa, monótona, os olhos opacos, apontando um exemplar da *Fatos&Furos* na minha cara.

Recuei um passo.

— E-ela quem?

— Não se faça de inocente, Luna. Não caio mais na sua — ele cuspiu, ainda naquele murmúrio atemorizante. — Quanto foi que a Jéssica te ofereceu para sabotar minha revista?

— O quê?! — exclamei, surpresa. — Nem Jéssica nem ninguém tem nada a ver com o que eu fiz.

— Muito lisonjeiro saber que me acha um perfeito idiota. — Ele me mostrou um sorriso, mas era cruel, vil... e um tanto agoniado. — Aquele artigo da *Na Mira*, a menina que troca letras. L. Lovari. — Ele bateu com o dorso da mão na revista. — Seria *Luna* Lovari?

Minha garganta se fechou.

— Não era pra você ter descoberto desse jeito — sussurrei, me afastando mais um pouco. Toda aquela raiva me deixava enjoada.

— Ah, não era? — ele berrou, vindo para cima de mim a passadas largas, mas se deteve a poucos centímetros. — E como eu deveria ficar sabendo que você estava me sabotando, Luna? Talvez pela próxima edição da *Na Mira*? O que mais você armou? Passou para ela alguma informação importante? Foi você quem deu os contatos dos meus jornalistas para a Jéssica? Quanto ela te pagou?

— A Jéssica não tem nada a ver com o que eu fiz! — rebati, assustada com aquelas conclusões equivocadas. — Nunca passei nenhuma informação pra Jéssica nem pra ninguém! Quando aceitei fazer os artigos como freelance, eu ainda estava no telefone da *Fatos&Furos*, pensei que nunca teria uma oportunidade e...

— Você tem razão, não vai ter — ele me cortou, os olhos glaciais eram só desprezo.

Suspirei, exausta.

— Escuta, Dante, você entendeu tudo errado. A Jéssica não tem nada a ver com o que fiz no horóscopo dessa semana. Eu tiv...

— Escuta você, Luna! — Ele me interrompeu aos berros, se afastando quando tentei alcançá-lo. — Nada, absolutamente nada do que disser terá credibilidade! Você não passa de uma ratazana traiçoeira que eu deixei chegar perto demais. Não sabe como estou arrependido disso.

— Não! Por favor, Dante, só me escuta, tá? — implorei, me aproximando dele, hesitante. — Eu nunca quis te prejudicar. Justamente o contrário, eu quis acertar as coisas. E tive que trocar os arquivos pra isso. Não suportei saber que eu tinha mexido com a vida de tantas pessoas e... Não foi sabotagem! Eu juro! — Eu tremia. — Mas a Sabrina estava certa, Dante! O que eu escrevia estava mesmo acontecendo na vida dos leitores da coluna. Por isso fiz essa última leitura. Pra desfazer todo o mal que causei.

Ele só ficou me olhando, sua repulsa era tão cortante quanto uma navalha. E me feria cem vezes mais.

— O baralho tem poderes mágicos — continuei. — Você pode não acreditar em mim. Eu mesma custei a me convencer que o baralho tivesse esse poder, mas é verdade! Ele é poderoso, pertenceu a uma cigana famosa que acertava sempre simplesmente porque o baralho se encarregava de fazer acontecer tudo o que ela dissesse. E eu não sabia disso! Arruinei a vida da minha amiga e de muitas outras pessoas por causa dele. Incluindo a sua — concluí, fitando os próprios pés. — A Alexia te largou por causa do que eu escrevi no signo dela.

A sonora gargalhada ribombou pelas paredes da sala.

— Tão criativa e engenhosa. Eu devia esperar uma desculpa dessa. Já que você teceu uma rede de mentiras na qual eu, muito estúpido, me deixei enredar.

Criando coragem, ergui a cabeça para encontrar seus olhos impetuosos.

— Para de dizer isso! Nunca fiz nada pra te sacanear. Isso tem a ver com as vidas que manipulei. Eu interferi e mudei o destino de centenas de pessoas, e nem sempre pra melhor!

Sua mandíbula pulsou.

— Você me acha mesmo um idiota. E com toda razão. Te dei todos os motivos para acreditar nisso.

— Não fala assim! — Tentei tocar seu braço, mas ele recuou, parecendo enojado. — Não faz isso, Dante. Nunca fiz nada pra te prejudicar. Você sabe que eu te...

— Não se atreva — ele vociferou. — Não se atreva a dizer que me ama! Nunca mais!

— Mas eu amo! — Elevei o queixo em desafio. Ele podia duvidar de todo o resto, mas não do que eu sentia por ele. Isso não. — Amo você desde que meu carro quebrou e você me deu carona. Desde que te conheci de verdade.

— Meu Deus, você nem ao menos pisca — ele resmungou com desprezo. — Mente tão naturalmente que chega a parecer sincera. Tem a aparência de um anjo, mas por dentro é feia e... podre. — Sua voz falhou. Ele desviou o olhar por apenas um instante, cerrou as mãos em punhos e pigarreou. Quando ergueu os olhos para mim, tive de recuar um passo, era como se milhares de agulhas perfurassem minha carne. — O Igor tinha razão. Você sempre fica com quem paga mais. Odeio você por tudo que fez. Por ter me enganado para conseguir chegar aonde queria. Espero que tenha valido a pena.

Avaliando-me dos pés à cabeça, vi surgir em seus olhos escuros uma fagulha minúscula de algo que não fui rápida o bastante para identificar. Sua voz estava morbidamente fria quando voltou a falar.

— A partir de hoje, quero que fique longe de mim e de minha equipe. Espero nunca mais ter que olhar pra você.

— O q-quê? — Ofeguei.

— Você está demitida.

Àquela altura, eu estava pouco me lixando para o emprego, mas ele estava furioso demais para perceber.

— Você está... terminando comigo de novo? — perguntei, e um soluço me escapou.

Ele riu alto. Um tipo de risada que fez meu corpo todo se contrair.

— Já disse isso antes e vou repetir. Não dá pra terminar algo que nunca existiu. — Ele se virou e saiu da sala, batendo a porta.

Mas eu não ia permitir que ele saísse da minha vida desse jeito. Fui atrás dele, descendo os degraus de um jeito meio desajeitado, tropeçando em meus próprios pés para tentar acompanhá-lo.

— Dante, espera! — Tentei detê-lo, segurando-o pelo cotovelo, mas tudo que consegui foi um empurrão. — Não vou deixar você sair da minha vida assim. Você tem que acreditar em mim. Aonde você vai?

— Para qualquer lugar longe do seu choro fingido.

Apenas quando outro soluço reverberou em minha garganta me dei conta de que estava chorando. Mas o que ele esperava? Ele estava partindo pensando coisas horríveis a meu respeito.

Cega pelas lágrimas e trôpega de medo, acabei perdendo o passo em um degrau, me desequilibrando escada a baixo. Só tive tempo de fechar os olhos e rezar para não rolar até o saguão. Porém, antes que eu me estatelasse nos degraus, mãos fortes me seguraram, me puxando para trás.

— Puta que pariu, Luna! — ele rosnou furioso, prendendo meu corpo entre o dele e a parede. — O que você está tentando fazer?

— S-só quero que você me escute. O baralho é mágico. Eu juro! Posso provar. Se me deixar te mostrar os textos, você vai ver que...

Ele fechou os olhos, sacudindo a cabeça, o rosto contorcido pela angústia.

— Para. Chega! — implorou em um gemido doloroso.

— Por favor, acredita em mim.

Tentei abraçá-lo, mas ele tomou meus pulsos, imobilizando-os contra a parede fria, enquanto seu corpo me mantinha no lugar.

— Comprei esse baralho porque menti pra você quando disse que entendia alguma coisa de horóscopo. Até tentei aprender como um mapa astral funciona, mas não consegui, então fui até essa lojinha procurar algo mais fácil, porque não queria voltar pra recepção. Aí a Vanda me mostrou o baralho e disse que ele tinha pertencido a uma cigana famosa que nunca errou uma previsão em toda a vida. Não acreditei nela, mas o baralho parecia bem mais simples que os mapas. Eu o usei para criar meus textos. Só que tudo o que escrevo acontece de verdade para quem lê. Aconteceu com centenas de pessoas. Você disse que leu uns e-mails destinados à Cigana Clara, deve ter reparado nisso. Aconteceu com a Sabrina, com essas pessoas, comigo. E com você também.

Ele me encarou, afundando os dedos em meus pulsos.

— Não faz a menor diferença pra mim se a porra do baralho é mágico, Luna. Você me traiu ao se bandear para o lado da Jéssica. Consegue entender? Você... me traiu! — Sua voz soou alta, mas tremeu no final, e, por um breve segundo, ele deixou escorregar aquela máscara de fúria. Havia mágoa, agonia e devastação em seu olhar. E eram sentimentos tão profundos, tão expostos, que sangravam, o mesmo que acontecia com meu coração. — Será que você pode ao menos uma vez ser honesta comigo? — ele pediu à meia-voz, o corpo ainda colado ao meu.

— Sempre fui honesta com você!

Ele bufou, desgostoso, e eu desejei estar morta.

— Foi você quem deu o contato do Murilo para a Jéssica?

Eu pisquei. Lágrimas quentes rolaram por minhas bochechas.

— Não! Não dei nada a ela além do meu artigo. Um único artigo freelance, Dante. E só fiz isso porque não queria ser recepcionista pra sempre. Pode me acusar de ser ambiciosa se quiser, mas sempre fui leal a você, mesmo quando você não merecia. Eu não te traí. Nunca poderia. Troquei os horóscopos sem te contar nada porque fiquei com medo de que você não os publicasse, e eu tinha que colocar um ponto-final naquela porcaria.

Seu olhar perscrutou meu rosto, se detendo em meus lábios por um segundo, e cheguei a pensar que ele fosse me beijar. Ele *queria* me beijar. Vi como seus olhos se aqueceram e sua boca se entreabriu. Também vi o esforço que fazia para se manter no controle. Ele me mantinha imobilizada pelos punhos, seu corpo ainda esmagava o meu, de modo que tudo que tive de fazer foi esticar o pescoço e beijá-lo. Dante se enrijeceu assim que nossos lábios se tocaram, mas, um segundo depois, ele relaxou, os dedos em meu pulso se contraíram, seu quadril pressionou o meu, sua boca se abriu para a minha.

Inesperadamente, ele se afastou, cambaleando alguns passos até impor certa distância. Ele me observava com raiva, temor, paixão, aversão.

— Eu amo você — murmurei, pois sabia que o havia perdido.

— Eu daria tudo para acreditar em você agora. — Ele me encarou pelo que pareceu ser um século inteiro. Todas aquelas emoções conflitantes guerreavam em seu rosto. Por fim, a fúria e a amargura predominaram. — Fica longe da minha revista.

Com isso, ele me deu as costas e praticamente correu os dois lances de escada que faltavam.

Eu permaneci ali, colada à parede, lágrimas volumosas escorrendo por meu rosto. Por mais que eu gritasse a verdade em letras garrafais, Dante já havia decidido não acreditar. Ele era jornalista, acreditava em fatos, não em argumentos estúpidos embasados em magia cigana.

Dante nunca acreditaria em mim.

E me excluiria da sua vida para sempre.

49

Abri um dos armários da cozinha e encontrei a garrafa de rum que Sabrina guardava para ocasiões como aquela.

Sabrina.

Minha melhor amiga, que provavelmente estava em algum lugar naquele exato momento tomando um porre também. Queria poder confortá-la. Queria ser confortada por ela. Queria não ter estragado tudo.

Esvaziei a garrafa, e tudo o que sei é que acordei no dia seguinte com uma baita dor de cabeça ao lado da lavadora de roupas.

Quebrando todas as regras de etiqueta pertinentes a fins de relacionamentos, mandei duas mensagens de texto para Dante. E uma dúzia delas para Sabrina. Nenhum dos dois me respondeu.

Era fim de tarde, eu tentava colocar os pensamentos em ordem, me convencer de que a coisa não era assim tão feia quanto parecia, que talvez Dante precisasse de um tempo, esfriar a cabeça. Ele tinha acabado de saber do artigo da *Na Mira*, sobre a troca dos horóscopos e, ao que parecia, Murilo também estava indo embora para se juntar à concorrente. Eu tinha que admitir que a conclusão à qual ele chegara era a mais plausível. Parecia mesmo, do ponto de vista dele, que eu estava trabalhando para Jéssica. Mas isso não significava nada. A vida nem sempre é preto no branco. Às vezes é cinza e, muito raramente, colorida. Como foram aqueles poucos dias com Dante.

Ouvi o bater de portas no apartamento em frente ecoar no corredor. Sem pensar duas vezes, corri para a casa dele, os cabelos desgrenhados e as roupas amassadas, disposta a tudo para fazê-lo acreditar em mim.

Bati na porta sem parar. Quase cai para trás quando ela se abriu.

— Eu sei que você não quer me ver, mas...

— E por que eu não desejaria ver-te, rapariga? — Fernando sorriu.

— Ah... oi! Vocês voltaram! — Eu o abracei. — Como foi a viagem?

— Muito bem, pelo menos até regressarmos. Beatriz está no quarto a chorar. Ela acabou de ver o que o irmão fez com Madona. Dante não tem coração.

— Hã... ele precisou mandar tosar daquele jeito. Não foi por maldade. Diz pra Bia que sinto muito e que estou com saudades. E... será que eu posso falar com o Dante?

— Ele não está. Encontrou-nos no aeroporto e disse que estava a resolver um problema.

— Certo. — Desviei os olhos para os tênis verde-menta de Fernando. — Assim que ele voltar, pode dizer que preciso muito falar com ele? E que... se ele não aparecer, vou... detonar a moto dele com tinta azul.

— Vais ter que entrar na fila. A Bia quer fazer o mesmo. Mas digo-lhe com o maior prazer, se o vir.

Droga, aonde ele foi?

ʚ

As horas foram passando e nada do Dante aparecer. No comecinho da noite, decidi descer e esperar na calçada, caso ele não se intimidasse com minha ameaça, mas alguém bateu à porta antes que eu pudesse sair.

Dante!

Meu coração deu um pulo e acelerou tanto que pensei que fosse explodir com tanto alvoroço. Dante estava ali. Ele ia me ouvir e tudo ia ficar bem.

Abri a porta num rompante e um sorriso tímido pregado nos lábios. Meu sorriso tremeu.

Não era ele.

No entanto, era tão bom quanto.

Nós duas nos encaramos por um minuto inteiro sem dizer nada até que...

— Desculpa! — dissemos juntas, nos jogando uma contra a outra.

Sabrina me abraçou pelo pescoço, afundando a cabeça em meus cabelos, ao passo que fiquei na pontinha dos pés, repousando a cabeça em seu ombro protuberante.

— Eu fui tão cruel com você... — ela choramingou.

— Me perdoa, Sá. Eu não sabia! Não acreditava que pudesse estar mexendo assim com o destino das pessoas.

Ela sacudiu a cabeça e se endireitou, ainda me segurando pelos ombros.

— Claro que não sabia. Você nunca acreditou em nada! É a primeira vidente que conheço que não acredita em forças místicas.

— Talvez porque eu não seja vidente de verdade. — Eu me recompus para olhar o rosto da minha amiga. O rosto que me fez tanta falta nos últimos dias. Havia olheiras profundas ali, e ela parecia ter perdido peso. — Droga, Sabrina, você tá um horror!

— Olha quem tá falando! — ela deu risada. — Essa sua cara de zumbi é por minha causa, ou mais alguma coisa deu errado?

— Você não faz ideia da confusão em que me meti.

Ela fechou a porta e fomos juntas para o sofá, seu braço em meus ombros, o meu em sua cintura. Fiz um breve relato da conversa com Vanda, na loja esotérica, sobre a magia do baralho cigano.

— Puxa, é incrível... e perigoso. Mas fui uma idiota quando te disse aquele monte de besteiras. Esqueci que seu irmão estava no hospital e que você nem deve ter se dado conta do que escreveu. É que fiquei tão transtornada quando descobri que o Lúcio tinha noiva que despejei toda a raiva em você. Somos iguais até nisso! Você e eu sempre descontamos nas pessoas que amamos.

— Eu estava tão preocupada com você! Queria tanto estar por perto pra te entupir de chocolate...

Ela soltou um longo suspiro.

— Eu tô bem, dentro do possível.

Então Sabrina me contou seus últimos dias. Lúcio tivera a cara de pau de ligar para ela a cada duas horas, madrugadas a dentro. Ela ficara com a irmã, que não só não permitira que Sá tomasse o porre federal que tanto merecia, como a acusara de ser inocente. Sabrina tinha ido ao trabalho todos esses dias, pois era o único momento em que ela não queria morrer. Ou matar alguém. E eu sabia exatamente como ela estava se sentindo.

— Senti tanto a sua falta! — Ela encostou a cabeça na minha. — Descobrir que eu estava envolvida com um canalha passa, mas ficar longe da minha melhor amiga não dá. Desculpa por tudo o que falei, Luna. Foi só da boca pra fora.

— Se você não tivesse dito tudo aquilo, talvez eu ainda estivesse manipulando a vida de pessoas que nem conheço.

— Você não vai mais escrever o horóscopo?

Assenti de leve.

— Graças a você. E... à Alexia.

— Qual Alexia? — Ela me soltou, sua voz subindo algumas oitavas.

— Quantas a gente conhece? — gemi, correndo a mão pelo rosto.

Dante estaria com ela agora?

— Luna! Não acredito nisso! Eu fico fora uns dias e você faz uma burrada dessas? Por que raios foi falar com a Alexia?

— Não fui. Foi por acaso...

Abri a boca e deixei tudo sair. Do almoço com Jéssica e Alexia, até a cena com Dante naquela mesma sala. Meu relato foi indistinto, e não tenho certeza se contei todos os pontos.

— Droga! — Ela estalou a língua. — Mas dá pra entender o Dante. Não fica assim! Nem tudo está perdido. Ele é louco por você. Aposto que, se ele te ouvir de verdade, vai entender que você nunca o traiu e tudo vai voltar ao que era antes.

Tudo vai voltar ao que era antes.

Foi aí que me dei conta. Só então compreendi o que tinha acontecido.

Dante me tratando com frieza outra vez. Sabrina de volta como se nunca tivesse se ausentado. Fernando e Bia em casa de novo.

O artigo funcionou. O feitiço se desfez.

Dante não estava no meu destino, afinal.

50

Tudo voltou ao que era antes.

Bem... quase. Eu ainda amava Dante. O sentimento que ardia em mim não tinha desaparecido como em um passe de mágica, mas, aparentemente, o dele sim.

Não o vi durante aquele fatídico fim de semana, ele não voltou para a casa da irmã, e eu me perguntava onde ele estaria. Num hotel? Na cama de Alexia?

Eu não sabia como o fim do feitiço o afetara, mas desconfiei de que não tardaria para que ele e a modelo se acertassem, e era isso o que estava me matando. Pensar que, em questão de horas, ele me esqueceria, como quem esquece de regar as plantas.

Foi por isso que fui para a revista na segunda de manhã. Eu queria vê-lo, precisava olhar em seus olhos castanhos e me assegurar de que uma pequena parte sua, mesmo que ínfima, se envolvera comigo pra valer.

Mas qualquer fantasia que eu alimentara a esse respeito desapareceu no momento em que pisei na redação. Natacha veio ao meu encontro, o rosto confuso, um papel nas mãos.

— Sinto muito, Luna — ela disse, me entregando o documento. Minha carta de demissão, já assinada pelo Dante.

Não fiquei surpresa, mas triste. Aquele era o impetuoso redator-chefe que eu conhecera tempos atrás.

Apenas assenti para a garota de cabelos coloridos e fui para minha mesa recolher meus pertences. Espiei pela janela envidraçada a sala do chefe e... acho que meu coração parou.

Dante estava em sua mesa, o telefone preso entre o ombro e a orelha, os óculos escorregando pelo nariz. Ele não tinha feito a barba, os cabelos estavam em desalinho, as roupas amassadas — isso era natural —, mas meias-luas escuras sob seus olhos denunciavam que ele dormira pouco, e isso não era normal.

Ele está sofrendo também?, me perguntei, com uma pontada de esperança.

Nossos olhos se encontraram e, por um momento fugaz, cheguei a acreditar que tinha visto uma agonia profunda em seu olhar. Ele se levantou e veio até a porta. Prendi a respiração.

— Natacha — ele chamou alto, tapando o bocal do telefone com a mão. — Se assegure de que essa mulher não leve nada que não seja dela.

Nunca em toda a minha vida me senti tão humilhada. E furiosa.

Ele me lançou um último olhar gélido antes de fechar a porta e abaixar a persiana na janela.

— Não chora — Natacha pediu, tocando meu braço.

Eu nem tinha me dado conta de que estava chorando. Nem sabia exatamente o motivo das lágrimas. Se era dor e arrependimento por não ter explicado tudo antes que ele descobrisse por si mesmo e chegasse às conclusões que chegara, ou raiva, que lutava ferozmente dentro de mim para alcançar a superfície.

— Hoje ele tá pior do que nunca — Natacha reclamou, tentando me consolar. — Já estava aqui bem cedo. A Adriele acha que ele dormiu no escritório.

Secando o rosto com as costas das mãos e fungando de leve, eu me voltei para ela e tentei sorrir.

— Bom, é melhor eu sair logo daqui, antes que ele decida descontar em vocês. — Infelizmente, minha voz tremeu, e o rosto de Natacha se compadeceu.

Maldita hora em que o Dante resolveu abrir o jogo com Murilo. Todos sabiam do nosso envolvimento àquela altura, e os olhares apiedados tornavam tudo ainda pior.

Esvaziei minha mesa em menos de dez minutos. Não tinha muita coisa minha ali. Além disso, eu já tirara a prova dos nove, e ficar na redação só alimentaria a agonia em que eu me encontrava. Natacha me ajudou sem dizer nada, o que foi muito gentil da parte dela. Em uma redação na qual a fofoca era mais que apenas diversão, era trabalho, uma atitude como a dela chegava a ser tocante.

Eu já tinha encaixotado tudo quando a Júlia apareceu, chorando.

— Nunca imaginei que o que fizemos terminaria assim — ela choramingou em meu pescoço.

— O que *eu* fiz, Júlia. Você não fez nada. E eu sabia que havia essa possibilidade.

— Valeu a pena? — ela quis saber, me soltando para me olhar nos olhos.

Eu sorri infeliz, dando de ombros.

— Não, mas era a coisa certa a fazer.

Eu me despedi das duas e lancei um tchau coletivo para o resto da equipe. Alguns, como o Elton, pareciam reprovar o que eu tinha feito, outros, como Murilo, Karen e Adriele, não pareciam exatamente me apoiar, mas senti a tristeza deles ao me ver partir.

Fui até o elevador e apertei o botão, equilibrando a caixa nas mãos enquanto esperava. Eu me virei para correr os olhos pela redação uma última vez. Tantos sonhos, tantas expectativas e frustrações, tudo isso estava ficando para trás. Para não mencionar meu coração, que naquele instante estava trancado na sala do redator-chefe. A persiana de madeira clara sacudiu de leve quando me virei para ela, porém ele não foi rápido o bastante. Apenas de relance, um borrão castanho de lentes e plástico preto, mas eu o vi.

As portas do elevador se abriram com um *plim* e, de dentro dele, saiu a mulher mais linda que eu já tinha visto na vida. Inquieta, ela ajeitou os longos cabelos, correu a mão delicada pela testa, alisou o vestido de grife com caimento perfeito e endireitou os ombros. A mulher parecia nervosa, talvez até com medo, mas definitivamente queria causar uma boa impressão. A resolução em seus olhos era de espantar. Ela se pôs em movimento, sem me notar — o que, francamente, já nem era notícia —, e seguiu, elegante e decidida, rumo à sala de Dante. Alexia estava de volta ao lugar que sempre lhe pertencera.

Entrei no elevador com os olhos ainda presos na modelo, até que as portas metálicas se fecharam, pondo um definitivo ponto-final.

E foi isso.

Instantes depois, sem sentir coisa alguma abaixo do pescoço, as portas voltaram a abrir ao atingir o térreo, anunciando um novo começo. Só que eu não queria um novo começo. Queria subir para o oitavo andar, correr para a sala do Dante, mantê-lo longe da perfeição de Alexia e implorar que ele acreditasse em mim.

— Você vai sair, ou subir de novo? — perguntou uma voz familiar.

Viny estava parado em frente ao elevador, segurando a porta, me observando com um tranquilo desinteresse. Levantei a cabeça, me sentindo fora do lugar, estranha, desajeitada e tantas outras coisas. Vazia. Oca.

— Vou sair — murmurei.

Ele ficou me olhando, até que por fim suspirou.

— E pretende fazer isso em breve?

— Fazer o quê?

— Sair do elevador. — Ele revirou os olhos.

Respirando fundo e tomando coragem, movimentei os pés, dando o primeiro passo rumo a meu novo... nada. Engraçado que, naqueles filmes estúpidos que a Sabrina me fazia assistir, sempre que a mocinha se deparava com um recomeço, uma música suave e esperançosa tocava ao fundo. Geralmente o som de um piano, nunca um pagode deprimente no radinho de pilha do seu Josemar, como aconteceu comigo.

Viny me deixou passar, se colocando de lado, e logo em seguida entrou no elevador.

— Tchau, Luna. A gente se vê. — As portas começaram a fechar, mas a mão de Viny as deteve. — Você tá chorando?

— É possível. Eu... não sei o que devo fazer agora — confessei em um estado semicatatônico.

— Como assim, não sabe? Você tá indo pra onde com essa caixa?

Olhei para a tralha em minhas mãos, franzindo a testa.

— Não tenho certeza.

— Por que você... Ah! Você pediu as contas? — Ele saiu do elevador, que imediatamente se fechou e subiu em busca de passageiros.

— O Dante me demitiu — contei. — Ele acha que eu estava espionando a revista para a concorrente.

Viny inclinou a cabeça, fazendo as longas tranças escorregarem por seu ombro. Talvez eu devesse fazer umas tranças também. Eram tão bonitas! Podia começar meu novo nada com a cabeça cheia delas. Ao menos isso resolveria de vez um dos meus problemas, o frizz.

— E estava espionando? — ele perguntou de um jeito esquisito.

— É claro que não! Mas o Dante não acreditou em mim. E agora a ex dele tá lá em cima, provavelmente dizendo todas as palavras certas, e amanhã o Dante nem vai mais lembrar de mim. — Então comecei a rir, balançando a cabeça. — Amanhã... que pretensão a minha. Ele *já* não lembra de mim. O feitiço terminou pra ele, mas pra mim não.

— Tá legal, você tá um pouco histérica e com cara de quem vai fazer uma enorme besteira. — Ele pegou a caixa das minhas mãos, alojando-a debaixo do braço. Então me pegou pelo cotovelo e me levou para fora do prédio. — Vamos fazer você se acalmar antes de me contar o que tá acontecendo.

Ainda era cedo e os únicos lugares que vendiam bebida alcoólica àquela hora seriam botecos não muito higiênicos. Por isso permiti que, em pleno expediente, ele me levasse para o café da esquina, onde eu deixara o carro naquela manhã. Ah, mas eu não tinha mais emprego, certo? Nem namorado, acrescentei rapidamente. Não precisava ir para casa naquele instante. Aliás, eu não tinha nada para fazer pelo resto da vida. A não ser aquelas tranças. O penteado devia tomar muito tempo, e era disso que eu precisava. Me ocupar. Ou talvez eu desse uma passada na casa do Raul mais tarde. Meu irmão não tinha muita coisa para fazer até se recuperar do acidente. Ah, não. Agora ele tinha. Ou teria. A namorada estava grávida. Ele não estaria desocupado pelos próximos vinte anos. Talvez vinte e cinco, se o bebê fosse menino.

Não reclamei quando Viny pediu chá de camomila e biscoitos. Nós nos sentamos no fundo do café, eu fiquei de costas para a entrada, com ele à minha frente. Ele aguardou que eu tomasse um pouco do chá para começar a fazer perguntas.

— Agora, com calma e coerência, me conta o que aconteceu.

Eu não queria falar com Viny sobre o rolo com o Dante, ainda mais por já tê-lo magoado por causa do homem em questão, mas eu precisava desabafar naquele instante, ou explodiria em um milhão de cacos.

Criando coragem e evitando contato visual, contei tudo, do início do meu caso com Dante até o fim, acrescentando todos os detalhes sobre o feitiço do horóscopo. Ele ouvia tudo calado, e a única vez em que sua testa franziu foi quando eu disse que não tinha percebido que o horóscopo funcionava porque era ele, Viny, quem eu pensava ser meu *final feliz*.

— Aí eu fiz tudo o que fiz — continuei —, mas acreditei que o que a gente tinha era verdadeiro, que resistiria, mas não era. E agora o Dante vai voltar com a Alexia e eu vou morrer.

— Que morrer o quê! — ele resmungou, rindo. — Você tem a vida inteira pela frente. Vai amar muitas outras vezes.

— Não! Não como eu amo o Dante.

— Talvez não, mas isso não quer dizer que não vá viver bons momentos e ser feliz de novo.

— É um saco quando a gente tá mal e alguém fica dizendo que vai ficar tudo bem, especialmente sem nada alcoólico por perto — resmunguei, fechando a cara.

Ele riu de novo.

— É um saco ver uma menina tão linda e inteligente falando asneiras porque está com o coração partido.

— O que quer que eu faça? Saia sambando por aí?

— É uma ideia. Se quiser, te acompanho. Podemos jantar ou só beber alguma coisa. O que preferir.

Eu olhei para ele, realmente olhei para o deus de ébano absurdamente sexy e que fazia calcinhas explodirem em um raio de um quilômetro e meio em 0,3 segundo e que não parecia ter consciência disso. Mas, ao admirar aquela beleza avassaladora, eu não sentia nada além de uma vontade louca de que ele se transmutasse em um nerd despenteado de olhos castanhos e sorriso preguiçoso.

Sacudi a cabeça.

— Sinto muito, Viny. Gosto muito de você, mas não é boa ideia.

— Eu também gosto de você. Estou falando de sairmos como amigos, só isso, mas, se não quer que eu te acompanhe, tudo bem. Convida alguém, talvez a Júlia ou a Natacha. Vai beber até cair, e amanhã você pode pensar no que fazer da vida. Só não vai ficar toda chorosa pelos cantos. Eu te entendo, Luna, sério mesmo, mas também consigo entender a reação do Dante. Toda essa trama que você inventou parece mesmo uma conspiração. Você devia ter contado a ele antes.

— Eu sei! Mas fiquei com medo, aí ele descobriu por conta própria, o que, sinceramente, não fazia parte dos meus planos.

Ele me analisou por um momento, atento a cada traço do meu rosto.

— Você não parece ter se desligado do Dante.

Revirei os olhos.

— Me diz algo que ainda não sei. Eu amo o Dante, Viny. Como poderia esquecer o que sinto por ele de uma hora para outra?

— É exatamente isso que tô me perguntando. — Ele sorriu. — Você não parou pra pensar que essa história de feitiço pode ser coisa da sua cabeça, que se deixou influenciar por aquela doida? Porque, pelo que entendi, se você desfez a "magia", tudo deveria ter voltado ao normal. Isso inclui você.

— É, mas ela disse que o que era pra ser, o que estava destinado, não ia mudar. Acho que meu destino era amar o Dante. E, além do mais, sei que foi tudo culpa do baralho. Tive provas de que mexi com a vida de muitas pessoas.

— Isso nem sempre é uma coisa ruim — ele comentou, cauteloso.

— Em alguns casos, foi muito ruim, sim. Minha melhor amiga ainda está arrasada pelo que eu a fiz passar, sem ter noção disso, claro.

Ele bufou, sacudindo a cabeça.

— Quanto mais você fala, mais absurdo tudo isso soa. Se existia um feitiço e ele foi desfeito, como sua amiga ainda pode estar sofrendo. Ela devia estar bem, não?

Franzi a testa.

— Talvez o destino da Sá fosse amar o Lúcio também. E para de tentar me confundir! Você disse que acreditava nessas coisas cósmicas, por que justo agora resolveu mudar de ideia?

— Uma coisa é acreditar que existem forças que nos guiam, outra é que uma garota como você possa controlá-las usando um baralho velho e alguns textos. Me responde uma coisa, Luna. — Ele se inclinou, chegando mais perto, unindo as mãos sobre o tampo da mesa. — Por que diabos você queria sair comigo?

— Você é lindo. Eu olhava pra você e te queria. Sinto muito.

Ele sorriu.

— Ah, não, moça. Pode parar. Suportei calado toda essa sua historinha maluca de horóscopo enfeitiçado, mas pedir desculpas por ter se interessado por mim já é demais. Não vou ficar quieto dessa vez.

Eu ri, assim como ele.

— Sabe, pensei que você nunca mais fosse olhar na minha cara — admiti.

— E não ia mesmo — concordou. — Até perceber que você estava apaixonada de verdade pelo cara e que não gostava nem um pouco disso.

— Eu odiava. Tanto ter me apaixonado por meu chefe quanto ter te magoado. Eu nunca quis isso, Viny, você precisa acreditar em mim.

— Eu acredito. Você é uma boa moça — ele disse em voz baixa. — A gente não escolhe por quem vai se apaixonar, certo?

— Se eu pudesse, teria escolhido você. — Tudo teria sido mais simples se eu tivesse me apaixonado pelo Viny.

— Fico lisonjeado. — Ele me observou por um instante antes de perguntar: — Posso fazer um teste?

— Que teste? — eu quis saber, enfrentando seu olhar que, subitamente, se prendeu em meus lábios.

— Só quero conferir uma coisa.

Para minha total perplexidade, ele se inclinou sobre a mesa e agarrou minha cabeça, esmagando meus lábios com os seus.

Pisquei, arregalando os olhos. Quantas vezes ansiei por aquele beijo? Quantas vezes pensei em como seriam o gosto e o aroma de Viny assim tão perto? Mas, ao vivo e em cores e sabores, as coisas eram... normais. Tá legal, aquele beijo repentino me pegou de surpresa, e não foi desagradável. Muito pelo contrário! Apesar da brutalidade com que ele me agarrou, seus lábios eram doces, macios como veludo e muito cuidadosos. Mas foi só isso. Nada dentro de mim se agitou nem explodiu, não derreti, não pensei que fosse desmaiar se ele não parasse, nem morrer se ele se afastasse.

Viny me soltou de repente e me encarou divertido.

— Exatamente como suspeitei.

— Hã... não sei bem o que você quer dizer com isso — falei, atordoada.

— Justamente! Você não sentiu nada.

— Bem... não, mas você me pegou desprevenida, né? — justifiquei, consternada por, ao que parecia, não ter passado no teste, fosse qual fosse.

— Pensa comigo, Luna. Ninguém aqui está sob o efeito do "feitiço". No mínimo, você devia sentir alguma coisa, ao menos um friozinho na barriga, sei lá. E tudo que posso ver em seu rosto agora é surpresa.

— Não imaginei que você fosse me beijar. Especialmente porque passamos a última meia hora falando de outro cara — rebati, um pouco irritada.

— Esse não é o ponto. — Ele sacudiu a cabeça. — Você pode ter achado que estava atraída por mim, mas seu corpo discorda disso. Ele quer o Dante. Você não se sentiu atraída por ele por causa de uma porcaria de baralho cigano. E aposto que ele também não.

— Você não entende. — Mas, àquela altura, nem eu mesma entendia.

Meu chá terminou, eu já estava mais calma, embora sentisse a agonia borbulhando dentro de mim, louca para encontrar vazão.

— Imagino que não. Mas pense nisso — ele abriu a carteira e deixou o dinheiro embaixo do meu pires. Então ficou de pé e, muito gentilmente, me ajudou a levantar. — Me liga se quiser discutir o assunto.

— Obrigada, Viny. Você foi o máximo hoje. Eu não merecia tanta gentileza e consideração.

— Ah, Luna, merece sim. — Ele me abraçou com carinho e beijou o alto da minha cabeça. — Você é um doce de menina. Só sendo muito idiota para acreditar que você poderia se meter em espionagem editorial.

— Você quase acreditou nisso.

— Foi o que eu disse, só sendo muito idiota. — Ele fez uma careta e eu ri ainda abraçada a ele.

Algo chamou a atenção de Viny na entrada do café. Ele congelou e sua expressão divertida desapareceu. Eu virei a cabeça e encontrei o olhar de Dante. Ele não estava sozinho.

Nossos olhos permaneceram travados por um momento, então desceram para minha cintura, onde as mãos de Viny estavam. Fúria, desprezo, mágoa reluziram em suas íris castanhas. Eu me soltei dele abruptamente, mas já era tarde, o estrago já havia sido feito.

Dante voltou a atenção para Alexia e riu de algo que a modelo dizia. Com uma delicadeza que fez meu coração parar, me deixando com a sensação de ter virado um zumbi, ele colocou a mão nas costas dela e a guiou até uma das mesas. Eu fiquei ali olhando para aquela mão grande e suave que tantas vezes acariciara minha pele, a mesma que se enroscara à minha quando fizemos amor.

— Se mexe, Luna. — Viny me deu um cutucão no ombro. — Ou vai querer que o cara te veja chorando?

Saí tão rápido do café que quase atropelei um casal de idosos que estava entrando. Segui a passos largos até meu carro e Viny teve que correr para me alcançar.

— Não acho que você devia dirigir nessas condições — ele falou, me entregando a caixa com meus pertences.

Eu a joguei no banco de trás com pouco cuidado.

— Estou ótima. A gente se vê por aí.

Arranquei, fazendo os pneus gritarem, e liguei o rádio no volume máximo. Meio que no automático consegui chegar em casa, subir os três lances de escadas, entrar e fechar a porta. Eu me encostei nela, escorregando pela madeira até colidir contra o chão frio. Eu estava devastada. Oca e quebrada, como a casca velha de um amendoim, sem perspectiva alguma de um dia conseguir juntar meus pedaços de novo.

Ao menos foi o que pensei naquele instante, sem saber que o destino — cuja existência até pouco tempo eu ignorava — tinha planos para mim.

51

Quando cheguei à revista *Na Mira*, fui recebida por um rapaz moreno de pouco mais de vinte anos.

— Aguarde um momento, a Jéssica já vai atendê-la — ele avisou, indicando que eu me sentasse em uma das confortáveis poltronas de couro branco.

Oficialmente desempregada havia quatro dias, minha primeira reação foi recusar quando a Jéssica ligou marcando aquela reunião, mas então pensei melhor, me lembrando do almoço e das dúvidas que me incomodavam tinha certo tempo, e resolvi aceitar o convite. Sabrina me julgou sensata, porém ela não sabia nada a respeito de minhas suspeitas nem que eu pretendia ir ao território inimigo para uma investigação.

A redação deles era muito diferente da *Fatos&Furos*. Tudo parecia rigidamente ordenado e esterilizado em seus tons de branco e cromado, computadores de última geração, jornalistas atarefados que não perdiam tempo fazendo apostas, e tinham até uma máquina de café expresso em vez de uma cafeteira velha. Procurei Murilo ou Michele pela sala bem distribuída, mas encontrei apenas a ruiva. Ela me lançou um sorriso de dar pena, e tive a impressão de que algo não ia bem no novo emprego.

— Por aqui, por favor — o rapaz disse, cinco minutos depois.

Fui levada a uma sala duas vezes maior que a de Dante, uma dezena de retratos pendiam das paredes, rivalizando com as muitas molduras das capas de sucesso da *Na Mira*. Um dos retratos, daqueles de turma de faculdade, chamou minha atenção logo de cara, mas tentei disfarçar o interesse.

Jéssica se levantou e me estendeu a mão em um cumprimento formal.

— Bom dia, Luna. Aprecio sua pontualidade. — Ela sorriu, gentil e calorosa, apesar do tailleur preto austero. — O que achou das nossas instalações? — E indicou a cadeira para que eu me sentasse.

— Bastante impressionantes.

— São mesmo. — Ela se acomodou elegantemente em seu lugar. — É bom trabalhar com folga no caixa. Meu amor, você saiu tão de repente do nosso almoço na semana passada que me deixou preocupada. — E piscou algumas vezes, como se aparentasse preocupação.

— Foi uma indisposição. Já estou melhor.

— Que bom. Bem, Luna, imagino que já saiba o motivo desta reunião.

Assenti.

— Você quer uma resposta para sua oferta. E já tenho uma, mas se importaria se eu fizesse uma pergunta antes de responder?

Ela franziu a testa, surpresa, e não conseguiu disfarçar o desagrado.

— Sobre o quê?

— Sobre aquela foto ali. — Apontei para o retrato pendurado na parede branca atrás dela.

Ela girou a cabeça e sorriu.

— Ah, sim, minha turma de jornalismo.

Exatamente o que pensei.

— Não sabia que você e o Dante tinham estudado juntos — falei, tentando aparentar tranquilidade.

— Nos formamos no mesmo ano.

— Humm... que chato. Quer dizer, se na época ele era como agora, devem ter sido anos bastante difíceis. O Dante é complicado — soltei e observei a reação dela.

Sua sobrancelha se repuxou de leve.

— Ele não mudou muito de lá pra cá, acho. Não éramos muito chegados. Discutimos algumas vezes.

— Ah! Então é isso! Agora entendo o jeito como ele se refere a você — lancei, rezando para estar fazendo aquilo direito.

— Que jeito? — Ela se empertigou na cadeira, e eu precisei cravar as unhas na palma da mão para não sorrir.

— Ele não é lá muito seu fã, mas acho que você já sabe.

— Sim, eu sei. Mas o que exatamente ele diz a meu respeito? — perguntou, impaciente.

Baixei os olhos.

— Não quero fazer fofoca. Não é certo nem ético falar mal do empregador. Espero que entenda.

Ela ficou calada por um minuto inteiro, e eu pensei que a tivesse perdido, mas, sabe como é, ela era mulher, afinal. E que mulher deixaria uma coisa dessas pra lá?

— Eu entendo, querida — comentou naquela voz melosa. — Não se preocupe, não vou dizer nada a ele nem vou me ofender. O Dante e eu nunca nos entendemos. Por isso você não deve acreditar no que ele diz a meu respeito. Ele se ressente do meu sucesso. Transformei a *Na Mira* em recordista de vendas enquanto o sr. Montini luta para não fechar as portas.

— É verdade — suspirei, fitando-a. — A *Fatos&Furos* anda muito mal das pernas.

— Que pena. — Um dos cantos de seus lábios se ergueu, os olhos ganharam um brilho jubiloso. — Mas ele fala muito a meu respeito? Por acaso ele...

Alguém bateu à porta. O rapaz da recepção.

— Desculpe interromper, Jéssica, mas o senador Roberto Augusto acabou de chegar e quer vê-la imediatamente. Já o acomodei na sala de conferência.

Ela se levantou de um salto.

— Ele se deu o trabalho de vir pessoalmente? Fantástico! — Então, se lembrando de minha existência, disse: — Preciso dar uma palavrinha com o senador, mas volto num segundo, meu amor.

— Tudo bem, eu espero.

Ela foi ao encontro do senador que, semanas antes, dera uma exclusiva ao Murilo, mas que Veiga, dono da *Fatos & Furos*, vetara, deixando Dante furioso e Murilo frustrado. Será que ele estava ali para outra entrevista com meu ex-colega, agora sem ter um rico empresário de rabo preso para vetar seu artigo?

Aproveitei que estava sozinha e me levantei para examinar a foto de formatura mais de perto. Dante não mudara muito desde aquela época. Ele estava mais forte agora, os cabelos mais curtos, mas os fios ainda se embolavam sobre a cabeça. E os óculos eram exatamente os mesmos. Sorri sem desejar fazê-lo.

Eu evitava pensar nele a todo custo desde que saí do prédio da *Fatos&Furos* na segunda-feira. O problema era que muitas coisas me lembravam Dante; um pão de queijo, uma xícara de café fumegante, pizza, cachorros na rua, meu quarto, minha cama, meu banheiro, meu sofá, meu cabelo bagunçado de manhã, minha vizinha...

Desempregada, com a cabeça cheia e o coração paralisado, eu tentava me manter ocupada. Mas acabei desistindo das tranças, já que não conseguia me imaginar sem meus cachos. Tudo bem, eu amava meu cabelo, com frizz e tudo. Só desejava que ele fosse menos sensível e não se ofendesse tão facilmente.

Então matei o tempo passando as tardes na casa do meu irmão, ajudando Lorena a cuidar dele, mas não tinha muito o que fazer. Raul estava se recuperando depressa, o único empecilho era a gaiola ao redor da panturrilha. Ele e a noiva estavam felizes e apaixonados e faziam questão de externar isso, o que era constrangedor e irritante em diversos níveis. Infelizmente, em uma dessas visitas fui entrando sem bater, e foi a pior ideia que já tive, pois acabei encontrando os dois em um momento bem embaraçoso. Eles estavam... hã... comemorando alguma coisa de um jeito que dispensava o uso de roupas, por assim dizer.

Sacudindo a cabeça e voltando a atenção para o retrato, procurei o rosto de Jéssica. Levei um tempo para reconhecê-la. Ela mudara muito ao longo dos anos, emagrecera, tingira os cabelos castanhos de loiro e o olhar endurecera. Algo me dizia que eu encontrara a resposta, embora eu ainda não soubesse a pergunta.

Peguei o celular e tirei fotos do retrato, então o guardei de volta na bolsa e saí de fininho da sala de Jéssica e da redação asséptica, sem olhar para os lados.

— Meu Deus, que dia! — a Bia resmungou, se jogando na cadeira do pequeno restaurante no centro da cidade. — É por isso que não posso sair de férias. Tenho trabalho acumulado de pelo menos duas semanas!

Eu vinha evitando Beatriz, com medo de que ela pudesse me contar o que eu já sabia que tinha acontecido: seu irmão reatara com a ex. Mas, naquele momento, enfrentei meus temores, seguindo o conselho do próprio Dante e deixando minha vida pessoal de lado, pois sentia que algo grande, muito maior do que eu havia suposto, estava acontecendo.

— Desculpa ter te ligado no meio do expediente, Bia, mas eu precisava mesmo falar com você.

Depois de sair do prédio da *Na Mira*, eu tinha ligado para a Bia e ela concordara em me encontrar naquele restaurante, a apenas três quadras do seu trabalho. O ambiente era pequeno, quase familiar, com toalhas xadrez e vasos de flores naturais sobre as mesas. As janelas eram altas e estreitas, cortinas de renda branca penduradas na metade inferior das vidraças protegiam os clientes dos curiosos na calçada.

— Sem problemas — respondeu Bia, passando os olhos pelo cardápio.

Esperei que ela pedisse e o nosso fettuccine al pesto chegasse para então entrar no assunto.

— Você conheceu os amigos de faculdade do seu irmão?

Ela franziu a testa, engolindo a comida.

— Meu irmão nunca foi de ter muitos amigos, mas conheci alguns, sim.

Peguei meu celular e mostrei as fotos de Jéssica.

— Ah, eu me lembro dela! Ela era louca pelo Dante. Onde você encontrou essa foto?

— Não me pergunte, Bia.

— Tudo bem. O que tem a Jéssica?

— Bom... — corei. Que merda de jornalista eu era. — Eu esperava que você me contasse.

— Ai, Luna, não sei muito sobre ela além do que o Dante me contou. Essa menina vivia no pé dele, até presentes ela mandava. Mas ele não queria nada com ela. Estava namorando uma garota do último ano de química, acho. Meu irmão nunca foi muito mulherengo... — Ela sorriu, presunçosa. — A Jéssica não tolerou muito bem a rejeição e arruinou a pintura do carro dele com uma chave de fenda. Ela escreveu "eu te odeio, babaca" dentro de um coração.

— Meu Deus! Reação meio extrema.

— Acho que era a ideia dela de romantismo. Enfim, acabou tudo na delegacia. O Dante não suporta nem ouvir falar o nome dela. Por que você tá tão interessada na vida do meu irmão?

Guardei o celular na bolsa para desviar os olhos dos dela.

— Eu... hã... Porque ele e eu trabalhamos juntos — falei, por fim.

— Verdade? — perguntou, animada. — Por que você nunca me contou isso?

— Você nunca mencionou quem era seu irmão. E eu só soube do parentesco depois que você viajou.

— Caramba, que mundo pequeno! Eu nunca imaginei que... — O celular dela vibrou. Beatriz deu uma espiada na tela e revirou os olhos. — Jesus! Preciso respirar! — resmungou para o aparelho. — Luna, vou ter que voltar para o trabalho. Passa lá em casa mais tarde pra gente conversar melhor. O Nando vai cozinhar. Só legumes, acho que dessa vez vai dar tudo certo.

Eu ri, concordando com a cabeça.

— Até a noite. — E saiu apressada, sem nem mesmo ter terminado o fettuccine.

Paguei a conta e saí do restaurante me sentindo tensa e animada. Eu não havia descoberto muita coisa, mas ao menos tinha um ponto de partida. Jéssica amara Dante e fora rejeitada. Ela ainda nutria rancor por ele? Podia apostar que sim.

Fui para o carro estacionado no fim do quarteirão e dei partida, engatando a marcha e esterçando o volante. Eu estava pronta para sair da vaga quando um trambolho do tamanho de um tanque de guerra parou na minha frente, bloqueando a saída. Olhei com raiva para o enorme BMW preto e por pouco não acelerei e destruí sua traseira — tá legal, a probabilidade de meu Twingo não sobreviver à colisão foi o que me deteve.

O homem de meia-idade e cabelos grisalhos volumosos desceu e contornou o veículo para abrir a porta do carona. Eu conhecia aquele homem. Eu o vira uma ou outra vez na redação gritando com Dante. Veiga não fazia o tipo cinquentão gostosão, mas tinha porte e elegância para suprir o excesso da região abdominal.

Um par de pernas longas em uma saia lápis preta surgiu em seguida. Veiga estendeu a mão para ajudá-la a descer e, quando a mulher se endireitou sobre os saltos, ele a puxou para si, plantando-lhe um beijo demorado nos lábios.

— Puta merda!

Com dedos trêmulos, abri a bolsa às pressas. Peguei o celular e liguei a câmera, capturando o momento exato em que a mulher jogou a cabeça para trás, rindo, enlaçada ao pescoço do dono da *Fatos&Furos*. Fiz mais algumas fotos do casal até eles desaparecerem de vista.

Meus pensamentos estavam a mil, mas o quebra-cabeça enigmático começara a ganhar forma, as peças finalmente se encaixando e fazendo sentido.

Fechei os olhos e apoiei a cabeça no encosto quando entendi o que estava acontecendo. Ao sair de casa para me encontrar com Jéssica naquela manhã, eu pretendia apenas saciar minha curiosidade, mas, em momento algum, imaginei que pudesse descobrir a verdadeira razão da *Fatos&Furos* estar indo para o buraco.

Dante tinha razão. Ele estava sendo sabotado.

— Filha da mãe.

52

Sabrina chegou do escritório e me encontrou no sofá com a cara enfiada no computador e nas dezenas de fotos do improvável casal impressas em papel sulfite.

— Aceitou o emprego? — ela quis saber, animada.

— Não, longe disso, mas encontrei algo melhor.

Ela olhou para uma das fotografias, inclinando a cabeça.

— Um artigo?

— Tá mais para um dossiê. Você não tem ideia do que descobri.

— Quem é esse cara?

— O dono da *Fatos&Furos*. Me deixa só terminar esse texto e eu explico com calma. Você pode corrigir pra mim depois? Às vezes troco algumas letras e não percebo — pedi, fazendo uma careta. — Ah, e a Bia convidou a gente pra jantar.

Ela estremeceu, soltando a bolsa no sofá.

— Minha nossa, melhor deixar o antiácido à mão. Vou tomar uma ducha enquanto você termina, e aí você vai me contar que tipo de intrigas descobriu sobre o coroa barrigudo.

Eu estava tão concentrada no que escrevia, absorta na trama maldosa que Jéssica criara e sobre a qual Dante não tinha ideia, que acabei antes de Sabrina terminar o banho. Imprimi o documento de três páginas para que minha amiga corrigisse e estava dando uma conferida quando um alvoroço na porta da frente me distraiu. Alguém pretendia entrar em casa à força.

— Ei, se derrubar a porta vai pagar o conserto — avisei quando a abri.

Um homem de estatura mediana, com uma camisa bem cortada, esmurrava a porta sem dó. Ele era bonito, apesar da aparência exausta. Magro, traços retos e clássicos. Os cabelos ruivos cacheados revelaram quem era.

Eu me recostei no batente, enrolando o amontoado de papéis em minhas mãos até transformá-los em um cone — caso eu precisasse de uma arma — e cruzei os braços.

— Qual é o seu problema, hein? Além de partir o coração da minha amiga, ainda pretende quebrar a porta?

— Você deve ser a Luna. Sou o Lúcio. E só quero falar com a Sabrina. Mas ela não atende os meus telefonemas! — disse, aflito.

— E isso não foi claro o bastante? Ela *não quer* falar com você!

— Eu amo a Sabrina — ele murmurou. — Você precisa entender que...

— Que o quê? — eu o interrompi. — Você a ama tanto que resolveu fazer dela sua amante?

— Não foi assim. — Ele sacudiu a cabeça, torturado. Quase tive pena dele. — Eu não queria me envolver, mas a Sabrina é tão... adorável, tão única e perfeita e... Eu me vi apaixonado antes de poder me dar conta.

— Pessoas que estão de casamento marcado não deviam achar outras pessoas adoráveis, únicas e perfeitas — rebati.

— E foi isso que eu finalmente entendi. E é isso que eu preciso dizer à Sabrina. Só quero uma chance para me explicar. Só uma chance de fazê-la entender que não fiz por mal, que as coisas fugiram do controle! Só quero que ela me escute.

Franzi a testa. Sabia bem como era aquilo. Querer dizer a alguém o que realmente aconteceu e esse alguém não dar a mínima para você. Além disso, a angústia nos olhos de Lúcio era visível. Visível e familiar demais. E, sabe-se lá por quê, lembrei de minha avó lendo a sorte de Sabrina. O homem certo na hora errada.

Merda. Vovó sempre acertava.

Sacudi a cabeça, suspirando.

— A Sabrina vai me matar — murmurei, me afastando para lhe dar passagem. Ele não hesitou e me lançou um olhar agradecido ao entrar.

Sabrina voltava para a sala naquele instante em um vestido florido de malha, os cabelos ainda pingando. Ela congelou ao ver o homem ansioso à sua frente. Então olhou para mim, e a palavra "traidora" reluziu em sua testa.

— Lembra o que minha avó te disse? — perguntei, e não obtive resposta, embora algo tenha relampejado em seus olhos. — Só escuta o que ele tem pra falar, tá? Pode ser que ele não seja o canalha que a gente pensou que fosse.

Ela desviou os olhos, mas não fez menção de se trancar no quarto, o que Lúcio tomou como encorajamento.

— Terminei com a Maira — ele anunciou, apressado.

Minha amiga ergueu a cabeça devagar.

— E o que quer que eu faça, comemore? Fica onde está, Luna! — ela berrou, me impedindo de sair da sala. — Você vai ficar aqui e ouvir tudo o que esse cachorro tem pra dizer.

Concordei, me mantendo quieta para ouvir a explicação de Lúcio.

— Você tem toda razão em me odiar — ele disse. — Eu também não tenho muito respeito por mim mesmo neste momento. Mas, Sabrina, não fiz nada de caso pensado. Eu e a Maira estávamos juntos desde o colegial. A gente se dava bem e eu pensei que paixão fosse aquilo. Aí eu te conheci. Não escolhi me apaixonar por você, mas me apaixonei, e sinto muito por ter te colocado em uma posição difícil.

— Percebi mesmo como você sentia muito naquele dia na fazenda, fingindo que eu não era nada além de uma arquiteta sem importância.

— O que queria que eu fizesse? A Maira é uma pessoa maravilhosa, não merece o que fiz com ela. Não queria magoá-la ainda mais.

— E quanto a mim, Lúcio? Eu mereço? Você pensou em como tudo isso me feriu? Fica quieta aí, Luna!

— Eu só ia...

— Fica aí! — E, se voltando para Lúcio, acrescentou: — Você não parou pra pensar em como eu estava me sentindo!

— Eu não tive tempo! — ele rebateu. — Mas tenho pensado, e muito. Por isso abri o jogo pra Maira. Ela sabe de tudo.

— E, depois que ela te chutou, você decidiu me procurar pra eu lamber suas feridas? — Sabrina colocou as mãos nos quadris. Humm. Lúcio devia tomar cuidado a partir de agora.

— Não. Não é nada disso — ele resmungou, exausto, abrindo os braços. — Ela até foi compreensiva, o que me deixou ainda mais enojado de mim mesmo. Fui eu que rompi o compromisso, Sabrina. Eu não podia casar com uma mulher amando outra. Eu amo você.

Ela engoliu em seco, e eu prendi a respiração.

— Se você acha que vou te querer de volta por isso... — Mas ela não continuou.

— Eu esperava que você fosse me querer de volta por não poder viver sem mim, assim como eu não posso mais viver sem você. Eu errei, admito, sou humano e fraco, um completo imbecil. Mas você nunca errou? Nunca desejou poder voltar no tempo e desfazer uma besteira? Eu daria tudo para mudar nossa história, Sabrina, mas não tenho esse poder. Só você tem. Se me der uma chance, vou te provar que sou digno de merecer seu amor. Vou passar o resto dos meus dias provando que te amo. Só... me dá uma chance. É tudo o que eu peço. Uma nova chance.

Tudo o que minha amiga fez foi ficar imóvel, olhando para Lúcio com a respiração pesada.

Dei um passo para trás em direção à saída, e depois mais um, e outro ainda, até alcançar a porta da sala. Sorri ao fechá-la sem fazer barulho. Sabrina podia relutar, mas ia acabar dando uma segunda chance ao Lúcio. Estava escrito nos olhos dela. Ele a merecia? Eu não tinha certeza, mas quem eu era para julgar alguém que se apaixonara pela pessoa errada?

Bati no apartamento em frente e a Beatriz atendeu no mesmo instante, ainda com as roupas de trabalho, uma taça de vinho nas mãos.

— Bem na hora!

Madona pulou na minha perna e eu não resisti e a peguei no colo. Devido à nova tosa, ela ganhara uma coleira enfeitada com pedrinhas brilhantes azuis.

— Ei, menina. — Eu ri quando ela começou a lamber meu rosto. — Também sinto sua falta.

Nando estava na cozinha, absorto em suas panelas, uma pano felpudo pendurado no ombro. Eu o cumprimentei de longe.

— Boa noite, Luna — ele respondeu. — Espero que gostes de ratatouille.

— Hã... eu também — falei sem jeito, e, logo atrás de mim, a Bia riu.

Enfiei o dossiê que tinha nas mãos no bolso do jeans, me oferecendo para ajudar Bia a colocar a mesa. Expliquei a ela que Sabrina talvez não aparecesse e que eu não tinha tido tempo de pegar nada para a sobremesa.

— Não esquenta. Comprei torta de limão.

Dei uma olhada rápida para a cozinha e me inclinei para Bia.

— O que é ratatouille? — perguntei num sussurro.

— Um prato francês à base de legumes. A berinjela é a única coisa que me preocupa — ela confessou, arqueando as sobrancelhas bem desenhadas.

Observei seus traços por um instante e percebi que ela e Dante não se pareciam em quase nada. Bia tinha a beleza delicada de Tereza, mas o olhar... aquele jeito meio autoritário e irreverente era idêntico ao do pai e ao do irmão. Desviei os olhos dos dela, contemplando a mesa posta.

— A Sabrina não vem — apontei para os quatro serviços.

— Eu sei. É pro meu... — A campainha tocou. — Ah, ele chegou.

Ah, por favor, por favor, por favor! Que seja a Sabrina. Que seja a Sabrina!

— Você está dez minutos atrasado! — Bia disse ao abrir a porta.

— Demorei para estacionar a moto.

Fechei os olhos e inspirei fundo. Será que alguma vez na vida eu teria minhas preces atendidas?

Dante sorria para a irmã, os cabelos eriçados, como eu amava, o capacete pendurado no cotovelo, uma camiseta preta do Led Zeppelin em letras estilosas, o jeans básico de sempre. Um nerd que curtia rock das antigas e velocidade. Apesar de estranha, a combinação era perfeita, tornando-o irresistível.

— Trouxe vinho — ele avisou, dando um beijo rápido na bochecha da irmã ao entrar.

Então me viu ali, de pé ao lado da mesa de jantar, na qual não muito tempo antes havíamos passado a noite montando um avião. Seu maxilar se enrijeceu e seus olhos ganharam aquela opacidade opressora.

— Fiquei sabendo hoje que você e a Luna trabalham juntos — Bia comentou, sem notar a tensão que subitamente tomou conta da sala e me deixou tonta.

Ele não disse nada, apenas ficou me observando. Minhas entranhas se contraíram, e eu não tinha certeza se o que estava sentindo era medo ou saudade. Apostava na última.

— Humm... é... Então, Bia, só dei uma passada. Não posso ficar pra jantar. — Ele desviou os olhos para a irmã.

— Como assim? — ela retrucou. — Mal te vi desde que voltei de viagem.

— Sinto muito, mas tenho compromisso.

— Não acredito nisso, Dadá. O que você tem pra fazer agora que não dá pra esperar uma horinha ou duas?

Ele me fitou de canto de olho, parecendo tenso, quando a irmã o chamou pelo apelido.

— Eu... — ele começou.

— Fica, Dante — eu o interrompi. Ele não se deu o trabalho de me olhar. — Eu vou ter que... que me encontrar com meu irmão em meia hora, e o Fernando fez muita comida. Seria desperdício.

— Ah, não, Luna — objetou Bia. — Você combinou comigo primeiro.

— Bia — Dante e eu dissemos em uníssono.

Ele me encarou por um momento e, pela primeira vez, não pareceu furioso comigo. Eu desviei o olhar, corando.

— Bia — ele começou de novo, menos irritado agora. — Passo aqui outra hora, está bem?

— Tudo bem. Vai lá cuidar do seu assunto superimportante e deixa sua única irmã aqui. Uma irmã, aliás, que teve sua cachorra mutilada e ainda não ouviu uma única palavra sobre o assunto.

— Para de drama. Pelos crescem de novo — ele resmungou.

— Mas eu gostava deles do jeito que estavam. E o que é aquela mancha azulada na mandíbula da Madona?

— Feito! — anunciou Fernando, entrando na sala com uma travessa de algo que cheirava muito bem. — Ei, como estás, Dante?

Ele apenas deu um aceno de cabeça para o cunhado.

— Por favor, Dante, fica! — sussurrou Bia.

Mas a atenção dele estava em mim. Ele me encarava com desprezo de novo, e por isso fiquei tão surpresa quando ele disse:

— Acho que esse jantar pode ser interessante. — E se juntou a Fernando.

Bia tagarelava sobre amenidades comigo, e eu respondia automaticamente, atenta a cada movimento de Dante pelo canto do olho. Alexia não viera com ele, mas eu estava familiarizada com a antipatia de Beatriz pela cunhada, então não era como se ele estivesse dando um tempo da namorada.

Pouco depois, nos sentamos à mesa, eu fiquei entre Dante e Fernando, que, muito gentil, me serviu um prato generoso, algo alarmante, dado seu histórico culinário. Não que eu fosse conseguir engolir algo além do vinho. Meu estômago estava em colapso, e eu temia vomitar na toalha de linho a qualquer momento.

— Não é inacreditável que minha vizinha trabalhe com meu irmão e eu não saiba disso? — Bia comentou, dando uma garfada corajosa em uma rodela de tomate.

— Nem tanto, se soubesse a história toda — Dante resmungou, os olhos no prato.

— Como assim? — ela quis saber.

— Nada.

Bia corria os olhos de mim para Dante, o cenho franzido. Fernando percebeu a tensão que nos rondava e mudou de assunto, falando sobre os muitos lugares que ele havia mostrado a Bia em sua terra natal. Foi uma bênção, pois assim eu podia fixar os olhos nele e fingir que Dante não existia.

— Mais vinho? — Fernando me ofereceu no meio da conversa.

— Sim, por favor.

— Não vais provar a comida? — E completou minha taça.

— É claro, Nando. — Obriguei-me a espetar um legume e mastigá-lo. Caramba, estava delicioso!

— E aí? — Nando especulou, ansioso.

Beberiquei alguns goles de vinho antes de responder, mas...

— Seu histórico não é dos melhores, Luna. Acho que não devia beber tanto — advertiu Dante. — Já que está ao lado de um homem comprometido.

Suas palavras se cravaram em meu peito e se alojaram ali, matando tudo ao redor. Porém ouvi-lo confirmar o que eu já suspeitava fez algo borbulhar dentro de mim.

— Quando foi mesmo que te dei autorização pra se meter na minha vida? Não consigo lembrar...

— Foi só um aviso — ele contrapôs em voz baixa.

— Não preciso dos seus avisos. Guarde pra alguém que realmente os escute.

Ele bufou.

— Sabe, ainda não entendo como pude ter me enganado tanto com você. Era só prestar um pouco mais de atenção para perceber que tipo de pessoa você é.

— Talvez seja culpa da catarata. — Espetei uma rodela de berinjela. — Homens velhos sofrem muito com isso. Sobretudo os senis, como você.

Um dos cantos de seus lábios se curvou minimamente, mas o sorriso não chegou a se concretizar.

— E o ratatouille, Luna? — Nando perguntou.

— E sofrem com a perda de lucidez também, não se esqueça — adicionou Dante.

— Isso também — concordei. — E perda de cabelos, embora muita gente não ligue pra eles. E de dentes. Você já usa dentadura, *Dadá*?

Ele endireitou os ombros, ficando mais alto e mais imponente na cadeira ao meu lado.

— Por que está aqui? — ele perguntou sem rodeios.

— Porque a Bia me convidou.

— Você sabia que eu vinha? Está me perseguindo, é isso?

Eu ri, embora nada ali me divertisse.

— Olha, não queria ser eu a te dizer isso, mas você já tá meio gagá.

Ele estreitou os olhos e, por um segundo, achei que fosse gritar comigo, o que, pensando bem, seria muito melhor que aquela indiferença estudada.

— Caso não tenha se dado conta — prossegui —, estou em casa. Bom, estou no meu prédio. Foi você quem apareceu no meu território.

— Acho que finalmente acertei com o tempero — disse Nando, ansioso. — Ou não?

Dante sorriu daquele jeito cínico que eu odiava.

— Tinha esquecido que baita atriz você é.

— E eu tinha esquecido o baita babaca que você é. — Engoli o resto do meu vinho e me virei para Fernando. — Mais, por favor.

— Sim, claro. Mas, por favor, diga-me se acertei a receita. Parece que pela primeira vez consegui cozinhar algo decente.

Eu estava pronta para contar a Nando que ele cozinhara algo realmente gostoso dessa vez, mas Dante abriu a boca, desviando minha atenção.

— Sinceramente, espero que essa seja a última vez em que eu precise tolerar sua presença.

— Digo o mesmo — rebati. — Talvez a doida aqui seja eu, no fim das contas. Você é arrogante, grosseiro, mal-humorado, péssimo vizinho, um chefe cretino e um completo imbecil sem uma gota de discernimento. Não sei onde eu estava com a cabeça quando pensei que te amava.

— O quê? — Bia perguntou, soltando os talheres.

— É, você me descreveu direitinho — zombou Dante. — Sou tudo isso, mas sabe o que eu não sou, Luna? Um idiota que acredita nas palavras doces que saem da boca de uma traidora.

— Espera aí! Que conversa é essa? Vocês se envolveram? — Bia exigiu saber.

— Não! — Dante e eu respondemos ao mesmo tempo.

— Só sendo maluca pra se envolver com seu irmão. — Eu me virei para ele. — Eu podia ficar aqui falando a noite inteira que não ia entrar nada nesse seu cabeção, então não vou perder meu tempo me justificando. Aliás, nunca mais vou perder tempo com você. Hoje foi a última vez. Você tá feliz com sua vida, não tá? Não devo me meter nela. E não vou! Espero que um dia você descubra a verdade e se arrependa de tudo o que disse.

Ele me fitava com um brilho perigoso nos olhos castanhos, que preferi ignorar.

— Já descobri a verdade! — falou entredentes.

— Ah, você nem chegou perto! — revidei. — Pra começar, você precisa apontar esse seu dedo esnobe para as pessoas certas. Você tinha razão em um ponto, estão mesmo sabotando a sua revista, mas desconfiou da pessoa errada. — Eu me levantei, o bolso da minha calça enroscou no encosto da cadeira, atrapalhando minha saída majestosa. Droga! — Obrigada pelo jantar, Bia. Fernando, tudo estava maravilhoso. — Mas o elogio não pareceu ser ouvido, pois o casal me fitava boquiaberto. — Boa noite.

Marchei rumo à porta, mas me virei antes de sair. Dante me encarava sem ter movido um único músculo.

— Ah, e você estava errado sobre mais uma coisa, Dante. O Capitão América detona fácil o Homem de Ferro. Eu pesquisei. Tem uma HQ com o confronto dos dois. É antiga, mas você deve saber onde conseguir uma, caso não acredite em mim.

Ele arqueou as sobrancelhas, surpreso. Tá legal, não sei por que eu trouxe aquele assunto bobo à tona. Acho que eu só queria deixar claro como as suposições dele eram equivocadas. Ou talvez eu quisesse apenas invocar a lembrança daquele fim de semana perfeito em seu quarto adolescente. Ou simplesmente desejasse ser tão poderosa quanto o Capitão América e ter um escudo superpoderoso que me protegesse de sua agressividade.

Fui para casa, mas parei com a mão na maçaneta ao ouvir os gemidos roucos que vinham de dentro do apartamento. Revirei os olhos e apalpei os bolsos, encontrando meu celular e as chaves do carro. Eu não ia ficar ali esperando a Sabrina e o Lúcio terminarem o que estavam fazendo. Dante poderia me ver ali no corredor e pensar que eu o estava "perseguindo", como acusara pouco antes.

Um homem comprometido. Sua voz ricocheteava em minha cabeça feito uma bolinha de pinball, me deixando nauseada.

Já na rua, decidi que iria para o único lugar que naquele momento me parecia um lar.

— Raul, você tá pelado? — perguntei ao telefone, dando partida no meu Twingo.

— O quê? Não! Mas que raio de pergunta é essa?

— Posso passar a noite aí... por favor?

— Pode, por quê?

— Eu só... quero ficar perto de você.

Porque, naquele momento, tudo o que eu precisava era de alguém que me amasse de verdade.

53

Em momentos assim, você se sente grata por ter uma família, mesmo que seja esquisita.

Não contei nada sobre os últimos acontecimentos ao meu irmão — não havia sentido em incitá-lo a dar umas porradas em Dante, mesmo porque eu suspeitava que seria Dante a dar uma surra no Raul —, mas de alguma forma ele percebeu que algo ia mal e fez tudo para me animar. Claro que ele tentou descobrir o que me fizera pedir colo, e eu contei apenas parte da verdade: Sabrina estava em casa, reatando com o namorado, e eu queria dar privacidade ao casal.

— E quanto à minha privacidade? Você não se importa? — ele perguntou, coçando o cotovelo machucado.

— Claro que me importo! Por isso liguei avisando que viria. Não quero te ver pelado nunca mais. Eca! Cheguei a ter pesadelos.

Ele gargalhou alto, fazendo Lorena corar com a lembrança embaraçosa e se apressar até a cozinha para pegar mais bebidas.

Mais tarde, me ajeitei no sofá-cama na sala, e nem era tão ruim quanto parecia. Mas não consegui pregar o olho. Esperava que Dante me desse ouvidos e investigasse a sabotagem. Ele era um jornalista muito melhor do que eu e, se soubesse onde procurar, encontraria o que precisava para tirar a revista do sufoco de uma vez. Era tudo o que eu queria dele, que me ouvisse e salvasse o emprego dos meus ex-colegas.

Bem, ao menos era o que eu tentava dizer a mim mesma. Ele me machucara em tantos níveis que eu não sabia mais o que sentir. Dor, ódio, rancor e, o que me deixava muito irritada, saudade. Minha cabeça estava uma confusão só. Por que raios eu ainda não conseguia apagá-lo de meu coração? Por que deixei que ele entrasse ali, pra começo de conversa?

Raul e Lorena estavam felizes. Sabrina a essa altura estava muito mais que feliz. Ao que parecia, todo mundo estava com seu final feliz à vista. Menos eu.

Devia ser a isso que Vanda se referira quando dissera que algo pior podia acontecer. Ver todo mundo feliz e ser a única a destoar era uma maldição. E fingir o que fosse para o Raul nunca tinha funcionado, de modo que na manhã seguinte, antes que ele pudesse me pressionar para descobrir o que acontecera de verdade, ajudei Lorena a preparar o café da manhã e me mandei dali rapidinho.

Meu celular vibrou no bolso do jeans logo que entrei em uma movimentada avenida.

— Filha, você está bem? — perguntou a voz aflita de vó Cecília.

— Eu tô, vó. Bom dia.

— Não minta pra mim, Luna.

— Às vezes eu me pergunto se alguém já conseguiu mentir pra senhora.

— Sua mãe e você sempre tentaram. Você tem tanto dela, tanto de mim também... Agora me conta o que está acontecendo.

— A senhora viu nas cartas que eu tô encrencada?

Tá legal, depois de tudo o que tinha acontecido, acabei mudando meu jeito de encarar certas coisas, especialmente o misticismo.

— Encrencada não é bem a palavra. Mas vi problemas, filha. Grandes e perigosos. Onde você está?

— No carro. Tô indo pra casa. — Parei no semáforo e ajeitei o telefone entre a orelha e o ombro.

— Vi sua revista. Estranhei um pouco sua última leitura do zodíaco.

— É... Decidi seguir seu conselho. Acabei com aquilo que comecei sem querer. Desfiz o feitiço do horóscopo. Só que no processo perdi o emprego, a confiança do homem que amo... e o próprio homem.

— O que quer dizer com "desfez o feitiço"?

Contei a ela como tinha conseguido acabar com a magia, como tinha conseguido fazer tudo voltar ao que era antes e toda a briga com Dante depois disso.

— Luna! Por que você fez uma idiotice dessas? — ela censurou, irritada, e eu quase deixei o celular cair no assoalho. — Sabia que ia estragar tudo! Eu vi isso acontecer. Alguém devia proibi-la de controlar a própria vida. Você não sabe o que fazer com ela.

Revirei os olhos, o semáforo abriu e eu acelerei, colocando o carro em movimento.

— Ai, vó, assim não dá. Quando eu estava mexendo com aquela magia toda, a senhora estava brava comigo, agora que consertei as coisas a senhora tá brava comigo. O que espera de mim, afinal?

— Um pouco de bom senso! Você realmente acredita que um baralho velho tem o poder de manipular o destino das pessoas?

Pisquei uma vez. Quase bati na traseira de um Range Rover reluzindo de tão novo.

— A senhora não? — consegui perguntar.

— É claro que não! Essa história da Cigana Madalena não passa de lenda. Como pôde cair em uma conversa dessas? Sempre alertei você a respeito de charlatões. Nunca acredite em alguém que cobra pelo serviço.

— Mas, vó, eu mudei a vida das pessoas!

— Talvez, mas não por causa do baralho, mas porque essas pessoas ouviram o que você disse, seguiram seus conselhos. Não há nada de feitiçaria em ouvir conselhos.

— A senhora não entendeu. Tudo o que escrevi ali aconteceu mesmo e...

— Não seja tola! — Ela me cortou. — Vou pedir ao Vladimir para me levar até a sua casa. Me espere lá. Teremos uma conversa séria, mocinha!

Eu devia estar mesmo muito encrencada se a vó Cecília pretendia sair do sítio. Ela quase nunca vinha para a cidade.

— Hã... tá bem.

— E, Luna, tome cuidado. Não gosto do que vi nas cartas esta manhã.

— Vou tomar — murmurei, atarantada.

— Está vendo? É assim que funciona! O que você vai fazer a partir de agora é uma decisão sua. Só sua. Eu apenas aconselho e digo o que vejo. Percebe a diferença?

— Eu... eu...

— Tome cuidado — alertou outra vez, antes de desligar.

Ah, meu Deus, seria possível? Fiz tudo errado de novo?

Tudo bem, nada de pânico. O que a vovó disse fazia sentido, muito mais do que acreditar que meu horóscopo era enfeitiçado. Mas e todas aquelas pessoas? E Sabrina? E minha história com Dante?

Um pouco confusa, decidi parar em um posto de gasolina para não acabar atropelando ninguém. Fui até a loja de conveniência e pedi um café com leite. A lojinha era pequena e não estava cheia. Os freezers repletos de bebidas resmungavam, as prateleiras no centro eram uma confusão de salgados e doces.

As palavras de vovó — e de Viny — gritavam em minha mente, e eu tentei ignorá-las como pude. Tamborilei os dedos no balcão enquanto esperava, até que a razão me venceu e peguei o telefone.

Ela atendeu no terceiro toque.

— Sá! Desculpa atrapalhar. Tá tudo bem aí?

— Tudo. Fiquei preocupada. Onde passou a noite?

— No Raul. Eu achei que vocês dois precisavam de um pouco de privacidade. Deu tudo certo?

— Mais do que certo. Quer dizer, por enquanto. Eu ainda não perdoei o Lúcio. Vou fazer ele suar frio por uns dias. Ah, o Dante bateu aqui em casa ontem à noite.

— Bateu?! O que ele queria?

— Falar com você. Avisou que passa aqui outra hora, ou então liga pra você.

Ah, meu Deus! O que significava aquela visita? Será que ele queria se desculpar? Haveria a possibilidade de algo que eu dissera no jantar ter surtido efeito e ele estar disposto a me ouvir, afinal? Ou será que só queria me interrogar para descobrir quem estava armando para ele?

Sacudi a cabeça, voltando ao problema mais imediato.

— Sá, eu tava aqui pensando no sábado passado, quando você voltou pra casa... Foi por causa do último horóscopo, não foi? Pelo que dizia na revista?

— Não cheguei a ler esse. Decidi que nunca mais vou ler horóscopo na vida. Por quê?

Ah. Meu. Deus.

— Então... então... por que voltou pra casa?

— Porque percebi como fui boba de acreditar que um horóscopo podia ter mudado minha vida. Enfeitiçado ou não, a culpa não foi sua.

Afundei na banqueta, fechando os olhos.

— Merda!

O que foi que eu fiz?!

Enganei Dante, levando-o a pensar que eu era uma traidora e, por consequência, permitindo que voltasse com a ex-namorada. Perdi o emprego por culpa da armação. Acreditei que magia realmente existia. Eu não poderia ser mais idiota nem se tentasse.

— Tá tudo bem, Luna? — Sua voz soou distante em minha orelha.

— Não, Sá — gemi, desamparada. — Acho que fiz a maior burrada da minha vida!

— Tudo bem. Não estou entendendo nada, mas fica calma. Onde você está?

— Num posto de gasolina no centro.

— Vem pra casa para me contar o que está acontecendo. Quem sabe consigo te ajudar em alguma coisa O Lúcio ainda tá dormindo, mas fiz o café da manhã. Pão de queijo bem douradinho, como você adora.

— Tá. Chego em vinte minutos.

Ao menos pensei que chegaria.

Fui para o caixa, ainda anestesiada, querendo chutar minha bunda por ter sido tão burra e ter estragado de maneira irreversível o melhor relacionamento que já tive, jogando o homem que eu amava direto nos braços da ex. Perdi sua confiança, sua admiração, e saber disso doía quase tanto quanto pensar que Dante talvez tivesse me amado de verdade em algum momento.

E eu ainda tinha conseguido ser demitida sem nunca ter escrito uma matéria de verdade, duvidava que Dante me daria uma carta de recomendação, o que dificultaria e muito encontrar uma nova colocação. Tinha pouca grana no banco e precisava cobrir os cheques do conserto do carro, as despesas do dia a dia. E minha avó estava vindo para a cidade, com o único intuito de falar comigo.

As desgraças sempre vêm aos pares, é o que dizem por aí.

Foi por isso, por todo aquele turbilhão de informações em minha mente que não percebi o perigo se aproximar. Eu não sabia que estava prestes a cobrir minha primeira matéria jornalística de verdade. E nem que, contrariando todas as regras da profissão, eu seria a protagonista.

54

O rapaz de boné à minha frente parecia normal, mas, se eu não estivesse tão consumida pelas últimas descobertas, talvez tivesse saído da loja antes do drama todo acontecer. Pensando agora, havia algo nele, uma inquietação, um nervosismo que destoava de um cliente em busca de uma garrafa de água ou qualquer outra coisa. Não percebi que ele mantinha a mão na cintura, sob a camiseta, até que fosse tarde demais.

— Ninguém se mexe. Passa a grana! — ele ordenou em um tom feroz ao rapaz subitamente pálido no caixa.

— Merda — chiei baixinho e paralisei feito uma estátua, ainda que a arma não estivesse apontada para a minha cara.

A loja ficou em silêncio, ninguém ousou se mover. O assaltante passou uma mochila surrada sobre o balcão.

— Coloca tudo aí dentro e nem pensa em fazer alguma gracinha. Mato você e todo mundo antes do alarme soar.

Como sair dali não parecia boa ideia, segui o conselho do bandido e fiquei bem quieta.

O rapaz do caixa, assustado, tentava abrir a caixa registradora para esvaziá-la, mas suspeitei que antes ele fosse desmaiar.

Uma movimentação em minha visão periférica me fez girar a cabeça.

— Ai, não! — gemi.

— Solta a arma! — gritou um policial do lado de fora da loja, já com uma pistola apontada para o assaltante.

Em um movimento rápido, o rapaz me puxou pelo braço, me colocando diante de si e travando o revólver em minha têmpora.

Meu pulso acelerou, me deixando tonta. Olhei para o policial, implorando em silêncio por ajuda. Mais um tira saía da viatura encostada à bomba de gasolina e se juntava ao parceiro, a arma em punho.

— Larga a moça — o policial mais velho, mais alto e largo, avisou.

— Se alguém se mexer, explodo a cabeça dela!

A essa altura, eu já estava tremendo. O assaltante passou o braço em minha cintura, me segurando mais firme. O café com leite ameaçou fazer o trajeto de volta.

— Ninguém precisa se machucar — argumentou o policial, mas sua voz soou mais calma. — Você só precisa largar a moça e soltar a arma.

Meu agressor gemeu, me reposicionando de modo que eu fosse reduzida a escudo humano.

— Se alguém entrar aqui, a mulher morre. Se alguém se mexer, a mulher morre.

Eu teria me sentido melhor se ele tivesse apresentado uma opção na qual a "mulher" não morresse no final. Mas era ele quem estava no controle das coisas...

Nos três minutos que se seguiram, até o ar parecia parado, esperando pelo pior, e aquela tensão toda quase me fez vomitar. Ou desmaiar. Aliás, meu estômago andava meio esquisito nos últimos dias. Talvez toda aquela situação com Dante tivesse me causado uma gastrite nervosa. O que não era relevante, já que eu tinha uma arma apontada para minha testa e um homem descontrolado com o dedo no gatilho.

— Solta a moça, garoto. Não faz besteira. Você não quer machucar ninguém.

— E como é que eu vou sair daqui? — ele berrou em minha orelha. — Em um camburão direto pra a cadeia ou para o necrotério? Nem sonhando, meu chapa.

Oito policiais surgiram atrás dos dois primeiros. Todos vestiam coletes à prova de balas e empunhavam armas, mas apontavam para o chão, o cara de bigode parecia ser o de maior patente, pois tentou uma aproximação. O bandido gritou para que ele ficasse quieto, ou teria início a carnificina. Acho que foi nesse momento que comecei a chorar. O tira então começou a argumentar, chamando o rapaz à razão, mas foi inútil. Ele queria fugir, estava assustado tanto quanto nós ou mais, e parecia não confiar no que dizia o policial.

— Quero a imprensa aqui — ele exigiu. — Não saio antes dos caras da TV aparecerem.

Nunca, em toda a minha vida, desejei tanto ser bibliotecária.

Ou muda.

— Sou jornalista — me ouvi dizendo entre soluços.

— Você é? — Ele me apertou ainda mais contra seu corpo magro.

Bem, não. Não exatamente, mas era quase uma. E, no momento, uma quase jornalista podia acalmar um louco armado até que a polícia encontrasse uma solução.

Movi a cabeça devagar, concordando.

— Então liga pros seus amigos e manda eles virem aqui. Quero a TV. Muita gente da TV.

— Eu trabalhav... Trabalho numa revista.

— Eu disse que quero a TV — rosnou entredentes, pressionando o cano do revólver em minha cabeça.

— Tudo bem. A TV, entendi.

Levei a mão até o bolso da calça para pegar o telefone, mas ele gritou, me detendo.

— Preciso pegar o celular pra ligar — expliquei.

Ele me observou atentamente e, muito devagar, alcancei o aparelho. Suspirei de alívio por continuar viva mais uns instantes. O rapaz também.

— Agora liga — ordenou.

Eu queria ligar para Dante, mas não sabia se ele me atenderia. Pensei em Viny, só que ele podia estar longe e nem tinha tantos contatos. Murilo tinha. Era ele quem conhecia todo mundo, trabalhasse onde fosse.

— Alô.

— Murilo, é a Luna. — Minha voz saiu áspera.

— Ei! Senti saudades de te olhar, boneca. Estávamos falando de você pro pessoal. Não acredito que você foi capaz de resolver o...

— Escuta, Murilo — interrompi. — Tô num posto de gasolina, dentro da loja de conveniência. Fica na rua da prefeitura, um pouco mais pra frente. Tem um grupo de policiais armados do lado de fora. Tô dentro da loja com mais cinco reféns e tem uma arma apontada pra minha cabeça. Ele tá exigindo a imprensa aqui pra libertar a gente.

— A televisão! — gritou o assaltante. — Ou meto bala em todo mundo.

— Ele quer a TV aqui — repeti, engolindo em seco.

— Luna, espera aí! — pediu Murilo, dessa vez sério e ansioso. — Você tá brincado, não tá?

— Não tô brincando. Por favor, seja ráp...

— Me dá isso aqui. — O rapaz tirou o celular da minha mão. — Escuta aqui, meu chapa, é bom você andar logo porque tô ficando impaciente. Se demorar muito pra chegar, pode ser que encontre sua amiguinha fria que nem sorvete, com os miolos espalhados no chão. — E desligou. — Agora fica quietinha aqui do meu lado, neném, e vamos esperar o pessoal da TV chegar.

Meu celular tocou segundos depois. O nome e a foto de Dante brilharam na tela. Não tive a chance de descobrir o que ele tinha a dizer, já que o bandido meteu meu telefone no bolso da calça, me roubando na cara dura.

Os próximos dez minutos pareceram séculos. Foi com alívio que avistei um homem careca, com uma imensa filmadora no ombro, abrir caminho entre a multidão de curiosos no meio da rua. Eu não conhecia o cinegrafista, nem o repórter que o acompanhava, mas fiquei grata por Murilo ter agido tão depressa.

Instantes depois, o próprio Murilo apareceu com Viny. Os dois me lançaram olhares preocupados. Viny até mais que isso, parecia em pânico, e levou um instante para começar a fazer seu trabalho, fotografando a cena alguns metros atrás da linha de policiais em frente à loja.

Mais e mais repórteres, fotógrafos e cinegrafistas foram chegando, e um deles, de cabelos despenteados e óculos de grau horríveis, tentava ultrapassar a barreira de isolamento. Franzi a testa. Dante estava pálido feito vela, discutindo com a polícia para entrar na loja. Seus olhos encontraram os meus, e isso o fez tentar ainda mais abrir espaço entre os homens armados. Engraçado, até parecia um homem apaixonado apavorado com a possibilidade de a mulher que ele amava sair dali com uma bala decorando o cérebro. Mas não, tudo o que ele queria era se aproximar de Murilo e, depois de praticamente enfiar a credencial no nariz do PM, se juntou ao repórter e ao pequeno batalhão de jornalistas.

— Liga a TV — o assaltante ordenou ao rapaz do caixa.

Estávamos em quase todos os canais.

O policial de bigode continuava negociando a rendição do assaltante, que suava. Esse era o problema. Ele estava nervoso demais. Pessoas descontroladas normalmente fazem coisas das quais se arrependem mais tarde. Era só dar uma olhada no que eu tinha feito com a minha vida.

Querendo um pouco de conforto, procurei Dante e o encontrei falando com os PMs. Nosso olhar se encontrou, e ele me lançou um discreto aceno de cabeça, como se dissesse "Tudo bem, tudo vai acabar bem. Fique calma". Um dos policiais ao lado dele saiu de vista, enquanto o outro vinha em direção ao cara de bigode.

Ah, que seja algum plano!, rezei.

O bandido pareceu notar a mudança sutil na confiança da PM e virou ligeiramente a cabeça na direção do homem que se aproximava do comandante, então, com medo de que ele percebesse que algo estava em andamento e, sei lá, se descontrolasse e me matasse, abri a boca e deixei escapar a primeira coisa que me veio à cabeça.

— Você já tem a imprensa, a garantia de que ninguém vai te matar. Por que não acaba logo com isso?

— Tá com pressa de morrer, neném? Porque pra mim parece que tá. — Ele apertou o cano de encontro à minha pele.

— Não, não, mas pensa um pouco. Quanto mais tempo a gente fica aqui, mais tempo dá pra polícia elaborar um plano pra te pegar, entendeu? — *Ai, droga, cala a boca, Luna!*

Ele franziu a testa, percebendo a lógica da coisa.

— O negócio é ser rápido — assentiu, afrouxando um pouco o revólver. — Tem razão.

— Tem muita gente aqui dentro — continuei. — Acho que você devia liberar as pessoas. Pra facilitar a sua fuga. Você não tá pensando que a polícia vai te deixar ir embora com seis reféns, tá? Nem caberia todo mundo num carro.

— Um carro. Isso, neném! Um carro! — Ele sorriu, um pouco desvairado, e gritou: — Quero um carro com o tanque cheio aqui.

— Não posso fazer isso se não cooperar comigo, filho — avisou o policial, me olhando feio, como se tivesse ouvido a conversa. E provavelmente ouvira.

— O carro! Com tanque cheio! — pontuou, pressionando a arma em minha testa. — Depois vejo se libero alguém.

Tá legal, meu plano não era dar ideias ao assaltante, mas tudo bem. Ao menos ele concordara em libertar alguém.

Seis minutos e meio depois, um carro preto com as portas abertas estacionava em frente à loja.

— Agora faça sua parte — pediu o policial.

O rapaz olhou para as cinco pessoas ali dentro, decidindo quem delas ganharia a liberdade. Ele escolheu a moça que havia me preparado o café com leite.

Ela ficou de pé, trêmula, mas estável o bastante para se colocar em frente ao bandido e eu, como ele ordenara, e caminhar a passos lentos até a saída. Um PM a amparou assim que ela colocou os pés do lado de fora da loja.

— Ótimo! — falei, mais animada. — Agora mais um.

— Assim, sem exigir nada em troca? — ele me perguntou, pasmo.

Lutei para não revirar os olhos.

— O que mais você quer, além de sair daqui inteiro?

Ele pensou um pouco.

— A grana que vim buscar. Você. — Ele apontou o nariz para o rapaz do caixa. — Enche a mochila e não tenta nenhuma gracinha. Coloca uns cigarros junto. E essas trufas. Coloca todas.

O garoto não tentou nada. Eu duvidava que conseguisse fazer outra coisa além de soluçar e tremer. Quando ele terminou de encher a bolsa, o assaltante pediu que a passasse para mim, o que achei um péssimo sinal, mas a peguei sem discutir. Em seguida, ordenou que o rapaz deixasse a loja, andando sempre em frente, tapando a mira dos policiais, caso decidissem fazer algo.

— Essa é a primeira vez que você tentou assaltar? — perguntei.

— Loja, sim. Carro é mais fácil. Sem testemunhas, sem vítimas. Só roubo carros na rua.

— Por que decidiu trocar de área? — eu quis saber, a jornalista em mim aflorando de um jeito inesperado.

— Cala a boca.

— Só tava aqui pensando se você tem família e que susto eles devem ter tomado, te vendo na TV assaltando uma loja e... fazendo reféns.

Ele ficou calado, empurrando a arma contra a minha cabeça, e, quando eu achei que fosse morrer, ele relaxou um pouco, mas me manteve sob a mira.

— Só tenho uma irmã — ele contou. — Ela é doente, não trabalha e tem uma penca de filhos. O pai dos moleques morreu tem um tempo.

— E você ajuda ela como pode — adivinhei.

Ele assentiu.

— Ela deve estar muito preocupada com você... — segui dizendo, tentando distraí-lo, pois mais dois PMs trocavam gestos, e um deles sumiu pouco depois. — Te vendo na TV com toda essa gente apontando armas pra você e tal. Eu também tenho um irmão, sabe?

Ele não respondeu, apenas bufou no meu pescoço e fixou os olhos numa câmera. Lancei uma olhada rápida para Dante. Ele tinha os olhos fixos em mim, o pânico ainda dominava suas feições. Ele me observava tão fixamente, como se pudesse me tirar dali. Tive a impressão de que me perguntava: "Que merda você pensa que tá fazendo, meu anjo?"

— Você, sai daqui — o assaltante falou para a mulher de cabelos curtos, que chorava em silêncio desde o início do assalto, escondida atrás de uma prateleira.

Meia hora depois, só havia duas pessoas na loja. Eu e o assaltante.

— Nós vamos sair — ele gritou, alertando a polícia. — Ninguém vai seguir a gente, ou vou matar a mulher na mesma hora.

— Tudo bem, só mantenha a calma, filho.

— Vamos lá, neném. Seja boazinha e me ajuda a sair daqui.

Ele começou a me empurrar em direção à saída da loja, seu corpo suado se grudava ao meu. Então, em meio ao medo, percebi uma coisa que de começo me pareceu insignificante, mas que mudava tudo. O cano da arma não era frio. Era quase morno.

— Ah, seu cretino! — Virei-me tão depressa que o rapaz, pego de surpresa, não teve tempo de reagir.

Eu o ataquei com a mochila cheia de dinheiro, cigarros e trufas.

— Não! — ouvi um coro atrás de mim.

A voz de Dante foi a que soou mais alta.

55

Pulei sobre o assaltante, que, sem esperar meu ataque, perdeu o equilíbrio e caiu comigo. Ele tentou apontar a arma para a minha cara, mas atingi seu nariz e soquei sua cabeça com toda raiva enquanto berrava, furiosa:

— Idiota! Vou acabar com você!

Alguém me tirou de cima dele e eu esperneei mais um pouco, revoltada. Um policial se jogou sobre o assaltante, outro tentava arrancar o revólver da mão dele.

— Quase mijei nas calças de medo e você estava com uma arma de brinquedo o tempo todo? Você roubou meu celular, seu... Me solta! — reclamei, querendo me juntar aos outros homens e acabar com ele.

Um ruído ensurdecedor soou dentro da loja, parte do gesso se desprendeu do teto. Olhei para o buraco lá em cima sem entender. Parei de espernear, e foi aí que entendi que a arma era... era... Ah, meu Deus... Era de verdade!

O medo e o choque me deixaram entorpecida. Quem, meu Deus, quem, em sã consciência, parte pra cima de alguém armado?

Fui arrastada para fora da loja por um dos policiais. Tudo ficou confuso. Eu ouvia gritos, algemas brilhantes reluziram sob os flashes das câmeras, mas eu não conseguia compreender nada.

Alguém me puxou para trás, para longe do tumulto. Cheguei a pensar que fosse um PM, mas não. Olhos castanhos alucinados me encararam por trás de óculos horrorosos.

— Em q-que me-merda vo-você estava pensando? — Ele agarrou meus ombros e me sacudiu. Meus dentes bateram. — O q-que você e-e-estava t-tentando fazer?

— Pensei que a arma fosse de brinquedo.

Dante enterrou os dedos em minha carne, fechou os olhos, gemendo, e me puxou para a segurança de seu peito, me apertando tanto que cheguei a pensar que tivesse quebrado uma costela. O que achei maravilhoso. Eu nem precisava de todas aquelas costelas, afinal.

— Nu-nunca vi tanta estupidez e c-c-coragem juntas — ele gaguejou em meus cabelos. Estranhei aquilo. Nunca ouvira Dante hesitar, quanto mais tropeçar nas palavras daquela maneira. O que havia de errado? — Vo-você devia s-ser proibida d-d-de sair na rua sem t-t-ter alguém do lado pa-para te impedir de fazer be-besteiras.

Engraçado, minha avó dissera quase a mesma coisa.

— Sinto muito. Achei que...

— N-n-não, não precisa explicar. Fi-fica quietinha. Só me d-deixa te abraçar, meu anjo. Só... fi-fica aqui.

Quando te convidam para entrar no paraíso, é loucura se recusar, por isso fiquei abraçada a ele. O tremor que senti no peito começou a se espalhar por meus membros anestesiados e meus joelhos cederam. Dante me amparou antes que eu desabasse, murmurando palavras carinhosas.

Foi o melhor dia da minha vida...

Até que alguém me puxou daquele paraíso na terra, me mandando para o inferno outra vez.

— Vou te matar! — Raul falou trincando os dentes, esbarrando a cadeira de rodas em minha perna e me puxando para baixo, para que meu rosto ficasse na altura do seu. Ele estava furioso. — Vou te matar, depois vou te deixar de castigo pelo resto da vida! Quase tive um ataque do coração quando você pulou naquele cara. Puta que pariu, Luna, eu achei que você fosse morrer!

Ele me puxou com força, eu quase caí em seu colo. Raul me sufocou com um abraço daqueles de quando éramos crianças e ele cuidava de mim. Virei a cabeça repousada no ombro do meu irmão e encontrei o olhar de Dante fixo em mim. Ele estava a alguns passos, os braços caídos ao lado do corpo, o olhar ainda tenso.

— Você quase tomou um tiro! — Raul resmungou com a voz embargada. — Podia ter morrido, Luna! Cacete, você podia ter morrido!

— Eu sinto muito.

Abracei meu irmão, alisando suas costas e tentando fazê-lo parar de chorar. Não via meu irmão chorar desde que papai fora morar na Argentina e nos deixara com a vovó. O Raul detestava o sítio.

Alguém me puxou para trás.

— Pensei que fosse ter de fotografar seu cérebro, sua... sua maluca... — Viny começou a dizer, mas não terminou. Em vez disso, beijou minha testa e me apertou contra si. — Irresponsável!

Tá legal, eu já tinha entendido. Todo mundo estava bravo comigo. Até eu mesma.

No segundo exato em que entendi que a arma era real, tudo mudou. Foi ali que percebi como a vida é frágil, que um segundo pode mudar tudo. Havia tanta coisa que eu ainda desejava fazer, dizer. A começar por minha avó e a cultura que eu renegara por toda a minha vida. E a terminar por Dante, a quem todos os meus pensamentos pertenciam. Foi assim que eu soube que ele era o meu cara. Naquele instante em que percebi que podia ter morrido com uma bala no meio da testa, tudo o que eu desejava era que ele estivesse longe o bastante para não assistir à cena.

Viny foi afastado por um dos policiais que tentava manter a imprensa longe de mim. Mais do que atordoada, me virei para Raul, que lançava um olhar assassino para Viny.

Procurei Dante, querendo voltar para o aconchego de seus braços, mas ele não estava mais ali. Esticando-me, vasculhei a multidão, mas não consegui vê-lo em parte alguma.

Antes que eu pudesse localizá-lo, fui levada até a delegacia para prestar depoimento e dar detalhes de tudo. Não foi agradável. Especialmente porque não permitiram que Raul entrasse comigo, e o delegado ficava me perguntando por que raios eu tinha dado ideias ao assaltante. Quando tudo acabou e o delegado se convenceu de que eu não era nenhuma perita em assalto, encontrei meu irmão do lado de fora, no corredor, minha cunhada estava de pé atrás da cadeira de rodas dele. Murilo estava com eles, para minha total surpresa.

— Terminou? — Raul quis saber, girando as rodas da cadeira para se aproximar.

— Por hoje sim. Podem me chamar caso ainda precisem de mim, mas estou liberada.

— Ótimo!

Eu me virei para Murilo.

— Muito obrigada por ter agido tão rápido.

— Não agradeça. Fiquei com o coração na mão por te ver lá, foi a pior matéria que já cobri.

— Valeu. — Sorri de leve. Olhando em volta, me obriguei a perguntar: — Ficaram só vocês?

Murilo checou as horas. Meu irmão deu de ombros. Lorena assentiu.

Dante não tinha ido atrás de mim.

E por que ele iria? Era um homem comprometido, como deixara claro no jantar na noite passada. Além do mais, seria muito fácil acreditar que aquele abraço significara mais do que realmente era: um ato de solidariedade. Dante era uma das pessoas mais compassivas que eu conhecia, e jamais negaria conforto a alguém — ou a um animal, que fosse. Aquele gesto não fora nada além de uma forma de acalmar alguém que passava por um momento ruim, alguém que fizera parte de sua vida por um curto período. Não seria Dante se ele agisse de outra forma.

— Será que posso pedir uma exclusiva? — Murilo tentou, erguendo as sobrancelhas daquele jeito sedutor.

Alcancei o crachá em seu peito e o virei. Franzi a testa ao ver o conhecido logotipo da *Fatos&Furos*.

— Pensei que você tivesse ido pra *Na Mira*.

— De jeito nenhum, boneca. Não existe grana nesse mundo que me faça passar para o lado sombrio da força. E aí, podemos marcar a exclusiva?

— Não sei se é uma boa ideia... depois de tudo que aconteceu... — Com Dante, eu quis acrescentar, mas não foi necessário. Murilo entendera.

— Tudo o quê? — Raul exigiu saber, esticando o pescoço.

— É sim, e você sabe disso — contrapôs Murilo. — Ele jamais ia interferir em uma matéria minha.

— Ele quem? — meu irmão resmungou.

— Além do mais — continuou Murilo —, recebi nove ligações de revistas e jornais me pedindo seu telefone. Ninguém acreditou que uma jornalista corajosa como você, com um dom natural de engambelar as pessoas, está desempregada. De repente eu posso dar seu contato a eles... — E cruzou os braços, sorrindo cinicamente.

— Você tá falando sério? — pisquei. — Alguém me quer?

Murilo revirou os olhos.

— Sob o risco de perder meu emprego, prefiro não responder a essa pergunta.

Eu o fitei sem entender, e ele sorriu antes de perguntar:

— E então, temos um trato? Uma exclusiva em troca de uma dúzia de propostas de empregos?

Eu não precisava pensar para responder.

— Fechado.

— Vou falar com o Viny para fazermos algumas fotos. Amanhã, na redação da revista, pode ser?

— Ah... Eu preferia que fosse em outro lugar, se você não se importar — murmurei, abaixando os olhos. Entrar lá outra vez seria ainda pior do que ser mantida sob a mira de um revólver. Ainda mais se Alexia resolvesse aparecer. — Qualquer outro lugar serve.

— Que tal o restaurante em frente à revista, então? — Eu concordei, e ele me deu um abraço demorado. — Que bom que você saiu inteira dessa, boneca. — E então me beijou no rosto.

— Por que tudo quanto é cara fica te beijando? — Raul bufou enquanto Murilo deixava a delegacia.

— Ai, Raul, pelo amor de Deus! — gemeu Lorena. — Deixa sua irmã em paz. Podemos ir? A Luna deve estar exausta.

— Nossa, você nem faz ideia — eu disse a ela.

— Vamos — concordou Raul. — Mas por que é que o Dante não tá aqui agora? — E pareceu decepcionado.

Engoli em seco.

— Ele voltou com a ex-namorada.

Meu irmão franziu o cenho.

— Posso dar um jeito nele se quiser. Não pense que uma perna e algumas costelas quebradas me impediriam.

— Não faça nada contra ele, Raul. Não quero que dê um jeito nele, na moto ou em qualquer outra coisa ligada ao Dante, tô sendo clara?

— Você sempre estraga tudo — ele resmungou, pegando minha mão e apertando meus dedos contra sua bochecha quente.

Pensando no que vovó dissera muito tempo atrás, respondi, rindo:

— Você tem toda razão.

Só que dessa vez eu tinha ultrapassado todos os limites.

56

— *Seis pessoas, entre elas uma jovem jornalista, foram mantidas reféns durante assalto a um posto de gasolina na manhã de ontem. Luna Lovari Braga, vinte e quatro anos, foi usada como escudo e participou ativamente da rendição do assaltante, Márcio Klaus, vinte e sete anos. O sequestro durou cerca de duas horas e terminou com um susto. A jornalista reagiu e tentou dominar o assaltante, que foi rapidamente contido pela polícia. Ninguém ficou ferido. Veja a cobertura completa no* Jornal da Meia-Noite.

Desliguei a TV, bufando. Sabrina riu ao meu lado.

— Minha amiga é uma celebridade! — ela exclamou, animada.

— Que maravilha — resmunguei.

— Ei, eu estava assistindo! — reclamou Raul, acomodado em sua cadeira.

— Raul, deixe sua irmã em paz — vovó disse ao sair da cozinha com uma bandeja nas mãos.

Ela deixou o chá e as rabanadas (eu amava as rabanadas da vovó. Sempre que ela queria me agradar, as preparava para mim, fosse no Natal ou numa manhã de Carnaval) sobre a mesinha de centro e se empoleirou no braço do sofá, bem ao meu lado.

— Como está se sentindo? — ela perguntou, alisando meus cabelos.

— Bem. Acho.

— Gente, preciso ir — Sabrina se levantou, pescando uma rabanada. — Fico aliviada que vocês possam passar a tarde com a Luna enquanto volto para o trabalho. Volto assim que puder.

Raul se esticou e pegou o controle remoto.

— Sem pressa, delícia.

Vovó deu um peteleco na cabeça do meu irmão.

— Ai, vó! Só quero ver TV.

— Não foi essa a educação que te dei. Maldito seja aquele *gadje*.

Sabrina sapecou um beijo em meu rosto e pendurou a bolsa no ombro.

— Qualquer coisa me liga.

— Tá bom, Sá.

Ela saiu fechando a porta sem fazer barulho. Raul ligou a TV e se esticou para apanhar a travessa de rabanadas.

— Ei, são minhas! — reclamei, tentando pegá-las de volta.

Ele me ignorou, enfiando uma inteira na boca.

— Raul, é meu! Solta! — Alcancei a travessa, mas não consegui puxá-la.

— Dá licença, menina, tô comendo.

— Eu quase fui morta ontem. As rabanadas são minhas!

— Quase morri num acidente e não ganhei rabanada nenhuma. — Ele mordeu mais uma. — *Oxê* acha *ixo* justo? — falou de boca cheia, uma chuva de farelos caiu em minha blusa de cetim verde-menta.

— Não me importo se é justo. São minhas e pronto! Me dá aqui.

Ele engoliu rapidamente o que tinha na boca e me olhou de um jeito que eu conhecia bem.

— Raul, não se atreva a...

Ele cuspiu na bandeja antes que eu pudesse terminar.

— Pronto, pode comer tudo agora. — E me empurrou a travessa.

Meu sangue esquentou.

— Seu filho da...

Uma mão leve pousou em meu ombro, impedindo que eu voasse no pescoço do meu irmão estropiado.

— Deixei uma travessa na cozinha pra você — vó Cecília sussurrou.

Lancei um olhar de desprezo ao Raul.

— Idiota.

— Fominha — retrucou.

Ignorei o comentário. Talvez ele estivesse certo, e a culpa era toda dele. Eu era apenas um subproduto, por ter passado a vida toda com aquele esganado.

— Pega uma cerveja pra mim? — Ele pediu quando passei por ele.

— Pega você!

Vovó riu, sacudindo a cabeça.

— Vocês parecem ter sete anos. — E se levantou.

Fui para a cozinha e abri a geladeira. Apanhei uma lata de cerveja e comecei a sacudir com força. Vovó abriu o forno e retirou a travessa com mais rabanadas, colocando-a sobre a mesa azul. Antes de me sentar, fui até a porta.

— Ei, pega aí! — gritei para Raul e arremessei a lata.

Ele a pegou no ar.

— Valeu, maninha. — Mas não desgrudou os olhos da TV.

Voltei para junto da vó Cecília, que servia mais chá de canela. Peguei a xícara e uma rabanada. Dei uma mordida. Tinha gosto de infância e de algo quase profano.

— Humm... isso aqui é o céu, vó.

Vovó deu risada.

— Você sempre diz isso.

— Porque é verdade. Ninguém faz rabanadas como a senhora.

Um *tsk-tsssssssssssssss* veio da sala, seguido do grito furioso de Raul.

— Porra, Luna!

Eu ri, voltando a comer o doce.

Vovó mantinha os olhos presos em mim, fazia esforço para manter a fachada reprovadora, mas os cantos de sua boca tremiam de leve.

— Vocês dois não parecem ter sete anos — ela brincou —, vocês têm!

Dei de ombros.

— Ele não pode roubar minha comida e sair impune.

Uma risada gostosa lhe escapou dos lábios.

— Sinto falta disso. Da baderna que vocês faziam.

— Eu também, vó. E... — Coloquei o que sobrara da rabanada no cantinho da travessa e limpei a boca. — Gostaria de poder voltar no tempo e ter aprendido o que a senhora queria me ensinar. Sobre a cultura cigana.

Ela arregalou os olhos, surpresa.

— Eu sei — continuei. — Nunca me senti uma cigana de verdade, mas também não acho que eu seja uma *gadji*. Por mais que eu tentasse evitar, algo da cultura rom sempre acabava entrando no meu caminho. E, se eu não tivesse sido tão cabeça-dura e ouvido a senhora, não teria me metido na encrenca em que me meti.

— Sempre rezei para que seu coração aceitasse quem você realmente é.

— E quem eu sou, vó?

— Minha neta! — Ela afirmou segura, altiva como uma rainha. — Pode ser o que quiser. E seja lá o que escolher, não esqueça sua essência. Sua alma é cigana, a magia sempre fará parte da sua vida, mas não a governará. Isso não. Seu destino tem essa função.

— Acho que comecei a entender.

Então vovó e eu tivemos aquela longa conversa sobre magia e charlatanismo. Ela explicou que a magia cigana não era algo produzido em massa, que é preciso ter o conhecimento e mais um monte de coisas que eu não tinha. Peguei o baralho na bolsa e mostrei a ela.

Vovó ficou impressionada.

— Bonito. Mas é apenas um baralho — falou.

Assenti, brincando com a xícara de chá ainda cheia.

— Sabe, vó, eu meio que gostava de olhar as cartas.

Senti seu exame minucioso incidir sobre mim por um longo tempo.

— O que está me dizendo, filha?

— Que, se a senhora ainda estiver disposta a me ensinar, eu queria aprender a ler as cartas. E outras coisas ciganas.

Vovó inspirou fundo, me fazendo olhar para ela. A velha cigana tentava conter a umidade que lhe brotava nos olhos.

— Coisas ciganas...

Eu ri.

— Eu sei. Preciso da sua ajuda, vó. Quero muito aprender e entender essa metade de mim. No fundo sempre lutei contra ela, talvez porque temesse não me encaixar em lugar nenhum, sabe? Escolhendo um lado só, eu podia fingir que era normal.

— Ah, minha filha amada!

Foi impossível me manter na cadeira. Eu me levantei, contornei a mesa e abracei minha avó, ainda sentada, sentindo o calor e o orgulho emanando de sua pele fina.

— Eu ensinarei tudo o que sei a você — ela prometeu. — Passarei todo o conhecimento que possuo, e, mesmo que decida não usá-lo, poderá um dia repassar a seus filhos, assim nossa história continuará viva.

Soltei um suspiro. Não quis estragar o momento dizendo a ela que então poderíamos dar tudo por perdido já que eu não tinha a menor esperança de um dia amar alguém de novo. Esquecer Dante já me parecia bastante impossível. Filhos era algo inimaginável na equação.

Minha vó se afastou por um momento e ergueu os olhos para me examinar da cabeça aos pés. Sua testa encrespou.

— Luna, tem algo que queira me contar?

— Não que eu saiba — respondi, confusa. Vovó já tinha sido informada sobre tudo o que eu aprontara nos últimos tempos.

— Humm... — Ela me soltou e ficou de pé, pegando minha xícara e despejando o conteúdo dentro da pia.

— Ei, nem tomei ainda.

— Acabei de lembrar que chá de canela pode não ser um bom calmante, depois de todo o estresse pelo qual passou. Vou fazer um de camomila. Não tome chá de canela ou cravo nos próximos dias, está bem?

Balancei a cabeça, concordando.

Ela sorriu e resmungou alguma coisa que pareceu "ora, se o destino não conseguiu surpreender essa velha cigana outra vez". Eu pretendia perguntar o que ela quis dizer com aquilo, mas, como ela parecia radiante, presumi que não fossem mais problemas e deixei o assunto pra lá.

Raul e eu assistimos a dois filmes enquanto vovó preparava mais comida. Ele estava roncando quando Lorena apareceu para levá-lo para casa. Vovó aproveitou a carona e eu lhe prometi que em breve iria ao sítio para dar início a minhas aulas.

Sabrina os encontrou no corredor e trazia uma caixa de pizza. Ela entrou em casa e levou a pizza direto para a geladeira, se detendo por um instante para analisar as prateleiras agora abarrotadas.

— Não sabia que a sua avó ia preparar o jantar, mas devia ter adivinhado.

— E o almoço e o jantar de amanhã — eu disse.

— Tô vendo. E aí, a gente vai gravar a reportagem do sequestro?

— Claro que não! Não quero nem lembrar, muito menos assistir de novo e de novo.

— Ué, não te entendo. Tudo bem que tem a coisa do sequestro e tal, mas todo mundo tá te chamando de *jor-na-lis-ta*! É o que você sempre quis. Você até deu uma exclusiva para a *Fatos&Furos* hoje cedo.

— Uma jornalista que ainda não escreveu um artigo de verdade — apontei.

— Mas que *agora* vai ter sua grande chance — ela frisou, rindo. — Seu e-mail tá lotado! Já se decidiu por alguma das propostas de emprego?

— Ainda não tive tempo de olhar todas.

Murilo cumprira sua palavra e, logo depois de eu responder às suas inúmeras perguntas, ofertas de emprego encheram minha caixa de e-mails e minha sala de flores — que foram rapidamente despachadas para o apê da Bia. Três jornais e nove revistas me queriam, entre elas a *Na Mira*. A Jéssica não largava o osso.

As propostas eram tudo aquilo com que eu sonhara: uma coluna só minha. Eu estava inclinada a aceitar a oferta da *Abusada*, uma revista de moda que queria que eu escrevesse sobre sapatos, e eu até que entendia do assunto. Mas Sabrina não concordava, achava que a oferta do *Jornal da Cidade* era a melhor delas, uma coluna diária sem pauta definida, no estilo "cubra o que aparecer". Passei a semana seguinte analisando todas aquelas propostas, sendo mimada por minha família e tendo aulas sobre cultura rom com a vovó. Era inacreditavelmente interessante e divertido.

Acabei seguindo o conselho de minha *mamí* e joguei o baralho dentro da gaveta da mesinha de cabeceira, ao lado de meu miniDante de Lego, após lhe prometer que nunca mais tocaria nele — no baralho, quero dizer.

O Dante original sumira de minha vida. Tudo o que eu recebera dele depois do sequestro tinha sido uma caixa de bombons gigante com um cartão rápido, que dizia:

Feliz por tudo ter acabado bem.
Com carinho,
D. M.

Bia entendera tudo naquele jantar e me pressionara por detalhes diversas vezes, querendo saber que tipo de envolvimento eu tinha com seu irmão. Como a garota bacana que era, ela compreendeu que eu estava magoada demais e não queria falar sobre ele a cada cinco minutos. Mas supus que Bia apenas tivesse arquivado o assunto para futura investigação. Se comigo ou com Dante, eu não tinha certeza.

Já não suportava mais aquela sensação de ardência e sufocamento em meu peito toda vez que pensava, falava ou ouvia o nome de Dante. Por isso decidi esquecê-lo na marra. E falhei. Então mudei de estratégia e resolvi que não pensaria mais nele. Não deu certo também. Por fim, resolvi fingir que não pensava nele e que já o tinha esquecido, e, muito de vez em quando, quase conseguia.

Imaginei que a melhor maneira de arrancá-lo de meu coração fosse encher a cabeça, de modo que me empenhei ainda mais em analisar todas as propostas de emprego. O problema foi que nenhuma delas me fez tremer por dentro, sentir aquele frisson. Não até chegar mais uma.

A revista *Tempo* ainda não existia, estavam acertando os últimos detalhes, contratando os profissionais, mas, se tudo corresse bem, seria lançada em alguns meses. Eles me queriam para duas colunas, uma comportamental e outra que seria discutida pessoalmente em uma reunião.

— Acho que você devia ir até lá — aconselhou Sabrina durante o jantar, me pegando de surpresa. Ela era uma garota muito prática, nunca trocaria o certo pelo duvidoso, por isso suas palavras me chocaram tanto. — Ao menos para ouvir o que eles têm a oferecer. O que você tem a perder?

E quer saber? Eu não tinha nada a perder mesmo. Uma nova aventura que ocupasse meus dias e me desse uma razão para sair da cama todas as manhãs era tudo do que eu precisava naquele momento. Respondi ao e-mail pedindo mais informações e recebi um agendamento com a responsável pela publicação, Tereza Caprio, para o dia seguinte.

Caprichei no visual para a entrevista, deixando os cachos soltos e domados graças à amostra grátis de uma pomada que Karen me dera dias antes de eu ferrar com tudo. O casaquinho azul acinturado sobre a regata branca comprida me fez parecer mais alta, a legging preta alongou minhas pernas. Já havia escolhido minhas inseparáveis sapatilhas de verniz que me impediam de tropeçar quando avistei minhas sandálias Vivienne Westwood largadas no fundo do guarda-roupa. Eu as peguei, correndo os dedos pelo plástico frio e rijo. Elas haviam me trazido sorte da primeira vez. Talvez funcionasse de novo. Abandonei as sapatilhas e calcei as sandálias.

Eu estava tensa feito uma tábua ao estacionar o carro quase em frente ao edifício antigo, porém bem conservado, de cinco andares, no centro da cidade. Assim como meu prédio, não havia elevador. Cheguei ao quarto andar e caixas de papelão se misturavam a escadas de madeira, latas de tinta, rolos e pincéis, computadores amontoados sobre as mesas. O pessoal da reforma notou minha presença e eu fui entrando, até chegar à grande sala que provavelmente seria o coração da revista. As paredes de tijolo à vista tinham grandes janelas a cada cinco ou seis metros, clareando e arejando o ambiente. Havia mais tralha amontoada de maneira pouco organizada ali.

— Não, não! Essa parede vai ficar! Quem foi que deu ordem para derrubá-la? — a voz familiar dizia.

— O engenheiro, dona arquiteta.

— Ah, só podia. Vou ligar para ele, mas essa parede vai ficar! Se sua equipe derrubá-la, terão que erguê-la outra vez e não receberão nada a mais por isso! — Ela entrou no meu campo de visão, o narizinho arrebitado empinado, os saltos repicando no piso de madeira.

— O que você tá fazendo aqui? — exigi saber.

— Ei! — Sabrina me alcançou, um sorriso luminoso no rosto. — Não contei que sou a responsável pela reforma das instalações da *Tempo*?

— Não!

— Humm... acho que acabei esquecendo — disse ela, desviando os olhos, ainda sorrindo.

— Ah, jura? Não lembrou nem hoje de manhã quando me desejou boa sorte para essa entrevista?

— Não fica brava comigo. Eu não menti, apenas ocultei a informação por uma boa causa. Só escuta a proposta, tá? Agora preciso ir, mas te ligo depois pra saber como foi tudo. — Ela me deu um beijo rápido no rosto antes de sair correndo, impedindo que eu pudesse exigir uma explicação.

Um tutu laranja e cabelos de pluma rosa surgiram entre a bagunça.

— Você chegou! — exclamou, pulando e se pendurando em meu pescoço.

— Natacha!

— A gente já estava arrancando os cabelos de medo que você não aparecesse.

— A gente? — perguntei perplexa, quando ela me soltou.

— Ãrrã. Todo mundo estava esperando você chegar. Vou fazer estágio aqui. Começo como secretária, mas a chefia prometeu que, se eu me sair bem com alguns pequenos anúncios, vai me dar um espaço na revista. Não é genial?

— É... — Mas franzi a testa. Quem seria "a gente", exatamente?

Não tive tempo de perguntar, pois Adriele adentrou a sala com uma caixa azul enorme e a empilhou sobre outras duas.

— Até que enfim! — ela exclamou ao me ver. — Quanta demora, garota!

— Tô adiantada, Adriele — rebati.

— Não tá não.

— Não mesmo — resmungou Natacha, revirando os olhos.

— Ela chegou? — alguém gritou do fundo da sala. A cabeça escura de Júlia apareceu entre o batente branco. — Luna! — E correu para me abraçar. — Ai, que saudades!

— Também senti sua falta. Todo mundo abandonou a *Fatos&Furos*?

— Só a gente. E o Murilo.

Inspirei fundo, sacudindo a cabeça.

— O Dante deve ter ficado sem chão — murmurei.

— Arrasado — a Júlia concordou.

— Totalmente — disse Natacha.

— De dar pena — adicionou Adriele.

— Por que... — Eu me interrompi ao ver a mulher elegante em um terninho rosa-chá sair da porta dos fundos e caminhar em minha direção. Seu rosto estava fechado em uma carranca reprovadora. Aquela mesma que fizera depois de eu ter sido apresentada a ela. Tereza Caprio.

Teria ajudado muito se ela tivesse assinado o e-mail com seu nome de casada.

— Sra. Montini.

— Olá, Luna — disse ela, toda formal. — Queira me acompanhar, por favor.

Assenti, embora meu desejo fosse de sair correndo.

Sem tempo para fazer conjecturas, endireitando um pouco os ombros, eu a segui por entre a bagunça, lançando um olhar desconfiado para as três mulheres que cochichavam e sorriam para mim. Não sabia o que Dante dissera à mãe a respeito do fim do nosso curto relacionamento — ou até se se dera o trabalho de explicar algo aos pais —, mesmo assim eu sentia um comichão na nuca me alertando quanto às intenções de Tereza sobre ficar a sós comigo em uma sala a portas fechadas. O que ela fazia ali era um mistério para mim, e eu queria poder meditar sobre o assunto, mas estava ocupada demais tentando calcular a distância entre o quarto andar e a calçada, caso precisasse sair pela janela.

Tereza abriu a porta e se afastou para o lado, me dando passagem. Passei por ela fitando seu rosto, como faria um animal diante do predador. Assim que entrei, a porta se fechou na minha cara, e Tereza permaneceu do lado de fora.

Prendi a respiração.

Tá legal, Deus, se me livrar dessa e não tiver três pitbulls famintos atrás de mim, eu vou... parar de te fazer propostas.

Eu me virei devagar, agarrada à alça de minha bolsa. Soltei a respiração em um misto de alívio e medo. Não havia pitbulls. A sala ainda estava sendo organizada, mas um grande painel com o logo da revista *Tempo* pendia da parede de tijolos à vista, e, diante dele, havia um homem alto de pé atrás da mesa. Seu olhar se travou ao meu por um momento infinito. Meu coração batia ensandecido.

— Oi — Dante disse baixinho.

— Oi.

— Como está? — perguntou.

— Hã... bastante confusa, pra falar a verdade.

— Eu imagino que sim. Sente-se, por favor. — Ele indicou a cadeira em frente à sua mesa, com a voz ligeiramente rouca.

Fiz o que ele pediu, hesitando e mantendo os olhos fixos nele.

— Quer beber alguma coisa? — ofereceu.

— Nã... — Minha voz tremeu. Clareei a garganta. — Não, obrigada.

— Fico feliz que tenha vindo.

— Não tenho certeza se foi a decisão mais acertada. — Minha vontade era lhe dar as costas e sair dali... Tá legal, não era bem isso que eu queria fazer, mas deixa para lá.

— Espero fazê-la mudar de ideia quanto a isso. — Ele se acomodou em sua cadeira, sem jamais desviar os olhos dos meus. — Tudo bem com você?

— Sim, obrigada por perguntar. E pelos chocolates. Estavam ótimos!

Ele assentiu, parecendo ansioso, como se esperasse que eu dissesse mais alguma coisa. Mas por fim desistiu e pigarreou.

— Bem, já fizemos isso antes, então acho que podemos pular toda a parte em que te encho de perguntas bobas e começar a te dar algumas respostas.

— Seria legal.

Dante inspirou fundo.

— Fui até sua casa já faz um tempo, mas você não estava.

— A Sabrina me contou. Mas ela também disse que você voltaria a me procurar, então fiquei esperando.

— Certo. — Ele correu os dedos pelo cabelo e ajeitou os ombros. — Fui até lá porque queria falar com você sobre isso aqui.

Dante abriu uma gaveta e retirou dali algumas folhas de sulfite amassadas e carcomidas nas beiradas. Havia furinhos também. Ele as estendeu para mim, mas bastou uma olhada na foto ali impressa para que eu entendesse do que se tratava.

— Onde encontrou isso? — perguntei.

— Foi a Madona quem encontrou. — Ele apontou para as bordas destruídas do meu dossiê com um meio-sorriso. — Tirei dela antes que engolisse tudo e... Bem, vi uma das fotos e decidi dar uma olhada no material.

— Não percebi que tinha deixado cair. — Eu me remexi na cadeira. — Pensei que tivesse perdido na casa do meu irmão.

— Graças a Deus você perdeu onde eu pudesse encontrar. Isso tudo... Bom, você estava certa, Luna. A Jéssica ainda tem algum tipo de fixação por mim, e isso se transformou em uma vingança pessoal para ela.

Por isso ela se empenhava tanto em contratar o pessoal de Dante, fazendo ofertas absurdas. Quando percebeu que não era o bastante para fazê-lo cair, mudou de estratégia, seduzindo e se tornando amante do dono da *Fatos&Furos* primeiro, para depois manipulá-lo e chantageá-lo. Assim sempre estaríamos um passo atrás da revista dela. Como naquele caso da matéria do Murilo, que foi vetada. Jéssica queria o nome de Dante na lama.

— Fico triste em ouvir isso, Dante, mas ao menos você descobriu a raiz dos seus problemas.

— Graças a você.

— Só dei sorte de estar no lugar e na hora certa.

— Você foi simplesmente brilhante! — Ele ergueu os óculos com o indicador. — As fotos ficaram muito boas, aliás. Ótima resolução.

— Obrigada — murmurei, corando. — O que você fez quando leu meu dossiê?

— Averiguei. Convidei o Veiga para um almoço. A princípio, ele negou o envolvimento, mas mudou de ideia quando mostrei as fotos. — Ele bateu o dedo na página semidestruída. — Ficou preocupado que a esposa descobrisse e confessou tudo. A Jéssica o manipula, ameaçando contar tudo para sua mulher. O que eu não entendo é como ele ainda se relaciona com a Jéssica.

— Deve estar apaixonado. Ao menos tive essa impressão ao vê-los juntos. Mas, vem cá, a Jéssica fez tudo isso só porque você nunca quis sair com ela?

Ele deu de ombros, bastante sem graça.

— Não sei, Luna. Mas pode acreditar que o Veiga ouviu muita coisa que estava entalado aqui. — Ele apontou para a boca do estômago.

— E então você deixou a *Fatos&Furos* e aceitou trabalhar na *Tempo*.

Ele sorriu. Um sorriso quente, inteiro, com lábios, meias-luas, dentes e olhos. E eu tive que reprimir um suspiro saudosista. Eu amava quando ele sorria daquele jeito.

— Melhor que isso — contou. — Decidi começar minha própria publicação. O que achou do logo? — E apontou para o painel atrás de si. — A Sabrina está fazendo um trabalho maravilhoso, não acha?

— É... tá ficando lindo mesmo. Ela é espetacular. — Assim como seria nossa conversa, logo que eu botasse minhas mãos no pescoço dela. Como minha amiga escondera tudo aquilo de mim? E, uau, Dante tinha o dom de dar a volta por cima. Não só era o dono da revista como ainda contava com um time de peso. Eu podia apostar que a *Tempo* logo se tornaria um sucesso. Só não entendia o que eu estava fazendo ali. Dante não podia me querer em seu quadro de jornalistas. Não depois de tudo... — Você conseguiu uma baita equipe.

— Também fiquei surpreso. Com o Murilo eu contava, mas foi muito bom ter as meninas me apoiando e acreditando no potencial da *Tempo*. Todos nos sentimos enganados pelo Veiga, cair fora foi um alívio para elas também. — Ele se inclinou sobre a mesa, descansando os cotovelos no tampo. — Vamos fazer essa revista acontecer, Luna. E sei que vai dar certo porque semanas atrás uma linda cigana me disse isso no hospital. — As meias-luas apareceram de novo. Reprimi outro suspiro, mas então o que ele disse conseguiu perfurar a névoa de atordoamento que seu sorriso lançara sobre mim.

Ele só podia estar brincando.

— Dante, não me diz que você apostou tudo na *Tempo* só porque eu disse um monte de babosei...

— Quero você na minha equipe — ele atalhou, ansioso. — Quero você como colunista, mil e quinhentas palavras por artigo. Por enquanto a tiragem será quinzenal. Quero você escrevendo para o público feminino, mas com um pé no universo masculino. Coisas que as garotas fazem com seus parceiros e como se sentem a respeito. Quero você falando com as leitoras por meio dos seus textos, como se fosse a melhor amiga delas. Quero você assinando seu verdadeiro nome.

Dante tinha que parar de dizer "quero" e "você" na mesma frase. Meu cérebro entendia outra coisa e o restante do que ele dizia se perdia. Apesar desse pequeno problema, captei alguma coisa, e aquele comichão, aquele sexto sentido, me sacudiu com força, me fazendo ficar ereta na cadeira.

— Como assim?

— Pensei que você pudesse me ajudar a descobrir — ele confessou. — Algo do tipo... sei lá... como você se sentiu quando saltamos de asa-delta?

Assustada, furiosa e maravilhada!

— Entendi — falei. — Falar sobre o universo masculino de uma perspectiva feminina. Programas que os casais possam fazer juntos, bacana para os dois. Talvez dar dicas de fim de semana, ou até sobre o que fazer quando a diversão dele for além dos limites dela sem estragar a cumplicidade ou... Caramba! Podíamos até adicionar um "conte sua aventura" no fim da página e publicar as histórias das leitoras e...

Um dos cantos de sua boca curvou.

— Amo isso em você. A paixão, o entusiasmo no que faz.

Corei, desviando os olhos para minhas mãos.

— Humm... bem... — clareei a garganta. — Eu...

— Seu salário será o mesmo que os dos outros jornalistas, assim como os benefícios. Não é muito, mas tenha em mente que estamos só no começo. E quero, se concordar, claro, que você dê continuidade àquele artigo que emprestou para a Júlia. Uma coluna que seguisse a mesma linha daquele.

— Ah! Nossa! Isso é... — Tudo que eu sempre quis, só que muita coisa havia mudado. — Não tem medo de espionagem? — eu me ouvi perguntando com uma pontada de rancor.

— Nem um pouco — respondeu sem hesitar.

— E por que não? Eu fico com quem paga mais.

— Desculpa. Não sabe como me odeio por ter dito isso — falou com intensidade, revelando arrependimento em seu olhar franco. — Três semanas atrás, eu estava soterrado demais em autocomiseração para pensar com clareza e acabei dizendo a primeira coisa que me veio à cabeça pra... tentar me afastar de você, tentar me persuadir de que você era cínica. Mas nunca consegui me convencer, nem naquela época. Você sabe disso, não sabe?

Surpresa com a resposta pouco profissional, desviei os olhos outra vez.

— O que mudou? — Recostei-me na cadeira e arrisquei fitar seu rosto. — Foi o dossiê?

— Ele ajudou, claro. Me fez perceber como fui cruel com você. Mas, sabe, Luna, mesmo se você estivesse espionando a *Fatos&Furos*, teria sido culpa minha. Te obriguei a exercer uma função de que não gostava nem dominava, te forçando a procurar uma oportunidade melhor. E, quando entendi tudo isso, já era tarde demais.

— Tarde demais pra quê? — Minha testa se franziu.

— Pra te implorar pra voltar — esclareceu à meia-voz. — Tentei falar com você depois do jantar na casa da Bia, queria conversar com você e... pedir perdão, acho, mas você não estava lá. Depois você viveu aquele horror todo no posto de gasolina e... O Murilo me contou sobre as propostas que você recebeu. Imaginei que minha oferta nem seria considerada, por causa do jeito como te tratei. Pensei que tivesse aceitado uma delas.

— Não aceitei nada ainda. Nenhuma fez meus pelos eriçarem.

— Só soube disso ontem, quando a Sabrina contou, depois de muita persuasão, que você ainda estava analisando as propostas. Estou desde o início da semana tentando arrancar algo dela, mas sua amiga é osso duro de roer... Enfim, mandei o e-mail pra você na mesma hora, usando o nome da minha mãe porque fiquei com medo de que me rejeitasse.

Ah! Então era aí que Tereza e minha amiga se encaixavam. Não sabia ao certo o que Sabrina lhe dissera, mas já que estávamos colocando as cartas na mesa e ele não parecia louco de raiva, resolvi esclarecer de uma vez por todas as nossas pendências.

— Eu... — Clareei a garganta. — Te devo um pedido desculpa também. Fiz tudo errado, não devia ter trocado os horóscopos. Tive meus motivos, e na época parecia a coisa certa a fazer. Um não muito bom, confesso, mas tive. — Comecei do mesmo jeito atrapalhado que ele ao admitir, tempos atrás, o verdadeiro motivo que o fizera trocar meu nome por tantos meses.

Ele também se recordou da cena, pude perceber pelo pequeno repuxar nos cantos de seus lábios.

— Não precisa se desculpar, Luna. Sei que não agiu de má-fé. A Sabrina já me explicou tudo.

Sacudi a cabeça.

— Mas quero que você entenda meus motivos. Eu realmente acreditei que o baralho era mágico, Dante. Pensei que tudo o que rolou entre a gente tinha sido obra de magia e não... Bom... Eu não podia suportar viver naquela incerteza. Ficar me perguntando se você estava comigo porque queria ou se tinha sido coagido por feitiçaria. Além disso, tinha aqueles e-mails e a Sabrina e... eu fiquei confusa e assustada demais. Acabei fazendo uma besteira enorme ao trocar os arquivos. No fim das contas, o baralho não era mágico porcaria nenhuma, e, em vez de estragar tudo, eu podia ter deixado as coisas como estavam. Se eu não tivesse feito a troca, tudo seria diferente agora.

— Seria sim. — E sua voz saiu trêmula.

Ele me observou por um longo tempo. E respirar com ele me olhando daquele jeito era impossível. Por fim, ele se ajeitou na cadeira, retornando à pele de redator-chefe quando voltou a falar:

— No entanto, se não tivesse feito isso, jamais teríamos discutido, e você não teria ido ao encontro da Jéssica, nem teria descoberto a trama toda, e nós ainda estaríamos tentando tirar do buraco uma revista já condenada. Sou muito grato por tudo o que fez por mim, Luna.

— Mas você estava certo, Dante. Traí sua confiança. Espero sinceramente que um dia possa me perdoar por ter sido tão... estúpida.

Ele nem piscou para responder.

— Não há nada que perdoar. Só quero que você volte pra mim. Humm... para a revista, quero dizer. Quero que volte para a revista. — Então coçou a cabeça, as bochechas adquirindo um não tão suave cor-de-rosa.

Tudo bem, ele não era o único a corar ali.

Aquela entrevista havia se transformado em uma sessão de revelações e reviravoltas. Eu não podia me precipitar quanto a meu próximo emprego. Sim, Dante me apresentara uma oferta irrecusável. Tudo com o que sempre sonhei e um pouco mais, mas a questão era: a que preço? Ter Dante tão perto, cinco dias por semana, e a quilômetros de distância ao mesmo tempo. Seria impraticável não pensar nele. Seria impossível não procurar significados em suas palavras. Minhas feridas ainda estavam abertas, e aceitar trabalhar na *Tempo* garantiria que elas nunca se fechassem.

Dante me encarava com ansiedade e apreensão. Aquele rosto de proporções e linhas perfeitas que me perseguia nos sonhos.

Não dava! Eu não podia ficar perto dele agora. Talvez nunca.

— Olha, Dante, agradeço sua oferta, mas...

— Não seja covarde agora — ele me interrompeu. — Está escrito na sua testa que você quer as colunas. Até já pensou em nomes para elas, não pensou?

— Não — menti. — Mas acho que preciso pensar um pouco antes de decidir.

— Tudo bem. Eu espero o tempo que for, mas quero que entenda que farei tudo para você aceitar minha proposta. — E me fitou com intensidade. — Eu te quero de volta, Luna.

Corei ao me dar conta da duplicidade de sua sentença, sobretudo porque tive a impressão de que não falávamos mais sobre a oferta de emprego, assim como seria pelo resto dos meus dias se aceitasse sua proposta. E era por isso que, por mais que as colunas fossem atraentes, eu ia recusá-las.

— Mesmo que eu aceitasse — comecei, tentando arrumar uma desculpa convincente —, não poderia escrever sobre o que você quer. Sobre o universo masculino de outro ponto de vista.

— Por que não? Mencionei o salto só para dar uma ideia geral. Você terá total liberdade para criar os artigos da maneira que achar melhor. Não acredito que o Viny goste de aventuras radicais, mas você pode escrever sobre qualquer outro assunto, desde que se atenha à ideia inicial, claro. Sei que será espetacular. Confio no seu talento.

— O que o Viny tem a ver com isso tudo? — eu quis saber.

— Ele é seu namorado — ele disse simplesmente, o rosto congelado numa máscara serena.

Inclinei a cabeça para o lado.

— Ele é?

Dante levou um tempo para assimilar o que eu tinha dito. Acompanhei com curiosidade minhas palavras se assentarem em sua cabeça.

— Não é? — Dante balbuciou, mandando a compostura para o espaço. — Vocês não estão juntos?

Dei de ombros.

— Não que eu saiba.

— Mas eu vi vocês abraçados no café. E depois no posto de gasolina e... Deus! — Ele correu a mão pelos cabelos, meio que rindo e gemendo ao mesmo tempo.

Por isso ele tinha ido embora depois que eu fui resgatada no posto de gasolina? Por essa razão não me telefonara para saber se eu estava bem e só enviara a porcaria de uma caixa de bombons que me fez engordar um quilo?

— Meu Deus. — Ele cobriu o rosto com as mãos, sacudindo a cabeça, um sorriso angustiado nos lábios. — Preciso parar de fazer suposições.

— Até que para um jornalista renomado você anda dando muita bola fora — concordei. — Seus instintos estão errados.

Ele ergueu a cabeça e sorriu. Sorriu mesmo, como o antigo Dante. O meu Dante.

Ainda me observando, ele permaneceu imóvel e, a cada segundo, eu sentia aquele... Ah, droga, aquele impulso quase magnético me puxar para ele. Dante também sentia. Dava para ver o desejo crescendo em seus olhos e na curva sensual de seu lábio inferior. Meu corpo inteiro reagiu.

Saltei da cadeira. Melhor sair dali rapidinho. Uma pena que minhas pernas não concordassem.

— Bom — comecei, segurando as alças da bolsa com mais força do que o necessário. — Muito obrigada pela oferta, vou pensar na proposta e assim que tiver uma resposta eu te aviso. Bom dia, Dante.

Ele se levantou também e contornou a mesa apressado, se colocando em meu caminho.

— Eu quero você — ele falou, me olhando de cima.

Estremeci da cabeça aos pés e inspirei fundo, seu cheiro inundou meus sentidos, me entorpecendo.

Sai daqui agora!

— Você já disse isso — murmurei.

— Mas você não entendeu. Quero você de volta na minha vida.

Engasguei.

— Como pode me pedir uma coisa dessas, Dante? Como pode imaginar que eu aceitaria ser sua amante? — gemi desesperada, pois, se ele insistisse, e nem precisava ser muito, eu acabaria cedendo.

Ele tocou meu braço esquerdo, escorregando os dedos pela minha pele, deixando um rastro de chamas pelo caminho até meu punho, onde o dedão acariciou de leve a parte interna do meu pulso.

— Quero que seja minha mulher, Luna, não minha amante — sussurrou.

— Você já tem uma! — apontei com raiva. — Mulher, quero dizer!

— Ah, tenho, é?

— Tem! Você estava com a Alexia no café. Eu vi vocês dois juntinhos.

Isso fez a diversão desaparecer de seu rosto, cedendo lugar ao nervosismo e a algo mais.

— Você viu duas pessoas que precisavam resolver como colocariam um ponto-final numa história que acabou faz tempo.

— Engraçado, de onde eu estava, vocês pareciam tudo, menos ex-amantes. — Puxei o braço, mas ele não me soltou. — E não vim aqui para ter esse tipo de conversa. A entrevista já acabou, então, por favor, me solta ou vou começar a gritar. — E, com isso, apenas consegui fazer com que ele me segurasse com ainda mais força.

— V-vendemos a casa, usei mi-minha parte do dinheiro p-para abrir a revista. A Alexia e eu não te-temos mais nada. E co-co-consegui o Magaiver de v-volta, sem p-precisar levar o ca-caso ao tribunal.

— Por que você tá gaguejando? — perguntei, surpresa com a dificuldade que subitamente ele tinha para fazer as palavras saírem.

— P-porque tô apavorado. Ainda me-me atrapalho c-com as palavras q-quando me sinto a-assim.

Franzi o cenho, meu coração se condoendo ao pensar no menino de óculos que não conseguia dominar as palavras recitando Dante Alighieri.

— Apavorado com o quê, Dante? Comigo?

Ele sacudiu freneticamente a cabeça, numa negação quase infantil.

— P-perdi v-você p-pra s-s-sempre?

— Dante, você disse que era comprometido no jantar na casa da sua irmã.

— O quê? — Ele franziu a testa, então sua expressão suavizou. — Ah! Eu me re-referia ao Fernando, n-não a mim.

Pisquei atordoada, alguns pontos simplesmente não se encaixavam.

— Vi um e-mail da Alexia no seu computador quando troquei os arquivos. Vocês dois ainda se falavam. Ninguém me contou, eu vi!

— E vo-você leu o e-mail?

— Claro que não! — Puxei o braço outra vez, mas não consegui me livrar dele. — O que pensa que eu sou?

— Uma m-mulher muito insegura, meu anjo. E não p-precisa de nada disso. Não s-se você pudesse me ver por de-dentro. Você está em cada pa-parte de mim. Nas menores, nas maiores, em todas elas, Lu-luna.

Aquele *Lu-luna* acabou comigo. Tudo o que eu queria era abraçá-lo e fazer todo aquele medo que o fazia tropeçar nas palavras ir embora. Eu estava tão perto de acreditar nele, não fosse aquela vozinha irritante e desconfiada que não me permitia deixar o assunto pra lá.

— Você tá fugindo do assunto — acusei.

Ele soltou um longo e trêmulo suspiro.

— A Alexia s-só queria marcar um almoço para resolvermos tudo ami-ami--amiga...

— Amigavelmente — ajudei.

Ele assentiu, tenso.

— E fo-foi o que fizemos. Almoçamos e colocamos um po-ponto-final em tudo.

— Isso é... é sério? — sussurrei.

Ele concordou com a cabeça.

— Eu só q-quero uma mulher, Luna. Você. Só você — ele murmurou de um jeito intenso que fez minhas pernas bambearem.

— Por quê? — eu me ouvi perguntando. — Por que você me quer?

Ele me fitou com os olhos em chamas, o pânico começava a ceder.

— Você sabe por quê.

— Não, não sei. Você me quer porque a gente se dá bem na cama, é isso?

— Não, apesar de esse fato muito me agradar. — Hesitante, usou a mão livre parar colocar uma mecha do meu cabelo atrás da orelha. Não me atrevi a respirar. — Sinto muito por ter magoado você. Eu q-queria poder prometer que não vou te magoar de novo, mas não posso. Sei que em algum momento vou te machucar, mas espero que, até que isso aconteça de novo, a gente já tenha construído algo tão lindo e especial que te faça relevar minhas b-burradas e me perdoar mais uma vez.

— Dante... — minha voz tremeu. — Você não me ama.

Imediatamente ele soltou meu pulso, seu rosto se contraiu como se eu tivesse lhe dado um soco no estômago. Ao menos aquilo varreu seu temor e a gagueira, constatei depois.

— Como pode acreditar que não te amo, Luna? — indagou, magoado.

— Porque... você nunca disse e...

— Não disse? Não mesmo?

— Não! Nem uma única vez!

Com um suspiro exasperado, ele ergueu os ombros e perguntou:

— Quantas vezes seu precioso Igor disse que te amava? — E enfiou as mãos nos bolsos.

— Ele não é meu — esclareci. — E disse muitas vezes. O que isso tem a ver?

— Tudo, Luna! Dizer não basta. Não é suficiente, não tem valor algum. O próprio Igor deixou claro. Palavras desaparecem, as ações, os gestos é que realmente contam. Você também acredita nisso, e me *disse* isso uma vez, lembra? Que era preciso mais que um amontoado de palavras para te convencer. Então eu te disse de outro jeito. Não se deu conta de todas as vezes em que me declarei pra você? Eu não disse que te amava quando encontrei você chorando naquelas escadas e te emprestei meu ombro? Ou quando seu irmão estava mal no hospital e fiquei ali do seu lado? Não disse que te amava quando levei você pra voar ou quando ficamos no meio daquele lago? Tem certeza que eu não disse que te amava todas as vezes em que rimos juntos, em que impliquei com você, todas as vezes em que fizemos amor? Tem certeza que eu nunca disse, Luna?

— Eu... — Não fui capaz de concluir. A franqueza de Dante me fez viajar no tempo, me lembrando de momentos em que eu teria jurado ter visto amor em seus olhos.

Uma a uma, as cenas que ele descrevia pipocaram em minha mente. Revivi todas elas, as sensações, as emoções, os toques, cada uma de suas palavras doces, as ardentes enquanto me amava, o som gostoso de sua risada aquecendo meu coração, aquele jeito especial com que ele me olhava.

Ele não era o príncipe encantado que eu havia esperado a vida toda. Definitivamente não era a pessoa certa para mim. Mas quer saber? Eu não queria a pessoa certa. Não queria alguém que chegasse no momento certo, que fizesse sentido. Não, eu queria a pessoa errada! Queria perder a cabeça e o sono, fazer loucuras das quais me arrependeria mais tarde, brigar, gritar para em seguida chorar e rir em seus braços. Queria alguém que gaguejasse por medo de me perder. Que me jogasse de um penhasco, me dopasse para me acalmar, preparasse comida intragável e que ainda me parecesse o melhor dos banquetes. Queria alguém que, de tão diferente de mim, me completasse.

Fui tão burra ao me apegar a algo tão idiota quanto a um amontoado de palavras que queria bater minha cabeça na parede. Ele tinha razão. Palavras não valiam nada sozinhas. E eu queria exatamente aquilo tudo, os gestos, os carinhos, o apoio incondicional. Um *eu te amo* dito pelo coração.

— Se precisa me ouvir dizer, então eu digo — ele prosseguiu, sem me dar a chance de dizer que não era mais necessário. — Direi todos os dias se te deixar feliz. Eu amo você, Luna. Amo quando enrola o cabelo no dedo porque está nervosa. Amo quando rói a unha lendo um livro. Amo cada uma de suas manias chatas. Amo até seu chá de alho, mas sabe o que mais amo em você?

Balancei a cabeça, negando. Tá legal, não precisava de palavras, mas que era bom ouvir, ah, isso era!

— Amo o que tem aqui dentro. — Ele tocou minha testa com o indicador. — E aqui. — Seu dedo cutucou meu peito, no local exato onde ficava meu coração. — Você é linda, por dentro e por fora. Eu me orgulho muito de você, da sua determinação, do seu caráter decidido, da sua lealdade, sua coragem, seu jeito de olhar o mundo. Ele é tão lindo aos seus olhos, Luna, e, quando está comigo, consigo vê-lo através de sua perspectiva.

— Você ama até meu cortador de grama? — minha voz estremeceu.

Ele acariciou minha bochecha e riu.

— Também não precisa exagerar. Te amo tanto que acho que você merece um carro melhor, que tal assim?

— Eu gosto quando você implica comigo.

— Eu gosto de implicar com você. — Ele soltou um longo suspiro e pegou uma caixa retangular no bolso do jeans e a observou. — Eu tinha esperanças de que você me permitisse lutar por você. Ao menos lutar. Então comprei isso já faz uns dias. Espero que aceite. Tem o mesmo significado para mim que tem para você.

Ele me entregou a caixinha retangular e eu pensei ter visto seus dedos tremerem de leve. Apreensiva, belisquei a tampa. A pulseira prateada de elos pequenos se espreguiçava sobre o veludo negro, terminando em um fecho delicado em formato de coração. Na outra ponta, pendia uma minúscula cruz incrustada de brilhantes.

— Uau! É linda! — E peguei a pulseira, erguendo-a para admirá-la de todos os ângulos, fazendo os brilhantes reluzirem e...

Acho que parei de respirar. Não era uma cruz de brilhantes. Era uma pequena adaga!

— Um punhal — arfei, olhando depressa para Dante.

— Você disse que, na cerimônia de casamento cigano, o punhal simboliza a união de duas vidas em uma só.

Não sei bem como, mas consegui assentir para ele.

— É isso o que quero — ele disse, seguro. — Por isso pense bem antes de aceitar essa pulseira. É pra vida toda, meu anjo. Não aceito menos que isso!

No momento mais inoportuno possível, me peguei rindo e sacudindo a cabeça.

— Qual é a graça? — ele perguntou, se encolhendo de leve.

— Nenhuma! Só estava aqui lembrando de uma coisa que você me disse, muito tempo atrás.

— Que foi...? — ele se interrompeu, arqueando uma sobrancelha.

— Os homens pedem em casamento as mulheres que os enlouquecem na cama.

Ele relaxou visivelmente, curvando os lábios em um sorriso presunçoso.

— Absolutamente certo! Só devo acrescentar que os homens pedem em casamento as mulheres que os enlouquecem na cama *e* fora dela.

Sabia que lágrimas estavam escorrendo por meu rosto — ele secou uma delas com o polegar, isso me alertou —, mas não me importei. Fiquei ali olhando para ele, rindo e chorando feito boba, enquanto ele me fitava ansioso, aguardando a resposta.

— Estou esperando — eu contei a ele em um sussurro.

— Esperando o quê?

— Você dizer que me ama.

Dante fixou os olhos nos meus, e eles emanavam uma emoção tão grande quanto pura.

— Eu te amo, Luna. Te amo pra cacete!

Sacudi a cabeça, rindo.

— Não assim! Do outro jeito — expliquei.

Ele deu risada também, revirando os olhos.

— Você não sabe o que quer... — Mas me tomou em seus braços.

Eu estremeci com o contato daquele corpo quente e grande colado de cima a baixo ao meu. Deus, como senti falta dele!

— Você tá errado. Eu sei o que quero — murmurei, passando os braços em seu pescoço. — Eu quero você, Dante. E não aceito nada menos do que pra sempre.

E ali estavam as palavras não ditas, gritando para mim, naqueles maravilhosos olhos castanhos. Então elas se calaram, pois ele os fechou ao grudar os lábios aos meus mais uma vez. No mesmo instante, todo aquele amor jorrou de dentro dele para dentro de mim, me completando.

Alguém abriu a porta. Dante interrompeu o beijo, mas não me soltou.

— Ah, desculpem — falou Tereza, corando de leve. Ela tinha uma bandeja nas mãos. — Só queria... hum... Acho melhor voltar depois. — Ela desviou o olhar para mim. Então um sorriso esplêndido surgiu em seus lábios pintados de carmim antes de fechar a porta.

— Não imaginei que sua mãe fosse me querer aqui na revista — confessei.

— Ela foi a primeira a me incentivar a ligar pra você, por isso ela está aqui hoje. Disse que não suportaria esperar que eu me lembrasse de ligar para contar se você tinha aceitado ou não a proposta.

Dante beijou meus lábios de leve, então grudou a testa na minha, segurando minha cabeça para eu não escapar, o olhar perdido no meu.

— Ah, meu anjo, senti tanto sua falta.

Ficamos ali em frente à janela, o sol nos aquecendo, a testa unida, os olhos travados um no outro, nosso coração batendo em ritmos diferentes, criando uma melodia imperfeita, enquanto eu contemplava meu homem.

Meu destino.

Meu futuro.

A parte mais bonita do meu mundo.

57

Eu terminava de corrigir o artigo daquela semana quando Dante saiu da sua sala, exibindo um sorriso eufórico.

— Dois novos anunciantes essa semana — contou, dando um soco no ar.

Adriele gemeu, enterrando a cabeça nas mãos.

— Só dois? Vamos fechar antes de completarmos um ano!

— Não vamos, não. A menos que me arrume um processo caro — ele rebateu. — Não temos verba pra isso.

— Caso perdido, então — Murilo resmungou da sua mesa. — Fecharemos as portas antes de completarmos três meses.

— Sei não, hein? Tivemos quase duzentos novos assinantes este mês — Natacha replicou ao passar em direção à copiadora.

— E foram devolvidos apenas oito mil exemplares da edição passada — apontei. — Talvez a gente aguente o tranco.

— É isso aí! — concordou Dante. — A *Tempo* vai arrebentar um dia desses.

E esse "um dia desses" parecia estar cada vez mais perto. A revista estava ganhando seu espaço, ainda éramos minúsculos se comparado a *Fatos&Furos* ou a *Na Mira*, mas as vendas começavam a indicar a boa aceitação.

Eu finalmente me tornara a jornalista que sempre sonhara ser. Finalmente tive um artigo publicado com meu verdadeiro nome. E, sabe, foi bem legal. Eu me senti uma jornalista de verdade e tal, mas não foi isso que tornou a ocasião tão especial. Foi o brilho de orgulho nos olhos de Dante ao lê-lo durante a reunião de fechamento de edição.

— Tudo bem, pessoal, só por hoje acho que podemos encerrar o expediente um pouco mais cedo. Vamos comemorar nossos novos assinantes — Dante avisou. — Em dois anos, eu garanto, essa revista será uma das maiores do país.

— Valendo quanto? — Murilo perguntou e Dante riu.

— Minha carreira, Murilo — respondeu bem-humorado.

— Ah, vamos lá, Dante. Sua carreira não paga minhas contas — rebateu Adriele. — Aposto cem como vamos fechar as portas até o Natal.

— E eu, duzentos no Dante — me intrometi.

— Ei! Podem parar por aí — Dante censurou, fazendo aquela cara furiosa de redator-chefe que ainda me apavorava. — Quantas vezes eu já disse que não quero saber de apostas aqui na *Tempo*? Somos uma revista séria!

— Você não pode impedir que a gente faça um bolão. Liberdade de expressão, Dante! — Adriele argumentou.

Ele revirou os olhos.

— Vou te dizer o que é liberdade de expressão, Adriele...

Meu celular tocou. Era a Sabrina.

— Luna, socorro! Não tô encontrando o abridor de latas. Você se lembra de ter visto um na mudança?

Acabei rindo.

— Você guardou na última gaveta da pia. Lá no fundo.

Ouvi o barulho de coisas metálicas se chocando enquanto assistia a Dante passar um sermão na equipe. Ele ficava tão sexy irritado daquele jeito...

— Achei! — gritou Sabrina. — Odeio não morar mais com você. Odeio morar nessa cobertura estúpida.

— Da qual você mesma fez o projeto da reforma — zombei.

— Mas eu não sabia que ia morar nela, né? Se soubesse, jamais deixaria o Lúcio colocar tanto cromado na cozinha.

Sabrina se mudara para o apartamento de Lúcio fazia poucas semanas e vivia reclamando, mas eu suspeitava de que ainda era parte do plano de fazê-lo suar. Alguns homens dão joias para agradar a mulher que amam. Lúcio dera a Sabrina um par de poltronas Swan vermelhas. E, como elas não couberam na nossa sala, minha amiga achou boa ideia aceitar o convite e se mudar para a cobertura dele assim que a reforma terminou. Lúcio parecia ter ganhado na loteria.

— A gente vai sair agora pra comemorar os novos assinantes e anunciantes — contei. — Vamos pro Bar do Tucão. Tá a fim?

— Opa! Alguém precisa ficar de olho no que você vai beber, garota. Só vou ligar pro Lúcio e pedir pra ele me encontrar lá. Te vejo em uma hora?

— Combinado. — Desliguei.

Dante ainda falava e era interrompido a toda hora por alguém. Acabei rindo. A bagunça que o pessoal da revista fazia todos os dias aliviava a tensão que pairava sobre o destino da *Tempo*. Até Júlia voltara ao normal, brincava e ria a toda hora. Ela havia superado seu bloqueio graças a uma discussão épica com o pai da Bibi. Segundo ela, depois de quebrar diversos utensílios de cozinha tentando acertar a cabeça do Zé Eduardo, eles quebraram a cama, e desde então estavam dando uma nova chance ao relacionamento. Ela estava feliz, ainda com o pé atrás, mas parecia ter esperanças de que, depois de os dois terem amadurecido, as coisas pudessem finalmente dar certo entre eles.

Murilo continuava solteiro e eu suspeitava de que sempre seria assim, mas havia algumas semanas que ele e Adriele viviam trocando olhares e risinhos pela redação. Quem sabe o que o destino traçara para eles...

Natacha trocara o rosa dos cabelos por azul e estava de rolo com Viny — quem podia imaginar! Os dois sempre saíam com o resto da equipe, o que deixava Dante meio tenso. Ele me cobria de atenção, carinhos e gentilezas, me tocava o tempo todo de um jeito possessivo, como se estivesse marcando território, e, francamente, o que mais uma garota no meu estado podia querer?

Quanto à Jéssica, tudo o que eu soube foi que Veiga barrara a entrada dela em um evento importante cheio de personalidades e grandes investidores. Tudo indicava que o caso deles chegara ao fim.

— ... caso contrário — dizia Dante —, serei obrigado a confiscar todo o dinheiro das apostas.

— Ah, pelo amor de Deus, Dante. Se quer entrar no bolão, é só falar — Murilo riu, fazendo Dante bufar.

Percebi que meu computador era o único ligado. Salvei o texto e desliguei a máquina.

O celular de Dante tocou, estridente.

— Fala, Raul — ele atendeu, depois franziu o cenho e coçou a cabeça. — Ah, beleza, qualquer coisa liga pra gente. Tá, tchau. — E desligou. — Seu irmão disse que foi alarme falso, mas talvez seu sobrinho nasça na semana que vem.

— O Raul é muito infantil. Ficar sem falar comigo não vai me fazer mudar de ideia.

— A teimosia tá no sangue da família — ele brincou, vindo até mim e me beijando de leve. Bem ali, na frente de todo mundo.

Corando, mas muito satisfeita, falei:

— Desse jeito você vai perder a autoridade sobre a equipe.

— Lá vão eles outra vez. — Murilo deu risada.

— Pelo amor de Deus! Vou vomitar — Adriele gemeu.

— Acho que já perdi — Dante sussurrou, me mostrando um sorriso divertido.

Ele me pegou pelo cotovelo, me ajudando a levantar da cadeira com cuidado. Então se inclinou e espalmou a mão sobre minha barriga inchada.

— Como está se comportando esse pedacinho de gente?

O bebê se alvoroçou ao ouvir a voz dele, se amontoando sob seu toque.

— Bastante calmo. Parou de brincar com as minhas costelas.

Pois é. No fim das contas, os dois testes de gravidez tinham dado errado. Eu estava no sexto mês de gestação, e era esse o motivo que levara Raul a me ignorar. Bom, não exatamente.

Dante desconfiou de que havia algo errado comigo quando comecei a passar mal dias depois de aceitar seu pedido de casamento. Sabrina ainda não tinha se mudado e pensou que meu mal-estar era uma virose. Minha pressão arterial baixava de repente, e eu me sentia uma boneca de pano. Dante ficou louco de preocupação, deixando a *Tempo* sob os cuidados de Murilo para ficar em casa me paparicando e tentando me convencer a ir ao hospital. Eu argumentei que devia ser uma reação atrasada ao estresse das semanas anteriores, mas, quando comecei a vomitar, ele não quis saber de mais nada. Ligou para o seu médico no mesmo instante. Levou apenas um minuto para que o doutor desse seu parecer.

Eu diria que Dante quase flutuou alguns centímetros ao ouvir o médico contar que eu estava esperando um bebê. Sua única preocupação era com meu bem-estar, e, devido ao histórico de minha mãe, ele fez minha ginecologista me revirar pelo avesso até se assegurar de que estava tudo bem comigo e com a criança. Assim que deixamos a clínica, ele começou a fazer planos para adiantar o casamento.

— Eu não vou casar de barrigão — avisei.

— Se você acha que vou te perder de vista um só segundo que seja, é porque não me conhece bem.

— Não quero olhar as fotos do nosso casamento e ver um cogumelo gordo vestido de branco. Por favor, Dante, a gente não pode esperar até o bebê nascer? Por favor, por favor, por favor?

Ele tirou os óculos e esfregou os olhos, suspirando.

— Tudo bem, mas vamos morar juntos até lá. Sem discussão.

— Combinado!

Ele sorriu para mim parecendo curioso por eu ter aceitado a proposta sem discutir, mas deixou isso pra lá e me encheu de beijos, antes de me arrastar para a imobiliária mais próxima na intenção de alugarmos nossa primeira casa. O que não aconteceu, de modo que ele e Magaiver se mudaram para o meu quarto. E, como agora o apartamento ficara só para a gente, decidimos procurar com calma e permanecer ali até a casa dos nossos sonhos aparecer. Bia adorou a ideia de ter o irmão a dois passos de distância e vivia lá em casa, me paparicando e fazendo milhares de planos para o sobrinho ou sobrinha. Nando também passava bastante tempo ali, ainda mais agora que conseguira uma boa grana vendendo uma coleção de suas esculturas. O pobre Magaiver, alheio à diferença de tamanho, se apaixonou irrevogavelmente por Madona no instante em que a viu, mas, sinto informar, seu sentimento não foi correspondido.

Contar para minha família que eu estava grávida e que só me casaria depois que o bebê nascesse foi um problema. Meu irmão quis me matar no princípio, no meio e no fim. Ele não se conformou em ter uma irmã que ficava "coisando" — palavra dele — ainda solteira, e Raul nem podia quebrar a cara do Dante já que ele tinha feito tudo certo e me pedido em casamento. Então decidiu parar de falar comigo como forma de coação para que eu me casasse antes de o bebê chegar, como ele e Lorena haviam feito meses antes.

Seu Roberto ficou eufórico ao ser informado que um neto estava a caminho, assim como meu pai quando liguei contando a novidade. Tereza, ao saber que seria avó, começou a fazer listas e mais listas de casamento, chá de bebê e simplesmente me ignorava quando eu dizia que não me casaria grávida. Dante teve que conversar com ela, o que a deixou indignada comigo, pois ela não entendia o que eu via de errado em Dante para não querer ser sua esposa imediatamente. Nem eu via, o problema é que a gente já tinha se desencontrado tanto que eu temia estragar tudo casando grávida e, sei lá, atrair alguma maldição que eu não conhecia.

Sabrina fez o que toda amiga faria: pirou. Chorou, riu, me abraçou e jurou passar minhas roupas pelo resto da vida se, em troca, eu a deixasse ser a madrinha do bebê. É claro que concordei — na questão da madrinha, não das roupas.

E ainda tinha minha avó, que não perdia uma oportunidade para me atazanar.

— Luna, Luna, até quando vai envergonhar sua família vivendo em pecado? — ela dizia, e tio Vlad concordava, e lá vinha mais um sermão sobre filhos bastardos.

— Ai, Murilo, que nojento! — a voz de Adriele ecoou pela escadaria me tirando do devaneio.

Já estávamos seguindo o pessoal quando percebi que Dante mantinha a testa franzida, parecendo absorto. Eu sabia que rumo seus pensamentos tomavam. Puxei-o pelo braço com delicadeza.

— Não fica assim, Dante. — Toquei a lateral de seu rosto. — Vai dar tudo certo, eles só estavam tentando descontrair. Todos nós acreditamos no seu potencial. Você é um deus, lembra?

Ele cobriu minha mão com a sua, inclinando a cabeça.

— Não, um deus não. Um homem de sorte por ter um anjo só meu.

Eu me estiquei para alcançar seus lábios. Ele se abaixou para facilitar minha vida. O beijou começou de um jeito inocente, quase reverente, mas, sabe como é, aquele era o Dante e, apesar de eu me sentir uma grande jaca nos últimos tempos, ele ainda me achava linda, ainda me desejava daquele jeito maluco, de modo que o beijo saiu do controle.

— Se continuar me beijando assim, não vamos chegar ao Tucão — avisei, arfando.

— Talvez minha intenção seja essa. Que tal se ficássemos só um pouco no bar e depois fôssemos pra casa comemorar, só nós dois? — Mordiscou meu queixo.

Eu gemi, me derretendo em seus braços.

— Pensei que nunca fosse perguntar!

Ele riu em meu pescoço, mordeu de leve a pele delicada e então se endireitou. De mãos dadas descemos mais alguns degraus, mas me detive outra vez.

— Espera, esqueci meu celular na mesa.

— Vou pegar pra você.

— Tô grávida, Dante, não inválida. Preciso andar um pouco, lembra? Recomendações médicas.

A contragosto, ele aceitou me deixar subir os quatro degraus sozinha. Voltei para a sala e peguei meu celular. Olhei por sobre o ombro e mordi o lábio. Abri a última gaveta da mesa e enfiei a mão lá dentro, bem no fundo, até alcançar o baralho no qual prometi nunca mais tocar.

Embaralhei as cartas depressa, fechei os olhos e mentalizei minha pergunta.

Vai dar tudo certo?

Tirei uma carta. As estrelas brilhantes saltavam da lâmina.

Guardei o baralho de volta ao seu esconderijo temendo ser flagrada, afinal eu tinha jurado de pés juntos para minha avó que o jogara no lixo. Mas, por alguma razão, não consegui me livrar dele.

Alcancei o bloco de notas e rabisquei apressada algumas palavras. Fosse o baralho mágico ou não, não custava nada dar uma mãozinha para o destino.

— Tá tudo bem, meu anjo? — Dante chamou da porta.

Sorri para ele e segui em sua direção, pois era o único caminho que existia para mim.

— Leia. — Entreguei a ele o bilhete que acabara de escrever.

Dante franziu a testa, mas, depois de empurrar os óculos para cima com o indicador, pegou o papel e leu em voz alta.

— "Hora de confiar na sua estrela. Boa sorte e êxito só dependem de você." — Ele ergueu os olhos. — Obrigado, meu anjo. Significa muito pra mim.

Eu assenti, satisfeita.

Dante dobrou o bilhete e o colocou no bolso do jeans, passou o braço em minha cintura larga e começou a andar.

— Sabe, eu gosto muito desses seus bilhetes motivacionais, muito mesmo! Mas não consigo deixar de pensar que se parecessem demais com os textos da Cigana Clara — comentou.

— É mesmo? — perguntei, olhando para frente.

— Bastante. Sobretudo aquele que você deixou na minha mesa na semana passada, avisando que a sorte daria as caras. Aí eu consigo novos anunciantes, temos novos assinantes e vendemos metade da tiragem.

— Pensamento positivo funciona mesmo.

— O que você anda aprontando, Luna? — Ele me deteve, ficando de frente para mim.

Eu não estava aprontando exatamente, mas, sabe, aprendi uma coisa muito importante com toda a confusão em que me meti. A magia existe sim, só que ela está nos olhos de quem vê.

— Nada. — Estiquei-me e beijei seu pescoço para que ele não pudesse ver meu rosto. — Só confia em mim. Tudo vai ficar bem.

Um grunhido reverberou por sua garganta.

— Eu confio, mesmo sabendo que você anda me escondendo alguma coisa. — Seus dedos carinhosos se enterraram em meus cabelos, antes de ele plantar um beijo quente em minha boca. — Vai ser sempre assim, não vai? Você me enrolando, eu fingindo que não percebo...

Levantei a cabeça para encará-lo. Seus olhos brilhavam de diversão e contentamento.

— E não é assim que funciona um casamento? — brinquei.

Ele gargalhou.

— Não sei, meu anjo — falou, tomando meu rosto entre as mãos, sorrindo daquele jeito preguiçoso. — Mas prometo que descobriremos juntos. — Então me beijou de novo, dessa vez com doçura e veneração.

AGRADECIMENTOS

Este livro é resultado de um tremendo trabalho em equipe. Meus eternos agradecimentos a:

Raïssa Castro (a melhor editora que uma garota poderia ter), Anna Carolina Garcia e Ana Paula Gomes (as responsáveis por deixarem meus textos sempre tão reluzentes), André Tavares (o cara que cria as capas mais belas que eu já vi) e toda a equipe da Verus Editora.

Guilherme Filippone, um anjo que apareceu em minha vida. Obrigada!

Karina Andrade e Raquel Areia, duas jornalistas maravilhosas, exemplos de profissionalismo, que tenho a sorte de poder chamar de amigas.

Minhas leitoras portuguesas, Marta Safaneta e Maria Luis, pela ajuda com o Nando.

Minha equipe beta fantástica, sempre com os conselhos certos: Aline Benitez, Cinthia Souza, Joice Dantas, Juliana Sutti e Thais Turesso.

Papai e mamãe — obrigada por sempre me apoiarem.

Meus leitores maravilhosos, que me incentivam todos os dias, seja com um recado curto ou apenas uma palavra de carinho. Meu muito obrigada! Vocês moram no meu coração!

E, por fim, os amores da minha vida: Lalá, a garota mais extraordinária deste planeta, e Adriano, meu marido-agente-ninja, que, como sempre, fez sua mágica e me colocou no rumo certo. Sem o apoio de vocês, nada disso jamais teria acontecido. Desculpem-me pela bagunça, mas espero que estejam se divertindo tanto quanto eu! Por isso — e por outros infinitos motivos; vocês sabem do que estou falando — este livro é para vocês.

No mundo da Luna

A entrevista

Querido leitor,

Uma das tarefas mais difíceis do escritor é decidir o que vai ou não entrar no livro. Cortar uma cena é sempre doloroso, mas necessário para o bom andamento da trama, para que a história flua sem tropeções.

Outras vezes, o corte se faz necessário para que o livro não fique muito extenso. Foi o que aconteceu com *No mundo da Luna*. Ele estava imenso e eu precisava deixá-lo mais ágil. Quando começamos a acompanhar a vida de Luna, ela tem muitos problemas a resolver, porém já tem um emprego.

Mas e o "antes"? Como foi que ela conseguiu entrar na tão sonhada revista *Fatos&Furos*?

É isso que você vai ler aqui.

A entrevista de emprego é uma das minhas cenas favoritas — uma das mais divertidas! —, e é com imenso prazer que agora eu a divido com você.

Divirta-se!

Beijos,
Carina Rissi

O vento vindo do Atlântico soprava meus cabelos, e, mesmo com toda aquela maresia, meus cachos continuavam anelados e sem frizz. Tomei um gole de minha margarita geladinha e me recostei na espreguiçadeira, pronta para encharcar minha pele de vitamina D. Aquilo era o paraíso.

— Quer mais uma, baby? — Lenny Kravitz perguntou.

— Não, obrigada. Estou bem assim.

— Tem certeza? Não existe nada que eu possa fazer para que se sinta ainda melhor, minha preciosa Luna? — Ele sorriu daquele jeito absurdamente sexy, as longas tranças dançando pelos ombros largos nus, a tatuagem pouco acima do mamilo direito brilhando por causa do suor. *Humm*...

Corrigindo: *aquilo* era o paraíso.

— Bem, talvez tenha, afinal. — Baixei os óculos escuros até a pontinha do nariz.

— É mesmo? — Ele se sentou na minha espreguiçadeira, que, com o peso, afundou de leve na areia.

Lenny começou a se aproximar. Eu me ergui sobre os cotovelos para apressar as coisas. Sua mão grande se enroscou em meus cachos, sua boca em direção à minha. Eu podia sentir seu hálito em meu rosto, por isso fechei os olhos, inclinei a cabeça e...

— Ai! — gritei quando ele me acertou um soco. — Para com isso!

Ele me atingiu na barriga e me empurrou da espreguiçadeira...

Caí da cama, e do sonho, sobre os escarpins da Sabrina. Droga, aquilo doeu! E não sei o que me irritou mais. Se o fato de minha amiga lutar judô enquanto dormia, ou se ter me acordado de um sonho em que eu estava prestes a ser beijada pelo senhor Lenny Delícia Kravitz. E meu cabelo não tinha frizz!

A gente precisa de um apartamento maior, pensei enquanto desalojava o escarpim vermelho da costela.

A quitinete era legal, e Sabrina e eu vivíamos com certo luxo para duas recém-formadas, mas ter que dividir a cama com ela estava acabando comigo. Eu nem lembrava quando tinha sido a última vez que conseguira dormir a noite inteira, sem acordar com um chute, um soco, um tapa ou umas boas cotoveladas.

Pensei em me enroscar na poltrona — de segunda mão, como toda a nossa mobília e grande parte das minhas roupas —, que ficava embaixo da janela, para tentar cochilar. Eu não havia dormido quase nada nos últimos dias, graças à maior crise de ansiedade da história. Eu tinha conseguido uma folga no estágio, na *Gazeta da Boa Vista*, o jornalzinho semanal de um bairro tradicional da cidade, onde eu atuava desde o terceiro ano da faculdade de jornalismo. Eu era um tapa-buraco, fazia de tudo um pouco, e o trabalho não era nada animador. Porque, sendo franca, falar sobre a festa da terceira idade promovida pelo Rotary Club não era exatamente estimulante, por mais que eu tivesse me esforçado.

Eu sabia que seria diferente em um grande jornal ou revista, em que a redação pulsa, viva e vibrante, com milhares de matérias bombásticas pipocando de todos os lados. E eu queria escrever uma matéria séria, importante, que pudesse fazer as pessoas refletirem sobre o mundo, sua vida, seu comportamento. Foi por isso que enviei meu currículo para a revista *Fatos&Furos* no começo do mês.

A *Fatos&Furos* não era apenas mais uma revista, era o símbolo da resistência e persistência de profissionais maravilhosos, que davam o sangue pela profissão, sempre em busca da verdade. O líder deles se chamava Dante Montini, e eu sabia tudo sobre ele — pelo menos tudo que era importante saber.

Ele estudara na mesma faculdade que eu, tinha trinta e poucos anos e teve uma ascensão meteórica na carreira, passando por algumas publicações aqui e ali, sempre deixando um rastro de sucesso, até chegar à cobiçada *Fatos&Furos*. Ele assumiu a redação da revista no pior momento, quando ninguém acreditava que haveria salvação para o periódico. No entanto, Dante a afastou da beira do precipício da falência em pouco tempo, a recolocando no mercado. Não no topo, é claro, mas eu não tinha dúvidas de que chegaria lá. Diziam que "derrota" é uma palavra que Dante não entende. Eu era fã do cara — assim como noventa e nove por cento dos estudantes de jornalismo.

Por isso meu estômago dera um salto mortal quando, na semana anterior, ligaram marcando uma entrevista de emprego na *Fatos&Furos*. E avisaram que o próprio Dante me entrevistaria.

Por causa disso, fui para a cama bem cedo na noite anterior, ainda não eram nem nove horas, o que não adiantou nada, pois, tensa como eu estava, não consegui pregar os olhos antes de o relógio marcar três da manhã.

Relanceei o relógio sobre a única mesa de cabeceira de que dispúnhamos. Dez para as sete. Tudo bem, eu tinha tempo. Ia preparar um belo café, tomar um banho revigorante e pensar nas possíveis perguntas que o Dante poderia me fazer antes de ir para a entrevista.

Por favor, Deus, me ajude a me sair bem nessa entrevista. Isso pode mudar a minha vida!

Eu me levantei. Sabrina, ainda adormecida, rolou no colchão, se esticando toda, como uma estrela-do-mar. Uma perna escapou para fora da cama e atingiu meu joelho.

Tá legal, Deus, nem precisa ser uma mudança muito grande. Um apê com dois quartos já está de bom tamanho.

Na pontinha dos pés, fui para o banheiro tomar banho.

☙

Depois de preparar o café, bater um bolo de chocolate — e derrubar um pingo de massa no roupão da Sabrina, que eu tinha pegado emprestado — e colocar um pouco da mistura numa caneca para girar no micro-ondas, me sentei na poltrona sob a janela e me dediquei ao questionário de possíveis perguntas que Dante Montini poderia me fazer. Entrevista de emprego não é algo justo. Nem um pouco. É como ir para a prova mais importante da sua vida sem ter estudado a matéria. Como diabos eu poderia me sair bem?

Sabrina despertou, se esticando feito uma gata manhosa... e miando como tal. Minha amiga apertou os olhos em minha direção, por causa da claridade.

— Que horas são? — ela quis saber.

— Quase oito.

— Entro às dez hoje. — Ela puxou meu travesseiro e o abraçou, pronta para voltar a dormir.

Então se sentou abruptamente.

— Hoje é o *seu* grande dia! — Ela pulou da cama e tropeçou em seu escarpim. — Saco! A gente precisa ficar rica logo, Luna, para mudar para um apartamento maior.

— Ah, eu não ia me incomodar... — E nem era porque assim teria dinheiro suficiente para abastecer o carrinho lindo que eu havia ganhado numa rifa dois anos antes. Uma noite bem dormida era tudo o que eu queria.

— Vou tomar um banho pra acordar direito e já falo com você. — Ela bocejou a caminho do banheiro.

Eu me levantei e coloquei o que sobrara da massa do bolo em outra caneca, levando-a para assar no micro-ondas. A energia deu uma caída quando a Sá ligou o chuveiro. Desliguei a cafeteira por precaução, pensando que era bom não termos muitos eletrodomésticos, já que a fiação daquele apartamento precisava ser trocada. No mês anterior, eu tinha tentado fazer uma escova — coisa que demora pelo menos cinquenta minutos — e a Sá decidira passar roupas sobre o colchão ao mesmo tempo. O disjuntor não aguentou e acabou derrubando a energia elétrica do prédio todo, o que resultou em uma multa e muitas caras feias.

Voltei para o quarto-sala-escritório e parei em frente ao pequeno guarda-roupa, onde peças pendiam das portas, puxadores, gavetas e de qualquer outro ponto em que um cabide pudesse ser pendurado. Então me sentei na cama, tentando decidir o que vestir. Eu precisava de algo que transmitisse confiança. Precisava de uma roupa que demonstrasse inteligência. Precisava me vestir de um jeito que indicasse criatividade e produtividade. Dando uma rápida espiada nas minhas coisas, percebi naquele instante que precisaria de um milagre.

Ou de uma fada madrinha.

Sabrina saiu do banheiro enrolada na toalha, os fios loiros presos em um coque no topo da cabeça, as pernas compridas e finas se movendo com graça. Minha amiga podia muito bem ser a Barbie Spa.

— Eu não tenho roupa! — falei, desesperada.

— É claro que tem! — Ela se aproximou.

— Não a roupa certa, uma que diga "me contrate".

— Tem sim. A gente só precisa garimpar. Vai, levanta essa bunda daí.

Eu e ela começamos a revirar nosso guarda-roupa, separando as possibilidades sobre a cama. Acabamos com um vestido preto até os joelhos, um jeans, uma camisa clara, uma regata branca e meu único blazer preto.

— Vai, experimenta — incentivou Sabrina, se sentando na beirada do colchão.

Comecei pelo vestido. Eu o adorava, mas, depois de dar uma olhada no espelho ao lado do guarda-roupa, me dei conta de que era decotado demais. Troquei pela calça e a combinei com a camisa.

— Hummm... você tá quase naqueles dias, né? — Ela olhou para a fenda que se abria entre o primeiro e o segundo botão da camisa, revelando o lacinho do meu sutiã. *Porcaria de inchaço pré-menstrual.*

Vesti a regata e o blazer.

Sabrina ficou de pé, segurando a ponta da toalha, e me examinou de todos os ângulos.

— Gostei. Tá muito profissional — elogiou. — Mas ficou meio pesado demais, com todo esse cabelo escuro.

— Eu disse. Não tenho nada pra vestir!

— Calma. Tenta esse. — Ela pegou seu blazer rosa-chá.

— Sabrina, não dá em mim. Sou 44 e você é 42. Não vai fechar.

— Não é pra fechar mesmo. — Ela já estava puxando o blazer preto de cima dos meus ombros. Vencida, acabei provando seu casaquinho, que, como eu desconfiava, ficou justo, sobretudo nos ombros, e tive a impressão de que se respirasse um pouco mais fundo as costuras se romperiam. — Ah, Luna, ficou perfeito.

Olhando para o meu reflexo no espelho, tive que concordar com ela. O rosa-claro, sobreposto à regata branca, destacou minha pele marrom como âmbar e os cachos negros. Meus olhos pareciam ainda mais verdes Eu estava elegante — extremamente desconfortável, é verdade, mas elegante mesmo assim — e por alguma razão parecia um pouco mais alta do que meu 1,67 metro.

— Você está muito chique, Luna. Profissional. Parece muito segura. — Ela começou a remexer na minha caixinha de joias. Sim, eu tinha algumas. Uma das vantagens de ter uma avó que é uma cigana louca por penduricalhos. — Acho que essas argolinhas ficariam o máximo com essa roupa. — Ela me passou os brincos.

Com muito cuidado para não rasgar o blazer, consegui fechar os brincos.

— Certo. Agora os sapatos. — Sabrina se enfiou dentro do guarda-roupa e retirou uma sacola que eu não conhecia.

— O que é isso? — perguntei quando ela me entregou.

— Abre!

Peguei a caixa retangular de dentro da sacola, ergui a tampa e dei uma espiada lá dentro.

— Uma Vivienne Westwood?! — E não qualquer Vivienne Westwood, mas aquela perfeita, com asas pretas, que eu estava namorando fazia três meses!

— Feliz primeira entrevista de emprego! — Ela deu uns pulinhos.

— Sá! Você não devia ter feito isso! Não devia ter gastado tanto dinheiro comigo!

Ela apenas enfiou o pulso debaixo do meu nariz, exibindo a pulseira de prata com pingente em formato de sol, que eu lhe dera para dar sorte quando o sr. Oliver, da Oliver Design — onde ela trabalhava desde o estágio—, finalmente a convidara para fazer parte da equipe principal e ela surtara totalmente, duvidando de sua capacidade. Mas aquilo era diferente. Graças a vó Cecília, eu sabia onde comprar joias por um preço bem acessível.

— Vai te trazer sorte — Sabrina disse. — Eu ia te dar no seu aniversário, mas novembro ainda tá muito longe. Além disso, você precisa se sentir confiante hoje, e nada traz mais confiança a uma mulher do que sapatos novos.

— Ah, Sá. — Eu a abracei com força, até ouvir sua coluna estalar. — Obrigada! É maravilhosa. Exatamente a que eu queria.

— Eu sei. Vai, coloca. Vamos ver como fica.

Eu fiz o que ela pediu e imediatamente me senti bem. A roupa dava a impressão de profissionalismo e seriedade, e as asinhas nas sandálias cuidavam da parte criativa.

— Per-fei-ta! — ela bateu palmas.

— Pelo menos na aparência. Tô com medo de falar a coisa errada.

— Ah, Luna. Eu já disse que não existem respostas erradas nesse tipo de entrevista. — Ela foi para a cozinha e se serviu de uma xícara de café. Fui atrás dela e parei sob o batente, já que o espaço não acomodava duas pessoas. — Você fez bolo de chocolate!

— Mas e se ele me perguntar qual é a minha maior qualidade? Ou o meu maior defeito?

Ela pegou uma colher e a afundou no bolo.

— Pode dizer que a sua maior qualidade é fazer o melhor bolo de caneca do mundo! — Sabrina enfiou uma colherada na boca. — Humm... Que delícia! Ainda tá quentinho.

— Sá!

— E que seu pior defeito é não saber receber um elogio. — Ela deixou a caneca sobre o micro-ondas e pegou minha mão. — Vai dar tudo certo. Apenas seja você mesma e esse tal de Dante Montini vai ficar louco por você e querer te contratar na mesma hora. Pensamento positivo funciona, Luna.

Ela tinha razão. Claro que ia dar tudo certo. Eu tinha esperado a vida toda por aquela chance. Tinha que dar tudo certo.

Vai dar tudo certo!

ʊ

Olhei para o alto assim que desci do ônibus — eu não tinha dinheiro para a gasolina do meu Twingo, muito menos para o estacionamento —, contemplando os arredores à procura do prédio onde ficava a *Fatos&Furos*. Prendi a respiração ao encontrá-lo. Ali estava. O meu maior sonho, escondido atrás de alguma daquelas janelas espelhadas.

Soltei o ar com força, ajeitei o casaco e conferi o cabelo, usando a vitrine de uma loja de sapatos. Por algum milagre, meus cachos estavam exatamente como eu os deixara.

Ok, vamos lá. Vai dar tudo certo!

Atravessei a rua e, assim que entrei no prédio, dei meu nome ao porteiro. Esperei que ele interfonasse para a *Fatos&Furos* para liberar minha entrada. Ele me entregou um crachá com a palavra VISITANTE sob o logotipo da revista.

Meu primeiro crachá. Ai, meu Deus!

Tomei o elevador, ainda fascinada com o pequeno retângulo de plástico. Aquele seria o primeiro de muitos. Tinha que ser. Será que eu podia ficar com ele quando fosse embora?

As portas se abriram no oitavo andar, e eu saí para o corredor prendendo o fôlego. Logo na entrada havia uma mesa em frente a um imenso painel com o nome da revista.

Aquilo estava mesmo acontecendo! Eu estava dentro da *Fatos&Furos*!

Só achei um pouco estranho não ter ninguém ali. Vai ver a menina da recepção tinha feito uma pausa para ir ao banheiro. Um pouco receosa — mas muito, muito ansiosa —, fui indo em frente até me deparar com uma sala ampla, repleta de mesas.

Ai, meu Deus, o coração da revista era exatamente como eu tinha imaginado! Exceto pelas paredes um pouco desgastadas, pelas mesas não tão modernas e pelos computadores um pouquinho ultrapassados, além de não ter ninguém gritando "parem as prensas!". Mas, fora isso, era igualzinho!

Todos os jornalistas estavam ocupados e ninguém notou minha presença. Exceto uma moça de cabelos curtos — tão bonita quanto seria uma fada, caso elas existissem —, que parou o que estava fazendo e veio me encontrar.

— Oi.

— Oi, meu nome é Luna Braga. Eu tenho uma entrevista de emprego marcada com o sr. Montini.

— Ah, claro. A sala do Dante é aquela ali. — Ela apontou para a saleta no fundo da redação. Havia uma janela, mas ela estava encoberta por uma persiana de madeira. — Eu te levo lá. Meu nome é Júlia.

— Obrigada, Júlia.

Tentei não parecer uma boboca deslumbrada e evitei ficar olhando para todo lado. Não queria parecer uma criança que acaba de entrar na Disneylândia e... *Ah, meu Deus, aquele ali é o Murilo Velasques? Eu sou muito fã desse cara!*

Ok. Foco, Luna!

Obriguei meus olhos a se fixarem à frente. E foi quando avistei a placa presa na porta.

Dante Montini
REDATOR-CHEFE

Meu coração começou a bater muito alto, abafando os ruídos da redação, e minhas mãos suavam, instáveis.

Ok. Eu posso fazer isso. Vai dar tudo certo.

Júlia bateu à porta.

Não, espera!, eu quis gritar. *Eu ainda não tô pronta!*

Uma voz forte e masculina respondeu:

— Sim?

— Dante, tem alguém aqui pra você — Júlia disse ao entreabrir a porta.

— Quem?

— Acho que é para a vaga de...

— Ah, sim, claro. Mande entrar.

Ela assentiu e deu um passo para o lado, para eu passar.

— Não fique nervosa — balbuciou. — Você vai se sair bem.

Assenti e coloquei meu sorriso mais amistoso na cara. Então respirei bem fundo e movi o pé direito para dentro da sala do homem cuja carreira eu acompanhava e admirava profundamente desde o primeiro ano do curso de jornalismo.

E ali estava ele, atrás de sua mesa ridiculamente larga, olhando para mim sem expressão alguma no rosto. Ele foi gentil, no entanto, e ficou de pé, me pegando de surpresa. Não esperava que fosse tão alto. Sua cabeça quase alcançava as prateleiras logo atrás, onde estavam dispostos aviões de brinquedo de vários formatos e cores.

Também não esperava que fosse tão bonito. Eu já o vira em fotos e o achara bonitinho. Mas ele era bem mais que isso. Seu rosto era forte, interessante, e tinha o queixo obstinado, o que certamente o fizera vencer diversas discussões. Ele era bonito. Mas aqueles óculos realmente eram medonhos. Fiquei espantada que ele os usasse. Aliás, eu esperava encontrar um homem de sua posição vestindo algo mais chique do que aquela camisa azul de mangas curtas e a gravata vermelha.

— Bom dia, sr. Montini. É um prazer conhecê-lo. — Eu lhe ofereci a mão, enquanto mentalizava um "me contrate!". Quando ele aceitou o cumprimento, apertei com força moderada. Pouca firmeza podia demonstrar fraqueza de caráter. Em excesso, um leve descontrole.

Até aqui tudo bem.

— Pode me chamar de Dante. — Ele indicou a cadeira em frente à sua mesa para eu me sentar.

Aceitei o convite, acomodando a bolsa no braço da cadeira. Infelizmente, ela não estava tão firme quanto imaginei e acabou escorregando para o chão. Droga. Eu a peguei e a coloquei sobre os joelhos. Por culpa do casaco apertado, não a deixei no ponto certo e ela caiu de novo. Esperei que aquele fosse meu dia de sorte e Dante estivesse ocupado demais se acomodando na cadeira para reparar no incidente.

Como se um dia eu tivesse tido sorte...

Uma sobrancelha larga saltou por trás da armação feia.

Um pouco sem graça, me abaixei para pegar a bolsa e a segurei firme sobre as coxas.

— Muito bem, humm... — ele começou, remexendo em alguns papéis.

— Luna. Luna Braga — ajudei.

— Certo. Você trouxe seu currículo?

— Sim, claro. — Eu tinha enviado por e-mail, mas essas coisas sempre somem, certo?

Abri a bolsa, os dedos sacudindo como se eu fosse uma centrífuga, e pesquei o papel dobrado. Eu me levantei de leve e lhe entreguei o documento. Só que, por culpa do nervosismo e dos meus dedos instáveis, esbarrei sem querer no porta-lápis em cima da mesa. Lápis, canetas e marca-textos rolaram sobre o tampo.

— Ah, desculpa. — Tentei recolher tudo, mas o blazer da Sabrina não me permitia esticar muito os braços. Minha bolsa acabou no chão outra vez.

Que merda!

— Tudo bem — ele disse em uma voz monótona, então fiquei sem saber se minha trapalhada o tinha divertido ou irritado. — Sente-se.

Irritado. Com certeza irritado.

Deixei o currículo sobre as canetas, me abaixei rapidinho para pegar a bolsa e voltei a me acomodar na cadeira. Meu rosto estava em chamas, minhas mãos tremiam descontroladamente. Eu precisava segurar alguma coisa, mantê-las estáveis, para que ele não percebesse como eu estava nervosa. Li uma vez que Steve Jobs, o fundador da Apple, ficava nervoso em palestras, por isso segurava um clipe de papel entre os dedos enquanto falava ao microfone. Isso o ajudava a encontrar o equilíbrio e a serenidade necessários. Se nem o Steve Jobs sabia como se comportar no ambiente de trabalho, quem saberia então? O sobrenome do cara era trabalho!

Abri a bolsa e, na falta de um clipe, passei a mão no celular e apertei tão forte que a tampa da bateria desencaixou. Discretamente eu a coloquei no lugar enquanto Dante terminava de recolher as canetas. Quando acabou, ele pegou meu currículo e deu uma rápida olhada.

— Me fale um pouco sobre você — ordenou.

Droga! Sabia que ia ter essa.

— Bom, eu acabei de me formar em jornalismo na... — eu lhe disse o nome da faculdade.

Ele pareceu surpreso.

— Eu também me formei nessa faculdade.

— Eu sei! Todo mundo lá fala sobre você — comecei animada, mas, como sua testa se enrugou, decidi que não era o melhor momento para lhe contar que eu o achava um deus entre os humanos. — Eu sonho em trabalhar em revista — *nesta revista*, eu quis acrescentar — desde que me entendo por gente. Posso redigir um texto sobre qualquer tema, mas me saio melhor nos relacionados a comportamento.

— Quais são seus objetivos de curto prazo?

Conseguir um emprego cujo salário me permita abastecer o carro toda semana.

— Dar início à minha carreira o mais rápido possível. Estou ansiosa para mostrar todo o meu potencial.

Ele pegou uma caneta sobre a mesa e começou a girá-la entre os dedos, me observando com atenção.

— E de longo prazo?

Havia um milhão de respostas diferentes para essa pergunta. Mas segui o conselho da minha amiga e fui sincera.

— Quero me tornar uma jornalista respeitada, ter um bom salário. E não seria nada mau se tivesse um plano de saúde e grana suficiente para abastecer meu carro. Em suma, quero ser como você, um dia.

Ele lutou contra um sorriso. Ora, então ele tinha algum senso de humor...

— E como você lida com pressão? Porque o que eu mais faço é lidar com problemas.

Eu estava mais calma. Brincar de girar o celular realmente estava ajudando. *Valeu, Jobs!*

— Vou ser sincera, sr. Montini. Eu ainda não pude lidar com pressão no trabalho. Estou estagiando em um jornalzinho de bairro, e tudo o que faço são pequenos textos sobre a sociedade nada animada do Boa Vista, obituário, classificados. Francamente, estou louca por um pouco de ação.

— Tem certeza disso?

Assenti avidamente.

— Sim, tenho. Por isso acho que sou uma excelente candidata para a sua revista. Estou louca para mostrar do que sou capaz, e ainda tenho a vantagem de não ter adquirido vícios. Ah, e eu aprendo muito depressa.

— Bem, você acaba de responder à minha próxima pergunta. O que nos leva à seguinte: você acha que poderá contribuir para o desenvolvimento desta revista?

— Claro que sim. A *Fatos&Furos* é uma revista maravilhosa, mas pode ser aprimorada. Tudo sempre pode ser melhorado. E, onde quer que pretenda me colocar, eu vou fazer o possível para ser a melhor. Sou muito obstinada, sr. Mont... — O celular escorregou da minha mão e caiu sobre meu pé esquerdo.

Engoli um palavrão quando notei o olhar de Dante acompanhar a queda e se deter em meus pés. Ele inclinou a cabeça para o lado, analisando minhas sandálias com curiosidade. Droga, ele devia achá-las criativas, não curiosas!

Eu me abaixei e apanhei o celular rapidamente.

— Quais são seus pontos fortes? — Mas ele ainda observava minhas sandálias. Fui ficando cada vez mais nervosa. E, na pressa de guardar o celular para não deixá-lo cair novamente, acabei derrubando a bolsa outra vez! Que droga!

Decidi deixá-la ali no chão mesmo. Era mais seguro assim.

Dante voltou a atenção para o meu rosto, agora corado. Havia uma pergunta em seu olhar. Ah, sim.

— Acredito que a facilidade que tenho para expressar sentimentos no papel seja um dos meus pontos fortes, além da linguagem de fácil compreensão — falei no tom mais firme que consegui. — Fiz um texto para a *Gazeta*, sobre a depredação de uma pracinha, que me rendeu muitos elogios. Trouxe o recorte, caso queira dar uma olhada. — Mantendo a bolsa no chão, abri o zíper e peguei o papel com muito cuidado. Então estendi o braço, desviando quase meio metro de seu porta-lápis.

Ele pegou o recorte, deu uma breve olhada e voltou a me encarar, ainda brincando distraidamente com a caneta.

— Por que escolheu o jornalismo?

— Porque eu acho que posso mudar o mundo, levando todo tipo de conhecimento às pessoas. Ou talvez mudar o mundo de uma única pessoa, e já seria muito. Fazê-la enxergar as coisas de um jeito diferente, por causa do conhecimento que eu lhe transmiti. Levar esclarecimentos à população, para assim, quem sabe, combater as injustiças. No fundo eu quero o que todo mundo quer, né? Fazer a diferença.

— E acha que isso é possível? Mudar o mundo usando meia dúzia de palavras? — Ele me olhava fixamente, com algo reluzindo no olhar que eu não soube decifrar.

— "O conhecimento é uma ferramenta, e, como todas as ferramentas, seu impacto está nas mãos do usuário."

Dessa vez ele sorriu de verdade, um sorriso inteiro e branco que fez com que meias-luas surgissem em suas bochechas. Dante Montini era um homem muito, muito bonito mesmo.

— Acho que é a primeira vez que escuto alguém citar Dan Brown em uma entrevista de emprego.

— Que pena, porque ele é maravilhoso. Além do mais, acho que o Robert Langdon teria sido um jornalista investigativo incrível! Mas suspeito que ele teria acumulado ainda mais inimigos se fosse, concorda? — perguntei, olhando em seus olhos.

Ele não respondeu. Na verdade, não tenho certeza se chegou a me ouvir. Tudo o que fez foi ficar ali, me olhando fixamente, como se estivesse tentando decifrar um dilema. Não tenho ideia do que se tratava.

Algo o fez despertar abruptamente. Dante desviou os olhos para a mesa, se aprumou, largou a caneta e começou a mexer em alguns papéis.

— Quais são seus pontos a desenvolver?

— Obviamente, minha incapacidade de segurar um objeto sem deixá-lo cair — tentei brincar. Ele não riu. Nem mesmo esboçou um sorriso. Nem sequer olhou para mim. Meu Deus do céu! — Acho que pode ser a minha inexperiência. E pretendo corrigir isso o mais rápido possível.

Ele anuiu uma vez, os olhos ainda na papelada.

— O que você considera importante em uma empresa?

Minha orelha direita começou a coçar. Coçar muito!

Ai, droga, com todo o meu nervosismo, acabei esquecendo que as argolas eram de prata. Eu sou alérgica a prata! Os brincos tinham sido presente do Igor, meu atual ficante, e não tive coragem de dizer a ele que não poderia usar.

— Seriedade, organização, um ambiente de trabalho agradável, comprometimento. Esses são os pontos que considero mais importantes. — Estava coçando demais. Aproveitei que ele mantinha o olhar em suas coisas e ergui o ombro, esfregando a orelha nele. Não adiantou. A coceira estava insuportável.

Apoiei discretamente o cotovelo no braço da cadeira, a mão indo, como que por acaso, à orelha. Havia uma coleção de bolotas no lóbulo. Friccionei discretamente, mas isso só fez piorar. Era como se milhares de formigas estivessem me picando!

Eu precisava me livrar daquele brinco.

— Você acha que... — ele começou, mas foi interrompido pelo telefone sobre sua mesa. — Dante Montini — disse com firmeza. — Veiga, como vai? Sim, estou resolvendo isso. A propósito, eu te enviei um e-mail ontem, mas ainda não obtive uma resposta...

Aproveitei sua distração para tirar o brinco, abrindo o fecho e o puxando depressa. A argolinha dançou em meus dedos, escorregou pelo meu pulso, bateu no braço da cadeira e caprichosamente se lançou para debaixo da mesa.

Parando sobre o tênis de lona preto do Dante.

Tudo bem, Deus, pode me matar agora.

Em minha defesa, tudo o que posso dizer é que é difícil lidar com algo tão pequeno quanto um brinco quando seus dedos sacodem mais que o mar em dia de ressaca.

Enquanto Dante falava ao telefone, cogitei a hipótese de esticar a perna e pescar o brinco com o pé, mas desisti. Com a sorte que eu tenho, acabaria de bunda no chão. Ou chutando a canela dele.

Fui ficando cada vez mais tensa conforme a conversa ao telefone se alongava. Comecei a batucar os dedos no celular, pensando se ainda dava para salvar aquela entrevista, pois, apesar de acreditar ter me saído relativamente bem com as perguntas, Dante era muito observador e tinha assistido de camarote a cada uma das minhas patetices. Como que para provar meu argumento, seu olhar foi instantaneamente atraído pelo movimento de meus dedos. Detive os movimentos. E o celular escorregou pelas minhas pernas, caindo entre as coxas. Dante balançou a cabeça de leve, girando a cadeira para o lado.

Tudo bem. Estava na hora de eu encarar os fatos. Ele nem conseguia olhar na minha cara. Eu não ia ganhar um crachá permanente da *Fatos&Furos*. E nem podia culpar o Dante. Se eu fosse ele, também não me contrataria.

— Ok. Eu te ligo mais tarde. — Ele encerrou a ligação. — Desculpe, era o dono da revista. Eu estava esperando essa ligação. Onde estávamos? — Ele movimentou os pés, voltando a cadeira para a posição original. Meu brinco abençoadamente saiu rolando...

Para colidir com um *plim* agudo no vaso no canto, atraindo a atenção de Dante. A argola girou, girou e girou, como se gritasse "olhe pra mim!", antes de tombar sobre o piso de madeira.

Dante se levantou calmamente, pegou a joia e contornou a mesa, ficando de frente para mim.

— Acredito que isso seja seu — disse, me oferecendo o brinco em sua palma.

— Ah... nossa. Nem percebi que havia perdido. O fecho deve estar frouxo. — Meus dedos chacoalhavam tanto quando o peguei da mão dele que foi impossível Dante não notar, e todos os meus esforços para esconder o nervosismo acabaram sendo inúteis. Meu rosto esquentou, e não consegui me obrigar a erguer os olhos para encará-lo. Cheguei só até seu peito. Aquele desenho na ponta da gravata era o escudo do Super-Homem?

— É claro — ele murmurou com amabilidade. — Eu agora perguntaria como você se comporta quando algo não sai como planejado, mas acredito que não é necessário.

Não.

— Acho que encerramos.

É, eu meio que desconfiei.

Mortificada, eu me abaixei para pegar a bolsa e fiquei de pé.

— Sr. Montini, obr...

— Dante — ele me corrigiu.

— Certo. Obrigada pelo seu tempo, Dante.

Ele foi gentil ao dizer:

— Ligarei assim que tiver uma decisão.

Pendurei a bolsa no ombro. E fechei os olhos ao avistar seu porta-lápis tombando outra vez, o *plic-plic-plic* das canetas de encontro ao chão.

Não tive coragem de olhar para Dante, então me apressei até a porta antes que ele decidisse chamar os seguranças para me impedir de destruir o restante de seu escritório.

— Humm... Luana? — ele chamou.

Eu me detive, sem ânimo para corrigi-lo. Que sentido tinha? Eu nunca mais veria aquele cara.

Reunindo a pouca dignidade que me restara, empinei o queixo e me obriguei a encará-lo. Ele parecia relaxado ao enfiar as mãos nos bolsos — claro, não era ele quem estava sob julgamento —, mas também muito poderoso, em contraste com os lambris de madeira escura que circundavam toda a sala. Mesmo com aquela gravata ridícula do Super-Homem e os óculos horrorosos.

— Esqueci de fazer uma pergunta. Duas, na verdade. — Seus olhos estavam calorosos agora. — Qual é a sua maior qualidade? E o pior defeito?

Pensei por um momento. Tudo já estava perdido mesmo...

— Eu sou uma boa observadora, trabalho bem em grupo, sou obstinada, muito curiosa e, quando quero uma coisa, ultrapasso todos os limites aceitáveis para consegui-la. Também detesto cometer erros. — Dei de ombros. Ele franziu a testa e juro que vi uma pontada de compreensão surgindo em seu olhar. — E acho que esse é o meu maior defeito, acabo ficando nervosa e me atrapalhando toda, como você e seu porta-lápis agora sabem...

Um esboço de sorriso curvou o canto de sua boca. Pelo menos eu o diverti.

Deixei sua sala e passei pela redação sem olhar para os lados. Não queria me lembrar daquilo que um dia poderia ter sido e jamais seria.

No entanto, ao passar perto da mesa de Murilo Velasques, eu o ouvi resmungar:

— Belas sandálias.

Tá vendo? Aquele homem apreciava um pouco de criatividade. Se ele tivesse me entrevistado, eu provavelmente não teria ficado tão nervosa a ponto de derrubar qualquer coisa num raio de um quilômetro e provavelmente ficaria com o emprego. Mas não. Tinha que ter sido o Dante. Tinha que ter sido o jornalista vivo que eu mais admirava no mundo todo. E, claro, tinha que ter sido na frente dele que paguei o maior mico da minha vida. Eu ia precisar de muito álcool para esquecer aquele episódio. Se é que o esqueceria.

Talvez ainda exista esperança, pensei enquanto entrava no elevador. Talvez ele levasse em consideração que eu estava nervosa, que aquela tinha sido minha primeira entrevista para um emprego de verdade, e relevasse meu comportamento desajeitado.

É, e quem sabe eu não encontraria o Super-Homem dançando cancã ali na esquina.

Eu havia me arrumado, já que o Igor tinha ficado de me pegar, mas estava sem o menor ânimo para sair. Tinha passado o restante do dia limpando a quitinete para tentar ocupar a cabeça e evitar pensar no vexame que eu protagonizara na sala do redator-chefe da *Fatos&Furos*. Tentei a todo custo esquecer aquilo, mas não pude

Até a uma daquelas comédias bobas que minha amiga tanto adorava eu tentei assistir — pensei que ver outro ser humano metendo os pés pelas mãos me faria sentir melhor. Claro que não funcionou.

Meu celular tocou, anunciando uma mensagem. Era do Igor.

> Desculpa, gata. Não vou poder aparecer hoje.
> Surgiu um imprevisto. Te vejo amanhã.

Respondi um "ok", e, por algum motivo, aquilo foi a última gota-d'água no meu copo já cheio e tudo transbordou.

A Sabrina chegou em casa nesse instante, e sua expressão animada logo se dissolveu.

— Luna. O que foi? — Ela se agachou em frente à poltrona onde eu estava refestelada, acariciando meu ombro.

— Eu sou um fracasso, Sá.

— Não é nada. Você é maravilhosa!

— Não fui nada maravilhosa hoje. Nem um pouquinho — solucei.

Ela afastou meus cabelos do rosto.

— O que aconteceu?

Comecei a contar tudo o que tinha acontecido. Desde as minhas impressões sobre a redação da *Fatos&Furos* a tudo o que acontecera na sala do Dante.

— Ah, Luna. Eu esqueci da sua alergia a prata. Que droga! Desculpa.

— Você não teve culpa, Sá. A culpada sou eu, que não consegui ficar calma o bastante para responder às perguntas. E nem foram tão complicadas assim. Eu teria me saído bem, se não fosse toda aquela comédia pastelão. Por que sempre que é importante eu acabo agindo como uma idiota?

— Deve ter a ver com a Lei de Murphy. — Ela apertou minha mão. — Mas sabe de uma coisa? Foi bom.

— Ter feito papel de idiota diante do profissional que mais admiro? — perguntei, descrente.

— Bom, sim. É assim com todo mundo. Para aprender a vencer, é preciso primeiro aprender a perder. Agora que você perdeu, está pronta para vencer!

— Sabrina, isso não faz o menor sentido! — Esfreguei meu nariz úmido no dorso da mão.

— Porque você não está enxergando as coisas direito. Isso não é o fim da sua carreira. É o começo. E ela não começou como você tinha planejado, só isso. Vai acontecer, e vai ser linda como você sempre sonhou. Agora levanta, porque nós temos que comemorar.

— Comemorar meu fracasso? Sabrina!

— Claro, ué! — Ela me deu um tapa na perna. — E vai ser inesquecível! Quantas chances de comemorar um fracasso você ainda espera ter?

Pensei por um instante.

— Bom, mais nenhuma.

Ela sorriu selvagemente.

— Exato.

Compreendendo o que Sabrina queria dizer, me joguei sobre ela, apertando-a com força, enquanto me perguntava o que eu tinha feito de bom nessa vida para merecer uma amiga como ela.

— Obrigada, Sá. Você é o máximo. Só tem um pequeno problema nesse seu plano... Nós estamos lisas!

— Estamos nada! — Ela abriu a bolsa, pegou a carteira e me mostrou o cartão de vale-refeição. — Sobrou um pouco do mês passado, graças às marmitas e aos sanduíches que você fez pra mim. Conheço um lugar superbacana que aceita. Vamos?

☙

A balada estava lotada, e a música vibrante fazia até meus órgãos sacudirem. O cheiro de gente, bebida e comida era tudo o que eu precisava para esquecer aquela maldita entrevista de emprego. A Sabrina tinha razão. Aquele tinha sido meu primeiro fracasso, e também o último. A partir de amanhã, eu estaria pronta para o sucesso.

Ou depois de amanhã, me corrigi, ao ver um rapaz passando com uma daquelas bebidas com guarda-chuvinhas coloridos. Eu nunca tinha tomado uma daquelas!

— Como é que tá aquele seu lance com o Igor? — Sabrina perguntou, se infiltrando pela parede humana que rodeava o bar.

— Legal. — E estava mesmo. Só... não espetacular. Mas poderia ficar! Estávamos apenas saindo. Não era um namoro nem nada.

— Achei que vocês fossem se encontrar hoje.

— E íamos, mas ele teve que cancelar. — Um cara me empurrou, e, só de birra, eu o empurrei de volta. — Nem perguntei o motivo. Amanhã eu vejo isso.

Ao nos aproximarmos um pouco mais do bar, percebi por que todos os homens do lugar haviam se amontoado ali. Uma garota dançava sobre o balcão de um jeito sensual, lembrando um striptease. Ela suspendia os cabelos loiros no alto da cabeça enquanto rebolava, para delírio da população masculina.

— Vai beber o quê? — Sabrina quis saber, pois tinha conseguido atrair a atenção do barman.

— Pode ser um daqueles? — apontei para o rapaz com a bebida de guarda-chuva.

Ela riu.

— Luna, pode ser o que você quiser. Ainda não entendeu? Só vou te deixar ir pra casa quando você chegar ao nível daquela garota. — Ela apontou com a cabeça para a loira, que agora jogava para o alto, como confetes, amendoins que ficavam sobre o balcão e tentava apanhá-los com a boca. Uma outra garota, sentada no balcão, a incentivava.

— Joga pra mim, Lili!

Acabei rindo. Não tínhamos vale-refeição para *tudo* isso.

Sabrina pegou as bebidas e nos afastamos do tumulto.

— Ao fracasso. — Ela ergueu sua vodca. — O seu primeiro e último.

— Ao fracasso! — Brindei com o que quer que estivesse no meu copo sob aquele guarda-chuvinha azul muito fofo.

Se eu tinha que enfrentar um fracasso, que fosse em grande estilo.

Na manhã seguinte, acordei com uma baita dor de cabeça, como se um sino badalasse ali dentro. Enquanto eu arrastava meu corpo, uma massa desconexa e dolorida, até o banheiro, jurei que nunca mais tomaria nada que viesse com um guarda-chuva dentro.

Sabrina não estava muito melhor. Ela parecia um zumbi maquiado quando saiu para o trabalho. Não que minha aparência fosse diferente, e pela primeira vez fiquei grata por trabalhar em um jornalzinho de bairro sem muita expressão. Meu trabalho naquele dia seria organizar o obituário. Não era uma tarefa em que eu pudesse demonstrar todo meu potencial, por isso nem tentei.

No fim do dia, foi um alívio voltar para casa e me jogar na cama, a ressaca ainda embrulhando meu estômago. Sabrina chegou pouco depois, em um estado muito parecido com o meu. Ela se jogou na poltrona, as pernas sobre o braço do móvel, a cabeça pendendo do lado oposto, as pontas dos fios loiros quase tocando o chão.

— Acho que nunca mais vou beber na vida — gemi da cama.

— Juro, Luna, eu também não. Não vale a pena passar por tudo isso. Minha cabeça tá explodindo! O que tem pro jantar?

— Chá de boldo.

— Eca! Seu namorado vai aparecer hoje?

— Ele não é meu.... — Eu me detive quando meu telefone tocou. Falando no diabo... — Alô?

— Oi. Eu posso falar com a Clara? — disse a voz masculina.

— Clara?

— Sim, diga a ela que é o Dante Montini.

— Ah. S-sim. Só um m-momento. — Tapei o bocal do aparelho com a mão, me sentando e sibilando um "é ele!" para Sabrina.

— Diz que hoje eu não vou sair de casa pra deixar vocês sozinhos nem a pau. — Ela jogou os braços sobre os olhos. — Me recuso!

— Não é o Igor! É o Dante Montini! E ele confundiu o meu nome!

Ela se endireitou no mesmo instante.

— E o que você tá esperando? Fala com ele! E não o corrija! Você pode dizer que ele se enganou depois que te contratar.

— Mas e se ele tiver me ligado pra dizer que contratou outra pessoa?

— Você agradece e desliga. Mas não acho que seja isso não. Nunca vi ninguém na Oliver fazer algo assim, pelo menos. Vai, Luna! — Ela atravessou o quarto em dois passos e se sentou ao meu lado, colando o ouvido na parte de trás do telefone.

Clareei a garganta e inspirei fundo.

— Alô?

— Clara?

Sabrina ergueu o polegar para mim.

— Sim...?

— Bem, depois de analisar todos os candidatos, achamos que você pode ter muito a oferecer para a *Fatos&Furos*.

Ai, meu Deeeeeeeus!

Sabrina socou o ar, murmurando um "isso!".

— Sr. Mont... Dante, você não vai se decepcionar. Vou dar o melhor de mim para a revista. Eu prometo.

— Gosto da sua animação. Você começa na segunda, se estiver tudo bem. O salário de secretária é... — ele disse um número que me fez perder a fala. Era três vezes o valor do nosso aluguel!

Espera um pouco.

Ele disse *secretária*?

A expressão vitoriosa de Sabrina congelou.

— Secretária? — perguntei a ele, sem acreditar. — Eu pensei que a vaga fosse para repórter.

— Não. Não de imediato, pelo menos. Isso é um problema?

Bom, é claro que era. Eu tinha imaginado que finalmente teria a chance da minha vida.

Por outro lado, ser secretária na *Fatos&Furos*, onde eu receberia o triplo do que ganhava na *Gazeta da Boa Vista*, era melhor que continuar redigindo obituários. Além disso, ele havia dito o que eu precisava saber. "Não de imediato." *Havia* um plano de carreira.

— Claro que você terá os mesmos benefícios que os outros funcionários — ele prosseguiu. — Vale-refeição, plano de saúde e odontológico e todos os direitos assegurados por lei. Parece bom?

— Sim, sim. Parece bom. Realmente... muito bom.

— Ótimo. Pode passar aqui amanhã à tarde para assinar o contrato. Vou deixar o porta-lápis em um lugar seguro.

Espera aí. Ele tinha acabado de fazer uma piada?

Quem poderia imaginar uma coisa dessas...

— Eu acho que é mais sensato — respondi e fiquei feliz que ele não pudesse ver meu rosto, subitamente quente e corado.

— Até amanhã — ele disse e desligou.

— Até amanhã — respondi para o nada.

— Secretária, Luna? — Sabrina perguntou com cautela.

— Melhor ser secretária numa das maiores revistas do país do que estagiária na *Gazeta*, né? Eu estou dentro da *Fatos&Furos*! — Talvez se eu repetisse isso em voz alta mais umas cem vezes, começaria a acreditar que era verdade. — E ainda existe a chance de uma promoção. E você ouviu o meu salário? Vou poder abastecer o meu Twingo!

— Ok! — Ela fez uma dancinha esquisita. Sabrina tinha talento para muitas coisas, mas a dança não era uma delas. — Precisamos sair para comemorar. Só que vai ter que ser com suco, ou meu fígado vai derreter.

— Fechado! Me deixa só trocar de roupa.

Abri o guarda-roupa e peguei meu vestido preto favorito.

— Você está realmente feliz? — minha amiga quis saber.

— Claro que sim. Eu vou ganhar um crachá no qual vai estar escrito "*Fatos&Furos*: funcionária". E não vai demorar muito para que eu pule da recepção para dentro da redação. Você vai ver. Estou com um pressentimento.

— Que tipo de pressentimento? — Ela arqueou as sobrancelhas.

— Um muito bom. — Esperança de um futuro melhor, a chance única de aprender o que eu pudesse com o grande Dante Montini, meu herói desde que eu tinha vinte anos. Quantas pessoas podem dizer que foram pupilas de seus ídolos?

Pois é! Quase nenhuma.

O início da minha vida profissional parecia mais que promissor. Parecia formidável!

E havia algo mais no ar. Uma sensação nova, um arrepio diferente, que me fez sentir cócegas na boca do estômago.

— Acho que algo maravilhoso está prestes a acontecer, Sá.

E eu mal podia esperar para descobrir o que era.

Também de Carina Rissi

Série Perdida:

Perdida

Encontrada

Destinado

Prometida

Desencantada

Procura-se um marido

Mentira perfeita

Quando a noite cai

Acompanhe a autora nas redes sociais:

/CarinaRissiEscritora
@CarinaRissi
@CarinaRissi

Impresso no Brasil pelo Sistema Cameron da Divisão Gráfica da
DISTRIBUIDORA RECORD DE SERVIÇOS DE IMPRENSA S.A.